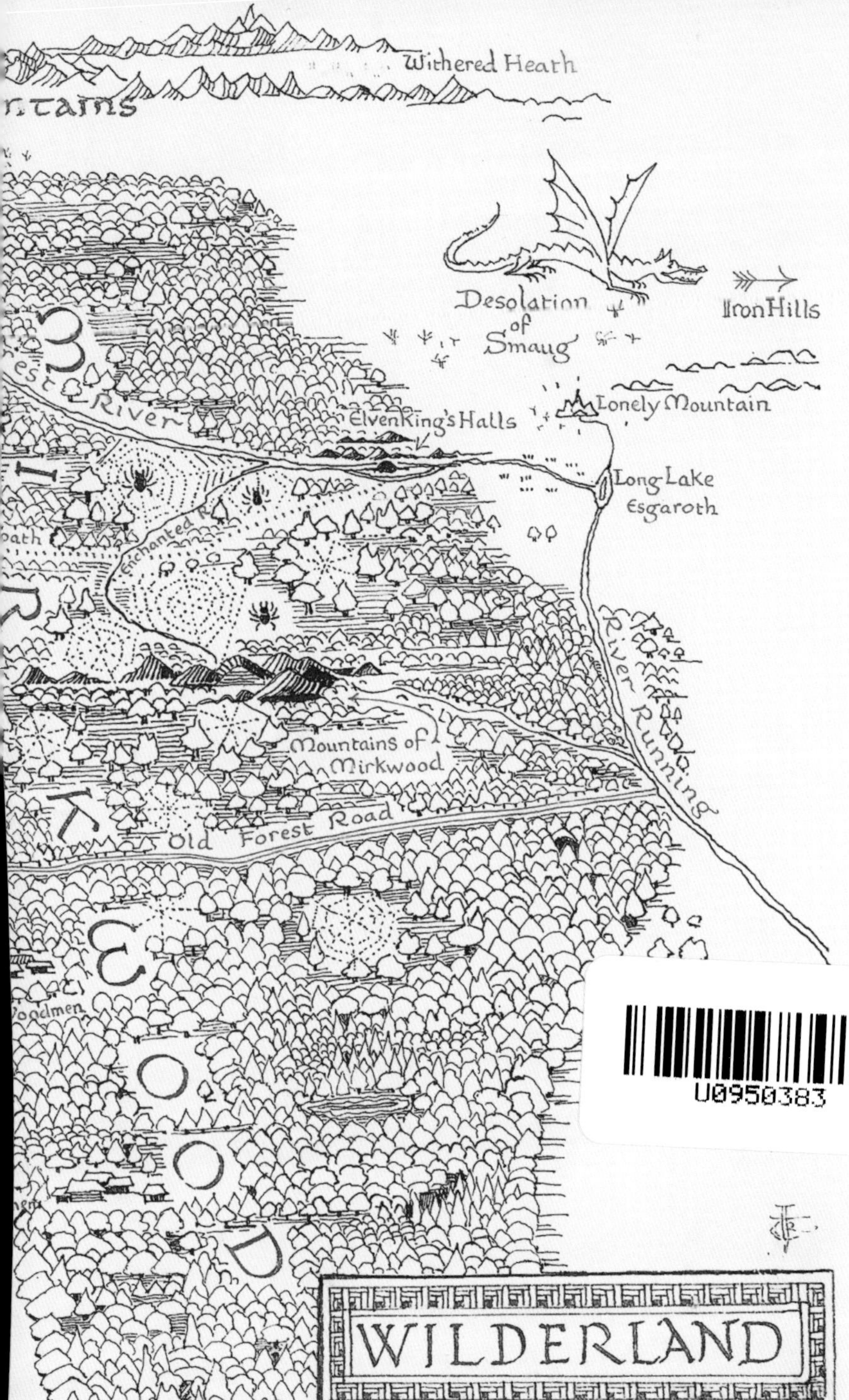
Withered Heath
Desolation of Smaug
Iron Hills
Lonely Mountain
Elvenking's Halls
Long Lake
Esgaroth
River Running
Mountains of Mirkwood
Old Forest Road
WILDERLAND

The HOBBIT

霍比特人

[英]
J. R. R. 托尔金
——著
∴
J. R. R. Tolkien
∵
邓嘉宛
石中歌 杜蕴慈
——译

四川文艺出版社

果麦文化 出品

《小丘：小河对岸的霍比屯》*

（*The hill: hobbiton-across-the Water*）

* J.R.R. 托尔金是文学家，也是艺术家。他从童年就开始作画，喜欢描绘自然风景，也常为自己的作品绘制插图。他经常在写作时画画，以便更清楚地想象书中的场景。对他而言，绘画、绘制地图等都是创作的一部分。以下均是他为《霍比特人》所作的插画。

《幽谷》

（ *Rivendell* ）

《比尔博醒来，眼前一片清晨阳光》

(*Bilbo Woke Up with the Early Sun in his Eyes*)

《比尔博来到木筏精灵的小屋》

（*Bilbo Comes to the Huts of the Raft-elves*）

《和斯毛格交谈》

（*Conversation with Smaug*）

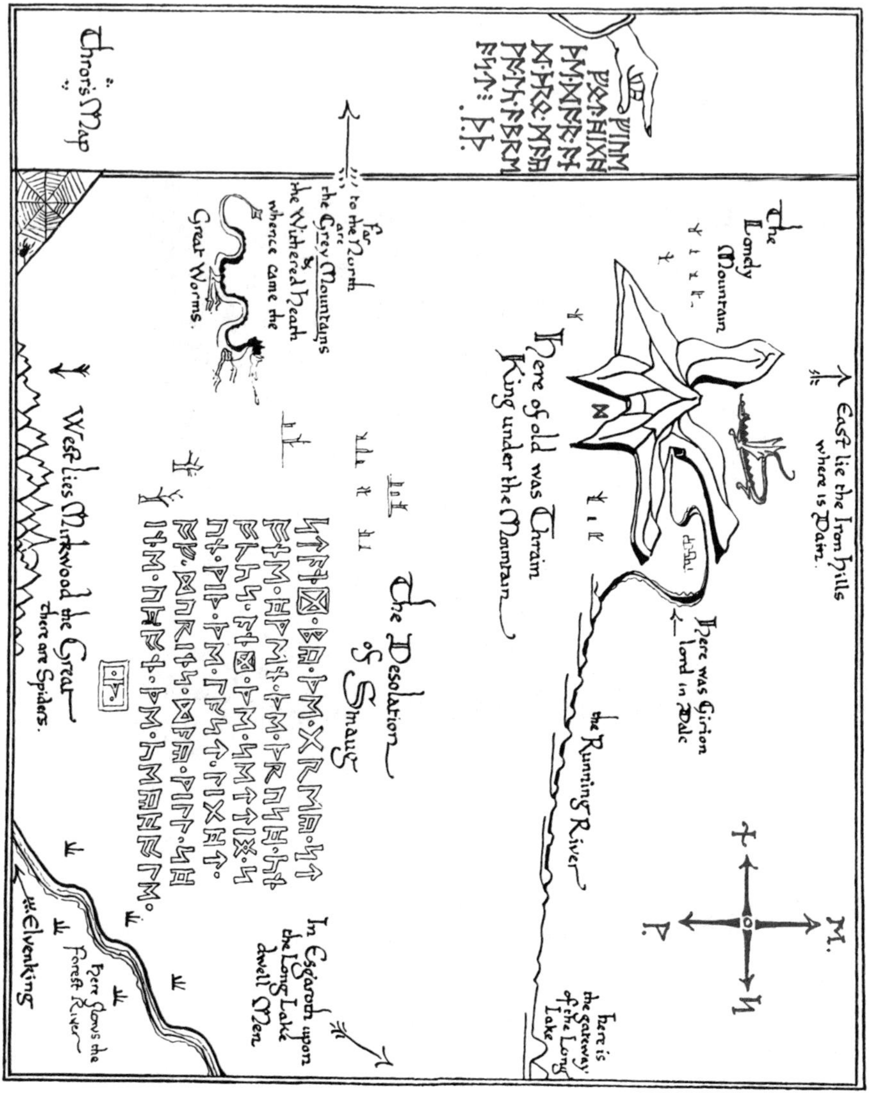

《瑟罗尔的地图》

（*Thror's Map*）

ᚦᛖ·ᚻᚩᛒᛒᛁᛏ

ᚩᚱ

ᚦᛖᚱᛖ·ᚪᚾᛞ·ᛒᚪᚳᚳ·ᚪᚷᚪᛁᚾ

这是个很久以前的故事。那时的语言和文字与我们今天所用的差异颇大。我们用英语来代表这些语言。但有两点值得注意。（1）英语中 dwarf（矮人）一词只有一种正确的复数形式，就是 dwarfs，其形容词则是 dwarfish。这个故事中复数用的是 dwarves，形容词是 dwarvish，但指的仅限于“橡木盾”梭林和他的同伴所属的古老种族。（2）Orc（奥克）不是一个英语词汇。它在书中出现在一两处地方，不过通常被译成 goblin（半兽人，块头更大的则称 hobgoblin）。Orc 是霍比特人当时对这种生物的称呼，与我们用来称呼海豚类的海洋动物所用的 orc、ork 等词完全无关。

如尼文（Runes）是一种古老的文字，最初用来刻划在木头、石头或金属上，因此线条很细，棱角分明。在这个故事发生的年代，只有矮人经常使用它们，尤其是用在私人或秘密记录上。在本书中，他们的如尼文用英语的如尼文来代表，如今只有很少人识得了。如果将瑟罗尔地图（左页图）上的如尼文与转写成现代字母后的抄本（见本书第 22 页和第 57 页）做比较，就可得出对应现代英语的字母表，同时也能读出本文的如尼文标题了。在该地图上，除了用来代表 X 的 ᛉ，所有普通如尼文都能找到。I 和 U 用来代表 J 和 V。没有与 Q 对应的如尼文（用 CW 表示）；也没有对应 Z 的（如果需要，可用矮人如尼文的 ᛣ 来表示）。不过，我们会发现有些单个如尼文代表两个现代字母的组合：th、ng、ee；其他同类型的如尼文（ᛠ 代表 ea，ᛥ 代表 st）有时也使用。秘门上的标记是 D（ᛞ）。地图左边有只手指着这标记，底下写着：ᚠᛁᚢᛖ · ᚠᛟᛏ · ᚻᛁᚷᚻ · ᚦᛖ · ᛞᚩᚱ · ᚪᚾᛞ · ᚦᚱᛟ · ᛗᚪᚣ · ᚹᚪᛚᚳ · ᚪᛒᚱᛖᚪᛋᛏ ⁝ ᚦ. ᚦ. 最后两个如尼文是瑟罗尔和瑟莱因两个名字的首字母。埃尔隆德读出的月亮如尼文是：ᛋᛏᚪᚾᛞ · ᛒᚣ · ᚦᛖ · ᚷᚱᛖᚣ · ᛋᛏᚩᚾᛖ · ᚻᚹᛖᚾ · ᚦᛖ · ᚦᚱᚢᛋᚻ · ᚳᚾᚩᚳᚳᛋ · ᚪᚾᛞ · ᚦᛖ · ᛋᛖᛏᛏᛁᛝ · ᛋᚢᚾ · ᚹᛁᚦ · ᚦᛖ · ᛚᚪᛋᛏ · ᛚᛁᚷᚻᛏ · ᚩᚠ · ᛞᚢᚱᛁᚾᛋ · ᛞᚪᚣ · ᚹᛁᛚᛚ · ᛋᚻᛁᚾᛖ · ᚢᛈᚩᚾ · ᚦᛖ · ᚳᛖᚣᚻᚩᛚᛖ。

地图上罗盘的四个指向也用如尼文标出，如同常见的矮人地图，东在上，然后按顺时针方向：E（东）、S（南）、W（西）、N（北）。

目录

第一章

意料之外的聚会

在地底的洞里住着一个霍比特人。这可不是那种肮脏、潮湿的洞，到处可见藏头露尾的虫子，还满是泥腥味，叫人恶心；也不是那种干巴巴、光秃秃，里面没地方坐、没东西吃的沙土洞。这是一个霍比特人的洞，而霍比特人的洞就意味着舒适。

它有一扇浑圆的大门，形状就像船上的舷窗，漆成绿色，门的正中央有个闪闪发亮的黄铜把手。开门进去，是个状如圆管的门厅，就像隧道——非常舒适的隧道，没有烟尘，墙壁用木板镶面，地上铺着瓷砖和地毯，配有擦得锃亮的椅子，还有一排排用来挂帽子和外套的衣帽钩——这位霍比特人是很好客的。隧道蜿蜒着不断向前延伸，相当直但又不算笔直地插进小山丘的侧面——远近方圆几英里[1]的人都管这山叫“小丘”。隧道两侧开着许多圆圆的小门，左右交替。这位霍比特人的家没有二楼，卧

1　一英里约1600米。——编辑注

室、盥洗室、地窖、食品储藏室（有很多间）、衣橱（他有好几个房间专门用来放衣服）、厨房、餐厅，全都在同一层，实际上就在这同一条走廊的两侧。最好的房间都在（进门的）左手边，因为只有这一侧的房间有窗户，通过那些深嵌着的圆窗户可以俯瞰他的花园，以及花园外顺着山坡往下一直延伸到河边的草地。

这位霍比特人非常富裕，他姓巴金斯。巴金斯家族自打记都记不清的年代开始就住在小丘一带，邻里乡亲都认为这家人十分可敬，不仅因为他们大都很富有，还因为他们从来不冒险，不做任何出人意料的事：任何问题你都不用浪费力气去问，就知道巴金斯家的人会怎么说。这个故事讲的是一个巴金斯家的人冒了一趟险，发现自己做的事、说的话完全出乎意料。他可能失去了邻里乡亲的尊敬，但他得到了——这个嘛，他是否有所得，你看到最后便知分晓。

我们这位霍比特人的母亲——等等，什么是霍比特人呢？我想如今有必要介绍一下霍比特人，因为他们已经变得罕见，而且会回避他们口中的“大种人”，也就是我们。他们是（或者说，曾经是）体型很小的种族，大约是我们的一半高，比那些长胡子的矮人还矮小。霍比特人不长胡子。他们也谈不上身怀魔法，非说有的话，也就是那种日常的本事：当你我这样笨拙的大家伙磕磕绊绊地走来，堪比大象的动静他们在一英里外就能听见，那种本事能帮他们悄无声息地迅速消失。他们多数有个胖胖的肚子，喜欢穿颜色鲜艳的衣服（主要是绿色和黄色）；他们不穿鞋子，因为他们的脚底天生就像坚韧的皮革，脚背上长着浓密温暖的棕色毛发，和他们头顶的毛发一样（都是卷曲的）；他们长着修长灵巧的棕色手指，面容和善，笑起来声音深沉圆润（特别是在吃过晚餐以后；要是办得到，晚餐他们一天要吃两顿）。好啦，这下你知道得够多了，咱们可以继续讲故事了。我刚才说，这位霍比特人——比尔博·巴金斯——的母亲，乃是大名鼎鼎的贝拉多娜·图克，她是老图克三个杰出的女儿之一，老图克则是住在流经小丘脚下的小河对岸那群霍比特人的首领。人们（别的家族的人）经常说，很久很久以前，图克家族有个祖先一定娶了仙灵为妻。这话当然很荒谬，但图克家族的人的确有些地方不像十足的霍比特人，他家时不时会有成员外出冒险。他们会不引人注意地消失，家里人也会避免张扬这事。因此，尽管图克家族无疑更富有，可事实仍是，他们不如巴金斯家族那么可敬。

这倒不是说，贝拉多娜·图克在成为邦果·巴金斯太太后还去冒过什么险。邦果，也就是比尔博的父亲，为爱妻建了一座无论是在小丘底下、小丘另一边或小河对岸都堪称最豪华的霍比特洞府（一部分用的是她的钱），他们在这里一直住到去世。不过，她的独子比尔博，虽然外貌和举止都是他那老实安分的父亲的翻版，但他很可能从图克家族那边继承了某种古怪之处，只是在等待机会显露出来。这个机会一直没来，直到比尔博·巴金斯长大成人，到了五十岁出头，在我刚才给你描述过的，他父亲建造的美好霍比特洞府里俨然已经牢牢扎根，岿然不动的时候。

机缘巧合，话说很久以前的一天早晨，那时候世界很安静，噪音更少，绿植更多，霍比特人还人丁兴旺、繁荣昌盛，比尔博·巴金斯吃过早饭后站在自家门口，拿着一支硕大的木质长烟斗吸烟，烟斗长到都快碰到他毛茸茸的脚趾了（毛梳得齐齐整整），这时，甘道夫来了。甘道夫！他的事迹你哪怕只听过我所听到的四分之一（而我所听到的只是沧海一粟），都会觉得接下来有什么惊人的故事都不奇怪。无论他走到哪里，传说和奇遇都以最不寻常的方式涌现出来。事实上，自从他的朋友老图克去世以后，他已经很久很久没有来过小丘一带了，霍比特人几乎都忘了他的模样。在他们都还是霍比特小男孩小姑娘的时候，甘道夫就在小丘另一边、小河对岸忙着办自己的事了。

那天早晨，没起半点戒心的比尔博，眼里看见的只是一个拄着拐杖的老人而已。这位老人戴着一顶高高的尖顶蓝帽子，披着长长的灰斗篷，长长的白胡子垂过银色的围巾，直到腰际，脚上还穿着巨大的黑靴子。

“早上好！”比尔博说，他是真心实意的。阳光灿烂，草地分外青翠。不过，甘道夫从浓密的长眉毛下盯着他看，那双眉毛长得都戳出了帽檐的阴影。

“你这话是什么意思？”他问，“你是祝我早上过得好，还是说不管我愿不愿意，这个早上都很好；或者说你今天早上感觉很好；还是，这是个值得好好享受的早晨？”

“全都包括在内，”比尔博说，“还可以加上，这是个很适合站在大门外抽一杆烟斗的早晨。如果你带了烟斗，不妨坐下来装一斗我的烟草！没什么好着急的，我们有一整天可以消磨！”比尔博说完就在门边的椅子上坐下，跷起腿来，吐出一个漂亮的灰烟圈，它飘向天空，却没有散开，一直飘过了小丘。

“真漂亮！”甘道夫说，“但是今天早上我没时间吐烟圈。我正在筹划一场冒险，要找人一起参加，但是找人可真是件难事。”

“可不是嘛，尤其在这里！我们都是安分守己的老百姓，一点不喜欢冒险。冒险是叫人心烦又不舒服的事！会让你赶不上吃晚饭！我想不通怎么会有人想去冒什么险。”我们这位巴金斯先生一边说，一边把拇指插进吊裤带，并吐出了另一个更大的烟圈。然后，他掏出早晨的信件开始看起来，假装不再注意那个老人。他断定这人跟他不是一路人，想让对方知难而退。但是老人一动也不动。他拄着拐杖站在那里，一声不响地盯着霍比特人，直到比尔博觉得很不自在，甚至有点来了火气。

“早！上！好！[1]”他最后忍不住开口，“我们这里没人想要任何冒险，谢谢你了！你不妨到小丘另一边或小河对岸去找找看。”他的意思是，谈话就到此为止了。

“你这句‘早上好’的用处可真多啊！”甘道夫说，“现在你的意思是要我赶紧滚蛋，我要是不走，你这个早上就不会好了。”

“不不，完全不是这个意思，亲爱的先生！让我想想，我想我还不知道你的名字呢！”

“是这意思，就是这意思，亲爱的先生——我倒是知道你的名字，比尔博·巴金斯先生。你其实也知道我，只是你没把名字跟我对上号而已。我是甘道夫，甘道夫就是我！真想不到啊，我竟然能活到贝拉多娜·图克的儿子跟我这么说早上好，就好像我是上门来推销纽扣的！”

“甘道夫，甘道夫！我的天哪！你该不会就是那个给了老图

---

1 英语 good morning 也可以用于道别。—— 译者注（若无特别说明，本书中注释均为译者注。）

克一对魔法钻石饰纽的流浪巫师吧？那对纽扣能自己扣紧，没有命令就绝不松开。该不是那个经常在聚会上讲精彩传说的家伙吧？讲恶龙、半兽人、巨人，拯救公主，还有寡妇的儿子们获得意外好运？你难道就是那个曾经造出特别美妙绝伦的焰火的人！我记得那些焰火！过去老图克总是在仲夏节前夕放焰火，真是太美妙了！它们蹿上半空炸开，就像一朵朵巨大的百合花、金鱼草和金链花，一整个晚上都悬在朦胧的暮色里！”你应该已经注意到了，巴金斯先生并不像他自以为的那样乏味无趣，并且他还非常喜欢花花草草。“我的天啊！”他接着说，“你该不会就是那个引得那么多安静的小伙子和小姑娘跑到乌有乡，投身疯狂冒险的甘道夫吧？从爬树到拜访精灵，或者乘船远航，航行到异地海岸！老天保佑，以前的生活可真是非常有意思——我是说，过去有段时间，你着实把这一带搅得一团糟。请见谅，我只是没想到你还在干这旧业。”

“我还能去哪儿？”巫师说，“不过我还是很高兴你没彻底把我忘到脑后。至少，你好像对我的焰火印象还不错，不算无可救药。行了，看在你外公老图克的分上，也看在可怜的贝拉多娜的分上，我会答应你的请求。”

“请见谅，我根本没求任何东西！”

“有，你求了！还求了两次。你求我见谅，而我原谅你。事实上，我甚至会送你去参加这趟冒险。这对我来说大有趣味，对你来说大有好处，并且有利可图，这是大有可能的，如果你能相信的话。”

“抱歉！我不想参加任何冒险，谢谢。今天没空。早上好！

不过，欢迎你来喝茶——想什么时候来都行！干吗不明天来呢？就明天吧！再见！”说完这话，霍比特人就转身快步闪进那道绿色的圆门里，以他敢做到，同时又不显得粗鲁无礼的最快速度关上了大门。巫师毕竟是巫师。

“我这是怎么了，竟然请他喝茶！”他一边朝食品储藏室走，一边自言自语。他刚吃过早饭，但他认为受过惊吓后吃一两块蛋糕再喝点什么，能帮他压压惊。

与此同时，甘道夫仍然站在门外，不出声地笑了良久。过了一会儿，他走上前去，用拐杖的杖尖在霍比特人那扇漂亮的绿色大门上划了一个古怪的记号，然后就迈着大步离开了。那时比尔博快吃完第二块蛋糕，开始以为自己已经顺利地避开了冒险。

第二天，他就差不多把甘道夫忘光了。他的记性不太好，除非他把预约的事情写在日程本上，比如：星期三，甘道夫，喝茶。可昨天他慌里慌张的，哪还记得做这件事。

到了快喝下午茶的时候，前门突然铃声大作，这下他想起来了！他匆匆忙忙将水壶烧上水，拿出另一套杯碟，添上额外的一两块蛋糕，然后跑去开门。

他正要开口说“对不起，让你久等”的时候，却发现对方根本不是甘道夫。来者是个矮人，一把蓝胡子掖在金色腰带里，深绿的兜帽下双眼非常明亮。门一开他就往里闯，好像人家早就在等他来一样。

他把连帽斗篷就近挂在衣帽钩上，然后深深鞠了一躬说：“杜瓦林为您效劳！”

霍比特人只得说："比尔博·巴金斯为您效劳！"他太吃惊了，一时之间竟不知该问什么才好。接下来的冷场变得令人尴尬，他不得不添了一句："我正要吃下午茶，请来跟我一起吃点吧。"这话说得可能有点生硬，但他是诚心诚意的。要是一个不请自来的矮人一进门就把衣服挂在你的门厅里，一句解释也没有，你还能怎么办？

他们在餐桌旁坐下没多久，事实上，还没吃到第三块蛋糕，门铃又响了，比之前还大声。

霍比特人说了句"抱歉"便起身去开门。

"你可终于来了！"这是他打算对甘道夫说的话。但门外不是甘道夫。相反，台阶上站着一个看起来很老的矮人，留着雪白的胡子，戴着猩红色的兜帽；门一开他就往里蹦，好像早就受到了邀请一样。

当他看见杜瓦林挂起来的绿兜帽时说："我看他们开始到了。"他把自己的红兜帽挂在绿的旁边，然后手按胸口施礼说："巴林为您效劳！"

"谢谢！"比尔博惊得抽了口气。他这回答不算得体，但是"他们开始到了"这话让他乱了方寸。他乐意有客来访，但他更乐意事先知道有客要来，而且客人最好是他自己邀请的。他冒出个可怕的念头，就是蛋糕可能不够，而他——身为主人，他知道自己的责任，无论多么难受都得坚持履行——他可能吃不到了。

"进来吧，来喝点茶！"他深深吸了一口气，终于说出话来。

"您不介意的话，我来点啤酒更合适，亲爱的先生。"白胡子的巴林说，“不过我不介意来点蛋糕——葛缕子蛋糕[1]，要是你有的话。”

“有，多着呢！”比尔博脱口说道，让他自己也吃了一惊。接着他发现自己小跑到酒窖去打了一品脱的啤酒，又到食品储藏室去拿了两个漂亮的圆圆的葛缕子蛋糕，是他这天下午烤好的，打算作为晚饭后的点心。

等他回来时，巴林和杜瓦林已经坐在桌边，像老朋友一样（事实上他俩是兄弟）聊得起劲。比尔博才把啤酒和蛋糕“砰”的一声放在他们面前，门铃又大响起来，紧接着又是一声。

“这回准是甘道夫来了。”他一边气喘吁吁地穿过走廊一边想。但不是。来的又是两个矮人，都戴着蓝色兜帽，系着银色腰带，留着黄胡子，两人都扛着一个工具袋，拿着一柄铁锹。门一开，他们就蹦了进来，比尔博这次倒没那么吃惊了。

“亲爱的矮人，我能为你们做什么吗？”他说。

“奇力为您效劳！”一人说。“还有菲力也是！”另一个人补充。两人都摘了蓝色兜帽鞠躬行礼。

比尔博这次想起了应答的礼数，说：“为您和您的家人效劳！”

“我看杜瓦林和巴林已经到了，”奇力说，“我们这就加入大伙儿！”

“大伙儿！”巴金斯先生想，“我觉得这话听起来不妙。我真的得坐下来冷静一下，喝杯茶。”茶他就只啜了一口，还是在角落里——那四个矮人围坐在桌前，谈论着矿藏、黄金、半兽人的

1　葛缕子蛋糕（seed-cake）是一种加入葛缕子籽的甜蛋糕。

麻烦、恶龙的肆虐，以及很多他不懂、也不想懂，因为听起来都跟冒险有关的事——这时，叮咚铃咚，他的门铃又响了，就像有个淘气的霍比特小子想把门柄扯下来似的。

“有人在叫门！”他眨了眨眼说。

“听那声音，大概有四个人，”菲力说，“而且，我们之前看到他们远远跟在我们后面过来了。”

可怜的小霍比特人在门厅里坐下来，双手抱头，心里纳闷到底发生了什么事，接下来又会怎样，以及他们是否都要留下来吃晚饭。这时门铃又响了，比之前还响亮，他不得不跑去开门。门外竟然不是四个，而是五个。第五个矮人是他在门厅里纳闷的时候来的。他才拧开门把，他们就一拥而入，一个接一个鞠躬说“为您效劳”。他们的名字是多瑞、诺瑞、欧瑞、欧因和格罗因。不一会儿，两顶紫兜帽、一顶灰兜帽、一顶棕兜帽和一顶白兜帽都挂到了衣帽钩上，然后矮人们就把宽大的手掌插在金或银的腰带里，大步走去跟先来的人碰头了。这会儿已经称得上一大伙人了。有人喊要麦酒，有人要黑啤酒，一个人要咖啡，人人都要蛋糕；因此，霍比特人忙了好一阵子。

一大壶咖啡刚放到炉子上，葛缕子蛋糕就吃完了，那些矮人向黄油司康饼发动了新一轮进攻，这时，传来了一声响亮的敲门声。不是门铃响，而是有人在用力敲打霍比特人那扇漂亮的绿门，用棍子敲得咚咚响！

比尔博沿着走廊跑去，一肚子火，又一头雾水——这是他有生以来最狼狈的一个星期三。他猛地拉开门，门外的人全跌了进来，一个压一个。又是矮人，又来了四个！甘道夫在后面倚着拐杖哈哈大笑。他在那扇漂亮的门上敲出了一个相当大的凹痕，也顺便抹掉了他昨天早上在门上留下的秘密标记。

“当心！当心！”他说，“比尔博，这可不像你的做派，让朋友在门口干等，然后又像打气枪一样猛一下拉开门！让我来介绍一下，这几位是比弗、波弗、邦伯，特别是这位梭林！”

比弗、波弗和邦伯站成一排说：“为您效劳！”然后他们把两顶黄兜帽和一顶浅绿兜帽挂好，还有一顶是天蓝的，缀着长长的银穗。最后这件是梭林的，他是一位身份极之尊贵的矮人，事实上，他不是别人，正是大名鼎鼎的“橡木盾”梭林本人，他对自己刚才扑跌在比尔博家的门垫上，身上还压着比弗、波弗和邦伯，感到十分不悦。别的不说，光一个邦伯就浑身肥肉，体重惊人。梭林着实傲慢得很，对效劳什么的只字不提；不过听到可怜的巴金斯先生连连道歉，他终于咕哝了一声“不必再提了”，也不再皱着眉头了。

“我们这就到齐了！”甘道夫一边说，一边看着那一排挂在衣帽钩上的十三顶上好兜帽——都是可拆卸的宴会用兜帽——外加他自己的帽子。“真是一场开心的聚会！我希望还有东西留给晚来的人吃喝！那是什么？茶！不用，谢谢！我自己想来点红酒。”

“我也要。”梭林说。

“还要树莓酱和苹果馅饼。”比弗说。

“还要碎肉馅饼和奶酪。”波弗说。

“还要猪肉馅饼和色拉。”邦伯说。

“方便的话，再来些蛋糕——还有麦酒——还有咖啡。”其他矮人在屋里朝门外喊道。

“再来几个鸡蛋，好伙计！”甘道夫在跌跌撞撞走向食品室的霍比特人背后喊，“把冷鸡肉和腌黄瓜也都拿出来吧！”

“他们怎么跟我自己一样清楚我食品橱里有什么东西！”巴金斯先生想，他感到非常困惑，开始怀疑是不是有一场最糟糕的冒险撞进了他家。等到他把所有的瓶子、碟子、刀子、叉子、玻璃杯子、盘子、勺子和各种东西堆在大托盘上时，他已经浑身冒汗，脸色通红，恼火万分。

“这帮矮人真不像话！”他大声说，“他们为什么不过来帮帮忙呢？”哎哟，看哪！话音未落，巴林和杜瓦林就到了厨房门口，菲力和奇力紧随其后，比尔博还没来得及开口说出“刀”这个字，他们就飞快地把大托盘和几张小桌子搬到客厅，把一切都重新陈设完毕。

甘道夫坐在首位，十三个矮人围着桌子坐定。比尔博坐在壁炉边的凳子上，小口啃着一块饼干（他被搞得几乎没胃口了），努力装作这一切都再平常不过，丝毫不像冒险的样子。矮人们吃啊吃，聊啊聊，时间渐渐流逝。最后，他们把椅子往后一挪，比尔博上前想要收拾那些杯杯盘盘。

“我想你们都会留下来吃晚饭吧？”他用最客气、最从容的语气说。

“当然了！”梭林说，“饭后也不会马上走。我们的正事要谈到很晚，之前我们得先来点音乐。现在收拾一下！”

十二个矮人——不包括梭林，过于尊贵的他，继续坐着跟甘道夫谈话——应声一跃而起，动手把所有的东西摞起来，摞成高高的几大摞，也不等拿托盘，便托起一大摞盘子，盘子顶端还放个瓶子，保持着平衡走了。霍比特人跟在他们身后，吓得差点要尖叫“务必小心”以及“不劳你们大驾！我自己能收拾”。不料矮人们却只是开唱：

敲破杯子，摔裂盘子！
磨钝刀子，掰弯叉子！
这就是比尔博·巴金斯讨厌的事——
打碎酒瓶，烧了软木塞子！

剪掉桌巾，踩上肥油！
储藏室地板上倒牛奶！
卧房里地毯上丢骨头！
每扇门都泼上葡萄酒！

瓦罐都扔进热汤盆，
再来大棍子乒乓搅，
到你忙完了还有啥没碎，
统统倒进门厅里随地滚！

这就是比尔博·巴金斯讨厌的事！
所以当心！当心那些盘子！

当然，这些吓人的事他们一件也没干，所有的东西都被洗得干干净净、稳稳当当放好，而且速度快如闪电，与此同时，霍比特人在厨房中央转了一圈又一圈，想看清楚他们在干什么。然后，他们回到客厅，看见梭林把脚架在壁炉的围栏上抽着烟斗。他正在吐出一个个硕大无比的烟圈，并且要它们往哪飘就往哪飘——有的飘上烟囱，有的飘到壁炉架上的时钟后，有的躲到桌子底下，有的绕着天花板一圈又一圈地飞。但是，无论它们跑到哪里，都逃不脱甘道夫的追捕。噗！甘道夫会从他那支短柄陶土烟斗中吐出一个小烟圈，直接穿过梭林的每一个烟圈，然后小烟圈就会变成绿色，回来浮在巫师的头顶上。他头顶已经笼罩了一大群这种烟圈，在昏暗的灯光下使他显得又奇特又有魔力。比尔博一动不动地站在那里看着——他喜欢烟圈——然后脸红了，他想起了昨天早晨他吐出烟圈飘过小丘的情景，当时他还挺自豪的。

“现在来点音乐吧！”梭林说，“把乐器拿出来！”

奇力和菲力冲向他们的背包，拿回来两把小小的提琴；多瑞、诺瑞和欧瑞从外套里抽出了笛子；邦伯从门厅那儿拿来一面鼓；比弗和波弗也出去了，回来时拿着先前跟手杖摆在一起的单簧管。杜瓦林和巴林说：“抱歉，我们把乐器留在门廊上了！”“那就把我的也顺便拿进来吧！”梭林说。他们回来时拿着跟他们一样大的古提琴，还带来了梭林包在绿布里的竖琴。那是一把漂亮的金色竖琴，梭林一拨琴弦，音乐瞬间奏响，那么突兀又那么悦耳，比尔博登时忘了一切，一下子被送到了陌生的月亮照耀下的黑暗大地，远远越过了小河，远离了他在小丘下的霍比特洞府。

夜色从小丘山侧凿出的小窗漫进屋来；炉火摇曳——现在是四月天——他们仍在演奏，甘道夫胡子投下的影子在墙上晃动。

黑暗笼罩了整个房间，火渐渐熄灭，影子消失了，但他们仍在继续演奏。突然，先是一个，接着又一个，他们开始边奏边唱，用低沉的嗓音唱着生活在地底深处古老家园中的矮人。下面记录的就是他们这首歌的一部分，但没有他们的伴奏，不知还能不能保有歌曲的原貌。

越过远方的高山，迷雾冰冷。
去往旧时的山洞，石窟幽深。
我们要在破晓之前就出发，
寻找那魔法下的黯淡黄金。

往昔矮人创造的咒语强大，
手中铁锤敲打仿佛钟响。
地底深处，黑暗之物沉睡，
在荒丘下，空荡荡的厅堂。

那里有许多闪耀的黄金宝藏，
属于精灵贵族与古代的国王。
他们锻冶铸造，捕捉光辉，
把它在剑柄的宝石里封藏。

他们以银链串起群星璀璨，
顶顶头冠镶嵌飞龙的火焰，
他们用蔓卷的金属丝线，

网住月亮与太阳的灿烂光明。

越过远方的高山，迷雾冰冷，
去往旧时的山洞，石窟幽深。
我们要在破晓之前就出发，
夺回那早已遗忘，属于我们的黄金。

他们为自己雕琢的酒杯，
与黄金的竖琴，在无人挖掘之处，
早已荒弃，曾经唱响的许多歌曲，
人类与精灵未曾闻听。

高山上的松林呼啸咆哮，
风声在深夜里悲鸣萧萧。
烈焰赤红，火光冲天；
树木如火炬熊熊燃烧。

河谷里警钟声声敲响，
脸色苍白的人们仰头张望。
恶龙的愤怒猛于火焰，
脆弱的塔楼颓圮崩塌。

月光照亮了燃烟的山岗，
矮人听见了厄运的脚步。

他们逃离厅堂，却死在他的脚下，
月光把一切照亮。

越过远方的高山，迷雾阴森。
去往昏暗的山洞，石窟幽深。
我们要在黎明之前就出发，
从他手中夺回我们的竖琴与黄金！

他们唱歌时，霍比特人体验到了一种对双手、巧技和魔法造就的美好之物的爱，那是一种强烈而嫉妒的爱，是矮人心中的渴望。于是，他心中有种属于图克家族的东西被唤醒了，他想去看看崇山峻岭，去听听松涛和飞瀑，去探索洞穴，带一把宝剑而不是拿一根手杖。他向窗外望去。在树梢上方漆黑的天空中，群星已现。他想到了矮人的宝石在幽暗的洞穴里闪耀。突然，小河对岸的树林里有一团火焰蹿起——多半是什么人点燃了一堆柴火——他想到了掠夺成性的恶龙降落到他安静的小丘上，把整座山丘变成一片火海。他打了个寒战。很快，他又变回了那个住在小丘下的袋底洞里，平平无奇的巴金斯先生。

他哆哆嗦嗦地站了起来，小半心思想着去拿灯，大半想的是趁着假装去拿灯时溜之大吉，躲到酒窖的啤酒桶后面，一直等到所有的矮人都走了再出来。忽然间，他发现音乐和歌声都停了，他们都注视着他，黑暗中目光炯炯。

“你要去哪里？”梭林问。语气听起来就像他猜到了霍比特人全部的心思。

“来点灯光怎么样？”比尔博歉然回道。

“我们喜欢摸黑，”众矮人异口同声说，“摸黑做秘事！还要过好几个钟头才会天亮。”

“当然当然！”比尔博说着慌忙坐下，却坐偏了，没坐到凳子上，而是坐到了壁炉的护栏上，“当啷”一声碰倒了拨火棍和铲子。

“嘘！”甘道夫说，“让梭林发言！”于是，梭林就开讲了。

“甘道夫、各位矮人，以及巴金斯先生！我们齐聚在我们的朋友和同谋家里，他是一位最出类拔萃、最大胆无畏的霍比特人——愿他脚趾上的毛永不脱落！盛赞他的红酒和麦酒！”他暂停下来喘了口气，同时等待霍比特人说句客气的话。但是，可怜的比尔博·巴金斯根本没听进去这些恭维，他正张口结舌，想抗议自己被说成是“大胆无畏”，更有甚者，还被称作“同谋”。然而他过于狼狈，一个字也没说出来。于是，梭林接着说：

“我们相聚在此，旨在讨论我们的计划，我们的路线、手段、方针和计谋。很快，在破晓之前，我们将展开漫长的旅程，我们当中有些人，甚至我们全体（除了我们的朋友和顾问，足智多谋的巫师甘道夫），可能一去不返。这是一个庄严的时刻。我想，人人都十分清楚我们的目标。对可敬的巴金斯先生，或许还有一两个年轻的矮人（例如奇力和菲力，我想，我指名提到他们应该没错），我们大概需要简短地解释一下目前的确切情况——”

这就是梭林的风格。他是个尊贵的矮人。如果容许他讲下去，他很可能会像这样一直讲到喘不上气为止，而所讲的事情无一不是在座的人早就知道的。但是，这次他被粗鲁地打断了。可怜的比尔博再也受不了了。在听到“可能一去不返”的时候，他感觉一声尖叫打从心底涌起，很快就要像火车冲出隧道口时发出的汽笛声一样爆发出来。所有的矮人都跳了起来，把桌子都撞翻了。甘道夫在他那魔法手杖的顶端点燃了一团蓝光，在那焰火般耀眼的光芒中，只见可怜的小霍比特人跪在壁炉前的地毯上，抖得活像一块正在融化的果冻。接着，他直挺挺地倒在地上，没完没了地喊着："被雷劈了，被雷劈了！"有好长一阵子，他们只能从他嘴里听到这句话。于是，他们把他抬起来，挪到休息室的沙发上，在他手边放了一杯酒，然后他们又回去讨论他们的秘事。

等大家坐回原位，甘道夫说："这小家伙容易激动，会莫名其妙地发作一阵子。但他是最棒的，堪称个中翘楚——在危急关头会像恶龙一样凶猛。"

如果你曾见过处在危急关头的恶龙，你就会明白，这话拿来形容任何霍比特人都是诗意的夸张，即便用在老图克的曾叔祖吼牛身上都过头了。吼牛高大魁梧（对霍比特人而言），能骑人类的马。在绿野之战中，他一马当先冲入格拉姆山半兽人的战阵，用一根木棍干净利落地敲掉了敌方国王高尔夫酋的脑袋。那颗脑袋在空中飞了有一百码远，掉进了一个兔子洞。就这样，仗打赢了，同时高尔夫球这项运动也问世了。

不过，此时吼牛那个比较斯文的后代子孙正躺在休息室里，慢慢缓过劲来。过了一会儿，在喝过酒之后，他紧张地爬到客厅门边，听到了如下的谈话。格罗因说："哼！（或类似的鼻息声）你们觉得他能行吗？甘道夫怎么夸这个霍比特人凶猛也罢，但只要他在激动时发出刚才那样一声尖叫，就足以惊醒恶龙一家大小，害我们统统送命。我觉得那一嗓子听起来不是激动，更像恐惧！事实上，要不是门上有记号，我肯定以为我们走错了人家。一看见门口那个点头哈腰、气喘吁吁的小家伙，我就觉得这事儿有蹊跷。他看起来可不像飞贼，更像个杂货商！”

于是，巴金斯先生一拧门把走了进去。图克家族的血统占了上风。他突然觉得，自己宁可不吃不睡都要让人以为他很凶猛。至于那句“门口那个点头哈腰的小家伙”，简直让他气到了堪称凶猛的程度。日后，他身上的巴金斯血统多次为他此时此刻的行动感到懊悔，他对自己说：“比尔博啊，你真是个傻瓜；你走了进去，一脚踏上了贼船。”

“抱歉，”他说，“我无意中听到了你们的谈话。我不想假装明白你们在说什么，也不懂你们提到的飞贼，不过有一点我认为我理解得没错——（这就是他所谓的自尊自重）就是你们认为我不行。我会让你们见识见识。我家门上没有记号——它一周前才被粉刷过——我敢肯定你们是走错了人家。在门口台阶上一看见你们滑稽的脸孔，我就觉得这事儿有蹊跷。不过就当你们是走对了地方吧。告诉我你们想干什么，就算我必须从这里走到极东之地，在绝境沙漠里和狂暴的妖虫战斗，我都会试上一试。我有位曾曾曾叔祖，名叫吼牛·图克，他——”

“没错，没错，但那都是很久以前的事了。”格罗因说，“我说的是你。而且我向你保证，门上确实有个记号——这一行常用的记号，或者以前常用的记号。它的意思通常是这样的：飞贼想做一笔好生意，要足够刺激，报酬公道。你乐意的话，也可以不说飞贼，改说寻宝高手。他们当中有些人就这么说，但对我们来说没区别。甘道夫告诉我们，这一带有个这样的人正在找一份这种工作，还说他已经安排了这个星期三喝下午茶的时间在这里会面。”

“门上当然有记号，”甘道夫说，“是我亲手弄的，而且理由非常充分。你们要求我给你们的探险队伍物色第十四位成员，而我选中了巴金斯先生。谁要说我选错了人或者选错了人家，你们就维持十三个人不变好了，爱多倒霉就多倒霉，或者回去继续挖煤。”

他怒气冲冲地瞪着格罗因，把那矮人吓得缩回了椅子里。比尔博刚想张嘴问个问题，甘道夫就转过身来，板着脸朝霍比特人竖起两条浓密蓬乱的眉毛，直到比尔博“啪嗒”一声牢牢闭上了嘴。“这就对了，”甘道夫说，“我们别再争论了。我选择了巴金斯先生，这对你们每个人来说都该够了。我说他是飞贼，他就是飞贼，或者到时候就会是飞贼。他的本事比你们估计的要大得多，比他自己认识到的还要大不少。你们到头来（说不定）都得感谢我。现在，比尔博，乖孩子，去把灯拿来，让我们趁着亮光来看看这东西！”

就着一盏配了红灯罩的大灯，他在桌上摊开了一张像是地图的羊皮纸。

“梭林，这是你祖父瑟罗尔画的，”他这话回答了矮人们急于知道的问题，“这是一张孤山的平面图。”

梭林扫了一眼之后失望地说：“我看不出这图能有多大帮助。孤山和周围的地界我都记得清清楚楚。我知道黑森林和繁衍恶龙的那片枯荒野都在哪里。”

“孤山上有一条用红色标记的恶龙，”巴林说，“不过我们要是真到了那里，用不着什么标记也能轻易找到他。”

“有一点你们没注意到，”巫师说，“就是那个秘密入口。看到西侧写的如尼文，还有从其他如尼文中指向它的那只手了吧？这标示着一条通往下层大厅的隐秘通道。”（看看书前附上的地图，你会见到红色的如尼文。）

“这可能曾经是个秘密，”梭林说，“但我们怎么知道它现在还是？老斯毛格已经在那里住了很久，久到足以让他对那些洞穴了如指掌。”

“有可能——但这么多年来他不可能进去过。”

“为什么？”

“因为它太小了。如尼文说，‘门高五英尺[1]，可容三人并行’，斯毛格可爬不进这种大小的洞，他还是条小龙的时候都进不去，在吞噬了那么多的矮人和河谷镇的人类之后，当然就更进不去了。”

“我觉得这是个巨大的洞，”比尔博尖声说（他从没见识过恶龙，只知道霍比特人的洞）。他又激动起来，再次燃起了兴趣，以至于忘了要闭嘴。他热爱地图，在他的门厅里就挂着一幅夏尔全境的大地图，上面用红墨水标出了每一条他爱走的小道。“先不说那条龙，这么大的门，怎么可能对外界的人保密呢？”他问。你要知道，他只是个小小的霍比特人。

“有很多种办法，”甘道夫说，“但是这个入口是怎么隐藏起来的，我们不去看看就不会知道。从地图上的说明来看，我猜那

1　一英尺约 30 厘米。——编辑注

里有一扇关起来就会变得跟山壁一模一样的门。这是矮人惯用的方法——我想没错，你说呢？”

“的确没错，”梭林说。

“还有，”甘道夫接着说，“我忘了提，地图还附带了一把钥匙，一把小巧古怪的钥匙。给！”他说着递给梭林一把银制的钥匙，有着长长的钥筒和复杂的齿凹。“好好保管它！”

“我自然会。”梭林说，把钥匙系在脖子上戴的一条精致链子上，再塞进外套底下。“现在情况开始显得有点希望了，这个消息大有助益。到目前为止，我们还不清楚该怎么办。我们原本打算往东走，尽可能悄悄地谨慎前进，一直走到长湖。在那之后可能就有麻烦了——”

“早在之前就会有麻烦了，”甘道夫插嘴说，“我多少还算了解往东的路。”

梭林没理会他，自顾往下说：“我们可以从那里沿着奔流河往上游走，到河谷城[1]的废墟，那座孤山笼罩下的山谷里的旧镇。但我们谁都不想走前门进去。奔流河就是从前门流出来，穿过孤山南面的大峭壁，恶龙也是从前门出入，而且出入十分频繁，除非他现在改了习惯。”

“那可不妙，”巫师说，“除非有个强大的战士，甚至一个英雄。我设法找过了，但战士们都在遥远的国度，正忙于打仗，而在附近这一带英雄很罕见，根本找不到。这一带的剑大多是钝

1　河谷城（Dale）位于孤山附近，既是城镇本身的名字，也指周边地区一同组成的城邦。单指城镇时译为河谷城，指领地时译为河谷邦。

的，斧头用来砍树，盾牌则拿来当摇篮或盖饭菜；恶龙离他们无比遥远（因此只是个传说）。这就是为什么我决定采用行窃的办法——特别是我还想起有一扇侧门存在。我们这位小个子比尔博·巴金斯就是飞贼，我精心挑选的飞贼。所以，我们这就开始制订计划吧。”

“好极了，”梭林说，“看看这位飞贼专家能给我们什么创意或建议。”他转向比尔博，一脸的假客气。

“首先，我想多了解一点情况，”比尔博说，感觉脑子里一片混乱，且有一点震惊。但到目前为止，他的图克血统仍然让他决心干下去。“我是说，那些金子啊、恶龙啊什么的，还有，它们是怎么到那里的，又是属于谁的，诸如此类的事。”

“我的天啊！”梭林说，“你没看到地图吗？没听到我们唱的歌吗？我们不是都已经谈了好几个钟头吗？”

“没错，但我还是希望把一切都弄得一清二楚。”他固执地说，摆出一副公事公办的样子（这姿态通常是给那些想向他借钱的人预备的），并竭力显得明智、稳健，像个行家里手，配得上甘道夫的推荐。“我还想知道有多少风险、自付多少费用、需要多久时间，以及有多少报酬，等等。”他真正的意思其实是：“我能从中得到什么？我还能活着回来吗？”

“好吧，讲也无妨。”梭林说，“很久以前，在我祖父瑟罗尔的时代，我们的家族被逐出了遥远的北方，带着所有的财产和工具，来到了地图上的这座大山。它是我的先祖老瑟莱因发现的。他们在那里采矿、开掘，建造了更宏伟的殿堂和更巨大的工坊——除此以外，我相信他们还发现了大量的黄金和大批的珠宝。总之，他们变得非常富有、声名远扬，我祖父再次成为山下之王，受到人类的极大尊敬，那些人类住在南方，沿着奔流河逐渐向上游发展，直到孤山笼罩的山谷里。彼时，他们在那里建造了欢乐的河谷城。他们的历代国王曾经聘请我们的铁匠，就连手艺最平常的匠人都能得到丰厚的报酬。他们做父亲的会恳求我们收他们的儿子当学徒，付我们非常优渥的报酬，特别是粮食，我们从来不必费心自己种庄稼或找吃的。总而言之，那是我们美好的往日，我们当中最穷的人都有钱花，还有钱能借人，并且有闲暇去做美丽的东西，只是为了自娱，更不用说那些神奇之至、施有魔法的玩具，当今世界上再也找不到这样的玩具了。如此，我祖父的厅堂里摆满了盔甲、珠宝、雕刻和杯子，河谷城的玩具市场则成为了北方的奇观。

“毫无疑问，恶龙就是这么被引来的。你知道，龙只要找得到，会从人类、精灵和矮人那里偷走黄金和珠宝；并且他们会终生（基本就是永远了，除非他们被杀）守护着自己掠夺来的宝物，却连个黄铜戒指都不会用。事实上，他们虽然对宝物当前的市值有很好的概念，却几乎分不清宝物的好坏；他们也没有本事自己制造东西，就连自己稍有松动的鳞甲都修补不了。那时候，北方有很多恶龙，随着矮人逃向南方或被杀，那里的黄金可能越来越少，而恶龙造成的大片荒芜和破坏，又是雪上加霜。有一条特别贪婪、强壮、邪恶的大虫，叫作斯毛格。有一天，他飞上天空，向南飞来。我们最初听到的声音，就像从北方刮来一场飓风，山上的松树在风中嘎吱作响，纷纷摧折。有些矮人碰巧在外面（很幸运，我就是其中之一，那时我还是个喜欢冒险的小子，成天四处游荡，这在那天救了我一命）——唉，我们远远地看到那条龙落在我们的山上，喷出一股火焰。然后他从山坡上下来，当他到达树林时，树林便成了一片火海。那时河谷城里所有的钟都敲响了，战士们也都武装起来。矮人冲出宏伟的大门，然而恶龙就在那里等着他们。从那里出去的人无一幸免。河水沸腾起来，蒸汽冲天，浓雾笼罩了河谷城，恶龙借着浓雾的掩护扑来，杀死了大多数战士——就是那种寻常的不幸故事，在那些日子里司空见惯。然后他回头，从前门爬进去，将所有的厅堂、大街小巷、隧道、地窖、宅邸和通道搜了个遍。此后，留在里面的矮人没有一个活下来的，他把他们的财物全部据为己有。他很可能把所有的财宝聚集在大山深处，堆成巨大的一堆，当作床睡在上面——这是恶龙的习惯。日后，他经常趁夜爬出大门，前去河谷城，掳走镇民——尤其是少女——吃掉，直到河谷城沦为废墟，城中的居民不是死了就是逃走。现在那里的状况我说不准，但我想如今离孤山最近的居民，应该就是住在长湖远端的人了。

“我们这些远在外面的人躲在隐蔽的地方哭泣，诅咒着斯毛格；意外的是，须发焦黑的我父亲和我祖父加入了我们的行列。他们神色异常阴沉，话也不多。当我问他们是怎么逃脱的时候，他们叫我闭嘴，说等以后时机合适时自会让我知道。之后，我们离开了那里，不得不尽一切努力辗转各地，做工糊口，经常去干打铁或者挖煤这样的活。但我们从来没有忘记我们被偷走的宝藏。即便如今，虽然我可以说我们已经攒了一笔不小的财富，不再那般穷困潦倒——”说到这里，梭林摸了摸脖子上的金链，“——但如果能够，我们还是打算把它夺回来，叫斯毛格领教我们的诅咒。

“我过去常想，我父亲和祖父是怎么逃出来的。现在我明白了，他们想必走了一道只有他们自己知道的隐秘侧门。然而他们显然还画了一张地图，我很想知道甘道夫是怎么把它弄到手的，为什么它没有传到我这个合法继承人的手中。”

“不是我把它‘弄到手’的，是别人给我的。”巫师说，“你可还记得，你祖父瑟罗尔是在墨瑞亚的矿坑里被半兽人阿佐格杀死的。”

“那个该受诅咒的家伙，我记得。”梭林说。

“而你父亲瑟莱因离开那天是四月二十一日，到上个星期四正好满一百年，自那以后你就再也没有见过他——”

“没错，没错。”梭林说。

“唉，这图是你父亲给我的，让我转交给你；如果我选择了自认为合适的时间和方式交给你，你怕是也不能责怪我，因为我费了好大劲才找到你。你父亲把图纸给我的时候，他连自己的名字都记不得了，他也从来没有告诉我你的名字。所以，总的来说，我觉得我应该得到赞扬和感谢！来，拿去吧。”他说着把地图递给了梭林。

“我不明白。”梭林说。比尔博觉得自己颇有同感，这个解释似乎没把事情解释清楚。

“你祖父，”巫师慢慢地说，语气严肃，“安全起见，在动身前往墨瑞亚矿坑之前，把地图交给了儿子。你祖父被杀后，你父亲拿着地图去碰运气。他经历了诸多饱含痛苦的冒险，却连孤山都没能接近过。我是在死灵法师的地牢里发现他的，但他是怎么去到那里的，我一无所知。”

梭林打了个寒战问：“你到底去那里干什么？”所有的矮人都发抖了。

“这你就别管了。我像往常一样是在调查，而那是一桩可怕又危险的事务。就连我，甘道夫，也只是侥幸逃脱。我想救你父亲，但已经太迟了。他已经神志错乱，除了地图和钥匙，几乎什么都不记得了。”

“我们早就报复了墨瑞亚的半兽人。”梭林说，“我们必须想想怎么对付死灵法师了。”

“别傻了！他是个劲敌，就算把全世界四个角落里所有的矮人都召集起来，合起来的力量也远远不是他的对手。你父亲唯一的愿望就是他儿子能看懂地图，使用钥匙。恶龙与孤山已经够你对付的了！”

“没错，没错！”[1]比尔博一没留神就把心里想的大声说了出来。

“听什么？”他们“唰”的一下全转过头来看他，他太慌张，只得回答：“听我要说的话！”

“你要说什么？”他们问。

“嗯，我觉得你们应该去东边，去实地看看。毕竟有个侧门，我想，恶龙有时也得睡觉。如果你们在门前的台阶上坐得够久，我敢说，你们会想出办法来的。还有，你们难道没发现，我想我

1 原文是“Hear, hear！”“hear”既有“说得好”“没错”的意思，也有“听”的意思，所以下文矮人们问“听什么”。

们这一晚上谈得已经够久了，如果你们懂我的意思的话。何不去睡个觉，然后早点出发，再说别的？在你们走之前，我会给你们准备一顿丰盛的早餐。”

“我想你的意思是，在我们走之前。”梭林说，“你不是飞贼吗？坐在门前台阶上不正是你的职责吗？更别说进到门里了。不过我赞成你说的睡觉和早餐。我要出远门时，喜欢吃六个鸡蛋配火腿：要煎的不要煮的，注意别把蛋黄弄破。”

其他的人连声“请”都没说（这让比尔博非常恼火）就点了自己的早餐，然后起身离座。霍比特人不得不给他们一一安排住处，不但填满了他所有空余的房间，还征用了椅子和沙发打睡铺，都安顿好以后他才回到自己的小床上，疲惫不堪，一点也不开心。有一件事他确实打定了主意，就是决不费事早起，给别人做什么该死的早餐。图克家族的血性渐渐消退了，他现在也吃不准自己到了早晨会不会参与任何旅程。

当他躺在床上的时候，他听见隔壁最好的卧室里，梭林还在低声哼唱：

越过远方的高山，迷雾冰冷，
去往旧时的山洞，石窟幽深，
我们要在破晓之前就出发，
夺回那早已遗忘，属于我们的黄金。

耳畔萦绕着歌声，比尔博睡着了，这让他做了很不舒服的梦。等到天光大亮之后，他才醒过来。

第二章

烤羊肉

比尔博一跃而起，披上睡袍走进餐厅。里面一个人也没有，只有一大帮人曾在这里匆忙吃过一大顿早餐的迹象。餐室里一片狼藉，厨房里堆着没洗的碗碟瓶罐。他所有的锅碗瓢盆几乎全被用过了。想到要刷洗这堆东西就让人丧气到了极点，以至于比尔博不得不相信，昨晚的聚会并不像他所希望的，只是噩梦的一部分。不过，想到他们没带他就走了，都没费心叫醒他，他着实松了一口气（“可是连声谢也没说”，他想）。但在某种程度上，他还是忍不住感到有那么一丁点失望。这种感觉连他自己都很惊讶。

“别傻了，比尔博 · 巴金斯！”他自言自语道，“你这把年纪还想什么恶龙和那些稀奇古怪的鬼话！”于是，他系上围裙，生火，烧开水，把碗碟洗了，然后在厨房里吃了一顿小而美的早餐，这才离开了餐厅。这时，太阳已经照耀四方，和煦的春风从敞开的前门吹了进来。比尔博大声吹起口哨，就要把昨天晚上的事忘到脑后。事实上，当甘道夫走进来时，他刚在敞开的窗户旁坐下来，准备吃第二顿小而美的早餐。

“我亲爱的伙计，”他说，“你打算什么时候走？还说什么早点出发？——都十点半了，你却在吃早餐，或随便你管这顿叫什么！他们给你留了信，因为他们等不及了。”

“什么信？”可怜的巴金斯先生完全不知所措。

“我的老天！”甘道夫说，“你今天早上完全变了个人——你竟然没去掸壁炉架上的灰尘！”

“这跟掸灰尘有什么关系？洗十四个人的锅碗瓢盆已经够我忙的了！”

“要是你掸了壁炉架上的灰尘，就会在钟底下发现这个。”甘道夫递给比尔博一张纸条（当然，是用比尔博自己的信纸写的）。

纸条上写着：

梭林暨同伴向飞贼比尔博问好！对您的盛情款待，我们衷心感谢；对您提供的专业协助，我们欣然接受。条件如下：现金支付，金额为至多但不超过总利润（如果有的话）的十四分之一；所有旅费在任何情况下都全包；您若遭遇不测，丧葬费用将由我们支付，或由我们的代表支付——如果我们发生意外，且未作其他安排。

考虑到没有必要打扰您宝贵的休息，我们已经提前着手进行必要的准备工作，并将于上午十一点整在傍水镇的绿龙客栈恭候尊驾。相信您会准时前来。

有幸！

对您怀有深切敬意的

梭林暨同伴

“这意味着你只剩下十分钟了。你得跑着去。”甘道夫说。

“但是——”比尔博说。

“没时间说但是了。”巫师说。

“可是——”比尔博又说。

“也没时间说可是了！快走吧！”

比尔博到死都不记得他那天是怎么出门的，没戴帽子，没拿手杖，没带一分钱，也没带任何他平常出门时会带的东西。他扔下吃了一半的第二顿早餐，嘴没擦手没洗，直接把钥匙塞到甘道夫手中，然后就以他的毛毛脚能跑出的最快速度飞奔过小路，经过大磨坊，过了小河，又继续跑了一英里多的路。

等他上气不接下气赶到傍水镇时，钟刚好敲了十一下，他突然发现自己出门时竟然没带手帕！

“棒极了！”站在客栈门口望着他到来的巴林说。

就在这时，其他所有人都从出村的大路拐角处过来了。他们骑着小马，每匹都驮着大包小包各种各样的行李，以及随身用具。其中还有一匹小马特别小，显然是为比尔博准备的。

“你们俩赶紧上马，我们出发了！”梭林说。

“抱歉之至，”比尔博说，“我来是来了，可没戴帽子，没带手帕，身上连一分钱也没有。确切地说，我到十点四十五分才看到你的留言。”

“不用那么确切，”杜瓦林说，“也不用担心！你得在没有手帕也没有很多别的东西的情况下应付这趟旅程了，直到终点。至于帽子，我的行李里有一套备用的兜帽和斗篷。”

他们就这样出发了，那是五月将临之前一个晴朗的早晨，他们骑着满载行李的小马，慢腾腾地离开了客栈。比尔博穿戴着从杜瓦林那里借来的深绿色兜帽（有点旧了）和深绿色斗篷，它们对他来说都太大了，让他看上去相当滑稽。他父亲邦果会怎么看他，我不敢想。唯一让他感到安慰的是，没人会把他误认成矮人，因为他没长胡子。

他们骑了没多久，就见甘道夫骑着白马，神气十足地赶了上来。他带来了很多手帕，还有比尔博的烟斗和烟草。从这之后，一行人就走得十分开心。他们一整天都是边骑马边讲故事或唱歌，当然还停下来吃了饭。虽然吃饭的次数没有比尔博期望的那么频繁，但他还是开始觉得，冒险归根到底也没那么糟糕。

起先，他们穿过了霍比特人的地界，这里地势十分开阔，居民体面正派，道路平坦，偶有一两家客栈，不时可见矮人或农夫漫步经过，忙着自己的营生。然后，他们来到了当地人说话很奇怪的地方，还唱着比尔博以前从来没听过的歌。现在，他们深入了野地，杳无人烟，不见客栈，路况也越来越差。前方不远有一片荒凉的山丘，山势越升越高，树木遮天蔽日。有些山岗上有古老的城堡，模样狰狞，仿佛是邪恶的人建造的。一切都显得阴沉，因为那天的天气变糟了。大多数时候，天气都跟五月该有的那么好，正像欢乐的故事里讲的那样，但是现在又冷又湿。他们在野地里的时候虽然也不得不露营，但至少那时地上是干燥的。

“这哪像快到六月了！”比尔博嘟囔着，他跟在其他人后面，踏着泥水走在一条全是烂泥的小路上。这时已经过了下午茶时间。大雨倾盆，已经下了一整天。他兜帽上的水正往眼睛里滴，斗篷也早就湿透了。小马累了，在石路上磕磕绊绊地走着。大家的心情都不好，不愿说话。“我敢肯定，雨水已经渗进干衣服和食物袋里了。”比尔博想，“让偷窃什么的全见鬼去！我真希望我是在家里，在我那个美好洞府的壁炉边，壶里的水刚刚滚开！”这可不是他最后一次这么希望！

矮人们仍然慢悠悠地走着，从来没回过头，也没注意霍比特人。藏在乌云背后的太阳一定已经下山了，因为天色开始变暗，与此同时他们往下走进一座深谷，谷底有一条河。起风了，河岸边的柳树被刮得弯了腰，发出叹息声。幸好那条路经过一座古老的石桥，因为雨使河里涨了水，从北边的丘陵和群山中湍急地流下。

他们过河之后，天都快黑了。风吹散了乌云，漫游的月亮出现在群山上空飞逝的残云之间。他们随即停下来，梭林嘟囔了几句晚饭之类。“还有，我们上哪儿去找块干燥的地方睡觉？”

直到这时，他们才发现甘道夫不见了。到目前为止，他一直和他们同行，从来没说他是冒险队伍的一员，还是仅仅陪他们走一段路。他吃得最多，说得最多，笑得最多。但是现在他竟彻底没影了！

“还偏偏就在巫师最能派上用场的时候。”多瑞和诺瑞抱怨道（他们和霍比特人的观点一致，就是饮食要规律，吃得多，吃得勤）。

最后他们决定就在原地扎营。他们走到一丛树下，虽然树底下相对干些，但风一吹，树叶上的雨水就滴滴答答地落下来，还是十分令人恼火。而且，这场麻烦似乎也影响了生火。矮人几乎能在任何地方用任何东西生火，不管有没有风；但那天晚上火就是生不起来，就连特别擅长生火的欧因和格罗因也做不到。

这时，一匹小马无缘无故受了惊吓，拔腿跑了。大家还没来得及抓住它，它就掉进了河里。他们倒是把马拉上了岸，但菲力和奇力差点淹死，马身上驮的行李也全都被水冲走了。偏偏行李里面大部分是食物，这下留给晚餐的所剩无几，留给早餐的就更少了。

他们一个个都沉着脸坐在那里，浑身湿漉漉的，嘴里嘟嘟囔囔，欧因和格罗因继续试着生火，还为此争吵不休。比尔博悲伤地想，冒险并不总是在五月的阳光下骑着小马远行啊。这时，一直负责瞭望的巴林说："那边有光！"一段距离开外有座山丘，山上有树，有些地方长得很茂密。在黑漆漆的树林里，他们这会儿可以看见一团光在闪动，一种发红的、看上去很舒服的光，就像是一堆篝火或火把在闪烁。

他们看了火光一会儿，接着争论起来。有人说"不行"，有人说"可以"。有人说不妨走过去看看，不管什么都比晚餐吃不饱，早餐会更少，还整夜穿着湿衣服来得强。

另一些人说："这一带没人熟悉，又离山区太近。这年头旅行的人基本不走这条路了。那些老地图都不管用了，情况已经变得更糟，路也没人保护。这里的人连国王都没听说过，你走在路上越少管闲事，就越少惹麻烦。”有人说：“说到底我们有十四个人，怕啥。”还有人说：“甘道夫到哪里去了？”这话人人都问了一遍。随后，雨开始越下越大，大到空前的地步，而欧因和格罗因干脆打了起来。

这平息了争论。大家说：“毕竟我们还有个飞贼。”于是他们动身了，牵着他们的小马（竭尽全力做到小心谨慎）朝火光的方向走去。他们来到山下，很快就进了树林。他们往山上爬去，但是看不出有什么像样的小路能通往住家或农场。他们在漆黑的树林中努力穿行向前，不断弄出各种沙沙声、噼啪声和嘎吱声（外加各式埋怨和抱怨）。

突然，那团红光从前方不远的树干之间透射出来，明亮非常。

“现在轮到飞贼出场了。”他们说，指的是比尔博。“你得去探探那团光究竟怎么回事，它是干吗的，以及情况是不是全然安全可靠。”梭林对霍比特人说，“现在快去，要是没什么问题，就赶快回来。要是不妙，就学谷仓猫头鹰那样沉声叫两回，再像尖啸猫头鹰那样叫一声，我们会尽力而为。”

比尔博不得不去，也没来得及解释他不会猫头鹰叫，一声都不会，随便哪种猫头鹰的叫法都不会，就跟他不会像蝙蝠一样飞来飞去一样。不过，不管怎么说，霍比特人能在树林里安静地移动，绝对悄无声息，他们为此自豪。比尔博不止一次在行路时对他所谓的“好一通矮人吵闹”嗤之以鼻——不过依我看，哪怕有一整队的矮人在月黑风高时打两英尺外经过，你我都根本不会察觉的。至于一本正经地朝红光走去的比尔博，我看就算是黄鼠狼也不会动一动胡须。所以，很自然地，他没有惊动任何人，就径直走到火堆旁——那确实是一堆篝火——结果看到了这么一幕景象。

三个体型十分庞大的人形围坐在山毛榉木堆成的硕大火堆旁。他们正用长长的木叉烤羊肉，还舔着手指上的肉汁。空气中散发着一股令人垂涎的肉香味。旁边还有一桶好酒，他们正用大壶在喝。然而他们是食人妖，一看就知道是食人妖。就连一直过着安稳生活的比尔博也能看得出来：厚实的大脸，这种体型，还有腿的形状，更别提他们说的话，那真是完完全全没法登上大雅之堂。

“昨天羊肉，今天羊肉，妈呀，赶明儿可别再吃羊肉。”其中一个食人妖说。

“俺们都好久没尝过哪怕一丁点人肉了，”第二个食人妖说，“威廉你打的什么破主意，把俺们带到这鬼地方来，真想不通——而且酒快喝光了。”他说着，用手肘捣了捣正拿着壶咕嘟咕嘟大口灌酒的威廉。

威廉呛到了。“闭上李的臭嘴！”他一缓过气来就骂道，“李还指望人跑到这儿乖乖待着，等李和伯特去揣啊。自打下山，李俩揣的人已经有一个半村子了。李俩还想要多少？总有一天李得为了一口这么肥美的羊肉说‘谢李了啊比尔[1]’。”他从手上正烤的羊腿上咬下一大口肉，用袖子擦了擦嘴巴。

1　比尔是威廉的昵称。

没错，恐怕食人妖就是这样的做派，就连那些只长了一个脑袋的也一样[1]。听了这些话以后，比尔博应该立刻采取行动。要么他悄悄回去警告朋友，说眼下有三个相当巨大的食人妖，心情很不妙，很可能想尝尝烤矮人甚至烤小马来换换口味；要么他该露一手，眼疾手快地偷点东西。一个真正一流的传奇飞贼，这时候就该去扒食人妖的口袋——差不多任何时候都值得顺一把，只要你办得到——把木叉上的羊肉弄到手，摸走啤酒，再趁他们没察觉时溜之大吉。其他更实际但不那么讲究专业尊严的窃贼，也许会趁其不备将他们一一捅死。之后这个晚上就能开心度过了。

这些比尔博都知道。他在书上读过好多他没见过也没做过的事。他非常惊恐，同时也觉得很恶心；他真希望自己远在百英里之外，然而——然而不知为何他觉得不能就这么空着手，直接回去见梭林和同伴们。因此，他站在阴影中犹豫不决。在他听说过的各种偷窃行为里，去扒食人妖的口袋似乎难度最小，于是，最后他悄悄爬到了就在威廉背后的一棵树后。

伯特和汤姆起身去了酒桶边。威廉在喝新的一壶酒。这时比尔博鼓起勇气，把自己的小手伸进了威廉的巨大口袋。里面有个钱包，对比尔博来说却大得像个手提袋。“哈！”他想，小心翼翼地把钱包拎出来，觉得自己的新工作渐入佳境，“这只是个开头！”

的确只是个开头！食人妖的钱包总会惹祸，这个也不例外。“喂，你谁啊？”钱包离开口袋时尖叫道；威廉马上转身，在比

1　童话故事里经常把食人妖描述成长着好几个头的怪物。

尔博躲回树后之前一把抓住了他的脖子。

“妈呀，伯特，快来看我抓到了啥！”威廉说。

“是啥？”那两个食人妖走过来说。

“鬼才知道！李是个啥？”

“我是比尔博·巴金斯，是个飞呃——霍比特。”可怜的比尔博说，浑身发抖，不知道在自己在被他们掐死之前要怎么学猫头鹰叫。

“飞呃霍比特？”他们吓了一小跳。食人妖的脑筋很迟钝，而且对任何新东西都有很重的疑心病。

“一个飞呃霍比特掏我的口袋干啥，说说？”威廉说。

“李能把他烤了吗？”汤姆问。

“那李就试试呗。”伯特说着，拿起一根烤肉叉。

“他连一口都不够吃，”已经饱饱吃了一顿晚饭的威廉说，“剥了皮，剔了骨头，剩下的不够吃一口。”

“也许还有更多像他这样的东西在周围，俺们可以做个馅饼，”伯特说，“喂喂，这林子里还有像李这样鬼鬼祟祟的东西吗，李这讨厌的小兔崽子。”他说着看了看霍比特人毛茸茸的脚，抓住他的脚趾把他倒拎起来，还甩了甩。

“有，有很多。”比尔博说，然后他才想起不能出卖朋友，又赶紧说，“没有，一个都没有。”

“李这话什么意思？”伯特说，这回抓住他的头发提在半空中。

“我是说，”比尔博喘着气说，“好心的先生们，请别把我烤了！我本人是个好厨师，做的菜比我被做成菜更好吃，你懂我的意思吧。我会给你们做美味可口的饭菜，只要你们不把我当晚饭吃掉，我就给你们做一顿美美的早饭。”

“可怜的小混蛋，”威廉说。他晚饭已经吃得不能再饱了，而且还喝了很多啤酒。“可怜的小混蛋！放了他吧！”

“他得先说清楚‘有很多’和‘一个都没有’是什么意思。”伯特说，“我可不想睡到一半被割了喉咙！把他的脚趾头放到火里烤，烤到他开口！”

“我不干，”威廉说，“反正我已经抓到他了。”

“你个肥蠢货，威廉，”伯特说，“我早就这么说。”

“你个废物点心！”

“你敢骂我，比尔·哈金斯，反了天了你。”伯特说着，一拳正中威廉的眼睛。

接着就是一场激烈的混战。比尔博被伯特扔到地上时，总算还剩点理智，趁他们还没像狗一样厮打起来，还没放开喉咙用各种实至名归的脏话互相辱骂，他连滚带爬地避开他们大脚的踩踏爬了出去。他们很快就扭在一起，踢打得难分难解，几乎滚进火堆里。汤姆则拿了根树枝狠狠抽打他们俩，想让他们清醒过来——当然，这只让他们越发火大。

这本来是比尔博逃走的大好时机。但是他可怜的小脚被伯特的大手爪重重捏过，而且气息奄奄，头晕目眩；所以他在火光所及的范围外躺着喘了好一会儿的气。

就在他们打架打到一半的时候，巴林来了。矮人们从远处听到了响声，等来等去却不见比尔博回来，又没听见他学猫头鹰叫，于是他们开始一个接一个，尽可能不弄出声响地朝火光爬去。汤姆一看见巴林走进火光中，就发出一声可怕的嚎叫。食人妖完全不能忍（没煮熟的）矮人，看一眼都受不了。伯特和比尔立刻住了手，说："汤姆，拿袋子来，快！"巴林正纳闷比尔博在这一片混乱中人在哪儿，一口麻袋就兜头罩下，将他撂倒在地。

"还有更多要来，"汤姆说，"不然我就大错特错了。'有很多'和'一个都没有'，还真是。"他说，"没有飞呃霍比特，但有很多这样的矮人。就这么回事！"

"我脚着[1]你说得对，"伯特说，"俺们最好躲到火光照不到的地方。"

于是他们都躲起来了，手里拿着平日里装羊肉和其他赃物的麻袋，等在暗处。每当一个矮人走过来，惊讶地看着火堆、打翻的酒壶和被啃过的羊肉时，"噗"的一声，一个臭气熏天的麻袋就兜头罩下，将他撂倒。不一会儿，杜瓦林就躺到了巴林身边，菲力和奇力被兜在一起，多瑞、诺瑞和欧瑞被堆成一堆，欧因、格罗因、比弗、波弗和邦伯被很不舒服地摞在火堆旁。

汤姆说："算是给他们个教训。"因为比弗和邦伯就像矮人被逼急时一样，发疯地反抗，给他们添了不少麻烦。

梭林是最后一个来的，但他没有措手不及地被捉。他料到事有蹊跷，用不着看到同伴们的腿从麻袋里戳出来就知道大事不妙。他站在一段距离外的阴影里，说："这是怎么回事？谁在乱

1　食人妖的发音腔调重，含糊不清，因此翻译也跟着调整，把"觉得"译为"脚着"，不是译者写错字。

抓我的人？”

“是食人妖！”比尔博躲在树后面说。他们把他忘得一干二净。他说：“他们拿着麻袋躲在灌木丛里。”

“噢！是吗？”梭林说。趁他们还没来得及扑向他，他就一跃冲向火堆，抓起一根一头烧旺了的大树枝。伯特不及闪开，那燃烧的树枝就插进了他的眼睛。这让他暂时退出了战斗。比尔博也拼了命，他抱住汤姆的腿——尽可能抱稳，那腿粗得像根不大不小的树干——岂知汤姆一脚踢起火星溅向梭林的脸，比尔博也因此被甩飞，旋转着摔进了灌木丛顶上。

作为回敬，梭林手中的树枝猛戳到汤姆的牙齿上，撞掉了他一颗门牙。我跟你说，他着实痛得号爹叫娘。可是就在这时，威廉从后面赶上来，拿麻袋“噗”的一声把梭林从头到脚整个兜住。就这样，战斗结束了。这下他们全都陷入了困境：全被牢牢地捆在了麻袋里，旁边还坐着三个愤怒的食人妖（其中两个还记恨着烫伤和打掉的门牙），争论应该慢慢地把他们烤熟，还是把他们细细地剁成臊子煮熟，或者轮流坐在他们身上把他们压成肉酱；而比尔博还在灌木丛上，衣服和皮肤都划破了，却一动都不敢动，生怕被他们发现。

就在这时，甘道夫回来了，但是谁也没看见他。食人妖们刚刚决定，眼下先把矮人烤了，稍后再吃——这是伯特的主意，经过好大一番争吵，他们都同意了。

“现在烤他们不好，那得花一整夜。”有个声音说。伯特以为是威廉说的。

“可别再吵一回了，比尔，”他说，“否则光吵就要花一整夜。”

“谁在吵啊？”威廉说，他以为刚才说话的是伯特。

“是你。”伯特说。

“你瞎说。”威廉说。于是，争吵又开始了。最后，他们决定把矮人细细地剁成臊子，然后煮熟。于是他们拿来一口大黑锅，又拿出刀子。

“煮的不好！我们又没有水。去井边打水啥的还要走好远。”有个声音说。伯特和威廉以为是汤姆说的。

“闭嘴！”他们说，“要不然我们就啥也干不成了。你要再多嘴，就让你去打水。”

“你才闭嘴！”汤姆说，他以为说话的是威廉，“我倒想知道，除了你，还有谁在吵。”

“你这笨蛋。”威廉说。

汤姆说：“你才是笨蛋！”

于是争吵又开始了，而且吵得比之前更凶。吵到最后，他们决定轮流坐在麻袋上把矮人压成肉酱，以后再煮。

“那我们要先坐在谁身上？”那个声音说。

“最好先坐最后抓到的那个家伙，”伯特说，他的眼睛已经被梭林毁了。他以为是汤姆在说话。

“别在那自言自语！”汤姆说，“你要想坐最后抓到那个，就去坐。他是哪个？”

“穿黄袜子的那个。”伯特说。

“胡说，是穿灰袜子的那个。”一个像威廉的声音说。

“我肯定是黄袜子那个。”伯特说。

“是黄袜子没错。”威廉说。

“那李刚才干吗说是灰袜子？”伯特说。

“我从来没说过。是汤姆说的。”

“我才没说过！”汤姆说，“是你说的。”

“咱二对一，所以闭上李的嘴！”伯特说。

“你跟谁这么说话呢？”威廉说。

“都别说了！”汤姆和伯特异口同声说，“黑夜要过去了，天快亮了。俺们赶紧动手吧！”

“天亮就是你们的末日，快变成石头！”一个听起来像威廉的声音说，但那不是威廉。就在那一刻，晨光越过山丘，树枝间传来了唧唧喳喳的响亮鸟叫。威廉根本没开口，因为他躬着的身子已经变成了石头；伯特和汤姆也石化了，眼睛直勾勾看着他。直至今日，他们都孤零零地立在那里，只有鸟儿在他们身上栖息。你大概知道，食人妖必须在天亮前躲到地下，否则他们就会变回原本造就他们的材料——山石，并且再也不会动了。伯特、汤姆和威廉的情况就是这样。

“好极了！”甘道夫一边说，一边从一棵树后走出来，并帮助比尔博从一丛有刺的灌木上爬下来。这时比尔博才明白，正是巫师的声音让食人妖不停斗嘴，吵得不可开交，直到晨光乍现，消灭了他们。

接下来他们解开麻袋，把矮人们放出来。他们差不多都快闷死了，并且非常恼火：躺在地上听食人妖制订计划，要把他们烤熟、压扁、剁碎，太不是滋味了。比尔博不得不把发生在自己身上的事讲了两遍，他们才满意。

“我们需要的只是火和食物，”邦伯说，“这时候去练习扒窃掏包，真是犯傻！”

“你们无论如何都不可能不费吹灰之力，就从那些家伙手里弄到火和食物。”甘道夫说，“不管怎样，现在你们是在浪费时间。你们难道不晓得，食人妖必定在附近有个山洞，或挖了地洞来躲避阳光吗？我们必须找找！”

他们四处搜寻，很快就发现食人妖的石靴穿过树林而去的痕迹。他们沿着脚印爬上山丘，最后来到隐藏在灌木丛中的一扇通往山洞的大石门前。但是，不管他们怎么使劲推，不管甘道夫尝试了多少种咒语，门就是开不了。

他们又累又气的时候，比尔博问：“这东西能帮上忙吗？是我在食人妖打架的地方找到的。”他递出一把相当大的钥匙，不过威廉肯定以为它又小又不起眼。钥匙一定是在他变成石头之前从他口袋里掉出来的，这可真走运。

“你怎么不早说？”他们喊道。甘道夫一把抓过钥匙，插进钥匙孔。接着，用力一推石门就开了，他们全都走了进去。地面上散落着骨头，空气中弥漫着一股臭味；不过，架子上和地面上乱七八糟地堆放着许多食物，还有一堆杂乱无章的赃物，从黄铜纽扣到摆在墙角的一满罐一满罐的金币，什么都有。还有很多衣服，都挂在墙上——对食人妖来说太小了，恐怕都是受害者的衣服——其间还夹杂了几把做工、形状和大小各异的剑。其中有两把剑特别引人注目，因为它们有美丽的剑鞘和镶宝石的剑柄。

甘道夫和梭林各拿了一把；比尔博拿了一把套在皮鞘里的小刀。对食人妖来说，这只是一把袖珍小刀，但对霍比特人来说，它是一把尺寸刚好的短剑。

“这些看起来都是好剑，”巫师说，抽出一半剑身好奇地察看着，“它们不是食人妖打造的，也不是这片地区和这个时代的人类铁匠打造的；日后等我们读懂了上面的如尼文，就会知道它们的来历。”

“我们出去吧，这味道实在太臭了！”菲力说。于是，他们把一罐罐的金币和那些没有被动过、看起来还能吃的食物都搬出洞去，外加一桶还满着的麦酒。到了这时，他们觉得该吃早饭了，而且因为饿得要命，他们也没对在食人妖的储藏里找到的食物不屑一顾。他们自己的口粮所剩无几。现在他们有了面包和奶酪，还有大量的麦酒，以及可以放在火堆余烬上烤的熏肉。

之后他们睡了一觉，因为昨晚整夜没得睡；这一觉一直睡到下午。然后，他们牵来小马，把一罐罐金币运到离小路不远的河边秘密地埋起来，又在上面下了很多咒语，以便将来他们有机会回来时再把它们挖出来。完事后，他们再次上马，慢悠悠地沿着小路朝东方走去。

骑马前进时，梭林问甘道夫：“恕我发问，你之前到哪里去了？”

“到前面看看。”他说。

“那是什么让你在紧要关头回来了？”

“是回头看看。”他说。

“一点没错！”梭林说，“但你能不能说得明白一点？”

“我去侦察我们前面的路。前面很快就会充满艰难险阻。此外，我还急于补充我们为数不多的补给物资。不过，我没走多远，就遇到了几个从幽谷来的朋友。”

“那是哪里？”比尔博问。

“别打岔！”甘道夫说，“运气好的话，过几天你就能到达那里，弄个清楚。我刚才说了，我遇到了两个埃尔隆德的族人。他们走得很急，害怕碰到食人妖。就是他们告诉我，有三个食人妖从高山上下来，定居在离大路不远的树林里。他们把这片地区的人全都吓跑了，并且伏击过路人。

“我立刻觉得我有必要回来。我回头看看，看到远处有火光，就朝火光走去。这下你都知道了。下次请你们更小心一点，否则我们就哪儿都去不成了！”

“谢了！”梭林说。

第三章

暂作休整

虽然天气转好了，但那天他们路上既没唱歌也没说故事；第二天没有，第三天也没有。他们开始感到两边都有危险，而且离得不远。他们在星空下扎营，马吃得比他们足，因为青草多得很，但他们袋子里的口粮，即使加上从食人妖那里得到的东西，也没多少了。一天早晨，他们在一处宽阔的浅滩涉水过河，河水流过石头，水沫飞溅，水声喧哗。对岸又陡又滑。当他们牵着小马爬上河岸时，巍峨的山岭已经离他们相当近了。看起来只需一天的轻松旅程，他们就能抵达最近的那座山脚下。虽然褐色的山坡上有几片阳光，但那座山仍显得黑暗阴郁，在山肩后方，能看见一座座尖端闪闪发亮的雪峰。

“那就是孤山吗？”比尔博严肃地问道，眼睛都瞪圆了。他从来没见过这样的庞然大物。

“当然不是！”巴林说，“这只是迷雾山脉的起点，我们必须穿过，或越过，或从底下钻过去，才能进入那边的大荒野。即便从山脉的另一边，要到东方的孤山，也就是斯毛格盘踞在我们宝藏上的地方，也还有好长一段路要走。”

“噢！”比尔博说，此时此刻体会到了前所未有的疲倦。他再次想起自己的霍比特洞府，他心爱的起居室里壁炉前那把舒适的椅子，想起水煮开时水壶的鸣唱。绝不是最后一次！

现在领路的是甘道夫。“我们不能走错路，不然就完了。”他说，“首先，我们需要食物，还要在比较安全的地方休息——另外，非常有必要走正确的路越过迷雾山脉，否则你会在山中迷路，不得不回头重新开始这趟行程（如果回得来的话）。”

他们问他要去哪里，他回答说：“你们当中有些人可能知道，你们已经来到了大荒野的边缘。在我们前方的某处，隐藏着一座美丽的山谷——幽谷[1]，埃尔隆德就住在那里的‘最后家园’。我让我的朋友们捎了个信去，他们正等着我们呢。”

这听起来让人欢欣鼓舞，但是他们还没到那里，而且要找到位于山脉西边的“最后家园”也不像说起来那么容易。他们面前这片大地看上去一马平川，没有树木，没有山谷，没有丘陵，只有一片辽阔的斜坡，缓缓地升高、再升高，直到与最近一座山的山脚相接。这片遍布石楠和碎石的广阔坡地上，零星点缀着一块块一条条的青草和绿苔，显示着可能有水源的所在。

上午过去，下午来临；在这一整片寂静的荒野上，不见一点

---

1 Rivendell 是精灵的辛达语 Imladris（伊姆拉缀斯）的翻译；按字面翻译是“裂隙中的深谷”，它位于迷雾山脉的一道深谷中。托尔金认为该名称意译音译均可；译者综合《魔戒》附录六的语言解释，采用意译。“幽”有“深”的含义，且有隐蔽之意。

人烟的迹象。他们越来越不安，因为这时他们才察觉到，那座家园可能隐藏在他们和山脉之间的任何地方。他们一路上不期而遇了很多山谷，狭窄而陡峭，在他们脚下突然豁然开朗。他们往下看时，惊讶地发现下方有树，谷底还有流水。有些沟壑不宽，他们差不多能一跃而过，但很深，其间还有瀑布。另外有些黑暗的壑谷，既跳不过去，也无法攀爬进入。还有沼泽地，有的看着青翠悦目，还长着鲜艳挺拔的花朵；但是驮着行李的小马要是踏上去，就别想再出来了。

位于渡口和山岭之间的这片地带，着实比你能想象的要广阔得多。比尔博十分惊讶。唯一的小路用白石头标记着，有些很小，有些半覆盖着苔藓或石楠。总之，虽有似乎对这条小路非常熟悉的甘道夫领路，但辨认痕迹沿路往前走的进展仍旧十分缓慢。

他在寻找石头的时候，头和胡子左摇右摆，他们都跟着他走，可是直到天光开始变暗，他们似乎离终点还远得很。下午茶的时间早就过了，晚饭的时间看来也很快就会过去。周围有蛾子飞来飞去，由于月亮还没升起，光线变得十分暗淡。比尔博的小马开始在树根和石头间磕磕绊绊。突然间，他们来到地上一道陡堑边缘，甘道夫的马差点从坡上滑下去。

“终于到了！”他喊道，其他人都围过来，从陡坡边往下看。他们看到下方深处是座河谷。他们能听到湍急的河水流过底部岩床发出的哗哗声；空气中弥漫着树木的清香；河对岸的山谷里有光亮。

比尔博永远不会忘记他们在苍茫的暮色里，沿着陡峭曲折的小道一步一滑地进入隐秘的山谷——幽谷的经历。越往下走，空气就越温暖，松树的气息使他昏昏欲睡，以至于他不时地点着头打起瞌睡，险些掉下马，或把鼻子撞到小马的脖子上。越往下走，他们的心情就越好。树木逐渐变成了山毛榉和橡树，暮色中有种令人舒适的感觉。当他们终于来到离河岸边不远的一处林间空地上时，草的青绿色泽在暮色中已经快要看不出了。

“嗯！闻起来像精灵！”比尔博一边想，一边抬头望向天上正发出炽亮蓝光的群星。就在这时，树林里爆发出一阵犹如欢笑的歌声：

哎哟你们在干什么呀？
你们要去哪里呀？
你们的小马得修修蹄啦！
河水流淌哗啦啦！
哎哟哗啦啦啦
在这山谷里流呀！

哎哟你们在找什么呀？
你们要去什么地方呀？
干柴捆正冒烟哪，
燕麦饼正烘着呀！
哎哟滴哩哩哩
山谷里最快活啦，

啊哈哈！

哎哟你们这是上哪呀？
大胡子左摇右摆？
不知道啊不知道。
是什么叫巴金斯先生，
还有巴林和杜瓦林，
到山谷里来，
在六月里啊，
啊哈哈！

哎哟你们要待一阵吗，
还是赶着上路呀？
你们的小马要跑丢啦！
天色已经暗啦！
再上路可就是傻，
待下来可快活啦！
直到黑夜过去，
请你仔细听听，
我们的歌吧，
啊哈哈！

他们就这么在林间又笑又唱；我敢说你认为那全是胡言乱语。可他们才不在乎呢；你要是把你这想法告诉他们，他们只会笑得更厉害。当然啦，他们是精灵。暮色更加深浓，比尔博很快就瞥见了他们的身影。他喜欢精灵，虽然他很少见到他们；但他也有点怕他们。矮人和他们相处得不好。就连梭林和他的朋友们这样正派的矮人，也认为精灵很蠢（这么想实在很蠢），或者被他们惹恼。因为有些精灵会捉弄和取笑他们，尤其是针对他们的胡子。

“哎，哎！”一个声音说，“快看！霍比特人比尔博骑着一匹小马，我的天！真可爱，是吧！”

“简直妙极啦！”

接着他们又唱起了另一首歌，和我刚才完整写下来的那首一样滑稽可笑。最后，有个高大的年轻人从树林里走了出来，向甘道夫和梭林鞠了一躬。

“欢迎来到山谷！”他说。

“多谢！”梭林说，态度有点生硬。但甘道夫早就下马去到精灵中间，和他们有说有笑地聊起来。

“你们有点走偏啦，”那个精灵说，“这是说，如果你们是要走能过河的唯一一条路，去对岸的家园。我们会给你们指路，但你们最好步行，直到过了桥。你们是要留下来和我们一起唱会儿歌，还是立刻就走？那边正在准备晚饭，”他说，“我能闻到做饭烧柴的味道。”

比尔博很累，但他很想留下待一会儿。在六月的星空下，精灵的歌声是不容错过的，要是你在意这种事的话。他还想和这些精灵私下聊几句，尽管他以前从没见过他们，但他们似乎知道他的名字，对他了如指掌。他想听听他们对自己这趟冒险的看法，说不定会很有趣。精灵知道得特别多，是消息灵通的一族，知道这片大地上的各个种族正在发生什么事情，而且速度快如流水——甚至比流水更快。

但那时矮人们都想尽快吃晚饭，不愿意停留。他们牵着小马继续往前走，走上一条平坦的小路，最后来到河边。河水湍急喧闹；夏天的太阳照了高处的积雪一整日，到了傍晚，山间的溪流就会这样的。河上只有一座没有护栏的狭窄石桥，窄得刚够小马在上面稳当行走。他们必须排成一队，牵着小马的缰绳，小心翼翼地慢慢走过去。精灵们已经带着明亮的灯笼来到岸边，在一行人过桥时唱着欢乐的歌。

“别把胡子浸到水沫里，老爹！”他们对梭林喊道。他的腰弯得几乎要手脚并用爬过去了。“不用浇水它就长得够长了。”

“当心别让比尔博把蛋糕全吃了！”他们叫道，“他都胖到钻不过钥匙孔了！”

“嘘，嘘！好人们！晚安了！”甘道夫最后一个上桥，“山谷也有耳朵聆听，有些精灵嘴也太快啦。晚安！”

就这样，他们终于全员来到了“最后家园”，看见它的大门洞开。

说来奇怪，值得拥有的事物和开心挥洒的时光，讲起来不花时间，听起来也无趣；但那些令人难受、心悸甚至毛骨悚然的东西，却有变成好故事的潜质，讲起来也难免大费周章。他们在那座美好的家园里待了很长时间，少说也有十四天之久；他们很不情愿动身离开。比尔博巴不得永远留在那里——哪怕他许个愿就能不费吹灰之力回到他的霍比特洞府。然而，关于他们的停留，却没什么可说的。

这座家园的主人是一位精灵之友——他族人的先祖出现在有史以前的陌生故事里，那些故事讲的是北方的战事，邪恶的半兽人对战精灵和人类先民。在我们这个故事发生的年代，仍然有一些人承自精灵与北方的凡人英雄两族，而家园的主人埃尔隆德就是他们的首领。

他像精灵领主一样高贵、俊美，像战士一样强壮，像巫师一样睿智，像矮人国王一样可敬，像夏日一样温暖可亲。他在很多故事中都有出场，但在比尔博的伟大冒险故事里，他只扮演了一个小角色，不过，等我们讲到结尾，你就会意识到他的角色很重要。无论你喜欢吃、喜欢睡、喜欢干活、喜欢讲故事、喜欢唱歌，还是只坐着神游，或者把所有这些愉快的事都混合着做，他的家园都是完美的。邪恶之物还不曾侵入这座山谷。

我要是有时间给你们讲讲他们在那座家园里听到的一些故事或一两首歌曲就好了。在那些天里，所有的人，连同那些小马，都变得精神焕发，身强体壮。他们的衣服都补好了，瘀伤痊愈了，心绪高扬，希望高涨。他们的袋子里装满了食物和补给，轻便但结实，足以让他们翻越高山隘口。他们的计划得到了绝佳的建议指导，加以改进。就这样，时间到了仲夏日前夕，他们将在仲夏日的清晨再次上路。

埃尔隆德通晓各种如尼文。那天，他察看他们从食人妖巢穴里带出来的剑，说："这些剑不是食人妖打造的。它们是古剑，非常古老，出自我的亲族——西方高等精灵之手。它们是在刚多林为了与半兽人的战事而造就的。它们一定是来自恶龙的宝藏或半兽人的赃物，因为正是恶龙和半兽人在很久很久以前摧毁了那座城。梭林，你这把剑上的如尼文名字是奥克锐斯特，在古老的刚多林语言里意思是‘斩杀半兽人之剑’；它可是一把名剑。甘道夫，你这把是格拉姆德凛，‘击敌锤’，曾是刚多林之王的佩剑。好好保管它们吧！”

梭林不禁对自己的剑另眼相看，说：“我很好奇食人妖是从哪里弄到它们的？”

“我也说不好，”埃尔隆德说，“想来，是那些食人妖劫掠了别的劫匪，或在山中某个山洞里发现了以前的盗匪遗留下来的赃物。我听说，自从矮人与半兽人之战以后，在墨瑞亚矿坑废弃的洞穴里，仍有被遗忘的古老宝藏有待发现。”

梭林斟酌了这番话。“我会让这把剑荣光不堕。”他说，“愿它很快再次劈斩半兽人！”

“这个愿望多半很快就会在山中实现！”埃尔隆德说，“现在，给我看看你的地图吧！”

他接过地图，凝视良久，摇了摇头。因为，虽然他不完全认可矮人与他们对黄金的热爱，但他痛恨恶龙及其残忍邪恶的暴行。想起河谷城和它欢快钟声的毁灭，想起明亮的奔流河被烧毁的两岸，他感到十分悲伤。一弯宽阔的新月正闪耀着银光。他举起地图，皎洁的月光透纸而出。“这是什么？”他说，“这里，在普通如尼文‘门高五英尺，可容三人并行’的旁边，还有月亮字母。”

“什么是月亮字母？”霍比特人满心兴奋地问道。我之前告诉过你，他热爱地图；他还喜欢如尼文和各种字母，以及精妙的书法，尽管他自己的字迹有点细长，像蜘蛛脚。

“月亮字母也是如尼文字母，但你看不见它们。”埃尔隆德说，“直接看是看不到的，只有当月光从它们背后映照过来时才能看见。而且，更巧妙的是，月亮的形状和季节，必须与写下文字那天一模一样。是矮人发明了它们，并用银笔写下来，你的朋友也会这么告诉你。这些字母一定是很久以前在仲夏日前夕的一弯新月下写的。”

“写的是什么？”甘道夫和梭林齐声问。埃尔隆德居然率先发现了这一点，这让他们有点懊恼，虽然之前根本就没有机会发现，而且天知道要等到什么时候才有第二次机会。

“当鸫鸟敲打时，站在灰石旁，”埃尔隆德念道，“落日带着都林之日的最后余晖将照在钥匙孔上。”

“都林，都林！”梭林说，“他是人称长须族的矮人最古老一支的祖先之祖，是我的始祖——我是他的继承人。”

“那都林之日是什么？”埃尔隆德问。

“矮人新年的第一天，”梭林说，“人人都知道，就是冬天来临之前，秋天最后一个月的第一天。我们至今仍把秋天最后一弯月亮和太阳一起出现在天空中的日子称作都林之日。不过，这恐怕帮不了我们多大的忙，因为这些年来，我们已经没有本事估算这个日子什么时候到来了。”

“那还有待商榷，”甘道夫说，“上面还写了别的东西吗？”

“没有能在此刻的月光下看见的了。”埃尔隆德说，把地图还给了梭林；然后他们走到水边去看精灵们在仲夏日前夕的歌舞。

第二天早晨明媚清新，正是理想中的仲夏日清晨：天空湛蓝，万里无云，阳光照耀水面，波光粼粼。他们在告别和祝福的歌声中骑马启程，心中已经为继续冒险做好了准备，并且对翻越迷雾山脉，去往彼方的必经之路有了把握。

第四章

翻越山丘，进入山底

通往那道山岭的道路众多，翻越山岭的隘口亦然。但大多数的路都是迷惑人的，不是死路就是歧途；而且大多数隘口都有邪物出没，充满可怕的危险。众矮人和霍比特人靠着埃尔隆德的睿智建议与甘道夫的博闻强记，选择了正确的路，来到了正确的隘口。

从他们爬出山谷，把“最后家园”远远抛在背后，已经过了好多天，但他们还在一直往上爬，没完没了地往上爬啊爬。这是一条难走又危险的小路，蜿蜒曲折，孤寂又漫长。此时他们可以回头眺望自己离开的那片土地了，在背后下方很远的地方。比尔博知道，自己的家乡就在遥远的西方，在那一片泛蓝的朦胧当中，那里有安全又舒适的事物，还有他的小霍比特洞府。他打了个寒战。山上变得刺骨寒冷，风从岩石间尖啸而过。由于中午的太阳照在雪上，不时还有一些巨大的山石变得松动，从山坡上急速滚落，从他们中间穿过（这很幸运），或从他们头顶飞过（这很吓人）。夜晚又冷又不舒服，他们不敢唱歌或大声说话，因为回声令人毛骨悚然；这片寂静似乎不乐意遭受打扰，只有水的喧哗、风的哀号和石头的碎裂是特例。

“山下正在过夏天呢，”比尔博想，“大家都在晒干草，出去野餐。照这个速度，不等我们开始下山，他们就会开始收割庄稼，采摘黑莓了。”旁人同样也满脑子阴郁念头，虽然他们在仲夏日的早晨满怀希望地和埃尔隆德告别时，曾兴高采烈地谈论过翻山的旅程，以及快马加鞭驰过山那边的大地。他们设想过怎么来到孤山的秘门前，或许就在秋天的最后一个月——“或许那天正好就是都林之日。”他们说。当时只有甘道夫摇了摇头，什么也没说。矮人已经很多年没走过那条路了，但甘道夫走过，他知道自从恶龙把人类赶出那片土地，半兽人在墨瑞亚矿坑之战后秘密扩张，邪恶和危险是如何在大荒野上滋生和成长的。即使有甘道夫这样睿智的巫师和埃尔隆德这样的益友制订的良好计划，但当你在大荒野的边缘展开危险的探索时，有时也赶不上变化。甘道夫是个睿智的巫师，自然知道这一点。

他知道可能会有意想不到的事情发生，几乎不敢奢望他们能毫无波折地穿过这片没有国王治理、到处是孤绝山峰和山谷的巍峨山脉。果不其然。本来一切顺利，直到有一天，他们遇到了一场雷雨——那可不仅仅是一场雷雨，那是一场雷霆大战。你知道在低地上和河谷中，真正的大雷雨有多么可怕；尤其是当两场大雷雨偶尔相遇碰撞的时候。而在夜间山里，当暴风雨从东西两面袭来，展开大战，闪电和雷声比那还要可怕。闪电在群峰上迸裂，岩石颤抖，巨大的霹雳劈开空气，翻腾滚动，传入每一个山洞、每一处坑洼；黑暗中充满了压倒一切的轰隆声和突如其来的闪光。

这样的景象比尔博从来没看见过也没想象过。他们置身在高处一个狭窄的地方，一侧就是直坠入昏暗山谷的恐怖山崖。他们躲在一块悬岩底下过夜，比尔博盖着一条毯子躺在地上，从头到脚都在颤抖。当他借着闪电探头偷看，他看见山谷对面有岩石巨人出来了，正在互相投掷石块消遣。他们接住那些石块，丢进下方的黑暗，石块砸断底下远处的树木，或“砰”的一声撞碎成小块。这时风雨齐至，狂风把雨水和冰雹扫向四面八方，因此一块悬岩根本保护不了他们。他们很快就浑身湿透，小马垂着头，夹着尾巴，有几匹吓得嘶鸣起来。漫山遍野都能听见巨人的哄笑和叫喊。

“这样下去可不行！”梭林说，“就算我们没被风吹走，没被雨淹死，也没被闪电击中，也有可能被哪个巨人捡起来当球踢到天上去。”

“那好，要是你知道哪里更好，就带我们去吧！”甘道夫没好气地说。对于那些巨人，他自己也是内心发毛。

争论的结果是，他们派菲力和奇力去找个更好的地方躲避。他俩的眼睛利得很，而且因为是矮人中最年轻的，比旁人小上五十岁左右，这种差事通常都会落到他们头上（当大家都明白派比尔博去绝对没用的时候）。如果你想找什么东西，最好的办法就是拿眼睛看看（梭林就是这么对两个年轻矮人说的）。只要看了，你总能找到点什么，虽说不见得就是你要找的。这次也证实了这一点。

很快，菲力和奇力就在风中攀着岩石爬了回来。“我们找到了一个干爽的山洞，”他们说，“离下一个拐角不远；我们连人带马都能进去。”

“你们彻底探查过了吗？”巫师说，他知道山里的山洞很少有无主的。

“当然，当然！”他们说，但是大家都知道他们不可能花了太多时间察看；他们回来得太快了。“洞不是很大，也不是很深。”

当然了，这就是山洞的危险之处：有时候你不知道它们能往里走多远，也不知道后面会通到哪里去，有什么东西在里面等着你。但这会儿菲力和奇力带来的消息似乎够好了。于是他们都起来了，准备换地方。风还在咆哮，雷还在怒吼，他们要想方设法让自己和小马往前挪才行。好在路不远，没走多久他们就来到了一块突出到小路上的大石头前。如果你绕到石头背后，就会发现山侧有个低矮的拱门。小马身上的行李和马鞍卸下后，刚好能从那个门挤进去。他们一进拱门，本来包围着他们的风声雨声就被挡在了外边，那感觉真好，也不用再担心巨人和他们的石头。不过巫师绝不冒险。他点亮魔杖——如果你还记得的话，他那天在比尔博的餐厅里也这么做过，但那好像是很久以前的事了——借着光亮，他们把山洞从头到尾探查了一番。

山洞看起来挺大，但没大到不可思议的地步。地面干燥，洞里还有一些舒适的凹处。山洞的一头足够容纳所有的小马，它们站在那里（十分高兴换了地方），身上冒着热气，从挂在嘴上的饲料袋里嚼食着。欧因和格罗因想在门口生火，烘干衣服，但甘道夫断然否决，因此他们把湿衣服摊在地上，从包袱里拿出干衣服换上。然后他们舒服地铺好毯子，取出烟斗，吐起烟圈来。甘道夫把烟圈变成不同的颜色，让烟圈在洞顶袅袅起舞，逗他们开心。他们聊啊聊，忘了外面的暴风雨，讨论将来分到宝藏后打算怎么处置自己的那一份（当然得先拿到手，不过当时看来，似乎也没那么遥不可及）；说着说着，他们一个接一个地睡着了。谁也没想到，那是他们最后一次用到他们带来的小马、包裹、行李、工具和随身用品。

那天晚上发生的事证明，他们带上小比尔博，终究还是有好处的。因为，不知怎么搞的，比尔博久久无法入睡；等他终于睡着了，他又做了很多噩梦。他梦见山洞后方的洞壁上裂开一条缝，裂缝越来越大，越来越宽，他吓得要死，但叫不出声，束手无策，只能干躺在那儿看着。接着，他梦见山洞的地面塌陷了，他滑了下去——开始坠落，落啊落的，天知道会落到哪里去。

就在这时，他一下子惊醒过来，发现梦境竟然有一部分成了真。山洞的后壁上真的裂开了一条缝，已经扩大成了一条宽阔的通道。他只来得及看到最后一匹小马的尾巴消失在通道里。当然，他大喊了一声，那是霍比特人能发出的最大的喊声，个头那么小却能喊那么大声，着实令人惊讶。

不等你来得及开口说“石头木头”，半兽人就跳了出来，大个的半兽人，强壮丑陋的半兽人，很多很多的半兽人。每个矮人都至少有六个扑上去，就连比尔博也摊上了两个。不等你来得及开口说“火绒火石”，他们已经全被抓住，抬进裂缝里去了。但是甘道夫没被抓。比尔博那一嗓子总算让他幸免。喊声刹那间就让巫师完全清醒过来，半兽人扑过来抓他时，山洞中闪过一道闪电般的可怕光亮，一股火药般的气味弥漫开来，有几个半兽人倒地而亡。

裂缝“啪啦”一声合上了，比尔博和矮人们却给关到了里边！甘道夫在哪里？不管是他们还是半兽人都不晓得，半兽人也没费时间弄明白。他们抓住比尔博和矮人，催促他们往里走。这里一片漆黑，黑得伸手不见五指，只有生活在山脉中心的半兽人才能看得清东西。里面的通道纵横交错，错综复杂，但半兽人知道该怎么走，就像你知道去最近的邮局该怎么走一样。他们走的路一直往下延伸，而且气闷得要命。半兽人非常粗暴，毫不留情地掐人，用粗粝可怕的声音咯咯笑、哈哈笑；比尔博感觉比上次被食人妖抓着脚趾头倒拎起来时更难受。他一次又一次希望自己回到他那美好明亮的霍比特洞府里。这不会是他最后一次这么想。

终于，前方出现了一丝微弱的红光。半兽人开始唱起歌，或者说嘎嘎叫起来，一边用扁平的脚板踏在石头上打拍子，一边摇晃着他们的俘虏。

噼哩！啪啦！裂缝黑乎乎！
揪住，抓住！掐住，按住！
下啊下去半兽人镇，
小子快点走！

压碎，粉碎！哐当，啪嚓！

铁锤大钳！门环大锣！

捶啊捶在地底下！

小子啊嗬嗬！

噼啪，唰啦！鞭子抽响！

打呀砸呀！号呀哭呀！

干活干活！不许偷懒，

半兽人喝，半兽人笑，

绕啊绕在地底下！

小子去底下！

这歌听起来实在吓人。洞壁间回荡着噼哩、啪啦！压碎、粉碎！以及他们难听的笑声，小子啊嗬嗬！歌的意思则是明摆着的；因为这时半兽人已经掏出鞭子，噼里啪啦地抽打他们，让他们在前面拼命快跑。到他们跌跌撞撞地踏进一个大山洞时，已经有不止一个矮人抱怨哀号得一塌糊涂了。

洞中央燃着一个红红的大火堆，和洞壁上的火把一起照亮了山洞，洞里满是半兽人。当矮人们（可怜的比尔博落在最后，离鞭子最近）跑进来的时候，半兽人哄堂大笑，又是跺脚又是拍手，那些负责驱赶的半兽人则在后面呼呼地挥舞着鞭子。那群小马已经挤在一个角落里；所有的行李和包袱都被拆散摊开，半兽人乱翻一气，又是嗅，又是摸，还为分赃争吵。

恐怕这是他们最后一次见到这些出色的小马了，其中还包括一匹快活又健壮的小白马，那是埃尔隆德借给甘道夫的，因为甘道夫的马不适合走山路。半兽人吃大马、小马和驴子（还吃别的更可怕的东西），而且总是肚子饿。然而，眼前俘虏们已经自顾不暇，管不了小马了。半兽人把他们的双手用铁链锁在背后，串成一行，拖到山洞的最里边，小比尔博被塞在最后。

在暗处一块扁平的大岩石上，坐着一个脑袋巨大、身躯肥硕的半兽人，在他周围站着全副武装的半兽人，手里拿着他们惯用的斧子和弯刀。半兽人全都残忍、邪恶，一副坏心肠。他们造不出美丽的东西，但做得出很多巧妙的东西。虽然他们通常懒散肮脏，但只要肯花力气，他们挖起地道、采起矿来堪称一把好手，只有技术最熟练的矮人能强过他们。锤子、斧头、刀剑、匕首、鹤嘴锄、钳子，还有刑具，他们都造得像模像样，或者让别人按照他们的设计来造——就是他们那些得一直干活，直到因为缺乏空气和阳光而死的俘虏和奴隶。很有可能，他们发明了一些后来搅得世间不宁的机器，尤其是那些能一下子杀死一大群人的巧妙装置，因为轮子、机器和爆炸总是让他们开心，而且不到万不得已，他们也不爱亲自动手干活。不过，在那个时代，在那片荒野之地，他们还没进步（姑且这么说）到那个程度。他们憎恨所有的人和物，尤其憎恨秩序和繁荣，倒没有特别憎恨矮人；在某些地方，邪恶的矮人甚至与他们结盟。但他们对梭林的族人怀有一种特殊的仇恨，因为双方之间发生过一场你在前面听我提过的战争，不过这个故事不会讲到那场战争。不管怎么说，半兽人不在乎他们抓的是谁，只要干得机密又漂亮，俘虏又没法自卫，那就行了。

“这群倒霉的家伙是什么人？”半兽人头领说。

“矮人，还有这货！”有个驱赶者说，同时一扯比尔博的锁链，让他扑跪在地，“我们发现他们在我们的前廊里躲雨。”

“你们想干什么？”半兽人头领转向梭林说，“我敢担保，准是不怀好意！我猜，你们是来刺探我们的隐私！要是一群贼子，我一点都不觉得吃惊！一群杀人凶手和精灵之友，也不是没有可能！喂！你有什么要说？”

“矮人梭林为你效劳！”他这回答只是一句客套而已，“你怀疑和想象的那些，我们全不沾边。我们只是图个方便，找个没人使用的山洞里躲避暴风雨。我们一丝一毫，完完全全不想给半兽人添麻烦。”这是大实话！

“哼！”半兽人头领说，“你话是这么说！那我问问你，你们到底在这山里干什么？你们从哪里来，要去哪里？事实上，我要知道你到底想干什么。倒不是说那能帮上你的忙，‘橡木盾’梭林，我对你那一族人可太了解了。你最好说实话，不然我就给你准备一点让人特别不舒服的东西！”

“我们要去探亲，去看望我们的侄子、侄女，还有近的远的叔伯兄弟、姑表兄弟，以及同一个祖辈的七大姑八大姨，他们都住在这片热情好客的山岭东边。”梭林说。他一时之间不知道该说什么好，但说实话显然是万万不行的。

“英明无比的大人啊，他撒谎！”一个驱赶者说，“我们去邀请这伙人下来的时候，有好几个同伴在山洞里被闪电击中了，都死得梆梆硬。还有，他没解释这玩意！”他递上梭林之前佩带的剑，那把来自食人妖巢穴的剑。

半兽人头领一见那把剑，就发出了一声令人毛骨悚然的狂怒咆哮，而他的士兵无不咬牙切齿，一边跺脚，一边敲击盾牌。他们一眼就认出了那把剑。当年它曾斩杀过成百上千的半兽人，彼时刚多林的美丽精灵曾在山岭中追猎他们，或在城墙前与他们死战。精灵叫它“斩杀半兽人之剑”奥克锐斯特，但半兽人就只叫它“咬剑”。他们仇恨它，更仇恨任何佩带它的人。

“杀人凶手！精灵之友！”半兽人头领喊道，“砍他们！打他们！咬他们！嚼他们！把他们关到满是蛇的黑牢里去，永远不准再见到光亮！”他怒气冲天，竟从座位上跳起来，张着嘴亲自朝梭林扑过去。

就在那时，山洞里的光一下子全灭了，连那个大火堆也“噗”的一声熄了，化作一炷滚滚的蓝烟直冲洞顶，刺眼的白色火星四溅，落到半兽人中间。

接踵而来的大呼小叫、呜呜声、呱呱声、叽里咕噜声，嚎叫、咆哮和咒骂声，外加各种尖叫声，简直无法形容。就算把几百只野猫和野狼活活地架在一起慢慢地烤，发出来的声音也无法与之相比。那些火星在半兽人身上烧出一个个窟窿，之后从洞顶沉降下来的浓烟又让空气变得混浊，就连半兽人的眼睛都看不透。不一会儿，他们就纷纷绊倒，扎堆滚在地上，又咬又踢又打，就好像集体发了癫。

突然间，有剑光一闪，那光是剑自己发出来的。比尔博看见它径直刺穿了发怒发到一半便遭遇变故、正惊得愣神的半兽人头领。他当场倒地毙命，而半兽人士兵在利剑前尖叫着逃进了黑暗。

那把剑返回了剑鞘。“快跟我来！”一个很凶的嗓音轻声说。

比尔博还没弄清楚出了什么事，就又开始以最快的速度跟在队伍的最后小跑起来，进了更多黑暗的通道，半兽人大厅里的大呼小叫在他背后变得越来越微弱。一团苍白的光亮引导着他们前行。

“快，快！”那声音说，“那些火把很快就会再点起来。”

“稍等！”多瑞说。他落在倒数第二，后边就是比尔博。他是个爱帮助人的好人。他设法用自己被绑住的双手帮霍比特人爬到他背上，然后众人一起向前奔跑，铁链一路叮叮当当地响，好多人趔趄绊倒，因为他们手被绑着，没办法稳住身体。他们跑了很久才停下来，那时他们一定已经到了大山的中心腹地。

这时，甘道夫点亮了魔杖。当然，来救人的正是甘道夫。不过他们这会儿没有闲工夫问他是怎么来的。他又拔出剑来，它在黑暗中兀自闪闪发光。剑中燃烧着一股怒火，使它在附近有半兽人时就会发出荧荧光亮；这会儿它因为杀死了山洞的半兽人头领，正欣喜地放出如同蓝火的明亮光芒。它不费吹灰之力就斩断了半兽人的锁链，眨眼间就解放了所有的俘虏。如果你还记得的话，这把剑名叫“击敌锤”格拉姆德凛。半兽人管它叫“打剑”，对它的仇恨比对“咬剑”更甚。奥克锐斯特也保住了；因为甘道夫把它从一个吓坏了的卫兵手里夺了过来，一路都带着。甘道夫考虑到了大多数的事；虽然他没法事事亲力亲为，但他能帮陷入严重困境的朋友很多的忙。

“我们人都在吧？”他说，一边弯腰把剑还给梭林，“让我看看：一——这是梭林；二、三、四、五、六、七、八、九、十、十一；菲力和奇力在哪里？啊，在这儿！十二、十三——还有巴金斯先生：十四！很好，很好！我们有可能比现在更倒霉，但话又说回来，也可以更走运一点的。没有小马，没有食物，也不大清楚我们在哪里，后面还紧跟着一大群愤怒的半兽人！我们这就继续走吧！”

他们就继续走了。甘道夫一点没错：他们开始听到背后刚才走过的通道里，远远传来半兽人的吵闹声和可怕的嚎叫。这促使他们拼了老命往前快跑，而可怜的比尔博连一半的速度都达不到——我可以告诉你，矮人在必要的时候，能用惊人的速度飞奔——所以他们只好轮流背着比尔博跑。

但是，半兽人依旧比矮人跑得快，而且这些半兽人更熟悉路（这些通路可是他们自己开辟的），还怒气冲天。所以，尽管矮人拼了命飞奔，他们还是听见嚎叫和咆哮越来越近。没过多久，他们就连半兽人啪哒啪哒的脚步声都听见了，许许多多的脚步声似乎眼看就要转过上一个拐角。在他们背后刚才经过的隧道里，可以看到火把闪烁的红光；而他们已经累得精疲力竭。

“天啊，我到底为什么要离开我的霍比特洞府啊！”可怜的巴金斯先生在邦伯的背上颠上颠下地说。

“天啊，我到底为什么要带一个该死的小霍比特人去寻宝啊！”可怜的邦伯说。他很胖，跑起来步履蹒跚，又因为热和恐惧，汗水不断顺着鼻尖往下滴。

在这个节骨眼上，甘道夫放慢脚步落到最后，梭林和他在一起。他们拐过一个急转弯。“转身！”他喊道，“梭林，拔剑！”

这是没有办法的办法；半兽人可不喜欢它。他们大吼大叫，急匆匆地转过拐角，却只见斩杀半兽人之剑和击敌锤赫然在他们眼前闪着明亮的寒光，顿时大惊失色。打头的半兽人丢下了火把，只来得及大叫一声就被杀了。跟在后面的半兽人叫得更厉害，向后跳开逃跑，却正好撞上后面赶上来的同伙。他们尖叫着："咬剑和打剑！"很快就乱成一团，大多数都掉头推搡着挤进来路，往回跑。

过了好长一段时间，才有半兽人壮起胆了转过那个拐角。那时，矮人早就已经走了，在半兽人国度的黑暗隧道里走出了一大段路。半兽人发现这一点后，就熄灭了火把，穿上软鞋，挑出耳朵和眼睛最好使，又跑得最快的人，向前追去。他们在黑暗中跑得像黄鼠狼一样迅捷，而且像蝙蝠一样几乎没发出声音。

这就是为什么比尔博、众矮人甚至甘道夫都没听到也没看见半兽人追来了。但是，从背后悄无声息掩上来的半兽人看到了他们，因为甘道夫正让魔杖发出微弱的光芒，帮助矮人们前进。

猝然间，背着比尔博走在最后的多瑞在黑暗中被人从后面一把抓住。他大叫一声摔倒在地；霍比特人从他肩上滚下去，跌进了黑暗，头撞在坚硬的岩石上，随即失去了知觉。

第五章

黑暗中的谜语

比尔博睁开眼睛时，很纳闷自己到底有没有睁开眼睛；因为周围就跟他闭着眼睛时一样黑。他身边一个人也没有。想象一下他有多害怕吧！他什么也听不见，什么也看不见，除了地面的岩石，什么也感觉不到。

他慢慢起身，四肢并用地摸索，直到碰到隧道的石壁。但是，无论哪边，他都找不到任何东西：什么都没有，没有半兽人的迹象，也没有矮人的踪影。他的脑袋晕乎乎的，就连自己摔下去时他们是朝哪个方向跑的，他都无法确定。他尽力猜测，爬了好一段路，直到他突然在隧道的地面上触碰到一个东西，摸起来冰冷，像个金属做成的小戒指。这是他人生经历的转折点，但他当时并不知道。他几乎不假思索地把戒指放进了口袋；当然，它在此刻似乎没有什么特别的用处。他没有再往前走多远，而是在冰冷的地上坐了好久，放任自己深陷在悲惨的情绪里。他想起自己曾在家中的厨房里煎培根和鸡蛋，因为饥肠辘辘使他感到现在正该是吃饭的时候，但那只让他倍感凄惨。

他想不出该怎么办，也想不出发生了什么事，为什么他被撇下了，以及，既然他被撇下了，为什么半兽人没有抓住他；他甚至不知道自己的头为什么这么痛。事实是，他在一个漆黑的角落里无声无息地待了很久，没人见到，也没人惦记。

过了一阵子，他伸手去摸烟斗。烟斗没摔坏，这可挺走运。接着他去摸烟袋，里面还有些烟草，这就更走运了。接着他再去摸火柴，却一根也没摸到，这让他的希望完全破灭了。其实这对他来说不是坏事，等他脑筋清楚之后，他也会赞同的。天知道在这个可怕的地方，划火柴和烟草味会从漆黑的洞里给他引来什么麻烦。可是在没找到火柴的那一刻，他还是深感崩溃。不过，在他拍打所有的衣袋，摸遍全身找火柴的时候，他的手碰到了他那把小剑的剑柄——那把从食人妖的巢穴里弄来的小匕首，他把它彻底忘了。幸亏半兽人也没有注意到它，因为他把它挂在马裤里面。

这时，他把剑抽了出来。它在他眼前闪着苍白的微光。“看来它也是精灵的刀剑。”他想，“半兽人离得不太近，但也不够远。”

不知为何，他觉得安心了一点。佩带一把众多歌谣中所唱的，刚多林打造来与半兽人作战的剑，实在是妙极了。而且他之前也注意到了，这样的武器给那些突然袭击他们的半兽人留下了多么深刻的印象。

“往回走？”他想，“绝对不行！往旁边走？做不到！往前走？只能这么办了！我们这就走！”于是他站起来，一手握剑护在身前，一手摸着洞壁小跑着朝前走，整颗心扑通扑通跳得厉害。

这会儿，比尔博自然身在所谓的困境里，但你要记住，对你我来说是困境，对他来说却没那么严重。霍比特人跟普通人类不同，尽管他们的洞府美好温馨，通风良好，与半兽人的隧道很不一样，但他们毕竟还是比我们更适应隧道，在地底下也不容易丧失方向感——在被撞的脑袋恢复过来之后就不会。此外，他们可以非常安静地移动，也可以轻易藏起来，在跌倒和摔伤之后能迅速康复。他们还拥有大量的智慧和格言，大部分都是人类从来没听过，或早就忘记了的。

尽管如此，我也不愿意处在巴金斯先生的境地里。这条隧道似乎没有尽头。他只知道，隧道一直平稳地向下走，虽有一两处转弯，但保持着原来的方向。他靠着剑的微光，也靠着在洞壁上摸索，知道不时有通往侧面的岔道。这些他没理睬，只赶快走过去，生怕里面冒出半兽人或想象中的邪恶东西。他朝下一直走啊走；他仍然听不见任何声音，只是偶尔有蝙蝠从耳旁掠过，这起初把他吓了一跳，后来次数多了，他也就懒得理会了。我不知道他像这样一直走了多久；他不愿继续走下去，却又不敢停下来，只能一直走，一直走，直到累到不能再累。看样子他要一口气走到明天、后天、大后天，没完没了地走下去。

突然，他毫无征兆地“扑通”一声踩进了水里！呃！水冰一样冷。这让他猛地把脚抽了回来。他不知道这只是路上的一个池塘，还是一条和通道交叉的地下河的河边，又或者是一个幽深的地下湖的湖滨。手里的短剑几乎没发光。他停下脚步，侧耳倾听，能听见水滴从看不见的洞顶不断滴到下方的水中，除此之外似乎没有别的声音。

“就是说，这是个池塘或湖泊，不是一条地下河。”他想。但他仍然不敢在这一片漆黑中涉水前进。他不会游泳；他还想到了一些黏糊糊的恶心东西，瞪着大大的鼓胀的盲眼，在水里蠕动。在山腹中的池塘和湖泊中生活着一些奇怪的东西：有一些鱼，它们的祖先在天知道多少年前游到了这里，再也没有游出去，而它们的眼睛因为想在黑暗中看清东西而变得越来越大、越来越大、越来越大；还有一些东西比鱼更黏滑。即使在半兽人为自己挖凿的隧道和洞穴里，也有一些不为他们所知的生物从外面偷溜进来，在黑暗中高卧。其中有些洞穴的起源能追溯到比半兽人更早的年代，半兽人只是拓宽了它们，并用通道把它们连接起来，而洞穴原来的主人仍然待在那些偏僻的角落里，鬼鬼祟祟地活动和刺探。

在这地底深处的漆黑水边，住着老咕噜，一个黏糊糊的小生物。我不知道他从哪里来，也不知道他是什么人或什么族类。他就是咕噜——像黑暗一样黑，瘦削的脸上有两只又大又圆的苍白眼睛。他有一条小船，他会在湖上安静地划船来去；这是一个又宽又深、冰寒刺骨的湖。他把两只大脚悬在船边，当成桨来划水，却从来不会荡出一丝水波。绝对不会。他用那双苍白如灯的眼睛寻找盲鱼，再用快如动念的细长手指抓住它们。他也喜欢吃肉。他认为半兽人挺好吃，能抓得到就抓来吃；但他很小心，确保他们永远不会发现他。如果偶尔有半兽人独自游荡到水边，他又刚好在潜行觅食，他便会从背后过去扼死他们。半兽人很少下到这里来，因为他们也感觉到有什么讨厌的东西潜藏在底下，在大山的根基中。他们在很久以前挖隧道的时候来到了湖边，发现没法再往前走了；所以往这个方向的路就挖到这里为止，而且也没有理由往这边走——除非半兽人头领派他们来。有时候半兽人头领想吃湖里的鱼，就派人来抓，而有时候人和鱼都没回来。

事实上，咕噜就住在湖中央一个黏滑的岩石岛上。他现在正从远处用那双像望远镜一样的淡色眼睛监视着比尔博。比尔博看不见他，但他对比尔博深感好奇，因为他看出那根本不是个半兽人。

咕噜上了船，飞快地离开了岛，而比尔博坐在湖边上，无路可去，无法可想，不知所措。突然，咕噜走了过来，低声嘶嘶着说：

“我的宝贝嘶嘶，保佑我们，给我们泼水吧！我想这是嘶嘶一顿上等大餐；至少也够一顿美味的小菜，咕噜！”当他说咕噜的时候，喉咙里发出一种吓人的吞咽声。他的名字就是这么来的，尽管他总是喊自己“我的宝贝”。

霍比特人乍听耳边响起嘶嘶声，又忽见一双苍白的眼睛冒出来死盯着他，吓得差点魂灵出窍。

“你是谁？”他说，把匕首指向前方。

“他是嘶嘶什么？我的宝贝嘶。”咕噜小声说（他总是自言自语，因为从来没有人跟他说话）。他来就是要弄清楚这个问题，因为他这会儿并不真的很饿，只是好奇而已。不然的话，他就会先出手掐死对方，再自问自答。

“我是比尔博·巴金斯先生。我跟矮人走散了，也跟巫师走散了，我不知道自己在哪里，我也不想知道，我只要能离开就行。”

“他手里拿的是什么嘶嘶？”咕噜看着那把剑说，他不太喜欢那东西。

“一把剑，一把来自刚多林的利剑！”

“嘶嘶，”咕噜说，并且变得很有礼貌，“我的宝贝，也许你该在这儿坐下跟它聊几句。它喜欢猜谜语，可能喜欢，对吗？”他急于表现出友好的样子，至少暂时如此，直到他弄清楚这把剑和霍比特人的情况，摸清他是不是真的孤身一人，他是不是好吃，还有咕噜是不是真的饿了。谜语是他唯一能想到的东西。出谜语和有时候猜谜语，是他在很久很久以前，和其他有趣的生物待在他们的洞里玩过的唯一的游戏。后来他失去了所有的朋友，被独自赶出去，往下爬、一直爬，爬进大山底下的黑暗中。

“很好。”比尔博说，他急于表现出合作的态度，直到他弄清楚这个生物的情况，摸清他是不是孤身一人，他是不是很凶猛或很饥饿，以及他是不是半兽人的朋友。

“你先出谜语吧。”他说，因为他还没来得及想出一个谜语来。

于是，咕噜嘶嘶地说：

什么有根却看不到，
比树木高，
很高很高，
却不长分毫？

“好猜！”比尔博说，“山，我猜是山。”

“这很好猜吗？我的宝贝，它一定是在跟我们比试！如果宝贝出题，它答不上来，我们就吃了它，我的宝贝嘶嘶。如果它出题问我们，我们答不上来，那我们就照它要求的做，嗯？我们告诉他出去的路，就这么办！”

“好吧！”比尔博说，不敢不同意。他拼命思索有些什么谜语能救他免于被吃掉，想得脑袋几乎要炸了。

三十四白马在红丘上，
先是大嚼，
接着跺脚，
然后站着不再动地方。

这是他唯一能想到的谜语——他满脑子都想着吃不吃的。这个谜语也相当古老了，咕噜和你一样知道谜底。

“老套，老套。”他嘶嘶说道，“牙齿！牙齿！我的宝贝嘶嘶；可我们只有六颗了！”然后他出了第二个谜语：

它哭泣，但没有声音，
它飘飞，但没有翅膀，
它咬疼，但没有牙齿，
它咕哝，但没有嘴巴。

“等一下！”比尔博叫道，他还在忐忑不安地想着吃的事。幸亏他以前听过类似的谜语，并在逐渐恢复理智后想到了答案。

“风，当然是风。”他说，而且高兴之余立刻编出了一个谜语。他心想：“这个谜语准会难倒这个讨厌的地下小生物。”

蓝脸上有一只眼，
看见绿脸上有一只眼。
第一只眼说：
“那只眼就像这只眼，
可是在低处，
不是在高处。”

“嘶嘶，嘶嘶，嘶嘶。”咕噜说。他已经在地底下待了很久很久，快要忘了这类东西。可是，就在比尔博开始希望这个坏蛋答不上来的时候，咕噜记起了无比遥远的往事，那时他和祖母住在河岸边的一个洞里。“嘶嘶，嘶嘶，我的宝贝。”他说，“这说的是太阳照在雏菊[1]上，正是。”

但是这些地面上常见的谜语让他猜得很吃力，还让他回忆起过往的日子，那时他没有这么孤独、这么鬼鬼祟祟、这么讨人厌，这让他很恼火。更要命的是，这让他感到饥饿起来；因此，这回他要努力想出点更难也更让人不愉快的东西：

看不见，摸不着，
听不见，闻不到。

1　雏菊的英文是daisy，它早上开花，晚上合拢，因此得名day's eye。

躲在星星后边，躲在山脚底下，

填满空空的洞。

它第一个来，它跟在最后，

它结束生命，它杀死笑声。

咕噜运气不佳，比尔博以前听过这类谜语，何况答案就围绕在他身边。“黑暗！”他不假思索地说，连脑袋都没挠一下。

一只盒子没有折叶，没有钥匙，没有盖子，

可是金黄宝物藏在里面。

比尔博出这个谜语，是为了拖延时间想出一个真正难猜的来。他认为这个老套谜语猜起来不费吹灰之力，尽管他没用常见的说法来出题。但事实证明，这对咕噜来说棘手得很。他自个儿嘶嘶了半天，还是答不出来，又咕咕哝哝起来。

过了一会儿，比尔博开始不耐烦了。“喂，是什么啊？”他说，“谜底可不是沸腾的水壶，照你发出来的声音，你似乎是那么想的。”

“给我们一个机会；让它给我们一个机会，我的宝贝——嘶嘶——嘶嘶。”

“好吧，”比尔博给了他机会，等了很长时间，然后说，“你猜得怎么样了？”

不料咕噜突然想起很久以前掏鸟窝偷蛋的事，想起他坐在河岸下教祖母，教祖母吮吸——“蛋！”他嘶嘶道，“嘶嘶是蛋！”

然后他问了：

活着却不喘气，
冷冰冰就像死；
从不口渴，总是喝水，
一身锁甲从不叮当作声。

这回轮到他认为这个谜语猜起来不费吹灰之力了，因为他总是惦记着谜底。然而他被蛋的谜题搞得晕头转向，一时之间想不出什么更好的。尽管如此，这对可怜的比尔博来说却是个难题，因为他不到万不得已就不跟水打交道。我想你当然知道答案，说不定轻松得跟眨眼一样，因为你正舒舒服服地坐在家里，没有被吃掉的危险来干扰你的思考。比尔博坐了下来，清了一两次嗓子，却依旧答不出来。

过了一会儿，咕噜开始高兴地嘶嘶自语："我的宝贝，它好吃吗？汁多不多？是不是嚼起来嘎吱可口？"他开始在黑暗中细细打量起比尔博来。

"等一下，"霍比特人瑟瑟发抖着说，"我刚才给了你很长的时间。"

"它得快点，快点！"咕噜说着，起身爬出小船，准备上岸去抓比尔博。但当他那双有蹼的长脚伸进水里时，一条鱼受了惊，跳出水来落在比尔博的脚趾上。

"啊呀！"他说，"又冷又湿黏！"——于是他猜到了。"鱼！鱼！"他喊道，"是鱼！"

咕噜大失所望；但比尔博连忙又出了一个谜语，所以咕噜只好回到小船上去思考。

没有腿的在一条腿的上面，
两条腿的坐在旁边三条腿的上面，
四条腿的得到了一点。

这个谜语出得实在不是时候，但比尔博急着出题。如果他换个时候出这个谜，咕噜可能很难猜出来。可是刚刚提到了鱼，“没腿的”就不难猜了，接下来的也就迎刃而解。“鱼放在小桌子上，人坐在桌旁的凳子上，猫在吃鱼骨头。”这当然就是谜底，咕噜很快就猜到了。然后，他觉得是时候出些难上加难的谜语了。于是他这么说：

此物吞噬一切；
飞鸟走兽，树木花朵；
它啃铁，它咬钢；
它把硬石磨成粉；
它杀国王，毁坚城，
高山它也能夷平。

可怜的比尔博坐在黑暗里，想着他听过的传说里，所有巨人和食人魔的可怕名字，但他们谁都没有做过所有这些事情。他有种感觉，谜底和这些完全无关，并且他应该知道的，但是他想不出来。他开始感到害怕，这对思考很不利。咕噜又从小船上下来了。他拍打着水，划向岸边；比尔博可以看到他的眼睛正朝自己接近。他的舌头好像被粘在了嘴里；他想大喊："再给我一点时间！给我一点时间！"但突然冲出口的只是一声尖叫：

"时间！时间！"

比尔博的得救纯属撞了大运。这当然就是谜底。

咕噜又一次大失所望；这下他开始生气，也厌倦了这个游戏。这让他真的很饿。这次他没有回到小船上。他在黑暗中坐下，就坐在比尔博身边。而这让霍比特人浑身不舒服，并且分散了他的注意力。

"它一定要问我们问题，我的宝贝，是的，是的，是嘶嘶。只能再猜一个谜语，是的，是嘶嘶。"咕噜说。

可是有这么个又湿又冷的讨厌东西坐在旁边，对他又摸又戳，比尔博根本想不出任何谜语。他抓耳搔腮，拧掐自己，可还是什么也想不出来。

"问我们！问我们！"咕噜说。

比尔博掐了自己一把，又扇了自己一巴掌；他握紧手中的短剑；他的另一只手甚至在口袋里掏摸着。他在口袋里摸到了他在通道里捡到的、被他遗忘的戒指。

"我口袋里有什么东西？"他大声说。他是在自言自语，但咕噜以为这是个谜语，觉得非常不高兴。

"不公平！不公平！"他嘶声道，"它竟问我们它那讨厌的小口袋里有什么东西，这不公平，我的宝贝，对不对？"

比尔博这才意识到出了什么事，但又没有更好的谜语可出，于是就坚持原来的问题，更大声地问："我口袋里有什么东西？"

"嘶—嘶—嘶，"咕噜嘶声道，"它得让我们猜三次，我的宝贝，猜三次。"

"很好！猜吧！"比尔博说。

"手！"咕噜说。

"错。"比尔博说，幸亏他刚把手抽出来，"再猜！"

"嘶—嘶—嘶。"咕噜说，比之前更不高兴了。他想了下自己放在口袋里的所有东西：鱼骨、半兽人的牙、湿贝壳、一小块蝙蝠翅膀、一块用来磨利自己尖牙的利石，还有其他乱七八糟的东西。他尽力去想别人口袋里会放些什么。

"小刀！"他终于说。

"错！"比尔博说，他不久前丢了他的小刀，"猜最后一次！"

这下咕噜陷入了比比尔博要他猜那个蛋的谜语时更糟糕的状态。他嘶嘶作声，唾沫四溅，前后摇晃，脚在地上拍打，身体扭来扭去；但他还是不敢胡乱猜这最后一次。

"快猜！"比尔博说，"我等着呢！"他努力让自己的声音显得勇敢快活，但他对比赛会有什么结果毫无把握，不管咕噜猜得对不对。

"时间到！"他说。

"线头，或什么也没有！"咕噜尖叫道，一次猜两个谜底其实不太公平。

"都错。"比尔博如释重负地喊道，并立刻跳起来，背靠着最近的一面石壁，举起他的短剑。他当然知道，猜谜比赛十分神圣，具有悠久的历史，哪怕是邪恶的妖物在猜谜时也不敢作弊。

但他觉得不能相信这个卑劣的东西会在紧要关头信守诺言。任何借口都能让他滑头地摆脱承诺。毕竟，根据古代的规则，最后那个问题并不是一个真正的谜语。

不过，无论如何，咕噜没有立刻攻击他。他看得见比尔博手里的剑。他仍坐在那儿，一边发抖一边嘟囔。比尔博终于等不下去了。

“怎么？”他说，“你答应的事办不办？我要出去。你得给我指路。”

“宝贝，我们说过这话吗？给这讨厌的小巴金斯指明出去的路，对，说过。但是它的口袋里有什么，嗯？宝贝，不是线头，但也不是什么都没有。噢不是！咕噜！”

“你别管了。”比尔博说，“说话要算话。”

“宝贝，那家伙生气了，不耐烦了。”咕噜嘶嘶说道，“但它必须等，是的，它必须等。我们不能这么急匆匆地走隧道上去。我们得先去拿些东西，是的，一些能帮助我们的东西。”

“好，那就快点！”比尔博说，想到咕噜要走开，他松了口气。他以为咕噜只是找个借口，不打算回来了。咕噜在说什么呢？在那黑黢黢的湖上他能藏什么有用的东西？但是他错了。咕噜确实打算回来；他这会儿又气又饿，而且他是个卑鄙邪恶的家伙，他已经有了主意。

他的小岛离得不远，比尔博对这个岛一无所知。他在岛上的藏身之处放了一些破破烂烂的杂物，还有一样非常漂亮的东西，非常漂亮，非常神奇。他有一枚戒指，一枚金戒指，一枚宝贝的戒指。

“我的生日礼物！”他低声自言自语道。在那无尽的黑暗岁月里，他常常这样自言自语。“我们现在正想要它，是的；我们想要！”

他想要它，因为它是一枚力量之戒，如果你把那枚戒指戴到手指上，你就隐形了；只有在烈日底下你才能被人看见，而且被看见的只是你颤动的、模糊的影子。

“我的生日礼物！它是在我生日那天得到的，我的宝贝。”他总是这么跟自己说。但谁知道咕噜是怎么把这个礼物弄到手的？那是在很久以前的古老年代，那时这种戒指还散落在世间。也许就连统御这类戒指的主人也说不清楚。起初咕噜戴着它，直到它令他疲惫不堪。然后他把它放在贴身的小袋里，直到它硌痛他。如今他常把它藏在岛上的一个岩石洞里，并且总要回去看它一下。有时候，当他实在舍不得和它分开，或者当他饿得要命又吃腻了鱼的时候，他还是会戴上它。然后他会沿着黑暗的通道潜行，寻找走散落单的半兽人。他甚至可能冒险进到那些有火把照明、让他的眼睛刺痛的地方，因为他是安全的。噢，是的，安全得很。没有人会看到他，没有人会注意到他，直到他的手指勒住他们的咽喉。仅仅几个钟头前他还戴过它，并且抓到了一个小半兽人。那小家伙尖叫得多响啊！他还剩下一两根骨头没啃完，但他想吃点更软的。

“安全得很，是的。”他自言自语道，“它不会看见我们的，是不是，我的宝贝？看不见。它看不见我们，它那把讨厌的小剑就没用了，是的，完全没用。”

当他突然从比尔博身边溜走，啪嗒啪嗒回到小船上，划入黑暗中时，他那邪恶的小脑袋里就是这么想的。比尔博以为他这一去就再不会有音讯了。不过他还是等了一会儿，因为他不知道自己一个人要怎么找到路出去。

突然，他听到一声尖叫。这使他背上蹿过一股寒战。咕噜的咒骂与哀号声从幽暗中传来，听声音离得似乎不远。他在自己的岛上，东扒西抓，搜索翻找，却一无所获。

“它在哪？它在哪？”比尔博听见他在大喊，“它丢了，我的宝贝，丢了，丢了！诅咒我们，碾碎我们，我的宝贝不见了！”

“怎么回事？”比尔博高声问，“你丢了什么？”

“它不可以问我们。”咕噜尖叫道，“不关它的事，不，咕噜！它丢了，咕噜，咕噜，咕噜。”

“好吧，我也走丢了，”比尔博叫道，“我想要不再走丢。我赢了，你答应过的。所以，过来吧！来带我出去，然后你继续找你的！”尽管咕噜听起来凄惨到了极点，比尔博心里却找不出多少怜悯，他有种感觉，不管咕噜这么想要什么，那多半都不是个好东西。“过来啊！”他喊道。

“不行，现在还不行，宝贝！”咕噜回答，“我们必须找到它，它丢了，咕噜。”

“但你没猜出来我最后一个谜语，而且你答应过的。”比尔博说。

“没猜出来！”咕噜说。接着，黑暗中突然传来一声尖锐的嘶嘶声。“它的口袋里有什么？告诉我们。它必须先告诉我们。”

就比尔博来说，他没有什么特别的理由不说。咕噜的脑筋转得比他更快，先作了猜测。这很自然，因为咕噜这么多年来一直想着这东西，他总是担心它被人偷走。但比尔博对这种拖延感到恼火。毕竟，他冒着可怕的风险赢了这场猜谜比赛，赢得相当公平。“谜底只能猜出来，不能给出来。”他说。

“但这个问题不公平。”咕噜说，“不是谜语，宝贝，不是。”

“噢，好吧，要说普通的问题，那我已经先问了一个。”比尔博答道，“你丢了什么？告诉我啊！”

“它的口袋里有什么？”嘶嘶声越来越大，越来越尖锐，当比尔博朝声音的来处望去，吃惊地发现竟有两个小光点正盯着他。随着咕噜心中的猜疑越来越深，他眼中的光芒也燃成了苍白的火焰。

“你丢了什么？”比尔博追问。

但这时咕噜眼中的光芒已经变成了绿火，并且迅速逼近。咕噜又上了船，疯狂地划回黑沉沉的岸边；他心中充满了失落带来的怒火和怀疑，顾不上再怕任何刀剑。

比尔博猜不出是什么让这个卑劣的家伙发了疯，但他明白没指望了，咕噜总之是打定主意要杀了他。他及时转身，贴着洞壁，左手摸索着沿着原先下来的漆黑通道往回跑。

“它的口袋里有什么？”他听到背后传来响亮的嘶嘶声，还有咕噜跳下船时溅起的水声。“我也很纳闷，我有什么呢？”他自言自语道，一边喘息一边跌跌撞撞地跑着。他把左手伸进口袋。那枚戒指悄悄地滑到他摸索着的食指上，感觉冰一样冷。

后面的嘶嘶声离得很近了。他扭头看见咕噜的眼睛，就像两盏绿色的小灯正顺着斜坡上来。他害怕极了，想跑得更快一点，但他的脚趾突然踢到了一处不平的地方，整个人扑倒在地，短剑被压在身子底下。

眨眼间，咕噜就追上了他。但比尔博还没来得及缓过气爬起来，挥舞他的剑，咕噜就骂骂咧咧地从他身边冲了过去，根本没注意到他。

这是怎么回事？咕噜能在黑暗中看清东西。比尔博甚至从他后面都看得见他眼睛发出的淡淡光芒。他忍着痛爬起来，把这会儿又开始发出微光的剑插进鞘里，然后小心翼翼地跟上去。看来也别无他法了。往后爬回咕噜的湖边没有任何好处。要是他跟着咕噜，咕噜说不定会在无意中带他走上一条逃出去的路。

"该死的！该死的！该死的！"咕噜咬牙切齿地嘶嘶说，"该死的巴金斯！它跑了！它的口袋里有什么？噢，我们猜，我们猜，我的宝贝。他找到了它，是的，他一定找到了。我的生日礼物。"

比尔博竖起了耳朵。他终于开始自己猜测了。他稍微加快了脚步，壮起胆子尽可能接近咕噜。咕噜仍然走得飞快，没有回头看，只是不停地左顾右盼，比尔博能借着洞壁上的微弱反光看出来。

"我的生日礼物！该死的！我们是怎么弄丢的，我的宝贝？没错，一定是这样。在我们上次走过这条路的时候，在我们扭断那个吱嘎尖叫的小讨厌鬼的时候。一定是这样。该死的！过了这么、这么多年，它从我们手上溜走了！它走了，咕噜。"

突然，咕噜坐下哭了起来，那唏嘘哽咽的声音听着真是叫人毛骨悚然。比尔博急忙停下脚步，身子紧贴着隧道的墙壁。过了一会儿，咕噜停止了哭泣，开始说话。他似乎在和自己争论。

"回去找不行，不行。我们记不住所有我们去过的地方。回去找也没用。巴金斯把它放在口袋里；我们说，那个爱管闲事的讨厌家伙找到了它。”

“我们猜测，宝贝，只是猜测。只有找到那个讨厌的家伙，把它捏死，我们才能知道。但是，它不知道那个礼物能干什么，对吧？它只会把它放在口袋里。它不知道，它也走不远。它已经迷路了，那个爱管闲事的讨厌东西。它不知道出去的路。它是这么说的。”

“对，它是这么说的；但那是骗人的。它没说它是什么意思。它不肯说它口袋里有什么。它知道。它知道进来的路，肯定也知道出去的路。它朝后门去了。到后门去，就这样。”

“那半兽人就要抓住它了。宝贝，它没法从那条路出去。”

“嘶嘶，嘶嘶，咕噜！半兽人！没错，可是如果它拿着礼物，我们宝贵的礼物，那半兽人就会得到它，咕噜！他们会发现它，他们会发现它的用途。我们就再也不安全了，永远不安全了，咕噜！会有一个半兽人戴上它，然后就没人能看见他了。他会在那里，但不会被看见。就连我们这么尖的眼睛也注意不到；他会偷偷摸摸地来抓我们，咕噜，咕噜！”

“那我们就别说了，宝贝，快点。要是巴金斯走了那条路，我们就得赶快去看看。走！不远了。赶快！”

咕噜一跃而起，摇摇摆摆地大步前进。比尔博赶紧跟在他后面，仍然小心翼翼，但他现在最担心的是再被哪个障碍物绊倒，摔倒弄出声响。他满脑子都转着希望和好奇的念头。他手上的戒指似乎是一枚魔法戒指：它能让你隐身！当然，他在古老的传说中听说过这种东西；但他很难相信自己真的碰巧找到了一枚。可是事情是明摆着的：咕噜双眼发着光从他身边经过，离他只有一码[1]远。

他们继续往前走，咕噜啪嗒啪嗒走在前面，不停地嘶声咒骂；比尔博拿出霍比特人的看家本领，轻手轻脚地跟在后面。不久，他们就来到了比尔博下来时注意过的地方，有好些岔路口通往左右两侧。咕噜立刻开始数着它们。

“左一，对。右一，对。右二，对，对。左二，对，对。”他就这样数着往前走。

随着数字越来越大，他放慢了脚步，并且开始抖抖颤颤，哭哭啼啼；因为他离开地下湖越远，就越害怕。半兽人可能就在附近，而他丢了自己的戒指。最后，他在一个低矮的开口处停下来，这条岔道在他们往上走的左边。

“右七，对。左六，对！”他低声说，“就是它。这是通往后门的路，对。就是这条通道！”

他往里张望了一下，又缩回来。“但是我们不敢进去，宝贝，不，我们不敢。那里面有半兽人。许许多多的半兽人。我们闻得到他们。嘶嘶！”

“我们该怎么办？他们该死，该粉身碎骨！我们必须在这儿等着，宝贝，等一会儿看看。”

于是他们停下来不动了。咕噜终于把比尔博带到了出口，但是比尔博进不了通道！咕噜就驼着背坐在岔道口，堵住了去路，他把脑袋夹在两膝之间晃来晃去，眼睛里闪着寒光。

1　一码约 0.9144 米。——编辑注

比尔博蹑手蹑脚地离开洞壁，动作比老鼠还轻悄；但咕噜立刻僵住，嗅了嗅，眼睛也变绿了。他发出嘶嘶声，声音很轻，但充满威胁。他看不见霍比特人，但这会儿已经警觉起来，并且他还有其他在黑暗中锻炼出来的感官能力：听力和嗅觉。他似乎伏了下来，扁平的两手张开按在地上，头朝前探，鼻子几乎贴到了石头上。虽然在他眼睛发出的微光中，他只是一团黑影，但比尔博可以看到或感觉到，他就像一根绷紧的弓弦，正在蓄势准备跃起。

比尔博屏住呼吸，自己也僵住了。他很绝望。他必须趁自己还有余力的时候离开这片可怕的黑暗。他必须搏斗。他必须刺杀这个邪恶的东西，扑灭它眼睛里的光，宰了它。它打算杀死他。等等，这不是一场公平的搏斗。他现在隐了身。咕噜没有剑。咕噜还没有真正威胁要杀他，也没尝试杀他。而且咕噜很悲惨、孤单、迷茫。突然间，一种理解，一种夹杂着恐惧的怜悯在比尔博心中油然而生：他瞥见了一段无人理会的无尽岁月，没有光、没有改善的希望，只有坚硬的岩石、冰冷的鱼，以及鬼鬼祟祟和窃窃自语。所有这些念头都在刹那间闪过了他的脑海。他打了个寒战。接着，他脑海中突如其来又闪过一个念头，仿佛有一股崭新的力量和决心将他托起，他奋力一跃。

这一跃对人类来说算不了什么，但这是在黑暗中奋力一跃。他往前跳了七英尺远、三英尺高，正好从咕噜头顶飞跃而过。事实上，连他自己都不知道，他差一点就在通道低矮的拱门顶上撞碎了脑壳。

当霍比特人从咕噜头顶飞过时，咕噜仰面一扑，伸手抓去，但是太晚了：他抓了个空，而比尔博一等健壮的双脚稳稳落地，就沿着这条新隧道狂奔而去。他没回头去看咕噜在干什么。一开始，嘶嘶声和咒骂声几乎紧追着他的脚后跟，后来就停了。接着突然传来一声令人毛骨悚然的尖叫，充满了仇恨和绝望。咕噜败了。他不敢再往前走了。他输了：他失去了猎物，还失去了一直以来他唯一在乎的东西，他的宝贝。那声尖叫使比尔博的心都跳到了嗓子眼里，但他还是继续狂奔。这时那声音又从后面传来，虽然只是微弱的回声，却充满了威胁：

“小偷，小偷，小偷！巴金斯！我们恨它，我们恨它，我们永远都恨它！”

然后是一片寂静。但比尔博觉得寂静也是一种威胁。“如果半兽人近到他能闻到，”他想，“那么他们也能听见他的尖叫和咒骂。现在可得小心了，不然这条路会把你引到更糟糕的地方去。”

这条通道低矮，粗粗凿就。它对霍比特人来说不太难走，只不过，他虽然处处小心，那高低不平锯齿似的地面还是把他可怜的脚趾绊了好几次。“对半兽人来说低了点，至少对那些大块头的来说是这样。”比尔博想，但他不知道，即使是那些大块头的半兽人，也就是山中的奥克，都能飞快地穿过这类通道，只是他们走时得猫着腰，双手几乎贴地。

没过多久，原本往下倾斜的通道又开始往上走，又过了一会儿，通道升成了陡坡。这让比尔博慢了下来。不过陡坡最后还是到了头，通道拐了个弯，再次往下走，而就在前面短短的上坡路尽头，他看见了一线亮光，从另一个拐角后透出来。那不是火焰或灯笼发出的红光，而是一种户外那样的苍白亮光。于是，比尔博开始奔跑。

他以两条腿能做到的最快速度跑过那最后一个拐角，突然来到了一片开阔的地方。在黑暗中待了这么久之后，这里的光线简直亮得耀眼。实际上，那只是从门洞漏进来的一束阳光，那里敞开着一扇石头做的大门。

比尔博眨了眨眼，然后才突然看到了半兽人：都是全副武装的半兽人，手握出鞘的刀剑，就坐在门内，瞪大眼睛监视着大门，也监视着通往大门的通道。他们全都精神抖擞，十分警惕，准备好应对一切。

然而在他看见他们之前，他们先看见了他。没错，他们看见他了。不管这是出于意外，还是戒指在接受新主人之前要了最后一个诡计，它反正没戴在他的手指上。半兽人高声欢呼，朝他一拥而上。

一阵恐惧和茫然如同咕噜的痛苦回响，笼罩了比尔博，他连剑都忘了拔，双手猛插进了口袋。戒指还在，就在他的左边口袋里，它一下滑上了他的手指戴好。半兽人猛地刹住了脚。他们完全看不见他的踪影了。他消失了。他们的吼声比之前大了一倍，但这回不是欢呼了。

“它跑哪去了？”他们叫道。

“回通道去找！”有些半兽人喊道。

“这边！”有些喊道。“那边！”另一些喊道。

“把门看好。”半兽人头目吼道。

哨声四起，盔甲碰撞，刀剑铿锵响成一片，半兽人咒骂着，四处乱撞，彼此绊倒，个个怒气冲天。好一阵可怕的叫嚷和混乱。

比尔博吓得要命，不过他还剩了点理智能明白发生了什么事，并偷偷溜到半兽人卫兵装酒的大桶后面躲藏，从而避免了被半兽人撞上、踩死或凭感觉抓到的命运。

“我必须到门口去，我必须到门口去！”他不断地对自己说，但是过了好长一段时间才敢去尝试。接下来就像一场可怕的捉迷藏游戏。这地方到处都是横冲直撞的半兽人，可怜的小霍比特人东躲西闪，被一个半兽人撞倒在地——那半兽人搞不懂自己撞到了什么——又手脚并用赶紧爬开，及时从头目的双腿间溜过去，站起来，直奔大门。

门还半开着，但一个半兽人已经把它推到快关上了。比尔博拼了命要推开，它却纹丝不动。他试着从门缝中挤过去。他挤啊挤，不料竟卡住了！这可真是要了老命。他的纽扣卡在了门檐和门柱之间。他可以看到外面就是露天：有几级台阶往下通向崇山峻岭之间的一座狭窄山谷。太阳从一朵云背后钻出来，把门外的世界照得分外灿烂——可是他出不去。

突然，里面的一个半兽人喊：“门边有个影子。外面有东西！”

比尔博的心跳进了嗓子眼。他拼命一挤。纽扣往四面八方崩飞。外套和背心都扯破了，但他脱身了，像山羊一样连蹦带跳下了台阶，这时一群被搞糊涂了的半兽人还在门阶上捡着他漂亮的黄铜纽扣。

当然，他们很快就冲下来追他了，在树林里乱叫乱嚷地追猎他。但是他们不喜欢太阳，太阳使他们头晕腿颤。比尔博戴着戒指，在树荫底下溜进溜出，跑得又快又安静，同时注意不暴露到阳光中，他们怎么也找不到他。于是，没一会儿，他们就嘟嘟嚷嚷、骂骂咧咧地回去守门了。比尔博终于逃脱了。

第六章

跳出煎锅，掉进烈火

比尔博逃出了半兽人的魔掌，却不知道自己身在何处。他的兜帽、斗篷、食物、小马、纽扣和朋友，全都丢了。他漫无目的地走啊走，直到太阳开始西沉——沉落到群山背后。高山的影子横陈在比尔博所走的小路上，他回头看了看，然后又朝前望去，只见前方尽是绵延不断的山脊和一座座朝低地延伸的斜坡，树林间偶尔能瞥见下方的平原。

“天啊！”他惊叫道，“看样子我竟来到迷雾山脉的另一边，来到遥远之地的边缘了！在哪里，甘道夫和矮人都在哪里啊？我只希望老天保佑，他们不会还没出来，还在半兽人的地盘里！”

他继续漫无目的地往前走，走出高处的小山坳，越过山坳边缘，下了山坡；但他心里一直有个很不舒服的念头在滋长。他觉得自己现在既然有了魔法戒指，是不是该回到那些很可怕、很可怕的地道里去寻找他的朋友。他刚下定决心，认为这是自己的义务，他必须回去——对此他深感命苦——就听到了说话的声音。

他停下脚步聆听。那不像半兽人的声音；于是他蹑手蹑脚地往前走去。他那时是在一条蜿蜒向下的石头小径上，左侧是一堵石壁，另一侧的地面倾斜下去，在比小路低的地方有一些被灌木丛和低矮树木遮蔽的小山谷。在其中一个山谷的灌木丛底下，有人正在谈话。

他悄悄走得更近一些，突然，他看见两块大石头之间有个戴红兜帽的脑袋朝外张望了一下：那是巴林在放哨。他本来可以拍手欢呼，但他没有。他生怕碰上什么意外的、让人不愉快的东西，所以还戴着戒指，因此他看见巴林直直地望着自己，却什么也没发现。

“我要给他们一个惊喜。”他边想边爬进小山谷边上的灌木丛中。甘道夫正在和矮人们争论。他们正在讨论隧道里发生的事情，纳闷和争辩着现在该怎么做。矮人们都在发牢骚，而甘道夫说他们绝对不能撇下巴金斯先生继续往前走，不能把他留在半兽人手里不管，不去弄清楚他是死是活，不去想办法救他。

“他毕竟是我的朋友，”巫师说，“而且是个挺不错的小家伙。我觉得我对他负有责任。天啊，我真希望你们没丢下他。”

矮人不明白为什么一定要带上他，为什么他不跟紧他的朋友随大伙儿一起出来，还有为什么巫师不选个更机灵的人。“到目前为止，他不但没用处，还给我们添麻烦。”有个矮人说，“如果我们现在得回到那些可恶的坑道里去找他，我说，让他见鬼去。”

甘道夫生气地答道：“是我带他来的，我不带没用的东西。要么你们帮我去找他，要么我就走人，把你们留在这里，靠你们自己想法子脱困。要是我们能再找到他，你们到头来会感谢我的。多瑞，你到底为什么把他扔下自己跑了？”

“换了是你，要是黑暗中突然有个半兽人从背后抓住你的腿，绊了你的脚，踢了你的背，”多瑞说，“你也会把他扔下的！”

“那你事后为什么没再把他背上？”

“老天啊！亏你还问！当时黑乎乎一片，半兽人又打又咬，人人摔倒在地撞成一堆！你差点就拿格拉姆德凛砍掉我的脑袋，而梭林拿着奥克锐斯特到处乱刺。突然间，你发出一道耀眼的闪光，我们就看到半兽人尖叫着往回跑。你喊‘大家跟我来’，大家自然都得跟你跑。我们以为人人都跟上了。你也清楚得很，那会儿没空清点人数，直到我们冲过了门卫，冲出底下的门，慌慌张张地逃到这里为止。现在我们都在这儿了——只差那个飞贼，可恶的家伙！”

“飞贼在此！”比尔博踏进他们当中，同时摘下了戒指。

天哪，他们惊成了什么样！接着他们又惊又喜地大声欢呼。甘道夫也跟他们一样大吃一惊，但很可能比他们所有的人都更高兴。他喊巴林回来，问他是怎么放哨的，竟然让人径直走到他们当中也不示警。事实上，打这之后，比尔博在矮人当中的声誉大有提高。尽管之前甘道夫信誓旦旦，他们还是怀疑他不是一流的飞贼，但现在这怀疑已经一扫而空。巴林比谁都更迷惑不解；但大家都说比尔博这手绝活可真妙。

比尔博着实享受众人的赞美，因此只在心里暗笑，对戒指的事只字不提。当大家问他是怎么脱身的，他说：“噢，就是悄没声儿地往前走，你懂的——非常小心，非常安静。”

“好吧，这还是第一次有人像老鼠一样小心又安静地从我鼻子底下溜过，没被发现。”巴林说，“我要向你脱帽致敬。”然后他脱下兜帽。

“巴林为您效劳。”他说。

“巴金斯先生愿做您的仆人。”比尔博说。

接下来他们想知道，在大伙儿把他丢下之后，他所有的冒险经过。他坐下来，把一切都告诉了他们——只留下找到戒指的事没说（“现在还不是时候”，他想）。他们对猜谜比赛尤其感兴趣，听到他对咕噜的描述时，既感到毛骨悚然，又听得津津有味。

“接着，他坐在我旁边，害我想不出任何谜语了。”比尔博收尾说，“于是我问：‘我口袋里有什么东西？’他连猜三次都没猜对。于是我问：‘你答应的事办不办？给我指明出去的路！’但是他扑上来要杀我，我就赶紧跑，还摔了一跤，他在黑暗中没看到我，从我旁边过去了，于是我跟上他，因为我能听到他自言自语的声音。他以为我真的知道出去的路，因此他就朝那里走。然后他在出口坐下来，我过不去。于是我从他头顶上跳过，逃脱了，一路往下跑到了大门口。”

“守卫呢？”他们问，“难道门口没有守卫？”

“噢，有啊！好大一群守卫，但我躲过了他们。我被门卡住了，那门只开了一条缝，害我崩掉了好些纽扣。”他看着自己扯破的衣服，悲伤地说，“但我还是挤过了门缝——这会儿才能在这里。”

矮人们着实对他另眼相看，当他轻描淡写地说到躲过守卫，跳过咕噜头顶，挤过门缝，就好像那些事都不难办到，也不足挂怀似的。

“我怎么跟你们说的？”甘道夫笑着说，“巴金斯先生的本事比你们估计的大。”他说这话的时候，从浓密的眉毛下用古怪的目光看了比尔博一眼，霍比特人心里纳闷他是不是猜到了自己没说的那部分故事。

接着，比尔博自己也有问题要问，因为就算甘道夫这会儿已经给矮人们解释过了，比尔博可没听到。他想知道巫师怎么会重新出现的，他们现在又到了哪儿。

说实在的，巫师从不介意多讲几次自己的机敏之举，所以这时他告诉比尔博，他和埃尔隆德都十分清楚，这片山岭中有邪恶的半兽人。但他们主门的出口以前是在另一个隘口，一个更好走的隘口，这样他们可以经常抓到那些天黑了还赶路经过他们洞口附近的人。很显然人们已经放弃了那条路，于是半兽人开辟了新的出入口，就在矮人走的隘口顶上，这肯定是最近的事，因为在此之前人们一向认为这个隘口是很安全的。

“我必须设法找个正派点的巨人重新把它堵上，”甘道夫说，“否则很快谁也别想翻过这山了。”

那时甘道夫一听到比尔博的叫喊，就明白发生了什么事。他放出闪光杀掉正要抓他的半兽人，同时借机闪身进了那道裂缝，裂缝随即“啪嗒”一声合上了。他跟在俘虏和驱赶者后面，一直走到大山洞的边缘，然后坐下，在暗处施展他最拿手的魔法。

“那可是非常棘手的活计，”他说，“一触即发！”不过，当然啦，甘道夫对火和光的魔法有过特别的研究（你记得吧，就连这位霍比特人也永远忘不了老图克的仲夏日前夕聚会上的魔法焰火）。剩下的我们都知道了——只除了甘道夫早就知道有个后门，半兽人管它叫下大门，也就是比尔博失去纽扣的地方。事实上，熟悉这一带山岭的人，都很清楚下大门在哪里；但是要在地道里保持清醒的头脑，带他们往正确的方向走，那就只有巫师才有办法了。

“那道门是很久很久以前造的，”他说，“一方面是为了必要的时候有条逃生的路，另一方面是为了去山这边的地区，他们仍然会趁夜出来，造成巨大的破坏。他们日夜守着它，从来没有人能堵住它。经过这次教训，他们会加倍守卫它的。”他哈哈大笑。

其他人也跟着大笑。虽然他们损失不少，但他们杀死了半兽人头领和一大堆半兽人，并且全都逃出来了，因此可以说，他们到目前为止相当顺利。

但巫师让他们冷静下来。“现在我们歇过了，必须马上上路。”他说，“地上的影子正在拉长；等天一黑，他们会成百上千地出来追赶我们。我们经过的地方，哪怕过了好几个钟头他们也能嗅出我们的足迹。我们必须在黄昏前赶好几英里的路。如果天气保持晴朗，夜里应该会有一点月光，那我们就走运了。倒不是说他们害怕月亮，但月亮的微光可以帮我们辨别方向。”

“噢，对了！”他说，作为对霍比特人一连串问题的回答，“你在半兽人的地道里忘了时间。今天是星期四，我们是在星期一晚上或星期二早上被抓的。我们走了好几英里的路，径直穿过了山脉的中心，现在到了山的另一边——着实是走了捷径。但是这样一来，我们就没到原来所走的隘口应该通到的地方；我们太偏北了一点，前面还有一片不好走的乡野。我们现在还在高山上。让我们继续赶路吧！”

“我饿得要命。”比尔博呻吟道。他突然想起来，自己从前天晚上开始就一顿饭都没吃到。想想这对一个霍比特人来说有多惨！这会儿那股兴奋劲过去了，他感到肚子空空，两腿打战。

“没办法，”甘道夫说，“除非你愿意回去请求半兽人行行好，把你的小马和行李还给你。”

“不用了，谢谢！”比尔博说。

“那好吧，我们只能勒紧腰带，继续跋涉——否则我们会被当成晚餐，那可比我们自己没有晚餐糟糕多了。”

一路上，比尔博东张西望，想找点吃的。但是黑莓还在开花，当然也没有坚果，就连山楂莓也没有。他嚼了一点酸模[1]，在越过横穿小径的一条山溪时喝了点溪水，又吃了溪岸边发现的三颗野草莓，但都不顶饿。

他们继续往前走。崎岖的小路消失了。灌木丛、砾石之间的长草、一块块兔子啃剩的草皮、百里香、鼠尾草、香花薄荷和黄色的岩蔷薇都消失了，他们发现自己来到了一座宽阔陡峭的斜坡顶上，坡上全是山体滑坡后坍落的石块。他们一开始下坡，碎屑和小石子便从脚下滚出去；很快，一些大块的碎石也哗啦哗啦地往下滚，并带动下方的石块开始滑动滚落；接着，大块的岩石也被碰撞得离开原位，往下弹跳，砸得尘土飞扬，轰隆作响。没过多久，他们上方和下方的整个山坡似乎全移动起来，土块和石块

1　酸模（sorrel）叶子的外型跟菠菜很像，吃起来带着酸酸的味道，在英国算是土生土长的植物，欧洲和西亚大多数的草原均可见到其踪迹。酸模富含维他命 A 和 C，可做生菜色拉。

不断滑动、碰撞、裂开，他们在这阵可怕的大乱中挤成一团，溜了下去。

是底下的树木救了他们。他们溜进了一片顺着山势往上长的松树林边缘，这片松林就挺立在山坡上，连接着下方山谷中更深处更黑暗的森林。有些人抓住树干，荡到低处的树枝上，有些人（比如小霍比特人）躲到树后避开了砸落的岩石。危险很快就过去了，滑坡止息，崩落下来的最大一批石块在下方远处的蕨草和松树根之间弹跳、旋转，传来最后的微弱撞击的碎裂声。

“嘿！这让我们又领先了一点。”甘道夫说，“就算半兽人要追踪我们，想悄没声地从这里下来，也得大费周章。”

“这是不假，”邦伯嘟囔道，“但他们会发现推石头滚下来砸到我们脑袋上可不难。”矮人们（还有比尔博）都开心不起来，他们都在揉着腿上和脚上瘀青和受伤的地方。

“胡说！我们会离开这个地方，避开滑坡的必经之路。我们必须快点！看看天光！”

太阳早就落到山后面去了。尽管透过树木间隙，越过长在较低处树木的黝黑树冠望去，还能看到远处平原上的晚霞，四周的阴影却在加深。他们这时只能一瘸一拐地尽力快走，沿着一条一直向南倾斜而下的小路走下这片松林缓坡。有时候他们在大片大片的蕨草中推进，蕨叶长得高过了霍比特人的头顶；有时候他们在落满松针的地面上安静行走；与此同时，森林的阴暗越来越浓，森林的寂静也越来越深。那天傍晚甚至没有风吹过树梢，激起涛声。

“我们非得再往前走吗？”比尔博问，这时天已经黑到他只能看见梭林的胡子在他身边晃动，周围安静到矮人的呼吸声听在他耳里都像巨响。“我的脚趾头全都青了扭了，我的腿很疼，我的胃像个空袋子一样晃荡。”

“再往前走一点点。”甘道夫说。

再往前走了感觉成百上千年之后，他们突然来到一片没有树木的开敞处。月亮已经升起来了，清辉洒在空地上。不知怎的，大家都觉得这不是个好地方，虽然看上去没有什么不对劲的。

突然间，他们听到山下远处传来一声嗥叫，一声长长的、令人战栗的嗥叫。接着右边传来一声对它的回应，离他们近得多。然后左边不远处又是一声。那是狼群在对着月亮嗥叫，狼群在聚集！

在巴金斯先生家乡的洞府附近并没有狼，但他知道狼嗥的声音。他在各种传说里没少看到对这种声音的描述。他的一个表兄（图克家族那边的）曾是一位大旅行家，过去常常模仿狼嗥来吓唬他。在月光下的森林里听见狼嗥，对比尔博实在刺激过头了。对付狼群，就连魔法戒指也没什么用——尤其是这些生活在半兽人横行的大山阴影下，在毗邻未知之地的荒野边缘的邪恶狼群。这种狼的嗅觉比半兽人更灵敏，它们连看都不用看就能抓到你！

他大喊：“我们怎么办，我们怎么办！”又说：“逃出半兽人的魔爪，却要落进狼嘴里！”这句话后来成了谚语，不过我们现在遇到同样危急的状况时，说的是“跳出煎锅，掉进烈火”。

“快上树！”甘道夫喊道。他们冲向空地边缘的树林，寻找那些枝丫较低，或者树干够细，方便大伙儿一窝蜂爬上去的树。

你不难想象，他们以前所未有的速度找到那些树，在树枝能承受的情况下能爬多高就爬多高。如果你看到一个个矮人坐在树上，胡须耷拉下来晃荡着，就像一群老绅士发了疯，玩起了扮演孩子的游戏，（在安全距离上的）你肯定会笑出声来。菲力和奇力爬到了一棵就像巨型圣诞树的高大落叶松顶端。多瑞、诺瑞、欧瑞、欧因和格罗因要舒适一点，他们在一棵巨大的松树上，那树的树枝长得很有规律，每隔一段距离伸出一根，就像车轮的辐条。比弗、波弗、邦伯和梭林则挤在另一棵这样的树上。杜瓦林和巴林攀上了一棵又高又细、枝丫稀少的冷杉，正试图在最上面的青翠枝丫上找个能坐的地方。甘道夫长得比旁人都高得多，他找到了一棵他们爬不上去的大松树，它就矗立在空地边上。他在繁茂的松枝中藏得很好，但是当他探头张望时，你能看见他的双眼在月下炯炯发光。

那比尔博呢？他哪棵树也爬不上去，只能到处乱转，从这棵树奔向那棵树，像一只被狗紧追又找不到洞穴的兔子。

“你又把飞贼落下了！”诺瑞看着底下对多瑞说。

“我不能老把飞贼驮在背上，”多瑞说，“下坑道是我背，上树还要我背！你当我是什么，搬运工吗？”

“如果我们不采取行动，他会被吃掉的。”梭林说，因为这时狼嗥已经完全将他们包围了，而且正在逼近。“多瑞！”他喊道，因为多瑞在一棵最容易爬的树上，爬得也最低，“快，把巴金斯先生拉上来！”

多瑞爱发牢骚不假，却是个真正的大好人。他爬回最底下的一根枝条，尽他所能探身把手臂伸下去，但可怜的比尔博还是连他的手都够不到。于是多瑞干脆从树上爬了下来，让比尔博爬上来站在他的背上。

就在这时，狼群嗥叫着小跑进了林间空地。顿时有几百只眼睛盯着他们。然而多瑞并没有丢下比尔博不管。他一直等比尔博脚离开自己的肩头爬上树枝，才跃起抓住树枝。刻不容缓！一匹狼在他荡上去的那一刹那一口咬住了他的斗篷，差点逮住了他。转眼间一大群狼就把那棵树团团围住，嗥叫不休，还往树干上蹿，眼冒凶光，舌头伸得老长。

不过，就连野蛮的座狼（专指荒野边缘的恶狼）也不会爬树。他们暂时安全了。幸好天气暖和，也没有风。不管什么时候，长时间坐在树上都不是非常舒服的事；要是天气寒冷风又大，还有狼群围在树下等着你，那坐在树上可就更惨不堪言了。

这片四面环树的林间空地显然是狼群的聚集地。越来越多的狼来此会合。它们在多瑞和比尔博所在的那棵树底下留下守卫，然后开始四处嗅来嗅去，直到把每棵有人躲藏的树都嗅了出来。它们给这些树也设下看守，然后其余的狼（看上去足有成百上千）走到林间空地上围坐成一个大圈；圈子中央是一匹大灰狼。它用座狼可怕的语言对它们说话。甘道夫听得懂，但比尔博不懂，只觉得听起来很可怕，仿佛它们说的都是残酷又邪恶的事，事实也是这样没错。每过一会儿，圈子里所有的座狼会齐声响应头领大灰狼的嗥叫，它们可怕的喧嚣差点让霍比特人从松树上掉下来。

我来告诉你甘道夫听到些什么，虽然比尔博不懂。座狼和半兽人经常互相勾结着干坏事。半兽人通常不会冒险离开他们的山头太远，除非他们被赶了出来，正在寻找新家，或者正在开赴战场（我很欣慰地说，这已经很久没发生过了）。不过，在那些日子里，他们有时会出来打劫，特别是为了抢食物或抓奴隶来给他们干活。因此他们经常叫来座狼帮忙，再一起瓜分赃物。有时候他们会骑在座狼背上，就像人类骑马一样。现在看来，这天晚上半兽人计划了一场大突袭。狼群是来跟半兽人碰头的，而半兽人迟到了。原因毫无疑问是半兽人头领的被杀，以及矮人、比尔博和巫师引发的鸡飞狗跳的混乱，半兽人大概还在追捕他们呢。

尽管这片遥远的土地上充满危险，最近还是有勇敢的人披荆斩棘从南方返回此地，砍伐树木，在山谷里或河流两岸一些更宜人的树林中给自己建造住所。他们人数众多，英勇善战，武器装备精良，如果成群行动，或在明亮的白天，即使是座狼也不敢攻击他们。但现在座狼计划在半兽人的帮助下，在夜间袭击一些离群山最近的村庄。如果它们的阴谋得逞，第二天这一带连一个活口都不会剩下；所有的人都会被杀，只有少数人会被半兽人从狼口中留下，作为俘虏带回他们的山洞。

这番话听得人毛骨悚然，不仅因为那些勇敢的林中居民和他们的妻儿有危险，也因为这危险正威胁着甘道夫和他的朋友们。座狼对自己聚会的地点遭到这一行人的闯入，感到既愤怒又困惑。它们以为这群人是林中居民的朋友，是来刺探它们，会把突袭的消息带到下面山谷里去，那样的话半兽人和座狼就会面临一场恶战，没法俘虏和吞吃那些从睡梦中突然惊醒的人。因此，座狼不打算离开，不打算让树上的人逃脱，至少天亮之前是不会走的。它们说，不用等到天亮，半兽人士兵就会从山上下来；半兽人会爬树，或把树砍倒，逼他们下来。

这下你就明白了，为什么甘道夫身为巫师，听到它们的咆哮和嗥叫后也开始感到恐惧万分，觉得他们的处境十分险恶，根本谈不上已经脱逃。不过，尽管被困在一棵高高的树上，又被底下的恶狼团团围住，施展不出多大本事，他依然不打算让它们的阴谋轻易得逞。他从树枝上采集了一些巨大的松果，然后用明亮的蓝色火焰点燃了一个，“嗖”的一声扔进了狼群的圈子里。松果打中了一匹狼的背，它那蓬乱的皮毛立刻着起火来，它蹦跳乱窜，发出可怕的嗥叫。接着松果一个接一个扔来，一个是蓝色火焰，一个是红色火焰，一个是绿色火焰。它们在圆圈中央的地面上爆开，色彩缤纷的火星四处飞溅，烟雾弥漫。有个特别大的松果正好打中那匹狼王的鼻子，它一蹦足有十英尺高，随即窜入狼群中一圈圈狂奔，在愤怒和恐惧中它甚至对其他的狼乱撕乱咬。

矮人和比尔博发出阵阵欢呼。狼群暴怒的样子看起来可怕得很，它们造成的骚动响彻了整个森林。狼一向怕火，而这场火尤其离奇难缠。一旦火星燎到它们的毛皮上，就会粘在上面烧起来，除非它们迅速就地打滚灭火，否则很快就会全身烧成一个大火球。不一会儿，整个林中空地上的狼都在拼命打滚扑灭背上的火星，而那些已经烧着的狼在奔窜嗥叫时又把火引到别的狼身上，直到同伙将它们赶走，它们才呜呜哭号着逃下山坡去寻找水源。

“今晚森林里这一通骚动是怎么回事？”鹰王说。他栖在群山东部边缘一座孤零零的岩峰顶上，身影被月光衬得乌黑。“我听到了狼的声音！半兽人在树林里搞鬼吗？”

他振翅飞上天空，左右两旁岩石上立刻有两个卫士跃起跟随他。他们在空中盘旋，俯瞰着座狼围成的圆圈，在遥远的下方它只是一个小点。但是鹰的目光十分锐利，可以在很远的距离外看见很小的东西。迷雾山脉鹰王的眼睛可以眨都不眨地直视太阳，即使在月光下也能看到下方一英里之遥的地面上移动的兔子。因此，虽然他看不见树上的人，但他能辨出狼群的骚动，能看到火焰微弱的闪光，能听见从下方很远的地方隐隐传来的嗥叫。他还看到月光在半兽人的长矛和头盔上反射出的闪光，那些邪恶的家伙排成长长的队伍，正从他们的大门出来悄悄爬下山坡，曲曲折折地进入树林。

老鹰不是和善的鸟类，有些还怯懦又残忍。但是北方山脉中的古老鹰族是所有鸟类中最伟大的，他们骄傲、强壮，并且心性高尚。他们不喜欢也不害怕半兽人，一旦他们注意到半兽人的动静（这种情况很少见，因为他们不吃半兽人），他们就会猛扑过去，将半兽人赶得丢下正在干的坏事，尖叫着逃回洞里去。半兽人对大鹰既痛恨又惧怕，但他们无法接近大鹰筑在高处的窝巢，也无法将他们从山中赶走。

今晚鹰王满心好奇，想知道发生了什么事；于是他召集了很多鹰跟随自己，他们从山中飞出来，一圈一圈慢慢地盘旋着，越飞越低，越飞越低，向狼群聚集和半兽人碰头的地方飞去。

他们来得可真及时！底下发生了可怕的事。着了火的狼窜入森林，把森林的好几个地方都点着了。时值盛夏，大山东侧已经有段时间没下过雨了。枯黄的蕨草，掉落的树枝，深深堆积的松针，还有这里那里枯死的树，很快就都燃起了烈焰。座狼聚集的那片空地四周都蹿起了火舌。但是守在树底下的狼群没有离开。它们气疯了，围着树干又跳又嗥，用它们那种可怕的语言咒骂着矮人，舌头伸得老长吐在外面，眼睛像火焰一样闪着红色的凶光。

这时，半兽人突然出现，吼叫着跑来。他们以为这是在跟林中居民打仗；不过他们很快就弄清了状况。有的半兽人竟然坐下来哈哈大笑，其他的挥舞着长矛，用矛杆把盾牌敲击得砰砰响。半兽人不怕火，他们很快就想出了一个在他们看来再逗乐不过的计划。

有些半兽人把所有的狼聚集成一群，有些在树干周围堆起蕨草和柴火，其余的在周围冲过来冲过去，又是跺脚又是拍打，直到几乎所有的火焰都被扑灭——但是他们并没有扑灭离矮人所在的树最近的那些火。相反，他们给那些火添加落叶、枯枝和蕨草。很快，他们就在矮人周围燃起了一圈浓烟和火焰，并且控制火圈不向外扩散，而是慢慢地向内收拢，直到燃烧的火焰舔上了堆在树下的燃料。烟熏着了比尔博的眼睛，他能感觉到火焰的热度。透过呛人的烟雾，他看见半兽人围成圆圈转着跳舞，就像人们在仲夏夜围着篝火转圈一样。在手持长矛和斧头跳舞的武士圈外，狼群敬而远之，观看和等待着。

他听见半兽人开始唱起一首可怕的歌：

五棵松树上有十五只鸟，
一阵热风吹起他们的羽毛！
不过可爱的小鸟没有翅膀！

噢我们该拿这些可爱的小东西怎么办才好?
把他们活烤，还是清炖?
油炸，水煮，再趁热吃掉?

然后他们停下来，喊道：“飞走吧，小鸟！能飞就飞啊！下来吧，小鸟，不然你们会活活烤熟在窝里！唱吧，唱吧，小鸟！你们为什么不唱歌啦?”

“滚开！小毛孩！”甘道夫大声回答道，“现在可不是掏鸟窝的时候，而且，玩火的淘气小毛孩是要受到惩罚的。”他说这话是为了激怒他们，让他们知道他不怕他们——他当然是害怕的，尽管他是个巫师。但是半兽人并不理会，继续唱他们的歌。

烧吧，烧掉大树和蕨草！
烤干又烧焦！
火把嘶嘶照亮夜晚，让大伙都欢笑，
呀嘿！

把他们火烘又烧烤，油炸再烧烤！
烤得胡须着火，眼球爆白；
烤得头发冒烟，肉皮裂开，
烤得肥油融化，骨头黑焦，
扔在炭灰里，
不用土来埋！
矮人就要这么死掉，

照亮夜晚让大伙都欢笑，

呀嘿！

呀哈哩哩嘿！

呀嚯！

随着那一嗓子“呀嚯”，火烧到了甘道夫的树下。不一会儿火就蔓延到了其他的树上。树皮烧了起来，低处的树枝烧得噼啪作响。

于是，甘道夫爬上了树顶。当他准备从高处往下跳进半兽人的长矛阵中央时，他的魔杖突然像闪电一样发出耀眼的光芒。他要是这么跳了，肯定会就此送命，虽然他像霹雳一样猛然扑下时很可能会杀死许多半兽人。但他并没跳下去。

在那千钧一发之际，鹰王从上空俯冲而下，用利爪一把抓住他飞走了。

半兽人爆发出惊怒交加的嚎叫。甘道夫跟鹰王说了几句，鹰王高声长啸，那些大鸟带着他又飞了回来，像巨大的黑影一样俯冲而下。狼群嗥叫着，无不咬牙切齿；半兽人怒火冲天地跺脚吼叫着，将沉重的长矛徒劳地掷向空中。大鹰自他们头顶俯冲而下。他们拍打翅膀带起的烈风把半兽人掀翻在地，或远远驱离；他们的利爪撕破了半兽人的脸。其他的大鸟飞到树的顶端去抓住矮人，矮人们这时正尽力往他们敢爬的最高处爬去。

可怜的小比尔博差点又被撇下了！他刚设法抓住多瑞的双腿，多瑞就被最后一个带离了树梢；他们一起飞上了半空，下方是一片火海和混乱。比尔博在空中荡来荡去，两条胳膊几乎要断了。

与此同时，在遥远的下方，半兽人和狼群在树林里四散奔逃。有几只鹰仍在战场上空盘旋扫荡。树木周围的火焰突然蹿起，高过了最高的树枝。噼啪作响的大火烧着了它们，爆出一阵突发的火花和浓烟。比尔博刚好及时逃了出来！

下方的火光很快就变得黯淡了，变成了黑沉沉的大地上一些闪烁的红点；他们在高空中，随着一次次强有力的盘旋不断上升。这次飞行比尔博终身难忘，他紧紧抓住多瑞的脚踝，呻吟着："我的胳膊，我的胳膊啊！"而多瑞也呻吟道："我可怜的腿，我可怜的腿啊！"

就算在情况最好的时候，高处都会让比尔博头晕。他连站在很低的小山崖边往下看都会觉得眼花；他从来都不喜欢爬梯子，更不用说爬树了（以前他从来没遇到过要从狼口逃生的情况）。所以你能想象，当他从悬空晃荡的脚趾间往下看，看到黑沉沉的大地在下方辽阔铺展，其间点缀着月光照亮的山坡上的岩石或平原上的小溪时，他的头晕到了什么地步。

山中苍白的高峰越来越近，月光照亮的岩石尖峰从暗影中耸现。尽管是夏天，感觉还是很冷。他闭上眼睛，不知道自己还能不能坚持下去。接着他又想到如果坚持不住会发生什么事。他觉得恶心想吐。

对他来说，飞行结束得非常及时，刚好在他双臂快要脱力的时候。他猛喘一口气松开多瑞的脚踝，掉在鹰巢所在的粗糙平台上。他躺在那里，一声不吭，心里既为自己从大火中被救出来感到惊讶，又害怕自己会从这个狭窄的地方掉到两边黑暗的深渊里。到了这会儿，经历了过去三天的可怕冒险又几乎什么也没吃，他脑袋里的感觉着实古怪，他发现自己在大声说："现在我知道一块培根突然被人从煎锅里叉起来放回架子上，是什么感觉了！"

"不，你不知道！"他听见多瑞回答，"因为培根知道它迟早会回到煎锅里；但愿我们不会。而且大鹰也不是叉子！"

"噢，不！一点也不像白鹳——我是说叉子[1]。"比尔博说着坐了起来，不安地看着栖息在附近的大鹰。他不知道自己刚才还说了些什么胡话，大鹰会不会觉得遭到了冒犯。当你只有霍比特人那么点大，而且是在夜里来到了鹰巢，那你千万不可对鹰无礼！

大鹰只顾在石头上磨它的喙，啄理羽毛，并没有注意他。

不久，飞来了另一只鹰。"鹰王命令你把俘虏带到大岩架去。"他大声说完便飞走了。于是那鹰用爪子抓起多瑞，带着他飞进黑夜里，留下了比尔博一个人。他只剩下力气去想刚才那位信使说的"俘虏"是什么意思，并开始想象轮到自己的时候，自己会像兔子一样被撕碎当晚餐。

大鹰回来了，用爪子从背后抓住他的外套，振翅飞离。这次他只飞了一小段路。比尔博很快被放下来，躺在山坡上一块宽大的岩架上，吓得浑身发抖。除了飞没有办法来到这片岩架上，除了跳下悬崖也没有别的路可以下去。他发现大家都背靠着山壁坐

1　白鹳（stork）和叉子（fork）在英语中读音相近。

着。鹰王也在那里，正在跟甘道夫说话。

看来，比尔博不会被吃掉了。巫师和鹰王似乎多少互相认识，甚至还很友好。事实是，甘道夫是山中的常客，曾经为大鹰们出过力，治好过鹰王的箭伤。所以你看，“俘虏”的意思只是“从半兽人手中救出来的俘虏”，而不是大鹰的俘虏。比尔博细听甘道夫的谈话，才明白他们终于可以真正逃离这片可怕的山区了。甘道夫正在和鹰王商量，载上自己、矮人和比尔博远离此地，穿过下方的平原，将他们放回原先旅行的路线上。

鹰王不愿意带他们靠近人类居住的任何地方。“他们会用紫杉木做成的大弓射我们，”他说，“因为他们以为我们要抓他们的羊。在别的时候他们倒也没错。不！我们乐意破坏半兽人的勾当，也很高兴能够报答你，但我们不会为了矮人冒险，去到南方的平原上。”

“好吧，”甘道夫说，“那就随你们愿意送多远就多远吧！我们已经对你们感激不尽了。不过这会儿我们都饿得要命。”

“我就要饿死了。”比尔博说，声音微弱到谁也没听见。

“这倒是多半有办法补救。”鹰王说。

过了一会儿，你可以看到岩架上生起了明亮的火堆，矮人的身影围着火堆在烹饪，弄出好闻的烧烤香味来。大鹰带来干树枝做燃料，还叼来了穴兔、野兔和一只小羊。烹调是矮人们包办的。比尔博太虚弱了，根本帮不上忙。再说他也不擅长剥兔子皮或切肉的事，他习惯让肉铺老板直接送来已经收拾好可以直接下锅的肉。甘道夫在干完生火的活儿之后也躺下了，因为欧因和格罗因弄丢了火绒盒。（矮人还不习惯用火柴呢。）

迷雾山脉的冒险就这样结束了。比尔博很快就撑饱了肚子，又舒坦了，觉得自己可以心满意足地睡觉了，尽管他其实更喜欢黄油面包，而不是串在棍子上烤的肉块。他蜷缩在坚硬的岩石上酣睡，比在自家小洞府里的羽绒床上睡得还香。不过一整夜他都在梦见自己的家，在睡梦中游荡过一个又一个不同的房间，寻找某个他既找不到又记不得是什么样子的东西。

第七章
古怪的住所

第二天早晨，比尔博醒来，眼前是一片清晨的阳光。他跳起来想看看时间，好去把水壶烧上水——这才发现自己根本不在家。他只得坐下，明知不可能，却还是希望洗把脸刷个牙。他没能洗漱，也没有茶、烤面包和培根当早餐，只有冷羊肉和冷兔肉，并且吃完之后他就得准备好重新出发。

这回他获准爬到鹰背上，紧扒在两翼之间。气流迎面袭来，他闭上了眼睛。当十五只大鸟从山坡起飞时，矮人们高声向鹰王道别，并承诺只要他们能办到，一定会报答他。太阳仍然很接近东方的天际。清晨很凉爽，薄雾弥漫在山谷和山坳里，也缭绕在丘陵间的尖峰和山顶上。比尔博睁开一只眼睛偷偷张望，发现大鸟们已经飞得很高，世界远在下方，群山也在他们背后退得越来越远。他又闭上眼睛，抓得更紧。

“别掐！”他的鹰说，“你虽说看着很像兔子，但没必要像只兔子一样害怕。这是个晴朗的早晨，没什么风。还有什么比飞行更好呢？”

比尔博本想说：“洗个热水澡，然后在草坪上吃顿晚一点的早餐。”但他觉得还是什么都不说比较好，同时把紧抓着大鹰的手稍微松开一点。

过了好一阵，大鹰们虽然是在这样的高处，但也一定看到了要去的地方，因为他们开始兜着巨大的圈子盘旋而下。他们这样下降了很长一段时间，终于，霍比特人又睁开了眼睛。地面近多了，下方的树木看起来像是橡树和榆树，还有广阔的草地，一条河流贯穿其间。但就在河道中间，有一块突兀的巨石拔地而起，水流环绕它流过。它简直能算一座岩石小山，就像远处山脉的最后一个前哨，或是被哪个巨人中的巨人从数英里外扔到平原上的一块巨石。

这时，大鹰们一只接一只，迅速滑翔到巨石的顶端，放下了他们的乘客。

“无论你们去向何方，一路顺风！”他们高声叫道，“愿你们的窝巢在旅途的终点迎接你们！”这是大鹰之间的礼貌说法。

知道该怎么正确答复的甘道夫答道：“愿你们羽翼下的风承载你们飞行在日月运行之地。”

他们就这样分别了。虽然鹰王在日后成了众鸟之王，戴上了金灿灿的王冠，他的十五个首领也戴上了金灿灿的项圈（都是用矮人给他们的黄金造的），但比尔博再也没有见到他们——除了在五军之战时远远看到他们飞翔在高空中。不过那要等到这个故事的结尾，我们暂且按下不表。

巨岩顶上有一片平坦的地方，还有一条常有人走的石阶小径一直往下通到河边，那里有一片巨大的石板构成的浅滩可以涉水过河，前往河对岸的草地。在石阶尽处靠近石滩的地方，有一个小山洞（干净通风，地上都是小鹅卵石）。他们一行人在这里集合，讨论下一步该怎么办。

“我一直打算护送你们所有人平安（若有可能）翻过大山，”巫师说，“现在由于安排得当以及运气好，我办到了。说实在的，我从来没打算陪你们往东走到像现在这么远的地方，毕竟，这不是我的冒险。在大功告成之前我也许会再关注一下，不过我同时还有其他要紧的事情要办。”

矮人们唉声叹气，显得沮丧至极，比尔博哭了起来。他们已经开始以为甘道夫会全程陪伴，随时都能帮他们排忧解难。“我不会立刻就走，”他说，“我可以再陪你们一两天。也许我能帮你们摆脱眼前的困境，我自己也需要一点帮助。我们没有食物，没有行李，也没有小马可骑；而且你们不知道自己在哪里。现在我可以告诉你们。你们在我们本来该走的路北边好几英里远——如果我们没有匆忙离开那道山中隘口——这一带很少有人居住，除非他们是在我上次来这里之后才来的，而那是好几年前的事了。不过，我有个熟人，住得离这里不远。就是那个人凿出了巨岩上这些台阶——我记得他把这块巨岩称为卡尔岩。他不常来这儿，尤其不会在白天来，所以在这儿等他也没有用。事实上，等他反而非常危险。我们必须去找他，如果我们见面后一切顺利，我想我就该走了，并像大鹰那样祝福你们‘一路顺风，无论去向何方’！”

众人恳求他不要离开他们，愿意送给他龙的金银珠宝，可是他不肯改变主意。“我们看着办，看着办！”他说，“而且我想我已经挣到了一些你们的恶龙金子——就等你们去得到它了。”

听了这话，他们不再恳求了。然后大家都脱下衣服，在河中洗澡，河水很浅，清澈见底，浅滩处布满了石头。他们在温暖的大太阳下晒干身子和衣服，虽然身上还有点痛，肚子也有点饿，但是精神都焕发起来了。不久，他们便渡过了浅滩（背着霍比特人），开始穿行在高高的绿草间，沿着成排枝叶舒展的橡树和高大的榆树前进。

“为什么那块巨岩叫作卡尔岩？”走在巫师身边的比尔博问道。

“他把它叫作卡尔岩，因为这东西在他的语言里就叫卡尔岩。他把那种样子的东西都叫作卡尔岩，而这个专门就叫卡尔岩，因为他家附近就只有这么一个，他对它很熟悉。”

“谁这么称呼它？谁这么熟悉它？”

“就是我说的那个人——是个非常了不起的人。我介绍你们的时候，你们一定要非常有礼貌。我想，我会两个两个地慢慢介绍你们；你们一定要小心，不要惹恼他，否则天知道会出什么事。他生气的时候令人胆寒，尽管他心情好的时候很和善。不过我还是要警告你们，他很容易生气。”

矮人们听见巫师对比尔博说这些话，都围过来听着。“你现在要带我们去见的就是这个人吗？”他们七嘴八舌地问，“你就不能找个脾气更随和一点的人？你能不能把这事解释得更清楚一点？”——诸如此类。

“对，就是去见他！不，我不能！我解释得够仔细了。”巫师气呼呼地回答，“如果你们非要打听的话，他名叫贝奥恩。他非常强壮，而且是个换皮人。”

“什么？你说毛皮商吗，那种管兔子叫兔儿，还拿兔皮冒充松鼠皮的人？”比尔博问。

“我的天哪，不，不，不，不！”甘道夫说，“巴金斯先生你要是办得到就千万别犯傻；看在老天的份上，只要你在他家方圆一百英里以内，就千万别再提毛皮商这个词，也别提毛皮毯、皮斗篷、毛披肩、皮手筒任何这类倒霉的字眼！他是个换皮人。他能改换自己的外皮：有时候他是一只巨大的黑熊，有时候他是个高大强壮的黑发男人，长着粗壮的手臂和大胡子。我不能再跟你多说，不过这应该足够了。有人说他是一只熊，是巨人来到之前生活在大山里的古老大熊的后代。还有人说，他是在斯毛格和其他恶龙来到世间这片土地之前，在半兽人从北方来到这一带山区之前，生活在这里的第一批人类的后代。我不晓得哪种说法正确，不过我认为后一个说法比较真实。他不是那种可以问长问短的人。

“无论如何，他绝不是中了魔法才这样，他就是这个样子。他住在一片橡树林中，有一栋大木屋；作为人，他饲养牛马，它们几乎和他自己一样神奇。它们为他干活，和他说话。他不吃它们；他也不打猎，不吃野生动物。他养了一窝又一窝凶猛的大蜜蜂，主要靠奶油和蜂蜜为生。作为熊，他的活动范围十分广大。有一次，我看见他晚上独自坐在卡尔岩顶上，看着月亮沉落到迷雾山脉后面去，我还听见他用熊语咆哮道：‘总有一天，他们会灭亡，我会回去！’就是因为这话，我相信他从前来自那道山脉。”

这下，比尔博和矮人有很多事情要琢磨，所以他们不再提问。他们面前还有很长的路要走。他们拖着沉重的脚步爬上山坡，走下山谷。天气变得十分炎热。有时他们会在树下休息，而饿到不行的比尔博连橡子都想捡来吃，可惜没有熟透的橡子掉到地上。

下午过了一半，他们开始注意到有大片大片初放的花朵，同一类的花都长在一起，就像有人种的一样。尤其是三叶草，有一丛丛随风摇曳的鸡冠三叶草，有紫三叶草，还有大片低矮的、散发蜜甜香味的白三叶草。空气中弥漫着嗡嗡声、呼呼声和叨叨声。到处都是忙碌的蜜蜂。好大的蜜蜂！比尔博从来没见过这种蜜蜂。

“要是有哪一只蜇我一口，”他想，“我准会肿成两倍大！”

这些蜜蜂比黄蜂还大。雄蜂比你的大拇指还要大得多，它们深黑色躯干上的黄色条纹像赤金一样闪亮耀眼。

“我们快到了。”甘道夫说，“我们走到他的养蜂场边上了。”

过了一会儿，他们来到了一片由高大并且十分古老的橡树组成的林带，橡树林带后面是一道高高的刺棘树篱，你既看不到里面，也爬不过去。

“你们最好在这儿等着。”巫师对矮人们说，“我叫你们或吹口哨时，你们再跟上来——你们会看到我走的路——但是必须两个两个地来，注意，每一对之间要隔五分钟。邦伯最胖，一个顶俩，他最好在最后独自来。来吧，巴金斯先生！这条路拐过去有一扇大门。”说完，他带着胆颤心惊的霍比特人沿着树篱走了。

他们很快来到一扇又高又宽的木门前，只见门内有花园和一群低矮的木头建筑，有些是用未经切割的原木建造，屋顶盖着茅草：有谷仓、马厩、棚屋，还有一幢长长的、低矮的木屋。在大树篱内的南面，有一排排的蜂房，顶部呈钟形，是用麦秆编成的。巨大的蜜蜂飞来飞去，爬进爬出，空中充满了它们的响声。

巫师和霍比特人使劲推开那扇吱嘎作响的沉重大门，沿着一条宽阔的小路朝房子走去。有几匹毛色润泽、修饰得十分整洁的马小跑着穿过草地凑上前来，一脸聪明地朝他们仔细打量了一番，然后朝建筑物飞奔而去。

“它们去告诉他有陌生人来了。”甘道夫说。

很快，他们来到一处三面由木屋和两侧长长的厢房组成的庭院。庭院中央横着一根大橡树的树干，旁边有许多砍下来的树枝。有个彪形大汉站在附近，长着浓密的黑胡子和黑头发，裸露的双臂和双腿上肌肉虬结。他穿着一件长及膝盖的羊毛外衣，倚在一把大斧头上。那几匹马站在他身边，鼻子抵着他的肩膀。

“啊！他们来啦！”他对马说，“他们看起来不危险。你们可以走了！”他哈哈大笑，放下斧头，走上前来。

“你们是谁？想干什么？”他粗声粗气地问，像座塔似的站在他们面前俯视着甘道夫。至于比尔博，他能轻易地从这巨汉的双腿间小跑过去，就算不低头也碰不到那人棕色上衣的下摆。

“我是甘道夫。”巫师说。

"从没听说过。"那人咆哮着说，"这个小家伙又是什么玩意儿？"他说着弯下腰，皱着浓密的黑眉毛打量着霍比特人。

"这是巴金斯先生，一位出身名门望族、名声无可挑剔的霍比特人。"甘道夫说。比尔博鞠了一躬。他无帽可脱，并且痛苦地意识到自己掉了许多扣子。"我是个巫师。"甘道夫继续说，"我听说过你的大名。如果你没听说过我，也许你听说过我的好表亲拉达加斯特？他住在黑森林南部边界附近。"

"听说过，就巫师而言，我相信他是个不错的家伙。我以前时常见到他。"贝奥恩说，"好吧，现在我知道你是谁了，或者你说你是谁了。你想干什么？"

"跟你说实话吧，我们丢了行李，还差点迷了路，现在很需要帮助，或者至少给些指点。我这么说吧，我们跟山里的半兽人闹得很不愉快。"

"半兽人？"大汉没那么粗声粗气了，"啊哈，这么说是你们跟他们发生了冲突，是吗？你们为什么要去招惹他们？"

"我们不是故意的。我们穿过一处必须要走的隘口，他们在夜里突然袭击了我们。我们是从西边的地区来到这里的——说来话长。"

"那你最好进屋来给我讲讲，如果不会讲上一整天的话。"说着，那人在前面领路，穿过院子里一扇黑色的门进入屋内。

他们跟着他来到一间宽阔的大厅里，大厅中央有个火堆。虽然是夏天，却仍有一堆柴火在燃烧，烟升到被熏黑的椽子上，搜寻着屋顶上开的一个出气口。他们穿过这个只有火堆和上方开口照亮的昏暗大厅，穿过另一扇较小的门，来到一个类似于游廊的地方，支撑的木柱都是一整根一整根的树干。游廊朝南，仍很暖和，西沉的阳光斜照进来，盈满了游廊，给花朵一直长到台阶边的花园染上了一层金晖。

他们在木制长凳上坐下，甘道夫开始讲他的故事。比尔博一边晃荡着两条悬空的腿，一边观看着花园里的花朵，想知道它们叫什么名字，因为其中有一半他以前见都没见过。

“我带着一两个朋友翻越山岭……”巫师说。

“一两个？我只看到一个，而且是很小的一个。”贝奥恩说。

“好吧，说实话，我没想带很多人来打扰你，我得先弄清楚你是不是很忙。如果可以的话，我去喊他们一声。”

“行，你去喊吧！”

于是，甘道夫吹了一声又长又尖的口哨。不久，梭林和多瑞就沿着花园小径来到房前，站在他们面前，深深地鞠了一躬。

“我明白了，你指的是一到三个！”贝奥恩说，“但这两个不是霍比特人，他们是矮人！”

“‘橡木盾’梭林，愿为您效劳！多瑞愿为您效劳！”两个矮人又鞠了一躬。

“我不需要你们效劳，谢谢。”贝奥恩说，“但我看你们倒需要我效劳。我不太喜欢矮人；不过如果你真的是梭林（我相信你是瑟罗尔的孙子、瑟莱因的儿子），你们一行人都值得尊敬，而且你们是半兽人的敌人，不会在我的地盘上搞破坏——顺便问一声，你们打算干什么？”

“他们要去探访父辈的领地，过了黑森林还要往东走，”甘道夫插嘴说，“我们来到你的地盘上纯属意外。我们打算穿过高隘口，本来应该把我们带到你这片地方南边的那条路上，可就在那时候我们遭到了邪恶的半兽人的袭击——我正要告诉你。”

“那就继续说吧！”贝奥恩从来都不是很讲礼貌。

“我们遇上了一场可怕的暴风雨；岩石巨人出来扔石头，我们在隘口附近找到了一个山洞躲避，霍比特人和我，以及几个同伴……”

“你把两个叫作几个？”

“噢，不，事实上不止两个。”

“他们在哪儿？被杀了，被吃了，还是回家了？”

“噢，不，我吹口哨的时候他们好像没有全来。我看，大概是不好意思。你瞧，我们很怕人太多了你招待不过来。”

“继续，再吹一次口哨！看来我得开一场聚会了，再多来一两个也没什么区别。”贝奥恩咆哮道。

甘道夫又吹了口哨；哨音未落，诺瑞和欧瑞就到了，因为，你要是还记得，甘道夫之前交代他们，每隔五分钟来两个人。

“哈啰！”贝奥恩说，“你们来得相当快啊——你们躲在哪里？怎么一下子就蹦出来了！”

“诺瑞为您效劳，欧瑞为您……”他们才开口，贝奥恩就打断了他们。

“谢谢你们！我需要帮忙时我会开口。坐下，让我们继续听这个故事，不然还没讲完就到吃晚饭的时间了。”

甘道夫接着说：“我们才刚睡着，山洞后面就裂开一道口子，半兽人出来抓住了霍比特人、矮人和我们的一大队小马——”

“一大队小马？你们是干什么的，一个巡回演出的马戏团？

还是你们带了很多货物？还是你们向来把六个叫作一大队？”

“噢不！事实上，不止有六匹小马，因为我们也不止六个人——哎，这不又来了两个！”就在这时，巴林和杜瓦林出现了，他们深深地鞠了一躬，胡子都扫到石板地上了。大汉一开始紧皱眉头，但他们竭尽全力，表现得极其礼貌，不断点头、哈腰、鞠躬，在膝盖前挥舞兜帽（以得体的矮人方式），直到他眉头舒展，爆发出一阵咯咯的笑声：他们看起来真滑稽。

“一大队，是吧，”他说，“挺滑稽的一支队伍。进来吧，我快乐的伙伴们，你们叫什么名字？我现在不需要你们效劳，只要你们的名字；说完过来坐下，别在那儿摇摆了！”

“巴林和杜瓦林。”他们说，不敢生气，然后“扑通”一声坐在地上，显得一脸惊讶的样子。

“现在继续讲吧！”贝奥恩对巫师说。

“我讲到哪儿了？噢，对——讲到我没被抓。我用一道闪电宰了一两个半兽人——”

“好！”贝奥恩咆哮道，“这么说，当个巫师还是不错的。”

“——然后趁那道裂口合拢之前溜了进去。我跟着下到了主厅，里面挤满了半兽人。半兽人头领在那里，身边有三四十名武装卫士。我心里想：‘即使他们没被铁链拴在一起，一打人怎么对付得了这么多半兽人呢？’”

“一打！这是我第一次听到有人把八个叫作一打。还是你还有伙伴没从藏身的地方蹦出来啊？”

甘道夫说：“嗯，是，看样子这会儿又来了两个——我想来的是菲力和奇力。”这两人适时出现了，站在那里微笑着鞠躬。

“够了！”贝奥恩说，“坐下，安静点！快接着说吧，甘道夫！”

于是甘道夫继续讲他的故事，一直讲到黑暗中的战斗、发现下层的大门，以及发觉巴金斯先生下落不明时他们的惊慌。“我们数了数自己的人数，发现霍比特人不见了。只剩下十四个人了！”

“十四！这是我头一回听说十个人少一个是剩下十四个。你是说九个人吧，要不就是你还没把你那一伙人的名字全都告诉我。”

“噢，当然你还没见过欧因和格罗因。哎呀！他们来了。我希望你能原谅他们的打扰。”

“让他们全都来吧！快点！过来，你们两个，坐下！不过你瞧，甘道夫，现在我们只有你和十个矮人，还有那个丢了的霍比特人，加起来总共就十一个人（不算那个丢了的），不是十四个，除非巫师计数跟其他人不同。不过现在你继续讲故事吧。”贝奥恩把自己的表现控制得很好，但他确实对甘道夫讲的故事产生了浓厚的兴趣。要知道，在过去的日子里，他对甘道夫描述的那片山岭了如指掌。当他听到霍比特人又出现了，他们从山崩的斜坡滑下来，以及树林里有狼群围成圈时，他又是点头又是低吼。

当甘道夫讲到他们爬到树上，狼群在底下将他们团团围住时，贝奥恩起身大步走来走去，嘴里嘟囔着：“我要是当时也在那里就好了！我会给他们来点比焰火更厉害的！”

“嗯，”甘道夫说，很高兴看到自己的故事给对方留下了好印象，“我使出了浑身解数。当时我们在树上，狼群在我们下方发狂，森林里有些地方开始着火燃烧，这时，半兽人从山上下来，发现了我们。他们高兴得大喊大叫，唱歌取笑我们。五棵杉树上有十五只小鸟。”

“老天啊！”贝奥恩吼道，“别假装说半兽人不会数数。他们会。十二不等于十五，他们很清楚。”

“我也清楚。还有比弗和波弗。刚才我不敢冒昧介绍他们，不过他们来了。”

比弗和波弗走了进来。“还有我！”邦伯气喘吁吁地跟在后面。他很胖，还很生气被留到最后。他不肯等五分钟，前面两个刚走，他马上就跟上了。

“好吧，这下你们有十五个人了。既然半兽人会数数，我想树上的人都在这里了。现在我们也许可以听完这个故事不被打岔了。”巴金斯先生这才看出甘道夫有多聪明。不断打岔确实让贝奥恩对故事更感兴趣，而这个故事也让他没有把矮人当作可疑的乞丐一样立刻赶走。只要办得到，他从不邀请别人进屋。他的朋友很少，又都住在很远的地方；而且他从不同时邀请两个以上的朋友来他家。现在，他竟让十五个陌生人坐在他的游廊上！

等巫师讲完整个故事，讲完大鹰的救援经过以及他们一行人如何被带到卡尔岩时，太阳已经落到迷雾山脉的群峰背后，贝奥恩花园里的影子已经拉得很长。

“很棒的故事！”他说，“我很久没有听到这么精彩的故事了。如果所有的乞丐都能讲这么好的故事，他们就会发现我这人更好心。当然，这一切也可能都是你编的，不过不管怎么说，为了这故事也值得给你们一顿晚饭吃。让我们吃点东西吧！”

“好的，承蒙款待！”他们异口同声说道，“万分感谢！”

大厅里这时已经相当暗了。贝奥恩拍了拍手，四匹漂亮的白色小马和几条身子狭长的灰狗就小跑进来。贝奥恩用一种古怪的语言对它们说了些什么，听着就像把动物的叫声变成了语言。它们又出去了，不久又回来，嘴里衔着火把。它们将火把在火堆上点燃，插在围绕大厅中央火堆的柱子上，那上面有一些低矮的托架。那些狗能随心所欲地用后腿站立，用前脚搬东西。它们很快就从墙边上取出木板和支架，在火堆旁搭成桌子。

只听一阵“咩—咩—咩”的叫声，就见一只大黑公羊领着几只雪白的绵羊进了屋。一只带着一条边缘绣着动物图案的白桌布，其他几只宽宽的背上驮着托盘，里面摆着碗、盘子、刀子和木勺，那些狗接过东西，很快就在搁板桌上铺好桌布，摆上餐具。这些桌子非常低矮，矮得连比尔博都能舒舒服服地坐在桌前。在他们旁边，一匹小马推来两张低座长凳给甘道夫和梭林坐，凳子上有宽大的灯芯草座垫，凳子腿又短又粗。在搁板桌的另一头，它把贝奥恩的黑色大椅子也推过来，也是同样的样式（他坐在椅子上时，两条粗壮的腿在桌下伸得远远的）。贝奥恩的大厅里就只有这些椅子，他把它们做得像桌子一样矮，大概是为了那些神奇的动物伺候他时方便。其他人坐在什么东西上头呢？他们可没被忘记。其他的小马滚来了一些圆圆的木墩子，形状像鼓，都磨得光滑铿亮，矮得连比尔博都能坐。众人很快就在贝奥恩的餐桌边坐好，这个大厅里已经好多年没有这么热闹的聚会了。

他们在这里吃了一顿晚饭，或者说正餐。自从告别埃尔隆德，离开西边的“最后家园”之后，他们就没吃过像样的晚餐。火把和火堆的亮光在他们周围闪烁，桌上还点着两支高高的、蜂蜡做的红蜡烛。用餐期间，贝奥恩一直用他抑扬顿挫的低沉嗓音讲述迷雾山脉这一侧荒野的故事，尤其是那片黑暗又危险的森林，它向南北两面绵延至远方，离这里骑马约有一天的路程，挡在他们东去的路上——那就是可怕的黑森林。

矮人们一边听，一边摇晃胡须，因为他们知道自己很快就必须冒险进入那座森林。在越过迷雾山脉之后，那是他们去到恶龙的老巢之前所要经过的最危险的区域。晚餐结束后，他们开始讲述自己的故事，但贝奥恩似乎越来越困了，不大理会他们。他们谈的最多的是金银珠宝以及用铁匠的手艺打造的器物，而贝奥恩显然对这些东西不感兴趣：他的大厅里没有金器或银器，除了刀子，几乎就没有金属制品。

他们在桌前坐了很久，喝着木制酒碗里盛满的蜂蜜酒。外面黑夜降临了。大厅中央的火堆又添了新柴，火把已经被熄灭了。他们仍坐在跃动的火光中，大厅的柱子高高地耸立在他们背后，柱子顶端黑乎乎的，就像森林中的树木。不知是魔法还是什么，比尔博觉得椽子间有风吹过树枝的声音，还有猫头鹰的叫声。很快他也打起了瞌睡，所有的声音似乎越来越远，直到他突然一下子惊醒。

那扇巨大的门嘎吱作响，猛然关上了。贝奥恩走了。矮人们盘腿坐在火堆周围的地板上，不一会儿就唱起歌来。有些歌词记载如下，但实际上歌词比这多得多。他们唱了很久很久：

阵风吹掠凋萎的石楠，
林中片叶却纹丝不动：
那里日夜笼罩着暗影，
黑暗的事物悄悄潜行。

阵风从冷山上吹袭，
犹如潮水咆哮起伏；
树枝呻吟，森林悲泣，
落叶满满铺上了大地。

阵风从西到东不稍停，
森林里没有一点动静，
但沼泽响遍刺耳锐声，
那就是风里阵阵啸鸣。

吹折野草花穗，
嘶嘶吁嘘，芦苇轻响，
风儿吹过摇荡的池塘，
撕碎了寒天里飞驰的朵朵絮云。

阵风吹过那荒凉的孤山，
在恶龙的巢穴上盘旋：

焦黑荒凉的岩石铺满一地，
到处飘散着滚滚飞烟。

它翱翔远离了这个世界，
越过夜晚的浩瀚洋面。
月亮乘风扬帆启航，
吹拂着星辰如光芒跳跃。

比尔博又开始打瞌睡。甘道夫突然站了起来。

“我们该睡觉了，”他说，“我是说我们，不是说贝奥恩。在这个大厅里，我们可以安安稳稳地休息，但我警告大家别忘了贝奥恩离开我们之前说的话：日出之前你们绝不能到外面游荡，否则会有生命危险。”

比尔博发现在大厅的一侧已经铺好了床，就在柱子和外墙之间一处高出地面的平台上。给他准备的是一个小小的草垫和羊毛毯。尽管现在是夏天，他还是很高兴地钻进被窝里。火渐渐熄了，他也睡着了。可是到了半夜他醒了过来，火堆只剩余烬。从呼吸声可以判断，矮人和甘道夫都在熟睡。高挂在天上的月亮正透过屋顶的烟孔往下窥看，在地板上洒下一片银光。

外面传来一声咆哮，还有一种像是什么巨型动物在门口蹭来蹭去的噪音。比尔博很想知道那是什么，想知道是不是在魔法中变身的贝奥恩，还有变成熊的贝奥恩会不会进来杀了他们。他一头钻到毯子底下把脑袋蒙上，尽管心里很害怕，最后还是睡着了。

他早晨醒来时已经是天光大亮。他躺的地方在阴影里，有个矮人被他绊倒，“扑通”一声从平台上滚到地板上。原来是波弗，比尔博睁开眼睛时他正嘟嘟囔囔地抱怨着。

“快起来，懒骨头，”他说，“要不然早餐就没你的份了。”

比尔博跳起来，喊道：“早餐！早餐在哪儿？”

“多半都在我们的肚子里。”其他在大厅里走来走去的矮人回答，“但剩下的都在外面的游廊上。打从太阳出来，我们就一直在找贝奥恩；可是到处都不见他的踪影，不过我们一出去就发现早餐已经摆好了。”

“甘道夫在哪里？”比尔博一边问一边朝外走，以最快的速度去找吃的。

“噢！出去了，去什么地方了吧。”他们告诉他。但是他一整天都没看到巫师的影子。直到傍晚，就在日落之前，巫师才走进大厅，霍比特人和矮人们正在大厅里吃晚饭，贝奥恩手下那些神奇的动物们已经伺候了他们一整天，这时也仍在旁边伺候着。至于贝奥恩，他们从昨天晚上起就没见到或听到他，对此他们都感到困惑。

“招待我们的主人哪儿去了？你这一整天又在哪儿？”他们全都大声问道。

“一次问一个问题——吃过晚饭后再问！我从早餐起一口东西都没吃过。”

终于，甘道夫推开了盘子和酒壶，掏出烟斗来——他吃了整整两个大面包（上面涂满大量的黄油、蜂蜜和凝脂奶油），还喝了至少一夸脱[1]的蜂蜜酒。“我先回答第二个问题，”他说，“——但是天啊！这真是个吐烟圈的好地方！”事实上，有老长一段时间，他们没从他嘴里掏出一句话来，他只是忙着吐出一个又一个烟圈，让它们绕着大厅的柱子转，变幻出各种不同的形状和颜色，最后还让它们一个个追逐着从屋顶上那个洞飘出去。要是从屋外看，它们一定显得非常古怪，一个接一个地冒到空中，有绿的、蓝的、红的、银灰的、黄的、白的；大的，小的；小的穿入大的，一起连成 8 字的形状，再像一群小鸟一样飞向远方。

“我去探查熊迹了。”他终于说，“昨晚这外面一定有过一场熊的定期聚会。我很快就明白，痕迹不可能全是贝奥恩弄出来的，因为太多了，而且大小不一。我应该说，有小熊、大熊、平常的熊，还有巨大的熊，全都在外面跳舞，从夜里一直跳到快要天亮。他们几乎来自四面八方，只是没有河对岸西边从迷雾山脉来的。那个方向只有一组脚印——不是过来的，而是从这里离开的。我跟着这组脚印一直走到了卡尔岩。脚印在那里下了河，消失在河里，但是过了卡尔岩之后的水太深太急，我蹚不过去。你们记得吧，从这边河岸涉过浅滩去到卡尔岩很容易，但另一侧是悬崖，矗立在漩涡滚滚的河道里。我不得不走了好几英里，才找到一个河宽水浅的地方，足以让我涉水游过去，然后再往回走好几英里，重新找到踪迹。到那时候，我要跟上已经太迟了。它们径直朝迷雾山脉东侧的松树林去了，就是前天晚上我们和座狼举行过一场愉快的小聚会的地方。现在，我想我连你们的第一个问

1　一英制夸脱约 1136.5225 毫升。—— 编辑注

题也回答了。”甘道夫说完，坐在那里久久不发一语。

比尔博觉得自己明白了巫师的意思。“要是他把座狼和半兽人全引到这里来，我们该怎么办？”他喊道，“我们全都会被抓住杀掉的！我记得你说过，他不是他们的朋友啊。”

“我是说过。所以别傻了！你还是赶紧去睡觉吧，你的脑袋都发蒙了。”

霍比特人被说得十分沮丧，而且看来他也无事可做，只好上床睡觉了。矮人们还在唱歌，他就睡着了，可是那个小脑袋里还在疑惑着贝奥恩的事，直到他做了个梦，梦见成百上千只黑熊在院子里跳舞，它们踏着缓慢而沉重的步伐在月光下转了一圈又一圈。然后，在大家都睡着以后他又醒了，并且听见和前一晚上一模一样的刮擦声、拖着脚走路声、鼻息声和咆哮声。

第二天早晨，他们全被贝奥恩亲自叫醒。“你们都还在这儿啊！”他说。他拎起霍比特人，笑道：“看来你还没被座狼、半兽人或恶熊给吃掉。”他极其无礼地戳了戳巴金斯先生的背心。“小兔子吃了面包和蜂蜜，又长胖长精神了。”他咯咯笑着，“来，再多吃点！”

于是他们全都跟着他去吃早餐了。贝奥恩变了，他兴高采烈，看起来心情好得出奇，他讲了一些有趣的故事，把大家全逗得哈哈大笑。他们也没必要再花时间去猜他去了哪里，为什么他对他们这么好，因为他自己都讲出来了。他过了河，直接进到山里——从这一点，你可以猜到他能走得非常快，至少在变成熊的时候可以。看到那片烧焦的狼群聚集的林间空地，他很快查明他们说的这部分故事是真实的；他所查明的还不仅如此，他抓到了在树林里游荡的一只座狼和一个半兽人。他从他们那里得到了消息：半兽人巡逻队仍和座狼一起在搜索那群矮人，因为半兽人头领的死，以及狼王烧伤的鼻子，还有巫师的火焰烧死了许多狼王得力的卫士，让他们气得半死。他们在他的威逼之下就说了这么多，但他猜还有比这更邪恶的阴谋在进行，半兽人全军和他们的座狼盟友恐怕很快就会大举进袭，侵入群山阴影笼罩的地界搜捕矮人，或对生活在那里的人类和动物进行报复，他们认为就是他们庇护了矮人。

“你们的故事很精彩，”贝奥恩说，“而现在我核实过了，就更喜欢它了。你们得原谅我没有轻信你们的说法。你们如果住在黑森林边缘附近，也不会相信任何人的话，除非你跟他熟得像亲兄弟，或胜似亲兄弟。实际上，我只能说我已经尽快赶回家来看看你们是否安全，并且会尽量帮助你们。从今以后，我会更欣赏矮人一些。杀了半兽人头领，杀了半兽人头领！”他一个劲儿地自言自语，咯咯笑着。

“你把那个半兽人和那只座狼怎么样了？”比尔博突然问道。

“都来看看吧！”贝奥恩说，他们跟着他绕到房子前面。一个半兽人的脑袋插在大门外，紧挨着稍远一点的树上钉着一张座狼皮。贝奥恩是个凶猛的敌人。但现在他是他们的朋友了，而甘道夫认为把整个故事和他们旅行的原因告诉他，是明智之举，这样他们才能争取到他所能提供的最大帮助。

贝奥恩答应给他们的帮助是这样的。为了帮他们走到那座森林，他将为每个人提供小马，为甘道夫提供一匹马，还将给他们装载食物。只要他们不浪费，这些食物够他们吃上几个星期，而且尽可能打包得便于携带——坚果、面粉、一罐罐密封的干果、红陶罐装的蜂蜜，还有烘烤过两次、可以长时间保存的饼，这种饼他们只要吃一点就能走很远的路。饼的做法是他的不传秘技之一；不过，就像他的大多数食物一样，饼里也有蜂蜜，非常好吃，就是吃了让人口渴。至于水，他说在森林的这一边他们不用带，因为沿路有溪流和泉水。“但是，你们穿过黑森林的路又黑暗、又危险，而且很艰难。”他说，“森林里很难找到水，也很难找到食物。这时候还不是坚果成熟的季节（不过在到达森林另一头的时候，季节可能已经过去了），而坚果差不多就是那里长的唯一能吃的东西。那里的野兽黑暗、古怪并且凶恶。我会给你们装水用的皮囊，还会给你们一些弓和箭。不过我相当怀疑你们在黑森林里找到的东西是否真的没有害处，能吃能喝。我知道那里有一条小溪，水黑而且湍急，就横在你们的必经之路上。你们千万不能喝那水，也不能用它洗漱；因为我听说它具有魔力，能使人昏昏欲睡，忘掉一切。在那暗影幢幢之地，我认为你们射不到任何无害或有害的东西，如果你们不离开正路——而你们**绝对不要**离开正路，不管什么原因。

“我能给你们的忠告就这些了。一过森林边界，我就帮不上你们的忙了；你们只能全靠运气和勇气，以及我送给你们的食物。我得要求你们在森林的入口处将我的马和小马打发回来。但我祝你们一路顺风，如果你们回程又走这条路的话，我家的门随时为你们敞开。”

当然，他们对他表示了一番感谢，不停脱下兜帽连连鞠躬，并多次说道：“木头大厅的主人啊，愿意为您效劳！”但是，他那些郑重告诫的话让他们的心情都低落了下去，觉得这趟冒险比他们想象的要危险得多，而且，即使他们闯过了路上的重重危险，还有恶龙在终点等着呢。

那天一整个上午，他们都在忙着准备东西。中午过后不久，他们和贝奥恩一起吃了最后一顿饭，饭后他们便骑上贝奥恩借给他们的坐骑，纷纷跟他道别，然后出了大门快速离去。

他们一离开贝奥恩领地东边高高的树篱，便转向北，然后朝西北方前进。他们遵照他的建议，不再往那条位于他地盘南边的森林大道去了。倘若当初他们沿着隘口下来，他们就会顺着一条来自山中的小河走，那条小河在卡尔岩以南几英里处汇入大河。在汇合的地方有一处水比较深的渡口，他们的马要是还在，就可以骑马涉水过去。过河之后有一条小路通向森林的边缘和老森林路的入口。但贝奥恩警告过他们，如今半兽人常走那条路，至于森林路本身，他听说它的东边开口已经被丛生的草木堵住，遭到废弃，并且通向无法通行的沼泽地，过沼泽的小径也早就湮没了。而且，它的东边开口一直都在孤山南边很远，所以他们即使到了森林另一边，仍然需要向北行进，路途艰难又漫长。卡尔岩的北边，黑森林的边缘离大河的边界更近，虽然那里离迷雾山脉也很近，但贝奥恩建议他们走这条路。因为从卡尔岩往正北方向骑马走几天，就会到达一个地方，从那里可以走上一条鲜为人知的、穿过黑森林的小路，几乎直达孤山。

贝奥恩说：“半兽人不敢在卡尔岩以北一百英里的范围内越过大河，更不敢靠近我家——这里在夜间戒备森严！——不过是我的话，就会快马加鞭；因为如果他们迅速发动袭击，就会在南边渡河，扫荡整个森林边缘，截住你们的去路，而座狼跑得比小马快。但是，你们朝北走还是比较安全的，尽管你们好像在走回头路，往他们的大本营接近——这会是他们最意想不到的，他们要抓你们也得骑更长的路。现在快走吧，尽快赶路！”

这就是为什么他们这时不声不响地骑马前进，只要遇到平坦的草地就纵马奔驰。左边是黑黢黢的群山，远处的一线河流与夹岸的树木越来越近。他们出发时太阳刚刚过午，到了傍晚，周围的大地洒满了夕阳金色的光辉。这情景让人很难想象后面有半兽人在追赶，所以在离开贝奥恩家很多英里后，他们又开始有说有唱，把前方那漆黑的林中小路忘到了脑后。但是到了晚上，暮霭四合，群峰映衬着夕照显得狰狞，他们停下来扎营，轮流放哨。大多数人睡得都不安稳，梦中老是听见搜猎的狼嗥和半兽人的吼叫。

第二天黎明依然晴和明朗。地面上笼罩着一层秋天般的白雾，空中寒意弥漫，不一会儿红彤彤的太阳就从东方升起，薄雾消散了。阴影还长，他们就再次上马出发。就这样，他们又骑了两天，其间见到的只有草、花、鸟和零星的树木，偶尔还能看到小群的赤鹿中午时分在树荫下吃草或歇息。有时候，比尔博看到鹿角从长草丛中伸出来，他起初还以为那是枯树枝。由于贝奥恩说过，他们应该在第四天一早到达森林的入口，所以第三天晚上，他们急于赶路，即便在黄昏甚至入夜之后仍继续在月光下往前骑行。天色渐渐变暗，比尔博觉得自己向左右两边张望的时候，看到了一头巨熊朦胧的身影，也在朝同一个方向潜行。然而他若壮起胆子向甘道夫提起，巫师只说：“嘘！别管它！”

次日他们在黎明前就出发了，尽管夜里没睡多久。天刚放亮他们就看见森林好似迎上前来，或者说活像一堵阴森的黑墙横在面前，等待着他们。地势开始爬升，越来越高，霍比特人感到有一股寂静逐渐向他们逼近。鸟儿唱得少了，鹿也没影了，就连兔子都看不见了。到了下午，他们已经来到黑森林的檐下，差不多就在外围树木向外舒展的粗大树枝下休息。这些树的树干巨大，长着树瘤，枝条扭曲，叶子又黑又长。树上长着藤蔓，垂落到地面上。

“啊，黑森林到啦！”甘道夫说，“北方世界最大的一座森林。我希望你们喜欢它的模样。现在，你们必须把借来的这些棒极了的小马打发回去。”

矮人们听见这话想发牢骚，但巫师却说他们都是蠢货。“你们大概以为贝奥恩离得很远；才不是那么回事。而且，无论如何你们最好都遵守承诺，因为他非常不好惹。巴金斯先生的眼睛可比你们尖多了，你们难道没看见每天天黑以后都有一只大熊跟着我们一起前进，或者坐在月光下远远地看着我们的营地。这可不光是为了保护你们，给你们带路，同时也是为了看顾那群小马。贝奥恩也许是把你们当朋友，但他可是把他那些动物当成自己的孩子一样疼爱。你们根本猜不到，他允许矮人骑着这些小马跑这么远又跑这么快，是对你们多大的恩惠；你们同样也猜不到，如果你们想把小马带进森林里，会有什么下场。”

“那你那匹马怎么办？”梭林说，“你可没提到要把它送回去。”

“我是没提，因为我不会把它送回去。”

“那你的承诺怎么兑现？”

“这归我操心。我不会把马打发回去，我还要骑它呢！”

听了这话，他们才知道甘道夫要在黑森林的边缘跟他们分手，都大失所望。可是无论他们说什么，都改变不了他的主意。

“这事在我们之前给放在卡尔岩上的时候就讲好了。”他说，“争论是没有用的。我告诉你们了，我在南边有急事要办；因为操心你们这群人的状况，我已经耽搁了。在一切结束之前我们可能会再见面，当然，也可能不会。这取决于你们的运气，以及你们的勇气和判断力；我派巴金斯先生跟你们一起去。我早就告诉过你们，他的能耐比你们猜想得要大，你们不久就会明白的。比尔博，打起精神来，别愁眉苦脸的。梭林一行人都振作起来！这毕竟是你们的探险。想想最终能获得的宝藏吧，至少在明天早上之前，别去想森林和恶龙！”

到了隔天早上，他还是说一样的话。所以，现在他们无计可施了，只得在靠近森林入口处找到的一泓清泉那里把水囊灌满，然后把行李从小马的背上卸下来。他们尽量公平地分担了这些行李，尽管比尔博觉得自己那份重得累死人，而且他一点也不乐意背着这些东西一英里又一英里地跋涉向前。

“你不用担心！”梭林说，“行李很快就会变轻的。要不了多久，到食物开始短缺的时候，我想我们都会巴不得自己的背包更重一点。”

随后，他们终于跟小马们告别，让它们掉头回家了。它们欢快地小跑离去，似乎很高兴能把黑森林的阴影抛在尾巴后面。随着它们离开，比尔博发誓自己看到一个像熊一样的东西也离开了树林的阴影，跟在它们后面摇摇晃晃地离去。

现在，甘道夫也跟众人告别了。比尔博坐在地上，心里非常难过，真希望自己能跟在巫师身边坐上他的高头大马。他刚刚在吃完一顿（非常简陋的）早饭之后进了森林，虽是早晨，林子里却暗得像黑夜一样，而且十分神秘。“有种监视和等待的感觉。”他自言自语道。

“再见！”甘道夫对梭林说，“再见，各位，再见！现在，你们的路是笔直穿过森林。不要偏离这条小路！——如果偏离，你们千分之九百九十九再也找不到它，再也出不了黑森林了。如此一来，我想，我，或者任何别的人，就都再也见不到你们了。”

“我们真的一定要穿过去吗？”霍比特人呻吟道。

“是的，你们得穿过去！”巫师说，“如果你们想到达森林另一边的话。你们要么穿过去，要么放弃。而我是不会允许你现在退出的，巴金斯先生。我为你有这种念头感到丢脸。你可得替我照顾这些矮人。”他哈哈大笑。

“不！不！”比尔博说，“我不是那个意思。我的意思是，难道没有别的路可以绕过去吗？”

“有的，如果你愿意绕路向北走大约两百英里，再往南走双倍那么远。但即使那么走，你也找不到一条安全的路。世间这部分区域，已经没有安全的路了。记住，你现在已经越过了大荒野的边缘，无论走到哪里，都可能遇到各种各样的乐事。从北边你还没绕过黑森林，就会先到灰色山脉的山坡上，那里可是毫不夸张，到处都是半兽人、大半兽人，还有其他不堪言状的可怕奥克。从南边你还没绕过它，就会进入死灵法师的地盘；即使是你，比尔博，也不需要我来告诉你那个黑暗妖术师的故事。我可不推荐你们靠近任何他的黑塔能远眺看见的地方！紧紧跟着这条森林小路走，打起精神，冀望最好的结果，你们要是命大福大，就会有走出来的一天，看到长沼泽位在下方，过了沼泽就是高耸在东方的孤山，亲爱的老斯毛格就住在那儿，不过我希望他没有在等你们。”

“你可真会安慰人啊。”梭林低声吼道，“再见！你要是不跟我们一起去，就别再啰唆，赶紧走吧！”

“那就再见啦，这回真的再见啦！”甘道夫说着调转马头，朝西骑去。但他怎么也忍不住要再说最后一句话。在他还没彻底走出他们听力所及范围的时候，他转身把手合在嘴边向他们喊话。他们隐约听到他的声音传来：“再见！要乖啊，照顾好自己——**不要离开小路**！”

然后他才策马疾驰而去，很快就不见了踪影。“噢，再见，快走吧！”矮人们嘟嘟囔囔，更加生气了，因为失去他着实让他们满心沮丧。现在，整个旅程中最危险的部分开始了。他们各自肩负分配好的沉重背包和皮水囊，转身离开照耀外面大地的阳光，一头扎进了黑暗的森林。

第八章
苍蝇与蜘蛛

他们鱼贯而行。小路的入口就像那种通向一条幽暗隧道的拱门，由两棵靠在一起的大树构成，它们太老，树上缠绕的藤蔓和悬挂的地衣也太多，只剩下寥寥几片发黑的叶子。小路本身很窄，在树干之间蜿蜒穿绕。不一会儿，森林入口的光亮就变得像个远处的明亮小洞，林子里静得出奇，以至于他们的脚步像在砰然作响，而所有的树都朝他们俯下身来倾听。

等到眼睛适应了林子里的幽暗，他们可以在暗绿的微光中依稀看出两侧一小段距离开外的景象。偶尔，会有一缕细细的阳光从高处树叶的缝隙里侥幸地漏下来，且更走运地没被树叶下方纠结在一起的大树枝和枯细枝挡住，又细又亮地直射在他们面前。但这很少见，并且很快就完全见不到了。

树林里有黑松鼠。随着比尔博那双敏锐又好奇的眼睛适应暗中视物，他能不时瞥见它们飞奔离开小路，闪避到树干背后。林子里还有各种怪异的声音：呼噜声、拖沓行走声和灌木丛中的匆促移动声，以及森林地面上经年累月厚厚堆积着的树叶里发出的声音，但是他看不到是什么东西发出了这些声音。他们所见最恶心的东西是蜘蛛网：又黑又密的蜘蛛网，上面的蛛丝粗得出奇，常常从这棵树牵到那棵树，或者缠绕在两旁较低的树枝上。但是没有蛛丝横在小路上，至于这是因为某种魔法使小路保持通畅，还是另有其他原因，他们就不得而知了。

没过多久，他们就打心眼里讨厌起这片森林，就像他们痛恨半兽人的坑道一样，而且，这片森林似乎更让人看不到一点走到尽头的希望。但是他们不得不继续走啊走，即便他们早已无比渴望看到太阳和天空，无比渴望风吹在脸上的感觉。在这座森林的屋顶下没有空气流动，只有无尽的静止、黑暗和闷热。就连习惯了开山凿矿，长期生活在没有阳光的地底的矮人，也有所感觉。而比尔博这个喜欢在洞里安家，但不喜欢夏天待在洞里的霍比特人，只觉得自己正在慢慢地窒息。

夜晚是最糟糕的。森林里变得一片漆黑——不是你随口说的“漆黑”，而是真正的漆黑：黑得你真正什么也看不见。比尔博试着在自己鼻子前面挥了挥手，却压根儿看不见它。好吧，也许说他们什么都看不见也不对，他们能看见许多眼睛。他们全紧紧地挤在一起睡觉，轮流放哨。轮到比尔博的时候，他看到周围的黑暗中有闪烁的微光，有时一对黄眼睛，有时一对红的或绿的眼睛在不远处盯着他，然后慢慢变暗、消失，随后又在另一个地方慢慢亮起来。有时候它们就在他头顶的树枝上，向下一闪一闪的，那时候最可怕。但他最不喜欢的是那种苍白吓人、鼓突出来的眼睛。“是昆虫的眼睛，不是动物的眼睛，”他想，“只是它们这也太大了。”

虽然天气还不算太冷，他们还是尝试在夜里点燃警戒的篝火，不过很快就放弃了。火光招来了成百上千只眼睛把他们团团包围，然而这些生物，不管它们究竟是什么，都非常小心，始终不让自己的身形暴露在微弱的火光中。更糟糕的是，火光还招来了成千上万只深灰和黑色的飞蛾，有些差不多有你的手掌那么大，就在他们的耳朵旁边拍打着翅膀，呼呼作响。他们受不了这些蛾子，也受不了那些黑得像大礼帽的巨大蝙蝠。于是他们熄掉了火堆，夜里就坐在这无边无际的怪诞黑暗中打瞌睡。

在霍比特人看来，这一切似乎没完没了，堪称度日如年。他老是觉得肚子饿，因为他们极其审慎地分配带来的食物。尽管如此，随着日子一天天过去，森林却似乎还是一成不变，他们不禁焦虑起来。食物不是永远都吃不完，事实上已经开始短缺了。他们试图射些松鼠来做补给，结果在浪费了很多箭之后才在小路上射到一只。但是当他们把它烤了以后，发现它难吃得很，于是他们不再射杀松鼠了。

他们还很渴，因为剩下的水也不多了，这一路上他们既没见到泉水，也没看到小溪。这种情况一直持续到有一天，他们发现所走的小路被一条奔流的河拦住了。水流湍急又强劲，但横断小路的水面算不上很宽，水色乌黑，或者说，在幽暗中看起来是乌黑的。幸亏贝奥恩警告过他们要提防这条河，不然他们恐怕不管它是什么颜色的都会喝了，还会在河边把空掉的皮水囊装满。不过这时他们只想着怎么过河而不把自己弄湿。这里本来有一座跨河的木桥，但桥已经烂塌了，只剩下河岸附近的几根折断的桥桩。

比尔博跪在河边朝前张望，喊道："对岸有条船！但为什么不在这一边？"

"你认为它有多远？"梭林问。如今他们都知道了，比尔博的眼睛是他们当中最尖的。

"一点也不远。我看不超过十二码。"

"十二码！我看至少有三十码，不过我的眼睛已经不像一百年前那么好使了。再说十二码跟一英里地没多大差别。我们跳不过去，也不敢蹚过去或游过去。"

"你们谁会抛绳子？"

"那有什么用？船肯定是拴着的，就算我们能钩住它也没用，何况钩不钩得中还两说。"

"我不认为它是拴着的，"比尔博说，"当然了，在这种光线下我也没十足把握。但在我看来，它只是被拉到岸上了，那里地势低，就是小路往下通到水里的地方。"

"多瑞的力气最大，但菲力最年轻，而且眼神最好。"梭林说，"过来，菲力，看你能不能看见巴金斯先生说的那条船。"

菲力认为他看得见。于是，当他久久盯着对岸，在心里估计方向的时候，其他人给他拿来了一根绳子。他们带了好几根绳子，这会儿在最长那根的绳头上绑了一个大铁钩，这些铁钩原本是用来把背包固定在肩头背带上的。菲力把它拿在手里，掂量了一会儿，然后用力甩向河对岸。

"扑通"一声，铁钩掉进了水里！"不够远！"比尔博盯着前方说，"再远个一两英尺你就能抛上船了。再试一次。我想，河水的魔力还没强到你只是碰一下打湿的绳子就能伤害你。”

菲力把绳子拉回来，捡起铁钩，不过心里还是怕有事。这次他用了更大的力气把钩子甩出去。

“稳住！”比尔博说，“这次你把它甩到对岸的树林里了。把它轻轻地拉回来。”菲力慢慢地收绳子，过了一会儿，比尔博说：“小心！铁钩落到船上了，希望能钩住。”

它确实钩住了。绳子绷紧，菲力拉不动了。奇力来帮他，然后又来了欧因和格罗因。他们使劲拉啊拉，突然一下子全都仰面摔倒在地。还好，一直张望着的比尔博抓住了绳子，并用棍子挡开了冲过河来的小黑船。“快救船！”他喊道，巴林及时赶来抓住了小船，没让它顺着湍急的水流漂走。

“它到底是拴着的。”他说，看着还耷拉在船头已经扯断的船索，“拉得好，伙计们；幸好我们的绳子更结实。”

“谁先过河？”比尔博问。

“我先吧，”梭林说，“你跟我一起走，还有菲力和巴林。小船一次只能装这么多人。之后是奇力、欧因、格罗因和多瑞；再是欧瑞和诺瑞，比弗和波弗；最后是杜瓦林和邦伯。”

“我老是最后一个，我不乐意。”邦伯说，“今天该轮到别人了。”

“谁叫你这么胖。你既然这么胖，就必须在最后等船的载重最轻时过。别发牢骚违抗命令，不然你就要倒霉了。”

“船上一根桨也没有。你们要怎么把船弄到对岸去？”霍比特人问。

“再给我一根绳子和一个铁钩。”菲力说。等他们把东西准备好，他尽力把铁钩朝前方的黑暗中高高抛去。绳子没有掉下来，所以他们知道它一定是钩在树枝上了。“上船吧，”菲力说，“一个人用力拉钩在对岸树上的绳子，另一个人拿好我们第一次钩船的钩子，等我们安全到达对岸后，重新把钩子钩上，你们就可以把船拉回来。”

依靠这样的方法，他们很快就安全地渡过了这条有魔法的小河，到了对岸。然而，杜瓦林把收成圈的绳子套上胳膊，刚爬出小船，（还在嘀嘀咕咕的）邦伯正准备跟上，倒霉的事就真的发生了。前面的小路上传来一阵急促的蹄声。幽暗中突然闪现出一头飞奔的鹿的身影。它径直冲进矮人群里，把他们撞翻在地，接着纵身一跃。它高高跃起，那强有力的一跃竟越过了水面。但它并没有在对岸安全落地。梭林是唯一一个还稳稳站着，并且头脑清醒的人。他们一上岸，他就弯弓搭箭，以防任何暗中看守小船的人出现。此时他又快又准地一箭射向这跃起的野鹿。它在对岸落地时踉跄了一下。重重阴影将它吞没，不过他们听到它的蹄声很快凌乱起来，随即归于寂静。

然而，他们还没来得及为这一箭喝采，比尔博就发出一声哀号，顿时将他们想吃鹿肉的念头全部打消。“邦伯掉进河里了！邦伯要淹死了！”他喊道。事情果真如此。方才邦伯刚一只脚踏上地面，那头雄鹿就朝他冲来，并从他头上跃了过去。他一个趔趄，把船推离了岸边，自己也翻跌进了漆黑的水里，他双手抓不住岸边滑溜的树根，同时小船也慢慢打着转漂开，消失不见了。

众人奔到岸边时，还能看见他的兜帽浮在水面上。他们赶紧朝他抛去一根带钩的绳子。他的手总算抓住了绳子，大家马上把他拉上岸来。当然，他从头发到靴子都湿透了，但这还不是最糟糕的。当大家把他平放在岸上时，他已经沉睡过去了，而且一只手死命抓着绳子，他们怎么拉扯也无法把它从他手里弄出来。他们使尽一切办法，都没法把熟睡的他叫醒。

他们呆立在他身边，诅咒自己的霉运和邦伯的笨手笨脚，悲叹失去了小船，没了船他们就无法回去寻找那头雄鹿。这时，他们才察觉树林里隐隐传来号角声，以及远处狗的吠叫声。于是他们全都不出声了；他们坐下来，似乎能听到小路北边有一场大狩猎的声音，尽管他们什么也看不见。

他们在那里坐了很久，动也不敢动。邦伯继续呼呼大睡，胖胖的脸上挂着微笑，似乎不再挂怀所有折磨他们的烦恼了。突然，前面的小路上出现了几头白鹿，是一头母鹿和几头小鹿，毛皮雪白，而先前那头雄鹿是一身黑。它们在阴影中微微发光。不等梭林叫喊出声，三个矮人已经跳起来，射出了箭。似乎没人射中目标。鹿群掉过头，像来时一样静悄悄地消失在树林间，而矮人们白白地朝它们背后射了许多箭。

“住手！住手！”梭林喊道，但为时已晚，亢奋的矮人已经浪费掉了最后的几支箭，这下贝奥恩送给他们的弓也没用了。

那天晚上，一群人全都闷闷不乐，接下来的几天里，这种闷闷不乐的情绪愈演愈烈。他们已经渡过了那条有魔法的小河，但在河这一边，小路依然就像之前一样蜿蜒向前，森林里看起来毫无变化。然而，他们要是多了解一点这座森林，并且多想想听见狩猎的响声、看见小路上出现白鹿意味着什么，他们就会明白自己终于接近了森林东部的边缘。如果他们能保持勇气和希望，他们很快就会走到树木稀疏、能重见阳光的地方。

但他们不知道这一点，并且邦伯沉重的身躯成了大家的负担，他们竭尽全力抬着他前进，四人一组轮流承担这个累人的活计，其余的人则分担那四人的背包。要不是这些行李在最后几天变得越来越轻，他们根本没法这么做。但是，不管装满食物的背包有多么沉重，与挂着微笑陷入沉睡的邦伯相比，都不算什么。几天后，水尽粮绝的时刻终于到来了。他们在树林里看不到任何能吃的东西，只有真菌和叶子苍白、气味难闻的草药。

离开那条有魔法的小河大约四天后，他们来到一个大多数树木都是山毛榉的地方。这个变化最初让他们高兴了一阵子，因为这里没有灌木丛，阴影也不那么深浓了。他们周围有一种发绿的光，让他们在一些地方可以看见小路两边一段距离外的情况。然而，这光只让他们看见一排排笔直的灰树干，无穷无尽，就像昏暗的巨大殿堂里的柱子。这里有空气流动，有风的声音，只是听起来很悲伤。几片树叶簌簌地飘落下来，提醒他们外面已经入秋了。他们的脚在无数个过往秋天累积下的枯叶中沙沙踩过，这些枯叶给森林铺上了一层深红色的地毯，还飘过小路边缘，积在路面上。

邦伯还在昏睡，他们都变得疲惫不堪。有时他们会听到令人不安的笑声。有时远处还会传来歌声。那笑声发自动听的嗓音，不是半兽人的声音，歌声也很美，但听起来怪异又陌生，没让他们感到舒心，反而让他们想趁着还有力气，加紧离开这个地方。

两天后，他们发现这条小路正在向下倾斜，没过多久，他们就进了一座几乎长满巨大橡树的山谷。

“这该死的森林没有尽头吗？”梭林说，“总得有人爬上树去，看看能不能把头伸到树冠上头，看一看四周。唯一的办法是在小路边选一棵最高的树。”

当然，那个“有人”指的就是比尔博。他们挑他，是因为爬上去的人必须把头探出最顶上的叶子，所以这人必须够轻，让最高最细的树枝也能承受他的重量。可怜的巴金斯先生从来没怎么爬过树，但是他们把他托上一棵正好长在小路边上的巨大橡树最低的枝干，他不得不尽最大的努力往上爬。他在纠结缠绕的树枝中奋力前进，那些细枝多次弹到他的眼睛上；他被大树枝上的老树皮搞得浑身青苔和污垢；他不止一次打滑，幸好每次都及时稳住了自己；最后，他在一个似乎根本没有趁手树枝的麻烦之处，经过一番可怕的挣扎，终于接近了树顶。在这过程中他一直在想，树上会不会有蜘蛛，还有，回头他（除了跌落）要怎么下去。

终于，他把头探出了树冠顶，然后发现果然有蜘蛛。不过它们只是普通大小的蜘蛛，而且它们是在追捕蝴蝶。比尔博几乎被光线闪瞎了双眼。他能听见矮人在底下很远的地方冲着他大喊，但他无法回答，只能抓紧树枝，拼命眨动眼睛。阳光十分灿烂，过了好一阵子他才适应。等他适应之后，他看见四周是一片深绿色的海洋，树叶在微风中如浪起伏沙沙作响。到处都是蝴蝶，成百上千的蝴蝶。我想它们应该是一种“紫蛱蝶”，一种喜欢在橡树树梢上飞舞的蝴蝶，只不过这些蝴蝶根本不是紫色的，它们黑得就像黑丝绒，看不到任何斑纹。

他注视了这些“黑蛱蝶”很久，享受着微风吹拂在头发和脸上的感觉；但最终矮人们的呼喊——现在他们干脆就在底下不耐烦地跺脚了——提醒了他真正的任务。情况可不妙。他极目望去，无论是朝哪个方向，都看不到树木和树叶的尽头。他那颗因为看见阳光、感受微风而变得轻松起来的心，现在又一直沉到了脚尖：回到底下没东西可吃了。

实际上，我跟你们说过，他们离森林的边缘不远了。比尔博要是见多识广，就会意识到他爬的那棵树尽管本身很高，却长在一座宽阔山谷靠近谷底的地方，所以从树顶上望出去，周围的树就像一个大碗的边缘一样向四周膨胀上去，他根本不能指望看出森林究竟延伸了多远。但是他不明白这一点，只能满怀绝望地爬下了树。等他终于回到地面，他身上到处擦伤，热汗直淌，苦不堪言，而且回到底下的阴暗中，又什么也看不见了。而他的报告很快使其他人和他一样苦不堪言。

“这座森林向四面八方没完没了地延伸下去！我们该怎么办？派个霍比特人给我们又有什么用！”他们叫道，仿佛这都是比尔博的错。他们根本不想听什么蝴蝶，而他告诉他们微风有多美好时，他们就更生气了，因为他们身体太重，无法爬上去感受。

那天晚上，他们吃完了最后一点食物的残渣碎屑；第二天早晨，他们醒来时注意到的第一件事是他们依旧饿得抓心挠肝咬牙切齿，第二件事是下雨了，到处都有雨水滴下来，重重滴落在森林的地面上。这只提醒了他们，每个人还都渴得火烧火燎，却丝毫没有缓解的办法：站在巨大的橡树下张嘴等雨滴碰巧落到舌头上是没法解渴的。没想到，这时唯一给他们带来一丝安慰的竟是邦伯。

他突然醒了，坐起来挠着头。他根本不知道自己身在何处，也不知道为什么会这么饿，因为他已经把自打那个五月的早晨他们出发以来所发生的一切都忘了。他所记得的最后一件事是在霍比特人家里的聚会，他们费了好大劲才让他相信在那之后他们所经历的诸多冒险。

当他听说没有东西可吃的时候，当场坐在地上哭了起来，因为他觉得非常虚弱，两腿打晃。“我干吗要醒过来！”他叫道，“我正在做着美梦，梦见自己走在一座森林里，跟这座森林很像，只是那里灯火通明，树上挂着火把，灯盏在树枝上摇晃，地面上燃着篝火。那里正在举行一场盛大的宴会，一场永远不散的宴会。出席的森林之王头戴树叶编成的王冠，还有欢乐的歌声，我数不过来也形容不出有多少东西可吃，有多少东西可喝。”

“你不用试着形容了。”梭林说，“老实说，你要是讲不出别的，那就最好别开口。就这样我们也已经觉得你够烦的了。要是你再不醒来，我们就要把你留在森林里，让你继续做那个愚蠢的梦；即使你好几个星期缺吃少喝，抬着你走依旧不是闹着玩的。”

现在，他们别无选择，只能把空空的肚子上的腰带勒紧，拎起空空的行囊和背包，沿着小路向前跋涉，对于在倒下和饿死之前走出森林不抱多大的希望。那一整天，他们就这样缓慢、疲惫地往前走；而邦伯一直在哀号，说他的腿撑不住了，他想躺下来睡觉。

“不行，你不能睡！”他们说，“让你的两条腿派上用场，我们已经抬着你走得够远了。”

岂知他突然一屁股坐倒在地，一步也不肯再往前走了。“你们要走就走吧，”他说，“我只想躺在这里睡觉，梦见吃的，要是我没有别的办法弄到吃的。我希望我再也别醒过来。”

就在这时，走在前面不远的巴林喊道：“那是什么？我想我看见森林里有光在闪烁。”

他们全往前望去，只见在很远的地方，黑暗中似乎有一团红色的光在闪烁。接着，在它旁边又冒出一团接一团的红光。就连邦伯也站了起来，众人随即朝着光亮往前奔，顾不上那是不是食人妖或半兽人。光亮在他们前方，在小路的左侧，当他们终于来到与光平行的地方，他们才看清楚那是在树下燃烧的火把和篝火，但离他们走的小路颇有一段距离。

“看来我的美梦要成真了。”邦伯气喘吁吁地在后面说。他想一头冲进树林到火光那儿去，但其他人都清楚记得巫师和贝奥恩的警告。

“要是我们把命搭在那儿回不来，再好吃的宴席也不成。”梭林说。

“可是没有宴席，我们也快要没命了啊。”邦伯说，比尔博打心眼里赞同他的看法。他们为此反反复复争论了很久，最终同意派两个探子先潜行到火光附近去摸清情况。但接着他们又在派谁去的问题上意见不一，似乎谁也不急于冒着迷路并再也找不到朋友的风险去碰运气。最后，饥饿征服了他们，警告被抛到脑后，因为邦伯一直在描述他梦中的森林盛宴上所有好吃的东西。于是，他们全都离开了小路，一起一头扎进了森林。

经过好一番缓慢潜行与匍匐前进，他们绕过树干，偷偷看向一片砍伐掉一些树、整平了地面的林间空地。那里有许多人，看起来像精灵，都穿着绿色和棕色的衣服，坐在砍伐留下的树桩上，围成一个大圈。他们中间生着一堆篝火，周围有些树上也扎着火把；但最令人眼红的景象是，他们全在大吃大喝，开心大笑。

烤肉的香味是那么诱人，以至于他们没等彼此商量一下，就都站起来，争先恐后地冲进围成一圈的人里，一心只想讨点吃的。跑在第一的人刚踏进空地，所有的火光就像中了魔法一样灭掉了。有人踢了篝火，只见闪烁的火星四射迸溅开来，然后消失。他们迷失在一片彻头彻尾的漆黑当中，连彼此都找不到，至少一时半会儿没找到。他们在黑暗中像没头苍蝇一样瞎闯，绊倒在圆木桩上，撞到树上，大喊大叫，肯定把森林方圆几英里内的一切都吵醒了。最后，他们总算成功聚在了一起，摸索着清点了人数。当然，到这时他们已经完全忘了小路是在哪个方向。他们彻底迷了路，至少在天亮之前毫无指望。

他们没有办法，只能在原地安顿过夜；他们甚至不敢在地上寻找食物残渣，生怕再次走散。但他们躺下没多久，比尔博刚开始昏昏欲睡，第一个轮值放哨的多瑞就压低嗓门叫道：

“火光在那边又亮起来了，比刚才还多。”

大家都跳了起来。果然，不远处有数十团闪烁的火光，他们还清楚地听到了说话声和笑声。于是，大家排成单行纵队，每人搭着前一人的后背，蹑手蹑脚地往光亮处挪去。当他们走近时，梭林说：“这次不要急着冲上去！我不说话，谁也不许离开藏身的地方。我会派巴金斯先生一个人先去跟他们谈谈。他不会吓着他们的——（比尔博心里想："那他们吓着我怎么办？"）——不管怎么说，我希望他们不会对他做什么恶劣的事。"

众人走到光圈边缘时，他们突然从背后推了比尔博一把。他还没来得及戴上戒指，就跌跌撞撞地闯进了一片耀眼的火焰和火把中。这很糟糕。所有的火光再次熄灭，顿时又是一片漆黑。

如果说上一次把大家聚集起来已经十分费力，这次就更糟了。他们直接就找不到那个霍比特人了。他们每次清点人数，都只有十三个。众人大喊大叫："比尔博·巴金斯！霍比特人！你这该死的霍比特人！喂！霍比特人，你这可恶的家伙，你在哪里？"他们吼了一堆诸如此类的话，可是没人回答。

就在他们觉得无望，打算作罢的时候，纯系运气，多瑞绊到了他。黑暗中他以为自己是被一根木头绊倒在地，然后才发现那是蜷缩成一团睡得死沉的霍比特人。大家费了好大的劲才把他摇醒，醒来以后，他一点也不高兴。

"我做了多美妙的梦啊，"他嘟嘟囔囔说，"梦到了一顿最豪华的晚餐。"

"天啊！他变得跟邦伯一个样了。"他们说，"别跟我们讲梦里的事。梦里的大餐都是画饼充饥，我们又吃不到。"

"在这个鬼地方，我要美食怕是也只能靠梦见了。"他喃喃说道，一边在矮人身边躺下，想着再度入睡，重回他刚才做的美梦中。

但森林里先前出现的火光并不是最后一次。之后夜晚将尽，轮到守哨的奇力又跑来叫醒大家，说：

"离这里不远的地方开始齐齐冒出耀眼的火光——肯定是有什么魔法让成百上千支火把和很多火堆一下子点燃起来。你们听，还有歌声和竖琴的声音！"

众人躺着听了一会儿，发现自己还是按捺不住想靠近，再看看能不能求得帮助。他们又上前去了，这次探寻的结果却是一场灾难。他们这时看见的宴会比前两次更盛大、更豪华；在长长一列宴饮者的上首坐着一位森林之王，金发上戴着树叶编成的王冠，跟邦伯描述过的梦中人物十分相像。那群精灵互相传递着碗，有的还越过火堆传递，有些人在弹竖琴，还有很多人在唱歌。他们闪亮的头发上插着鲜花；绿色和白色的宝石在他们的衣领和腰带上闪闪发光；他们的面容上和歌声中都洋溢着欢乐，歌声嘹亮、清朗又动听。梭林走了过去，站到他们中间。

歌声骤停，一片死寂当头罩下。所有的火光全灭了。篝火朝上一蹿，化成一股股黑烟。腾起的灰烬飞进众矮人的眼里，树林里再次充满了他们的喧闹叫嚷。

比尔博发现自己在绕着圈跑（他自己这么认为），并且不停地喊着："多瑞、诺瑞、欧瑞、欧因、格罗因、菲力、奇力、邦伯、比弗、波弗、杜瓦林、巴林、'橡木盾'梭林！"而他看不见也摸不到的其他人同样在他周围绕着圈跑（偶尔还会喊一句"比尔博"）。但其他人的叫声变得越来越远，越来越微弱，过了一会儿，他觉得他们的叫喊声从远处传来，似乎变成了呼救声，但最后所有的响声都消失了，只剩下他孤零零一个人被遗落在死寂和黑暗中。

那是他最悲惨的时刻之一。不过，他很快就下定决心，认定在天亮之前做什么都是瞎折腾，而且他也没希望吃到任何早餐来恢复体力，把自己搞得筋疲力尽实在无济于事。于是，他背靠着一棵树坐了下来，绝非最后一次想起他那遥远的霍比特洞府里那些美好的食品储藏室。就在他沉浸在培根、鸡蛋、烤面包和黄油的臆想里时，忽然感觉有什么东西碰到了他。有个就像一根黏糊糊的结实绳子的东西挨上了他的左手，他想挪开时才发现自己的双腿已经被同样的东西缠住了，以至于他一要起身就跌在了地上。

这时，在他打瞌睡时一直忙着把他绑起来的大蜘蛛从他背后朝他扑上来。虽然他只能看到那东西的眼睛，但他能感觉到它毛茸茸的腿正在挥舞，把那令人恶心的蛛丝一圈圈缠绕在他身上。幸亏他及时回过神来，不然他很快就会完全动弹不得了。即便如此，他也经过了一番拼死挣扎，才挣脱了那些蛛丝。他用双手拼命打开那个怪物——它想用毒针把他蜇晕，就像小蜘蛛对付苍蝇一样——直到他想起他的剑，把它拔了出来。蜘蛛见状朝后跳开，他抓紧时间割断了缠住双腿的蛛丝。之后就轮到他进攻了。蜘蛛显然不熟悉身边带着这种“螫刺”的生物，否则它就会逃得更快。比尔博趁它还没不见踪影，及时扑了上去，一剑正中它的眼睛。它立刻发狂了，又蹦又跳，每条腿都可怕地抽搐挥舞着，直到比尔博再给了它一下，把它砍死。然后他就倒下了，好一阵子脑中一片空白，什么都想不起来。

当他回过神来，周围还是日常森林里白天那种昏暗光线。那只死掉的蜘蛛就在他身边，他的剑刃上沾染着黑色的污血。没有巫师、矮人或任何人的帮助，巴金斯先生独自一人在黑暗中杀死了这只巨大的蜘蛛，这不知为何对他产生了巨大的影响。他感觉自己变了一个人。当他在草上擦干净剑刃，把剑插回剑鞘时，尽管肚子空空如也，他却觉得自己更凶猛、更大胆了。

“我要给你起个名字，”他对自己的剑说，“就叫你刺叮吧。”

说完之后，他开始动身去探索。这片森林阴森又寂静，不过显然他首先得去找他的朋友们，他们多半离得不太远，除非他们被精灵（或更糟糕的东西）俘虏了。比尔博觉得大声喊叫并不安全，他在原地站了好一阵子，琢磨着小路是在哪个方向，以及他应该先朝哪个方向去寻找矮人。

“唉！为什么我们没谨记贝奥恩和甘道夫的忠告！”他哀叹，“瞧瞧我们遇上了多大的麻烦！我们！要真是‘我们’就好了，孤零零一个人真可怕。”

最后，他尽可能猜了昨天夜里那些呼救声所传来的方向——凭着运气好（他天生运气就不错），他多多少少猜对了，往后你就会知道的。决定之后，他尽量手脚轻巧地悄悄往前走。我之前已经告诉过你们，霍比特人都很擅长安静移动，尤其是在树林里；而且，比尔博在出发前还戴上了戒指。因此，那些蜘蛛既没看见也没听见他来了。

他蹑手蹑脚地走了一段路，接着注意到前面有个地方黑影特别浓重，哪怕放在这片森林里也显得更黑，就像一片从未逝去的午夜。走近之后，他看出那是蜘蛛网造成的，前前后后上上下下重叠交缠在一起的蜘蛛网。冷不防，他看见还有一些巨大可怕的蜘蛛盘踞在他头顶的树枝上，尽管戴着戒指，他也吓得浑身发抖，生怕被它们发现。他站在一棵树背后，盯着那群蜘蛛观察了一会儿，接着，在树林的一片寂静中，他意识到这些令人厌恶的生物正在交头接耳地说话。它们的声音很轻，是一种吱吱和嘶嘶声响，但他能听出它们所说的很多词句。它们在谈论矮人！

“真是一场激烈的搏斗，但很值得。”其中一只说，“他们的皮肯定厚得要命，但是我敢打赌，里面的汁液一定很鲜美。”

“没错，把他们吊上一阵子，咱们就能好好吃上一顿。”另一只说。

“别吊太久，”第三只说，“他们比往常来得瘦。我猜他们最近没怎么吃东西。”

“我说，宰了他们吧。”第四只说，“现在就宰，死了以后再吊上一阵子。”

“我保证，他们这会儿都死了。”第一只说。

“他们才没死。我刚才还看见有一个在挣扎。我看他是美美睡了一觉刚醒过来。我让你们瞧瞧。”

说着，一只肥大的蜘蛛沿着一根蛛绳跑去，一直跑到一根高枝上，那里挂着一排十二个捆包。比尔博直到这时才头一次注意到它们在阴影里晃荡，他惊恐地看到有只矮人的脚从捆包的底部戳出来，此外还能看到这里戳出一个鼻尖，那里戳出一撮胡子或一顶兜帽。

那只蜘蛛朝最胖的一个捆包爬过去——“我敢打赌，那一定是可怜的老邦伯。”比尔博想——然后狠狠地咬了一口戳在外头的鼻子。里头传来一声被闷住的吼叫，接着一只脚趾头戳出来朝蜘蛛狠狠踢去。邦伯还活着。只听“噗”的一声，像踢在没了气的足球上，那只恼羞成怒的蜘蛛从树枝上掉了下去，全靠吐出来的丝才及时把自己吊在半空没坠地。

其他蜘蛛哈哈大笑。“你说得很对，”它们说，“这些肉还活着，还会踢脚呢！”

“我很快就会结果他的性命。”气急败坏的蜘蛛嘶嘶地说，又爬回了树枝上。

比尔博明白，是他该行动起来的时候了。他够不着那些在树上的畜生，也没有弓箭可以射它们。他环顾四周，只见这地方有一条似乎已经干涸的小河道，里面有许多石头。比尔博可是个扔石头好手，没一会儿工夫他就找到一块十分光滑又称手的鹅卵石。在他还是个孩子的时候，他曾经练过用石头打东西，直到兔子、松鼠，甚至鸟儿，一看到他弯腰都会闪电般逃之夭夭；即使长大以后，他仍然花许多时间玩掷环套桩、扔飞镖、射杆子、滚木球、九柱戏这类需要瞄准目标投掷的安静游戏——事实上，除了吐烟圈、猜谜和烹饪，他还会做好多事，只是我还没来得及告诉你，而现在也没时间多说了。就在他挑捡石头的时候，那只蜘蛛已经爬到了邦伯身边，眼看邦伯就要没命。在这千钧一发之际，比尔博投出了石头。石头“啪”的一声打在蜘蛛头上，它顿时失去知觉从树上跌落，“噗”的一声掉在地上，所有的腿都蜷成一团。

第二块石头呼啸着穿过一张大蜘蛛网，扯断了网上的粗丝，击落了盘踞在网中央的蜘蛛，它也“啪”的一声跌落，死了。随后蜘蛛的领地里一片大乱，我可以告诉你，它们暂时把那些矮人抛在了脑后。它们看不见比尔博，但可以从石头飞来的方向大致估计他的位置。它们以闪电般的速度向霍比特人奔来，又向四面八方抛出长长的蛛丝，空中似乎布满了飘动的罗网。

然而比尔博早就溜到别的地方去了。他突然想到一个主意，如果可能的话，把这群怒气冲冲的蜘蛛引得离矮人越远越好；让它们变得多疑、激动和愤怒。等到有大约五十只蜘蛛聚到他之前所站的地方，他又向它们以及停在它们后面的蜘蛛扔了更多石头。然后，他在树林中跳起舞唱起歌来，想激怒它们，让它们都来追他，同时也让矮人们听到他的声音。

他唱道：

老又肥的蜘蛛在树上把网结！
老又肥的蜘蛛看我呀看不见！
癞癞蛛[1]呀癞癞蛛！
你要不要停下来，
停下结网来把我找见？

老笨蛋枉自肥又大，
老笨蛋没法找我呀！
癞癞蛛呀癞癞蛛！
你快扑通掉下去！
在树上你永远抓不住我！

1 原文是“attercop”，古语的“蜘蛛”，也用来比喻心思恶毒的人。“癞癞蛛”是蜘蛛的方言别名，具有一定侮辱性。

歌词也许谈不上太好，但你别忘了，这是他紧急关头自己乱编的。不管怎么说，他达到了目的。他一边唱一边又扔了几块石头，并且重重跺脚。差不多林子里所有的蜘蛛都来追他了：有些落到地上，有些在树枝上爬得飞快，从这棵树荡到那棵树，在黑暗的空中抛出新的蛛丝。它们循着他的声音飞奔而来的速度比他预料的要快得多。它们气炸了。就算没有他扔石头这回事，也没有哪只蜘蛛乐意被人叫作“癞癞蛛”，而“笨蛋”当然对任何人来说都是侮辱。

比尔博赶紧又转移到一个新的地方，但有几只蜘蛛已经跑开了，分头奔向它们居住的那片林间空地的不同地方，把树干之间有空隙的地方全都织上网。很快，霍比特人就会被包围在它们织出来的厚厚的蛛网中——至少蜘蛛们是这么打算的。这时，站在围猎他的织网昆虫中央的比尔博，鼓起勇气又唱起了新的歌：

懒罗伯，疯科伯[1]，
正在织网要把我捉。
比起别的肉我鲜美得多，
可它们还是找不见我！
调皮的小苍蝇我就在这；
你真是又肥又懒惰。
用你那些疯蛛网，
使尽力气也抓不到我。

1　罗伯（lob）和科伯（cob）都是蜘蛛的别名。

他边唱边转过身，只见两棵大树之间最后的空隙也被蜘蛛网封住了——幸好那张网织得不太像样，只是几股比平常粗两倍的大蛛丝在树干之间匆匆来回绕了几圈而已。他拔出小剑，把蛛丝斩成几段，唱着歌走了。

蜘蛛们看到了那把剑，但我想它们并不知道那是什么东西，因此一整群蜘蛛立刻沿着地面和树枝朝着霍比特人紧追过去，挥舞着毛茸茸的腿，嘴里噼啪作响吐着丝，眼睛鼓凸，愤怒得直吐白沫。它们跟着比尔博进了森林，而比尔博走到他敢走的最远的地方，就掉头偷偷往回跑，声音比耗子还轻。

他明白，自己只有一点点宝贵的时间，蜘蛛们追腻了，就会回到它们吊挂矮人的树上来。他得在这段空当里把大伙儿救出来。拯救行动中最糟糕的一步是爬到那根长长的、吊挂着捆包的树枝上。如果不是有只蜘蛛凑巧留下一根蛛丝从树上垂挂下来，我想他是办不到的。尽管蛛丝老是粘住他的手，弄得他手很疼，他还是靠着它的帮助爬了上去，只是没料到撞上一只身体臃肿、行动迟缓，还很邪恶的老蜘蛛，它是留下来看守这些俘虏的，一直忙着东戳戳西捏捏，要看他们哪个最多汁最好吃。它本想趁别的蜘蛛都不在的时候就开始大快朵颐，但是巴金斯先生眼疾手快，那只蜘蛛还没反应过来怎么回事，就挨了他一剑，从树枝上滚下去，死了。

比尔博的下一步是释放一个矮人。他该怎么做才好？如果他割断吊着矮人的蛛丝，那些倒霉的矮人就会从高处重重摔落到地面上。他沿着树枝蠕动前进（这让所有可怜的矮人像熟透的水果一样挂在枝头晃荡），到了第一个捆包前。

他看看从顶端戳出来的蓝色帽尖，心里想："不是菲力就是奇力。"接着又靠着从缠绕的蛛丝里戳出来的长鼻子尖判断，"多半是菲力。"他探出身子设法割断了缠住矮人的那些又韧又黏的蛛丝，果不其然，随着一阵踢打和挣扎，大半个菲力露了出来。菲力的胳肢窝底下还黏着蛛丝，他甩动僵硬的四肢的模样，就像那些滑稽的扯线木偶随着钢丝的拉扯上上下下摆动——我恐怕得说，比尔博真的看笑了。

经过一番折腾，菲力爬上了树枝。他在树上被吊了大半个晚上外加一整天，整个人被蛛丝一圈圈捆得密密匝匝只露出鼻子能喘气，又中了蜘蛛的毒，这些都让他难受得不得了，但他还是竭尽全力去帮霍比特人解救同伴。他花了好长时间才把那些讨厌的蜘蛛丝从眼睛和眉毛上扯下来，至于胡子，他不得不把大部分胡子给割了。于是，他俩齐心协力，开始把矮人一个又一个拉上来，砍断蛛丝，将人解救出来。他们的情况都不比菲力好，有些甚至更糟。有的几乎没法呼吸（你瞧，长鼻子有时候还是很有用的），有的中毒更深。

就这样，他们救出了奇力、比弗、波弗、多瑞和诺瑞。可怜的老邦伯真是筋疲力尽了——他最胖，所以老是不停地被掐啊捏啊戳啊的——他直接从树枝上滚下去，"砰"的一声掉到地上，幸好是落到了厚厚的落叶上，他干脆就躺那儿了。但是，眼看还有五个矮人挂在树梢上，蜘蛛们却开始返回了，它们比先前更加怒火满满。

比尔博立刻冲到树枝离树干最近的地方，打退那些爬上来的蜘蛛。他救菲力的时候把戒指摘了下来，忘记戴回去，所以这会儿蜘蛛们开始唾沫飞溅，嘶嘶说道：

“我们可算看到你了，你这可恶的小家伙！我们会吃了你，把你的皮囊和骨头吊在树上。呃！他有根刺是吧？哼，我们还是会抓到他的，然后把他大头朝下吊上一两天。”

与此同时，其他矮人也在解救剩下的俘虏，用刀割断蛛丝。很快所有的矮人都自由了，只是还不清楚接下来会怎么样。昨天夜里蜘蛛轻而易举地抓住了他们，但那是因为他们毫无防备，又是在黑暗中。这次看来免不了一场恶斗了。

突然，比尔博注意到有些蜘蛛已经围住了躺在地上的老邦伯，又把他捆上了，正在把他拖走。他大喊一声，砍向面前的蜘蛛。它们飞快闪开，他手忙脚乱地从树上下去，正好落在地上那些蜘蛛中间。他的小剑对它们来说可是一种新式的螫刺。它东戳西刺得好厉害！当他刺向它们时，剑锋闪耀着喜悦的光芒。眼看已经有六只蜘蛛被刺死，其余的纷纷四散逃开，把邦伯留给了比尔博。

“下来！下来！”他对着树枝上的矮人喊道，“别待在上头又被网住！”因为他看到那些蜘蛛又蜂拥爬上附近所有的树，正沿着一根根大树枝爬到矮人的头顶上。

矮人们要么爬，要么跳，要么干脆往下掉，十一个人跌成一堆，大多数都摇摇晃晃站不稳，腿脚不听使唤。终于，算上可怜的老邦伯，他们十二个人总算聚齐了。邦伯由他的表亲比弗和兄弟波弗一人一边搀扶起来；比尔博还在东蹿西跳，挥舞着他的刺叮；数百只愤怒的蜘蛛正从四面八方以及头顶上方瞪着他们。看起来真是凶多吉少。

于是，战斗开始了。矮人有的用刀，有的用棍，人人都能扔石头；比尔博用的则是他的精灵匕首。蜘蛛一次又一次被击退，被杀死了很多。但他们不可能坚持很久。比尔博几乎累垮了；矮人当中只有四个还能稳稳站着。很快，他们所有的人就会像精疲力竭的苍蝇一样被制服。蜘蛛已经开始在他们周围的树木之间织起网来。

最后，比尔博没有办法，只能把戒指的秘密告诉矮人。对此他深感懊恼，但别无选择。

“我要消失了，”他说，“我会尽量把蜘蛛引开；你们必须一起行动，朝相反的方向走。往左走，那边差不多就是通向我们最后看见精灵篝火的地方。”

要让他们明白他的意思绝非易事，他们头晕目眩，大喊大叫，又是挥舞棍棒又是投掷石头；但比尔博觉得他不能再拖下去了——蜘蛛们正在不断缩小包围圈。他突然戴上戒指消失了，惊得矮人们目瞪口呆。

不一会儿，从右边远处的树林里就传来了“懒罗伯”和“癞癞蛛”的喊声。那让蜘蛛们大为光火。它们停止进攻，有的朝着声音传来的方向跑去。“癞癞蛛”这话让它们气到失去了理智。接着，比其他人更深领会到比尔博用意的巴林带头发起了进攻。矮人们紧聚成一团，向左边的蜘蛛扔出一波密集如雨的石头，奋力冲出了包围圈。这时，他们背后的喊声和歌声突然停了。

矮人们一边殷切盼望着比尔博不要出事，一边继续突围。不过他们的行动还不够快。他们身上余毒未消，又都疲累不堪，尽管后面许多蜘蛛紧追不舍，也只能一瘸一拐，蹒跚前行。他们时不时地必须转身和追上来的蜘蛛搏斗；有的蜘蛛已经爬到了他们头顶的树上，向下抛出黏黏的长蛛丝。

情况看来又变得非常糟糕，这时比尔博突然出现了，从侧面出其不意地攻向大惊失色的蜘蛛。

“继续走！继续走！”他喊道，“我来对付它们！”

他做到了。他来回奔跑，斩断蛛丝，砍断蛛腿，如果它们逼近，他就刺向它们肥硕的身体。蜘蛛们火冒三丈，口吐白沫，嘶嘶响着发出可怕的咒骂；但是它们已经对刺叮怕得要命，现在它重新出现了，它们不敢靠得太近。因此，尽管它们恨得咬牙切齿，它们的猎物还是缓慢但笃定地离去。这真是可怕到了极点的经历，感觉上花了好几个钟头。但最后，就在比尔博觉得自己的手再也举不起来刺上一剑的时候，蜘蛛们突然放弃了，不再追赶他们，而是失望地返回了它们黑暗的巢穴。

矮人们这才注意到，他们已经来到了一处圆形空地的边缘，这里曾经有精灵的火堆。他们不确定这是不是前一天晚上看到的那些火堆之一。但这类地方似乎遗留了某种良善的魔法，所以那些蜘蛛不喜欢。不管怎么说，这里的光线更绿，树枝也不那么浓密，不那么阴森吓人，他们有机会休息一下，缓一口气。

大家在那里躺了一阵子，呼哧呼哧地喘着粗气。不过他们很快就开始七嘴八舌地发问，要比尔博仔细解释他突然消失一事的来龙去脉，而找到那枚戒指的过程让他们大感兴趣，一时之间竟忘记了自己的烦恼。巴林尤其坚持要比尔博把咕噜的故事、谜语之类，包括戒指的部分，都详细讲了一遍。但过了一段时间，光线开始变暗，众人又开始提出别的问题。他们在哪里？他们的小路在哪里？哪里有食物？他们下一步该怎么办？这些问题他们问了又问，似乎都在期待从小比尔博那里得到答案。你由此可以看出，他们对巴金斯先生的看法已经大为改观，开始对他尊敬有加（正如甘道夫说过的那样）。事实上，他们不是单纯在发牢骚，而是真的期望他能想出一些帮助他们的妙计。他们心知肚明，要不是霍比特人，他们很快就都完蛋了；因此他们对他谢了又谢。有些人甚至起身来到他面前一躬到底，尽管往往因此栽倒在地，好半天都站不起来。即使知道了他消失的真相，他们也丝毫没有因此就减少对比尔博的尊敬；因为他们看出他有头脑，还有运气和一枚魔法戒指——这三样都是非常有用的财富。他们对他赞不绝口，让比尔博开始觉得自己在某种程度上真的是个大胆的冒险家。不过，要是能有点儿东西吃的话，他会觉得自己大胆得多。

可是，这里什么都没有，一点点吃的都没有；而且谁也没有力气去找吃的，或者去找那条没了影的小路。那条没了影的小路！比尔博疲惫的脑袋里再也想不出别的主意了。他只是呆坐在那里，盯着面前茫茫无尽的树林；过了一会儿，大家又都不出声了，除了巴林。别人都住了嘴、合上眼好一阵子之后，他还在自言自语，咯咯地笑着。

“咕噜！哎哟，我的天呐！原来他就是这样从我身边溜过去的，是吧？现在我明白了！巴金斯先生，你就是悄悄爬过来的对吧？你的纽扣在门阶上迸得到处都是！好个老比尔博——比尔博——比尔博——博——博——”接着他就睡着了，很长一段时间周遭都是彻底的寂静。

突然，杜瓦林睁开了一只眼睛，环顾众人。“梭林在哪儿？”他问道。

这可是晴天霹雳。显然，眼前他们只有十三个人，十二个矮人加一个霍比特人。梭林究竟到哪去了？他们胡思乱想着他究竟遇到什么厄运，是魔法还是黑暗的怪物；再想到自己迷了路躺在森林里，都不禁瑟瑟发抖。随着夜色越来越深，终至一片漆黑，他们也一个接一个睡着了，只是睡得很不安稳，不断做着噩梦。他们又病又累，没有安排守卫，也没有办法轮流放哨，而我们必须暂时按下他们不谈。

梭林被抓要比他们早得多。你还记得比尔博踏进那圈火光，立刻像根木头一样倒地睡着了吧？第二次率先踏进去的是梭林，火光一灭，他就像块被施了魔法的石头一样倒下了。矮人在夜里迷路的叫嚷，他们被蜘蛛抓住并捆绑时的呼喊，以及第二天战斗的种种喧闹，这些他一概没有听见。随后，森林精灵来到他身边，把他绑起来带走了。

举行盛宴的当然就是森林精灵。他们不是坏人。如果说他们有什么缺点，那就是不信任陌生人。尽管他们的魔法很强大，但就连在那个年代他们也十分警惕。他们与西方的高等精灵不同，他们更危险，不那么有智慧。因为他们当中大多数（连同他们散居在丘陵和群山中的亲族），都是从未去过西方仙境的古老精灵部族的后裔。光明精灵、渊博精灵和海洋精灵都去了西方，在那里生活了很长时间，因而变得更美丽、更有智慧，也更博学。他们发明了自己的魔法和绝妙的工艺，造出各种美丽又奇妙的事物，后来，他们当中有一些回到了这个广阔的世界上。在这个广阔的世界里，森林精灵在我们的日月微光中徘徊，但他们最喜爱群星；他们在如今已消失的那片土地上，在生长着参天树木的巨大森林中游荡。他们通常住在森林的边缘，从那儿他们有时会溜出来打猎，或者借着月光或星光在开阔的大地上骑马奔驰；后来，在人类来了以后，他们就越来越倾向在薄暮和黄昏时分行动。他们仍然是精灵，是善良的种族。

在黑森林东部边缘内几英里处的一个巨大山洞里，住着当时他们最伟大的国王。在他巨大的石门前，有一条河从森林高处流下来，穿行奔流，一直流到森林高地脚下的沼泽地里。这个巨大的山洞每一侧都开出无数的小山洞，蜿蜒深入地下，有许多通道和宽阔的大厅；但它比任何半兽人的住处都更明亮、更洁净通风，既不那么深暗，也不那么危险。事实上，国王的臣民大多在开阔的森林里生活和狩猎，他们在地上和树上建有房屋或小屋。山毛榉是他们最喜爱的树木。国王的山洞就是他的宫殿，是他坚固的宝库，也是他的子民抵御敌人的堡垒。

那儿也是他关押俘虏的地牢。因此他们把梭林拖进了山洞——不怎么客气，因为他们不喜欢矮人，并认为梭林是敌人。在古老的时代，他们曾与一些矮人发生过战争，他们指责那些矮人偷了他们的宝藏。公平地说，矮人这边给出的说法很不一样，他们说自己只是拿了应得的东西，因为精灵王曾和他们做过交易，要他们把黄金和白银打造成实物，后来又拒绝给他们报酬。如果说精灵王有什么弱点的话，那就是喜欢财宝，尤其喜欢白银和白色的宝石。虽然他库藏的宝物很丰富，但他总是渴望得到更多，因为他的珍宝还没有其他古代精灵王那么多。

他的人民既不采矿，又不会加工金银珠宝，既不费神从事贸易，又不耕种土地。所有这一切，每个矮人都知之甚详，不过梭林的家族与我刚才提到的那场古老的纷争没有丝毫关系。因此，当他们解除了梭林的魔咒，他清醒过来以后，他对自己遭受的对待非常恼火；同时他也决定，旁人休想从他嘴里套出有关黄金或宝石的半个字来。

梭林被带到国王面前，国王严厉地看着他，问了他许多问题。但梭林只肯说他饿坏了。

“你和你的人为什么三次试图袭击我正举杯欢庆的子民？”国王问。

“我们没有袭击他们。”梭林回答，“我们是来讨点吃的东西，因为我们饿坏了。”

“你的朋友们现在在哪里？他们在干什么？”

“我不知道，但我估计他们还在森林里挨饿。”

“你在森林里干什么？”

“找些吃的和喝的，因为我们饿坏了。”

“但究竟是什么事把你们引到森林里来的？”国王生气地问。

听到这话，梭林闭上了嘴，一个字也不肯说了。

“很好！”国王说，“把他带下去，好好看住，等到他愿意说出实话再说，就算他要等上一百年也行。”

于是，精灵们用皮带捆住他，把他关进最深处一个有坚固木门的牢洞里，然后离去。他们给了他吃的和喝的，虽然不算精致，但分量很足；因为森林精灵不是半兽人，即使是他们最痛恨的敌人，一旦俘虏了，他们也会合理对待。他们只对巨型蜘蛛这一种活物毫不留情。

可怜的梭林就这样待在了国王的地牢里。等他对获得面包、肉和水的欣慰心情一过，他就开始想他那些不幸的朋友这会儿怎么样了。其实用不了多久他就会知道了；不过那是下一章的故事，而且是另一场冒险的开始，霍比特人再次展示出他是个有用的人才。

第九章

乘桶出逃

跟蜘蛛战斗之后的第二天，比尔博和矮人做了最后一次绝望的努力，想在饿死和渴死之前找到一条出路。他们硬撑着起身，朝着十三个人中有八个认为是通往小路的方向踉踉跄跄地前进；但他们没机会弄清楚自己走得对不对了。这天就跟往常一样，森林又逐渐黯淡下去，被夜晚的黑暗笼罩。就在这时，他们周围突然冒出许多火把的光，就像成百上千红色的星星。一群手拿弓箭和长矛的森林精灵跳了出来，喝令矮人停步。

根本没人打算战斗。即便矮人的状况没那么糟糕，他们实际上也会很高兴被俘虏。他们唯一的武器是小刀，这对能在黑暗中用弓箭射中鸟眼睛的精灵而言，一点用也没有。于是，他们干脆停步，坐下来等候发落——只有比尔博例外，他戴上戒指迅速溜到一边去了。这就是为什么当精灵把矮人一个挨一个绑成一长串，清点俘虏人数时，始终没发现，或者说没数到霍比特人。

他们领着俘虏向森林里走时，也没听见或察觉他坠在火把光亮后面，一路小跑跟着。每个矮人都被蒙上双眼，但蒙与不蒙没多大区别，因为即使是睁着眼睛看的比尔博也看不出他们正在走向何处，而不管是他还是矮人都不知道他们刚才是从哪里来的。比尔博竭尽全力才能跟上火把，因为尽管矮人又难受又疲乏，精灵还是逼着他们以最快的速度前进。国王下过命令要他们抓紧时间。突然间，火把停住了，霍比特人刚好有时间在他们开始过桥前赶了上来。这就是那座跨越河流，通向王宫大门的桥。桥下的河水黑黝黝的，水流又猛又急；桥的另一头有大门坐落在巨大的山洞入口处，洞口往内开在长满树木的陡峭山坡上。坡上高大的山毛榉一路生长到了河岸边，树根甚至长到了河里。

精灵们推搡着俘虏过了桥，但跟在后面的比尔博犹豫了。他一点也不喜欢那个洞口的模样，等他下定决心不抛弃朋友，时间刚够他急急跟着最后几个精灵的后脚窜进去，接着王宫的大门就“哐当”一声在他们背后关上了。

洞里的通道被闪着红光的火把照得通明，精灵卫士们一边唱着歌，一边沿着蜿蜒曲折、纵横交错、回声不绝的小路走去。这些小路不像半兽人城里，它们小一些，不那么深入地下，而且空气也更清新。在一座柱子以天然岩石凿就的大厅里，精灵王坐在一张木雕椅子上。他头上戴着一顶浆果和红叶编成的王冠，因为又是秋天了；春天的时候他会戴一顶由林中百花编成的王冠。他手里拿着一根橡木雕刻的权杖。

一众俘虏被带到他面前；虽然他目光严厉地看着他们，但他还是吩咐手下给他们松绑，因为他们个个衣衫褴褛，疲惫不堪。“再说，他们在此地不需上绑。”他说，“凡是被带进来的人，都逃不出我那有魔法的大门。”

他花了很长的时间仔细询问矮人在森林里干什么，要去哪里，又是从哪里来。但他从他们嘴里得到的消息并不比从梭林那儿得到的多。他们脾气暴躁，满肚子火气，甚至都没费心装出礼貌的样子。

“王啊，我们做了什么吗？”众人中年纪最大的巴林说，“在森林里迷了路，又饥又渴，还被蜘蛛困住，这也算是罪过吗？难不成那些蜘蛛是你们驯养的畜生或宠物，杀了它们让你们很生气？”

这样的问题当然使精灵王愈发生气，他回答说：“不经许可擅自在我的领域里游荡，就是罪过。你们难道忘了你们是在我的王国里，走的是我的子民开辟的路？你们难道没有三次在森林里追赶、骚扰我的子民，又吵闹喧哗才惊动了蜘蛛？在你们制造了这么多麻烦之后，我有权知道究竟是什么事把你们引到这里来的。如果你们现在不告诉我，我就把你们全关进牢里，直到你们明白道理，学会礼貌为止！”

然后，他下令将矮人分别关进单人牢房，给他们吃喝，但不准迈出他们的小牢房一步，直到至少有一人愿意说出他想知道的一切。不过，他没有告诉他们，梭林也是他的俘虏。这是比尔博发现的。

可怜的巴金斯先生——他一个人孤零零地在那个地方挨过了好长一段乏味的时日，总是躲躲藏藏，从来不敢摘下戒指，哪怕是猫在他能找到的最黑暗、最偏僻的角落里，也几乎不敢合眼。为了找点事情做，他开始在精灵王的宫殿里四处游荡。魔法关闭了大门，但他只要动作快，有时候还是能出去的。森林精灵不时会结队骑马外出打猎，或到森林里和东边的地界去办事，有时候领队的正是精灵王本人。这种时候，如果比尔博身手敏捷的话，他就可以紧跟在他们后面溜出去，不过这样做很危险就是了。不止一次，他跟着最后一个精灵进出时，差点被轰然关上的门夹住；但他又不敢走在他们中间，唯恐自己的影子被看见（虽然它在火把的光下很单薄，而且摇摇晃晃的），也害怕被他们撞到和发现。他真的出去了之后（不是很经常），也没做成什么事。他不想抛弃矮人；说实在的，没有他们的话，他也不知道到底能去哪里。在精灵外出狩猎时，他没法一直跟上他们，所以他从未找到走出森林的路，只能在有机会返回之前悲惨地在森林里徘徊，生怕迷路。而且，他到了外面还会挨饿，因为他不会打猎；但在山洞里，他可以趁身边没人的时候，从储藏室或餐桌上偷点吃的来维生。

“我就像个无法逃脱的飞贼，只能日复一日悲惨地偷同一间房子。”他想，“这一整场万分不幸、令人厌烦、很不舒服的冒险中，数这一段最最沉闷乏味！我真希望回到我的霍比特洞府里，灯火通明，窝在自家温暖的火炉边！”他还常常希望能给巫师送个求援的消息，但这当然是完全不可能的；他很快就明白过来，如果真有什么事要办，那也只能由巴金斯先生一个人孤立无援地去办成。

在过了一两个星期这种偷偷摸摸的生活之后，他通过观察和跟踪守卫，外加抓住一切可能的机会，终于找到了每个矮人的关押地点。他发现这十二间单人牢房分布在宫殿中不同的地方，又过了一段时间，他成功摸清了那里的路。有一天，他无意中听到几个守卫的谈话，得知还有另一个矮人被关在牢里，在一个特别深、特别黑的地方，这让他吃了一惊。当然，他马上就猜到那是梭林；而且听了一会儿之后，他就发现自己猜对了。最后，他费了好大劲才在周围无人的时候找到了那个地方，并和矮人首领说上了话。

梭林太惨了，惨到没心思为自己的不幸恼火，惨到甚至动了向精灵王和盘托出宝藏和探险一事的念头（由此可见他已经变得多么消沉），就在这时，他听见比尔博小小的声音从锁孔里传来。他简直不敢相信自己的耳朵。但他很快就断定自己不可能听错，于是走到门边，隔着门和霍比特人低声聊了很久。

就这样，比尔博秘密地把梭林的口信传给了每一个被囚禁的矮人，并告诉他们，他们的首领梭林也被关在附近，以及，任何人都不能——至少现在还不能，梭林不同意就不能——向精灵王透露他们的使命。这是因为，梭林听了霍比特人如何从蜘蛛手中救出他的同伴，就又恢复了信心，再度决心不靠跟精灵王分享所寻的财宝来给自己赎身，除非所有逃脱的希望都落空，就连了不起的隐身人巴金斯先生（他确实开始对比尔博刮目相看了）也完全想不出聪明的办法。

其他矮人听说这个口信后也衷心赞同。他们都认为，如果森林精灵索走了一部分宝藏，他们自己的那份就会大大缩水（尽管他们身处困境，恶龙也尚未征服，他们却俨然将那笔宝藏视为己有了），并且他们都信任比尔博。你瞧，正像甘道夫说过的那样。也许甘道夫撇下他们离去，部分原因就在这里。

然而，比尔博却不像他们那样充满希望。他不喜欢人人都指望他，他还指望巫师就在身边呢。但那么想无济于事，他们和巫师之间很可能隔着整座黑森林的距离。他枯坐苦思，想了又想，直到脑袋快要炸裂开来，却还是想不出任何妙计。一枚隐身戒指固然十分有用，但对十四个人来讲就帮不上多大的忙了。不过，当然啦，就像你猜的那样，他最后确实救出了他的朋友，以下就是事情发生的经过。

有一天，比尔博在四处游荡探察时，发现了一件非常有趣的事：大门并不是山洞的唯一入口。有一条地下河从宫殿最低处的底下流过，主要的出水口就开在陡峭的山坡上，之后在更靠东的某个地方汇入密林河。在地下河从山侧流出来的地方，有一道水闸。闸门上方的岩石洞顶几乎贴近水面，且有一道可以落下直抵河床的铁闸，防止任何人从这里进出。但是闸门经常是开着的，因为大量的货物都是通过闸门运进运出的。如果有人从这里进来，他会发现自己进了一条黑暗粗糙的隧道，通往山腹深处；但在隧道经过山洞下方的某处，顶上的岩石被凿开，装上了巨大的橡木活板门。这门向上通到精灵王的酒窖。酒窖里立着一排排的木桶，除了木桶还是木桶；因为森林精灵，尤其是他们的国王，特别喜欢葡萄酒，尽管这一带不长葡萄树。这些酒和其他货物都是从遥远的地方运来的，来自他们南方的亲戚，或远方人类的葡萄园。

比尔博躲在一个最大的木桶后面，发现了活板门和它的用途。他潜藏在那儿，听到了精灵王手下的谈话，知道了这些葡萄酒和其他货物是如何经由河流或经由陆路运到长湖的。听起来那里仍有一座十分繁荣的人类小镇，建在深入水中的桥上，这是为了抵御各种敌人，尤其是孤山里的恶龙。木桶从长湖镇沿着密林河运上来。它们通常被绑在一起，像大木筏一样，靠篙撑或桨划逆流而上；有时它们被装在平底船上运来。

当木桶里的酒喝完，精灵便通过活板门把空桶扔下去，打开闸门，让木桶顺流漂走，一路浮浮沉沉，被水流带到河的下游远处，靠近黑森林最东边边缘一处河岸凸出的地方。有人会在那里将木桶集中起来，拴在一起，使之漂回长湖镇，那镇子离密林河注入长湖的地方很近。

比尔博花了好些时间思索那道闸门，琢磨着是否能利用它来帮他的朋友们逃出去。最后，他开始制订一个孤注一掷的计划。

晚饭已经送到了俘虏手中。守卫们持着火把踏着重重的步子沿着通道离去，将一切都留在黑暗中。接着，比尔博听见精灵王的总管向守卫队长问安。

“现在跟我来，”他说，“去尝尝刚送来的新酒。今天晚上我得清理地窖里的空酒桶，累人的活儿，所以让我们先喝一杯，干活也更有劲。”

“太好了，”守卫队长大笑道，“我跟你去尝尝，看适不适合送上国王的餐桌。今天晚上有宴会，送次等的酒去可不行！”

比尔博听到这话，顿时心花怒放，因为他知道自己的运气来了，他马上就有机会试试那个孤注一掷的计划了。他跟着那两个精灵，直到他们走进一个小地窖，在一张桌前坐下，桌上放着两个大酒壶。他们很快就喝起来，有说有笑十分开心。比尔博的运气这下真是好得不能再好了。要让森林精灵喝醉，必须得是烈性酒才行；这次送来的新酒，似乎是多温尼安大葡萄园出产的佳酿，很容易醉人。这种酒不是给卫士和仆人喝的，而是专门为国王的宴会准备的，只能用小碗喝，不能像总管这样一大壶一大壶地上。

才一会儿工夫，守卫队长的脑袋就耷拉下来，接着就扑在桌上睡熟了。总管似乎没有注意到，继续自说自笑了一会儿，但很快他的头也垂到桌上，睡着了，在他的朋友旁边打起呼噜来。随后，霍比特人悄悄走了进来。很快，守卫队长就没了钥匙，而比尔博则沿着通道以最快的速度向牢房一溜小跑而去。这一大串钥匙对他的胳膊来说是太沉了，他的心也不时蹦到了嗓子眼，因为他虽然戴着戒指，却无法防止钥匙时不时碰撞发出叮当哗啦的响声，每次钥匙一响，他就浑身一哆嗦。

他第一个打开巴林的门，等矮人一出来，他又小心翼翼地把门锁上。你可以想象，巴林惊讶万分；尽管他很高兴能走出那间令人厌烦的小石室，他还是想停下来问几个问题，想知道比尔博接下来的打算，以及整个来龙去脉。

“现在没时间说！”霍比特人说，“你只管跟着我就是！我们必须待在一起，不能冒走散的风险。我们要么全逃出去，要么谁也逃不了，这是我们最后的机会了。要是这件事情败露了，天知道国王接下来会把你们关在哪里，而且我估计，还会给你们戴上手铐脚镣。别跟我吵，这才是好伙伴！”

接下来，他一间接一间打开牢门，直到跟着他的人增加到十二个——由于遭到长期监禁，又身处黑暗之中，他们的行动都不太灵活。每当他们当中有谁撞到了谁，或在黑暗中嘟嘟囔囔，窃窃私语时，比尔博的心就怦怦直跳。“矮人的吵闹声真该死！”他自言自语道。但一切都很顺利，他们没有遇到守卫。事实上，那天晚上在树林里和上面的大厅里，都在举行盛大的秋季宴会。国王的臣民几乎全在欢庆。

一行人跌跌撞撞地走了好一阵子，终于来到了梭林的地牢，它在地下很深的地方，幸运的是离酒窖不远。

当比尔博低声叫梭林出来和同伴们会合时，梭林说道：“果然！甘道夫一如既往，所言不虚！看来，时候一到，你果然是个出色的飞贼。我很确定，从此以后，我们全都永远乐意为你效劳。不过，接下来要怎么办？”

比尔博意识到，尽量解释清楚他的想法的时候到了；但这些矮人会不会接受，他可一点把握也没有。他的担心果然不无道理，因为他们一点也不喜欢那个计划，甚至不顾危险，开始大声抱怨。

“我们一定会撞得鼻青脸肿，肯定还会淹死！”他们咕咕哝哝道，“你设法拿到了钥匙，我们还以为你有什么锦囊妙计呢。这就是个馊主意！”

“好吧！”比尔博说，他很沮丧，也很恼火，“那就赶紧回你们那舒适的小牢房去，我会把你们重新锁在里面，你们可以舒舒服服地坐在里面，想个更好的计划——不过我不保证我能再拿到钥匙了，就算我愿意试试大概也没办法。”

回牢房去他们可受不了，于是他们冷静下来。当然，他们最终只能照着比尔博的建议去做，因为他们显然不可能尝试去找通往上层大厅的路，也不可能杀出一条路逃出魔法封闭的大门；而且在通道里发牢骚直到再被抓住为止，也绝对不妙。于是，他们跟着霍比特人，蹑手蹑脚下到了最底层的酒窖。他们经过一扇门，可以看见门里的守卫队长和总管还在快乐地打鼾，脸上挂着微笑。多温尼安的葡萄酒让他们深深陷入了愉快的梦境。不过，到第二天守卫队长脸上的表情怕是就要变了，即便比尔博出于好心，在随大家前进之前先偷偷溜进去把钥匙挂回了他的腰带上。

“这可以帮他免去一些麻烦。”巴金斯先生自言自语道，“他不是个坏人，对俘虏还是挺好的。而且这会让他们全都摸不着头脑。他们会以为我们有非常强大的魔法，能穿过那些锁住的牢门消失。消失！真要做到这点，我们就得赶紧行动！”

巴林被派去监视守卫队长和总管，如果他们有动静，就发出警讯。其余的人则进了隔壁有活板门的酒窖。时间紧迫，比尔博知道，要不了多久，就会有一些精灵奉命下来帮助总管把空木桶丢到活板门底下的河里。事实上，酒窖中央的地板上已经竖摆着一排排的木桶，等着被推下去。其中有些是酒桶，它们没什么用，因为很难把它们从一端打开又不弄出大动静，而且也同样很难把它们重新盖上。但是，木桶当中还有一些是用来装载其他东西的，像黄油、苹果还有各种各样的东西，送到国王的宫殿里。

他们很快就找到了十三个宽敞到能装下整个矮人的桶子。事实上，有些桶还太宽大，矮人们爬进去以后很担心在里面会摇晃和碰撞得很厉害，虽然比尔博尽力在这么短的时间里找来一些干草和其他东西给他们填塞进去，让他们尽可能感到舒适。好不容易，十二个矮人都装桶藏好了。只有梭林最麻烦，他在木桶里又是转身又是扭动，像只大狗给塞在一个小狗窝里，嘟囔个没完。而最后一个进桶的巴林，对通气孔大惊小怪地嚷嚷，还没盖上盖子就说他快闷死了。比尔博已经尽可能把木桶边上的洞堵上，把所有的盖子都盖牢。现在，又只剩他一个了，他跑前跑后完成打包的最后工作，心里抱着一线希望，期盼自己的计划能成功。

他完成得再及时不过。巴林的盖子盖上还没两分钟，外边就传来了说话声和闪烁的火光。几个精灵有说有笑，唱着不成曲的歌走进了地窖。他们刚才在一间大厅里参加愉快的宴会，一心只想尽快干完活儿赶回去。

“总管老加理安在哪儿？”有个精灵说，“我今晚没在宴会桌旁见到他。他现在应该在这里告诉我们该干什么。”

“那个慢吞吞的老家伙要是迟到了，我会生气的。”另一个说，“都开始唱歌了，我可不想在这底下浪费时间！”

“哈，哈！”外边传来一声大叫，“这老坏蛋竟然枕着酒壶呼呼大睡呢！他跟他那位守卫队长朋友在这儿私下办了个小宴会。”

“摇醒他！叫醒他！”其他人不耐烦地喊道。

被人摇醒叫醒，加理安一点也不高兴，被人嘲笑他就更不高兴了。“你们都迟到了。”他抱怨道，“我在这底下等啊等的，你们这些家伙却光顾着饮酒作乐，忘了你们该干的活儿。我等累了打个盹儿，有什么好大惊小怪的！”

“是没什么好大惊小怪的，”他们说，“因为旁边这个酒壶里的东西就解释了一切！来吧，让我们干活之前也先尝尝你这安眠的饮料！不用叫醒那边的醉鬼啦。看那样子就知道他也没少喝。”

于是他们喝了一轮酒，个个突然变得异常快活。不过他们没有喝到完全失去理智。“天啊，加理安！”有几个喊道，“你老早就开始喝，怕是喝糊涂了吧！你把装满的桶子也当作空桶堆在这里，这分量不对头啊。”

“好好干你的活儿！”总管咆哮道，“酒鬼干啥都想偷懒，明明是空桶也要说有分量。要送走的就是这些，没有其他的。照我说的做！”

“好吧，好吧。”他们边说边把木桶滚向活板门，“要是国王的满桶黄油和他最好的酒被推到河里，让长湖人白吃白喝，那可全赖你！”

滚啊滚，滚啊滚，
滚啊滚啊滚下洞！
用力拉啊，水花扑通！
往下滚哪，往下蹦！

就这样，他们边唱着歌，边一个接一个把木桶轰隆轰隆地滚到黑暗的开口，推落到几英尺下冰冷的水中。有些桶真的是空的，有些则一桶一个，妥妥地装着矮人；但它们全都一个接一个被滚下去了，伴随着一大通乒乒乓乓的撞击声，有的“砰”一声砸在下面的桶上，有的“扑通”撞进水里，挤着隧道的墙壁，彼此碰撞，顺着水流浮浮沉沉地漂了出去。

就在这时，比尔博突然发现了计划里的大漏洞。你多半早就意识到这个漏洞，笑话他一阵子了；但我想，如果你处在他的境地，恐怕连他的一半都做不到。没错，他自己不在桶里，而且就算有机会进桶，也没人来帮他盖上盖子！看来他这次肯定要失去他的朋友（他们几乎全都已经穿过黑洞洞的活板门消失了），彻底被抛下，不得不永远潜藏在精灵的山洞里当飞贼了。因为，即使他能马上从上层的大门逃出去，再次找到矮人的机会也非常渺茫。他不知道该怎么走陆路到收集木桶的地方去。他不清楚如果没有他矮人到底会怎么样；因为他还没来得及告诉矮人他所了解到的一切，也没告诉他们一旦走出森林后，他打算做什么。

这一大堆念头从他头脑中闪过时，兴高采烈的精灵们开始围在通向河流的门边唱起歌来。有人已经走过去拉控制闸门的绳子，一等木桶全都漂浮起来，就把铁闸拉起来，让木桶漂出去。

从湍急的黑河顺流而下，
回到你曾经熟悉的土地！
离开深邃的殿堂石窟，
离开北方的崇山峻岭，
那里的森林广大幽暗，
佝偻在阴森的灰影里！
漂流到森林世界之外
漂进呢喃低语的风中，
漂过灯芯草与芦苇秆，
漂过摇曳的沼泽草丛，
穿过夜晚沼泽水塘上

袅袅升起的白色薄雾！
追啊，追随跳跃的群星，
跳上寒冷高绝的天空；
黎明降临大地时回转，
越过急流，越过沙洲，
往南去吧，往南去！
寻找阳光与白昼，
回到草地与牧场，
公牛与母牛觅食的地方！
回到山坡上的花园，
莓果成熟饱满的地方，
在阳光下，在白昼里！
往南去吧，往南去！
从湍急的黑河顺流而下，
回到你曾经熟悉的土地！

这时，最后一个木桶被滚到了活板门前！可怜的小比尔博在绝望中想不出还有什么办法，只能一把抓住木桶，随着桶子一起被推过边缘落了下去。扑通！他掉进了冰冷黑暗的水中，木桶压在他身上。

他扑腾着冒出水面，像老鼠一样紧紧扒住木桶，但不管怎么努力都爬不上去。每当他尝试爬上木桶，木桶就骨碌一转，又把他按进了水里。木桶空空如也，像软木塞一样轻盈地漂浮着。虽然他的耳朵里灌满了水，但他仍然能听到上面酒窖里的精灵还在唱歌。接着，活板门突然“砰”的一声关上了，他们的歌声渐渐消失了。他在黑暗的隧道里，漂浮在冰冷的水中，孤零零的一个人——因为你不能把他的朋友算上，他们都装在桶子里。

很快，前方的黑暗中出现了一小片灰蒙蒙的光。他听见闸门嘎吱嘎吱响着被拉起来，发现自己正处在一堆上上下下、碰来撞去，挤作一团的木桶中间，准备从拱门下穿过，进入外面开阔的河流。他竭尽所能不让自己被挤撞成碎片；不过这堆拥挤的木桶最后还是分散开了，一个接一个地打着旋儿从岩石拱门底下穿过，漂了出去。这时他才看明白，即使他能设法骑到木桶上也没用，因为木桶顶和突然下探的门顶之间根本没有多余的空隙，连一个小霍比特人都容不下。

他们漂出去，漂到了两岸都有树枝悬垂的河面上。比尔博不知道矮人们是什么感觉，也不知道他们的木桶里进水多不多。黑暗中一些从他身边漂过去的木桶吃水相当深，他猜里面一定藏着矮人。

“但愿我把盖子盖得够紧！”他想，不过没多久他就自顾不暇，顾不上为矮人操心了。他成功地让自己的头伸出了水面，但他冻得直打哆嗦，不知道自己在运气转好之前会不会先冻死，不知道自己还能坚持多久，不知道是不是应该冒险放开木桶，尝试游到岸边去。

没过多久，运气果然好转了：打着漩涡的水流把几个木桶带到了岸边，它们卡在隐藏在水下的树根上，暂停了片刻。比尔博于是趁自己的木桶被另一个桶顶得稳稳的时候，赶紧从桶子边缘爬上去。他像只溺水的老鼠一样爬到了桶子上，摊开四肢躺在上面，尽量保持平衡。微风吹来冷飕飕的，但比在水里好多了，他希望木桶再一次漂出去时，自己不会突然又滚下去。

没过多久，木桶又挣脱了束缚，顺着水流打着转儿漂出去，流入了主河道。这时，他发现就像他先前担心的那样，要待在木桶顶上非常困难；不过他不知怎的还是设法做到了，尽管搞得他十分狼狈，很不舒服。幸好他身体很轻，木桶又够大，而且有点漏水，这会儿已经进了少量的水，重心还算稳。尽管如此，这就像没有缰绳，没有马镫，偏要试着骑在一匹肚子溜圆，还总是想在草地上打滚的小马背上。

就这样，巴金斯先生终于漂到了一个两岸树木变得比较稀疏的地方。他可以透过树梢的间隙看见灰白的天空。黑暗的河流在此突然变得开阔，与从精灵王的大门前匆匆流过的密林河主流汇合，形成一大片黯淡但不再被树荫遮蔽的水域，流动的水面上有云朵和星星细碎的倒影在跳舞。接着，密林河湍急的水流把大大小小的木桶尽数冲到了北岸，那里有个水流冲蚀出来的宽阔河湾。高悬的河岸下方有一片遍布卵石的河滩，河滩东端尽头有一小片突出的坚硬岩石岬角，像一堵墙壁。大多数木桶都被冲上了浅滩，搁浅在那儿，只有几只继续漂下去撞在石壁上。

河岸上有人照看。他们迅速用长篙把所有的木桶拨拢到浅滩上，清点之后，用绳子把它们拴在一起，留待天亮再处理。可怜的矮人！比尔博现在的情况并不坏。他从木桶上溜下来，涉水上岸，蹑手蹑脚地走到河边他能看见的几间小屋前。只要有机会，他会毫不犹豫地进去吃一顿不请自来的晚餐，因为他已经被迫这么做了很长时间了。如今的他非常清楚真正的饥饿是什么滋味，而绝不只是礼节性地对食品储藏室里满满的美食感兴趣而已。此外，他还透过树林瞥见了火光，那很吸引他，因为他那身破烂的衣服湿漉漉地紧贴在身上，又冷又潮。

他那天晚上的冒险就不多说了，因为我们已经接近往东旅程的终点，就要说到最后也是最大的一次冒险，所以必须长话短说。当然，一开始他借着魔法戒指的帮助，十分顺利，但他无论走到哪里、坐到哪里都会留下湿脚印和滴水的痕迹，因此最后暴露了；而且他开始打喷嚏，每当他想藏起来，他憋不住爆发出的喷嚏响声都会让人发现他。很快，河边的村子里发生了一场不大不小的骚动；但比尔博带着本来不属于他的一条面包、一皮袋葡萄酒和一个馅饼逃进了树林里。那天夜里余下的时间，他只能远离火堆，浑身湿漉漉地将就着度过，但那袋酒帮了他的大忙，他居然还在一堆干树叶上打了个盹，尽管季节已经进入深秋，寒气袭人。

他被一个特别响亮的喷嚏惊醒了。天已经蒙蒙亮，河边传来一片欢快的喧闹声。他们正把木桶绑成木筏，精灵筏夫很快就会驾着它顺流而下，前往长湖镇。比尔博又打了个喷嚏。他身上不再滴水了，但他感到全身发冷。他挪动僵硬的双腿尽快爬下去，在一片忙乱中刚好及时爬到了木桶堆上，没有被人注意到。幸亏那时没太阳，不会投下令人尴尬的影子，并且更走运的是，他好一阵子没再打喷嚏。

撑篙的精灵用力一撑。站在浅水里的精灵有的拉有的推。捆在一起的木桶摩擦碰撞，吱嘎作响。

“这些木桶可真重！”有几个精灵嘀咕着，“它们吃水太深了——有些木桶肯定没有倒空。这些桶子如果是在白天靠岸，我们恐怕得看看里面有什么。”他们说。

“现在没时间了！”筏夫喊道，“使劲推！”

他们终于出发了，一开始很慢，直到经过那片突出的岩石岬角，站在那里的精灵们用长篙把木筏顶开，免得撞上，然后他们就越漂越快，驶进了河的主流，向长湖漂去。

他们总算逃出了精灵王的地牢，穿过了森林，但众人究竟生死如何，还有待下文分晓。

第十章
热烈欢迎

他们一路漂去，天越来越亮，也越来越暖和。不久之后，河水绕过了左边一道突出如肩的陡峭陆岬。陆岬的脚下都是岩石，形状就像内陆的峭壁一样，那里水最深，河水拍打在石壁上，溅起无数水沫。突然，峭壁消失，河岸沉降，树林到了尽头。然后，比尔博看到这样一幅景象：

周围的地势豁然开朗，河水漫开，在上百条弯弯曲曲的水道中徘徊，或在一片片洲渚星罗棋布的沼泽和水塘中驻足；不过仍有一股强劲的主流在河中央奔流不止。而在很远的地方，隐约耸立着那座大山！它那黑沉沉的山顶直插进碎云里，但它东北方的近邻之地，以及中间的崎岖山坡，都不见踪影。它孤零零地矗立在那里，远眺着沼泽地对面的森林。好一座孤山！比尔博千里迢迢历尽艰险，终于看到了它，然而他现在一点也不喜欢它的模样。

他一边听着精灵筏夫谈话，一边将他们透露出来的零碎信息拼凑在一起，于是很快就明白，能从这么远的地方看见孤山，他可说是非常幸运了。尽管他被困在山洞里的经历令人很沉闷沮丧，此时的处境也很糟糕（更不用说在他底下桶子里的那些可怜的矮人了），但这比他原来所想的要幸运得多。筏夫们谈论的都是通过水路往来的贸易，以及随着从东部通往黑森林的道路消失或废弃，河道上航运的增长；还有就是长湖人类和森林精灵关于密林河的养护与河岸的维护发生的种种口角。自从矮人离开所住的孤山以后，这片土地已经发生了很大的变化，如今大多数人都已经淡忘了那段岁月，都只把它当作非常模糊的传说。而就在近几年，在甘道夫最后一次得知这片土地的消息以来，它又发生了变化。大洪水和大雨使所有向东的河流都涨了水，还发生过一两次地震（有些人倾向于把这归咎于恶龙——提到时主要就是咒骂一声，并对着孤山的方向神色不祥地点个头）。沼泽和泥塘朝两边扩了又扩。许多道路都消失了，骑马和步行的人如果想找到那些消失的路，他们中很多也跟着消失了。矮人听从贝奥恩的建议所走的穿过森林的精灵路，它如今在森林东部边缘的出口也不可靠了，而且很少有人走。从北方的黑森林外缘到远处孤山荫蔽的平原，只有这条河提供了一条安全的路线，而这条河由森林精灵的国王守卫着。

所以，你瞧，比尔博最终走的路，其实是唯一一条能走的路。正坐在木桶上冷得直打哆嗦的巴金斯先生如果知道远方的甘道夫刚刚得知了这个情况，正为此忧心忡忡，他可能会得到些许安慰。事实上，甘道夫已经办妥了他要办的事（与这个故事无关），正准备过来寻找梭林一行人。可惜比尔博并不知道。

他只知道这条河一个劲儿往前流，似乎永远流不到头。他很饿，鼻子又因为着凉堵塞得厉害，而且孤山越来越近，似乎在对他皱眉头，威胁他，他可不喜欢这种感觉。不过，过了一阵，河流转去了更偏南的方向，孤山又向后退了。最后，到了傍晚时分，两岸变成了岩石，河流把所有散漫的支流汇集起来，成了一股深而急的洪流，他们乘着这股洪流以极高的速度奔腾而去。

当密林河又向东一拐，冲入长湖时，太阳已经落山了。注入湖中的河口很宽，两边的石崖仿佛两扇大门，门脚边堆满了卵石。长湖！比尔博做梦也想不到，除了大海还有这么大的水域。它是如此辽阔，使得对岸看起来遥远又渺小，但它又那么长，以至于它那指向孤山的北端尽头根本看不见。比尔博只是从地图上知道，在北端那边，在马车星座已经在闪烁的地方，奔流河从河谷城流入湖里，加上密林河的汇入，让这个过去想必曾是巨大又深邃的岩石山谷的地方变成了水量丰沛的大湖。在长湖的南端，来自两条河的双倍水量再次越过高高的瀑布倾泻而下，匆匆奔向未知之地。在无风的傍晚，可以听到瀑布的声音，就像远方的怒吼。

离密林河河口不远的地方，坐落着他在国王的酒窖里听到精灵们谈论的那个陌生城镇。虽然岸上也有几座小屋和建筑，但城镇不是建在岸上，而是建在湖面上，被一道岩石岬角形成的平静水湾庇护着，免受入湖的河水的涡流冲击。有一座巨大的木桥通向那座木头建成的繁忙小镇，小镇建造在由森林原木堆架而成的巨大桩子上。这不是一座精灵的城镇，而是还敢在远处恶龙盘踞的大山阴影下居住的人类的城镇。他们仍然依靠贸易而兴旺发达，货物从南方沿着大河而上，再用马车运载，经过瀑布送到镇上；但在往昔辉煌的年日里，当北方的河谷城富裕昌盛的时候，他们曾经非常富有、强大，水面上有诸多船队，有些载满了金子，有些载满了全副武装的战士，曾经有过的战争和丰功伟绩，如今只剩了传说。在干旱时节水面下降的时候，岸边仍可看到那座规模更大的城镇的朽烂遗迹。

但人们大多遗忘了这一切，尽管有些人还在唱着古老的歌谣，讲述孤山的矮人之王、都林一族的瑟罗尔和瑟莱因、恶龙的到来和河谷城领主们的陨落。有些人还唱到瑟罗尔和瑟莱因终有一天会归返，金子会在河中流淌，穿过山门，整片大地将充满新的欢歌笑语。但这种愉快的传说对日常的事务并没有多大影响。

一见到木桶筏子出现，便有一艘艘小船离开镇子的木桩划了出来，招呼筏夫的声音响成一片。接着他们抛出绳索，使劲划桨，很快，木桶筏子就被拉出密林河的水流，绕过高耸的岩石岬角，拖进长湖镇的小水湾，然后固定在离大桥靠岸那边的桥头不远的地方。不久，从南方来的人就会过来，带走一些木桶，另一些木桶则会装满他们带来的货物，然后沿着河流逆流而上，返回森林精灵的家。在此期间，他们让木桶漂在水上，而木筏上的精灵和船夫则去长湖镇上大吃一顿。

要是他们看到自己走后，夜幕降临时岸边发生的事情，他们一定会惊得目瞪口呆。首先，比尔博割断绑住一个木桶的绳索，把它推到岸边打开。桶里传出一阵呻吟，然后爬出来一个脸臭无比的矮人。他脏乱的胡须里插着湿稻草，浑身僵硬酸痛，遍体青肿，受尽折磨，勉强站起来，跌跌撞撞地蹚过浅水，就躺倒在岸上呻吟。他脸上有种饥饿的凶相，就像一条被锁在窝里无人理会一星期的狗。这正是梭林，但你只能靠他的金项链，以及现在又脏又破的天蓝色兜帽与失去光泽的银流苏来辨认他了。要他能彬彬有礼地和霍比特人打声招呼，还得等上好一会儿。

“嘿，你到底是死是活？”比尔博相当恼火地问。也许他忘了，自己至少比矮人多吃了一顿美餐，能自由活动手脚，更不用说还有多得多的新鲜空气。“你这是还在牢里，还是自由了？你要是想吃东西，要是想继续这愚蠢的冒险——毕竟这是你们的冒险，不是我的——最好拍拍你的胳膊，揉揉你的腿，趁现在还有机会，赶紧帮我把其他人弄出来！”

梭林当然明白他说得有理，于是又呻吟了几声后，他就站起来尽力去帮助霍比特人。在黑暗中，他们在冰冷的湖水里扑腾着摸索，要找到哪些木桶里有人，这可是件艰难又非常麻烦的事。他们在桶外敲敲打打，叫唤着，只发现差不多六个矮人还能回应。这些人的木桶被打开，人在扶助下上了岸，或坐或躺，哼哼唧唧；他们浑身湿透，伤痕累累，筋疲力尽，几乎都没有意识到自己被放出来了，更谈不上为此妥当地表达感激之情。

杜瓦林和巴林是怨气最大的两个，叫他们俩帮忙还不如不叫。比弗和波弗受到的撞击比较少，身上也比较干，但他们还是躺着，什么也不肯干。不过，菲力和奇力还年轻（对矮人而言），容身的木桶也比较小，加上好好填塞了足量的干草，弄得十分稳当，所以从桶子里出来时脸上多少还带着点笑容，他们只有一两处瘀青，手脚的僵硬也很快就恢复了。

“我希望这辈子别再闻到苹果味了！”菲力说，“我的桶子里尽是那股味儿。当你几乎不能动弹，又冷又饿得难受还没完没了地闻着苹果味，真是令人发疯。我现在可以吃这广大世界里的任何东西，可以连续吃几个钟头——但是一个苹果也别给我！”

在菲力和奇力的热心帮助下，梭林和比尔博终于找到其余的同伴，把他们救了出来。可怜的胖邦伯不知道是睡着了还是失去了知觉；多瑞、诺瑞、欧瑞、欧因和格罗因被水泡得只剩半条命；他们只能被一一抬上岸，无助地躺在岸上。

“好了！我们到了！”梭林说，“我想我们应该感谢大家的运气以及巴金斯先生。我确信他有权期望得到我们的感谢，尽管我希望他能把旅程安排得更舒适一点。不过——巴金斯先生，再一次万分乐意为您效劳。毫无疑问，等我们吃饱喝足恢复体力之后，我们会更得体地感谢您。至于现在，接下来该怎么办？”

“我建议去长湖镇。”比尔博说，“要不还能去哪儿？”

当然，除此还能建议什么？于是，梭林、菲力、奇力和霍比特人将其他人留在原地，沿着湖岸走向大桥。桥头有卫兵，但他们看守得不严，因为已经很久都没这个必要了。除了偶尔为河上的过路费争吵之外，他们和森林精灵一向友好往来。其他人群都住得很远；镇上有些年轻人甚至公开质疑山中是否真有恶龙存在，还嘲笑那些说自己年轻时曾见过恶龙在空中飞翔的老头子和老太婆。正因为如此，桥头守卫在他们的小屋里围着火炉喝酒说笑，既没听见打开木桶放出矮人的声音，也没听见四个探子的脚步声，就毫不奇怪了。当“橡木盾”梭林从门外走进来时，他们全大吃一惊。

"你是谁，想干什么？"他们喊着跳起来，去摸武器。

"我乃梭林，瑟莱因之子，山下之王瑟罗尔之孙！"矮人大声说。尽管他衣衫褴褛，兜帽邋遢，但他看上去确如所言。他颈上和腰间的金子闪闪发亮，双眼又黑又深。"我回来了。我想见你们的镇长！"

接下来爆发了巨大的骚动。有几个比较蠢的人跑出了小屋，就好像他们以为孤山会在黑夜里变得金光闪烁，整座湖的水都立刻变得黄澄澄一片似的。卫兵队长走上前来。

"他们是谁？"他指着菲力、奇力和比尔博问。

"这两位是我的外甥，"梭林回答说，"都林一族的菲力和奇力，这位则是跟我们一起从西方旅行来此的巴金斯先生。"

"如果你们是为了和平而来，请放下武器！"队长说。

"我们没带武器。"梭林说。此言不虚：他们的刀剑被森林精灵收缴了，包括那把伟大的奥克锐斯特剑。比尔博倒是带着他的短剑，像往常一样藏着，但他一个字也没提。"我们不需要武器，就像旧日传说，我们终于回到了自己的家园。我们也无法对抗你们这么多人。带我们去见你的镇长吧！"

"他在宴会上。"队长说。

"那就更有理由带我们去见他了。"菲力脱口说道，他对这些一本正经的盘问早就不耐烦了，"我们经过长途跋涉，又累又饿，而且我们还有生病的同伴。别再啰唆了，赶紧走吧，不然你们的镇长恐怕会对你不满的。"

"那就跟我来。"队长说，然后带着六个守卫护送他们走过桥，穿过大门，来到镇上的市场。这是一圈宽阔平静的水域，周围都是高大的木桩，上面建着更大的房屋，还有长长的木制码头，有许多台阶和梯子可以一直下到湖面去。有一间大厅里灯火通明，人声嘈杂。他们走进大厅的门站定，眨着被灯光照花的眼睛，只见一张张长桌前坐满了宾客。

队长还没来得及开口，梭林就在门口高声宣布道："我乃梭林，瑟莱因之子，山下之王瑟罗尔之孙！我回来了！"

所有的人都跳了起来。镇长从他那把大椅子上蹦起了身。但谁也不如那些坐在大厅下首的精灵筏夫惊讶。他们推开人群挤到镇长的桌前，喊道：

"他们是从我们国王那里逃出来的囚犯，是一帮说不出正当理由、四处游荡的矮人流浪汉，鬼鬼祟祟地穿过森林不说，还骚扰我们的族人！"

"这是真的吗？"镇长问。事实上，他认为这比什么山下之王的归来要靠谱多了，如果真有山下之王这么个人的话。

"我们在返回故土的路上，确实遭到了精灵王的非法拦截，并且无缘无故地遭到了囚禁。"梭林回答，"但是，正如老话所言，无论是枷锁还是铁栅，都拦不住返乡的人。这座城镇也不在森林精灵的领地之内。我是对长湖人类的镇长说话，不是对精灵王的筏夫说话。"

于是镇长犹豫了，先看看这个，再看看那个。精灵王在这一带势力十分强大，镇长不想与他为敌。他也没把那些古老的歌谣当真，脑袋里想的都是贸易和通行费，货物和黄金，他的地位正是靠这种习惯得来的。但是，其他人的想法却不一样，这件事的结果很快就由不得他了。消息犹如燎原大火一般从大厅门口传遍了全镇。不论大厅内外，人们都在欢呼叫喊。码头上挤满了匆匆赶来的人。有些人开始唱起山下之王归来的古老歌谣；至于回来的是瑟罗尔的孙子，不是瑟罗尔本人，他们一点也不在意。其他人跟着唱起来，歌声响彻了整个湖面。

那高山下的国王，
开凿石窟的国王，
银色泉水的主人
将回到他的厅堂！

他的王冠将会重现，
他的竖琴将会拨响，
他金色的厅堂将会
再度回荡往昔的歌唱！

山巅的林木招展，
阳光下青草摇摆；
他的宝藏将如泉涌，
金色的河水将流淌。

清溪将欢快奔流，
湖水将闪耀如火，
不再悲叹，不再哀伤，
山下的国王如今归乡！

他们这么唱着，或者差不多就是这个意思，但歌词比这多得多，其中还夹杂着诸多欢呼叫喊，以及竖琴和提琴的乐声。说实在的，如此激动人心的场面，就连镇上年纪最大的老爷爷也不曾见过。森林精灵们自己也开始深感纳闷，甚至害怕起来。他们当然不知道梭林是怎么逃出来的，并且开始想他们的国王说不定犯了个严重的错误。至于镇长，他看明白此时此刻除了遵从众人的呼声，假装相信梭林就是他自称的人物外别无他法，至少暂时只能这样。于是他把自己的大椅子让给了梭林，并让菲力和奇力坐在他左右两边的贵宾座上。就连比尔博也被安排在主餐桌旁坐下，在一片忙乱喧闹中，没有人要求他解释来历——那些歌谣可没提到他，哪怕最含糊的片言只字也没有。

不久之后，其他矮人也被带到了镇上，场面热烈得令人吃惊。他们都以最令人愉快和满意的方式获得了诊治、吃饱了饭、被安排了住宿，并得到了无微不至的款待。镇民为梭林和他的同伴们腾出了一幢大房子，安排了小船和桨手为他们服务；人群整天坐在外面唱歌，只要有矮人探头露脸就发出欢呼。

他们唱的有些是老歌，但还有一些是全新的，歌里信心满满地讲述恶龙突然暴毙，大量的货财厚礼顺河而下运到长湖镇。这些歌大多是镇长鼓动唱的，矮人们听了都不怎么开心。不过，与此同时，他们吃饱穿暖样样满足，很快又变得胖壮起来。事实上，不到一个星期，他们就完全康复了，穿上了质料上等、颜色合宜的合身衣装，胡子修剪梳理整齐，走起路来又很神气了。梭林的外表和走路的模样就好像他的王国已经收复，斯毛格也被碎尸万段了一样。

于是，正如梭林说过的，矮人对小霍比特人的好感与日俱增。再也没人嘟囔抱怨了。他们举杯祝他健康，拍他的背，对他各种大惊小怪地关怀；这倒正是时候，因为比尔博的感觉可不怎么太好。他没有忘记孤山的模样，也没有忘记恶龙，此外他还得了严重的感冒。整整三天时间，他不停地打喷嚏、咳嗽，出不了门，甚至之后他在宴会上说话也仅限于瓮声瓮气的一句“灰常感黑你们”。

这期间，森林精灵们已经带着他们的货物上溯密林河回去了，国王的宫殿里也随之起了很大的骚动。我从来没听说守卫队长和总管怎么样了。当然，矮人在长湖镇停留期间也没提过钥匙或木桶的事，而比尔博也很小心，从来没隐身过。不过，我敢说，真相还是被猜到了不少，尽管巴金斯先生毫无疑问依旧保留着一抹神秘的色彩。不管怎么说，精灵王现在终于知道矮人的使命了，或者说他自以为知道了，于是他对自己说：

“很好！我们走着瞧！这件事要是不容我置喙，任何财宝都休想通过黑森林运走。不过我看他们都不会有好下场，这是他们自作自受！”他无论如何都不相信矮人能和斯毛格这样的恶龙搏斗并杀死它，而且他强烈怀疑他们会尝试盗窃或类似的手段——这说明，他是个有智慧的精灵，比镇上的人类更有智慧，不过他并不完全正确，这点我们最后会看到的。他往长湖岸边派出了探子，在北去孤山的路上也尽可能远地派了人监视，然后静观其变。

两个星期过去了，梭林开始考虑离开。趁着镇上的热情还没消减，正好寻求帮助。等拖到一切都冷下去就不行了。于是他对镇长和议员们说，他和同伴们很快就要动身前往孤山了。

这下镇长头一次感到吃惊，并且有点害怕；他好奇梭林究竟是不是真的是古代国王的后裔。他之前从没想过这群矮人真敢去接近斯毛格，相反笃信他们是一群骗子，迟早会被人揭穿并赶走。他错了。梭林当然真的是山下之王的孙子，而矮人为了复仇或夺回自己的东西，没有什么不敢做的。

但是对于让他们上路，镇长是一点也不遗憾的。招待他们的开支实在太大，而且他们的到来给镇上放了个漫长的假，所有的生意都停顿下来。“让他们去打扰斯毛格吧，看看他会怎么欢迎他们！”他心里想，不过嘴上却说：“当然，瑟莱因之子梭林，山下之王瑟罗尔之孙！你必须收回自己的东西。老话说的，时候到啦。我们会竭尽所能给你们提供帮助，我们相信，等你收复了王国，你会酬谢我们的。”

于是，深秋里的一天，寒风凛冽，树叶纷纷飘落，有三条大船离开了长湖镇，船上载满了桨手、矮人、巴金斯先生和许多补给物资。大小马匹已经经由迂回的路径送到预定登岸的地点跟他们会合。镇长和议员们都站在从市政厅一直下到湖边的大台阶上向他们告别。人们在码头上、窗口边唱歌。白色的船桨划入水中，激起水花，他们朝着湖的北边划去，走上了长途跋涉的最后一段征程。只有比尔博一个人完全高兴不起来。

第十一章

到了门口

他们在长湖上向北走了两天以后，离湖划进了奔流河。现在他们都能看见孤山高高耸立在面前，令人生畏。河水湍急，他们走得很慢。第三天傍晚，他们往上游走了几英里远，便在左岸（也就是西岸）停靠，下了船。他们在这里与陆路过来的马队会合，大马运来了其他补给食物和必需品，小马则是供他们自己骑的。他们尽可能把物资让小马驮上，剩下的储存在帐篷里，但是长湖镇的人谁也不愿意留下来过夜，因为这里离孤山的阴影太近了。

他们说："总之不行，除非那些歌谣成真！"在这片荒凉的地方，相信恶龙的存在比相信梭林的说法来得容易。事实上，他们储存的物资也不需要人看守，因为整片地区都是荒凉空旷、渺无人烟。就这样，尽管夜幕已经开始降下，护送他们的人还是迅速离开了，有的乘船顺流而下，有的沿着通往岸边的小路离去。

他们度过了寒冷而孤独的一夜，情绪低落下来。第二天他们又出发了。巴林和比尔博骑马押后，两人各自还领着一匹驮着沉重物资的小马。其他人走在前面，因为没有路，得边走边找，走得十分缓慢。他们斜着离开奔流河，向西北方进发，越来越接近孤山向南朝他们伸出的一道巨大支脉。

旅程十分乏味，并且安静又隐秘。没有笑声，没有歌声，更没有竖琴声，湖边所唱的那些古老歌谣在他们心中激起的骄傲与希望，都已荡然无存，化成了沉重的阴霾。他们知道自己正在接近旅途的终点，而且可能是个非常可怕的终点。周围的土地变得越来越荒凉贫瘠，虽然梭林告诉他们，这里曾经青翠美丽。地上几乎不长草，走不多久连灌木丛和树都没了，只剩下一些碎裂、焦黑的树桩，表明很久以前曾经有树木存在。他们来到了恶龙荒地，此时已是万物萧索的时节。

尽管如此，他们还是来到了孤山脚下，没有遇到任何危险；除了恶龙在他巢穴周围造成的一片荒凉，也没有见到任何恶龙的迹象。黑沉沉的孤山无声地矗立在面前，越接近就显得越高。他们在南边那道巨大支脉的西侧扎了第一处营，支脉的尽头是一处名叫渡鸦岭的高地。高地上方有个古老的观察哨；但他们还不敢爬上去，因为那里太显眼了。

在出发去孤山西边的支脉，寻找那道寄托着他们全部希望的暗门之前，梭林先派了一支侦察队去探查南面前门所在的地方。为此，他选择了巴林、菲力和奇力，比尔博也跟着他们一起去了。他们沿着灰暗沉寂的山崖，一路走到渡鸦岭脚下。奔流河在河谷绕了一个大圈后，在那里拐弯离开孤山流向长湖，该处的水流湍急又喧闹。河岸光秃秃的，岩石嶙峋，高耸陡立在激流上；从河岸高处往下望去，越过在大片砾石间溅起水花白沫的狭窄河流，可以看见在孤山两条支岭阴影笼罩下的宽阔山谷里，有很多古老的房屋、塔楼和城墙的灰暗废墟。

“那就是河谷城仅存的废墟。”巴林说，“当年城里钟声悠扬，山坡上树木蓊蓊郁郁，整座受到庇护的山谷富足宜人。”他说这话的时候，神情悲伤而严肃：恶龙来袭的那天，他是梭林的同伴之一。

他们不敢沿着河流往大门方向走太远，但是他们继续往前走，过了南边支脉的尽头，直到躲在一块岩石后面，往外看去，可以看到孤山两道支岭之间的一堵大崖壁上，有一个黑暗的洞口。奔流河的水从洞口涌出，伴随着一股蒸汽和黑烟。在这一片荒芜里，除了蒸汽和水，没有任何东西移动，只偶尔会出现一只不祥的黑乌鸦。唯一的声音就是水流过石头的哗哗声和不时传来的刺耳呱呱鸟叫。巴林打了个寒战。

“我们回去吧！”他说，“待在这里也做不了什么！我不喜欢这些黑鸟，它们看起来像邪恶的探子。”

“看来恶龙还活着，就在山底下的大厅里——我是根据那些烟雾推断的。”霍比特人说。

“单凭这点不能证明什么，”巴林说，“尽管我不怀疑你是对的。不过，他有时候会离开一段时间，也可能躺在山腰上放哨，那样的话我认为同样会有烟和蒸汽从大门里冒出来，因为里面所有的大厅一定都充满了他的浓烟臭气。”

怀着这类悲观的念头，他们疲惫地回到了营地，呱呱叫的乌鸦一直在上空跟着他们。六月时他们还在埃尔隆德美好的家里做客，尽管现在也才到秋冬之交，但那段愉快的时光感觉已经是多年以前的事了。他们孤零零地待在这片危险的荒原上，指望不上更多的援助。他们已经到了旅程的终点，但是离任务的终点似乎还很遥远。他们原先的精气神都不剩多少了。

说来奇怪，巴金斯先生的精气神倒是比其他人足。他经常借用梭林的地图，盯着图反复琢磨那些如尼文和埃尔隆德读出的月亮字母的内容。是他让矮人开始在西边山坡上冒着危险寻找那扇秘密的门。于是，他们把营地移到一座狭长的山谷里，这个山谷比南边河流前门那里的大河谷要窄，山谷两旁耸立着孤山较低的支脉，其中有两道从主峰向西突出，每道都形成侧面陡峭的绵长山脊，一直向下延伸到平原上。在西侧这一带，恶龙肆虐的足迹少得多，还长有一些草可以喂小马。这处西边营地一整天都笼罩在悬崖和石壁的阴影中，直到太阳开始向森林的方向西沉。日复一日，他们三五成群从营地出去，辛苦地寻找上山的路。如果地图是真的，那么那扇秘密之门一定就在山谷尽头的悬崖高处。日复一日，他们一无所获地返回营地。

不过，最后他们在无意中找到了要找的东西。有一天，菲力、奇力和霍比特人沿着山谷往回走，在山谷南边角上那些从山上滚落的岩石间艰难地爬着。大约在中午时分，比尔博在一块像柱子一样独自兀立的大石头后面攀爬时，看到了一段似乎是往上走的粗糙台阶。他和两个矮人兴奋地沿着这些痕迹找到了一条狭窄的小路，这条路时隐时现，一直延伸到南边山脊的顶端，最后将他们带到一处更狭窄的岩架上，岩架向北横过大山的表面。他们往下看，发现自己正站在山谷顶端的悬崖上，俯视着下方的营地。他们贴紧右边的岩壁，排成一列纵队默默地沿着岩架往前走，一直走到岩壁开口处，拐进去是一个陡壁围绕的小山坳，里面绿草如茵，寂然无声。由于突出的悬崖的遮挡，他们找到的这个入口从底下是看不到的，从远处也看不见，因为它太小了，看起来就像是一条黑色的裂缝而已。它不是山洞，上方是露天敞开的；但它内部尽头处有一堵平坦的墙，墙的下半截靠近地面的地方，平滑、笔直得就像出自石匠之手，却又看不见接缝或罅隙。没有门柱、门楣、门槛，也没有门杠、门栓或钥匙孔的痕迹；然而他们毫不怀疑自己终于找到了那扇门。

他们对着它又是拍打，又是推搡，恳求它移动，说了一些零零碎碎、断断续续的开门咒语，但是什么动静也没有。最后，他们累得筋疲力尽，颓坐在石壁脚下的草地上休息，到了傍晚才动身走上了下山的长路。

那天晚上，营地里一片欢腾。第二天早晨，他们准备再次转移营地。只有波弗和邦伯留下来看守小马和从河上运过来的物资。其他人顺着山谷走，再沿着新发现的小路往上攀爬，如此来到了狭窄的岩架上。走这段路他们无法携带任何包袱或背包，因为它十分狭窄，惊险得令人屏息，旁边就是一百五十英尺深的悬崖，底下是尖利的岩石；但他们每个人都在腰间紧紧缠了一大卷绳索带过去，就这样平安顺利地来到了长满青草的小山坳。

他们在那里建立了第三个营地，用绳索把需要的东西从底下吊上来。他们用同样的方法，偶尔会把比较活跃的矮人——比如奇力——放下去交换消息，或者分担底下的守卫工作，而波弗这时就被吊到高处的营地去。邦伯既不愿用绳子吊上去，也不愿走小路上去。

“我太胖了，不适合搞这种空中杂技。”他说，“我会晕头转向，踩到自己的胡子，然后你们就又变成十三个人了。还有，那些打结的绳子太细了，吃不住我的体重。”幸亏他没说对，继续看下去你就知道了。

在这期间，他们当中有些人勘探了岩壁开口另一边的岩架，发现了一条通往山上越爬越高的小路；但是他们不敢往那边走得太远，而且那条小路也没有多大用处。在这里万籁俱寂，除了风吹过石缝的呼哨声外，没有任何鸟叫或响动。他们低声说话，从不呼喊或唱歌，因为每一块岩石都蕴藏着危险。其他忙着解开那扇门的秘密的人，也无一成功。他们太急于求成，没有费心去思考那些如尼文或月亮字母，而是不厌其烦地想在那片光滑的壁面上找出门究竟开在哪里。他们从长湖镇带来了铁镐和各种各样的工具，一开始他们试着运用这些工具，但是当他们挥镐凿向石壁时，不但手柄震得碎裂，他们的手臂更被震得剧痛，钢铁的镐头不是崩出缺口，就是像铅一样卷了口。他们这才明白过来，采矿的本事对付不了这扇用魔法关上的门；而且他们也对敲击发出的噪音与回声感到害怕。

比尔博坐在门阶上，既孤独又疲惫——当然，这地方并没有真正的门前台阶，但他们习惯把石壁和开口之间的那一小片草地戏称为“门阶”，因为这让他们想起很久以前，比尔博在自己的霍比特洞府里那场意外聚会上说过的话，当时他说他们可以坐在门阶上，直到想出办法来。如今他们就坐在那里冥思苦想，或者漫无目的地走来走去，一个个变得越来越闷闷不乐。

发现那条小路的时候，他们的情绪高涨了一阵子，但是现在又沉落到底了；可是他们不愿放弃，也不愿离开。霍比特人的心情也没比矮人好。他什么也不肯干，只是背对岩壁坐着，透过开口向西望去，越过悬崖，越过广阔的大地，望向像堵黑墙似的黑森林，以及更远的地方，那边他有时觉得可以瞥见迷雾山脉那渺小而遥远的影子。如果矮人问他在干什么，他就回答说：

“你们说过，坐在门阶上想办法是我的活儿，更别提还有进去里面的事，所以我就是坐在这里想办法。”不过我说，恐怕他的心思没放在想办法上，而是早就跑到蓝色远方之外那宁静的西部大地和小丘，以及小丘下他的霍比特洞府去了。

草地中央有块灰色的大石头，他闷闷不乐地盯着它，或者看着那些大蜗牛。它们似乎很喜欢这个有冰凉石墙的封闭小山坳，有许多个头很大的蜗牛沿着山坳两侧缓缓爬动，留下黏黏的轨迹。

一天，梭林说：“明天就是秋天的最后一个星期了。”

“秋天过后就是冬天。”比弗说。

“然后冬天过了就是明年。”杜瓦林说，“我们的胡子会一直长，长到顺着悬崖垂到山谷里，却还一事无成。我们的飞贼在为我们做什么？既然他有一枚可以隐身的戒指，这会儿应该好好露一手才对，我开始想啊，他或许可以从前门进去探探虚实！”

这些话比尔博都听在耳里——那些矮人就在他所坐的山坳上方的岩石上——“天哪！”他想，“原来他们开始打这种主意了！每次出事都是可怜的我来帮助他们脱离困境，至少自从巫师离开以后都是这样。我到底该怎么办？我就知道，最终会有可怕的事落到我头上。我想我可受不了再看到河谷的惨状，更别提那道冒着蒸汽的大门！！！”

那天晚上他非常难受，几乎一夜没睡。第二天，矮人们分头朝不同的方向走；有些人在下方的营地遛小马，有些人在山腰上闲逛。比尔博一整天都闷闷不乐地坐在长满青草的山坳里，要么盯着石头，要么从狭窄的开口向西张望。他有一种奇怪的感觉，好像自己在等待什么。“也许今天巫师会突然回来。”他想。

如果他抬起头，就能瞥见远处的森林。随着太阳西沉，远处的森林树顶被罩上了一层金黄色的光芒，仿佛阳光捕捉到了最后一批浅色的树叶。不久，他便看到像个橘红火球的太阳就要落到与他的视线平齐。他走到开口处，看到一钩光芒浅淡朦胧的新月挂在大地的边缘上。

就在这时，他听到背后传来一声尖锐的碎裂声。草地中央的灰石上多了一只硕大的鸫鸟，通体近似炭黑，淡黄色的胸羽上缀着暗色的斑点。啪嚓！它抓住了一只蜗牛，正把蜗牛砸在石头上。啪嚓！啪嚓！

比尔博突然明白过来。他忘记了一切危险，站在岩架上呼叫矮人，一边叫喊一边挥手。那些离他最近的矮人翻过岩石，沿着岩架以最快的速度赶到他身边，纳闷究竟发生了什么事；

其他人在底下喊着要人用绳子把他们拉上去（当然，邦伯除外，他在睡觉）。

比尔博很快向大家作了解释。众人陷入了沉默：霍比特人站在灰石旁边，矮人们则摇晃着胡子不耐烦地观看。太阳越沉越低，他们的希望也随之低落下去。太阳沉入了一片带状的彤云，消失了。矮人们发出了呻吟，但比尔博仍然站在那里，几乎纹丝不动。一钩新月正在沉入地平线下。夜幕正在降临。就在众人的希望跌到谷底的时候，突然，一缕红色的阳光像手指一样从云缝里钻了出来。一道光芒正好穿过开口，射进山坳，照在光滑的石壁上。那只老鸫鸟一直睁着圆圆的眼睛，歪着头，栖在高处观察着，这时突然鸣叫一声。接着，只听响亮的“啪啦”一声，一小片岩石剥离了石壁，掉了下来。在离地面大约三英尺的地方突然出现了一个洞。

矮人们浑身发抖，唯恐机会消失，飞快地奔向石壁，用力猛推——却都是白费力气。

“钥匙！钥匙！”比尔博喊道，“梭林在哪？”

梭林急忙上前。

“钥匙！”比尔博吼道，“那把和地图配套的钥匙！趁现在还有时间，赶紧试试！”

于是梭林走上前，从脖子上的项链上取下钥匙，将它插进洞里。刚刚好！一转钥匙，咔嗒！那缕阳光消失了，太阳落山了，月亮也不见了，夜色眨眼间布满了天空。

这下，他们齐心协力推动，慢慢地，石壁的一部分往后退开，又长又直的裂缝出现了，逐渐加宽。一扇五英尺高、三英尺宽的门露出了轮廓，并缓缓地、无声无息地向内荡开。黑暗仿佛蒸汽一般从山坡上的洞口往外涌出，在他们眼前是一片深沉的黑暗，里面什么也看不见，就像一张打着呵欠的大嘴，通往大山的内部深处。

第十二章
内部消息

黑暗中矮人们站在门前争论了很久，最后梭林开口说：

“现在是我们尊敬的巴金斯先生露一手的时候了，他已经证明自己是我们漫长旅途上的好伙伴，是个勇气十足、足智多谋，本领远远超过个头大小的霍比特人，而且容我说一句，他的运气实在好得异乎寻常——现在是他做出贡献的时候了，他就是为此加入我们这伙人的；现在是他出力赢得自己那份报酬的时候了。”

你很熟悉梭林每到重要关头的致辞风格，所以我就不啰唆了，虽然他讲的远远不止这些。这当然是重要关头，但比尔博感到不耐烦了。现在他跟梭林也混熟了，他知道梭林的意图是什么。

“如果你的意思是，率先进入这个秘密通道是我的职责，瑟莱因的儿子‘橡木盾’梭林啊——愿你的胡子长个不休——那你就有话直说！”他愤慨地说，“我可以拒绝。我已经两次帮你们脱离困境了，那都是原先讲好的协议里没有的，所以我想，我已经被拖欠了一些报酬了。不过，就像家父常说的，‘好事三次才圆满’，而且，不知道为什么，我想我不会拒绝。也许是我比过去更相信自己的运气了。”——“过去”他指的就是离家之前刚过的那个春天，不过那好像是几百年前的事了——“总之，我想我会立刻进去看一看，把这件事了结。谁要跟我一起去？”

他没指望会有一大群人自告奋勇，因此他也没失望。菲力和奇力看上去很不自在，来回换着脚，但其他人根本没掩饰自己不想去——除了放哨人老巴林，他很喜欢霍比特人。他说他至少会跟进洞里，也许还会走上一段路，随时准备在必要的时候呼救。

要说矮人们怎么想的，至多能这么说：他们打算为比尔博的服务付给他一大笔酬金；他们带他来就是让他为他们干一件凶险的事，如果他愿意，他们不介意这个可怜的小家伙去做；不过，万一他遇到了麻烦，他们也都会竭尽全力救他出来，就像这趟远征一开始他们遇到食人妖的时候一样，那时他们还没有什么特别的理由要感激他。事实就是：矮人不是英雄，而是把钱看得很重，凡事精打细算的一群人；有些矮人奸诈狡猾，是非常糟糕的坏人；有些矮人不是那样，而是相当正派的人，就像梭林一行人一样，如果你的期望值不太高的话。

当霍比特人蹑手蹑脚地穿过那扇施了魔法的门，偷偷溜进孤山内部时，群星正出现在他背后黑暗框出的一方灰白天空中。洞里的通道比他想象得好走得多。这不是半兽人的入口，也不是森林精灵的粗糙洞穴，而是矮人在财富与技能达到巅峰的时期开辟的一条通道：笔直如尺，地面平整，壁面光滑，沿着不变的和缓角度一直下行——通向下方黑暗中某个遥远的终点。

过了一会儿，巴林对比尔博说："祝你好运！"并停下脚步，从那里他还能看见那扇石门的模糊轮廓，并借由隧道回声的效果听见门外其他人的窃窃私语。于是，霍比特人戴上了戒指。通道的回声提醒了他，必须格外小心，不能弄出任何声音。接着他无声无息地往下走，走啊走，一直走入黑暗中。出于恐惧，他浑身发抖，但他小脸上的表情坚定而严肃。他已经跟很久以前忘了带手帕就从袋底洞跑出来的那个霍比特人完全不同了。他已经好久好久不用手帕了。他把小剑在剑鞘里弄松，勒紧腰带，继续往前走。

"比尔博·巴金斯，现在你终于骑虎难下了。"他心里想，"那天夜里的聚会，是你一脚踏上贼船的，现在你得把脚拔出来并付出代价！天哪，我真是个傻瓜，过去是，现在还是！"他身上最不像图克家族的部分说："恶龙守着的宝藏，对我来说哪有一点用处啊，要是我能一觉醒来发现这条讨厌的隧道就是自家的前厅，那我宁愿所有的宝藏都永远留在这里！"

当然了，他没一觉醒来，而是继续往前走啊走，直到背后的石门连轮廓都消失无踪。他完全孑然一身了。没一会儿，他认为通道开始变暖了。"我怎么觉得前头底下有团光啊？"他想。

没错。他越往前走，光便越来越亮，直到毋庸置疑，那就是一团红光，越来越红，同时，隧道里毫无疑问也越来越热。一缕缕蒸汽升腾而起，从他身边飘过，他开始出汗。还有一种声音也开始在他的耳朵里震动，就像一大锅水放在火上烧开时发出的冒泡声，混合着活像发自一只硕大公猫的隆隆呼噜声。这声音渐渐变得明确无误，正是他前方红光里某个巨大的动物在睡觉打鼾时发出的呼噜声。

比尔博就在这时停下了脚步。从那里继续往前走是他这辈子做过的最勇敢的事。与此相比，后来发生的那些重大事件全都不值一提。他独自在隧道里进行了一场真正的天人交战，那时他还没有看到等在那里的巨大危险。无论如何，在短暂的停顿之后，他继续前进；你可以想象他来到隧道的尽头，那里有个和上头那道门的大小形状都差不多的开口。霍比特人的小脑袋探出去张望了片刻。在他面前是一间巨大的地下室，或者说是古代矮人的地下大厅，就在大山的中央深处。里面几乎是全黑的，因此它究竟有多大，只能推测个大概，不过靠近他这一侧的石地上泛起了一大团红光。斯毛格的红光！

他就躺在那里，一条巨大的赤金色的龙，正在熟睡；从他的口鼻里传出隆隆的打呼声和一缕缕的烟气，但他的火在睡眠中烧得不旺。在他身子底下，在他的四肢和盘绕着的大尾巴底下，在他四周延伸开去、看不见的地面上，堆积着数不尽的珍宝、加工过的金器、未加工的金块、宝石和珠宝，还有被红光映得发红的银子。

斯毛格躺在那里，双翼像一只巨大无比的蝙蝠那样收起，半个身子倾向一边，霍比特人可以看到他的身子底侧和他那长长的苍白肚皮，由于他在那张昂贵的床上趴久了，肚皮上粘满了一层厚厚的宝石和黄金碎块。在他后方离得最近的墙壁上，隐约可见挂着许多铠甲、头盔、斧头、剑和长矛；那里还摆着一排排的大坛子和容器，里面装满了无法猜测的财宝。

说比尔博忘了呼吸，这可根本不是一种形容。由于人类改变了他们在世间万物都美好奇妙的岁月里从精灵那儿学来的语言，已经没剩下任何词汇能表达他所受到的震撼了。比尔博以前听人说过、唱过恶龙的宝藏，但那些宝藏的辉煌、魅力和荣耀，从来没真正打动过他。然而这一刻，他的心被魔咒穿透，被矮人的欲望所充满了；他一动不动地凝视着那价值连城、无法计数的黄金，几乎忘记了那位可怕的守卫。

他凝视的时间感觉足有成百上千年那么久，但在被吸引得就要不由自主之前，他从门口的阴影中蹑手蹑脚地走出来，穿过空地，来到离他最近的宝藏堆边上。在他的上方卧着沉睡的巨龙，即使在睡梦中，也是个致命的威胁。他抓起一只双耳大杯子——它的分量刚好是他拿得动的——同时惊恐地朝上看了一眼。斯毛格动了动一边翅膀，张开了一只爪子，轰隆的鼾声也变了个调子。

比尔博赶紧逃了。不过恶龙没有醒——这时还没有——而是换了另一个充斥着贪婪和暴力的梦境，依旧躺在他窃占的大厅里。与此同时，小霍比特人艰难地沿着长长的隧道往回跑。他的心怦怦直跳，两条腿抖得比先前往下走时更厉害，但他仍然紧紧抓着杯子，只有一个念头："我成功了！这能让他们见识见识，什么叫'不像个飞贼更像个杂货商'！哼，我再也不用听到这种话了。"

确实如此。巴林再次见到霍比特人，大喜过望，也惊讶万分。他一把扛起比尔博，走出通道到了外面。此时已是午夜，云遮住了所有的星星，比尔博躺在地上闭着眼睛，大口喘气，享受着再次呼吸到新鲜空气的愉悦，几乎没理睬矮人的兴奋，也没注意他们如何称赞他，拍打他的背，说什么自己和自己的家族会世世代代为他效劳云云。

矮人们还在传递着杯子，眉飞色舞地谈论着宝藏的收复，这时山底下突然传来轰隆一声巨响，仿佛一座古老的火山打定主意要再次喷发。他们背后的门差点关上，还好被一块石头卡住，但是那条长长的隧道里传来了可怕的回声，发自山腹深处的吼叫和践踏声，震得他们脚下的地面都在颤抖。

这下子矮人们把片刻前的喜悦和信心满满的吹嘘全忘到了脑后，一个个吓得缩成一团。他们仍然得对付斯毛格。如果你住在一条活生生的龙附近，不把他纳入考量是不行的。龙或许不会把财富派上什么实际用场，但他们通常对自己有什么东西一清二楚，尤其是在长期占有之后；斯毛格也不例外。他刚从一个令人不安的梦境（梦中有个战士，个头小得微不足道，却拿着锋利的剑，还有巨大的勇气，模样让人极其不爽）换到了打盹，又从打盹中清醒过来。他的洞穴里有一股奇怪的气息。难道是从那个小洞里吹来的穿堂风吗？那个洞虽然极小，他却始终看它不顺眼，这时他满心疑虑地瞪着它，纳闷自己为什么从来没有把它堵上。最近，他隐约觉得自己听到了来自上方远处的敲击声的模糊回音，那声音就是穿过小洞传到他巢穴里来的。他动了动，伸出脖子嗅了嗅。接着，他发现有个杯子不见了！

遭贼了！失火了！杀人了！自从他来到孤山，还没出过这种事！什么言语也形容不出他的暴怒——这种暴怒，只会在拥有享受不尽的财富的富翁突然发现自己拥有已久，但从来没用过或没想到要用的东西没了影时，才会见到。他猛喷出火来，大厅里登时浓烟滚滚，他撼动了大山的根基。他把头猛戳向那个小洞，却是白费力气，他进不去；接着他盘起身子，咆哮声如地底惊雷，接着离开深处的巢穴疾冲出门，通过山中宫殿的巨大通道，往上直奔前门。

他满心只有一个念头，就是搜遍整座山，直到逮住那个贼，把他撕成碎片踏成泥。他一出前门，门口的河水顿时呼啸升腾起大股大股蒸汽，他火光四射地高飞上天，落在山顶上，喷出绿色和猩红的火焰。矮人听到他飞过时的可怕响声，全都紧贴着草地周围的石壁，缩在巨石下，希望能设法躲过恶龙那搜索猎物的可怕目光。

又一次，要不是比尔博，他们一定会全都没命。“快！快！”他气喘吁吁地说，“那扇门！进隧道！不能待在这里。”

一语惊醒众人，他们正准备爬进隧道，比弗却惊呼一声：“我的表兄弟！邦伯和波弗在下面的山谷里——我们把他们给忘了！”

“他们会被杀的，还有我们所有的小马，我们所有的补给品也会完蛋。”其他人呻吟起来，“我们什么也做不了。”

“胡说！”梭林恢复了尊严喝道，“我们不能抛下他们。巴金斯先生和巴林，还有你们俩菲力和奇力，都先进去——不能让龙把我们全都逮住。其他人听着，绳子在哪里？动作快点！”

那也许是他们经历过的最糟糕的时刻。斯毛格可怕的怒吼在上方远处的岩石空谷中回荡；他随时都可能喷着火俯冲而下，或者在空中盘旋，发现他们正在危险的悬崖边发疯一样拉着绳子。波弗拉上来了，依旧平安无事。邦伯也拉上来了，尽管绳索吱嘎作响，把他吓得气喘吁吁，依旧平安无事。他们又拉上来一些工具和几大包补给，接着，危险降临了。

只听一阵呼呼声响，红光照亮了矗立的岩石的突出尖角。恶龙来了。

他们连拉带拽着大包小裹，差一点就没来得及飞奔回隧道。斯毛格从北方疾飞而来，喷出的火焰舔舐着山腰，巨大的双翼拍打着，发出的声音犹如狂风呼啸。他呼出的高热烤焦了洞门前的青草，从没关紧的门缝里钻进去，炙烤着躲藏在内的一群人。火舌跃起，岩石投下的黑影舞动。龙飞过去，黑暗再次降临。小马们惊恐尖叫着，挣脱缰绳，四散疯狂奔逃。恶龙掉头俯冲而下，追赶那群小马，之后消失了。

“我们那些可怜的牲口完蛋了！”梭林说，“一旦被斯毛格看见，什么也逃不掉。我们既然进到这里，就得待在这里，除非有人幻想在斯毛格的眼皮底下徒步走过毫无遮蔽的几英里路回到河边去！”

这念头真让人不舒服！他们沿着隧道往下爬了一段，这才躺下，隧道里虽然暖和发闷，他们还是直打哆嗦，直到黎明淡淡的光从门缝透了进来。一整夜，他们时不时听到飞来飞去的恶龙的咆哮声，那声音随着他绕着山坡一圈又一圈地搜寻，会逐渐变大，随后掠过，再逐渐消失。

斯毛格根据那些小马和他发现的营地痕迹，猜测有人从河边和湖边上来，从小马所在的山谷爬上了山腰；不过那扇门顶住了他搜索的目光，小山坳四周高高的石壁也挡住了他最猛烈的火焰。他搜索了很久却一无所获，直到黎明冷却了他的怒火，他才返回自己的黄金榻上睡觉——也是为了积蓄新的体力。他不会忘记或原谅这次偷窃，就算等上一千年，把他等成一块闷烧着冒烟的石头，他都不会罢休，反正他等得起。他缓慢、沉默地爬回巢穴，眼睛合上了一半。

天亮之后，矮人们不那么害怕了。他们意识到，要对付这样一个守卫，就免不了遇到这种凶险，就此放弃远征也于事无补。梭林已经点明，他们这时候也逃不出去。他们的小马不是跑丢了就是被杀了，在斯毛格放松警惕到足以让他们敢徒步穿过老长的开阔地带之前，他们还有得等。万幸的是，他们保住了足够的物资，能让他们耗上一段时间。

他们就下一步该怎么做争论了很久，却想不出除掉斯毛格的办法——比尔博很想指出，这始终都是他们计划中的弱点。接着，他们就像那种天性就拎不清的人一样，开始抱怨起霍比特人，责怪他把杯子带回来，过早激怒了斯毛格，完全忘了自己一开始为此多么欣喜若狂。

“你们还指望飞贼怎么办？”比尔博生气地问，“我不是受雇去杀恶龙的，那是战士干的事，我的任务是盗宝。我已经尽力开了个好头。难道你们指望我背着瑟罗尔的全部宝藏一溜小跑回来吗？既然都要抱怨，那我想我也有牢骚要发。你们应该带五百个飞贼来，而不是一个。我确信这财宝反映了你祖父的伟大功绩，但你们不能假装曾经明确告诉我他的财宝多到什么地步。就算我的个头比现在大上五十倍，斯毛格也温顺得像只兔子，我也需要几百年才能把那些财宝都搬上来。”

当然，他这么一说，矮人们都来请求他原谅。“那么，巴金斯先生，你觉得我们该怎么办？”梭林礼貌地问。

“我这会儿还不知道——如果你是指搬走那些财宝。那显然完全要靠某种新运气，以及除掉斯毛格。除掉龙这件事我是彻底无能为力，不过我会尽量想想办法。就我个人而言，我别无所望，就指望自己能平平安安回到家。”

“先别管搬财宝的事！先说我们现在该干什么，今天？”

“好吧，如果你们真想听我的建议，我得说，我们除了待在原地，别无他法。毫无疑问，白天我们可以安全地溜出去透透气。也许不用多久，就可以选一两个人回到河边的营地，运些补给回来。不过，在这段时间里，到了晚上每个人都该在隧道里好好待着。

“现在我有个提议。我有戒指，我打算今天中午悄悄下去一趟——那时候斯毛格怎么想都该在午睡——看看他打算干什么。说不定会有所发现。家父常说‘每条虫都有它的弱点’，不过我敢肯定这并非他个人的经验之谈。”

矮人们自然迫不及待地接受了这项提议。他们本来就已经对小比尔博抱有敬意了，现在他成了这次冒险的真正领导者。他开始有了自己的想法和计划。到了中午，他准备再次下到山腹中。他当然不喜欢去冒险，但他现在多少知道了前面等着他的是什么情况，因此也就没那么糟了。要是他对龙和它们狡猾的本性了解得多一点，他可能就会更害怕，对趁着龙在打盹去刺探情况更不抱希望。

他出发时，阳光灿烂，但是隧道里漆黑如夜。光从那扇只留一点缝隙的门透进来，随着他往下走，很快就消失了。他走得真是悄无声息，几乎能和微风中的飞烟媲美，当他走近底下那个门洞时，内心禁不住有点自豪。大厅里只有十分微弱的红光。

“老斯毛格累得睡着了。”他想，“他看不见我，也听不见我。振作起来，比尔博！”他忘了，要么就是从来没听说过，龙的嗅觉十分灵敏。另外还有一个棘手的事实，就是如果龙起了疑心，他们睡觉时能半睁着眼睛保持警戒。

比尔博再次从门洞往里张望时，斯毛格看上去确实睡得很熟，简直是睡死了，通身漆黑，鼾声几不可闻，喷出的烟几乎看不见。比尔博刚想跨出去站到厅里，他突然瞥到从斯毛格耷拉着的左眼皮下射出了一道刺眼的细细红光。他只是在装睡！他在监视隧道的入口！比尔博赶紧后退，感谢戒指的保佑。接着，斯毛格开口了。

“哼，小贼！我闻到你，感觉到你的气息。我听到你的呼吸。来啊！再放心拿点，还有很多可拿呢！”

好在比尔博对恶龙还不至于无知到这种程度，要是斯毛格指望能这么轻易就把他哄到跟前来，那他就要失望了。“不了，谢谢你啊，了不起的斯毛格！”他回答说，“我不是为礼物来的。我只是想看看你，看看你是否真的像传说中那样伟大。那些传说我以前不信。”

“现在你信了吗？”恶龙听了，有点飘飘然地说，尽管比尔博的话他一个字也没信。

“噢，最伟大、最深重的灾难之首斯毛格啊，那些歌谣和传说与现实真是相去太远了！”比尔博回答道。

“作为一个小贼和骗子，你的态度还不错。”龙说，“你似乎很熟悉我的名字，但我好像不记得以前闻过你的味道。我可以问一下你是谁，你从哪里来吗？”

“当然可以！我从山下来，山下的路和山上的路我都走过。我还在空中飞过。我是行走时别人看不见的人。”

“这点我完全相信，”斯毛格说，“但这不像你平常使用的名字。”

“我是猜谜者，割网人，有刺的苍蝇。我是被选来凑个吉利的数字的。”

“这么多可爱的头衔啊！”恶龙讥笑道，“但吉利的数字也不总是吉利啊。”

“我是把朋友活埋、把他们淹死，再把他们从水里拖上来让他们活过来的人。我是从袋底来，但没有一个袋子套住我的人。”

“这些听起来可不太可信。”斯毛格嘲笑道。

比尔博继续往下说，哑谜打得愈发起劲：“我是熊的朋友，鹰的客人。我是赢得戒指者、幸运佩戴者；我是骑桶人。”

“这还差不多！”斯毛格说，“不过别让你的想象力跟你一起溜了啊！”

和龙说话的时候，如果你不想透露你的真实姓名（明智之举），也不想用断然拒绝来激怒他们（同样非常明智），像比尔博这么办就对了。龙全都抵挡不住谜语式谈话的魅力，浪费时间也要想办法弄懂它。比尔博提到了很多斯毛格完全不懂的东西（不过我想你应该懂，因为你知道比尔博提到的都是他一路冒险的经历），但斯毛格自以为够明白了，邪恶的内心正在咯咯窃笑。

“我昨天晚上就想到了。”他暗自笑道，“长湖人，肯定是那些用木桶做买卖的卑贱长湖人的肮脏阴谋，要不然我就是条蜥蜴。话说我已经很久很久没有下到那边去了；不过我很快就会改一改的！”

“很好，骑桶人啊！”他大声说，“也许你的小马就叫‘桶’，也许不叫，不过它够胖。你或许行走时别人看不见，但你可不是全程走来的。让我告诉你，我昨晚吃了六匹小马，要不了多久我就会把其他小马都抓来吃掉。为了回报这顿美食，我为你着想，给你一个忠告：你要是有办法，就别跟矮人搅在一起！”

“矮人！”比尔博假装惊讶地说。

“别跟我耍嘴皮！”斯毛格说，“我知道矮人的气味（以及滋味）——没有谁比我更清楚。别跟我说我吃了矮人骑的小马还不知道有矮人！你和这样的朋友混在一起，是不会有好下场的，骑桶贼。我不介意你回去替我转告他们。”但是他没有告诉比尔博，有一种气味他完全分辨不出来，那就是霍比特人的气味。他过去从来没闻过这种气味，这使他大为困惑。

“我想你把昨晚那杯子卖了个好价钱吧？”他继续说，“说啊，是不是？一个子儿也没有！嗯，他们就是这德性。我猜，他们正偷偷摸摸地躲在外面，而你却要干所有危险的活儿，趁我不注意的时候尽量偷点东西——就为了他们？你会得到公平的报酬吗？

你千万别信！你要是能活着离开，都算你走运。”

这下比尔博开始觉得浑身发毛了。每当斯毛格那双在暗影中搜寻他的眼睛掠过他时，他都忍不住颤抖，有种莫名的渴望攫住了他，催促他冲出去暴露自己，把全部真相告诉斯毛格。事实上，他正处在落入恶龙魔咒的巨大危险中。但是他鼓起勇气，再次开口。

“伟大的斯毛格啊，你并非无所不知。”他说，“把我们带到这里来的可不只是黄金。”

“哈！哈！你承认了‘我们’。”斯毛格笑道，“吉利数字先生，干吗不直说‘我们十四个人’呢？我很高兴听说除了惦记我的黄金，你们在这一带还有别的事干。那样的话，你大概不算完全在浪费时间。

“我不知道你有没有想过，就算你能一点一点把金子偷走——花上大约一百年的工夫——你也不可能把它运出多远，搬到山坡上有什么用？搬到森林里又有什么用？天啊！你就从来没想过其中有诈吗？条件是，我猜，分到十四分之一，或者差不多这样，对吧？但是，怎么交付？怎么运走？武装警卫和过路费怎么算？”斯毛格放声大笑。他的心恶毒、狡猾，他知道自己猜得八九不离十，尽管他怀疑这计划的幕后推手是长湖人，大部分偷到的赃物原打算要运到岸边的小镇上，那镇子在他年轻时被称为埃斯加洛斯。

你很难相信，但可怜的比尔博听了这话真的大吃一惊。到目前为止，他所有的心思和精力都集中在到达孤山和寻找入口上。

他从来没想过财宝要如何运走，更没想过要怎么把属于他的那一份，不管能有多少，一路运回小丘下的袋底洞。

这下他心中升起了一种不妙的猜疑——是矮人也忘了这件重要的事，还是他们一直在私下里嘲笑他？这就是龙语对没有经验的人起的作用。比尔博当然应该是一直保持着警惕，但斯毛格自有压制人的本事。

“我告诉你，”比尔博说，努力维持对朋友的忠诚，自己坚持不泄气，“那些黄金我们事后才要考虑。我们翻山越岭，乘风破浪前来，是为了复仇。富可敌国的斯毛格啊，你肯定意识到你的成功给自己树立了一些死敌吧？”

斯毛格闻言，着实大笑起来——那山摇地动的笑声竟把比尔博震倒在地，而在远处上边隧道里的矮人则惊得挤成一团，都以为霍比特人突然惨遭不测了。

“复仇！”他嗤之以鼻，双眼发出的光如同猩红的闪电，照亮了上上下下整座洞厅。“复仇！山下之王已死，他胆敢复仇的子孙在哪里？河谷城主吉瑞安也死了，我像狼入羊群一般吃掉了他的子民，他那胆敢靠近我的子孙又在哪里？我想杀哪里的人就杀，谁也不敢抵抗。我击倒了古代的战士，他们那样的人如今已不复存在。那时我还很年轻，尚且稚嫩。现在我老了，老当益壮，非常强壮，非常强壮，暗影中的贼！”他扬扬得意地说，“我的铠甲能抵十重盾牌，我的尖齿是剑，我的利爪是矛，我的尾巴扫动是雷霆，我的翅膀是飓风，我的吐息是死亡！”

“我一向听说，”比尔博惊恐得尖声说，“龙的身体下方比较柔软，尤其是——呃——胸腹的部位；不过，毫无疑问，你这么武装到牙齿，肯定想到这一点了。”

龙突然打住了自我吹嘘。“你的消息过时了。”他厉声说，“我从上到下都已经用铁鳞甲和硬宝石武装起来了。什么刀剑都刺不穿我。”

“我本该猜到的。”比尔博说，“果真，刀枪不入的斯毛格大王天下无敌。他还拥有一件精美金刚石做的背心，多么了不起啊！”

“那是，它确实稀罕又美妙。”斯毛格扬扬得意地说。他不知道霍比特人上次来的时候已经瞥见他那古怪的遮腹物，而现在出于自己的理由，正心痒着想仔细看清楚一点。龙翻了个身，说：“瞧瞧！你觉得怎么样？”

“满目生辉，眼花缭乱！十足完美！毫无瑕疵！令人咋舌！”比尔博嘴上大声感叹，心里想的却是：“老糊涂！呵，他左胸的凹陷处有一大块光秃秃的，活像脱了壳的蜗牛！”

看到这个以后，巴金斯先生的下一个念头是赶紧走。“哎呀，我真的不能再缠着庄严威武的您，耽误您所急需的休息了。小马跑远了想必不太好抓，我想，”他说，“飞贼也是一样。”临走前他添上一句做道别，说完便抽身疾退，顺着隧道往上飞逃。

最后这句真够得罪人的，因为恶龙立刻在他身后喷出了可怕的火焰。虽然他飞速奔上斜坡，但还没来得及跑得够远够安全，斯毛格那可怖的脑袋就戳到了后方的洞口。幸好，龙没法把整个头和口鼻挤进去，但他从鼻孔喷出的火焰和热汽却追了上来，比尔博差点完蛋。他忍受着巨大的痛苦和恐惧，跌跌撞撞地盲目前进。他一直对自己与斯毛格的机智对话感到相当满意，但他最后犯的错误让他清醒过来。

“比尔博你这个笨蛋，永远别去嘲笑活生生的龙！”他自言自语道。这话后来变成了他最喜欢说的一句话，再后来又变成了一句谚语。“这趟冒险你还没走完呢。”他又补了一句，这话也说得千真万确。

当他再次出来时，已经是傍晚了，他蹒跚倒在“门阶”上，昏了过去。矮人们把他弄醒过来，尽其所能护理他身上的烧伤；他后脑和脚后跟的毛发全烧焦了，直达发根，要过很长一段时间才能重新长好。这会儿，他的朋友们都尽力使他振作；他们迫切想听他的故事，尤其想知道恶龙为什么会发出那么可怕的声音，以及比尔博是怎么逃脱的。

但是霍比特人忧心忡忡，又很不舒服，他们很难从他口中掏出话来。他把事情经过仔细想了一遍，现在很后悔自己对恶龙说过的一些话，也没心情再说一遍。那只老鸫鸟正栖在附近一块岩石上，歪着头听大家说话。比尔博捡起一块石头朝鸫鸟扔去，这说明了他当时的情绪有多糟糕；鸫鸟只是扑扇着翅膀飞到一旁，然后又飞回来。

“该死的鸟！”比尔博生气地说，“我相信它在听，我不喜欢它的样子。”

“别管它！”梭林说，“鸫鸟是善鸟，也很友好——这只鸟确实很老了，也许是曾经生活在这里的古老品种仅存的后代，是我父亲和祖父亲手驯养过的。它们是一支长寿且有魔力的种族，这只甚至可能正是当时活着的鸟儿之一，已经活了几百年或更久。

河谷城的人类曾经有本事懂得它们的语言，用它们当信使，跟长湖人和别处的人传递信息。”

“好吧，如果它是这种打算，那它现在还真有消息可以带去长湖镇。”比尔博说，“不过，我猜那边已经没人还会费心去学鸫鸟语了。”

“什么，到底发生了什么事？”矮人们喊道，“拜托继续说你的故事吧！”

于是，比尔博把自己记得的都告诉了他们，并且承认自己有一种不祥的预感，就是恶龙基于营地和小马，从他的谜语中猜出了太多的东西。“我确信他知道我们来自长湖镇，并从那里获得了帮助。我有一种可怕的预感，他的下一步行动可能会冲着那边去。唉，我要是没说骑桶人的事就好了；在这一带，就算是瞎了眼的兔子也会想到长湖人。”

“别急，别急！这也是没办法的事，和恶龙说话很难不失言，我一直都是这么听说的。”巴林急于安慰他说，“要我说，我认为你做得非常好——不管怎么说，你发现了一件非常有用的事，还活着回来了，这比大多数跟斯毛格这种恶龙打过交道的人都了不起。或许是上苍的保佑和祝福，让你得知老大虫的金刚钻背心上有块光秃秃的地方。”

这使话题一转，大家全都开始讨论屠龙的事，有的基于历史，有的相当可疑，有的就是凭空想象，还有各种刺、戳、从下边切的杀法，以及屠龙用到的各种手段、技艺和计谋。大家普遍认为，抓住正在打盹的龙并不像说起来那么容易，试图刺杀或捅死熟睡的龙更可能以灾难告终，还不如大胆正面攻击。他们谈话的时候，鸫鸟一直在听，直到星星开始探头窥视，它才静静地张开翅膀飞走了。他们谈话的时候，影子渐渐变长，比尔博也越来越坐立不安，不祥的预感也越来越强烈。

最后他打断他们，说：“我确信我们待在这里很不安全。还有，我看不出坐在这里有什么意义。恶龙把赏心悦目的绿草都烧焦了，反正夜晚已经来临，而且天又冷。我从骨子里觉得这个地方会再次遭到袭击。斯毛格现在已经知道我是怎么下到他的洞厅的，你们最好也相信他能猜到隧道的另一头在哪里。为了阻止我们进去，必要的话他会把孤山这一侧全部捣毁，如果我们也跟着被打得稀烂，他会更高兴。”

“你太悲观了，巴金斯先生！”梭林说，“如果斯毛格那么想把我们阻绝在外，他为什么不把下端入口堵上呢？他没堵，要不我们应该会听见。”

“我不知道，我不知道——我想他一开始是打算把我再诱进洞厅里，所以没堵上，而现在他可能是想等到今晚狩猎之后再说，也可能他想尽量不破坏自己的卧室——总之我希望你们别争辩了。现在斯毛格随时都会出来，我们唯一的希望就是在通道里躲好，把门关上。”

他显得非常郑重，矮人们最终照他说的办了，但是没有马上把门关上——这计划似乎太铤而走险了，因为大家都不知道能不能从里面把门打开，或怎么打开，而且一想到被关在这么个唯一的出路是穿过恶龙巢穴的地方，就没人喜欢这个计划。何况，这时无论是外面还是通道下面，都没有任何动静。因此，有好一阵子，他们就坐在通道里离半开的门不远的地方，继续聊着。

话题转到了恶龙对矮人发表的恶毒评论。比尔博真希望自己从来没听过那些话，至少他感觉很有把握，矮人现在是绝对诚实的，因为他们宣称自己从来没想过赢得宝藏后会发生什么事。“我们知道这是一次孤注一掷的冒险，”梭林说，“我们依旧这么想；我仍然认为，等我们赢得财宝后，我们会有足够的时间来考虑该怎么处理它。至于你的那份，巴金斯先生，我向你保证，我们对你感激不尽，一等我们有东西可分，你就能挑选你那十四分之一。如果你担心运输问题，我很抱歉，我承认困难很大——随着时间的流逝，大地荒凉的程度不减反增——但我们会尽全力协助你，到时候我们会承担该承担的一切费用。信不信由你！”

这话说完，话题就转到了那庞大的宝藏，以及梭林和巴林所记得的东西。他们不知道那些东西是否完好无损地搁在下面的大厅里：有给伟大的国王布拉多辛（去世很久了）的军队打造的矛，每根的矛头都经过了三次锻造，矛柄上镶嵌着精巧的黄金，但那批长矛从未交货，也未付款；有为早已去世的战士打造的盾牌；有瑟罗尔的双耳大金杯，上面有锻打、雕刻出的花鸟，花瓣和鸟眼都是珠宝镶就；有镀金和镀银的铠甲，坚不可摧；还有河谷城主吉瑞安的项链，由五百颗碧绿如青草的绿宝石制成，那是他交付的报酬，以换取一套前所未有的锁子甲来武装他的长子，锁子甲由矮人串成，用纯银锻造，防御的力量和强度是钢铁的三倍。但是宝藏中最美丽的要数那颗硕大的白宝石，它是矮人在大山的根基下发掘出来的，那就是“山之心”，瑟莱因的阿肯宝石。

“阿肯宝石！阿肯宝石！”梭林把下巴抵在膝盖上，在黑暗中半梦半醒地喃喃说道，“它像个有无数切面的球体；它在火光中闪耀如银，在阳光下如水，在星光下如雪，在月光下如雨！”

但是比尔博对宝藏的入迷渴望已经消失了。谈话的全过程中，他只花了半副心思在听。他坐得离门最近，一只耳朵竖着聆听外面响起的任何声音，另一只耳朵则警惕着矮人低语之外的任何回音，留意下方远处传来的任何细微动静。

黑夜越来越深，他也越来越不安。“把门关上！”他恳求他们，“我从骨子里惧怕那条龙。比起昨夜天翻地覆的骚乱，我更不喜欢这种寂静。趁还来得及，快把门关上！”

他的腔调不知为何让矮人们感到心神不宁。梭林慢慢地从他的美梦里挣脱出来，站起身，踢开了那块楔住门的石头。接着，他们用力一推，门“咣当”一声关上了。门的内侧没有任何钥匙孔的痕迹。他们被关在山里了！

间不容缓！他们沿着通道往下没走几步，一股猛力就重重撞在了山腰上，就像巨人摆动用林中橡树做的攻城槌狠狠砸来。岩石轰鸣，墙壁裂开，碎石从通道顶上纷纷掉落到他们头上。假如门还开着，会怎么样，我连想都不愿意去想。他们朝通道深处逃去，庆幸自己还有命在，同时听到背后洞外传来斯毛格暴怒的咆哮和肆虐的轰隆声。他把岩石击得粉碎，用巨大的尾巴抽打着石壁和悬崖，他们在高处的小营地、被烧焦的草地、鸫鸟落脚的石头、爬满蜗牛的石壁、狭窄的岩架，全都化为齑粉不复存在，无数碎石像雪崩一般从悬崖上落到下面的山谷里。

之前，斯毛格无声无息地离开了巢穴，不声不响地飞到空中，像一只硕大无比的乌鸦在黑暗里沉重、缓慢地扇动翅膀，顺着风向孤山的西边飞去，希望能出其不意地逮到那里的什么东西或什么人，并探明那个窃贼使用的通道的出口。然而他谁也没找到，什么也没看见，就连在他很有把握地推测的出口那里也一无所获，于是他的愤怒就这样爆发了。

如此发泄了一通愤怒之后，他感觉好了一点；他心里想，从此再也不会从这个方向遭到骚扰了。与此同时，他还想采取进一步的报复。“骑桶人！”他哼了一声，“你的脚来自水边，毫无疑问你是顺着水路上来的。我不熟悉你的气味，但你即便不是长湖人，也肯定得到过他们的帮助。我要让那些人见识见识我是谁，记住谁才是真正的山下之王！”

他从一片火海中腾空而起，向南朝奔流河飞去。

第十三章
不在家

与此同时，矮人坐在黑暗中，被彻底的寂静包围了。他们很少吃东西，也很少说话。他们无法衡量时间过去了多久，也几乎不敢动弹，因为低语声会在隧道里回荡，沙沙作响。就算他们打盹，醒来时眼前仍是一片漆黑，耳边仍是一成不变的死寂。最后，似乎在等了很多很多天之后，他们因为缺乏空气而感到窒息和眩晕，再也熬不住了。这时底下要是传来恶龙回来的声音，他们多半会欢迎的。他们在寂静中担心他可能会耍的诡计，可是他们不能永远待在这里。

梭林开口了，说："我们试试把门打开！我得尽快让风吹吹脸，不然非死不可。我想我宁可在光天化日之下被斯毛格打得稀烂，也不愿在这里闷死！"于是，几个矮人起身，摸索着走回门边。但他们发现，隧道的上端已经塌了，碎石已经把洞口堵死。无论是钥匙还是曾经施加在上的魔法，都再也不能把那扇门打开了。

“我们被困住了！”他们呻吟着，“死到临头了。我们要死在这里了。”

但是，不知为何，就在矮人们最绝望的时候，比尔博却感到内心一松，就好像有什么沉重的负担从他的背心底下消失了。

“来吧，来吧！”他说，“家父常说‘只要活着就有希望’，还有‘好事三次才圆满’。这隧道我就再往下走一趟。在我明知道另一头有条龙的时候我都去了两次，现在我不确定他在不在，自然能冒险去第三次。反正唯一的出路就在底下。我想这次你们最好全都跟我走。”

万般无奈之下，他们只好同意。梭林第一个上前，跟在比尔博身边。

“现在一定要小心！”霍比特人小声说，“尽量保持安静！斯毛格可能不在底下，但也可能在。我们别冒任何不必要的风险！”

他们往下走，一直往下走。要说悄无声息，矮人当然无法跟霍比特人相比，他们呼哧气喘，拖着脚走，回声把这些响动放大，令人担忧。不过，尽管比尔博时不时因为害怕而停下来聆听，底下却没有丝毫动静。比尔博判断快到底部时，他戴上戒指，率先向前走去。但他其实不需要戒指：四周一片漆黑，谁也看不见谁，戴没戴戒指都一样。事实上，因为实在太黑了，霍比特人没料到已经到了洞口，手摸了个空，整个人踉跄往前扑，一头滚进了大厅里！

他脸朝下趴在地板上，不敢起身，甚至连呼吸都不敢。但是没有任何动静。没有一丝亮光——直到他终于慢慢抬起头来，才感觉在上方远处的黑暗中，似乎有一道苍白的光。但那肯定不是恶龙火焰的一星光亮，尽管到处充斥着那条大虫的臭气，他都能尝到蒸汽的味道。

憋到后来，巴金斯先生终于忍不住了。“可恶的斯毛格，你这条臭虫！”他尖声喊道，“别玩什么捉迷藏了！给我点亮光，然后你要是逮得到我，就吃了我吧！”

微弱的回音在漆黑的大厅里回荡，但是没有回应。

比尔博站起身来，发现自己都不知道要往哪边走。

“现在我想知道斯毛格到底在玩什么花样。”他说，“我相信他今天（或今晚，管它是白天晚上）不在家。如果欧因和格罗因没有弄丢火绒盒，也许我们可以弄出一点亮光，在好运耗尽之前四处看看。”

“点个火！”他喊道，“谁能点个火？”

当比尔博朝前摔下台阶，“扑通”一声栽进大厅时，矮人当然非常惊恐，他们就在他离开他们的地方，也就是隧道尽头坐下，挤成一团。

“嘘！嘘！”他们听到他的声音，连忙发出嘘声；虽然这有助于霍比特人找到他们的位置，但有好一阵子他从他们那里得不到任何回应。最后，比尔博不得不跺起了地板，并竭尽全力尖声叫嚷着“点个火”！梭林这才让了步，派欧因和格罗因回去隧道顶端拿行李。

过了一会儿，一点闪烁的亮光表明他们回来了，欧因手里拿着一个松枝小火把，格罗因腋下还夹着一捆备用。比尔博快步小跑到洞门前接过火把，但他没能说服矮人点燃其他的火把，也没能说服他们跟他一起过去。梭林小心地解释说，巴金斯先生依旧是他们聘请的专业飞贼和调查员。如果他愿意冒险点个火把，那是他的事。他们会在隧道里等待他回来报告。于是，他们在靠近门口的地方坐下来观望。

他们望着霍比特人小小的黑影高举着小火把穿过洞厅。起初他离得还足够近的时候，他们能看到他绊到某个金色的东西时闪现的微光和叮当的声响。但随着他往巨大的洞厅深处走远，火光越来越小；接着，火光开始上升，在空中跃动。比尔博正在爬上巨大的宝藏堆。不一会儿他就站在宝山顶上，继续往前走。接着，他们看见他忽然止步，弯腰停了一会儿；但他们都不知道原因。

是因为阿肯宝石，“山之心”。比尔博是根据梭林的描述猜出来的；但事实上，即使是在如此惊人的宝藏中，即使在整个世界上，这样的宝石也不可能有第二颗了。就在他往上爬时，先前那团白色的光芒一直在他前方闪耀，吸引他朝它走去。那光渐渐变成了一个发出苍白光芒的小球。现在，当他来到近前，在摇曳不定的火把照映下，它的表面折射出了缤纷炫目的色彩。终于，他低下头凝视着它，屏住了呼吸。这颗巨大的宝石就在他脚前，散发出内在的光芒。更有甚者，它是很久以前经由矮人之手从孤山的核心中开采出来，并切割打磨而成的，它能汲取所有照在上面的光，将其变换成万点闪耀的白色光辉，其中点缀着彩虹般的光华。

看着看着，比尔博被它的魔力吸引，突然伸出了手。他的小手没法完全包住它，因为这颗宝石又大又沉。但他把它拿了起来，紧闭双眼，将它放进了自己最深的口袋里。

“现在我真成了贼！”他想，“不过，我想我得找个时间把这事告诉矮人。他们确实说过我可以挑选属于我的那一份；我想我就选这个了，即使他们把其余的都拿去也行！”尽管如此，他还是有一种不安的感觉，他们说的挑选自己那一份其实没打算把这颗神奇的宝石包括在内，它肯定会带来麻烦。

现在，他又继续往前走，从他爬上来的宝山的另一侧下去，火把的光从观望的矮人们的视野中消失了。但不久他们又看到火光在远处出现。比尔博正在穿过大厅到另一头去。

他继续向前走，终于来到远端的大门前，那里吹来一股气流使他精神一振，但也差点吹灭了他的火把。他胆怯地探头张望，瞥见了很多巨大的通道，以及宽阔楼梯的模糊开头，向上通入昏暗。斯毛格仍然不见踪影，不闻声音。他正准备转身往回走，一个黑影猝然朝他扑来，擦过了他的脸。他尖声惊叫，吓了一大跳，向后一个趔趄摔倒了。火把头朝下掉在地上，熄灭了！

“只是一只蝙蝠，我猜是，我希望是！”他凄惨地说，“可是现在我要怎么办？哪边是东？哪边是南？哪边是北和西？”

“梭林！巴林！欧因！格罗因！菲力！奇力！”他尽可能拉开嗓门大喊——在广袤无边的黑暗里，他的声音显得微弱无比。“火把熄了！谁来找我，帮我一把！”一时之间，他完全丧失了勇气。

另一头的矮人隐约听到了他微弱的叫喊，不过他们只分辨出“帮一把”。

“到底又出了什么事？”梭林说，“肯定不会是龙，不然他不能一直这么尖叫。”

他们又等了一小会儿，仍然没有恶龙的响动，事实上，除了比尔博在远处的叫喊，什么声音也没有。“来吧，你们谁再拿一两个火把过来！”梭林命令道，“看来我们得过去帮帮我们的飞贼了。”

“也该轮到我们帮忙了，”巴林说，“我很愿意去。起码我想现在是安全的。”

格罗因又点燃了几支火把，然后他们一个接一个，全都蹑手蹑脚地走了出去，沿着墙边尽可能快走。没过多久，他们就碰到了正朝他们过来的比尔博。他一看见他们火把的闪光，就迅速恢复了理智。

“只是撞上蝙蝠，火把掉到了地上，没出别的事！”他说，回答了他们的问题。虽然大家都松了一口气，但是无缘无故受了一番惊吓，他们还是抱怨了几句；但如果比尔博这时就把阿肯宝石的事告诉他们，我不知道他们会有什么反应。刚才走过来这一路上，他们瞥见了那些财宝，仅仅是匆匆一眼就在矮人心中重新点燃了熊熊火焰；而矮人的心，哪怕是最高贵的，只要被金子和珠宝唤醒，就会突然变得勇猛大胆，还可能变得凶狠残酷。

矮人确实不再需要任何催促了。所有的人现在都迫不及待，想抓紧机会探索一下洞厅，并且愿意相信斯毛格目前不在家。每个人这时都握着一支点燃的火把，定睛注视，先看看这边，再看看那边，他们忘了恐惧，甚至忘了谨慎。他们把古老的宝物从宝山上、从墙壁上拿下来，借着火光细看，爱抚、拨弄，同时大声说话，扯着嗓子互相嚷嚷。

菲力和奇力简直兴高采烈，他们发现墙壁上还挂着许多配有银弦的金竖琴，便拿下来弹奏；琴因为有魔法，仍然没有走调（恶龙也没碰过它们，他对音乐不感兴趣）。黑暗的大厅里回荡起久已不闻的旋律。不过大多数矮人都更实际，他们收集宝石，塞满口袋，让带不走的东西伴随着叹息从指间滑落。梭林尤其如此；但他不停地从这头走到那头，四处搜寻某个他一直找不到的东西。他在找阿肯宝石；但他还没有对任何人提过它。

矮人们从墙上取下盔甲和兵器，武装自己。梭林看上去着实一身王者气派，他穿上了镀金的锁子甲，嵌满红宝石的腰带上插着一把银柄的斧头。

“巴金斯先生！”他喊道，“这是给你的第一笔报酬！脱下你的旧外套，穿上这件！”

说完，他给比尔博穿上了一件小锁子甲，这是很久以前给某个年少的精灵王子打造的。它的材质是精灵称为“秘银”的银钢，搭配着一条镶了珍珠和水晶的腰带。他还把一顶轻巧的雕花皮制头盔戴到霍比特人头上，头盔底部箍着钢圈，边缘还镶满了白宝石。

“我还真觉得自己挺了不起的，”他想，“不过我估计我看起来其实很滑稽。要是在家乡，他们在小丘上不知道会笑成什么样！不过我还是希望手边有个镜子可以照照！”

尽管如此，巴金斯先生的头脑还是比矮人更清醒，抵挡住了宝藏的迷惑。早在矮人对查看宝藏感到腻烦以前，他就已经厌倦了，坐到了地上。他开始紧张地想这一切会怎样收场。“我愿意拿一大堆这种贵重的高脚杯，”他想，“换一份贝奥恩的木碗里令人开心的美酒！”

“梭林！”他大声喊道，“下一步要做什么？我们武装起来了，但要对抗可怕的斯毛格，任何武装怕是都无济于事吧？这些宝藏可还没有赢回来。我们不是来找金子的，而是在找一条逃生的路；我们快把运气耗尽了！”

“你所言不虚！”梭林恢复了理智，回答道，“我们走！我来带路。再过一千年我也不会忘记这座宫殿里的路。”然后他招呼其他人，大家聚集起来，将火把高举过头，穿过敞开的门，同时不免依依不舍地频频回头。

他们用旧斗篷遮住身上闪闪发光的锁子甲，用破烂的兜帽盖住闪亮的头盔，一个接一个走在梭林身后，在黑暗中形成一排小小的火光，还不时停下来，提心吊胆地倾听着有没有恶龙来临的动静。

虽然所有古老的装饰都早已腐朽或被毁，虽然所有的东西都因为那头怪兽的进进出出而被玷污和烧焦，梭林还是知道每条通道和每个转弯。他们爬上长长的楼梯，转弯走下回音不绝的宽阔通道，再转弯爬上更多的楼梯，然后又是更多的楼梯。这些楼梯很光滑，宽大精美，都是从天然岩石中开凿出来的。矮人们往上爬啊爬，途中没有遇到任何活物的迹象，只有在过堂风中摇曳的火把光辉所到之处驱散的鬼祟阴影。

尽管如此，这些台阶并不是为霍比特人的小短腿凿设的。就在比尔博觉得自己再也走不动了的时候，殿顶骤然高高拔升，远远超出了火把的光所能照到的范围。只见一道白色的微光从上方高处某个开口照进来，空气闻起来更清新了。在他们前方，朦胧的光线透过大门照进来，两扇巨大的门歪歪斜斜地挂在铰链上，已经被烧掉了一半。

“这就是瑟罗尔的大殿，”梭林说，“用来议事和设宴的地方。现在离前门不远了。”

他们穿过了残破的大殿。殿上的桌子都在朽烂，椅子和长凳翻倒在地，烧得焦黑，同样在朽坏。一地的骷髅头和骸骨，散落在酒壶、碗、破碎的角杯和灰尘当中。随着他们继续穿过大殿对面更多的门，一阵水声传到耳中，灰蒙蒙的光线突然变得豁亮起来。

“这就是奔流河的源头。”梭林说，“它从这里急急流向前门口。我们跟着它走吧！”

一股翻腾的水流从岩壁上一个黑暗的开口涌出，打着旋注入一条窄窄的水渠，这条水渠是古时的巧手开凿出来的，又深又直。水渠旁是一条石板铺成的大路，宽得足以让多人并肩而行。他们沿着这条路飞快往前跑，又拐了个大弯——看啊！在他们面前正是明亮的天光。前方耸立着一座高大的拱门，内侧仍有古老雕刻作品的残迹，虽然已经磨损、破碎，被熏黑了。雾蒙蒙的太阳在孤山的两臂之间发出苍白的光，金色的光束落在门槛处的地面上。

一群蝙蝠被冒烟的火把惊醒，纷纷朝他们飞来；他们纵身向前跑去，脚在被恶龙的进出摩擦得光滑黏腻的石地上打滑。现在，水流在他们面前哗啦哗啦地向外泄落，带着飞溅的水沫直泻山谷。他们将暗淡的火把扔在地上，站在那里眯着眼睛朝外眺望。他们来到了前门口，正俯瞰着河谷。

“啊！”比尔博说，“我从来没想过能从这个大门口往外看。我也从来没想过自己会这么高兴再见到太阳，感受到风吹过我的脸。不过，哎哟！这风真冷！”

风确实冷。一股凛冽的东风吹来，预示着冬天即将来临。它盘旋着绕过孤山的两臂，进入山谷，在岩石间发出叹息。他们在恶龙盘踞的闷热洞穴深处待得太久，到了阳光下不由得瑟瑟发抖。

突然间，比尔博意识到自己不但疲累，还饿得厉害。“看来早晨已经过了大半，”他说，“所以我猜现在差不多是吃早餐的时候——如果有早餐的话。不过我觉得斯毛格的前门台阶不是个能安全吃东西的地方。我们还是去找个能安安静静地坐一会儿的地方吧！”

“对极了！”巴林说，“我想我知道我们该走哪条路：我们该去孤山西南角的那个旧瞭望哨。”

“那有多远？”霍比特人问。

“我看要走五个钟头，而且路很不好走。从这座大门出去沿着河流左岸走的那条路似乎完全断了。不过你看下面！河流突然向东拐，从被毁的城镇前方横过河谷。那里曾经有一座桥，通往爬上右岸的陡峭阶梯，然后就是通往渡鸦岭的路。途中有（或曾经有）一条离开大路的小径，一直往上爬到瞭望哨。即使那些旧台阶还在，爬起来也很困难。”

“我的天！”霍比特人抱怨道，“没有早餐吃，还要走那么多路，爬那么多台阶！我很纳闷我们在那个没有钟、没法计算时间的讨厌洞窟里，已经错过多少顿早餐和其他餐点了？”

事实上，从恶龙打坏那扇魔法门到现在，只过了一天两夜（而且他们不是一点东西都没吃），但是比尔博已经完全记不清楚了，就他所知，可能才过了一个晚上，也可能过了七个晚上。

“得啦，得啦！”梭林大笑着说——他的情绪又开始高涨起来，把口袋里的宝石弄得哗啦作响，“别把我的宫殿叫作讨厌的洞窟！你等它被打扫干净、重新装饰过后再说！”

“那得等斯毛格死了以后。”比尔博闷闷不乐地说，“话说回来，他在哪里？我宁可放弃一顿丰盛的早餐也想知道。我希望他不是在孤山顶上俯视着我们！”

这个想法使矮人们大为不安，他们很快就断定比尔博和巴林是对的。

“我们必须离开这里。”多瑞说，“我感觉他的眼睛好像盯着我的后脑勺。”

“这地方冷冷清清的，”邦伯说，“也许有水喝，但我看不出哪里有吃的。恶龙待在这种地方肯定总觉得饿。”

“走吧！走吧！”其他人叫道，“我们去找巴林说的那条路吧！”

岩壁底下的右边没有路，因此他们只能在河左边的乱石中跋涉，空旷和荒凉很快就让梭林也冷静下来。他们发现巴林提到的那座桥早就塌了，桥上坍落的石头如今不过是哗哗流淌的浅水中的巨石；不过他们没费多大力气就涉过了河水，找到古老的台阶，爬上了高高的河岸。走了一小段路后，他们踏上了那条古老的路，没多久就来到了隐蔽在岩石中的一个深深的小山谷。他们在那里休息了一会儿，倾尽所有凑出了一顿早餐，主要是克拉姆和水。（如果你们想知道克拉姆是什么，我只能说我不知道配方；但它很像饼干，可以无限期保存，吃了很顶饿，不过当然不是什么美味佳肴，事实上，它索然无味，也就练练咀嚼还好。它是长湖人为长途旅行制作的干粮。）

饭后他们接着往前走；不一会儿大路便离开河流，折向西去，朝南伸出的支脉那巨大的山肩越来越近了。终于，他们到达了那条上山的小径。小径陡峭攀升，他们一个接一个，迈着沉重的步伐慢慢往上爬，终于，在傍晚时分，他们来到了山脊顶端，看见冬日的太阳正在西沉。

他们在这里找到一块平坦的地方，三面开敞，但北面是一堵石壁，壁上有个开口像门。站在门前望出去，东、南、西三方的景色尽收眼底。

“就是这里，”巴林说，“过去我们总是在这里安排哨兵，后面的那扇门通向一个岩石凿成的房间，作为这里的警卫室。孤山周围有好几个这样的哨所。但在我们繁荣强盛的日子里，似乎没什么必要放哨，也许，哨卫过得太舒适了——否则我们对恶龙的入侵就会早点收到警示，情况可能就会不同。不过，现在我们可以在这里躲一阵子，能看见一大片区域而不被发现。”

“要是我们上来时就被看见了，那就没什么用了。”多瑞说，他不停地抬头望着孤山的峰顶，好像他认为会看到斯毛格栖在那里，就像只小鸟栖息在尖塔上。

“我们必须冒这个险，”梭林说，“今天我们没法往前走了。”

“没错，没错！”比尔博喊道，扑到了地上。

石室的空间足够容纳上百人，再往里走还有一个小房间，与外面的寒冷隔得更远。它完全荒废了；在斯毛格统治期间，似乎就连野兽都没用过这地方。他们在这里卸下行李，有些人立刻躺下睡觉，但其他的人坐在外面门边上，讨论他们的计划。他们谈来谈去，总是回到一件事上：斯毛格在哪里？他们朝西眺望，什么也没有；往东看，还是什么也没有；往南看也没有龙的踪迹，但有一大群鸟儿聚集在一起。他们望着那景象，很是纳闷。然而直到第一批清冷的星星出现，他们还是没想出个所以然来。

第十四章
水与火

现在，如果你也像矮人一样想得知斯毛格的消息，就得回到两天前，也就是他击毁了魔法门后，在暴怒中冲天飞走的那个晚上。

长湖镇埃斯加洛斯的人多数待在室内，因为从黑暗的东方吹来的轻风寒冷刺骨。但有一些人还在码头上散步和眺望，他们喜欢观看湖中一片片光滑的水面倒映出天空中逐一现身的闪烁群星。从镇上望去，孤山几乎被湖远端那头的低矮丘陵挡住了，奔流河穿过丘陵中的缺口从北边流下。只有在晴朗的天气里，他们才能看见孤山高高的峰顶，然而他们很少去看，因为即使在晨光中，它也显得阴沉不祥。现在，它完全消失看不见了，融入了黑暗。

突然间，它重新闪现在人们的视野中；一道红光在山峰上稍纵即逝。

“看哪！”有个人说，“火光又出现了！昨晚的哨卫也看到火光亮了又灭，从半夜一直持续到黎明。山上一定出了什么事。”

“也许山下之王正在炼金。”另一个人说，“他去北边已经好些日子了。现在是再次证明那些歌谣所言真假的时候了。”

“哪个王？”另一个人用严厉的声音说，“那也很可能是恶龙的劫掠之火——他是我们所知的孤山下唯一的王。”

“你老是预言这些不吉利的事！”其他人说，“不是洪水就是中毒的鱼。想点开心的事吧！”

接着，一团巨大的光突然出现在丘陵的低处，湖的北端变得一片金黄。“山下之王！”他们大喊道，“他的财富像太阳，他的银子像喷泉，他的河流金灿灿淌不完！那条河里淌着孤山来的黄金！”他们大叫大喊，家家户户都在打开窗子，还有匆忙的脚步声。

镇上再次出现了巨大的骚动和狂热。但那个声音严厉的人却火急火燎地跑到镇长那里去了。“恶龙来了，要不然我就是个蠢货！”他高喊着，“砍断桥梁！拿起武器！拿起武器！”

紧接着，警戒的号声突然响起，顺着岩岸回荡。欢呼声骤停，快乐变成了恐惧。因此，恶龙来的时候，发现他们并非毫无准备。

他的速度如此之快，没多久他们就能看见他像一个火星那样朝他们冲来，并且越来越大，越来越亮，就连最愚蠢的人也知道那些预言出了问题。不过他们还有一点时间。镇上的每个容器都装满了水，每个战士都武装起来，每一支箭和标枪都准备就绪，通往陆地的大桥也被推倒摧毁，这时斯毛格骇人的吼声才逐渐逼近，越来越响，湖面在他可怕的翅膀拍打下荡起涟漪，映得火红。

在众人的尖叫、哀号和呐喊声中，他掠过他们，扑向大桥，却没有得逞！桥不见了，他的敌人都在一个深水包围的小岛上——那水太深、太黑，也太凉了，他不喜欢。如果他一头扎进湖水里，产生的水蒸气会升腾成大雾，足以把整片陆地笼罩起来好几天；但是湖水比他更强大，会在他上岸之前就扑灭他所有的火。

他咆哮着掠回小镇上空。一阵黑压压的箭矢朝天急射而出，啪嗒啪嗒地撞在他的鳞甲和宝石上，发出嘎嘣折断的响声，箭柄被他喷出的烈火点燃，纷纷燃烧着掉进湖里，嘶嘶作响。你想象不出有哪种焰火能与那天晚上的景象媲美。在弓弦弹动声与刺耳的号声中，恶龙的愤怒达到了顶点，直到失去理智，彻底疯狂。长久以来，没有人敢与他对战；如果不是那个声音严厉的人（他名叫巴德）不断跑来跑去鼓励弓箭手，催促镇长命令他们坚持到射出最后一箭，他们现在也不敢对抗他。

烈焰从恶龙的口中喷出。他在众人上方的高空中盘旋了一阵，火光照亮了整个湖面；岸边的树木闪耀着古铜或血红的光芒，树底下跃动着浓黑的阴影。接着，他在暴怒中不顾一切地径直俯冲而下，穿过箭雨时也没留心侧身把鳞甲保护的部位对着敌人，一心只想把他们的城镇烧个精光。

尽管所有的房屋在他到来之前都泼上水湿透了，但随着他一次次盘旋、俯冲、喷火，茅草屋顶和木梁末端都起了火。不过，只要哪里蹿出火焰，就有上百只手往那里泼水。恶龙一个盘旋又飞回来了。他尾巴一扫，市政厅的屋顶就坍塌砸了下来。无法扑灭的火焰高高蹿入夜空中。恶龙一次接一次俯冲，一座接一座的房子窜起火舌，然后坍塌；依旧没有箭矢能够阻挡斯毛格，它们射在他身上，就跟沼泽里飞来的苍蝇叮了一口一样，伤不了他。

四面八方都有人在往水里跳。妇女和儿童挤在市集那片水域里满载的小船上。武器被扔了一地。哀号和哭泣声此起彼伏，就在不久之前，人们还在这里唱着有关矮人的古老欢歌，现在人们却咒骂他们的名号。镇长本人也上了他那镀金的大船，希望能趁乱划走，保住自己一命。整座城镇很快就会被抛弃并烧毁在湖面上。

这正是恶龙所希望的。他巴不得他们都上船。届时他就可以尽情玩弄猎杀他们，他们也可以停在水上不动，直到饥饿难忍。让他们设法登岸吧，他会做好准备的。很快，他就会把岸边所有的树林烧毁，并烧焦每一片田地和牧场。这一刻，他享受着诱捕镇民的游戏，他已经很多年没这么开心过了。

但仍有一队弓箭手在燃烧的房屋之间坚守不退。他们的队长正是巴德，他声音严厉，神情严肃，他的朋友曾经责怪他预言发洪水和毒死鱼之类不吉利的事，但他们都知道他有胆有识。他是河谷城主吉瑞安的后裔，很久以前吉瑞安的妻儿顺着奔流河逃出了该城的覆灭。巴德手持一把紫杉木大弓射箭，射到最后，箭都用光了，只剩下一支。周遭的火焰离他很近了。他的同伴正在离他而去。他最后一次把弓拉开。

突然，黑暗中有什么东西飞来，落到了他肩上。他吓了一跳——但那只是一只老鸫鸟。它毫不畏惧地栖在他的耳边，给他带来了消息。他惊奇地发现自己能听懂这鸟说话，因为他是河谷城一族的后裔。

“等一等！等一等！”鸟对他说，“月亮正在升起。等他飞到你上方转向的时候，注意看他左胸的凹处！”巴德惊奇地停了手，鸟便把孤山上的消息和自己所听到的一切都告诉了他。

于是，巴德将弓弦一直拉满到耳际。恶龙正盘旋着飞回来，飞得很低。当他飞过来时，月亮正从湖的东岸升起，将龙巨大的双翼染上一片银光。

“箭啊，黑箭！”拉弓的人说，“我把你留到最后。你从未辜负过我，我也每一次都把你找回。我从父亲那里得到了你，而他又从先人手中得到了你。如果你是从真正的山下之王的熔炉里锻造出来的，现在就不偏不倚地破空而去吧！”

恶龙再次俯冲，飞得比以往任何时候都低，当他掉头向下俯冲时，他的肚腹在月光下因为粘满宝石而光辉四射、白得耀眼——但有一处地方例外。大弓崩然一响。黑箭从弦上激射出去，直奔恶龙左胸的凹处，他的前腿这时正好大张开来。挟着飞行的猛烈势头，它狠狠命中了目标，竟至倒钩、箭杆和尾羽全都没入恶龙体内，消失不见。随着一声震耳欲聋、断树裂石的尖叫，斯毛格向空中喷吐着一冲，翻了个身，从高空直坠而下，迎来了毁灭。

他结结实实摔在镇子上。他最后的挣扎把镇子捣成了无数迸溅的火星和焦炭。湖水咆哮着涌入，一股巨大的蒸汽腾起，在月光下骤临的黑暗中白茫茫一片。嘶嘶声不绝于耳，接着是一阵喷涌的涡流，然后，一切归于寂静。这就是斯毛格和埃斯加洛斯的末日，但不是巴德的结局。

渐圆的月亮越升越高，风越来越大，也越来越冷。寒风将白雾卷成歪歪斜斜的柱子，扯成匆匆飘走的云团，将它们驱往西方，碎成丝丝缕缕，散布在黑森林面前的沼泽地里。这时，可以看见湖面上星罗棋布的小船黑压压一大片，顺着风传来埃斯加洛斯居民的声音，在哀叹他们失去的城镇、货物和毁坏的家园。不过，要是他们能细想的话，他们真的应该谢天谢地，尽管当时要指望他们这么做很难：镇上至少有四分之三的人逃得一命；他们的树林、田地、牧场、牲畜和大部分船只，都没有损坏；而且恶龙死了——他们还没有意识到这意味着什么。

他们悲伤地聚集在湖的西岸，在寒风中瑟瑟发抖，他们的抱怨和怒火首先直指镇长，因为他在还有人愿意保卫镇子时就迅速溜了。

“他做生意的头脑是不错——尤其是做他自己的生意，”一些人嘀咕说，“但是一旦出了大事，他就不行了！”他们称赞巴德的勇气和他最后那非凡的一箭。“他要是没有被杀就好了，”众人都说，“我们就拥立他做王。吉瑞安家族的射龙者巴德！唉，他死了！”

就在众人议论纷纷的时候，一个高大的身影从暗处走了出来。他浑身湿透，乌黑的头发湿漉漉地搭在脸上和肩上，眼里闪着精亮的光。

“巴德没死！”他大声道，“杀死敌人后，他便潜水离开了埃斯加洛斯。我是巴德，吉瑞安的后裔；我是屠龙者！”

“国王巴德！国王巴德！”众人大声呼喊；而镇长咬紧了上下打战的牙齿。

“吉瑞安是河谷城的领主，不是埃斯加洛斯的国王。”他说，“在长湖镇，我们总是从年高睿智的人中选出镇长，从不忍受区区武夫的统治。让‘国王巴德’回他自己的王国去吧——河谷如今因为他的英勇，已经解放了，没有什么能阻碍他回去。要是不想要青翠的湖畔，更喜欢孤山阴影下的冰冷石头，那么谁想去就跟他去吧。明智的人会留在这里，希望重建我们的城镇，很快就能重享这里的和平与财富。”

“我们要国王巴德！”镇长旁边的人大声回答说，“我们受够了那些老家伙和守财奴！”远处的人们也跟着喊起来：“拥立弓箭手，打倒守财奴。”直到喧闹声响彻整片湖岸。

“我绝对不是低估弓箭手巴德。”镇长谨慎地说（因为巴德这时就站在他旁边），“他今夜在我们镇的恩人录上赢得了一个杰出的位置；他值得用许多不朽的歌谣来传颂。但是，请问各位，为什么啊？”说到这里，镇长站了起来，大声又清楚地说：“为什么你们全都怪我？我有什么过错要遭到罢免？我能不能问问，是谁把恶龙从睡梦中唤醒？是谁得了我们丰厚的礼物和慷慨的资助，又引我们相信古老的歌谣可以成真？是谁利用我们柔软的心肠和愉悦的幻想？他们从河的上游给我们送来了什么样的黄金作回报？只有恶龙的烈火和毁灭！我们的损失该向谁求偿？我们的孤儿寡妇该向谁求助？”

如你所见，镇长的职位可不是白得的。他这番话一说，人们就暂时把推举一个新国王的念头全抛到脑后，把满腔怒火转向了梭林一行人身上。四面八方都有人喊出粗野而尖刻的话；先前最起劲颂唱古老歌谣的人，现在也同样喊得最起劲，说矮人是故意激起恶龙来攻击他们！

"一群傻瓜！"巴德说，"为什么要在那些不幸的人身上浪费口舌和怒火？毫无疑问，在斯毛格来袭击我们之前，他们就先被火烧死了。"然而就在这话出口的时候，他心里忽然想到了孤山传说中的宝藏，摆在那里没人看守，也没有主人，于是他骤然沉默了。他想到了镇长的话，想到了河谷的重建，想到满城金钟敲响，只要他能找到跟随的人。

终于，他又开口说："镇长，现在不是说气话的时候，也不是考虑重大计划变革的时候。还有很多事要做。我仍然为你效力——不过再过一段时间，我可能会重新考虑你的话，带着愿意跟随我的人去北方。"

然后他大步走开，去帮忙安排营地，照顾病人和伤员。不过镇长绷着脸盯着他远去的背影，依旧坐在地上没动。他想了很多，但说得很少，除了大声叫人给他生火拿食物。

现在，巴德无论走到哪里，都发现大家在议论那笔无人守卫的巨大宝藏，流言就像星火燎原般传开。人人都在说，他们所有的损失很快就能从宝藏中获得补偿，还会有足够的钱从南方购买丰富的物资；这使他们在困境中大受鼓舞。能有事可谈也是件好事，因为那天晚上痛苦又难熬。只有少数人有帐篷做庇护（镇长就占了一个），食物也很少（就连镇长也短缺）。那天晚上，许多毫发无伤从被毁的镇子中逃出来的人，都因潮湿、寒冷和悲伤而病倒，后来死去；在随后的日子里，到处都是生病和深受饥饿之苦的人。

在此期间，巴德带头，自己拿主意安排事务，不过用的还是镇长的名义。他担起了一项艰难的重任，就是管理人民，指导他们做好防护和建房的准备。秋天已过，冬天正接踵而至，如果得不到援助，大多数人很可能都会在寒冬中丧生。不过，援助来得很快；因为巴德立刻就派腿快的人赶往河的上游，向森林精灵之王求援，而信使们发现，一大队人马已经上路了，尽管那时只是斯毛格毙命后的第三天。

精灵王先前从他自己的信使和热爱他子民的鸟儿那里得到了消息，已经知道了大部分事情经过。住在恶龙荒地边缘的所有长翅膀的生物，都骚动得非常厉害。空中满是盘旋的鸟群，它们当中速度最快的信使，更是在天空中飞来飞去传报消息。森林边界的上空一片唧啾鸣啭，消息远远传遍了黑森林："斯毛格死啦！"树叶沙沙作响，到处有震惊的耳朵竖起。还没等精灵王骑马出发去察看，消息就已经一直向西传到了迷雾山脉的松林里；贝奥恩在自己的木屋中听到了这个消息，半兽人则在洞中开始商议。

"恐怕这是我们最后一次听到'橡木盾'梭林的消息了。"精灵王说，"他若待在这里当我的客人，何至于此。无论如何，这都是恶风，"他补充道，"不会给任何人带来好处。"因为，他也没有忘记瑟罗尔宝藏的传说。因此，巴德的信使遇上他带着大队的长矛手和弓箭手正在行军；密密麻麻的乌鸦聚集在他上空，因为它们认为这一带睽违已久的战争又要爆发了。

但精灵王接到巴德的请求后，心生怜悯，因为他是一群善良仁慈之民的王。于是，他改变了原先径直朝孤山前进的方向，匆匆顺河而下，前往长湖。他没有足够的船或木筏载运军队，他们被迫选择速度较慢的步行；但他将大量的物资借由水路先运了过去。精灵近年来虽然不那么熟悉边境以及森林和长湖之间的险恶地带，但他们依旧步履轻盈，走得很快。恶龙死后才到第五天，他们就来到了长湖岸边，看到了城镇的废墟。可以想象得到，他们受到了热烈欢迎，长湖人和他们的镇长情愿用任何未来的贸易来抵偿精灵王的援助。

他们很快就制订好计划。妇女、儿童、老人和体弱生病者跟镇长留在后方；他带领一群能工巧匠和许多手艺高超的精灵，忙着砍伐树木，收集从森林中运出来的木材。然后他们着手在岸边搭建起许多小屋，用以抵御即将到来的冬天。同时，在镇长的指挥下，他们开始规划一座新城镇，设计得比以前的更大、更美观，不过不在旧址，而是移到了岸边更靠北的地方，因为从那时起，他们一直对恶龙葬身的那片水域感到恐惧。斯毛格再也不会回到他的金色大床上，而是像岩石一样冰冷，摊开身体歪倒在湖底浅水中。此后无数岁月，在风平浪静的天气里，人们都能在旧镇的废墟中看到他那巨大的骨架。但很少有人敢穿过那个受诅咒的地方，也没有人敢潜入那冷得让人打战的水中，打捞从他腐烂的尸体上掉下来的宝石。

不过，所有还能作战的人，以及精灵王的大部分人马，都做好准备向北进发，前往孤山。就这样，在城镇被毁后的第十一天，他们的先遣部队经过了长湖尽头的石门，进入了那片荒凉的土地。

第十五章
乌云密布

现在，我们回头再说比尔博和矮人这边。他们一整夜都有人负责警戒，可是直到早晨，他们都没有听到或看到任何危险的迹象。然而天空中鸟儿越聚越多。它们大群大群从南方飞来，那些仍住在孤山附近的乌鸦也在天上盘旋着聒噪不休。

“出了不寻常的事。”梭林说，“秋天南迁的时间已经过了；这些是一年四季定居在此的鸟；有椋鸟和成群的燕雀；远处还有很多吃腐肉的鸟，就像正在打仗！”

比尔博突然伸手一指：“那只老鸫鸟又来了！”他喊道，“看来斯毛格捣毁山坡时它逃掉了，不过我猜那些蜗牛没逃掉！”

一点没错，正是那只老鸫鸟。就在比尔博指着它的时候，它朝他们飞了过来，栖落在附近一块石头上。接着它拍拍翅膀，鸣叫起来，随后又歪着头，像在聆听；然后又再次鸣叫，并再次聆听。

“我相信它是想告诉我们什么事。”巴林说，“但是我听不懂这种鸟的语言，它们说得又快又难懂。巴金斯，你听得懂吗？”

“不太懂。”比尔博说（他其实一点也不懂），“但这老伙计似乎相当兴奋。”

“我真希望它是只渡鸦！”巴林说。

“我还以为你不喜欢它们！上次我们走这条路的时候，你好像对它们顾虑重重。”

“那些是乌鸦！乌鸦是贼头贼脑的卑鄙生物，而且粗鲁。你一定听到了它们对我们的恶言恶语。但渡鸦不一样。渡鸦和瑟罗尔的子民之间曾经有过深厚的友谊；它们经常给我们带来秘密的消息，并获得闪闪发亮的物件作为酬谢，它们特别喜欢这类东西，会把它们藏在自己的巢里。

“它们能活很多年，记性也好，并且会把智慧传给它们的孩子。当我还是个矮人小孩的时候，我认识很多住在岩石间的渡鸦。脚下的这片高地曾经叫作渡鸦岭，因为有一对非常聪明又有名的渡鸦——老卡克和他的妻子——住在哨所的上面。不过，我想那支古老的血脉如今不会逗留在这里了。”

他刚说完，老鸫鸟就大叫一声，立刻飞走了。

“我们虽然听不懂它的话，但我确定那只老鸟懂我们在说什么。”巴林说，“现在留神点吧，看看会发生什么事！”

没过多久，就传来拍打翅膀的声音，鸫鸟飞回来了；和它一起回来的还有一只老迈异常的鸟。老鸟的眼睛快要瞎了，几乎飞不动了，头顶也秃了。它是一只年迈的巨大渡鸦。它动作很不灵活地降落在他们面前的地上，慢慢拍打着翅膀，摇摇晃晃地走向梭林。

“瑟莱因之子梭林啊，还有芬丁之子巴林，”它嘶哑着嗓子说（比尔博听得懂它在说什么，因为它说的是普通语言，不是鸟语），“我是卡克之子罗阿克。卡克已经死了，但它曾经跟你们很熟。我从蛋壳里孵出来已经有一百五十三年了，但我没有忘记父亲告诉我的话。现在我是孤山大渡鸦的首领。我们的数量虽少，却仍记得古时的君王。我大部分的同胞都在外地，因为南方传来了大消息——有些对你们来说是好消息，有些你们会觉得很不利。

“看哪！各种各类的鸟又从南方、东方和西方飞聚到孤山和谷地来了，因为斯毛格死了的消息已经传开了！”

“死了！死了？”矮人全大叫起来，“死了！那么我们就不必害怕了——宝藏是我们的了！”他们全都跳起来，欢呼雀跃不已。

“是的，死了，”罗阿克说，“这只鸫鸟——愿它的羽毛永不脱落——亲眼看见他死了，我们可以相信它的话。三天以前，月亮刚升起来的时候，它看见斯毛格在与埃斯加洛斯人的战斗中丧命。”

梭林费了好大的劲才让矮人安静下来听渡鸦说话。最后，它说完整场战斗的经过，又说：

“‘橡木盾’梭林，好消息到此为止。你可以安全返回你的大殿，所有的宝藏都是你的——暂时而已。然而，除了鸟儿，还有许多别的势力正朝这里聚集。宝藏守护者已死的消息早已传开，多年来有关瑟罗尔财富的传说并没有被人忘记；许多人都渴望分一杯羹。已经有一支精灵军队正在前来，食腐鸟跟着他们，期待着战斗和杀戮。在湖边，长湖人则抱怨他们的不幸都是矮人造成的，因为他们无家可归，又死了许多人，斯毛格摧毁了他们的城镇。无论你们是生是死，他们都想从你们的宝藏中获得补偿。

“你必须运用自己的智慧来决定要怎么做；但是曾经居住在此，一度强盛的都林一族，如今分散在远方，剩下你们这十三个人委实不多。如果你愿意听我的劝告，你就不要相信长湖人的镇长，而要相信那个用弓箭射死恶龙的人。他名叫巴德，是河谷人，吉瑞安的后裔；他是个严肃但诚实的人。在漫长的荒芜之后，我们盼望再次看到矮人、人类和精灵之间和平共处；不过这可能要你付出大量黄金作代价。我说完了。”

梭林闻言，勃然大怒，脱口说道：“我们感谢你，卡克之子罗阿克。我们不会忘记你和你的族人。但只要我们活着，谁都别想偷取或暴力夺走我们的黄金。如果你想赢得我们更多的感谢，就请将有人接近的最新消息通知我们。我还请求你一件事：你族当中倘若还有年轻、羽翼强健的，就请你们派信使到北方山区，包括从此地向西和向东，给我们的亲族报信，告诉他们我们的困境。务必要将信息送给我在铁丘陵的堂亲戴因，因为他手下人多，武装精良，而且住得离这里最近。请他火速前来！”

“这么做是好是坏，我不会妄断。”罗阿克叫道，“但我会尽力而为。”说完它就慢慢飞走了。

“现在返回孤山！”梭林喊道，“我们没有多少时间可以浪费了。”

“也没剩多少东西可吃了！”比尔博嚷道，他在这类问题上一向很实际。无论如何，他都觉得，随着恶龙的死亡，这场冒险严格来说已经结束了——在这一点上，他是大错特错——他宁愿把自己那份利益放弃一大半，来换取这些麻烦的和平解决。

“返回孤山！”矮人们大喊，仿佛没人听见比尔博说的话；于是他只好跟他们一起回去。

你既然已经听说了一些事件，自然知道矮人还有几天时间可以做准备。他们再次探查了整个山洞，发现不出所料，只有前门还开着，所有其他的门（当然，除了那扇秘密小门）在很久以前就都被斯毛格破坏和封死，就连门的痕迹都看不出来了。因此，他们这时开始苦干，加固主入口，并修筑一条从主入口通往内部的新路。他们发现了大量的工具，是从前的矿工、采石工和建筑工用过的；干这类的活儿，矮人仍然相当熟练。

在他们劳作期间，渡鸦不断给他们带来消息。就这样，他们知道精灵王转向长湖去了，他们还有喘息的机会。更棒的是，他们得知有三匹小马死里逃生，在远处奔流河的河岸上乱走，离他们留下的剩余补给品所在地不远。于是，当其他人继续干活的时候，菲力和奇力被派出去，由一只渡鸦领着，去找小马并把东西尽量全带回来。

四天过去了，此时他们得知长湖人和精灵的联军正在匆匆赶往孤山。但现在他们的希望更加高涨，因为他们的食物省着点吃能再维持几个星期——当然，主要是克拉姆，他们都已经吃腻了，但有克拉姆吃总比什么都没有强——而且前门已经被一堵由方形石块垒成的石墙堵住了，石墙又高又厚，横在前门口。石墙上有洞眼，他们可以透过洞眼观望（或射箭），但没有入口。他们用梯子爬进爬出，用绳子把东西吊上来。至于往外奔流的河水，他们在新砌的墙下设计了一个低矮的小拱门；但在入口附近，他们把原来的狭窄河道改建成了一个宽阔的水塘，从山壁一直延伸到瀑布头，河水就从瀑布头泻向河谷。如此一来，要去到前门如果不游过水塘，就只能沿着悬崖上一道狭窄的岩架，它位于从石墙往外望的右手边。他们只把小马牵到老桥上边的台阶头，在那里卸下补给，然后就吩咐它们回去主人身边，让它们往南走了。

一天夜里，在他们前方河谷的南边突然出现了许多像是篝火和火把的亮光。

“他们来了！”巴林喊道，“他们的营地可真大。他们一定是在暮色的掩护下沿着奔流河两岸进入山谷的。”

那天晚上，矮人们几乎没有合眼。天还没大亮，他们就看见一队人朝他们走来。他们从石墙后看着那队人来到山谷尽头，慢慢往上攀登。不久，他们便看到其中既有全副武装，像要打仗的长湖人，也有精灵弓箭手。最后，这支队伍的先遣小队爬上了崎岖的山岩，出现在瀑布顶上。来人看见面前是个大池塘，前门还被新凿的石头垒成的石墙堵上了后，着实大吃一惊。

就在他们站在那里指指点点，彼此交谈时，梭林向他们打了招呼：“你们是什么人？”他以十分洪亮的声音喊道，“一副要开战的模样，前来山下之王——瑟莱因之子梭林的门前，有何贵干？”

但他们没有回答。一些人迅速转身走了，余下的人盯着大门和防御工事看了一会儿，很快也跟着走了。那天，营地被移到了河的东边，就在孤山的两臂之间。然后，岩石间开始回荡起久违了的各种语言和歌谣，此外还有精灵的竖琴声和悦耳的音乐声；当这些声音往上传到矮人那里时，寒冷的空气似乎变得温暖起来，他们隐约闻到了春天树林里花朵盛开的芬芳。

于是，比尔博渴望逃离这个黑暗的堡垒，下去加入篝火旁的欢笑和盛宴。几个比较年轻的矮人也心动了，他们嘟囔着说真希望情况不是这样，他们本来可以像对待朋友一样欢迎这些人。但梭林却沉下了脸。

见状，矮人这边也拿出了从宝藏堆中找回来的竖琴和乐器，演奏起音乐来缓和梭林的情绪。但他们的歌不像精灵的歌，倒像很久以前大家在比尔博的小霍比特洞府里唱过的歌。

那幽暗的高山下，
国王回到了他的厅堂！
他的大敌，可怕的恶龙已除，
他的对头也都将倒下。

看那宝剑锋锐，矛枪颀长，
看那飞羽迅疾，城门坚固；
保卫黄金的勇士果敢无畏；
矮人永远不再受难受苦。

往昔矮人创造的咒语强大，
手中铁锤敲打仿佛钟响，

地底深处，黑暗之物沉睡，
在荒丘下，空荡荡的厅堂。

他们以银链串起群星熠熠
顶顶头冠镶嵌飞龙的火焰，
他们用蔓卷的金属丝线
盘旋出竖琴的曲调旋律。

山下的宝座重获自由！
流浪的族人啊，听那召唤！
快来！快来！越过荒原！
骨肉亲族的国王正有急难。

我们的召唤越过冰冷山脊，
“归来吧，回到昔日的石厅！”
国王就在城门上等待，
他的手中满是宝石黄金。

国王已经回到他的厅堂，
在那幽暗的高山下，
可怕的恶龙已经铲除，
我们的敌人也终将倒下！

这首歌似乎很合梭林的意，他又露出笑容，高兴起来。他开始计算到铁丘陵的距离，以及如果戴因一收到消息就动身，要多久才能到达孤山。但是，听了众人唱的歌和他们谈的话，比尔博的心却沉了下去：它们听起来太像要开战了。

第二天一大早，就见一队长矛兵过河，沿着山谷前来。他们扛着精灵王的绿旗和长湖人的蓝旗，一直走到横在前门口的石墙前才停下来。

梭林再次高声招呼他们："你们是什么人，全副武装来到山下之王——瑟莱因之子梭林的门前准备开战？"这次，他得到了回应。

一个高大的男人站了出来，发色乌黑、面容严肃。他喊道："你好啊，梭林！你为什么像强盗关在监牢里一样，把自己囚禁起来？我们还算不上你们的敌人，我们没想到你们还活着，为此感到欣喜。我们来的时候以为这里一个活人也没有了；现在既然我们在此相遇，不妨谈判协商。"

"你是谁？你要谈判什么？"

"我是巴德，恶龙就是我亲手杀死的，因此你才能获得那些宝藏。这难道不是你所关心的事吗？此外，我是河谷城吉瑞安的正统继承人，在你的宝藏中也混有来自他的厅堂和城镇的大量财富，那都是老斯毛格偷走的。这难道不是我们可以讨论的问题吗？此外，斯毛格在他的最后一战中摧毁了埃斯加洛斯人的家园，而我仍是他们镇长的下属。我代他发言，问你有没有考虑过他的人民的悲伤和痛苦。他们在你们困难的时候帮助了你们，而你们回报他们的，到目前为止却是家破人亡，尽管你们毫无疑问不是故意的。"

这些话虽然带着傲气又说得严厉，却实事求是、通情达理。比尔博以为梭林一定会马上承认其中的公正之处。当然，他并不指望有人记得是他凭一己之力发现了恶龙的致命弱点；这心态挺好，因为从来没有人记得。但是，他没有考虑到那些被恶龙盘踞多年的黄金有多大威力，也没有考虑到矮人的心。在过去几天里，梭林在宝库中度过了很长时间，想将它据为己有的欲望越来越强烈。虽然他搜寻的目标主要是阿肯宝石，但他也有识别出堆在那里的许多其他奇妙之物的眼力，那些东西无不牵系着矮人一族的艰辛和悲伤的古老记忆。

“你把最站不住脚的理由放在最后也是最重要的位置。”梭林回答道，“我族人的宝藏，人类无权过问，因为从我们这里盗走宝藏的斯毛格，也同样掠夺了被盗者的生命和家园。那些宝藏不属于他，因此他的恶行不能拿宝藏的一部分去弥补。至于我们所获得的长湖人的物资与帮助，我们会以公平合理的价格偿还——在适当的时候。但在武力威胁下，我们什么也不会给，哪怕是一块面包的钱也不行。只要你们把一支武装军队开到我们的门前，我们就视你们为敌人和窃贼。

“我还想问，如果你们发现我们全被杀了，宝藏无人守护，你会把所获得的财宝分多少给我们的亲族？”

“问得好。”巴德回答，“但是你们没有死，我们也不是强盗。而且，富人对那些曾经助他渡过难关的穷人，或许该有超过应给的怜悯。另外，我其他的要求尚未得到答复。”

“我已说过，有武装人员站在我的门前，我不会接受谈判。我也绝对不会跟精灵王的人谈判，他没善待我们，这我可没忘。

他们没有资格来跟我辩论。赶快离开，免得我们的弓箭不长眼睛！如果你还想跟我谈，就先把精灵大军赶回他们该待的森林里去，然后回来，放下武器之后再接近我的门槛。”

“精灵王是我的朋友，他在长湖人急需帮助的时候伸出了援手，虽然长湖人除了友谊之外没有资格对他提出要求。”巴德回答，“我们会给你时间反省你的话。在我们回来之前好好想想吧！”说完他就离开返回营地去了。

过了几个钟头，那些旗手回来了，几个号手上前，一齐吹响号角。

“以埃斯加洛斯和森林的名义，”其中一人高喊，“我们向自称为山下之王的瑟莱因之子‘橡木盾’梭林说话，请他认真考虑我们的要求，否则就宣布他为我们的敌人。他至少要将宝藏的十二分之一交给巴德，因他既是屠龙者，亦是吉瑞安的继承人。巴德将从所得的财宝中拿出自己的钱来帮助埃斯加洛斯；但是，如果梭林想要效法他的先祖，获得周围各地子民的友谊与尊重，那么他就也要拿出自己的一些财宝来安抚长湖镇的人。”

梭林听完抓起一把角弓，朝说话的人射了一箭。箭射中了那人的盾牌，插在上面不住颤动。

“既然这是你的答复，”那人回敬道，“我在此宣布孤山被包围了。在你们这一方要求休战和谈判之前，你们将无法离开此地。我们不会诉诸武力对付你们，只是让你们和你们的金子待在一起。你们要是愿意，可以吃金子过活！”

说完，那些信使就迅速离开了，留下矮人去考虑他们的处境。梭林变得如此冷酷，旁人哪怕有心，也不敢去挑剔他的做法。不过，实际上他们大多数人的想法似乎都和他一样——也许只有胖胖的老邦伯、菲力和奇力是例外。比尔博当然不赞成这一整场波折。他这时已经受够了孤山，被围困在里面一点也不合他的口味。

“这地方仍然到处都是恶龙的臭味，”他自言自语地嘟哝着，“真让我恶心。而且，那些克拉姆都开始卡在我喉咙里吞不下去了。”

第十六章
黑夜里的贼

如今日子过得又慢又令人厌倦。很多矮人都把时间花在宝藏上，将它们分门别类堆好。这时梭林也提起了瑟莱因的阿肯宝石，一再吩咐大家搜遍每个角落，把它找出来。

“我父亲的阿肯宝石比一条河的黄金还值钱，”他说，“对我来说，它更是无价之宝。在所有的财宝中，我指明那块宝石归我，谁要是找到了还暗自扣在手里，我定要找他报复。”

比尔博听到这些话，开始感到害怕，不知宝石要是被人发现，会出什么事——他把宝石裹在一捆充当枕头的破旧杂物中。尽管如此，他还是没把这事说出来，因为随着日子过得越来越疲惫难挨，他的小脑袋里开始冒出了一个计划。

这样的状况持续了一段时间，直到渡鸦带来消息，说戴因率领五百多名矮人从铁丘陵兼程赶路，正从东北方过来，再走两天的路程就能到达。

“但他们不可能在不引人注意的情况下到达孤山，”罗阿克说，“我担心山谷里会发生战斗。我不认为这是好事。他们强悍不假，却多半战胜不了围困你的大军；而且，就算他们战胜了，你又能得到什么呢？严冬和冰雪就紧跟在他们背后。要是没有周围邻邦的和睦友谊和善意相助，你们要拿什么来喂饱肚子？宝藏很可能会害你送命，尽管恶龙已经不在了！”

但是梭林不为所动。“严冬和冰雪同样会侵袭人类和精灵，”他说，“他们可能会发现扎营在这荒原上实在难以忍受。随着我的友军堵在他们背后，又有严冬当头袭来，或许他们就会态度温和一点来谈判了。”

那天夜里，比尔博下了决心。天空漆黑，没有月亮。等天一黑透，他便走进就在前门里边的一个小房间，从角落里他的包袱中取出一根绳子，以及用破布包着的阿肯宝石。然后他爬上那堵石墙的墙头。只有邦伯在那里，因为正好轮到他守哨，矮人们一次只安排一个人守哨。

“冷死了！”邦伯说，“我真希望我们能生堆火，像他们在营地里那样！”

“里面还是挺暖和的。”比尔博说。

“那是，可我得在这里熬到半夜。”胖矮人嘟囔着，“这事真令人遗憾。我不是吃了熊心豹子胆要反对梭林，愿他的胡子长个不休；但他实在是个硬脖子的矮人。”

“没我的腿硬，”比尔博说，“我烦透了那些楼梯和石头通道。我愿意花大把钱来换脚趾踩上青草的感觉。”

“我愿意花大把钱来换一杯烈酒入喉的感觉，还有在一顿丰盛的晚餐后躺上一张柔软的床！”

“在围困期间，我给不了你这些。不过，我已经很久没守哨了，要是你愿意，我可以替你守。今天晚上我睡不着。”

“你真是个好伙伴啊，巴金斯先生，我欣然接受你的提议。要是有什么异常，记得先叫醒我！我会睡在门里左边的屋里，离得不远。”

“你去吧！”比尔博说，“我会半夜叫醒你，你再去叫醒下一个守哨的人。”

邦伯一走，比尔博就戴上戒指，系好绳子，滑下石墙，走了。他还有大约五个钟头的时间。邦伯很能睡（他随时都能睡，而且自从在那场森林冒险里睡过去以后，他总想重温当时做过的美梦）；而其他人都跟梭林在忙碌。即使是菲力和奇力，在轮到他们之前也不太可能出来到石墙上去。

天色很黑，过了一阵，当他离开那条新开辟的小路，往下爬到河的下游时，路对他来说就很陌生了。最终，他来到河道拐弯的地方，要想前往营地，就必须在这里渡河。这里的河床很浅，但河面已经很宽，对小小的霍比特人来说，要在黑暗中涉水过河并不容易。快到对岸时，他踩到一块圆石，脚一滑，“扑通”一声摔进了冷水，溅起一澎水花。他刚奋力爬上对岸，还在浑身发抖又吐又咳时，暗处就冒出了几个精灵，提着明晃晃的灯笼，前来搜寻扑通声的来源。

“那不是鱼！”有个精灵说，“附近有个探子。把灯笼遮上！比起我们，光更能帮他，如果他就是那个古怪的小东西，据说是矮人的仆人。”

“仆人，呵呵！”比尔博哼了一声，但他哼了一半便打了一个响亮的喷嚏，那些精灵立刻朝声音围了过来。

“照个亮！”他说，“你们要找我的话，我就在这里！”说完他摘下戒指，从一块石头后面冒出来。

他们大吃一惊，但还是很快就抓住了他。“你是谁？你是那群矮人的霍比特人吗？你在干什么？你是怎么躲过我们的哨兵走这么远的？”他们连珠炮似的发问。

“我是比尔博·巴金斯先生，”他回答说，“如果你们想知道的话，我是梭林的同伴。我见过你们的国王，很熟悉他的长相，不过他见到我也多半不认得。但巴德会记得我的，我是特地来见巴德的。”

“是吗！”他们说，“那你有什么事要见他？”

“不管什么事，都是我的事，我的好精灵们。不过，如果你们想赶紧从这个又冷又无趣的地方回自家的森林里去，”他边发抖边说，“就赶快把我带到火堆旁，让我烤干身子——然后让我尽快跟你们的首领谈谈。我只剩下一两个钟头的时间了。”

就这样，比尔博在偷跑出前门大约两个钟头后，坐在了一座大帐篷前温暖的火堆旁。精灵王和巴德也坐在那里，好奇地盯着他。一个穿着精灵铠甲、半裹在旧毯子里的霍比特人，对他们来说是件新鲜事。

“说真的，你知道，”比尔博用他最一本正经的态度说，“事情确实难办。就我个人而言，我对整件事都厌烦透了。我希望回到西方我自己的家，那里的人更通情达理。不过，这件事涉及我的利益——确切地说，是十四分之一的利益，依照这封信的说法，幸亏我还保存着它。”他从他的旧外套（他仍把它穿在锁子甲外面）口袋里掏出一封折了又折、皱巴巴的信，就是五月时梭林放在壁炉架上压在钟底下的那封信！

“请注意，是**利润**的一部分，”他继续说，“我很清楚这一点。就我个人而言，我非常愿意仔细考虑你们所有的索赔要求，从总数中扣除当扣的部分，然后再分我的那一份。不过你们不像我现在这么了解‘橡木盾’梭林。我跟你们保证，只要你们守在这里，他就准备坐在一堆金子上饿着肚子耗到底。”

“好，就让他耗下去吧！”巴德说，“这样的傻瓜饿死活该。”

“没错，”比尔博说，“我懂你的看法。不过，寒冬马上要来了。过不了多久你们也会面临大雪之类的麻烦，补给会很困难——我想，即便对精灵来说也是如此。此外还有别的棘手问题。你们没听说过戴因和铁丘陵的矮人吧？”

“我们很久以前听说过；但他和我们有何关系？”精灵王问。

“我猜也是这样。看来我知道一些你们不知道的消息。我不妨告诉你，戴因现在离这里不到两天的路程了，跟他一起来的有至少五百个强悍善战的矮人——其中许多人都经历过那场可怕的矮人与半兽人的战争，那场战争你们无疑都听说过。等他们到达以后，可能会有大麻烦。”

“你为什么把这件事告诉我们？你是在背叛你的朋友，还是在威胁我们？”巴德板着脸问。

“我亲爱的巴德！”比尔博尖声叫道，“别这么着急！我从来没见过疑心病这么重的人！我只是想避免大家遇到麻烦而已。现在，我对你们有个提议！！”

“我们洗耳恭听！”他们说。

“你们可以看看这个！”他说，“就是它！”他掏出阿肯宝石，揭去包裹在外的破布。

就连见惯了奇珍异宝的精灵王也不禁起身，惊讶万分。就连巴德也不出声了，惊奇不已地盯着它。它就像一个注满了月光的球体，装在一个冷冽星辉织就的网中，悬在他们面前。

“这就是瑟莱因的阿肯宝石，”比尔博说，“山之心；同时也是梭林的心。他估计它比一条河的黄金还贵重。我把它交给你们。它可以在你们讨价还价时帮上忙。”接着，比尔博就把这颗神奇的宝石交给了巴德，他递过去时不免微微发抖，也不免流露出依依不舍，而巴德将它捧在手里，似乎眼花缭乱不知所措。

“可是，它怎么会是你能给的呢？”他好不容易定下神来问道。

“这个嘛，”霍比特人不安地说，“严格说来，确实不是我能给的；但是，这么说吧，我愿意用它来抵我全部该得的那一份，你明白吧。我或许是个飞贼——起码他们是这么说的，但就我个人而言，我从来没真觉得自己是个贼——但我是个诚实的贼，我希望是，或多或少啦。不管怎样，我现在要回去了，矮人要怎么处置我可以随他们的便。我希望它对你们有用。”

精灵王以一种充满惊奇的崭新眼光看着比尔博。“比尔博·巴金斯！”他说，“这身精灵王子的铠甲，有许多人穿起来比你漂亮，但你比他们更有资格。不过我不知道‘橡木盾’梭林会不会这么认为。大体上，我对矮人的了解恐怕比你多。我劝你留下来跟我们在一起，你在这里会受到尊敬与热烈的欢迎。”

“非常感谢你的好意。”比尔博说着鞠了一躬，“但我认为我不应该就这样离开我的朋友，毕竟我们一起经历了那么多。而且我还答应了要在半夜叫醒老邦伯！我真的得走了，而且要快。”

他们说什么也留不住他，于是他们派了一队人护送他。他走的时候，精灵王和巴德都怀着敬意向他道别。当他们穿过营地时，有个坐在一座帐篷门口，裹着深色斗篷的老人起身朝他们走来。

“干得好！巴金斯先生！”他拍着比尔博的背说，“你总有本事出人意料！”这人竟是甘道夫。

这么多天以来，比尔博第一次由衷感到高兴。他恨不得马上把所有想问的问题都说出来，但是没有时间了。

“一切都再及时不过！”甘道夫说，“如果我没弄错的话，事情已经接近尾声了。你马上就要面临一段不愉快的时刻，但你要保持振奋！你有能耐渡过难关的。还有些正在酝酿的事情，就连渡鸦都一无所知。晚安！”

比尔博又继续赶路，虽然大惑不解，但还是很开心。他被领到一处可以安全渡河的浅滩，干爽地过了河，然后向精灵们道别，再小心翼翼地爬上堤岸回到前门。这时他才感到累得很了，不过在他扯着绳子爬回墙上时——绳子还在原处，没人动过——还要等一阵子才到午夜。他解开绳子把它藏好，然后坐在墙头，焦虑地想着接下来会发生什么事。

午夜时分，他去叫醒了邦伯，然后也没听老矮人的感谢（他觉得自己受之有愧），就蜷缩到自己的那个角落里，很快就忘了所有的烦恼睡熟了，而且一觉睡到天亮。事实上，他还梦见了鸡蛋和培根呢。

第十七章
风云变色

第二天，营里一大早就吹响了号角。不一会儿，就有一个人沿着那条狭窄的小路跑来。他在一段距离外站定，向他们打招呼，问梭林是否愿意听取另一批使者的意见，因为有了新的消息，情况发生了变化。

“一定是戴因的缘故！”梭林听到后说，“他们得到了他前来的风声。我就知道这会让他们改变态度！告诉他们，来的人要少，不带武器，我就愿意听听。”他对传话的人说。

大约中午时分，一支扛着森林和长湖的旗帜、有二十人的队伍又出现了，朝他们走来。在窄路的路口他们放下剑和长矛，然后走向前门。矮人们看到巴德和精灵王都在队伍中，但令他们感到奇怪的是，在那两位前面还有一个全身裹在斗篷和兜帽里的老人，手里捧着一个结实的包铁匣子。

“你好啊，梭林！”巴德说，“你的想法还是没变吗？”

“我的想法不会因为几轮日出日落就改变。”梭林回答，“你就是来问我这种无聊的问题吗？精灵大军仍然没有按照我的要求撤离！在那之前你来和我讨价还价都是白费力气。”

“难道就没有什么能让你拿出一部分黄金来换吗？”

“任何你和你的朋友能拿出来的东西都不值得。”

“瑟莱因的阿肯宝石也不值吗？”他说。与此同时，那位老人打开匣子，高高举起那颗宝石。光芒从他手中迸现，在晨光中白得耀眼。

梭林震惊错愕，又大惑不解，竟哑口无言。有很长一段时间鸦雀无声。

终于，梭林打破沉默，声音里充满了怒火。“那颗宝石是我父亲的，也是我的，”他说，“我凭什么要买回我自己的东西？”不过困惑让他忍不住又问了一句：“可你们是怎么把我的传家宝弄到手的——如果一群贼肯回答这个问题？”

“我们不是贼。”巴德回答，“我们会把你的东西还给你，用来交换我们的东西。”

“你是怎么得到它的？”梭林怒不可遏地喊道。

“是我给他们的！”比尔博尖声喊道，他刚才正偷偷往墙外望，这时已经吓得半死了。

“你！竟然是你！”梭林吼道，一转身用双手把他揪起来，“你这该死的霍比特人！你这矮冬瓜——小贼！”他气得连骂人的话都找不到了，只是一个劲儿拼命摇晃可怜的比尔博，像摇晃一只兔子似的。

“我指着都林的胡子发誓！我真希望甘道夫就在这里！他选上你真是该死！愿他的胡子全部掉光！至于你，我要把你摔死在底下那些石头上！”他狂吼着，把比尔博举了起来。

“且慢！你的愿望成真了！”有个声音说。那个捧着木匣的老人扬手掀开了兜帽和斗篷。“甘道夫在此！而且似乎来得正是时候。如果你不喜欢我的飞贼，请别伤害他。把他放下来，先听听他有什么话要说！”

“看来你们都是一伙的！”梭林说，把比尔博扔在墙头上。“我再也不跟任何巫师或他的朋友打交道了。你这个鼠辈，还有什么话要说？”

“我的天！我的天！”比尔博说，“我确信这全都让人非常不适。你还记得你说过，我可以选择我自己的十四分之一吧？也许我把这话过于当真了——有人告诉我，矮人有时候说得比做得漂亮。尽管如此，那时候你似乎认为我帮上了大忙。鼠辈，说得好！梭林，这就是你和你的家族向我保证的效劳吗？那好，就当我自愿放弃我应得的那一份，以此作为条件，揭过这事吧！”

“我会。”梭林神色阴沉地说，“我会按这条件放你走——但愿我们永不再见！”然后他转过身，对外面墙底下说话。“我遭到了背叛，”他说，“你们猜对了，我不能容忍不赎回阿肯宝石，那是我的传家宝。我愿意拿出宝藏中十四分之一的金银，宝石除外；但这应当算作履行分给这个叛徒一份的承诺，他将带着那份报酬离开，你们爱怎么分就怎么分。我毫不怀疑他什么都分不到。你们要想他活命，就快带他走；我跟他再也不是朋友了。

“现在滚下去，滚去你朋友那儿！”他对比尔博说，“否则我就把你扔下去。”

“那金银呢？”比尔博问。

“你先滚，随后再安排，”他说，“滚下去！”

“东西送来之前，宝石暂时由我们保管。”巴德喊道。

“作为山下之王，你的表现可不怎么光彩。”甘道夫说，“不过情况还可能改变。”

“的确有可能改变。”梭林说。由于宝藏已经彻底迷住了他的心窍，他在盘算着能不能借助戴因的帮助夺回阿肯宝石，并且扣下那份作为报酬的金银。

就这样，比尔博被从石墙上吊了下去，在经历了那么多患难之后，除了梭林已经送给他的锁子甲，就这么两手空空地离开了。不止一个矮人心里为他的离去感到羞愧和难过。

“再会！”他向他们喊道，“我们会以朋友的身份再相聚的。”

“快滚！”梭林吼道，“你身上穿着我族人做的锁子甲，你不配。箭矢射不穿它没错；但是如果你不快滚，我会射穿你那该死的脚。所以你滚得越快越好！”

“用不着那么急！”巴德说，“我们给你的期限是到明天。明天中午我们会再来，看看你有没有从宝藏中把交换这颗宝石的那份拿出来。如果确实给了，无诈无欺，那么我们就会离开，精灵大军也会返回森林。现在我们暂且告别吧！”

说完，他们就返回营地去了。但梭林让罗阿克派出信使，将发生的事告诉戴因，吩咐他小心谨慎，火速赶来。

白天过去了，黑夜也过去了。第二天，风向转为西风，空中昏暗阴沉。清晨时分，营地里听到一声呼叫。传令兵跑来报告，有一支矮人大军出现在孤山东侧支脉口，现在正朝河谷城赶来。戴因来了。他连夜赶路，所以到得比他们预期得更早。他的族人每个都穿着垂至膝盖的钢锁子甲，腿上套着细而柔韧的金属网制成的长统护腿，戴因的族人掌握着制作的秘技。矮人拥有与身高不成比例的强壮体魄，但来的这些大多即使在矮人当中也堪称强壮。他们挥舞着需双手用的沉重鹤嘴锄作战；但每个人腰间还额外带着一把阔短剑，背上背着圆盾。他们把胡子分成几股编成辫子塞进腰带里，头戴铁头盔，脚穿铁底鞋，面容严峻。

号声响起，召唤人类和精灵武装上阵。不久，就看见一支矮人队伍正以极快的速度向山谷中走来。他们在河流和东支脉之间暂时止步，但有几个继续往前走，过河来到了营地边上。他们在那里放下武器，举起双手表示和平。巴德出去迎接他们，比尔博也跟着他一起去了。

“我们是纳因之子戴因派来的。”他们接受盘问时说，“我们正火速赶去和孤山的亲族会合，因为我们得知昔日的王国已经光复。你们是谁，竟驻扎在这平原上，像敌人一样与守备森严的城墙对峙？”当然，这是用在这种场合的老式客套说法，意思其实就是：“你们无权待在这里。我们要过去了，让开，不然我们就跟你们开战！”他们打算推进到孤山和河弯之间，因为那里的狭长地带看起来防卫薄弱。

巴德当然不允许矮人直接前往孤山。他决心等到梭林拿出金银来交换阿肯宝石再说；因为他认为，一旦梭林的堡垒获得一支如此庞大好战的援军，交换的事就办不成了。援军带来了大量的补给物资；因为矮人能背负非常重的东西，戴因的族人虽然是以急行军的速度赶来，但除了武器之外，几乎所有的人都背着巨大的背包。他们能扛住好几个星期的围困，届时可能还有更多的矮人前来，而且会越来越多，因为梭林有很多亲戚。他们还可以重新打开并防守别的出口，如此一来围攻者就必须包围整座山；然而巴德他们没有足够的兵力。

事实上，这正是矮人的计划（因为渡鸦信使一直在梭林和戴因之间忙碌传话）；但是此刻路被挡住了，所以矮人使者气乎乎地骂了几句之后，就在胡子底下嘟嘟囔囔着退走了。巴德立刻派使者去到前门，但是他们既没看到黄金也没见到付款；而且他们一进入射程范围，箭矢就纷纷射了出来，他们只能惊慌地赶快撤回去。整个营地里一片骚动，仿佛即将开战；因为戴因的矮人队伍正沿着河的东岸前进。

“笨蛋！”巴德笑道，“就这样来到孤山的臂弯底下！不管他们多么精通地底坑道里的战斗，他们都不懂地面上的战争。我们的许多弓箭手和长矛手现在正埋伏在他们右翼的岩石间。矮人的盔甲或许精良，但他们很快就会难以承受的。趁他们还没有完全休整，我们从两边夹攻他们吧！”

但是精灵王说：“我宁愿等上很长一段时间，才能开始为黄金而战。除非我们愿意，矮人不能从我们这里通过，也做不了任何我们察觉不到的事。让我们继续期待和解的转机吧。倘若最后必须不幸开战，我们在人数上也有足够的优势。”

但他低估了矮人。阿肯宝石在围困者手中的消息让矮人怒火中烧；他们也猜到了巴德和他的朋友们会犹豫不决，因此决定趁他们还在争论的时候发动袭击。

矮人没有发出任何信号，突然间悄无声息地发动了进攻。弓响不停，飞箭呼啸；眼看双方即将交手。

更突然的是，一股黑暗以可怕的速度来袭！一片乌云飞快地遮蔽了天空。一股狂风裹着冬天的雷声呼啸而来，在孤山上轰隆作响，闪电照亮了山巅。在雷电下方，可以看见有另一团黑暗席卷而来；但它不是随着狂风来的，它来自北方，像一大片黑压压的鸟群，如此密密匝匝，以至于翅膀间连光都漏不出。

“住手！”甘道夫突然现身大喊。他高举双臂，独自站在前进的矮人和等着迎战的队伍中间。“住手！”他的喊声响如霹雳，他的手杖如闪电般光芒大炽。“恐怖降临到你们所有人头上了！唉！它来得比我预料得更快。半兽人向你们进攻了！戴因啊，北方的半兽人头领波尔格[1]来了！当初你在墨瑞亚杀了他父亲。看哪！在他的军队上空有一大群蝙蝠，就像一片铺天盖地的蝗虫。他们骑的是狼，座狼紧跟在后！”

所有的人都震惊又茫然。就在甘道夫说话的时候，黑暗愈发浓重。矮人全都停下脚步，凝视着天空。精灵也纷纷呼喊起来。

“快来！”甘道夫召唤道，“还有时间商议一下。让纳因之子戴因快到我们这里来！”

于是，一场谁也没料到的战役就这样开始了；这场战役被称为“五军之战”，非常惨烈。一边是半兽人和野狼，另一边是精灵、人类和矮人。事情的原委是这样的。自从迷雾山脉的半兽人

1　阿佐格之子。见第 27 页。——作者注

头领被杀后，半兽人对矮人的仇恨就重新高炽，燃成怒火。使者在他们所有的城市、聚居点和要塞之间来回穿梭；因为他们现在决心要赢得北方的统治权。他们用各种隐密的方式收集消息；山区中处处都在锻造兵器，武装兵力。然后，他们沿着丘陵和山谷行军，一直借由地道或趁着黑夜前进，直到在北方的贡达巴德大山底下（那是他们的都城）和四周集结成一支庞大的军队，准备在风暴袭来时出其不意地横扫南方。接着，他们听说斯毛格死了，心中大喜；他们一夜又一夜地翻山越岭赶路，最后紧跟着戴因从北方杀到。就连那些渡鸦，也是直到他们在隔开孤山和后方丘陵的坎坷野地间冒头时，才察觉他们的到来。甘道夫对此知道多少并不好说，但很明显，他也没料到袭击会来得如此突然。

以下是他与精灵王、巴德，还有戴因（这位矮人领主现在也加入了他们的阵营）商议后所制订的计划：半兽人是所有人的敌人，大敌当前，所有其他的纠纷都要靠后。他们唯一的希望是把半兽人诱进孤山两臂之间的山谷里，己方则守卫向南和向东伸出的两道大支脉。如果半兽人的兵力足以横扫整座孤山，能从后方和上方同时攻击他们，这个计划就有失败的危险。但是，他们没有时间制订其他计划，或召唤任何援军。

惊雷很快就过去了，轰隆着滚向东南方；但蝙蝠如云压来，飞得更低，越过孤山的山肩，在他们头顶盘旋，遮住一切光线，让他们充满了恐惧。

“到孤山去！”巴德喊道，“到孤山去！趁还有时间，让我们占据有利的位置！”

在南边支脉较低的斜坡上和山脚的岩石间，精灵布好了阵地；人类和矮人则守在东边支脉上。但巴德和一些最敏捷的人类以及精灵，爬到东边山肩的最高处，以便观看北边的情况。不久，他们便看见孤山山脚一带的地面被快速涌来的黑压压的敌军淹没了。很快，先头部队就绕过了支脉的山嘴，冲进了河谷。这些是速度最快的狼骑兵，他们的战吼和嚎叫已经远远破空传来。少数勇敢的人联手上前佯装抵抗，在余下的人撤退并逃向两边之前有不少倒下。正如甘道夫所希望的，半兽人大军聚集在遭到抵抗的先头部队后面，这时愤怒地涌进山谷，在孤山的两臂之间疯狂突进，寻找敌人。他们的旗帜数不胜数，有黑有红，他们像狂暴无序的潮水一样汹涌冲来。

这是一场恶战。它是比尔博所有经历中最可怕的一段，也是他当时最痛恨的一段——也就是说，事后很久，这都是他最引以为豪的一段经历，也是他最喜欢回忆的一段，尽管他在其中无足轻重。实际上，我可以说，他在战斗一开始就早早戴上了戒指，即使避不过所有的危险，也避过了所有人的视线。在半兽人冲锋时，这类魔法戒指并不能起到完善的保护作用，也不能阻止纷飞的箭矢和乱捅的长矛；但它确实能帮忙闪避，也能防止你的脑袋被半兽人武士看上，一刀砍来。

精灵是首先发起冲锋的。他们对半兽人怀有刻骨的仇恨。天昏地暗中，他们的枪矛和刀剑闪着寒冷的光焰，握紧武器的双手凝聚了致命的愤怒。敌人大军刚刚在山谷中紧密集结，他们便射出一阵接一阵的箭雨，每支疾飞的箭矢都闪着光，仿佛带着灼人的火焰。箭雨之后，一千名枪矛手跃下冲锋。杀声震耳欲聋。岩石被半兽人的血染黑了。

半兽人刚从迎头痛击里喘过气来，精灵的冲锋也刚刚打住，山谷对面便传来一声低沉的怒吼。随着“墨瑞亚”和“戴因，戴因”的喊声，铁丘陵的矮人挥舞着鹤嘴锄从另一边猛扑上来；长湖人与他们并肩作战，也举着长剑掩杀而至。

半兽人登时一片惊慌失措；就在他们转身迎向这场新攻击时，精灵又以增援的兵力发起新一轮的冲锋。许多半兽人已经掉头朝河的下游逃窜，想要逃出这个陷阱。许多他们自己的狼也向他们反噬，撕咬死者和伤者。眼看胜利在望，这时高处突然传来一阵响亮的嚎叫。

半兽人从另一面爬上了孤山，并且已经有许多来到前门上方的斜坡上，其他的则不顾那些尖叫着从悬崖和峭壁上掉下去的同伴，莽撞地往下冲去，从上方攻向两道支脉。从中央的大山主体下去有很多小路能通到支脉，而守军兵力太少，无法长时间封锁这些路。胜利的希望消失了。他们先前只是抵挡住了黑潮的第一波攻击。

白昼将尽。半兽人再次聚集在山谷里。一大群贪婪饥饿的座狼冲了过来，同来的还有波尔格的护卫，都是体型巨大、手持钢制弯刀的半兽人。很快，真正的黑暗笼罩了乌云密布的天空；而巨大的蝙蝠还在精灵和人类的头顶和耳边盘旋，或像吸血鬼一样牢牢缠住伤者。这时巴德正坚守在东边支脉上，奋力抗击，却被迫慢慢后退；精灵领主们在孤山南臂靠近渡鸦岭上瞭望哨的地方，护着他们的国王陷入了围困。

突然间，又是一声惊天动地的呐喊，从前门传来了响亮的号声。他们忘了梭林！部分石墙被杠杆撬开，向外倒塌，轰隆一声落入水塘。山下之王一跃而出，他的同伴紧跟在后。兜帽和斗篷都不见了；他们穿着闪亮的盔甲，双眼中跃动着红光。黑暗中，那个魁伟的矮人就像在将熄的火中闪闪发光的真金。

上方的半兽人从高处往下扔石头；但他们坚持前进，纷纷跳到瀑布脚下，冲上前去加入战斗。狼和背上的骑手在他们面前纷纷倒下或逃跑。梭林挥动斧头猛力劈砍，似乎什么都伤不了他。

“向我集合！向我集合！精灵和人类！向我集合！噢，我的亲族！”他大喊，声音如号角在山谷中震荡。

戴因带来的所有矮人见状，全都不顾一切，冲下去助他。许多长湖人也下去了，因为巴德拦不住他们；另一边也来了许多精灵的长矛手。半兽人再次在山谷中遭到重创；他们的尸体堆积如山，致使河谷漆黑一片，触目狰狞。座狼四散奔逃，梭林直接攻向波尔格的护卫。但他无法突破他们的阵线。

在他身后的半兽人尸体当中，已经倒下了许多人类和矮人，还有许多原本应该在森林中长久快乐生活的美丽精灵。随着山谷越来越开阔，他的进攻也越来越迟缓。他的人数太少了。他的侧翼无人防备。很快，进攻者就成了受攻击的一方，他们被迫围成一个大圈，面对从四面八方返回进攻的半兽人和恶狼。波尔格的护卫嚎叫着朝他们扑来，冲击他们的队伍，就像海浪冲击沙砾堆成的峭壁。他们的朋友此时也伸不出援手，因为翻过孤山而来的进攻以加倍的力量重新展开，山谷两侧的人类和精灵都在慢慢地败退。

比尔博心如刀割地看着这一切。他站在渡鸦岭上的精灵当中，一方面是因为在那里逃生的机会更大，另一方面则是（他心中更像图克家族的那部分这么想），万一他要拼死一战，总体上他宁可保卫精灵王。我可以说，甘道夫也在那里，正坐在地上，仿佛陷入沉思，我想，他正在准备某种最后的魔法一击，在迎来终局之前。

终局看来不远了。“用不了多久，半兽人就会夺下前门，”比尔博想，“我们要么被屠杀，要么被赶下去，遭到俘虏。在经历了那么多之后，这真的足以催人泪下。我宁可老斯毛格还活着坐拥那该死的宝藏，也不愿让这些卑鄙的家伙得到它，让可怜的老邦伯、巴林、菲力、奇力和其他所有人都落得悲惨的下场；还有巴德，还有长湖人和快乐的精灵。太惨了！我听说过很多战争的歌谣，向来明白虽败犹荣的道理。但这哪怕不说叫人痛苦，也让人非常不舒服。我真希望自己没参与进来啊。”

就在这时，乌云被风吹开裂隙，落日的红光划破了西边天际。比尔博看到昏暗中乍现的微光，举目四顾，突然大叫了一声：眼中所见的景象使他的心雀跃，在远处霞光的映衬下，天空中出现了一些虽小却威武的黑影。

“大鹰！大鹰！”他喊道，“大鹰来了！”

比尔博的目光很少出错。大鹰一排接一排地乘风飞来，阵容之大，肯定是北方所有的鹰都倾巢而出了。

“大鹰！大鹰！”比尔博叫着，跳着，手舞足蹈。精灵虽然看不见他，却能听到他的声音。很快，他们也跟着叫喊起来，喊声在山谷中回荡。许多眼睛好奇地向上张望，虽然目前除了从孤山的南边山肩上，其他地方还什么都看不见。

“大鹰！”比尔博又喊了一声。但就在那时，有块石头从上面呼啸而下，重重地砸在他的头盔上。他“砰”的一声倒在地上，什么也不知道了。

第十八章
归途

比尔博醒过来的时候，千真万确是孤身一人。他躺在渡鸦岭的平坦石头上，周围不见一个人影。在他上方晴空辽阔，万里无云，但是天气很冷。他瑟瑟发抖，冷得像块石头，但脑袋却烧得像火。

“真纳闷出了什么事？”他自言自语道，“不管怎么说，我还不是壮烈牺牲的英雄；不过我想，要当的话还有时间！”

他痛苦地坐起来，往山谷里望去，却看不到一个活的半兽人。过了一会儿，头脑稍微清醒一点了，他觉得自己看见底下的岩石间有精灵在走动。他揉了揉眼睛。没错，在远处的平原上仍有一处营地；前门附近居然也人来人往？矮人似乎正忙着拆除石墙。但是一片死寂无声。没有叫喊，也没有歌声在回荡。空气中似乎弥漫着悲伤。

“我猜，我们终究胜利了！”他摸着疼痛的头说，“呃，可那景象看起来非常令人沮丧。”

突然，他察觉到有个人爬了上来，正朝他这边走来。

“哈啰！”他用颤抖的声音喊，“哈啰！有什么消息？”

“石头堆里怎么有声音在说话？”那人停下脚步，在离比尔博坐着的地方不远处左右张望。

这时比尔博才想起了他的戒指！“我的天啊！”他说，“隐身到底还是有坏处的，要不是这样，我说不定早就在床上又暖和又舒服地度过一夜啦！”

“是我，比尔博·巴金斯，梭林的同伴！”他急忙摘下戒指喊道。

“能找到你真是太好了！”那人大步走上前说，“我们一直在找你，都惦记着你呢。要不是巫师甘道夫说最后一次听到你的声音是在这个地方，你就会被列入阵亡名单里了，阵亡的人太多了。我这是被派来最后再找你一次。你伤得重吗？”

“我想，是头上被狠狠砸了一下。”比尔博说，“不过我有一顶头盔和一个坚硬的头壳。尽管如此，我还是觉得恶心想吐，两条腿软得像稻草。”

“我抱你到山谷里的营地去吧。”那人说，轻轻地把他抱了起来。

那人脚步稳健，走得飞快；没多久比尔博就在河谷的一座帐篷前被放了下来。甘道夫站在那里，一条手臂绑着绷带吊在胸前。就连巫师也没能毫发无伤地逃过一劫。全军中很少有人没有受伤。

甘道夫见到比尔博，高兴万分。“巴金斯！”他大喊道，“我真没想到！你还活着——我真高兴！我都开始怀疑你的运气能不能保佑你到底了！这事真是可怕，差点就成了一场灾难。不过，别的消息可以等一等。来！”他变得严肃起来，“有人要见你。”他边说边在前带路，把霍比特人领进帐篷。

“你好，梭林！”他走进去时说，“我把他带来了。”

“橡木盾”梭林就躺在里面，遍体鳞伤，破损的铠甲和缺口累累的斧头被扔在地上。比尔博走到他身边时，他抬眼望去。

“永别了，好飞贼。”他说，“我现在要前往等候的厅堂，坐在我的先祖身旁，直到世界更新。既然我现在要抛下所有的金银，去一个金银无用的地方，我希望像朋友一样和你告别，我想收回我在前门口的恶言和蠢行。”

比尔博满心悲伤，单膝跪地。“永别了，山下之王！”他说，“结局如果一定要这样，那么这真是一趟苦痛的冒险；即使有整座的金山也无法弥补。但我很高兴曾经与你共患难——这对任何巴金斯家族的人来说都是无上的光荣。”

“不！”梭林说，“好心的西方之子啊，你远比你所意识到的更善良。你有勇有谋，二者兼备。如果我们有更多人把美食、快乐和歌谣看得比囤积金山更重，这世界将会快乐得多。但是无论悲伤还是快乐，现在我都必须抛下了。永别了！”

然后比尔博转身离开，一个人走了。他裹着毯子独自坐着，不管你信不信，他痛哭了一场，哭得两眼通红，声音沙哑。他是个善良的小家伙。要过很久以后，他才有心情再说笑。“我能及时醒来，真是老天慈悲。”他终于能开口跟自己说，“我真希望梭林还活着，不过我很高兴我们能友好地道别。比尔博·巴金斯，你真是个傻瓜，你把那颗宝石的事搞得一团糟；虽然你竭尽全力想要争取和平与安宁，结果还是打了一仗，不过我想这实在也不能怪你。”

比尔博后来才得知他被砸昏之后所发生的一切；但那给他带来的悲伤多于快乐，此时他已经彻底厌倦了这趟冒险。他从骨子里渴望着踏上归程。不过，那还得耽搁一阵子，所以趁这时间我来讲讲几件事。大鹰对半兽人的集结早就起了疑心；以大鹰的警惕，山里的动静是不可能完全瞒过他们的。因此，他们也成群结队集结在迷雾山脉的大鹰麾下；最后，他们从远处嗅到了战争的气息，在千钧一发之际，乘着大风及时赶来。正是他们把半兽人赶下山坡，扔下悬崖，或追得他们尖叫着抱头鼠窜，在敌阵中不知所措。没过多久他们就解了孤山之危，让山谷两侧的精灵和人类终于可以冲到下方去援助矮人。

但即使有大鹰助阵，他们在数量上仍处于劣势。就在最后的时刻，贝奥恩亲自出战了——谁也不知道他是怎么来、从哪里来的。他独自一人以熊的模样出现在战场上；他在盛怒中显得几乎有巨人一样大。

他的吼声如擂鼓、如炮响；他一路横扫恶狼和半兽人，丢它们就像扔稻草和羽毛。他从他们背后发动进攻，像一声霹雳冲破了包围圈。矮人仍坚守在一座低矮的圆丘上，将他们的领主们围在中间。于是贝奥恩弯下腰抱起那时已经身中数支长矛倒在地上的梭林，将他送出了战场。

他旋即返回，愤怒倍增，这使他所向披靡，简直刀枪不入。他将波尔格的护卫队打得七零八落，又将波尔格本人扯下狼背，捶成肉饼。半兽人见状，无不惊慌失措，四散奔逃，新希望的来临使他们的对手精神大振，对他们紧追不舍，使他们当中绝大多数无法逃生。联军将许多半兽人赶下奔流河，那些向南或向西逃跑的也被追杀到密林河附近的沼泽地里，最后一批逃亡的半兽人里大部分被歼灭在该地，至于那些勉强逃到森林精灵王国里的，不是被杀，就是被引入暗无天日的黑森林深处等死。歌谣中说，北方的半兽人战士有四分之三在那一天丧命，此后群山中太平了许多年。

在夜幕降临之前，胜券已然在握，但到比尔博返回营地时，追击还在继续。除了伤势较重的人，留在山谷里的人并不多。

那天晚上，比尔博裹着一堆温暖的毯子躺在帐篷里时问甘道夫："大鹰在哪儿？"

"有些还在追猎敌人，"巫师说，"但大多数已经返回他们的窝巢了。他们不愿留在这里，天一亮就走了。戴因给他们的首领戴上了金冠，并发誓与他们永远友好相处。"

"真遗憾啊。我是说，我很想再见到他们。"比尔博睡意蒙眬地说，"也许我在回家的路上能见到他们。我想我很快就可以回家了吧？"

"随时都可以。"巫师说。

实际上，过了好几天之后，比尔博才真正出发。他们将梭林深深葬在孤山底下，巴德将阿肯宝石安置在他胸前。

"让宝石安卧在这里，直到孤山崩塌！"他说，"从今往后，愿它给他所有居住在此的族人带来好运！"

精灵王将梭林被俘时从他手中没收的精灵宝剑奥克锐斯特放

在他的坟墓上。据歌谣说，若有敌人靠近，宝剑就会在黑暗中闪闪发光，矮人的堡垒不会被偷袭攻下。现在，纳因之子戴因继承了梭林的住所，成为山下之王，很快，众多矮人都来投靠，聚集在这古老大厅中他的宝座前。梭林的十二个同伴，有十人生还。菲力和奇力在战斗中用自己的盾牌和身体保护梭林而牺牲，因为他是他们母亲的兄长。其他人因为戴因妥善分配了宝藏，都留在了戴因身边。

当然，原来的分配计划不再有争议，宝藏被分给了巴林和杜瓦林，多瑞、诺瑞和欧瑞，欧因和格罗因，比弗、波弗和邦伯——还有比尔博。不过，所有金银的十四分之一，不管是否加工过，归给了巴德；因为戴因说："我们会尊重死者的协议，而他现在的确拥有阿肯宝石了。"

即使是十四分之一，也是一笔极其巨大的财富，比世间许多凡人国王的财富都要多。巴德从这些财宝中拿出不少金子给长湖镇的镇长；他还慷慨酬谢了追随他的人和他的朋友。他将戴因归还给他的传家宝吉瑞安的绿宝石送给了精灵王，精灵王最爱这样的珠宝。

巴德对比尔博说："这些宝藏既是你的，也是我的；虽然旧的协议因为有这么多人为了赢得和保卫它付出了代价，已然不能成立。不过，即使你愿意放弃所有的权利，我还是希望梭林说我们一点也不会分给你那句话不要成真，他也后悔说了这话。我要给你最丰厚的奖赏。"

"你真好心，"比尔博说，"但不拿对我来说真的是种解脱。我不知道到底要如何在一路都不引发争战和谋杀的情况下，把这些财宝运回家乡。我也不知道我回家后该怎么处理它。我相信它交在你手里更好。”

最后，他只拿了两个小箱子，一个装满白银，另一个装满黄金，这样一匹强壮的小马就能驮走。“我能应付的就这么多了。”他说。

终于到了他向朋友们告别的时候了。“再会了，巴林！”他说，“再会了，杜瓦林；还有多瑞、诺瑞、欧瑞、欧因、格罗因、比弗、波弗和邦伯，再会了！愿你们的胡子永不稀疏！”他转向孤山，添了一句：“再会了，‘橡木盾’梭林！还有菲力和奇力！愿你们英名永存！”

矮人在他们的前门前深深地鞠躬，但想说的话却哽在喉咙里。“再见，无论你去往何处，愿好运相随！”巴林最后开了口，“待到我们的殿堂再度修缮得金碧辉煌，他日你再来访，宴庆定会盛大无匹！”

“如果你们哪天路过我家，”比尔博说，“尽管进来！下午茶是四点，但任何时间都欢迎你们来！”

然后他转身离去。

精灵大军已经拔营启程，尽管人数不幸减少，但多数还是很高兴，因为北方世界现在可以过上很久更加欢乐的日子了。恶龙已死，半兽人溃败，他们的心期待着冬天过后的喜乐之春。

甘道夫和比尔博骑着马跟在精灵王的后面，贝奥恩又变回了人形，迈着大大的步伐走在他们旁边，一路上高声大笑歌唱。就这样，他们继续前进，直到接近黑森林的边界，到密林河流出之地的北边。然后他们停了下来，因为巫师和比尔博不愿进入森林，虽然精灵王邀请他们到他的宫殿里去住几天。他们打算沿着森林的边缘走，绕过森林北端，横越森林和灰色山脉起点之间的荒野。这条路漫长又无趣，不过既然半兽人已经被打垮了，在他们看来，这条路比森林里那些可怕的小径要安全些。而且，贝奥恩也走这条路。

"精灵王啊，再会！"甘道夫说，"趁世界还年轻，愿绿林欢乐无尽！愿你的族人也欢乐无尽！"

"甘道夫啊，再会！"精灵王说，"愿你永远在最需要你的地方、在最出乎意料的时刻出现！你越常光临我的殿堂，我越欣喜！"

"我请求你，"比尔博结结巴巴地说，不安地挪着脚，"收下这份礼物！"他拿出戴因在临别时送给他的一条白银与珍珠做成的项链。

"但是霍比特人啊，我是如何赢得了这样的礼物？"精灵王说。

"这个，呃，我想，你不知道吗？"比尔博有些慌乱地说，"这，呃，是你该得的，呃，一点小小的回报，感谢你的款待。我是说，即使是飞贼，也有感激之情。我喝了你不少的酒，吃了你不少的面包。"

"我收下你的礼物，了不起的比尔博！"国王庄重地说，"我宣布你为精灵之友并祝福你。愿你的影子永不消褪（要不然偷窃就太容易啦）！再会！"

然后精灵们转向森林，而比尔博开始了他漫长的归家之路。

在回到家之前，他还经历了许多艰难险阻。大荒野毕竟是大荒野，在那些日子里，除了半兽人之外，还有许多其他的东西。但他得到了很好的引导和保护——巫师跟他在一起，大部分路程还有贝奥恩一起走——他再也没有遇到大的危险。不管怎么说，隆冬时节，甘道夫和比尔博已经沿着路绕过森林，从东缘走到西缘，回到了贝奥恩的家门口；他们在那里住了些时日。尤尔季节[1]过得温暖又欢乐；人们从四面八方赶来，应贝奥恩的邀请来参加盛宴。迷雾山脉里的半兽人如今所剩无几，而且个个吓得半死，都躲在他们所能找到的最深的洞穴中；座狼也从森林里消失了，因此人们可以放心地出远门。贝奥恩后来成了这片地区的大统领，统治着山脉和森林之间的广阔土地；据说他的后裔里有好几代人都有变成熊的能力，其中有些人冷酷而邪恶，但大多数人的心地都像贝奥恩，只是身材和力量有所不及。在他们统治的年岁里，迷雾山脉里最后一批半兽人也被歼灭，大荒野的边缘开始了新的和平岁月。

春天来临，比尔博和甘道夫终于在一个风和日丽的日子里，告别了贝奥恩。虽然比尔博很想家，但他离开的时候还是带着遗憾，因为贝奥恩的花园里春日百花盛开的景象，跟盛夏时一样美妙，令人赞叹。

他们终于又走上那条漫长的路，来到当初半兽人抓住他们的那个隘口。不过他们是在早晨到达那处高地的，回头眺望时，只看见耀眼的阳光照在远远延伸开去的广阔大地上。大地尽头是黑

1　霍比特人历法中，一年的最后一天及下一年的第一天都称为尤尔日（Yule），相当于新年。见《魔戒》附录四。托尔金要求该名音译。尤尔季节（Yule-tide）是持续的六天，就是一年的末三天和新一年的头三天。

森林，远处苍蓝，近处的边缘即使在春天也是深绿色的。在视野所及的最远处，矗立着孤山。在孤山的最高峰顶，尚未融化的积雪闪着苍白的光。

“烈火之后有积雪，即使是恶龙也有末日！”比尔博说完，不再去想他的冒险之旅了。他身上属于图克的一半越来越疲倦，而巴金斯那一半却一天天增强。“现在我只希望坐在我自己的扶手椅上！”他说。

第十九章
尾声

五月一日这天，他们俩终于回到了最后（或最初）家园所在的幽谷边缘。到达时又是傍晚，他们的小马都累了，尤其是驮行李那匹；他们全都需要休息。他们骑着马走下陡峭的小路时，比尔博听见精灵还在树林里唱歌，仿佛在他离开后，他们一直就没停过；两位骑手一进低处的林中空地，精灵立刻唱起了和上次差不多的歌。歌词大概是这样：

恶龙已经覆灭，
尸骨已经瓦解；
铠甲已经粉碎，
气焰烟消云散！
宝剑终将锈蚀，
权位终将消亡；
连同人类相信的力量，

还有他们珍惜的宝藏，
但这里青草依然生长，
木叶依然摆荡，
清水依然流淌，
精灵也依然歌唱。
来吧！哗啦啦啦啦！
回到我们的山谷吧！

天上群星灿烂，
远胜宝石无数。
月亮如此皎洁，
远胜白银珍藏。
黄昏时分的壁炉，
比起矿中的黄金，
更加温暖明亮。
为何还要走闯四方？
来吧！哗啦啦啦啦！
回到我们的山谷吧！

哎呦你们要去哪里呀，
这么晚了才回来啊？
河水依然奔流，
群星已经点亮！
如此闷闷不乐，

如此忧郁悲伤？
这里的精灵男女，
欢迎疲惫的旅人。
哗啦啦啦啦！
回到我们的山谷吧！
哗啦啦啦啦！
啦啦啦啦啦！
哗啦啦！

然后山谷里的精灵出来迎接他们，带领他们过河来到埃尔隆德的家。他们受到了热烈的欢迎，那天晚上有很多人竖起耳朵，迫切想听他们的冒险故事。讲述的是甘道夫，因为比尔博已经安静下来，昏昏欲睡。大部分的故事他都知道，因为他亲身经历过，而且是在回程的路上或在贝奥恩家里时，他亲口说给巫师听的；不过，偶尔当故事讲到一些他还不知道的部分时，他会睁开一只眼睛，听上一听。

就这样，他知道了甘道夫去过哪里；因为他无意中听到了巫师对埃尔隆德说的话。看来甘道夫是去参加了白道巫师大会，他们是一群博学多闻、通晓良善魔法的大师；并且他们终于把死灵法师从黑森林南部的黑暗老巢里赶走了。

“不久以后，”甘道夫说，“森林会变得更加生机盎然。我希望北方能长久摆脱他的恐怖。但我真希望他被逐出这个世界！”

“真是那样就好了，”埃尔隆德说，“不过，恐怕这事在世界的这个时代，甚至未来很长一段时间里，都不会实现。”

他们的旅行故事讲完以后，又有人讲其他的故事，讲更多的故事，有远古的故事，也有新鲜的故事，还有不知道什么时候的故事，直到比尔博的脑袋耷拉到胸口，在角落里舒服地打起鼾来。

他醒来时发现自己躺在一张雪白的床上，月光透过一扇敞开的窗户照进来。在窗下的河边上，有许多精灵正唱着歌，声音清亮。

欢欣的人们歌唱吧，齐声高歌！
风儿吹拂树梢，风儿吹拂石楠；
群星璀璨争辉，皓月正当长空，
夜晚塔楼高耸，窗户大放光明。

欢欣的人们跳舞吧，共同起舞！
草地松软柔细，脚步轻如绒羽！
潺潺溪水如银，光影飞掠变幻；
五月欢乐时节，相聚多么开心。

现在轻声歌唱，为他编织好梦！
送他进入梦乡，让他留在那里！
游历的人儿睡着了，睡枕多么柔软！
桤木与垂柳，快唱起催眠曲！

直到晨风吹送，松林别再叹息！
月亮自去沉落，大地一片暗寂！

橡树，桦林，与山楂，安静，安静！
直到黎明来临，流水也无声息。

“呵，快乐的种族！”比尔博探头到窗外说，“看那月亮，现在都几点钟啦？你们的摇篮曲能把醉倒的半兽人都吵醒！不过我还是谢谢你们。”

“而你的鼾声能把石龙都吵醒——不过我们还是谢谢你，”他们大笑着回答，“天快亮啦，昨晚你一入夜就睡着了。说不定，明天你的疲惫就能治愈。”

“在埃尔隆德的家，小睡能治大病。”他说，“但我会接受一切我能得到的药方。再说一次晚安，美丽的朋友们！”说完，他又回到床上，一觉睡到日上三竿。

在这座家园里，他很快就摆脱了疲倦，他从早到晚和山谷里的精灵一起说笑跳舞。不过，即使是这样好的地方，现在也不能留住他太久了，他总是思念着自己的家。因此，一个星期之后，他向埃尔隆德告别，并送给埃尔隆德一些他愿意接受的小礼物，然后和甘道夫一同骑马离去。

就在他们离开山谷的时候，前方的西边天空变暗了，风雨迎面袭来。

“五月真是欢乐的时节！”比尔博说，即使雨水劈头盖脸打下来，“但是我们把传说留在背后，就要回家了。我想这是归途给我们品尝的第一个甜头。”

“还有很长的路要走呢。”甘道夫说。

“但这是最后一段路程了。”比尔博说。

他们来到了标志着大荒野边界的那条河，你可能还记得，陡峭的河岸下是可以涉水而过的浅滩。由于夏季临近积雪融化，外加下了一整天的雨，河水上涨了。他们费了一番周折才过了河，即使夜幕降临，依旧继续前进，在旅途的最后一程赶路。

这跟之前很像，只是伙伴变少了，也更安静；而且这次没有食人妖。比尔博在途中每一处地点都回想起一年前——对他来说更像是十年前——发生的事和说过的话。因此，他当然很快就认出了小马掉到河里，他们离开正路遭遇汤姆、伯特和比尔的那场惊魂历险的地方。

在离大路不远的地方，他们找到了当时埋下的食人妖的金子，都还藏得好好的，没被动过。“我已经有足够活一辈子的本钱了。”比尔博在他们把东西挖出来后说，“甘道夫，你最好都收下吧。我敢说你能让它派上用场。”

“我确实能！”巫师说，“不过还是平分吧！你说不定会发现有一些意想不到的开支。”

于是，他们把金子装进袋子里，挂在小马背上，小马对此可一点也不乐意。之后，他们的速度更慢了，因为大部分时候都是步行。但大地绿意盎然，青草茂盛，霍比特人心满意足地漫步其中。他用一块红丝绸手帕擦了擦脸——不！他自己的手帕一条也没幸存下来，这条是从埃尔隆德那里借来的——因为这时六月已经入夏了，天气再次变得晴朗又炎热。

正如万事都有结尾，这个故事也一样。终于，有一天，比尔博出生和长大的乡野出现在他们的视野中，那里土地和树木的形貌他了如指掌。他走上一处高地，发现已经可以远远看见他家所在的小丘了。然后他突然停下来，说：

道路永无尽头，
翻越山岩，穿过森林，
通入见不到阳光的洞穴，
顺着找不到大海的小溪；
踏过冬天撒下的白雪，
穿过六月的花海欢欣，
走过草地，走过石子，
在山脚下，在月光里。

道路永无尽头，
在云天下，在星空下，
但是漫游的脚步，
终于回转远方的家。
曾经见识烈火刀剑，
与恐怖的场面在山岩厅堂，
终于望向青翠的草木与小山，
长久以来熟知的地方。

甘道夫看着他。“我亲爱的比尔博！”他说，“你有点不太对劲！你不是以前的那个霍比特人了。”

就这样，他们过了桥，经过小河边的磨坊，径直回到了比尔博的家门口。

“我的老天！这是怎么回事？”他惊叫道。只见门前一片混乱，聚集着各色人等，有可敬的，也有不可敬的，还有许多人进进出出——比尔博恼火地注意到，他们甚至没在门垫上擦擦脚。

如果说他很惊讶，他们就更惊讶了。他回到家时正好赶上一场拍卖会！大门上挂着一张写有黑字和红字的大布告，写的是：六月二十二日，挖伯兄弟和掘洞先生将拍卖已故的比尔博·巴金斯先生的遗产，地点是霍比屯小丘下的袋底洞。拍卖会十点整开始。这时已近午餐时间，大部分东西都已经卖出去了，价格不一，从几乎白送到微不足道（这在拍卖会上并不罕见）。事实上，比尔博的堂亲萨克维尔——巴金斯一家正忙着丈量他的房间，看看他们自己的家具是否放得下。总之，比尔博被“推定死亡”了，而且，发现这推定出错后，也不是每个之前这么说的人都怀着歉意。

比尔博·巴金斯先生的回归，引起了相当大的骚动，不管是在小丘底下、小丘另一边，还是小河对岸；而且要比九日奇迹[1]轰动得多。它所引发的法律纠纷着实持续了好几年。事实上，过了很长一段时间之后，巴金斯先生才被承认还活着。那些在拍卖会上占了大便宜的人，得费老大的劲儿去说服；最后，为了节省时间，比尔博不得不花钱买回相当一部分自己的家具。他的许多银汤匙都神秘失踪了，从此下落不明。他个人怀疑是萨克维尔-巴金斯一家吞没了。他们那一家子从不承认归来的巴金斯是真货，并且从此对比尔博很不友好。他们真的太想住在他那漂亮又

1　“九日奇迹”指的是引起极大轰动，但几天之后就被人忘却的事。

舒适的霍比特洞府里了。

事实上，比尔博发现他失去的不仅仅是汤匙——他还失去了名誉。从那以后，他的确永远都是精灵之友，并且受到矮人、巫师和所有路过那里的人的敬重；但他在家乡却不再那么可敬了。事实上，附近所有的霍比特人都认为他“古怪”——除了他在图克家族那边的外甥和外甥女们，不过就连这些晚辈，他们的家长也不鼓励他们和比尔博往来。

我很抱歉地说，他并不在乎。他相当心满意足；他壁炉上的水壶咕嘟作响的声音，听起来比在“意料之外的聚会”发生前的平静日子里更悦耳。他把剑挂在壁炉架上。他的锁子甲则套在一个架子上，放在门厅里（直到他把它借给博物馆展览）。他的金银大部分花在买礼物上，礼物有的实用，有的奢侈——这在一定程度上解释了他的外甥和外甥女们对他的喜爱。魔法戒指他则守口如瓶，主要用来避开他不喜欢的客人。

他开始写诗，以及拜访精灵。许多人对此行径大摇其头，并且抚额说：“可怜的老巴金斯！”也很少有人相信他的故事，但他依然一辈子都十分快乐，而且那可是特别长的一辈子。

几年之后的一个秋天傍晚，比尔博正坐在书房里写回忆录——他想把它命名为《去而复返，一个霍比特人的假期》——这时门铃响了。来的是甘道夫和一位矮人，那矮人竟是巴林。

“进来！进来！”比尔博说，他们很快就在炉火边的椅子上安顿下来。巴林注意到巴金斯先生的背心扩了一圈（而且上面钉着真正的金扣子），比尔博也注意到巴林的胡子又长了好几吋，并且系的宝石腰带也极其华丽。

当然，他们聊起了当年在一起的许多旧事，比尔博也问起了孤山那边的情况。看来一切都进展得非常顺利。巴德在河谷重建了城镇，人们从长湖、南方和西部聚集到他那里，整个谷地重新耕作，变得富饶起来，那片荒地如今在春天鸟语花香，秋天时果实累累，大摆宴席欢庆。长湖镇也重建了，比过去更加繁荣，大量的财货在奔流河上来来去去。在那片地区，精灵、矮人和人类之间和睦相处。

老镇长的下场不妙。巴德给了他很多金子去帮助长湖人，但是，由于太贪心，他得了龙病，吞没了大部分的金子逃跑了，结果被同伙抛弃，饿死在荒野里。

“新镇长是个聪明人，也很受欢迎，”巴林说，“因为，当然了，如今的繁荣主要归功于他。他们编了许多歌谣，说在他的时代，河里流的都是金子。”

“那么，古老歌谣里的预言，在某种程度上竟然应验了！”比尔博说。

“当然！”甘道夫说，“而且它们为什么不能应验呢？你肯定不会不相信预言吧，因为你也为它的应验出过力不是吗？你该不会真的以为，你所有的冒险和死里逃生都是纯粹靠了运气，都只是为你自己好吧？你是个非常好的人，巴金斯先生，我非常喜欢你。不过，在这广阔的世界里，你毕竟只是个小人物而已！”

“谢天谢地！”比尔博大笑着说，同时把烟草罐子递给他。

［全文完］

瑟罗尔的地图（位于插画后，从左到右，从上到下）

1 The Lonely Mountain | 孤山

2 Far to the North are the Grey Mountains and the Withered Heath whence came the Great Worms | 北方远处是灰色山脉与枯荒野，大虫们就是从那边来的

3 East lie the Iron Hills where is Dáin | 东方横陈着铁丘陵，戴因的领地

4 Here of Old was Thráin King under the Mountain | 这里从前是山下之王瑟莱因的领地

5 West lies Mirkwood the Great, there are Spiders | 西边横陈着庞大的黑森林，里面有蜘蛛

6 Here is Girion lord in Dale | 这里是河谷城的统治者吉瑞安的领地

7 the Running River | 奔流河

8 The Desolation of Smaug | 斯毛格荒地

9 Here is the gateway of the Long Lake | 这是通往长湖的入口

10 In Esgaroth upon the Long Lake dwell Men | 人类住在长湖上的埃斯加洛斯

11 Here flows the Forest River | 这是密林河

12 Elvenking | 精灵王

大荒野地图（位于前衬，从左到右，从上到下）

1 Western Land | 西部大地

2 Hobbiton | 霍比屯

3 Edge of the Wild | 大荒野的边缘

4 Ford | 渡口

5 Elrond | 埃尔隆德

6 Rivendell | 幽谷

7 Mount Gundabad | 贡达巴德山

8 Misty Mountains | 迷雾山脉

9 Goblin Gate & Eyrie | 半兽人大门，及鹰巢

10 Carrock | 卡尔岩

11 Old Ford | 老渡口

12 Great River of Wilderland | 大荒野的大河

13 Forest Gate | 黑森林入口

14 Beorn | 贝奥恩

15 Grey Mountains | 灰色山脉

16 Mirkwood | 黑森林

17 Forest River | 密林河

18 Elf path | 精灵小径

19 Mountains of Mirkwood | 黑森林山脉

20 Old Forest Road | 老密林路

21 Elven Kings' Hall | 精灵王的殿堂

22 Desolation of Smaug | 斯毛格荒地

23 Lonely Mountain | 孤山

24 Long Lake | 长湖

Esgaroth | 埃斯加洛斯

25 River Running | 奔流河

26 Iron Hills | 铁丘陵

27 Wilderland | 大荒野

霍比特人

作者 _ [英] J.R.R. 托尔金　译者 _ 邓嘉宛 石中歌 杜蕴慈

产品经理 _ 闻芳　装帧设计 _broussaille 私制　产品总监 _ 李佳婕
技术编辑 _ 顾逸飞　责任印制 _ 梁拥军　出品人 _ 许文婷

营销团队 _ 王维思 谢蕴琦　物料设计 _ 孙莹

鸣谢（排名不分先后）

张晨　肖雯

果麦
www.guomai.cn

以 微 小 的 力 量 推 动 文 明

图书在版编目（CIP）数据

霍比特人 /（英）J.R.R. 托尔金著；邓嘉宛，石中歌，杜蕴慈译. -- 成都：四川文艺出版社，2024.5
ISBN 978-7-5411-6938-0

Ⅰ. ①霍… Ⅱ. ①J… ②邓… ③石… ④杜… Ⅲ. ①长篇小说—英国—现代 Ⅳ. ①I561.45

中国国家版本馆 CIP 数据核字 (2024) 第 072069 号

HUOBITE REN

霍比特人

［英］J.R.R. 托尔金 著

邓嘉宛 石中歌 杜蕴慈 译

出 品 人　冯　静
责任编辑　王思鈜
产品经理　闻　芳
装帧设计　@broussaille私制
责任校对　段　敏
出版发行　四川文艺出版社（成都市锦江区三色路238号）
网　　址　www.scwys.com
电　　话　021-64386496（发行部）　028-86361781（编辑部）
印　　刷　河北鹏润印刷有限公司
成品尺寸　140mm×200mm
开　　本　32开
印　　张　10.25
字　　数　213千
印　　数　1-14,000
版　　次　2024年5月第一版
印　　次　2024年5月第一次印刷
书　　号　ISBN 978-7-5411-6938-0
定　　价　79.80元

路过人间

丁蕾／著

新华出版社

图书在版编目（CIP）数据

路过人间 / 丁蕾著．—北京：新华出版社，2021.5

ISBN 978-7-5166-5805-5

Ⅰ．①路…　Ⅱ．①丁…　Ⅲ．①长篇小说－中国－当代　Ⅳ．①I247.5

中国版本图书馆CIP数据核字（2021）第075264号

路过人间

作　　者：丁　蕾

责任编辑：蒋小云　　**封面设计：**中尚图

出版发行：新华出版社
地　　址：北京石景山区京原路8号　　**邮　　编：**100040
网　　址：http：//www.xinhuapub.com
经　　销：新华书店
新华出版社天猫旗舰店、京东旗舰店及各大网店
购书热线：010-63077122　　**中国新闻书店购书热线：**010-63072012

照　　排：中尚图
印　　刷：天津中印联印务有限公司
成品尺寸：210mm×145mm，1/32
印　　张：9.5　　**字　　数：**255千字
版　　次：2021年5月第一版　　**印　　次：**2021年5月第一次印刷
书　　号：978-7-5166-5805-5
定　　价：49.00元

序

我是个爱狗人士，自己也养了两只泰迪，快十年了，我非常感恩狗狗的陪伴。对于宠物的话题，我总会投入多一点的精力去参与其中。曾经看过一篇文章，有这么一句话：你有你的一生，而你的狗的一生只有你。这话诚然不假，但我自始至终觉得，很多主人其实是在宠物身上获得更多，能量、治愈，以及漫长告白的陪伴。

宠物狗是比我们更懂得爱与被爱的，为何狗的忠诚在如今社会如此感人至深，无非就是缺了。我不能武断说养狗就是好，但我可以从自己养狗的经历中得出总结，果断地说，因为狗的生命周期很短，和它们的相遇与生离，教会了我生命短暂又无常，需要尽情释放爱，莫要到失去了才追悔莫及。

当我看到这本书的简介是关于宠物犬的故事时，我一下子来了兴趣，立马翻阅了起来。

初始，我以为是类似于《忠犬八公》《导盲犬阿Q》等与人类情感有牵绊的故事。这一类故事非常戳我的泪点，我纸巾都准备好了，结果看下去，并不如我想象，也不似众多宠物故事那般单独讲宠物的经历，而是从一只可爱的灰色小泰迪的视角看人类的世界，看到这世界的“繁华”，有爱情的酸甜苦辣，有人性的黑暗与光明，还有人生的变幻莫测。灰色小泰迪的一生虽然短短十多年，但足以让它觉得，做人有一种无法言说的乐趣，让它跃跃欲试，想做一次人。

这仅仅是它的视角，是众生的沧海一粟。人生何其多？每个人都经历着不同的人生。万物归一，就是一个生命罢了。

有时候我在想，人生的意义到底是什么？看这本书之前，觉得人生本来就没什么意义，我们赋予了自己想要的意义，便是它的意义。

因人而异。

看完这本书，我也不方便剧透，就觉得吧，人生就是体验，请尽兴点。有爱情，就大胆地放纵，反正无非两种结局：好的坏的。都是爱情的一部分，怕什么？有亲情，就别藏着掖着，反正只有一种感情，那是坚强的后盾，坚不可摧。有友情，就怒放这一朵友谊之花吧，反正曲终人散，只要有缘再见，又是一朵鲜艳欲滴的花，花期短，但岁岁又年年。

狗，生而一狗，死后，仍是一狗，其实不过是借狗喻人罢了。人，生不带来死不带去，除了过自己的人生外，其余全是背景。

此书名为《路过人间》，不只是这条狗，也是我们每一个人。既然是路过，可否用心路过？体验一把人的七情六欲，饱尝一下人间的酸甜苦辣，回头再看一看自己曾经走的路，最后感叹一句：这一路辛苦了，人间值得。

非常喜欢这本书，祝大卖！我是锦竹，正在人间路上的旅人。

锦　竹

2021 年 2 月 17 日

目 录

Contents

引　子

十二年，是我存在于这个世界上的时间。如今，我该离开了。

视线渐渐模糊，听觉也缓缓减弱，直到完全消失。我听到胸膛里的心脏似乎有些不屈服却无能为力地又跳动了几下，然后就停了下来。

我能感觉到，那来自灵魂的轻松。

再见了，这个世界……

光芒重新照亮了我的视野，沉重的眼皮再度翻起，我充满了不解——我不是死了吗？

“您好，我亲爱的朋友。”

一个听不出公母的声音在身后炸响，那声音仿佛是从心脏跳动出来的一样。我诧异地回过头，却看到一个我不敢置信的画面——洁白的长袍，包裹着一个散发着并不刺眼的光芒的“人”，应该是人吧，有手有脚，唯一不一样的是祂的身后有十二扇洁白的翅膀。

“十二翼大天使？”我心里随便嘟囔了一句。

“没错，我就是十二翼大天使。”那个“光人”居然看透了我心里的想法。

“别紧张。”那温柔的声音继续在我的心头响起，“这只是一道程序，在你进入天堂之前。”

“什么程序？”我疑惑地问道。

“请回顾您的一生。”十二翼停顿了一下，似乎在检索什么，然后继续“说”道：“十二年，不算很长，应该很快就能结束。”

我都有些想笑了：“拜托，我需要回顾我的一生吗？您是不是哪里搞错了，尊敬的大天使先生，我只是一只狗，一只纯种的贵宾犬。”

十二翼：“在神的目光中，所有的生命都是一样的。所以，尽管只是短暂的一生，还是请您回顾一下吧。毕竟这是程序。”

“一定要这样吗？”我有些茫然，“那我从什么时候开始？”

十二翼又停顿了片刻，然后回答道：“就从你的第一任主人开始，怎么样？”

虽然这段对话有些怪怪的，但是为了能进入天堂，我微微点了点头，回忆了起来……

第一卷

小镇姑娘

✶ 1 ✶

深吸一口气，我从一个黑乎乎的箱子里被抓了出来。

光线有点刺眼，我连忙闭上了眼睛。

我的鼻子抽了抽，一股陌生又好闻的气味进入我的鼻腔。

不是我吃奶的时候嗅到的那股气味，不过同样也好好闻啊。

我忍不住睁开了眼睛，视线逐渐清晰。

出现在我视线里的是一脸温柔的笑容和炯炯有神的眼眸，那眼眸里充满了让我信任的依赖感。

她是谁？是妈妈吗？真好看！

我怎么这么小，我只有她的一只手掌大。

她在笑，她看着我，眯着眼睛，双手捧着我就像捧着一颗宝石。

她温柔又小心地把我放在胸口，然后又把我捧起来放在面前，盯着我的眼睛。

“这只灰色的泰迪看起来好有灵性啊！”她说：“来，乖，叫妈妈。”

我张了张嘴，我太小了，连一声“汪”都喊不出来，只能呜咽了一声。就这么一个小声地呜咽，她开心地跳起来，冲着旁边的男孩子喊道："听到没？她喊我妈妈了！"

那个男孩没说话，只是冲着她笑。

"以后你就叫豌豆吧。"她认真地告诉我，然后，又回过头，看着男孩，"以后它叫豌豆。"

男孩点点头："好，就叫豌豆。"

女孩满意地点点头，告诉我："豌豆，记住了，我是你妈妈。"

我实在是太困了，敷衍地又呜咽了一声。

"伊伊，我们在一起吧，我喜欢你。"男孩的声音听上去非常坚定。

"嗯！"女孩重重地点了点头。

那一天，我有了一个家。

妈妈，尚伊。

爸爸，夏柒。

✶ 2 ✶

我三个月了。

现在我已经是一只断奶的狗狗了，也稍微长大了一点，从尚伊手掌那么大变成了夏柒手掌那么大。

我觉得我可以履行保护主人这项狗狗神圣的使命了！

可是我现在很无奈……

尚伊接完一通电话后就坐在床上哭，眼泪一直往下掉。

三个月了，我第一次看到她哭得这么伤心。

我是想帮她舔掉眼泪，但是我还是有点小，根本碰不到尚伊的脸。

于是我把怒气洒向了那个会突然冒出声音的手机。

我围着那个比我小一点的手机，低声嘶吼着。

"快说！你跟我妈妈说了什么，把她吓成这个样子？"

"你再不说话，我就要把你撕碎！"

那台手机一言不发，我想它肯定被我镇住了。

我转身走向尚伊，脸上带着得胜的表情。

我想告诉尚伊：别害怕，这东西被我镇住了。

可是我刚转身，那破东西就又响了。

尚伊拿起电话，接通。

“夏柒，我爸妈让我下个月毕业了就回老家，怎么办？”

“他们说给我找好了工作，让我回去，我不想走。”

“我舍不得你，我不想离开这儿，怎么办？”

尚伊一声声地哭着，哭得我心烦。

老家是什么，还有什么老家？

这里不就是家吗？

我小小的脑袋里充满了大大的疑惑，不过我还是很贴心地钻进尚伊的怀里，用脑袋使劲蹭她。

以前每次我这么做的时候，她都会很开心。

只是这一次，她只是轻轻摸了摸我的头，把我推了出来。

我听到她哽咽着，对着电话里面说：“嗯，我相信你……”

3

气氛凝固。

坐在房东安置的破沙发上的中年人是妈妈的爸爸，也就是人类说的我的姥爷。那个在这不足十五平方米的房子中走来走去四处收拾的中年妇女则是我的姥姥。妈妈尚伊有些倔强地坐在一个小椅子上，不服输地看着我姥爷。

“哎呀！老尚，有蟑螂！”尚妈的嗓门把我吓得差点要往沙发底下钻，但很快我就反应过来，蟑螂？

“让我来让我来！”我撒开小脚丫子跑向洗手间，要知道蟑螂可是我最喜欢的玩伴之一。

“哎哟！”尚妈仿佛被我的积极性吓了一跳，往后退了一步，后背撞在门框上。

我不在乎她撞到哪里，我只是发现我的玩具不见了。

“小样儿，还想躲起来，我一定要把你抓出来！”

我深吸一口气，努力用鼻子嗅，想要嗅出那只小玩伴的藏身之处。

“老尚，不行。我们伊伊不能待在这里。”尚妈没有管我，而是稍微走了两步，就站在尚爸的面前。

“我不要你们管！”尚伊提高了声音，让我一个激灵，连忙跑出洗手间。我想扑到尚伊的怀里去，但是突然看到尚爸瞪了我一眼，我退缩了，委屈地靠着墙趴了下来。

“我才六个月大，凶我干什么？”我心里不满地嘟囔着。

尚爸从口袋里掏出烟盒，似乎想抽一根烟，尚妈只咳嗽了一声，尚爸就乖乖把烟盒又塞进了口袋。其实没必要的，我知道，尚伊也是抽烟的。他们来之前，我还帮尚伊找到了四个乱扔的烟头呢。

“伊伊，你是我们唯一的女儿。”尚爸终于开口说话了，是那种很严肃不容置疑的声音。我感觉这种声音特别适合教育那些警犬，反正我是害怕的。

尚爸接着说：“爸爸妈妈没有多大的本事，但是我们尽量让你不受委屈。你看看你现在，住的这是什么地方？不干净不卫生，周围环境又这么复杂，万一有坏人……”

“我们这里治安很好的。”尚伊打断尚爸的话，“再说了，我起码是一个人租，我还有同学跟人合租，住地下室，和他们比起来，我好太多了。”

“哎呀，宝贝。”尚妈插进了这个话题，“咱们不能低头往下比啊，你看看你这个环境，妈妈要心疼死了！”

“反正我不回家，我要留下来。”尚伊扭过头。

尚爸：“留下来？你靠什么留下来？伊伊，你什么学校毕业的你不清楚吗？你现在一个月多少钱，你要怎么留下来？”

“老尚，你怎么能这么说我们闺女呢？伊伊没有考上好大学你就没有责任了？当年我跟你说让你和你的老同学打个招呼，给伊伊通融一下，你倒好，就是不答应。现在嫌弃女儿的学历了？”

“这事能混为一谈吗？考不上就是考不上，通融有什么用！再说了，我们不是商量好了吗？等她毕业，我给她弄个编制，安安稳稳找个对象，这些不都是我们商量好的吗？”

“是我们商量好的，我们……”

“够了！”尚伊突然大吼了一声，老实说，我也吓了一跳。我抬起头看向尚伊，尚伊的眼睛里亮晶晶的，好像是要哭了。

“你们商量好了？那你们有跟我商量过吗？”尚伊看着尚妈和尚爸，“我大四实习，一个月一千五百块钱。现在我毕业转正了，一个月四千五百块。这个房子一个月租金是八百，我还有三千七百块钱。我怎么就待不下来了？”

“伊伊——”尚妈还想说什么，被尚伊直接打断。

“是，我就是不想回那个小县城。不是因为那里没有高楼大厦、灯火辉煌，这些我不在乎。我不想回去是因为我不想再被你们安排！被你们管着！我想过我自己的人生，不可以吗？”

尚妈张嘴要说什么，却被尚爸拉住。两个人静静地看着尚伊。

尚伊的眼泪掉了下来，声音也开始发颤：“我知道你们是为我好，可是这些苦我愿意吃。我不想和你们一样，捧着一个铁饭碗，一成不变地过几十年，我也不想随便在老家找个不讨厌的人嫁了，然后生一个孩子，慢慢老去，那不是我想要的生活。”

尚伊抹了一把眼泪：“在这里，我苦，我累，我被领导指着鼻子教训，但是我不委屈。爸，妈，我才二十二岁，能不能不要把我的人生安排到七十二岁，行吗？”

不行了，我看尚伊哭成了泪人，心疼得我受不了了。

我轻手轻脚，顺着墙根绕到尚伊身边，后肢发力站起来，刚好可以碰到尚伊的手。我伸出舌头，轻轻地舔了舔，顺便用我的眼神不满地看了一眼尚妈和尚爸，叫是不敢叫，但呜咽一声还是可以做到的。

尚伊的手一低，把我抱起来。

尚爸沉默了一会，站起身："你长大了，路是你自己走的。受委屈了跟家里打电话。"

尚爸转头走了出去。

尚妈："老尚……"

尚妈喊不回尚爸，心疼地看着尚伊："我去看看你爸，晚点再过来。"

尚妈站起身，突然从包里拿出一张银行卡，放在尚伊面前。

尚妈："你爸说要是你不想回去，就把他工资卡给你，密码是你生日。"

尚妈转身出门去追尚爸，我在尚伊的怀里感觉到她的身子在微微发抖。

头上一凉，是尚伊的眼泪滴在了我的脑袋上。

我抬起头，努力从尚伊的怀抱里挣扎出来，站起来舔掉她的泪水，味道咸咸的。

尚伊终于抱着我哭起来。

我想起一天前，尚伊和夏柒说："你放心，我不会跟他们回老家的。我要和你在一起！"

★ 4 ★

讨厌的小蝴蝶，你不要勾引我。

阳光明媚，春光灿烂，我惬意地走在草地上。

可是总有两只蝴蝶在我眼前飞来飞去，还试图站在我的鼻子上。

该死的，难道你们以为我是坟头，你俩是梁祝吗？

看我不抓住你们！

我愤怒地去扑那两只蝴蝶，引来旁边的小女生不断地赞叹："啊！那只小狗好可爱啊。""哎呀，太萌了！"

哼，愚蠢的凡人，你们没有看出来我正在和蝴蝶 battle 吗？萌什么萌，我是小猛犬！

扑腾了一会儿，蝴蝶被我击退了，我呼哧呼哧吐着舌头，环视了一下四周。

“还有谁！”我怒吼道，但是耳边却只听到两声奶声奶气的“汪汪”。

这让我很失落，我已经是一只十个月的大狗狗了，怎么声线还没有发育啊？上次在宠物店认识的小黑背才六个月，那声音听上去已经高大威猛了。

哦，对了，那还是一只小母狗。

“豌豆，来！”尚伊的声音传了过来，我的两只耳朵瞬间就支棱了起来。

孝顺的孩子从不让妈妈喊两遍，我飞快地跑向她。

今天是休息日，夏柒带着尚伊出来玩，作为家庭成员之一，自然也有我。

夏柒给尚伊准备了好多好吃的，那种黑乎乎的东西闻上去好香，我都快要流口水了。我偷瞄了一眼尚伊，看到夏柒似乎想亲尚伊，尚伊正害羞地低着头。

好机会！

我以迅雷不及掩耳之势扑向那黑色的食物，就在我刚把那东西叼进嘴里的时候，尚伊一巴掌把我的食物打掉到了一边。

“巧克力你不能吃，会死掉的！”

我被尚伊的巴掌打翻了身，爬起来，有些不服气。

“每次我要吃新奇的食物你都说我吃了会死，食物有毒吗？那你怎么天天吃有毒的东西还长得那么胖呢？”（汪汪，汪汪汪！）

“豌豆，乖，你不能吃巧克力。”夏柒的手放在我的狗头上，顺着我的脖子摸下去，滑到脖子的时候突然往里伸，挠起了我的肚皮。

混蛋，这样会……很舒服的啊。

我无力地躺下来，任由那只手在我肚皮上挠了挠。

“夏柒，马上你过生日了，想怎么过？”尚伊问夏柒。

“额，这个……”夏柒放在我肚皮上的手停了下来，我不满地翻过身，看着他。

“我一个大男人，过什么生日？”夏柒有些尴尬地笑了笑，我抽了抽鼻子，空气里有谎言的味道。

“那不行，去年我有事，没给你过成生日，我都遗憾死了。这一次我一定给你过。”

“伊伊，真的不用。”

“我不管，听我的。”尚伊坚持地说道，忽然她又不怀好意地一笑，“还是说你约了别人？没关系，你告诉我，我们一起过。”

我的直觉告诉我接下来可能不会有什么好事发生，我悄然站起身，准备偷偷溜走，但命运的手（尚伊的手）一把抓住我的后脖颈，把我抱进怀里。

“正好给豌豆介绍一下，对不对？”尚伊笑着说，但我能感觉这声音里带着刀剑的味道。

夏柒叹口气：“你想哪去了？是这样，今年不是我二十四岁本命年吗？我妈说我生日那天带我去白云寺烧个香，求个平安。中午在寺里吃斋，晚上全家一起吃个饭。我是想溜都溜不出来。”

我感觉尚伊抱我的手一紧：“你妈妈不知道你有女朋友吗？”

“知道啊。”

“你就说你那天陪女朋友嘛。”

“我妈说我天天都可以陪女朋友，生日那天就陪陪她。伊伊，我生日也是她的受难日，你就割爱一天，好不好？”

尚伊沉默了一会儿：“你什么时候带我见你妈？”

“我生日后面一个礼拜就是我妈生日，我本来打算好了带你去一起给她过生日。”夏柒信誓旦旦。

“真的？”

“当然是真的！”

尚伊露出了笑脸：“我第一次见阿姨，你说我准备什么礼物？”

“不用，我会替你准备好的。”

尚伊有些委屈地点点头：“其实这事不应该我来说的……”

“对对对，应该我提出来带你见见我家人。这是我的错。但咱们说定了，今年跟我一起陪我妈过生日！”

“嗯！”

尚伊扑进了夏桀的怀抱，全然忘了我夹在中间难以呼吸。

我鼻子抽了抽，哼，爱情的酸臭气。

✶ 5 ✶

雨一直下，气氛不算融洽。

这不是歌词，是现实生活的白描。

没错，身为一只狗的我都懂这些东西。

言归正传，眼下家里就是这个样子，外面下着雨，还有小哭包尚伊哭不停。原本出门前说好的好吃的估计也没有了。

我叹口气，从毯子上爬起来，缓缓走到尚伊跟前，用脑袋蹭了蹭尚伊的裤腿。

尚伊好像没有感觉到，我又加大了一些力度。

“豌豆，别闹，自己去玩。”尚伊有气无力地跟我说。

不对，事情有点严重。我心中警铃大作，平常我只要这么一蹭，尚伊一定会把我抱起来，一顿哭诉的，现在却赶我走，以前没有发生过啊。

我偏着脑袋想了一会儿，走到尚伊的正对面，一个标准的狗式蹲坐，瞪着我的大眼睛，就这么看着她，目光中带一点无辜，无辜中再夹杂一点关心，关心里又有一丝担忧。

还没等我的演技达到巅峰，门外传来了急促的敲门声。

尚伊站起身，径直走到门口把门打开。

“你走！”我听到尚伊喊道，我抽了抽鼻子，是夏柒的气味。

“伊伊，你冷静一点。”门口的夏柒开口，“还下着雨，我们进屋说，好吗？”

尚伊扭头回到沙发上坐下，接着夏柒也跟了进来。我瞄了夏柒一眼，心里知道这个时候一定要站队清晰，所以毫不犹豫地回到了自己的狗窝，闭上眼睛。

“伊伊，你听我说，我妈不是那个意思。”夏柒坐在尚伊身边，轻声说道。

“夏柒，你觉得我傻吗？我跟你妈待了一天了，她话里话外的意思不就是在嫌弃我吗？”尚伊抹了一把眼泪，“嫌弃我直说啊，我尚伊不高攀你夏家，行吗？”

夏柒有些着急：“你胡说什么？什么高攀不高攀的，我家就是一个普通家庭。我妈说话虽然有些过分，但她对你还是很满意的。”

“对不起，我不稀罕。”

“伊伊，我给你道歉，你让我做什么都行，别生气了好吗？是我们在交往，又不是我妈跟你交往，你别在乎她。”

尚伊侧着脸不说话，我偷偷翻了下眼皮，发现尚伊其实已经不流泪了。

夏柒似乎也有点着急：“我会跟我妈好好沟通。我一定会让她接受你，你相信我，好吗？”

“我很差吗？”

“不不不，是观念的问题。你看啊，我这么跟我妈说，你看你儿子，有女孩这么喜欢就赶紧偷着去乐吧，还挑来挑去的干什么，咱们是自己货不好，难得碰上一个瞎了眼的买主，干嘛呢！”

“你真的会这么说？”

“当然啊。应该让我妈脑子清醒一点。”夏柒做着保证，“再说了，你看我生日餐都没吃，不是过来找你了吗？”

“啊呀！”尚伊突然站起来，“你没吃？”

夏柒：“没啊，你前脚走我后脚就跟来了。”

尚伊瞪了夏柒一眼，有些慌张：“你们全家人都在，你跑来哄我，那我以后怎么见他们？在他们眼里我肯定更不懂事了。”

夏柒：“没关系，让他们也知道一下你在我心里的重要地位。”

尚伊：“别说了，你先回去吧。”

尚伊说着就走到门口把门打开，顺便拿了一把伞递给夏柒：“你快回去。”

夏柒接了伞：“你还生气吗？你要还是不开心我就留下来陪你。”

尚伊都急得要跳脚：“你赶紧回去，我不生气了！”

夏柒点点头：“那我先回去，明天再来找你。”

尚伊拉起夏柒：“赶紧！”

夏柒走出家门。

尚伊把门合上。我突然感觉浑身一紧，睁开眼，发现尚伊的目光落在了我的身上。

“豌豆，你说他真的爱我吗？”

“汪！”

✦ 6 ✦

尴尬。

我和面前这个戴眼镜的男生已经对视了十五分钟，在这期间，他用了小皮球、肉骨头以及一摇就会叮当响的铃铛不断地试探我。但是我，豌豆，一个已经一岁零三个月的成熟贵宾犬怎么会被这些小手段打动呢。

我晃动着脖子，四处打量周围的环境，确切地说，我在找一只猫。不是说程序员都会养猫吗？很遗憾，我并没有发现那种傲娇的物种。

事情要从头说起，昨天夜里，我亲爱的尚伊接到通知，需要出差三天。

按照抚养权的顺位，我应该被夏柒带回他家去住几天，但是夏柒的妈妈突然晕倒，进了医院。于是我的归宿似乎只有楼下的宠物店。

但屋漏偏逢连夜雨，宠物店里有两只狗得了传染病，那里瞬间成了隔离区。没办法，尚伊在公司群里求助，我对面这个戴着眼镜的男生站了出来，答应尚伊照顾我几天。

这个男孩叫冼法羽，是尚伊他们公司的程序员。我听尚伊说过他，一个被谈了十二年恋爱的初恋女友抛弃的悲剧人设。

在和冼法羽对峙的十五分钟里，我已经从他的眼睛里发现，他希望通过我，和尚伊建立新的关系。

幼稚的人类，感情不是通过第三者摧毁的，同样也不是通过第三者建立的。

但是我现在只是一只狗，按照尚伊和他约定的时间，我还要在他的家里待上七十二个小时，我开始考虑是不是逢场作戏一下。

等一下，他居然在给我表演转魔方。老大，狗子都是色盲，这个常识你都不知道吗？不知道不去查百度吗？不百度也不上知乎吗？

算了，我的肚子已经开始叫唤了，我勉强做个戏吧。

我咧开嘴，吐出舌头，脖子轻轻立起，又偏歪了一点，一双大眼睛盯着冼法羽，一副疑惑又好奇的模样。

他果然开心了，居然还拍了拍我的头。

愚蠢的人类，难道你不觉得我现在的样子特别像指着香奈儿的包包问你那是什么的前女友吗？

冼法羽很满意地站起身，从尚伊给他的零食袋里掏出了一根零食棒，在我面前晃了晃。

你什么意思？是要我站起来转圈圈吗？

我毫不客气地走到墙角，抬起后腿，撒了一泡尿。

我就蹲坐在尿旁边，挑衅地看着他：来啊，互相伤害啊，有本事打我啊。

冼法羽从床上坐起来，快步朝我走来。我有些颤抖，后悔不该这么狂妄。毕竟那是个男人，万一失手把我打死了怎么办？

“对不起，太喜欢你了，都忘记带你出去转转。”冼法羽居然一把把我抓起来，抱在怀里，小心翼翼地放在沙发上，又把刚才的零食棒放在我的面前。

“先乖乖待着。”

冼法羽说完，就跑出卧室，不一会就拿出一大卷卫生纸和拖把。

我趴在沙发上，看着冼法羽认真地清理我的杰作，用拖把把地脱干净，还倒了一些醋在地板上，遮盖尿骚味。

我突然觉得，这人也挺好的。

不行不行，他对尚伊有企图。尚伊已经有夏柒了，我立场要坚定。

我咬着零食棒，用力地告诫自己。

“现在出去玩，还来得及吗？”洗完手正在擦手的冼法羽突然转过头，笑着看着我。

我能说什么，毕竟现在寄人篱下。我爬起来，跳下沙发。冼法羽微微一笑，给我套上狗绳。

7

我发现了一个秘密。

人类可能不大了解，狗也是有社会的。

一个小区就是一个狗社会，大家总是在一个时间段出来遛弯，低头不见抬头见，久而久之，就形成了社会。但是在这个小社会里，决定地位高低的不是自身的体形和战斗力，而是主人的经济实力。

比如说，职员小丁家养的狗遇见了副总王总家养的狗，那小丁家的狗必须认可王总家的狗的社会地位高于自己，不然若发生了争斗不肯让步，等回去就会被小丁修理；反之，回去之后，小丁就会奖励自己家的狗。

而我，是一个外来户。

没错，今天是我在冼法羽家的第二天，我被一群狗包围了。

我的目光从贵宾、比熊、雪纳瑞、萨摩、金毛、拉布拉多的身上扫过，很遗憾，没有找到团队毒瘤哈士奇。

很明显，这个狗团队里带头的是那个站在最中间的柯基。

“矮子，你想干什么？”我很友好地询问。

“交……保护费。”柯基哼了一声，突然反应过来，“你喊我什么？咬它！”

柯基犬一声令下，狗群震动，朝我扑过来。

我是多么机智，喊完矮子就跑，反正昨天已经熟悉了这一带的地形。

经过将近十分钟的奔跑，我被保安救了下来。

一次很正常的社交，但是接下来，就是我发现的秘密。

当天晚上，好多人带着狗涌入了冼法羽家。狗主人都提着两份礼物，一份是给冼法羽的，一份是给我的。

“法羽啊，真的不好意思哦。我们家嘟嘟认生，不知道伤到你家狗狗没有啊？要是有问题跟阿姨说哦，阿姨带它去医院。”一个衣着光鲜的中年贵妇抱着那只矮子柯基朝冼法羽说道。

“没事没事，豌豆也调皮，没伤到。”冼法羽看了一眼躺在窝里的我，回答道。

“那就好，那就好。阿姨先走了，什么时候来家里坐坐。”中年妇女说着就往外走。

我随口哼一声：“矮子——”

那柯基马上回答道：“怎么了大哥？”

随后中年妇女用力拍了下柯基的屁股：“叫什么叫！”

中年妇女离开后，冼法羽把我抱起来，看着我：“看不出来啊，小小的个子，挺大的胆子啊。”

我也看着冼法羽：“看不出来啊，代码狗居然是官二代。”

我和冼法羽对视一笑。

8

当你开始回忆过去的时候，说明你已经成熟了。

我很赞成这句话，因为幼稚的狗总期待下一餐，而成熟的狗会明白，狗这一辈子，吃一餐就少一餐了。

从冼法羽那儿被尚伊接回来以后，我有生第一次生病了。

现在，我被宠物医院留院观察。我能感觉到我的生命力在一点点地流逝，我能想见，我的狗生还没有迎来绚烂马上就要凋谢了。

“没什么问题，就是吃东西伤了肠胃，以后注意就好。”医生轻描淡写地告诉尚伊。

我一脸茫然地看着医生。啥？闹肚子？你们又验血又拍片子，还差点给我上核磁共振，花了尚伊小半个月的工资，我不生个大病都对不起这顿检查，结果就告诉我是闹肚子。

人类真是狡诈。

但是尚伊却没有这么觉得，开开心心地向医生道谢。

一千四百块钱检查费，最后买了五块钱治肚子的药，然后在医生的极力推荐下打了一针两百块钱的疫苗。

一千六百块啊！可以买多少好吃的啊，尚伊这个败家老娘们儿。

夏柒来看我了。

在尚伊的提醒下，夏柒并没有买任何食物，所以我一点也不热情，耷拉着眼皮看着他。但是我也没能冷落他多久，因为他很快就带着尚伊出门看电影去了。

我有点怀念冼法羽了，在他家的时候他总是抱着我打游戏。虽然我看不懂，但冼法羽那一惊一乍的样子确实很好玩。

我看了看表，已经晚上十一点半了，尚伊怎么还没有回来，真是让人操心。

我拖着“病重”的身躯挪到门口，竖着耳朵听着外面的脚步声。

凌晨两点，我终于听到钥匙开门的声音，连忙站起来。

门打开，扑面而来的就是浓浓的酒气。夏柒几乎是抱着尚伊摔进来的，两个人都满脸潮红，一看就是喝多了。

夏柒顺手关上门，把尚伊压在墙上，按住尚伊的肩膀就是一顿狂亲。

这个场合，我是装懂还是装不懂呢？

看着尚伊的手紧紧抱住夏柒，我想了想，默默地回到了自己的笼子。

夏柒也抱着尚伊，走进了卧室。

我看着时钟，一秒一秒，又一秒。

人类有句话说得对，酒后的决定百分之九十是对的，但百分之九十的人都后悔酒后的决定。

我深吸一口气，气运丹田，用我病恹恹的喉咙，发出的一声怒吼。

“汪！”

我发誓，绝对不是小奶音。

卧室里传来尚伊的一声惊叫，接着一阵骚动。

没过多久，衣衫不整的夏柒走出卧室，看着卧室里面，喊了一句：“尚伊，有意思吗？”

夏柒说完，瞪了我一眼，就走出了屋子。

我耷拉着眼皮，接着趴下来。

“哼，让你探病不带吃的，我可是很记仇的。”

9

又要交房租了。

每次到这个时候，我都会很内疚。

我算过一笔账，一个月有三十天，尚伊要工作二十二天，除去上下班路上花费的时间和上班时间，这二十二天里大概每天有十二个小时在家，也就是在家十一天。八天的休息日，要出去应酬聚会，基本上在家四天，也就是说，尚伊一个月真正在家的时间只有十五天甚至更少。

而我，除了偶尔被尚伊带出去社交以及每天必要的遛弯，我一个月大概在家的时间是二十八天。

所以，尚伊付的租金里，有一半是为我付的。

我很内疚。

尤其是现在，尚伊没钱了。

尚伊的钱都用在给我看病和给夏柒买鞋子了，败家娘们儿。

尚伊看向我，我心中没来由地一动：难道尚伊想把我卖了？

我立马熟练地躺在地上，露出了肚皮。

最终证明我是瞎担心，尚伊并没有卖了我的想法。

尚伊决定，去讨债。

可可是尚伊的大学同学，不近不远的那种。

上一次可可来找尚伊，脸肿得跟个猪头一样，说是想去割个双眼皮，遇到了庸医，把脸弄坏了。让尚伊借她一点钱，把脸重新弄好。

“我这个脸根本就没办法上班。等我弄好了发了工资就还你。”

我记得当时可可声泪俱下，那眼泪在浮肿的脸上滚了好久才落在地上。

败家娘们儿尚伊一心软，给可可刷了信用卡。

仔细算一算，可可现在应该都发了两个月工资了。

尚伊拨通可可的电话，先是寒暄了一下，然后约好地点见面。

出门前，尚伊冲着我爽朗一笑：“乖乖在家，妈妈要到了钱给你买好吃的。”

尚伊关上门，我翻了个白眼。

好吃的我是吃不上了。

狗都知道，欠钱的是大爷。

尚伊回来了，沉默地坐在沙发不说话。

我觉得我还是不要去招惹她为好。

电话铃声响起来，尚伊接通电话。

“喂，房东您好……对不起，我忘记了，我现在在高铁上，信号不好，最迟明天我把房租打给你……谢谢。”

我听着尚伊说着拙劣的谎话，叹口气，还是朝尚伊走去。

我走到尚伊的脚边，准备趴着，尚伊突然把我抱起来。

尚伊：“豌豆，对不起，妈妈忘记给你买好吃的了。”

尚伊说着，眼泪如雨下。

我在尚伊的怀里翻个身，用脑袋顶了顶尚伊的胸膛。

败家娘们儿，跟我说什么谎啊。

10

夏柒的妈妈出院了。

医生告诉夏柒，老人家更多的是心理问题，需要多陪伴。如果做不到，最好有个宠物在身边陪一陪。

于是，我被夏柒从尚伊那里借来当宠物了。

我一个一岁半的成熟的狗狗，能当宠物?

有本事你宠我一下试试?

我觉得医生的话还是有道理的。夏柒的妈妈确实有点不对劲，按人类的说法，叫作孤独感，其实对于只是狗狗的我，如果吃饱了没事干一直躺在那儿，也会有孤独感。

人类三大疾病：抑郁、孤独、拖延。这些在我看来，抑郁是罐头不好吃，孤独是吃完罐头没事干，拖延是不快饿死绝不去吃那罐难吃的罐头。

总结来说，不就是一个罐头的事嘛！

夏柒就是他妈妈的罐头。

按照夏妈的说法，夏柒爸爸去世得早，自己一个人辛辛苦苦把夏柒养大，就希望夏柒听话，希望夏柒幸福。

这很矛盾嘛，听话怎么幸福？幸福怎么会听话？

但夏柒似乎很认可这个理论，母子唯一的分歧就是尚伊。

在夏妈眼中，尚伊是一个外地姑娘，长得也没有美若天仙，偏偏是独生子女的脾气，夏柒以后若跟她在一起住一定会有问题。再说，独生子女，以后父母是不是也要住在一起。当然最重要的是，尚伊似乎提出房子该由夏柒来买。

夏妈觉得夏柒就应该找一个本地的姑娘，最好双方父母都认识，都是本地人，说不定房子的问题也好解决。双方父母养老也没问题，简直就是一举多得。

“妈妈跟你说哦，王叔叔家里的女儿长得很漂亮，还是公务员。你就去看一看嘛，王叔叔是妈妈的老同事，彼此都信得过的。”

夏柒正拿着手机跟尚伊发信息，我瞄了一眼，大概是说我在他家很乖，很讨他妈妈开心之类的话。

“妈妈跟你说话，你听到了没有？”

夏柒叹口气，放下手机：“行，我去看看。”

“这就对嘛。”夏妈很开心地摸了摸我的头。

我总觉得夏妈手上有刺，摸得我浑身不舒服。

11

我越狱了。

我从夏柒家偷偷跑回了尚伊的出租屋，坐在门口等着她下班，足足等了三个小时。

不是夏妈对我不好，只是那个女人，手上有刺，怎么摸都没有尚伊摸得舒服。

我知道这是我的问题。我打心眼里认为她是个有刺的女人，所以在我这里她就真的有刺了。但当我告诉自己，这是自己的臆想后，我的症状并没有缓解。我觉得只有尚伊可以解救我。

夏柒是晚上七点多找到尚伊的，看他一脸沮丧的表情我敢肯定是来告诉尚伊我丢了的事情，我躲在沙发下面，想看一场好戏。

但尚伊这个败家娘们儿，上来就破梗，告诉夏柒我偷偷跑回来了，真让狗失望。按道理不应该假装惊慌然后逗弄一下夏柒吗？这不像尚伊啊。

夏柒松了一口气，说不带我回去，就走了。其实就连我都感觉，夏柒和尚伊之间的气氛很尴尬。

尚伊没有抱着我询问我偷跑回来的原因，自顾自地去洗了个澡，我依稀听到淋浴间里有压抑的哭声。

我是犯了这么大的错吗？

我听到“扑通”一声，连忙跑进去。尚伊光着身子倒在地上，抱着自己的手肘。

淋浴花洒从上面浇下来，顺着尚伊的头发流淌在地上。尚伊肩膀耸动着，我知道那一定摔得很疼。我想冲进去舔一舔尚伊的手肘，或许那样能止痛，但还在哗哗喷水的花洒阻止了我。

略表心意吧。

我蹲在洗手间门口，像个卫士一样，等待我的公主出浴。

“豌豆，夏柒劈腿了。”

睡觉的时候，尚伊把我抱上了床，突然说了一句。

我惊讶地侧过头，看着尚伊。之后我熟练地钻进尚伊的怀里，哼唧了两声。

尚伊的眼泪刷的一下就下来了。

嗯，最近尚伊有点爱哭。

“我看到他和别的女孩子在餐厅里吃饭。我偷偷坐到他后面的座位上，听到他们是在相亲。”

尚伊像是跟我哭诉，又像是自言自语。

我重操旧业，伸出舌头舔掉尚伊的眼泪。尚伊在昏昏沉沉中陷入梦乡。

我记得原来在宠物店，遇见了一只公比熊。他总是嘲笑我，说泰迪永远管不住下半身。更何况我还是一只白羊座的泰迪。公比熊的话引起了整个宠物店所有非泰迪犬类的共鸣。大家纷纷说公比熊说得对，就好像人类中的公知一样。

我第二次看到这只公比熊的时候，他被他的主人打得奄奄一息躺在宠物店的外面。听多嘴的八哥犬说，那只公比熊强行和一只纯种的比格犬进行了交配，比格犬的主人找公比熊的主人要赔偿，然后就变成了这个样子。

仔细想想，夏柒有点像那只公比熊。

他还是白羊座！

✶ 12 ✶

夏柒已经好几天没来看尚伊了，尚伊也好像并不在意。

但是他们每天却还通过手机联系,发一些“吃了吗”“早点睡”“想你了”“呵呵”之类的废话。

我还是很了解人类的。这样的关系不应该是结婚七年以后的状态吗？

可是他们看上去分明就是要分手了啊！

冷战是人类挺伟大的一个词语。“战”嘛，不就应该轰轰烈烈、热闹非凡吗？那冷下来又怎么战呢？

我知道你图谋不轨，你知道我不怀好意。

然后相逢一笑“涨”恩仇。

狗都看不下去啊。

所以说，越聪明的生物就会越虚伪。比如我，见到那些智商排名比较靠前的狗都会绕着走的。谁知道什么时候就被坑了呢。

夏柒和尚伊，现在就是这个状况。他们用彼此不见面来表达冷战的态度，又用手机里可有可无的信息来维持自己的矜持。

就好像说如果两个人真的闹翻了，起码我是没错的。你看，我还在跟他 / 她联系呢。

我最近乖了很多，给什么吃什么，出去遛弯绝对服从尚伊的路线安排，遇到讨厌的狗也不龇牙了。

不是我怂，是不想让尚伊闹心。这个时候，我必须让她明白一个道理：你养的狗，比你养的男友更靠得住。

但很遗憾，尚伊的思维还没有延展到我这个层次。

夏柒没来，但是冼法羽来了。

他带着一个好消息和一个坏消息来了。

“我找人问过了，那个王乃靖只是迫于家庭压力和夏柒相亲而已。两个人那顿饭之后就没有联系了。”冼法羽认真地告诉尚伊。

尚伊的眼神中露出一抹惊喜，接着又涌上一层内疚。我不满地看着冼法羽，真是个铁憨憨啊。

但冼法羽继续说：“但是夏柒确实和另一个女孩来往比较密切，是那天陪王乃靖去相亲的闺蜜，叫刘娜。”

干得漂亮，冼法羽，我没有看错你！

尚伊刚刚明亮的眼神又黯淡下来，点了点头：“谢谢。”

我看着冼法羽，不停地示意，这个时候就是图穷匕见、努力向前冲的时候了！

“伊伊，我喜欢你。和他分手，跟我在一起吧。”

冼法羽，你真是个禽兽，不过我喜欢。

我睁大了八卦的眼睛，看着我家的败家娘们儿，大气都不敢出一声。

尚伊看着冼法羽。

“你走！”

我：？

冼法羽：？

“我让你走！”

冼法羽颓丧地站起身：“伊伊，你冷静一下。我……”

“走！”

冼法羽无奈走出房子。

屋子里面静悄悄的。

我都不敢有太大的动作，斜着眼睛看着尚伊，尚伊面无表情。

突然间，我的喉咙有点痒，我想打喷嚏，怎么办？

我要忍住，我……“阿嚏！”

我还是打了出来。

尚伊被我一个喷嚏惊醒，顺势一搂，把我抱进怀里。

我还在想着怎么尽可能不要惹尚伊生气，就听到尚伊摸着我，轻声说了一句：

“男人，还不如你这条狗！”

★ 13 ★

分手谈判，很顺利。

这应该是世界上最让人心冷的顺利了。

夏柒很直接地承认自己爱上了别人，尚伊也很硬气地祝他幸福。

尚伊抱着我头也不回地离开了咖啡馆，我看到夏柒拿起电话兴高采烈地和什么人通着电话。

我记得，当初就是在这个咖啡馆里，夏柒把我送给了尚伊，同时成了尚伊的男朋友。

尚伊很坚强，全程她都很冷静，逻辑清晰，语言简练，甚至抱着我离开的步伐都沉稳有力。

直到走到一个美容店门口，美容店里放着烂大街的口水歌，什么良人什么情爱，尚伊瞬间蹲在了美容店门口，泪如雨下。

一别两宽，各生欢喜？

欢喜的最多只有一个人吧。

回到家，尚伊开始扔东西，扔那些和夏柒有关的东西。

我犹豫再三，还是把夏柒给我买的玩具也叼出来，放在尚伊堆放的垃圾上面。

我都没有想到，小小的出租屋，整理出和夏柒有关的东西居然那么多。

突然很羡慕人类，他们有着漫长的生命，可以去荒废一些时光来谈这些没有用的情爱。

我们狗狗就不一样，十几年一转眼就过去了，必须快乐一点，哪来的时间去悲伤。

除了在美容店门口痛哭的一顿，其他时间尚伊都表现得很平静。

晚上，还特地给我煮了鸡蛋。

现在，抱着我，看着韩剧，笑得眼泪都出来了。

在此期间挂断了三个电话，一个是尚爸的，一个是冼法羽的，一个是陌生号码，估计是推销的。

我总有一种会有什么大事发生的感觉，时刻都准备着撒腿就跑。

然而我又一次失望了，到了十二点，尚伊就乖乖地爬上床睡觉了。

我专门在床边守了一会儿，没有说梦话，没有流眼泪，只有一点点轻微的呼噜声。

难道我猜错了？

我的鼻子抽了抽，没有煤气味啊。我又去检查了一下尚伊吃的零食，全是薯片和坚果，没有安眠药啊。

尚伊真的没事了？

我有点不放心，窝在卧室正门口，慢慢地睡着了。

我做了一个梦，梦见尚伊变成了一个公主，被怪兽关在一座城堡里。她大喊着：救我，救我。

怪兽守着城堡，发出一声声怪笑。那怪兽，长着夏柒的脑袋。

我变成了一匹白马，我向尚伊保证，我会带着勇士来拯救她。

我跑了好远好远，跨过了山和大海，见到了无数人。

可是，没有勇士……

✶ 14 ✶

《失恋 33 天》。

我出生前就很有名的一部电影。

所以，我现在数着日子，希望这 33 天赶紧过完。

既然事件的最终结果都是忘记，那为什么不能一瞬间就忘记，而是非要花上一段时间呢？

我又开始羡慕人类漫长的生命了。

不过从第六天开始，我就发现事情似乎在朝好的方向发展。

尚伊开始忙碌起来。

每天晚上要到八九点钟尚伊才会回到家，回家之后第一件事就是把电脑打开，做一些我看不懂的表格。

我已经好几天没有按时吃到晚餐和出去遛弯了。

不过看尚伊无心悲伤的样子，我受点委屈，降低一下生活质量也是可以接受了。

最好这样的行为还可以持续 27 天。

我又开始天天数着日子了。

电视剧里经常这么演，女主角被人渣抛弃后一心扑在工作上，忙忙碌碌，身负重任，接着在工作中脱颖而出，从此走上人生巅峰。不久之后，高贵的女主角见到了前来面试的人渣，在对方的错愕中将对方礼貌地请出自己的世界。

在我看来，尚伊已经开启了这套打脸模板。

作为陪伴着尚伊一路走来的宠物，我到时候应该享受什么样的待遇呢？

有点小憧憬了呢。

不夸张地说，我现在在小区里遛弯，都敢和萨摩、金毛这些狗狗对视了，以至于小区里的狗社会纷纷传言我的主人找了个富二代。

他们开始邀请我一起玩泥巴，追球时也会刻意落后我一个身位，好方便我如利箭一样冲出去抢到那个球，甚至于一直看不上我的隔壁 703 的小博美都开始追在我的屁股后面跑。

真是肤浅！

我的原则很简单：不主动、不拒绝、不负责！

又是阳光明媚的一天，我趴在小区的草地上，远远地看到小博美摇着尾巴朝我走过来。

我耷拉着眼皮，挪动了一下屁股的位置。

那小博美居然看都不看我一眼，从我眼前走了过去。

什么情况？

上位者的哲学告诉我：每逢大事有静气。

我装作无意把屁股挪回原位，竖起耳朵，果然听到多嘴的八哥犬和博美犬的交谈。

“雪儿，你怎么不理豌豆啊？”

“理他干什么？你知道吗，我听我主人说了，他家主人在工作上犯了大错，说不定要被开除了。”

“不是说他主人找了个富二代吗？”

“根本没有。我们都被骗了。”

我狗心一沉，没有顾得上去找小博美的麻烦，飞快地朝家里跑去。

败家娘们儿，等我。

15

尚伊连续好几天，都是红着眼眶回来的。

在这段时间里，我学会了自己开门，自己遛弯，自己咬开口粮袋。

我已经是一只可以自己照顾自己的成熟狗狗。

可不知道为什么，我有点想咬人了。

尚伊在卧室的咳嗽声越来越大，我有点担忧，我蹲在门口，看到尚伊似乎是想坐起来，结果从床上摔了下来。

我扑上去，想帮一帮尚伊，可是尚伊迷迷糊糊的，根本坐不起来。她仰面躺在冰冷的地板上，急促地呼吸，我焦急地围着她打转。我听到尚伊微弱地说话：

“豌豆……帮我喊人。”

对，要喊人。

我跑出卧室，跑到门口，一跳半米高，挂在门把手上把门打开，跑出了门。

外面下着雨，哗哗啦啦打在地上，溅起了一地水花。

我要找人，可是，我找谁？

我无力地蹲坐在一楼的台阶上，脑子里拼命地想着。

冼法羽，是了，我去找冼法羽！

我冲进了雨幕中。

风好大，我心里责怪自己，怎么平时不吃胖一点，这样就不会被风刮得迈不动腿。

雨好大，我那一身灰毛淋了雨就变得像湿毛巾一样重重地裹在我身上，跑起来太累了，早知道上次就答应尚伊把毛全剪掉就好了。

怎么下雨天的车子这么多，那远光灯闪得我狗眼都要瞎了。

不好！这辆车是冲着我来的吧，躲不过去了。

我立马趴在地上，汽车从我上方飞速开过去。

幸好，我体形小。我抖了抖身上的雨水，继续往前跑。

十字路口。冼法羽家是在哪？左边吧。

我跑着跑着，觉得有些不对劲，怎么房子越来越矮了？这个地方我不熟，我跑错了。

我连忙调头，原路跑回去。

夜宵一条街，对对对！就是这个方向。

大雨滂沱也没阻碍这里的老板做生意，那香味隔着雨幕也能钻进我的鼻子里。

但是我不能停下来，我只能加速往前跑。

几个喝醉酒的醉汉拿酒瓶子砸我，那一声声酒瓶炸裂的声音在我身后响起。

我不能停下来，败家娘们儿还等着我呢。

我不知道跑了多久，终于，熟悉的小区出现在我的眼前。

我跟在一辆车后面，躲开了小区的保安，跑进了小区。可新的问题来了。

这些楼长得都一样，我不记得冼法羽住在哪一幢哪一层了。

雨一直没停，我身上的毛已经像一个拖把了。看着楼层里的那些灯火，我深吸了一口气，大喊一声。

“冼法羽！”

一声雄浑的“汪”在小区回荡，我发誓，这是我发出的最雄壮的犬吠声。

但是，冼法羽听不懂。

我抖了抖身上的水，觉得嗓子有点干，仰起头，灌了一嘴的雨水，又大喊了一声：“你在哪？”

“汪汪！”

没有回应。我听到保安朝我走近的脚步声。

突然，一个声音在某一层楼的阳台上响起。

“汪？”（是大哥吗？）

我的天，是那只曾经欺负我的矮子柯基。

“是我，冼法羽家在哪？”

“我右边这幢楼 901 啊，大哥，我跟你说，那小子……”

“谢了！”

我没理会柯基的八卦，直接冲到它说的那一幢楼里。

可是，该死，我按不了电梯。

我走到安全通道，用全身里的力气去推那道门，可是我推不开。

就到这里了吗？我努力跳起来想挂住那个门把手。

门把手突然自己旋转了下，门从里面推开。

一只黑背咬着门把手，含糊不清地冲我汪了一声。

“赶紧，我铲屎官马上就来了。”

“谢了！”

我钻进安全通道，开始向上爬。

9 楼，只要到 9 楼。

我连蹦带跳拼尽全力地向上爬。

终于，爬到了 9 楼，站在了冼法羽家门口。

我冲着冼法羽家的大门大喊。

片刻，大门打开，冼法羽手拿着一根棒球棍打开门，看到我的时候愣了一下。

“豌豆？”

“汪！”

“你怎么来了？”

“汪汪！”

我连忙上前，咬住冼法羽的裤腿往外拽。

“尚伊出问题了？”

“汪！”

“你等我一会儿。”

冼法羽拍了拍我的脑袋，我松开嘴，冼法羽走进屋，不一会儿就穿着一件外套出来。

看到冼法羽的样子，我心里松了一口气，突然觉得眼前的世界转了起来，四肢再也站不住，倒在了地上。

眼皮好重，浑身都好重。

我想睡一觉。

我闭上了眼睛，但是闭上眼睛前的最后一幕，我看到一个漂亮的女孩子从卧室跑出来，拿一把钥匙递给冼法羽。

“大半夜的，你去哪？咦，这狗……”

我闭上了眼睛，听不到后面的声音了。

但是，我是不是做错了？

16

尚伊来宠物医院接的我，付钱的时候，医生告诉她已经付过了。

是冼法羽交的钱。

尚伊抱着我坐在回去的车上，她抚摸着我。

“豌豆，你怎么知道去找冼法羽，不去找夏柒啊？”

我哼了哼气，没吭声。

尚伊也没说什么，轻轻拍打着我，看着窗外。

尚伊辞职了。

从她和冼法羽的电话中，我知道冼法羽帮了尚伊，让尚伊不必承担那么多责任。

但是，我却再也没见过冼法羽。

那也是我最后一次听尚伊和冼法羽通话，之后再也没有从尚伊嘴里听到过这个名字。

有时候尚伊会忽然掉下眼泪，不知道是为了谁。

人类的一生真的很奇妙，明明在生命中出现过的人，明明一起经历过很多事，可总会在一个时间点后，突然变成回忆，甚至化为虚幻。

我也学着尚伊忘记过去那些和她有关的人，做一只无忧无虑的狗。

尚伊对家人瞒住了自己和夏柒分手的消息，也瞒住了自己失业的事实。

她在电话里对爸爸妈妈撑着笑脸，说着一切都顺利。

只有我知道，尚伊已经很久没有追那些她喜欢的韩剧和综艺。她电脑的浏览记录里全是各种求职网站。

尚伊出门回家开始没有规律。

她画着精致的妆容，每次出门前都要在镜子里练习十几分钟自信的微笑。

我在想一个问题。

尚伊为什么要拼命地留下来？

一开始是夏柒，可是夏柒离开她了。

然后是事业，可是她也辞职了。

她现在这么拼命，到底想要什么？

或许连她自己也不知道吧。

经历上次雨夜找冼法羽的事情，我现在对下雨天格外敏感，总觉得下雨天不会发生什么好事。

尚伊看的剧里面但凡要打架杀人也都会下雨。还是人类擅长总结。

今天，外面又下雨了。

我观察了一下，雨不大，不是瓢泼大雨。可能事情的糟糕程度还在可控的范围内，不至于摔碎手上的碗。

天空没有打雷闪电，应该不会见血了。

风不大，小风吹在身上还挺舒服。

我还想再观察观察，却远远听到尚伊的脚步声。

我连忙叫了一声，接着我就听到尚伊的脚步快了起来。

尚伊看到我，这么多天第一次露出了笑脸。

“豌豆，妈妈给你买了好吃的哦。”

尚伊走过来，将我一把抱起。

“妈妈找到工作了，我们要庆祝一下！”

我鼻子抽了抽，决定配合一下尚伊开心的心情，但心里沉甸甸的，总有一种不好的预感。

外面，雨忽然大了起来。

17

尚伊又喝醉了。

新工作到现在已经一个月了，尚伊已经连续半个月都是醉醺醺地回家。

按尚伊的说法，这是应酬。

可是一个刚入职的员工，需要应酬什么？

我不明白，好在我已经习惯了自己遛弯，自己开狗粮袋。只要尚伊好好的，我没什么不满的。

况且以前尚伊都是挤地铁，现在每次都会有车送她回来。

看到尚伊每次半夜起床，趴在马桶上吐成我的同类，俨然就是个成功人士。

社区里有一只老京巴，据说它已经十八岁了，天天陪着它八十岁的主人。它说它和主人都还活着，每天都是喜庆的，所以我们管他俩叫重庆。还有隔壁楼那个胖成猪样的沙皮和它同样胖的主人，我们管他们叫合肥。

有点扯偏了，说回老京巴，它相对漫长的生命让它有无数的经历和我们分享。它曾说过，半夜趴在马桶上吐，一半是酒，一半是苦，最难受的是酒都吐出来了，苦还在。我对此深以为然。

今天下午遛弯，我见到了老京巴，它已经走不动路，主人的孙子把它抱出来放在草地上，让它晒晒太阳。我带着朝圣的心情过去打了个招呼，亲吻它的脚尖。

“哦，我可爱的小兄弟，见到你真是太高兴了。”最近老京巴的主人爱看怀旧的译制片，它的口音也改变了很多。

“上帝保佑，您还活着。这真是伟大的恩赐。”我不得不附和着它。

“你的语气告诉我你似乎有些不快乐，到底出什么事了？你的老朋友京巴庆斯会帮你解决的。”

我没有拒绝来自智者的帮助，我询问它，怎么才能让我的败家娘们儿把苦也吐出来。老京巴深深叹了一口气。

“苦，只能吃下去，消化掉，吐不出来。”

又有男人进了家。

尚伊醉得有些不清醒，那个穿着西装，看上去和她爸爸差不多大的男人扶着尚伊进了家门。我的存在让那个男人有点吃惊，但他很快就忽略了我。

中年男人扶着尚伊躺在沙发上，细心地询问尚伊的状况。我感觉到尚伊在用最后的理智向他道谢，让他回去。

中年男人却笑嘻嘻地坐在尚伊身边："小尚，你是为公司喝成这个样子，我怎么能不管你呢？小尚？小尚……"

尚伊已经醉昏过去。

中年男子静静地看着败家娘们儿，视线从她的脸上开始往下挪。

"尚伊啊，你来面试的时候，我其实就喜欢你了。"

中年男子说着，手慢慢伸向败家娘们儿的胸部。

该死！那是属于我的地方！我吼了一声，跳上沙发，趴在尚伊的胸口，看着中年男人。

"汪！"我声音很大，中年男人也是一慌。

"叫什么叫！"

我龇着牙，发出恐吓的鼻音。男人眯着眼睛看着我，突然脱下外套，把自己的手包起来。

"给我滚开！"男人突然大吼，包着衣服的手朝我重重打来，我张开嘴去咬那只打来的手，结果好像撞在了他的拳头上，被重重地打在地上。

头有些疼，我趴在地上，怎么都站不起来。

只听到向我走来的脚步声，接着，肚子被踢了一脚，我飞了出去，撞在墙根才停了下来。

"再叫打死你！"

我觉得我快死了，肚子疼得跟刀割一样。

我趴在地上，努力地呼吸。可还是感觉浑身都没有力气，根本站不起来。

我要是一只黑背该多好。

我就这么趴在地上，突然，听到了尚伊的声音。

"你走开！"

我努力睁开眼睛，看到了那个男人压在尚伊身上。

我咬紧牙，不知道哪里竟然冒出了力气。我颤颤巍巍地站起来，下意识发出低吼的声音。

我冲向那个男人，张开嘴，朝着他的手腕狠狠地咬下去。

男人的凄惨叫声顿时响了起来。

我，绝不松口！

18

听说那个男人住院了，医生说好险，差点咬破动脉。

听说那个男人起诉了尚伊，尚伊反告那个男人强奸未遂，但没有证据。

听说公司开除了尚伊。

我窝在狗窝里，感觉自己的肋骨正在愈合。

这期间，有穿着制服的人上门，说是我没有办狗证，尚伊把自己的存了半年钱买的包包卖了，给我交了狗证费。

我偶尔在小区里晒太阳，那些总爱跟我逗趣的狗们都夹着尾巴绕着我走。

我就这样享受着生活的平静。

只是尚伊总是会抱着我哭，很聒噪。

我是一只狗，我伤害了人。不管什么原因，都是我的错。我知道。

并不是所有的男人都会为自己的错误承担责任，比如那个被我咬伤的男人。

但所有的公狗都会为主人承担所有的责任，比如我——堂堂正正小豌豆！

我一直等着那一天的到来，陪伴尚伊看剧得来的丰富的观剧经验使我想到了好几种死法。我比较中意的是在美味罐头里塞几颗药，美餐一顿之后就可以上天堂。每一次尚伊给我喂食我都走远一点，免得我看着她放药丸她会不自在，但直到现在，我不仅活蹦乱跳，甚至还长胖了一些。

败家娘们儿请了一个律师，对方坚持说要在事发地点讨论，说这样有助于找到更有利的证词。

那个律师短头发，戴金丝眼镜，五官突出，用人类的话，就是“好 A 一女的”。老实说，那个时候，我并没有想到她会改变我的狗生。

我趴在沙发上听着败家娘们儿向她说着那一天的事情，关于我的勇猛行为，我不管听多少遍都不会腻。尚伊讲完之后，那个律师伸出手摸了摸我的头，语气慈爱地说了个 Good girl。

Girl？开什么玩笑，我是 Boy！我很不服气地翻了个身，她轻轻拍了拍我的脸，又说了一声 Bad boy。

怎么就 bad？我只是告诉你我是男孩子而已啊！小心我告你性别歧视！

超 A 的女律师走了，败家娘们儿的爸妈再次来了。

尚爸只是放下行李就匆匆出门，据说是去找他那些已经失联十几年的老同学帮忙。尚妈就很简单，只是抱着败家娘们儿哭。

尚妈给我做了晚餐，蛋黄猪肝大骨头肉，我吃得欢快得要起飞。要是药放在这里面，我也认了。

问题是都吃完快六个小时了，我怎么还在打嗝？怕不是想让我打嗝而死！

凌晨的时候尚爸满身酒气地回来了。听他和尚妈说，好像有一个同学的女婿是在法院工作的，能联系上法官，还说要给败家娘们儿争取“正当防卫”，把尚妈开心坏了。

尚伊还想找工作，被尚妈给拦下来了。尚妈说什么都不答应尚伊再留下来，告诉尚伊这事了结以后就回老家。尚伊这一次没有顶嘴。

尚爸再一次回来，这一次带回来了新的消息：对方同意私下调解。

尚伊不高兴，为什么她是受害者还要接受对方同意调解。尚爸醉醺醺地躺在沙发上。

“闺女，我问法官了。法官说人家有伤，可你没证据啊！”

尚伊沉默了。

我蹲在厨房门口，等着尚妈给我做饭吃。

对方扔出了调解条件，民事赔偿十万，还有，把我送给他。

尚伊把调解书撕得粉碎，把我紧紧抱在怀里。她瞪着含泪的眼睛，看着尚爸和尚妈，冷冷地说：“你们要是答应把豌豆送给他，我就去死！”

我感受着尚伊的体温，伸出舌头轻轻地舔着尚伊的手。尚伊的手在发抖。

第二轮调解，结果很清晰，民事赔偿八万，然后把我送给他。

狗都看得出来，他就是要我死。

尚伊快把我当作她的挂坠了，每天抱着我，寸步不离。

终于，对方放弃了调解，放话出来，法庭见。

尚妈和尚爸着急了。

尚爸喝醉了酒，叼着烟，突然把我放在他面前的椅子上，像是在对我说话。

豌豆，我知道你救了伊伊，但现在，伊伊有难了。

豌豆，我没想我这辈子会谢一条狗，但我谢谢你。

豌豆，我知道你听得懂。等下我把门打开，你自己跑，别回来。我老尚求你了。

尚爸说完站起身，打开了门。

我听到卧室里尚伊撕心裂肺的哭声，也听到尚妈的哀求声。

我从桌子上跳到沙发上，再从沙发上跳下来。我看了一眼传来败家娘们儿的哭声的卧室，慢慢地走出了屋子。

外面，细雨霏霏。

大声辞去欲何？

踏南天，碎凌霄。

若一去不回……

便一去不回！

我的胸中仿佛燃起了一团火。为了败家娘们儿，我认了。

我听到脚步声，但人来人往与我无关了。

我刚踏出一步，就被一只手熟练地抄起来。

“豌豆？你怎么出来了？”

超 A 律师小姐姐？该死，你撒开我！你撒开我！

超 A 律师小姐姐带来了新的消息。

中年男人不按常理出牌，通过一些渠道向有关部门诬告我是一只疯狗。

很快就会有人把我带走做检查。

这段时间，我会很危险。

超 A 律师小姐姐通过自己的人脉知道了这个消息，连忙跑来报信。

检查合理合法，没办法拒绝。就算想把我藏起来，对方也会一直盯着。

现在有一个方案。

她有一个姐们儿，在本市出差，下午就回去了。如果……

超 A 小姐姐咳嗽了一下。

如果把我交给她姐们儿，马上托运，就可以让我躲过这一劫。

尚伊沉默，超 A 小姐姐提醒尚伊有关部门下午一点半上班，两点可能就来了。

“她同意吗？”尚伊看着我。

“我跟她说了豌豆的事情，她很喜欢豌豆！”

尚伊看了看尚爸和尚妈，把我抱起来，抱得紧紧的。

“以后我可以再接豌豆回来吗？”

“这要看你跟我姐们儿怎么沟通了。”

在败家娘们儿的怀里，都快被她抱得窒息了。

我知道了她的决定。

不知道我的下一站，有怎样的风景……

天堂未满一

洁白的空间里很安静。

说实话，我没想到我把细节记得这么详细。如果不是这道进天堂的程序，我或许已经忘记了败家娘们儿。

“你想见见她吗？”祂开口。

“什么？”我吓了一跳，“难道败家娘们儿也上天堂了？”

“不是你想的那样。”大天使微微摇头，祂背后的一扇翅膀呼扇了一下，我面前出现了一幅画面。画面里正是我记忆中的败家娘们儿，正慈爱地看着一个小女孩弹钢琴。

“长胖了。”我微笑道，我看着那个弹钢琴的小女孩，眉目之间和她有七分相似。

“那是她的女儿吗？”我问道。

“是的。她的父亲你也认识，曾经出现在你的回忆里。”

“冼法羽？还是夏柒？”

“都不是。”画面一变，我看到一个并不算英俊的男子站在尚伊身边。

“这个人……”我在记忆里搜索着，突然想了起来，“那个宠物医院的医生。”

大天使点点头，伸出手，挥散了画面。

“其实她并没有尝试去重新接你回来，从你离开她的那一刻，她就把你给忘了。”

我看着大天使：“你想说什么？”

“不值得。”

我笑了笑：“用值得不值得去看待问题，你们天堂的资本主义也很盛行吗？”

大天使面无表情。

“她抚养了我，她带我认识了世界，她在我生病的时候着急地到处求人，我离开的前一刻她还在紧紧地抱着我。”

“但是她让你离开了。”

“你说的是结果，我说的是过程。你用结果来判断，我却享受过程。”

“结果不重要吗？”

“过程才是我生命的一部分。”

大天使沉默了片刻：“如果我告诉你，你离开后，她曾不止一次地回想，幸好当初把你送走。你有什么想法？”

我低下头，没有去看大天使。

“你伤心了？”

“听你的意思，她其实一直在想我，对吗？”

天使没有回答，我补了一句：“天使不会撒谎的吧。”

大天使的翅膀再度扇了一下，刚刚消失的画面再度浮现。

演出完的小姑娘走下舞台，一只灰色的小贵宾扑向小姑娘。

小姑娘开心地将它抱起来，一脸兴奋地问道：“豌豆，我弹得好听吗？”

画面消散。

“大天使先生，我始终相信，人的心中都会有光芒。”

“那么，我们开始我的第二段旅程吧。”

第二卷

名利场

✶ 1 ✶

新的主人，新的家。

我觉得我需要一个接受的过程。

我已经不是那只刚刚睁开眼睛的小狗仔了。

不是说你给我住大房子，吃好吃的罐头，就可以让我认你当主人的。

在猫看来，我们狗太笨。

因为我们讲原则。

你当着我的面，放了一百罐罐头进冰箱，是想说明什么？

说明我只要认你为主就可以衣食无忧吗？

呵，我冷笑一声。

主人在上，请受我小豌豆一拜！

狗生悠悠。

从前时间慢，车马慢，一生只有一个主人。

现在，我们要学会放手别人，宽恕自己，一别两宽，各生欢喜。

什么叫心有猛虎，细嗅蔷薇？

就是心里怀着高尚的憧憬，也要低下头欣赏生活的现实。

顺便说一下，今天的罐头——

格外香。

★ 2 ★

老实说，我觉得林薇薇是一个好主人。她居然带我出来玩泥巴。

林薇薇就是我的新主人，我以前偶尔在败家娘们儿看微博的时候见过她的照片。

我记得败家娘们儿当时是这么说的：“都过气这么久了，怎么又跳出来搞新闻？”

我不知道过气是什么意思，但感觉不是好词。不过今天，我觉得败家娘们儿错怪人家了。

你看，我跳进泥水里，弄得浑身脏兮兮的，她还在给我加油鼓劲。

我玩得更 High 了。

旋转！跳跃！我闭着眼，喧嚣看不见……

不一会儿，我就成了一只浑身泥巴的小脏狗。

这个时候，林薇薇拿出了手机，开始对着我 360 度无死角的拍照。

说句实话，我一向都对我的颜值很自信。

所以看到手机后我就格外地配合，一动不动，任由泥水从我身上滴下去。

当然，一身泥水的我肯定不能进家门。

我被林薇薇丢给了她家小区的宠物店，精心打理。

当我再次香喷喷出现在林薇薇面前的时候，林薇薇很兴奋，对着我又是一顿乱拍。

明星真是麻烦，怎么那么喜欢拍照呢？

我耐着性子等林薇薇拍完，爬到自己的狗盆前吃着罐头。

我回头瞄了一眼，林薇薇正躺在沙发里玩手机。

我想了想，作为一只伴侣犬，不能放下自己的本职工作啊。

我咂巴咂巴嘴，跳上沙发，依偎在林薇薇身边，顺便看了一眼她的手机。

她的手机里，全是我的照片，前面是我脏兮兮的泥水照，后面是我香喷喷的美照。

我心里得意坏了，这个新主人看来真的是太喜欢我了。

我又装作不小心地扫了眼文案。

“路上看到一只流浪狗，我心疼坏了。回家亲手打理，原来这么漂亮！生活不缺少美，只是缺少一双发现美的眼睛，以及承担美的付出！”

What？我怎么就是流浪狗了？

What？明明是宠物店的妹子给我洗澡剪毛的好吗？

我惊讶地看着林薇薇，心里稍微有了一点恐惧。

✶ 3 ✶

被林薇薇收养的第十五天，我觉得生活开始有些无聊。

每天我都会被林薇薇逼着摆出各种姿势，然后就是拍照、文案、发博。

据说网上已经有了我的粉丝。

随着粉丝的增加，林薇薇对我的关心也越来越无微不至。

但我总觉得心里不踏实。

作为一只狗，颜值巅峰只有那么两年，说到底，卖萌只是青春饭。

眼下林薇薇也不跟我交流感情，那以后我年老色衰了怎么办？

心理压力很大啊。

今天晚上，我收到了一个重要的任务。

我要陪林薇薇出席一个慈善晚宴。

我还没搞清楚慈善晚宴是什么，但是我知道这是一次难得的和林薇薇培养感情的机会。

林薇薇左手挎着名包，右手抱着我，坐上了租来的豪车。

开车的是一个叫李枫的男人，据说是林薇薇的什么经纪人，而当初林薇薇收养我也是他建议的。我想是不是也应该和他亲热一点。

“微微，这一次机会难得。有好几个导演都出席了这次小动物保护慈善晚宴，听说郭导还有一部讲宠物犬的电影会宣布拍摄，你要把握好机会。”

“我知道，可是我也没多少钱捐啊。”

“你傻啊，你不捐谁会在意。你只要去那些导演面前混个脸熟就好了。我跟你说，要不是我提前得到消息，让你树这么个爱宠人设，你都拿不到人场券。”

“我知道我知道，谢谢你了，李哥。”

“对了，豌豆不咬人吧？千万别惹麻烦。”

“不咬人，豌豆比你原来找的狗要乖多了。”

“那就好。”

我趴在后座，静静地听着李枫和林薇薇的聊天，打了个哈欠，突然觉得今晚的任务有点无聊。

4

晚上我吃了顿加餐。

这是林薇薇对我的奖励。在我按照林薇薇的示意下表演了坐、站、趴下、握手以后，她就一直笑得合不拢嘴。

我收获了掌声，她收获了大量的名片。

不知道为什么，我总觉得今天的罐头不香了。

我有点郁闷地爬进笼子里，心里有些茫然。

李枫很开心，和林薇薇谈了好久，然后出门的时候还故作亲热地拍了拍我的头。

我没有搭理。

林薇薇走到狗笼边的沙发上，看着我。

她沉默了很久，突然开口：

“谢谢你，豌豆。”

林薇薇起身抚摸了一下我的背。

“还没来得及跟你说，我们是一家人了。”

说完，林薇薇转身就回卧室了。

我突然感觉刚才林薇薇摸我的手，好软。

一家人吗？

或许是我想多了吧，跟了什么主人，就干什么活好了。

管她是真是假呢。

5

换到这个城市后，我其实很少再看见下雨了。

今天的雨格外大，不过我趴在暖烘烘的窝里，隔着落地的玻璃窗，细心地听着雨点打在玻璃上的声音。

只有声音足够大，才能遮住卧室里林薇薇的声音。

老实说，第一次听到这个声音，我以为李枫在打她，直到冲进去才发现，他们是在交配。

很奇怪，我见过不少狗交配，从来没有一只母狗会叫出声来。

难道这也是人类高级的一个表现？

我看了看表，这雨已经下了半个多小时了。

我趴在柔软的垫子上，看着窗外的雨。雨水模糊了玻璃，看不清外面的景色。

看不清，听不清，也许这就是宁静。

早上，李枫从卧室出来的时候意气风发，吃着林薇薇给他做的牛排，告诉林薇薇他们的好日子就要来了。

我不知道李枫说的好日子是什么，从我来到这个家一个多月的时间来看，林薇薇完全没有工作，每天就是和我一起待在家里。

我很好奇，这么大的公寓，还有林薇薇那些好看的衣服和包包都是怎么来的。

直到李枫擦干净嘴巴，从手提包里拿出一份合同，我才搞清楚这个问题。

“又是三线小城市的婚礼，枫哥，能不能推了？”林薇薇看着合同，有些无奈。

“你疯了？三线小城市的老板给钱才大方，你看看条款，五星级酒店，专车接送，唱一首歌，和新郎新娘合影，结束以后50万。我费了好大的劲儿才拿下来的。明天就出发，下了飞机还得换乘大巴车呢。”

“我……”

李枫吃完牛排，擦了擦嘴：“薇薇，你放心。只要你试镜成功，拿下一个角色，这些活找上门来咱们也不接了，不过眼下还是要吃饭啊，宝贝。”

我看着林薇薇最终还是点了点头，心里有些不舒服。

狗盆里今日份的罐头还没有吃，突然就没有了胃口。

第二天。

林薇薇和李枫走了，李枫给林薇薇不止安排了一次活动，所以他们要离开一个礼拜。

我原以为我要去宠物店寄住，但是贫穷还是限制了我的想象。

林薇薇找了个阿姨，让她每天来给我喂食和打扫，天气好的话也要带我出去遛一遛。

我感觉我到达了狗生的巅峰。

回过头想想败家娘们儿的辛苦工作，突然感慨人类的社会还真是残酷。

今天外面又下雨了，但卧室里没有林薇薇的喊声。

只是阿姨打扫卧室的吸尘器的声音让我有些心烦。

我的饭盆里的水还混着一些罐头的肉渣，这个阿姨，怎么不知道清洗一下再加水呢？

我看了看表，钟表走得好慢。

不得不承认，我有点想林薇薇了。

我趴在柔软的垫子上，看着窗外的雨。雨水模糊了玻璃，看不清外面的景色。

看不清，听不清，但我的心却不得宁静。

6

林薇薇提前回来了。

一个导演给林薇薇打电话，邀请林薇薇去参加一个角色的试镜。

林薇薇立刻放弃了订好的婚礼演唱计划，拉着箱子就回来了。

李枫好像不大高兴，听他们的争论，似乎林薇薇要赔很多钱。

对于李枫的暴风式埋怨，林薇薇只是抱着我，看着导演发来的剧本，一言不发。

我斜着眼睛看了一眼李枫，觉得这个男人真的好烦。

林薇薇的角色是一个被恶棍欺负的村姑。我怎么看林薇薇都没有村姑的气质。不过现在电视剧都这么回事，说是什么就是什么。

坐在化妆间里，我有些无聊。偶尔有路过的小女孩想来逗弄我，我便把肚皮翻过来，她们就很自觉地开始给我挠痒。

隔壁传来其他狗的叫声，那声音听上去像是哪里的方言，感觉很凶的样子。

林薇薇拿着剧本一直在背，我都已经看她背了一晚上，就那么几句词，我都记住了。

我见到隔壁的那只狗，原来是一只中华田园犬，不过这位仁兄看上去脾气好像有点暴躁啊。

“大哥……”我想打个招呼，对方却瞪了我一眼。

怕了怕了，这么不好打交道的田园犬我还是第一次见到。难道狗也会耍大牌吗？

我乖乖地回到林薇薇身边。

“薇薇啊，等会有福会扑你，你不要怕，有福专门训练过，不会咬人的。”导演指着那只田园犬。林薇薇看了看田园犬，点了点头。

什么？那条狗要扑林薇薇？我心里咯噔了一下。

这下没有办法了，我只能再次朝那只叫有福的田园犬喊了一声。

“大哥，等会拍完我请你吃罐头啊。”

“滚。”

熟悉的感觉，我心里又涌上不祥的预感。

所有人各就各位，我被李枫抱在怀里。

林薇薇登场，在水边洗衣服。

几个恶棍牵着有福出现，开始调戏林薇薇。

其中为首的恶棍抱住了林薇薇，林薇薇推开他，还咬了他一口。

林薇薇转身开始跑，恶棍让手下的人松开有福。

有福像离弦之箭一样冲上去。

不对！有福的眼神不对！

那一边，林薇薇按照剧本的安排，故意扭了一下脚，摔在地上。

导演喊：“cut！”

而有福的主人也开始呼唤有福，但是有福没有停下来。

我挣脱李枫的怀抱，朝有福冲去。

有福张开嘴巴扑向林薇薇，那压抑的咆哮绝对不是友好的前奏。所有人这才意识到不对劲儿。

“跑啊！薇薇。”李枫这才大喊出声。

林薇薇完全被吓坏了，待在原地一动不动。

薇薇不怕，我来了！

我像一道光，冲到有福的面前，压低了嗓音。

“汪……”

有福停住脚步，死死地盯着我。

“让开！”

“你冷静一点！”

“我受不了了！你知道每天都要被那些光照着，每天都要被鞭子抽是什么滋味吗？”

“那和薇薇没关系。”

“我不管。人类没有好东西。他们就想让我替他们挣钱。稍微出错就会被打，甚至是死。我的兄弟死了，我的孩子死了。我也不想活了。你让开！”

有福再度张开大嘴，朝我冲过来。

我用眼角的余光看见薇薇还是吓瘫在地上，一动不动。

真是气死狗了！

没办法，我咬着牙也朝有福冲了上去。

我都能感觉到有福嘴里的湿气。

完了完了……

听说忠心护主的狗死后能上天堂，我应该够资格了吧。

就在有福要咬到我的那一刹那，一个绳索套住了有福的脖子，将有福向后一拉，把我从它的利齿下救了下来。

太刺激了，我紧张过度，都尿了。

直到这个时候，李枫才跑上来，扶起林薇薇。林薇薇把我抱起来，不顾我刚刚撒完尿，一顿猛亲。

我瞄了一眼有福，有福正在努力地挣动脖子上的绳圈，模样狰狞恐怖。

一个看上去很强壮的男人突然冲向有福，手中抡着一根和我脑袋差不多粗的棍子，重重打在了有福的头上。

有福栽倒在地上，从它的眼光里，我看到了解脱。

我心有余悸地看向薇薇。

"有福是这样，你呢？"

7

我感觉我抑郁了。

有福事件已经过去了一个月，但是我总是忘不了有福最后的眼神。

什么时候为主人付出会变成一种负担？

我想我永远都不会懂。

因为那次事件，林薇薇对我的宠爱又上了一个档次。

我吃着据说是进口的罐头，躺在她的奢侈品丝巾上，百无聊赖地看着玻璃窗外的小鸟。

之前总有些狗跟我谈论自由，不想被关在主人的家里。

但是它们永远都不明白，站在家里看外面，才叫自由。

没有家，一直在外面，那不叫自由，叫流浪。

林薇薇出门工作去了。

上次那个导演对于有福的事情非常愧疚，于是邀请林薇薇出演他的另外一部电影。

林薇薇要出一个星期的外景，而我实在很抗拒再坐一次飞机。

所以我照例被托付给了阿姨。

晚上九点半，阿姨打扫完房间，给我换好狗窝里的垫子，不带一片云彩地走了。

对于我来说，这将是孤独难熬的十几个小时呢。

我是去玩会儿球呢，还是直接睡觉？

正在犹豫的时候，我听到了门锁的转动声。

难道是林薇薇回来了？

我开心地跑到门口，却闻到了一身酒气的李枫。

另外，我还闻到了一个陌生的气味。

门开了，我抬起头，只见一个年纪看上去比李枫小很多的女孩子被李枫拉进屋子。

“枫哥，这是你养的狗狗吗？好可爱啊。”

那女孩看到我一阵狂喊，识人无数的我自然听出了那语气里的虚伪。

“汪！”

我想警告她别碰我。

“豌豆，滚回去！”李枫冲着我大喊。

林薇薇不在，我决定好汉不吃眼前亏，夹着尾巴跑进自己的窝里。

我看到李枫看那女孩就像是我看到罐头一样，把女孩子压在墙上，嘴开始乱舔，那双手也在女孩子身上来回乱摸。

可是那个女孩子不是林薇薇啊！

我还在看着，那女孩突然惊叫了一声。

“枫哥，狗在看……”

李枫反应过来，看向狗窝，和我四目相对。

“晦气！”

李枫牵着女孩走进卧室，“啪”的一声把门给锁上。

过了一会儿，卧室传来了女孩的喊声。

我趴在狗窝里，之前轻松的心情一扫而空。

我只是一只狗，我该怎么办？

之前有福的事情我以为抑郁了。

不是的。

这件事才让我真的抑郁了。

我一夜没睡，真的。

女孩子是早上 9 点多走的，李枫一副什么事情也没发生的样子坐在沙发上给林薇薇打视频电话。

“宝贝，我可想你了。我把这次广告的合同谈好，就去找你哦。”李枫一脸笑容。

“好啊，不过那个时候我也快回来了。对了，豌豆呢？我看看。”

李枫冲我喊了一声，我懒得搭理。

李枫把摄像头对准我，我看到里面的林薇薇，勉强爬起来。

“宝贝儿子，有没有想妈妈啊？”

“你快回来吧，你都被戴绿帽子了。我管不了啊。”我想把一切告诉林薇薇，但千言万语说出口，只变成了两个字。

“汪……汪……”

8

厨房传来了阵阵香味。

我抽了抽鼻子，嗯，是五香排骨！不过好像盐放多了。

林薇薇哼着歌在厨房做菜，显然心情很好。

我百无聊赖地拨弄着眼前的球球，我很清楚，这顿饭没有我的份。

林薇薇每天吃那么多好吃的，我只在旁边转悠一下，她就告诉我这个我不能吃，那个我不能吃，真像尚伊。

她们默契地感觉全世界除了狗粮其他都有毒。

你天天给自己下毒也不见你有什么事啊。

林薇薇的手机震动，我爬起来跳到沙发上看了一眼，是李枫的微信视频申请。

我伸出自己的爪子，用肉垫朝挂机键按了下去。

整个世界清静了。

从那一次以后，我就没有再见到李枫带来的那个小女孩了。

而李枫也装作一副若无其事的样子，好像事情从来没有发生过。

狗的记忆是不会出错的，因为狗除了对主人以外都不会感情用事。

我溜达到厨房门口，看着仍在专心做菜的林薇薇，叹了一口气。

你做什么菜呢，倒半瓶酱油？

还有，那是盐，你刚才已经撒了一遍了。

林薇薇曾经很认真地表扬我，说我是一只幸运狗。给她带来了好运。

听说这一次出外景，她又被那部戏的投资人看上，打算跟她谈一谈女二号的事情。

女一号的名字我听过，当初尚伊追她的剧一宿一宿地不睡觉。

林薇薇简直高兴得要疯了。

我仔细想了想。

如果林薇薇越来越好，是不是会踢掉李枫呢？

那样的话，林薇薇不就不会受到伤害了吗？

有灿烂星途，有幸运的我，林薇薇的人生简直完美。

林薇薇得意地从厨房里走出来，拿起手机，疑惑了一下。

“奇怪，最近视频怎么老是自己断掉。是不是要换手机了？”

我笑而不语。

林薇薇打开李枫的语音微信。

“薇薇，怎么电话又挂掉了？”

“薇薇，我跟你说，今天我不来找你了。我在帮你弄个代言，放心，大品牌。”

“薇薇，之前我说给丽丽姐送个包你买了吗？我正好路过商场，你要是没买的话把钱打给我，我去买吧。”

“对了对了，今天是你生日，生日快乐！”

林薇薇有些失落地坐在沙发上，我跳上来，趴在林薇薇的怀里。

林薇薇顺着我的毛，嘴里喃喃地问。

“豌豆，你说他是不是不爱我了？”

“汪……”

9

我又进剧组了。

林薇薇的新戏开拍了，没错，就是那个女二号的戏。

我趴在林薇薇的箱子上不肯下去，林薇薇索性就把我给带上了。

这是我今天第二高兴的事情。

第一高兴的事情嘛——

当然是李枫没有跟着来。

和女一号在化妆间偶遇，对方似乎很喜欢我，一直和我玩，没怎么搭理林薇薇。

林薇薇很尴尬。

没办法，我也只能高冷。

女一号伸手从包里拿出一个巧克力想喂给我，被林薇薇阻止。

“李小姐，贵宾不能吃巧克力的，会中毒。”

“是吗？不好意思哦，我不养狗，也不知道。这巧克力很好吃的，我从欧洲旅游买回来的，你尝尝。”

对方很自然地将巧克力塞进了林薇薇手里，林薇薇的脸色有些不好看。

她带着助理们走出化妆间，我的狗耳朵听到了她一声嘟囔：

“又是个潜规则上位的。”

我可以和别的狗抢吃的，但绝对不会跟别的狗抢主人。

这是做狗的原则！

但是我发现人类不是这样，他们比我们看得长远。

他们一早就发现狗狗吃的东西是主人给的。

所以他们可以不抢吃的，要抢就一定要抢主人。

我总觉得那个女一号就是这个心态。

只是我很奇怪，人类社会不是早就废除奴隶制了吗？我主人的主人在哪里呢？

李枫没来，林薇薇雇了个小助理。

平时林薇薇拍戏，小助理就站在外面抱着我。

她们演的是一个宫廷剧，里面老是各种下药、打胎、死人之类的钩心斗角，这让我想到刚刚和女一号见面时她塞给我的那颗巧克力。

吓死狗狗了。

我决定以后坚决不接受除了林薇薇之外任何人的投喂。

然后，我听到了一种奇怪的论调。

“林薇薇真的好大牌啊，还有专人抱狗。”

“林薇薇不算大牌，那条狗才大牌。只搭理林薇薇，其他人怎么逗它都不理的。”

“哎，狗随主人呗。”

话是从女一号的助理嘴里传开的。

最早传这些话的女助理，此刻正抱着一只猫站在我身边。

✶ 10 ✶

林薇薇生病了。

演戏的时候，女一号站在房子里，看着跪在外面被大雨淋湿的林薇薇，几句话总是说不清楚。

这场戏拍了一遍又一遍，我狗眼睛都看出来了，她在针对林薇薇。

然后林薇薇就生病了。

我觉得不行，这口气我咽不下。

我得做点什么才行。

夜黑风高。

林薇薇熟睡，小助理请了假和老乡聚餐刚回来，我躲在门后，趁小助理不注意偷偷溜了出去。

反正整个酒店的人都认识我，大不了我去前台转一圈，他们就会把我送回来的。

林薇薇和女一号是住上下楼，这个我早就知道。

不能走电梯，那里有监控。

主要是我按不到电梯的键……

我早就搞清楚了，女一号借口隐私问题，让酒店把她住的那一层监控给关了。

今天，无敌灰贵小豌豆将成为一只为主人报仇的小英雄！

事了拂衣去，深藏功与名。

我的计划很简单——

在女一号门口撒一泡尿。

反正她还养了一只猫，猫尿和狗尿谁分得清呢。

我晃晃悠悠找到女一号的房间，抬起一只腿，气运丹田……

里面突然传来对话。

“说，你是不是对那个林薇薇有意思？”是女一号的声音。

“你别岔开话题。我是说你今天的行为太过分了。微博上已经有人在说你打压新人了。”这个声音我记得，是邀请林薇薇的投资人的声音。

“让他们说去吧。网上说我难听话的多了去了。不是还有人说我是靠跟你上床才一路走到今天吗？”

“我说了多少遍了，我们之间不要聊这个话题。”

“我不管！林薇薇必须走，不然我不演了。”

“你再说一遍。”

“我说林薇薇不走，我就不演了！”

接着是一个响亮的耳光声和一阵急促的脚步声。

我连忙窜到旁边，那扇大门打开，投资人气冲冲地从房里走出来。

他停在门口，突然转身说：“对，我是看上林薇薇了，她年轻、漂亮，我喜欢，怎么了？我告诉你，我能把你捧起来，就能让你掉下去。你走了，我分分钟就让林薇薇当女一。给你一晚上时间，好好想一想！”

一席话说完，投资人头也不回地离开了。

我听到房间里传来女一的哭声。

我也没有了撒尿的心情。

我终于明白了，女一不是想抢林薇薇的主人，是怕林薇薇抢她的主人。

唉，撒尿未遂。

11

女一号没有走，第二天很开心地开始拍摄。

她还专门向林薇薇道歉，让林薇薇受宠若惊。

我一直都很警惕，警惕那个投资人对林薇薇下手。

但是很奇怪，从那之后他一共只和林薇薇说了五次话，每次都是和戏有关的聊天。

从不单约吃饭。

从不单送礼物。

从不说一些奇奇怪怪的话。

难道那天的话是为了保护林薇薇才说的？

我有点搞不懂。

但在林薇薇心中，投资人是一个很正直、很阳光的人。

就相当于狗界里面的金毛。

黑背咬人，嗯，有可能。

泰迪咬人，嗯，有可能。

金毛咬人，绝不可能！

我看着日历，距离林薇薇拍完戏杀青还有两天。

这一段钩心斗角的剧组之旅终于可以结束了。

我也可以放下林薇薇保护者的身份，回家安心做一只混吃等死的宠物犬了。

门外响起敲门声。

小助理跑去开了门，投资人一脸笑容地站在门口。

“我方便进来吗？”

我的耳朵一下竖了起来。

狐狸尾巴终于要露出来了吗？

“薇薇，你看看这个剧本。我觉得女一号这个角色很符合你的特质。”

“不过你放心，这部戏筹备时间比较长，你可以尽情放松一下。”

“对了，我拍完戏都有出国旅游的习惯。这一次我打算去一趟毛里求斯，顺便给戏看看景。你有没有兴趣一起啊？”

“你安排一下时间，我来安排行程，怎么样？”

“对了，导演也会去。提前和导演沟通一下，也许出演会更加顺利。”

投资人笑容和曦地走出房间。

薇薇开心地把我抱起来，兴奋地转圈圈。

“豌豆，你听到了吗？我可以演女一号了！”

看着薇薇那兴奋的笑容，我配合地吐出舌头。

如果没有听到女一号房间里的那番对话，我也会幻想林薇薇一人得道，我狗狗升天的场景，但是现在……

“傻女人！”我心里吐槽。

“汪！”

✶ 12 ✶

李枫和林薇薇是在一次选秀节目上认识的。那个时候我还没有出生。

林薇薇拿了第三名，人气很高，听说好多人彻夜不眠地帮她刷票。

李枫很惨，连前三十名都没有进，但是他特别聪明，被那个节目背后公司的一个领导看中，招进了公司。

再后来，林薇薇和那家公司签约，李枫被安排成了林薇薇的经纪人。

林薇薇给我看过那个时候的照片和视频，她那个时候真的很火。

林薇薇告诉我，李枫来当她的经纪人，第一句话就是：咱们真有缘啊。

林薇薇一直相信，她和李枫有着特殊的缘分。

再后来，李枫和林薇薇商量，一起从公司解约离开。

李枫要走，很简单，交一份辞职报告。

但是林薇薇要走，要支付一大笔解约金。

李枫告诉林薇薇，他们可以一起开一个公司，自己给自己打工，不用再那么辛苦。

林薇薇累了想休息，没关系，放心大胆地休息。

林薇薇想吃甜点，没关系，放心大胆地吃。

那个时候的林薇薇只有十九岁，没多想就答应了。

她将自己两年来攒下的大部分钱都支付了违约金，剩下的钱都交给李枫去开公司了。

然后，公司以权谋私开始封杀林薇薇。

林薇薇突然发现，自己想累一点，已经没有工作去累了。

更别提想吃甜点了。

但她一直觉得庆幸的是，李枫没有离开自己。

她深信，这就是缘分。

三个小时的飞机，我在航空箱里，脑中不断闪现着林薇薇告诉我的那些她和李枫之间的事情。

从机场回家的两个小时路途中，我趴在林薇薇的怀里，感受着她兴奋的心跳。

我知道，她偷偷回来，是要给李枫一个惊喜。

拍戏三个月，李枫只在第一个月去了两次，然后就一直“打理”林薇薇的工作。

他做得不错，据说帮林薇薇谈好了一个综艺节目和两个代言。

但是我的狗鼻子不会有错，那两次见面，我在他身上都闻到了不同的浓浓女人味。

电梯门打开，我的鼻子抽了一下。

我咬住林薇薇的包，表示我想在小区里跑一跑。

林薇薇拍着我的脑袋：“豌豆，妈妈累了，明天让你枫爸带你出去跑。”

我一计不成又生一计，不断地转圈，表示我要上厕所了。

林薇薇：“你怎么这么多事呢？忍一下，家里有厕所。”

林薇薇走向公寓大门。

天啊！李枫，你赶紧的，我闻到别人的味道了。

顾不了那么多了，我拦在门口，但是我忽略了我不到 5 斤的小体格，被林薇薇一把提了起来。

“怎么了？不愿回家？”

林薇薇输入密码，打开门。

“李枫，我回来了！”

李枫衣冠不整地从卧室里跑出来，惊奇地看着林薇薇。

“薇薇，你怎么回来了？”

“惊喜吧！我……”

林薇薇终于发现不对，那沙发上的红色内衣显得格外刺眼。

“薇薇，你听我说，我……”

我从发怔的林薇薇手里挣脱出来，直接跑进卧室，看到卧室里有一个女人，正在急忙套着衣服。

我深吸一口气：“汪汪！”

13

交配。

在我看来，这是一种活动，和私欲无关，而是写在骨子里繁衍族群的使命感。

我看见邻居雪纳瑞追着比熊跑，我也看见我的同类贵宾往金毛身上跳。

我从来不觉得这有什么问题，那只一直对我很友好的黑背其实是宠物店的配种公犬，但我对它报以最大的尊重。

但是在人类这里，意义完全不一样。

他们对这项活动赋予了很多的意义，比如唯一、忠诚，血脉……所有的这些意义，被他们归纳成两个字：道德。

而人和动物的本质区别，就是道德。

我窝在沙发的角落里，听着李枫拼命地向薇薇解释。

他想把薇薇发现的事实归纳成一种偶然性的冲动，而不是那种带有意义的行为。

我的思维开始发散。

当人类只剩下冲动，而抛弃道德的时候，这个人，还是不是人？

不过说回眼前，动物的冲动有一个明确的时间，那就是发情期。

而人类，全年 365 天，全天 24 小时，随时都可以进入发情期。

简直就是开了种族繁衍的 bug，而道德，就是监控这个 bug 的修复程序。

或许是经历过尚伊的事情，又或许是我对李枫早就有过关于动物的共识，眼前的一幕在我的内心竟然经不起一丝波澜。

李枫跪在地上，祈求薇薇的原谅。薇薇流着眼泪，坐在沙发上盯着李枫。

而我，只是独自窝在沙发的一角，没有去安慰薇薇。

她也是个大姑娘了，应该学会独立处理这件事情。

最终李枫还是走了，一副肝肠寸断的模样。

薇薇也没有心思来抱我，把自己锁进了房间。

我不禁想起大黄狗大众在那个阳光温暖的下午，似乎自言自语，又像是给我说的那些话：

“我们出生，这是缘起。”

“我们死亡，这是缘灭。”

“我们追逐，我们获得，我们抛弃，我们忘记。”

“这一切，只是起和灭中间的插曲。”

好像，比爱情，还要深刻一点。

14

林薇薇在收拾房间。

她要把一切关于李枫的东西都扔掉。

我只知道这种行为，叫“断舍离”。

人类挺有意思的，扔个东西都能起个特别棒的名字。

人类也挺矫情的，真的。

据我的观察，两个人从情深到陌路，需要以下几个步骤：

首先，看山是山，看水是水。

这个时候，发现山青水绿，有鸟鸣声幽，也有波光万点。

没有别的，只想游山玩水。

然后，看山不是山，看水不是水。

这个时候，登山方知行路难，凫水才懂水中险。

没有别的，山水不留人，速速归去。

最后，看山还是山，看水还是水。

这个时候，山还是那座青山，水还是那汪碧水。

但是，去过了，玩过了，没兴致了。

我就不明白，情不知所起，怎么就会一往情深。

不知所起，只能无疾而终。

林薇薇目前正走在和李枫关系的陌路上。

她的表现很好，除了昨天有些失态，今天看到的只有疲倦，没有痛苦。

其实我现在才知道，李枫的行为，她一直都有察觉。

而她的行踪，也是一直有意瞒着李枫。

怀疑的状态，就像是薛定谔的猫，死和不死同时存在。

而掀开了盖子，我们就知道那个只能接受的答案。

下午，那个超 A 的律师小姐姐又来了。

没错，就是把我交给林薇薇的那个律师小姐姐。

她是来处理林薇薇和李枫后续的事情的。

这么多年，林薇薇和李枫纠缠在一起，已经是水乳交融。

切割不是那么容易的事情。

“薇薇，给我点时间，我只要拿到更多的证据，就可以帮你争取更有利的条件。”

林薇薇拒绝了。

她只想迅速了结这段关系。

就像是，坚强地落荒而逃。

我的耳朵能听见，林薇薇心碎的声音。

✦ 15 ✦

人类都认为狗爱吃骨头。

这个观点是狭隘的。

我们和人类一样，也是喜欢吃骨头上面的肉，然后咬开骨头，吃里面的骨髓。

至于骨头，那只是我们用来磨牙罢了。

人类的感情也是这样。

旁观者认为你喜欢的是那个人。

其实不是的，首先你喜欢的是和这个人的关系，这是骨头上的肉。

然后，你喜欢的是这个关系中的自己，这就是骨髓。

而那个人，只是骨头，给你练本事的道具罢了。

只是没办法，肉和骨髓都依附在骨头上。

所谓分手的痛苦，就是你丢掉骨头却想保留肉和骨髓的冲突心理造成的不适罢了。

简单来说，求不得。

我啃着保姆给我炖的大骨头，斜着眼睛看了一眼林薇薇，以及坐在她对面的李枫。

李枫找薇薇的要求很奇怪，居然想继续和林薇薇维持工作关系。

我其实很反感人类的一句话。

大家都是成年人。

基本上这句话说出口，你就能判断出这个人接下来要么是占了便宜不认，要么是想继续占便宜。

反之，你要是不认同，就等于你不认同自己是个成年人，然后你接下来的行为举止都会被以为是幼稚且没有道理的。

李枫的开场白就是这么一句话：

“大家都是成年人，工作和生活还是可以分开的。”

谁说成年人的工作和生活可以分开？

以我丰富的狗生经历，对于人类来说，只要成年，工作就是生活，生活就是工作。

林薇薇就好像第一次认识李枫一样，把李枫上上下下重新打量了一遍。

我瞬间就知道林薇薇心里在想什么。

人怎么可以无耻到这个程度？

李枫坐在沙发上，一副我是人渣我有理的样子。

“薇薇，我承认我做得不对。你要跟我分手，我接受。”

“但是，工作上我没有对不起你吧？我们可以重新谈一谈佣金的比例。”

“把你的事业做好，就是我对你最好的补偿方式。”

“你冷静一点，咱们可以心平气和地聊一聊。”

我的天啊。

我顿时觉得我嘴里的骨头一点都不香了。

我在林薇薇的眼睛里看到了迟疑。

我真不明白，女人的大脑到底是什么构造。

难道真的还想答应?

我想了想，站起身，朝阳台走去。

卧室里原来的被套，林薇薇全部扔了，但是把枕巾留给我暖窝。

我小心地避开保姆，把正在晒着的枕巾叼在嘴里。

然后，我叼着这条枕巾从林薇薇的面前走过。

顿时勾起林薇薇不好的回忆，指着李枫的鼻子：

“滚！”

不干我的事啊，我只是想把我的狗窝重新铺一遍而已。

16

生命，是不公平的。

就像我眼前那条大金毛，它们的寿命一般只有 12 年左右，而像我这样的小贵宾，好好养的话大概能有 16 到 18 年的生命。

人类，现在基本上都奔着 80 到 100 岁去了。

算一下，几乎可以让我投胎转世 5 次了。

凡事都是这样，多则无用。

包括生命。

林薇薇用了五年的时间和李枫在一起。

李枫用了一年的时间来毁掉他们在一起的基础。

然后林薇薇用了三天的时间来断绝和李枫的关系。

李枫用了一个月时间来纠缠不休。

最后，5 年 1 个月零 3 天，李枫和林薇薇的感情彻底宣告死亡。

这一整段时间，林薇薇不会再去回忆。

她把这些时光埋葬在心里。

就好像，白白地抹去了 5 年 1 个月零 3 天的生命。

即便是这样，林薇薇依旧年轻。

这才是我真正羡慕人类的地方。

漫长的人生，他们可以不断地试错，去寻找自己合适的生活。

而我，那短暂的生命，注定无法陪伴一个人的一生。

林薇薇接受了那个投资人的邀请，去了遥远的毛里求斯。

鉴于种种原因，我并没有随行。

老实说，我很想她，尤其是我做噩梦的时候。

我端坐在落地玻璃前，看着面前的黑暗，预算着我剩下的生命。

好像，我能陪伴林薇薇的时间也只有十几个年头了。

我开始思考，是不是应该生一个孩子，让我的后代在我离开后继续陪着林薇薇。

从这个角度来说，林薇薇就是我们豌豆家的传家宝。

我知道，那个投资人对林薇薇没安好心。

其实，林薇薇也知道。

她出门前，抱着我进行了一番深谈。

那些有的没的我没注意，但我记住了最后一句话：

“还会比现在的情况更差吗？”

那个时候我的心就揪了起来，每晚开始做噩梦。

黑压压的夜，让年轻的我有了迟暮的沉重。

二十天六个小时八分钟四十二秒。

这是林薇薇离开的时间。

当她推开门，热情地跑向我时，我松了一口气，她看上去很好。

她把我抱起来，拼命地问我有没有想她。

我的脑袋搭在她的肩膀上，正好看见她背部的伤痕。

她似乎是太高兴了，抱着我开始掉眼泪。

我用力地侧过头，伸出舌头，舔掉她脸上的泪水。

✷ 17 ✷

一转眼，我到林薇薇家已经一年了。

林薇薇完全不管我的实际情况，坚持给我过了一个生日。

我突然想到一个很奇怪的现象：

大树每过一年，就要给自己长一圈年轮；我们每过一年，牙齿也会出现可追溯的痕迹；我们尊重时间，我们也尊重生命。只有被岁月消耗掉的，才是我们活着的痕迹。

但是人类似乎相反，他们拼命地想消除时间在他们身上的刻痕。

就好像现在，明明只有她一个人在给我唱着生日歌，但是她的妆容依然一丝不苟，仿佛只有二十岁。

我知道，这叫慎独。

很快我就发现我错了。

林薇薇精致的妆容并不是为了我的“生日”而准备的。

在我生日结束后，她还有下一场约会。

用人类的话来说，这叫赶场。

自从那次毛里求斯之旅后，林薇薇的这种赶场越来越多了。

听着林薇薇那富有节奏的高跟鞋的声音消失在门外，我回过头看着那新鲜的巧克力蛋糕。

我已经长大了，我知道这玩意我是不能吃的。

但是很显然，林薇薇忘记了这一点。

最近一个多月，她都是这个样子，忙得忘这忘那。

我不怪她，她在寻找新生活。

人类总是面临很多选择，所以在确定新生活的道路前都会出现混乱期，我理解。

我也相信，这样的赶场不会成为她的新生活。

而我们，主人的新生活就是我们的新生活。

我不知道林薇薇都去赶了哪些场，但是我能从林薇薇身上闻到很多不好的气味。

她回到家之后，就会去洗澡。

洗很久。

混着水流的声音，我听到林薇薇的哭声。

我能感觉到，就算我是一只狗，她也不愿意把这一面在我面前表现出来。

我很懂事地窝在笼子里，耷拉着耳朵。

甚至，我还会装作小声打呼噜

✦ 18 ✦

满足感的来源归根结底，就是“我比你好”。

人类有位哲人说，不患寡而患不均，那都平均了，大家就都开心了吗？

我认为，要么大家都不开心，要么一部分开心，一部分不开心，总之，全部开心是不可能的。

没有对比，就没有伤害；同样，没有对比，也就没有了优越感。

优越感，是所有生物快乐的源泉。

得益于林薇薇日益上涨的知名度，我在小区里也是一只明星狗了。

所有的狗都会围着我转。

我知道，它们都在巴结我。

甚至它们的主人，也会想方设法接近我，抱着我，然后拍一张合照，放到朋友圈里去。

他们会隆重地介绍，我是那个当红明星林薇薇的宠物。

在小区那么多的狗里，有一只哈士奇显得格格不入。

它从不来巴结我，甚至上次还踢了我一脚。

小区宠物狗协会会长，那只肥胖的斗牛犬想要替我伸张正义，道德谴责哈士奇。

但是哈士奇说了一句话，让我沉默了。

“你主人越厉害，需要你陪伴的时间就越少，你牛什么？”

谁说哈士奇都是愚蠢的。

它们大智若愚。

我已经三天没有心情在小区里闲逛了。

那只哈士奇的话始终在我的脑海里盘旋。

林薇薇最近忙得很，我已经有十天没见到她了。

我现在觉得每天伺候我的小保姆更像我的主人。

作为一只伴侣犬，居然连陪伴都做不到，那我价值在哪里？

我狗生的意义又在哪里？

我觉得我触及了大黄狗大众说的返璞归真的境界。

罐头、骨头、舒适的狗窝、柔软的毛毯……

一切一切，在我眼里似乎变得不那么重要。

我迫切地想见林薇薇。

我想在她的怀里打个滚。

我想舔着她的手心。

我想用脖子蹭她的脚踝。

可是，我的眼里，只有那个坐在沙发上追着肥皂剧的小保姆。

是了，中午林薇薇打电话来，说行程有变，还得再过半个月才回家。

我了无生趣地躺在狗窝里，心里盘算着。

或许，我得有什么意外，才能让林薇薇提前回来看我吧。

✦ 19 ✦

意外，真的发生了。

说出来你可能不信。

我被绑架了。

我曾经听过这样的套路：

在一个豪华小区，把落单的小狗抱走。

然后过一天，就会在小区周围看到狗主人贴的寻狗启事。

重要的是启事末尾都有那加大加粗的“必有重谢”。

这些人就会装作好心人，把狗送回来。

然后领取那些重谢。

我被关在一个小笼子里，我对天发誓，这个狗笼子只有我的食盆那么大。

空气里充满了恶臭，几个男人光着膀子在昏黄的灯光下打着扑克。

旁边的小灶上炖着肉，我闻了闻，是狗肉，差点没有呕出来。

在隔壁的小笼子里，有一只已经脏得看不出原本颜色的比熊，它的眼里已经没有了光芒。

它看着我，就像是看着一个标本。

“喂，你的主人爱你吗？”它问我。

“当然。”

它笑了笑，张开嘴，我才发现它嘴里只剩几颗牙。

“你祈祷你的主人是爱你的吧。不然你很快就会变成我这个样子。”

它低声嘶吼着。

我的视线落在了它的后腿，那里血肉模糊，已经彻底断了。

“吵什么吵！”其中一个男人冲着我们大吼了一句，它立刻埋下了头。

地面有些潮湿，趴上去总是冰凉凉的，我很讨厌这种感觉。

我坚持站着。

我看了看那只比熊，它正看着我，好像在期待我能像它一样脏兮兮地堕落下去。它故意朝我打了个哈欠，身子又团了团。

有那么一瞬间，我也想不管不顾地趴下来。

但是，我忍住了。

我和它这种没有希望的狗是不一样的。我是被人爱着的。我要爱自己。

我用身子靠着冰冷的笼子，好让自己不倒下去。

我不知道我能坚持多久。

但我知道，林薇薇一定会来救我。

我的脚在发抖。我已经从天黑站到了天亮。我感觉我要坚持不住了。

旁边的比熊打了个长长的呵欠。

“别等了，早上看到那个光头出门了吗？”

“是去给你谈价钱的。”

“我听他们说了，你们那个小区富人多，要狠狠敲一笔。”

“这帮人心黑得很，你的主人听到价钱，估计就不要你了。”

“那钱，比重新买一只一模一样的你都要贵很多。”

“运气好的话，他们会把你卖给狗贩子的。”

“不过你长得这么好看，他们可能会把你腿打断，像我一样，每天可以靠装可怜给他们挣钱。”

“主人？爱？我呸！”

我充耳不闻，这个比熊已经疯了。

大约一个小时过去，光头回来了。他兴奋地亮了亮手机，其他人看到手机里的余额，兴奋地大叫起来。那光头打开笼子，把我抱起来。

“哟，这小狗，看不出来，居然值十万啊。”

“走，带你回家去。”

我强忍着，没有张嘴咬人。

光头抱着我走出屋子，我听到身后传来一阵疯狂的狗叫声。

是那只比熊。

“凭什么！凭什么你可以回去？”

“为什么？你给老子回来，你一定会遭我样子的罪的！”

“主人，你在哪？你为什么不救我？”

“救命啊，谁来救救我！”

接着，我听到一声闷响，我知道，那是木棍打在狗身上的声音。

那只比熊，再也没有声音传出来。

✦ 20 ✦

我被套上了狗绳。

就算狗绳设计得再漂亮，都是一条狗绳。每当我想要奋力奔跑的时候，跟着我的小保姆就会用力拉着狗绳。

我感觉就像窒息了一样。

这是林薇薇的意思。她把我被人偷走归罪于我太弱小又爱乱跑，所以，她决定给我“有限度的自由”。

这是我们宠物狗经常遇到的困境。

戴上狗绳，你可以出去溜达；不戴狗绳，你只能被关在家里。但是不戴狗绳，象征着自由；戴上狗绳，就受到了约束。

但反过来说也是一样的道理。关在家里，就是失去自由；而出门溜达，你可以尽情跑尽情跳。

那到底哪一种自由才是真的自由呢？

我想，自由这个词本身就是有问题的，它不是固定的生活或者思想的方式，而是一种可以无限去接近但是永远不会到达的状态。

我把这种状态称作“狗绳悖论”。

我总觉得有一双眼睛在盯着我，但是我找不到目光的源头。

只有在半梦半醒之间，我才能仿佛看到一个轮廓。

是那只我叫不出名字的比熊。它躺在血泊里，冲我龇着牙。它不停地问我：凭什么？

我目光环视满屋子林薇薇的照片，好像是要给它一个答案。

我有时候会想，假如……只是假如……林薇薇和尚伊一样，只是一个普通的上班族……我，会回来吗？

不能想，有些事情连念头都不能冒出来。

我现在很好，这已经足够……了吧？

小保姆到底还是把我被“绑架”的事情传了出去。

在传闻中，我的“赎金”从 10 万疯传到了 100 万。

我也得到了一个绰号：

百万泰迪。

周围的狗看着我，仿佛我的每一根狗毛都是黄金编织的。那些大狗、中狗、小狗的主人纷纷警告它们，不许和我玩闹，就连碰一下都不可以。万一剐蹭了一下，他们可赔不起。

之后，莫名其妙来了一群背相机的人，他们在我的面前用各种姿势对着我一顿狂拍。

我的感觉不是很好。我甚至能从人们的目光中感受到贪婪和邪恶。

我拉着小保姆往家里走。

外面，我一刻都不想待下去了。

✱ 21 ✱

追溯血统，我们都是狼的后裔。

在那遥远的时代，人类狩猎狼，然后驯化成了狗。在骨子里，我们依然保持了狼的传统，我们会把主人当头狼，一切行动听指挥。

但是，我现在觉得，有些人比我们更像狼的后裔。

他们见到利益，会像狼见到血肉一样。

蜂拥而上。

不达目的决不罢休。

我窝在自己的狗窝里就能够看到，在我的十二点钟方向，有一个摄像头。

三点钟方向，也有一个。

九点钟方向，距离林薇薇房间几百米的隔壁小区的民居里，也摆着一个摄像头。

我实在不明白。我一只狗，有什么好拍的。难道就是因为我的身价疯传到了一百万？

人类是因为罐头制造得太多，吃饱了没事干吗？

大众说它曾经见过一个道士养的狗。

那条狗叫大道。

大道告诉大众一句话，大众又告诉我：五音令人聋，五色令人盲。

我以前不明白，但是现在有点懂了。

就算林薇薇无论怎么解释，大部分人都认定了她是花了一百万把我赎回来的。

这不是盲不是聋，又能是什么？

有一个人类逻辑让身为狗的我很难懂。

在狗社会，我若得到一块骨头，我是吃还是埋，都是我的事。从林薇薇给我的那一刻开始，骨头就属于我了，就算林薇薇想拿走，也得跟我好好商量。

但是到了人类社会，你得到的东西怎么使用，会有很多人指手画脚，给你建议，你要是不听，就会对你恶言恶语。

比如，

“一百万为什么要来赎一条狗，可以拿去捐给失学儿童啊。”

“你自己挣的？你自己挣的也不行。”

“谁知道这钱挣得干净不干净。”

“不，一定不干净。”

恶意，总是来得那么隐秘，又突兀。也不知道是突然出现，还是一直存在。我第一次觉得，当人，也没那么好。

✦ 22 ✦

不好的感觉一直在持续。

林薇薇回家了，情绪很差。

据说有人要查她的账，因为认为能花 100 万赎条狗的林薇薇肯定特别有钱。

我很想去安慰林薇薇，但是林薇薇对于我的靠近完全提不起精神。

人们总喜欢用“情比金坚”来形容牢固的感情，但是你们知道吗？

金子是软的。

这几天家里来来回回进进出出好几拨人，基本上讨论的话题都和我有关。归根结底，无非是两个问题：

留我，还是不留我。

有人主张把我送出去，不管是给林薇薇的父母还是同学或是不认识的人，只要我不出现在林薇薇身边，这波热度就会很快降温。

也有人主张不如借这个话题把林薇薇抬进名媛圈，努力制造一个白富美的爱心人设，或许会有大反转。

他们口沫横飞地说着各自的设想，甚至展示了一页页精美的PPT，但他们没有注意到林薇薇的沉默。在所有的设计和计算里，情感都被压缩到最靠角落的位置。他们没有想过，整件事情中……

我，林薇薇——

才是受害者。

网络上那些正义感沸腾的高洁之士啊，你们盯着一只狗和弱女子不放，为什么不去抓几个偷狗的坏人呢？

人声鼎沸的日子持续了一周。我感觉我的胃口越来越差，连骨头都不香了。我就像一个戴罪的囚犯，等待着判决。可是，我不知道我哪里错了。

夜半无人，林薇薇终于坐在了我的面前。

她摸着我的脑袋，轻声说：

“对不起……”我抬起头，努力舔着她的手心。我看到她在哭，我的眼泪也流了下来。

她抱着我，号啕大哭。我的视线看向窗外，那里，有一个摄像头。

我相信林薇薇是爱我的，只是，我需要离开一小会儿。

我就像是一个贴在林薇薇身上的标签，时刻提醒着大家，林薇薇是个为了一条狗豪掷百万的有钱人。

即便无数次辟谣，可是大家说起我的百万身价时依然充满兴奋。

没有人质疑林薇薇会不会有那么多钱。

他们充满恶意地讨论林薇薇那么多钱是从哪里来的。

是的。

我需要离开一小会儿。

为了林薇薇。

安排是这样：我将暂时被寄养在林薇薇经纪人的姐姐那里。

林薇薇计划每午通过经纪人给那位姐姐打一笔钱。

或许再过三个月，或许半年……

林薇薇会重新把我接回来。

今天，我就像一个躲避风头的江湖大哥，登上了离开上海滩的轮船。

等待着重新归来的那一天……

“砰！”

一辆电瓶车撞上了送我的奔驰车。

23

聪明的狐狸，不会掉进一个陷阱两次。

可如果聪明的狐狸，遇上了不讲道理的猎人呢？

我就是那只狐狸。遇上了不讲道理的猎人。

有那么一段时间，林薇薇特别迷信。她找各种大师给自己算命，订阅各种星座公众号。她迫切地想要了解自己未来的命运。

大众曾经说过：世上本没有命，活得人多了，就有了命。

站在人群中，你不知道你会遇见谁，你也不知道你会和谁发生什么事情。

于是，你的命运就变得不可捉摸。它说它们讲究无为，说到底就是离人远一点。我让大众看看我的命，大众很遗憾地摇头。我的命不是我的命，得看主人的命。但是现在，我确定，这是我的命。

命运的相逢。

我再次见到了上次把我偷走，然后顺利从林薇薇那里拿到十万块钱的男人。

他们的理由很简单。

他们相信林薇薇支付了100万赎我。

100万支付给了他们的同行，而他们居然只得到了10万。他们觉得亏了。这一次，他们计划用我从林薇薇那里再换来50万。打个对折，他们觉得自己很有良心。

我再一次被关进了笼子里。林薇薇还会出钱来救我吗？

我不愿意再去思考这个问题。对于我而言，现在已经到了命运的抉择点。我记得林薇薇总是念着那句台词：To be or not to be，is a question。我得拯救林薇薇。

我有一个粗糙但实用的计划：

第一，是绝食。

在50万的诱惑下，他们给我拿来不少他们认为好吃的东西。

甚至把一盘红烧肉摆在了我的面前。

我不动摇。

第二，是装病。

我用力咬铁笼子，用尽了吃奶的力气。

这导致我的牙床松动了，牙龈开始往外冒血。

我用力地用爪子挠着自己，挠破皮，挠出血。

最后，我虚弱地躺在笼子里。

终于，他们发现了我的异状。我活着，他们才有好处；我死了，他们什么都没有。经过了短暂而激烈的讨论，他们终于决定，带我去见见医生。

我被他们从笼子里抓出来，塞进了一个肮脏的行李箱。

为了避免不必要的麻烦，他们决定带我去另一个城市找医生。

我不记得在行李箱里待了多久，我只知道被装进行李箱的时候是白天，被拿出来的时候，是夜晚。

温柔的护士抚摸着我的身躯，严肃的医生正在为我检查。那个送我就医的人，凶神恶煞地坐在一边，玩着手机。

我深吸一口气。我一直都保留着最后一份力气，我猛然从检查台上跳了下来。所有人还没反应过来，我就飞奔出了宠物医院。

我不认识路，只知道往前跑。我听到后面尖利的呼喊声，就像鞭子一样抽打着我不要停下。我跑啊……跑啊……跑啊……

我不记得跑了多久。我不记得跑到了哪里。我只觉得腿要断了，肚子里好像有一团火。我的眼皮有些沉，只想睡觉。我倒在地上，大口地喘着气。

最后的一个画面，是汽车那耀眼的大灯。或许，我的命，就到这里了。一直想说，对不起，林薇薇。给你添麻烦了。我闭上了眼睛……

天堂未满二

我望着大天使，示意我说完了。

“你很勇敢，这是一种美德。”大天使的夸赞里听不到语气的波动。

“不，我当时怕得要死。我发誓，我已经害怕得失去了意识。”

“是否具有感情是生灵和神圣的区别。感情可以让你接触到神圣的生命层次，又会阻碍你成为真正的神圣。”

“神圣没有感情。”

“神圣不需要感情。”

“这个话题有些深奥，毕竟，我只是一条狗。”

大天使沉默了片刻。

“林薇薇准备了50万，打算再次赎回你。”

我盯着大天使，等着他后面的话。

“因为她的新经纪人提议，可以通过拍卖首饰和包凑出50万，从而打破林薇薇豪掷百万的谣言。你明白这个意思吗？”

我点点头。

真是一个妙招。

“她在利用你。”

“不，她在救我。”我礼貌地朝大天使翻了个白眼。

“亲爱的大天使，我只是一只狗。我的生命只需要食物、被窝，以及一点点的陪伴。林薇薇超额给了我这一切，我永远、永远不会把‘利用’这个词放在我和她的关系之间。如果我可以帮助到她，我很乐意。”

“所以你是一只狗。”大天使仿佛只是在阐述一个事实。

“是的，当一只狗，不好吗？起码，幸福很简单。”

“你有什么想要知道的吗？”

“薇薇过得……怎么样？”

大天使身后的十二只翅膀微微一颤，几道光芒飞到了我们面前。

我伸出爪子，点破其中一道光芒，眼前闪现出一幅画面。

林薇薇在金碧辉煌的颁奖现场，主持人说出最高荣誉奖项后，喊出了林薇薇的名字。

十年了，薇薇一点都没有变，还是我印象里漂亮的样子。

她慢慢地走上舞台，有一个狗链模样的手链缠绕在林薇薇的手上。

我清晰地感觉到，那个小狗模样的坠子里是我的照片。

“一直绑在手上，我就不会撒手没吧。”我心中暗暗想到。

画面消散。

“豌豆，我没有情感。请你告诉我，现在的林薇薇，一直保存着对你的纪念，是真心怀念你，还是做给其他人看的把戏？”

“我很高兴。”

“嗯？”

“无论如何，她没有忘记我。”

我冲着大天使露出了自己洁白的牙齿。

“好吧，我们继续……”

我点了点头。

还记得我满身伤痕倒下后，看到开着耀眼大灯的那辆车吗？当时那辆车的前轮，离我只有零点零三厘米，但是一分钟后，我会让那辆车的女主人，彻底爱上我……

第三卷

红酒焖鸭

✶ 1 ✶

生命的计算方式有两种：

一种指向终点，每逝去一秒钟都是生命流逝一秒钟，它告诫我们要珍惜；

一种源自起点，每个下一秒钟，都是生命的馈赠，它提醒我们要有希望。

我停在了逝去和到来的中间。

要坚强。

睁开眼睛，我看到了一张棱角分明的脸。短发，单眼皮，塌塌的鼻子，不是人类意义上的好看的脸，但是我却从她的身上闻到了特别好闻的味道：有果香，有肉香，还有淡淡的洗发水的香味。你要知道，对于一只狗来说，好闻的味道，就意味着好看。这种好看，几乎快让我挪动不了脚步。

但是我记得，我还要跑，跑出那群坏人的手掌。我努力尝试挪动自己的身体，却发现四肢都没了知觉。我尽最大的努力，却只能发出小声的呜咽。她有点兴奋地瞥了我一眼：

“小家伙，再等一下，马上到医院了。”

医院？该不会是我逃出去的那个医院吧？我努力要站起来，却根本使不上力气，担忧地躺在她怀里。

车上的电话响起，一个男人的声音传了出来。

“闺女，我到机场了，你人呢？”

“爸，我有点事，你自己打车回去吧。”

“行，我带了两斤狗肉，回去弄好，你打算怎么吃？”

“我跟你说了多少遍了，我不吃狗肉！”

她愤然地按掉电话，又看了一眼努力想要爬起来的我，带着安慰的语气，“放心吧。”

我哪里可以放心！

命运是一个高明的棋手。

在他的棋子落下前，你以为一切尽在掌控；

可是当棋子落下时，你瞬间就会输掉一切。

我用了那么久麻痹绑匪，撑了那么久逃出魔掌。

然后，她把我带回了那个我刚刚逃出去的宠物医院。

幸运的是，那些坏人不见了，但是医生却记得我。

“这狗怎么回来了？”

我有点绝望地闭上眼睛。

“你认识？”

我能感觉到医生犹豫了一会儿。

“原来的主人弃养了，你确定要救吗？”

呼……虚惊一场。

我被她拎起来，和我四目相对了片刻。

“救！这小家伙我养了！”

✶ 2 ✶

时间倒回到三天前。

我被谢芙带回了家。

对，就是那个半路救下了我，说要养我，身上气味很好闻的人。

她叫谢芙，在一个西餐厅当厨师。

她换掉了我脖子上定制的爱马仕项圈，“豌豆”被刻在了蛋糕模样的吊牌上。

此刻的我，正和面前的老人对峙。

这个老人有着和谢芙相似的长相，这是因为血缘。他是谢芙的父亲，现在开始也就是我的爷爷。

我有爷爷了！

但是，我在他眼中丝毫看不到隔代亲的慈爱。他也很直接，见到我的第一句话：

“这小狗，没多少肉啊。”

我记得谢芙带我回家的那个深夜，打开门，满屋子都飘着肉味。这种味道没有让我流下口水，而是一股悲伤涌上心口。

谢芙的老爸笑呵呵地从厨房里走出来，手里还端着一盆烧好的肉。那是一盆狗肉！

从那一刻起，我就把这个上了年纪的男人划入了敌人的范围。

谢芙白天要上班，屋子里就只有我和谢爸爸两个人。

这个坏人，试图用火腿肠勾引我，这个动作已经持续上演了三天。

他喜欢对我吹口哨，还总用脚扒拉我。

他不喊我豌豆，而是喊我旺旺。

就好像所有人都会喊陌生猫叫“咪咪”一样。

我维持了自己向来的傲娇风格，对此不予理会。

直到今天，他居然把谢芙给我买的罐头全部收起来，在我的狗盆里倒满了胡萝卜。

兔可忍狗不能忍！

我终于亮出了自己的牙齿，低吼着，凶狠地瞪着他。

“你别喊，胡萝卜里面有鸡肉，你尝尝。”

我信你个鬼！

我还是得理智一点，不能蛮拼。我走到自己的狗窝里，把自己盘起来。睡一觉，减少消耗。等谢芙回来，我就有吃的了。没错，就是这样。

睁开眼，屋里都黑了，已经到了深夜，谢芙还没有回来。

谢爸爸靠在沙发上，发出了轻微的鼾声。他手里还握着遥控器，电视里又有一个纵队的日本鬼子被几个中国农民给杀了。

桌子上摆着几盘菜，都盖上了盘子。我的肚子饿得已经开始抽抽。我瞥见狗盆旁边，居然有一个打开的罐头！

我看了一眼谢爸爸。他不会在罐头里下毒吧？

算了，有的吃就先吃吧。

我冲上去，狼吞虎咽地把罐头吃完。抬起头，狗盆里还是满满的胡萝卜。或许，可以尝一点饭后水果？我试探性地吃了一口。怎么说呢？真香！

3

今天谢芙发飙了。

她从熟人那里搞了好几块上等的神户牛肉。

她打算给老谢煎牛排吃。

我很期待，因为谢芙答应我，会给我切一小块。

神户牛肉啊，那是我的回忆。

林薇薇曾经给我吃过，我还记得她把一整块牛排切成两份，她一份，我一份。吃进嘴里，比罐头美味多了。

一切都很美好，直到老谢遛弯回来拉开了冰箱。老谢看见了牛肉，发自内心地赞叹这个肉好看。

然后，决定把牛肉给卤了。

卤了……

比把原本要做成牛排的牛肉做成卤牛肉更让人抓狂的事情是什么？是老谢认为牛肉本该如此。谢芙看着冒着热气的牛肉，已经彻底压不住了。她抓狂地大喊，转身离开，把门摔得砰砰响。

我看到老谢愣住的样子。

他很认真地闻了闻卤牛肉，仿佛觉得谢芙发脾气是因为他做得不好吃。

我微微叹气。

要知道，谢芙自己就是厨师，您老人家安静等着她回来做不就行了吗？真是多此一举。

突然间，面前多了一块切片的卤牛肉。

“旺旺，你尝尝，是不是不好吃？”

我突然都替谢芙心累。勉为其难地将那片卤牛肉卷进嘴里。完全没有神户牛肉的感觉。只不过，确实有点好吃呢。

✦ 4 ✦

我喜欢这人间的烟火。

不是高楼大厦，也不是飞机轮船，是这一排排摆满菜品的摊位，是这一群群往来挑拣，不断讨价还价的人群。

尚伊和林薇薇都买过菜，但是他们是去超市，去那些光鲜亮丽的店铺。

菜品摆在货架上任人挑选，肉禽蛋关在冰柜里冷冷清清。

那不是我崇拜的人类的社会。

它太冷静，也太平淡，就好像隔夜的骨头，食之无味。

但是这里，终于让我看到了我想象中的热闹、嘈杂。

买菜的人总想顺几根小葱几头大蒜，卖菜的人总希望能搭售些其他的菜品。

有老奶奶一边盯着摊主装菜，一边念叨着今天做什么菜；有中年男人从怀里掏出小挂秤来检验斤两；还有年轻的夫妇一个收钱一个装菜切菜，配合得天衣无缝。

这才是真正的人间烟火，这才是菜市场！

脖子一疼，老谢拽了拽我的狗绳，打断了我坐在菜市场门口的沉思。

这对我来说，简直就是一个新的世界。

带着露水的小青菜、堆积成山的土豆，还有一大堆我叫不出名字的食材。

如果这个时候老谢不拿胡萝卜逗我，一切都是完美的。

“吃啊，这是火腿肠。”老谢一副奸笑。

老谢怕是不知道，狗分辨食物主要靠的是嗅觉，并不是眼神。

我把头扭到一边，突然看到一种奇形怪状的植物。

磨砂的青椒？

“老板，给我来一斤秋葵。”调戏我不成的老谢冲着老板喊道。

其实老谢这一次来菜场主要目的是为了买一只鸡。

他打算给谢芙炖鸡汤。

因为谢芙昨天告诉他，今天晚上她会准时回家吃饭。

鸡，必须是放养的老母鸡，太大了不行，肉柴；太小也不行，炖不出鸡油。

老谢和老板热络地聊天，从摊位老板嘴里套出老母鸡的饲养过程。

然后一只只仔细看，仔细挑。

知道的，晓得他在买鸡，不知道的，还以为他在给鸡摸骨算命呢。

用了将近半个小时，老谢终于挑出了一只让他满意的老母鸡。

那只鸡被抓出的一瞬间，和我对视了一眼。

我窥见了它的内心想法：

大家都是食材，凭什么你是宠物？

然后，我眼睁睁看着它被摊位老板割颈、放血、拔毛、清理。

内心没有一丝波动。

在遥远的从前，我的祖先，就是专门抓捕你的祖先做食材的。

狗的血统，高贵。

紧接着，老谢又开始扫荡其他的食材。

活蹦乱跳的鳜鱼，拿回去红烧，轻撒香菜和葱花，慢火让鱼香和鸡汤交融在一起，美味！

带着露水的春笋，来一斤，切成片，用菜籽油炸出葱油，放一点盐和糖，又甜又香，美味！

新鲜的莲藕，切成细丝，大火快炒，配上青红椒，装盘，香辣脆爽，美味！

光滑闪亮的长茄，滚刀切成弹簧状，覆上一层肉末，鸡汤微煮，撒上绿绿的葱花，美味！

算上早先的凉拌秋葵，四菜一汤，堪称人间美味。

菜市场归来，老谢在厨房里哼着歌，食物的香味缓缓地从厨房飘散出来。

我趴在狗粮盆边啃着我的狗粮，心不在焉。

虽然和老谢不太对付，但是我必须要承认两点：

第一，老谢做饭好吃，比我的罐头好吃太多。

第二，老谢很爱谢芙。

他一点点地把鸡油全部挂了出来，到最后，鸡汤就犹如清水一般。

按林薇薇的说法，男人肯下厨，女人肯素颜，这都是爱。

时间一秒一秒地过去，外面的天色夜渐渐暗了下来。

凉拌秋葵、葱油春笋、肉末茄子、红烧鳜鱼，四道菜群星拱月般把鸡汤围在中间。老谢在鸡汤砂钵下放了一个电磁炉，保证鸡汤的温度。

整个房间浓香四溢。

老谢坐在沙发上，看着电视，但是不时看向挂钟的眼神透露出了他的心急。

我的舌头已经被口水给泡起皱了。

谢芙你快回来啊……

老谢的手机里微信声音响了一下。

老谢点开语音，里面传来谢芙的声音。

“老爸，今天晚上不回去吃饭了。”

老谢脸上的表情呆住，他按住语音。

“为什么不回来吃啊？饭我都做好了。”

“那你快吃，别等我，我约了同事聊工作的事。好了爸，不说了。”

就算我是狗，也能感受到老谢身上散发出的浓浓失落感，比鸡汤都浓。

那一桌菜肴，慢慢凉了下来。

5

我很憧憬我的祖先。

在祖先的聚落中，有着明显的阶级分野。

头狼，拥有一切，掌控一切。

挑战狼，战或死；

普通狼，跟着领导走，领导让干啥就干啥；

幼狼，成长为普通狼或者挑战狼。

我把它称作单挑继承制。

一个很完善的阶层体系，不是吗？

但是到了人类社会，阶层变复杂了。社会地位可以分阶层，经济收入可以分阶层，学识能力可以分阶层，就连长相也可以分阶层。

人类说的历史车轮滚滚向前，不外乎就是阶层一次次地更迭换代，下向上走，上落下来。

但其实本质上和我祖先狼群的生存制度一样。

单挑继承制。

在第七次单挑中，我赢了面前这只斗牛犬。不想活了，才三个月大，居然敢跟我龇牙。我面前的七只狗向我低下了高贵的狗头，奉献上他们的忠诚，而我此时懒得搭理它们。

见惯了大风大浪的真·老江湖狗·小豌豆，怎么会在意这种廉价的江湖追捧呢？

我更关注的是草坪的另一边。在那里，我的主人，真·不好看女厨师·谢芙，正在人群中穿梭，和所有人交谈，对所有人微笑。

这里正在举办一个私人聚会。

据说是谢芙工作的西餐厅主厨弗兰克的欢送聚会。人家决定在四十岁生日后，回到自己的出生地，那个浪漫又混乱的巴黎。别问我怎么知道巴黎浪漫又混乱了，问就是林薇薇告诉我的。这些不重要，重要的是，弗兰克走了之后，主厨的位置空了出来，而盯着这个位置的，有三个人。

很不幸，谢芙是其中之一。

我从林薇薇那里见识过这样的场面。

为了争取一个机会，必须得到所有人的支持。

要把自己的周围营造出友好且聚拢的氛围。

这叫团结大多数。

至于竞争对手，那就需要打击一小撮了。

“老大，你主人肯定会输的。”那个被我打败了的斗牛犬轻声对我说。

“为什么？”

我很不喜欢它，但我还是选择将它收服，把它拉拢到我身边。

因为，它是新餐厅二股东养的宠物。

“因为我主人说过了，他觉得女人当大厨，客人会觉得这家餐厅不行了。”

嗯？在一个连狼都驯化出一百多个宠物狗品种的年代了，性别阶层还存在吗？

“我的主人给那个大厨全家买了飞往巴黎的头等舱。”一个小巴哥抢着向我表功。

我看了一眼，这只巴哥是谢芙的竞争对手之一的宠物。

“我的主人联系上了价格最优惠的食材供应商。”一个小博美也摇着尾巴说道。

没错，博美是另一个竞争对手养的宠物。

我向着谢芙所在的地方看了看，哦，我的天！她在做什么？

她居然和他们西餐厅的行政主管聊得火热。

难道她不知道行政主管和他们餐厅的大股东私底下有一腿，已经被大股东的妻子发现了吗？

哦，她不知道，因为这是我刚刚收服的小弟——一只小鹿犬偷偷告诉我的。

小鹿犬正是大股东妻子的宠物。

姑娘，路走窄了啊。

当然，我的存在并不是为了打听这些八卦。

作为救了我一命的现任主人，我想我一定要替她做些什么。

比如——

“小鹿，咬我。”

“汪？”

“聋了吗？我让你咬我啊，来，朝这咬。”

我把脖子递到小鹿犬的嘴边。

“那……我真咬了啊。”小鹿张开嘴，轻轻地含住我的脖子。

“汪！”我发疯一般地哀号起来，然后在地上疯狂地打滚。

刚收的七个小弟都蒙了。

“怎么了？”谢芙第一时间跑了过来，我躺在地上偷偷睁开眼睛，发现大股东的妻子也赶了过来。

“小鹿，接着咬我，扑上来咬。”

“汪？”

“你再汪，我等下咬死你信不信？”

小鹿犬崩溃了，二话不说地扑上来咬住我。

接着谢芙和大股东的妻子赶到，迅速把我和小鹿分开。

“对不起对不起，我家欢欢平时不咬人的。”大股东妻子连忙道歉。

我在谢芙的怀里发出哀怨的声音：“汪！”

谢芙尴尬地看着大股东妻子：“没事没事，我带她去医院检查一下。”

“我陪你一起，所有费用我来承担。”对方也很豪爽地拉住了谢芙。

我偷偷瞟了一眼，两位女性此时四目相对。

机会我已经制造出来的，接下来就看你自己的努力了。

我的新主人！

✶ 6 ✶

高端的食材往往只需要最简单的烹饪。

所以低端的食材就要费点功夫了。

在食物方面，我是无比敬佩人类的。

就冲着各种口味的罐头，我觉得人类主宰的世界真好。

老谢一如既往地坐在沙发上看电视。

电视里出现了农家院挂满竹竿的腊肉和腊肠的画面。

我发誓，我看到老谢的眼睛亮了一下。

他激动地搓着手，似乎是一个终于找到了用武之地的英雄。

毕竟自从上次神户牛肉变成红烧牛肉后，谢芙已经把冰箱贴上了封条。

老谢拿来了我的狗绳。

我知道，一定又是去买菜顺便遛我。

无所谓，对我而言，谁遛不重要，重要的是我能出去就好。

看问题要善于抓住主要矛盾。

半个小时后，我和老谢回来了。

老谢一头扎进了厨房，我蹲在厨房门口。

不知道从什么时候开始，我觉得看老谢做菜也是一种乐趣。

问老板娘要来的猪小肠，清水洗净。

刮去里面的脏东西，弄出肠衣，再用温水洗净，反复冲水，让肠衣透明。

买回来的猪后腿肉，三肥七瘦。

用开过刃的刀切成小肉丁，让脂肪在阳光之下闪闪发光。加入盐、白酒、五香粉、花椒粉、辣椒粉、胡椒粉、味精、白糖，拌匀、腌渍。让所有的味道化进猪肉，就连那细小的肉末纤维也不放过。

最后，给它时间，静静地发酵。

老谢过分慈祥地给我开了个罐头。他最近都在努力缓和与我的关系。但是，我，真·记仇狗·小豌豆。东西照吃，和好没门。

一个小时后，老谢起身走回厨房。

一只手拎起肠衣，另一只手捻着棉线，几根手指飞快摆动，不一会就把肠衣的一段扎紧。

用刀切开一个矿泉水瓶子，塞进肠衣的另一端。然后，将腌渍好的肉丁灌入肠衣之中，边灌边用牙签在肠衣上面扎。一根又一根。我都有点同情猪兄弟了——人类简直把你们的肉体玩出了花。

老谢灌好了足足二十几根香肠，堆在盆子里。接下来，要拿出去晾晒。

阳台是个好地方，不过城市的天空总是灰蒙蒙的。于是，老谢把衣架子搭在了客厅的落地窗前。不得不说，谢芙这屋子的采光，真不错。老谢认真地一根根挂着香肠，我已经看到了油在肠衣上滚动，不自觉吞了一口口水。

就在这时，谢芙推开了家门。

谢芙的身后，跟着一男一女。

我认识那个女的，是大股东的老婆，那个男的，应该就是大股东吧。

我还听到谢芙的介绍：

“我很喜欢西方的美学，我觉得西餐就是最能展现西方美学的途径之一。”

他们看到的，是在精心装饰的欧式家具的簇拥下，极具乡土特色的晾香肠！

谢芙的脸色，瞬间和刚刚放在杆子上的香肠的色号一模一样。

我小心翼翼地缩回了笼子。

✶ 7 ✶

有一条衡量人际关系亲疏远近的规则。

就是你去和那个人吵架。

吵完之后，你心情愉悦或者毫不在意，你和那个人就是陌生人。

再熟也是陌生人。

但是反过来，你明明赢了，却像输了一样难受。

那么你和那个人，起码一部分的命运是已经联系在一起了。

这就好像我在路边对着一条野狗龇牙，转脸我连那条狗的毛色都不记得。

但是我要是对主人龇牙，那接下来我的脸上就可能感受到“爱”的重击。

我管这个规则叫，“打脸规则”。

谢芙被打脸了。

她此刻坐在沙发上，沉默。我看得出来，只要一点点触动，都能让她的眼泪流下来。我的面前是散乱一地的香肠。虽然很香，但是我明白我此刻一定要克制住自己。

女人在心情不好的时候，迁怒几乎是天生技能。

我要保护好我自己。

至于老谢，他离家出走了。

时间回到半个小时之前。

谢芙送走大股东和他的妻子后，满脸的春光消失不见。

她质问老谢为什么要在家里做香肠。

她质问老谢为什么就不能每天看看电视遛遛狗，跳跳广场舞当一个享福的老头子。

她质问老谢为什么每一天都要给她惹麻烦。

灵魂三连问，让老谢哑口无言。

“我想做点好吃的给你吃。”

“我不需要，我自己是个厨师！”

谢芙的火气很大，我觉得如果在她头上放个敲开的鸡蛋一定能马上煎成荷包蛋。

愤怒之后，谢芙坐在椅子上，淡淡地开口：

“我现在很累，你知道我现在压力有多大吗？这种丢人的事情不要再发生了，好不好？”

老谢声音发抖地问了一句：“当爹的给女儿做个吃的，哪里丢人了！”

之后一脚踢倒了晾杆，刚做好的香肠散落一地。

老谢不穿外套，也不换鞋，直接摔门而去。

谢芙依旧沉默。

时间来到晚上十一点整。

老谢已经离家出走了一小时十二分钟。

莫名地，想他。

谢芙终于还是没忍住，哭出声来。我想了想，没有打扰谢芙发泄情绪。

哭完了的谢芙长吐了一口气，终于从沙发上站起身，弯着身子把地上的香肠一根根捡起来。

谢芙拿起电话。

“喂，爸，你在哪呢？”

“对不起，我错了，你回来吧。”

“行，我去接你。”

“嗯，你别乱走了，我现在出门。”

谢芙穿上外套，并带上了谢爸的外套，跑了出去。

我看着谢芙放在盆里的香肠，脑子里冒出一个想法：要不要偷一根藏在我的窝里呢？

毕竟闻起来，好香啊。

✶ 8 ✶

老谢不做饭了。天天坐在沙发上看新闻和《甄嬛传》。这一点我很不满意。放在平时，我还能蹭一点《动物世界》看，现在，我只能陪着他看后宫女人们的是是非非。

我很疑惑。

那些女人那么厉害，直接合起伙来把皇帝弄死了不就什么事都没了吗？

嗯，全剧终。

谢芙生病了。从药店买回来了一大袋子药。谢芙躲着老谢，一个人在房里，一盒一盒地打开，往嘴里扔。

人类的体质真是让人羡慕。他们什么都能吃，也不怕死掉。

但是谢芙还是没有瞒过老谢。毕竟那晚的咳嗽声把我都吓醒了。老谢那一刻仿佛化身福尔摩斯，三下五除二就把谢芙藏在冰箱里的药全部找到了。

然后，就是一场谈判。

请假，明天去医院再检查一下。

爸，不行，这两天餐厅忙。

那身体重要还是工作重要？

当然工作重要。

你……我说了不许去。

爸，我吃了药，没事的。我的上司马上就要走了，我这个时候生病请假，就落后一步了。

可是……

爸，没事的，我这么年轻，身体扛得住的。

老谢最终还是没有拗过谢芙。

但是他也没闲着。

谢芙上班以后，老谢没有再看《甄嬛传》。

他打了个电话。

喂，老李啊，帮我个忙。我给你念几个西药的名字，你分析一下，这病弄点什么中药最有效。

嗯，好，我给你念啊。

我在想：什么是爱？

爱，就是没事找事。

老谢带着我，跑遍了社区附近的中医馆，抓齐了中药。老实说，我这辈子第一次闻到那么多复杂又刺鼻的气味，但是我仍然对这种气味抱有敬畏之心。骨子里的基因告诉我，这些气息都能救命。我们的祖先，最多只能知道一两种草药，但是人类，却已经将它们分门别类、记载存档。即便有了高楼大厦、飞机轮船，这些草药，依然保存着自然的生命力。

不出我所料。

谢芙拒绝了老谢准备的汤药。她认为那种冒着苦涩味的药汤对她的病情毫无帮助，甚至会影响她吃的其他药的药效。

摆在桌子上的药汤渐渐凉了下来。

老谢叹口气，端起碗走到洗手间，把那一碗药倒掉了。

只有我知道，老谢熬这碗药，用了一下午的时间。

房间里，谢芙依然在咳嗽。老谢站在门口，想进又不敢进，就这么静静地听着。

一脸愁眉，一脸心疼。

9

三天了。谢芙的病还没有好。

我知道，每天繁重的工作让谢芙根本没办法好好休息，可是谢芙依旧咬着牙硬撑。

我想起大黄狗大众跟我说过。

物竞天择，适者生存。

对于人类之外的物种，这说的是种族的繁衍。

对于人类来说，就是个人的生存。

纸终究还是包不住火。谢芙生病的事，终于被人举报了。

举报来自谢芙的竞争对手，那两个副主厨之一的吕松。

谢芙受到了严厉的批评和强制休假。

这几天硬挺的工作非但没有得到赞扬，反而成为这个关键时刻的污点。即便谢芙再三解释她得的不是传染病，只是普通的炎症。

但是吕松一句“影响不好”，让谢芙的努力化为乌有。

老谢显得很豁达，让谢芙尽快养好身体，并且再三推荐自己的中药。

谢芙终于点头，答应试一试老谢的中药。老谢显得很开心，带着我就出门去抓中药。

我觉得老谢一定很感谢那个吕松吧。

老谢没有直接去社区的中药店，而是带着我坐上了公交车。

老谢到底要带我去哪？我满心疑惑。

车到站了，老谢牵着我下车。

我抬头，这不是谢芙工作的西餐厅吗？站在西餐厅的门口，门童很有礼貌地上前：

“老先生，有订位吗？”

“我不是来吃饭的，我找你们这儿的吕松。”

“有什么事吗？”

“人命关天的大事。”

“稍等，我去帮你喊他出来。”

老谢微微点了点头，颇有领导的风范。

可是，来找吕松干什么？

当面感谢？

大概两分钟后，吕松走了出来。

他看到老谢也很惊讶。

“老先生，您找我？”

“你知道我是谁吗？”

“不知道。”

“嗯，那就好。”

老谢深吸了一口气，我预感他要大声告诉吕松自己是谢芙的爸爸。

但是老谢再次出乎了我的预料。他在嘴里酝酿了一下，一口浓痰吐到了吕松脸上。

吕松勃然大怒，抓住老谢的衣领：“你干什么！”

老谢：“背后嚼舌头，就要吞口水。要报警吗？随便！要打人吗？随便！”

我看到吕松的拳头捏了捏，我已经做好准备，随时要挡在老谢的身前。

吕松最终还是转身进了餐厅，老谢挑了挑眉毛，一副失望的样子。

“欺负我女儿，你也敢！”

我听到老谢喃喃自语。

老谢嚣张地牵着我走向公交车站，像极了凯旋的英雄。

“还要回去给闺女抓药啊！”老谢的脸上一副痛快的笑意。

✶ 10 ✶

被收养的第三十三天。

也是老谢从老家来这个城市的第三十三天。

天气晴，微风，阳光就像我窝里那块细致柔软的毛毯披在身上，散发出慵懒的味道。入目都是亮眼的绿色，入耳都是鸟儿的啼叫。空气里散发着生命的味道。

这是春天，我爱春天。

已经病愈的谢芙重新开始了早出晚归的生活。

而我，依旧与老谢为伴。

我不禁在想，其实谢芙只是想让我代替她，才把我领养下来吧。

老谢在这里的三十三天，我和他在一起的时间，远远要比谢芙长。

这还要算上她在家养病的时间。

我叫小豌豆。

我实名羡慕人类悠长的寿命。

我在窝里啃着老谢亲自操刀为我做的少油少盐大炖骨，感受春天。在谢芙养病的日子里，老谢重新掌控了厨房。我绝不承认我又胖了三斤。

狗子胖能叫胖吗?

那叫萌。

老谢坐在沙发上盯着手机已经很长一段时间了。双手笨拙却又执着地在手机屏幕上不断滑动。难道老谢打算给谢芙再找个后妈?

我心中一惊。

从图形角度来说，三角形最稳定，比如我、老谢、谢芙。

从生物链角度来说，谢芙克制老谢、老谢克制我、我克制谢芙，完美。

这已经容不下第四个生物了，不管是狗、猫，还是人。

我跳到沙发上，慢慢挪到老谢身边。知己知彼，百战不殆。我装作不经意地瞄了一眼老谢的手机屏幕。

我的天！

老谢居然……

他居然……在P图！嗯，在给谢芙P图。

老谢是从哪学会使用这些App的？不过，不得不说，学习得还不错。

要是我再晚一点看到手机，打死我也认不出手机里的照片上的人是谢芙。

看那欧式双眼皮，比谢芙的眼睛都宽。

看那苗条的长腿，比谢芙的胳膊都直。

不得不说。

多大年纪的男人。

在女人怎么样好看的问题上，把标准答案都抓得死死的。

只是，我不明白，老谢到底要干啥？

答案很快揭晓。

在草长莺飞的公园里，有这么一个神奇的角落。

在这里，一群上了年纪的老人聚集在一起。

不，不是广场舞。

他们，手里拿着手机，手机里放着自己儿子或女儿的照片。

往往只要一个眼神，就能完成信息的传递。

抛去情感因素，客观地分析每一条信息的对称性。

交易，永远是最美好的甲乙方关系。

虽然，有人背后会做点手脚。

比如，老谢P图。

这个，谁都懂，这叫，潜规则。

我看着在草地上飞跑的小松鼠发着呆。要在平时，我一定去追它。我很沉醉追逐其他生物的感觉。这让我觉得自己很强大。

只是今天，我没有心情。

老谢啊，你知道你在做什么吗？老天保佑让你一无所获吧。否则……

谢芙将再度让你体会什么叫家庭生物链。

11

老谢的小动作被谢芙发现了。

因为谢芙的同事在相亲网站上看到了谢芙的资料。虽然那个照片已经看不出是谢芙本人了，但是，除非她的餐厅还有一个跟她同名同姓同岗位的女性。这件事很快就在餐厅内部传开了。

谢芙回家的时候脸色很难看。

她问老谢为什么要这么做的时候，我看到了老人的习惯三连答。

首先，“啊？是吗？我不知道啊？这事跟我没关系，我都不会用手机的。”

然后，“是我做得怎么了？我做得有错吗？我是你爸，会害你吗？”

最后，“我是为你好！”

就像我的祖先，开会的时候头狼一定会站在比别的狼更高的地方。

想站到那样的位置，就得打一架，或者很多架。

但是人类比我们进化得更加成熟，他们评判的标准不是武力，而是社会公认的行为准则。

这样的准则，在一定程度上，被称作道德。

所以那个高一点的地方，叫道德制高点。

而抢占道德制高点的方法，总共分三步：

第一步，踩着对方提论点：要不是你这样做，我怎么会那样做？

第二步，扩大范围做论据：这年头谁不是那样做，怎么就你这样做？

第三步，满心善良作结论：总之，我不会害你，我是爱你的，我是为你好，你就别管了……

别问我这只狗是怎么知道的。

这一次交锋，很明显老谢率先占据了道德制高点。

他巧妙地将自己擅自为谢芙发布相亲信息的行为，定义为自己这么大年纪还要为谢芙的终身大事奔波的辛苦；

然后再上升到孝顺这个无法反驳的问题上来，并扩大到谢芙一心工作，陪他的时间还没有我这条狗陪得多。

嗯，这一点我很认同。

最后老谢挤出一脸痛苦的样子，那欲言又止的表情，那微微泛红的眼眶，那不停颤抖的双手……

让从头到尾知道全过程的我，都不由自主觉得，谢芙错了。

所有的事情只要发生，就会有结束。

老谢的表态很清楚，他要求谢芙配合自己。

我不看好老谢能够得逞。

我吃了两口狗盆里的粮食，自我催眠这狗粮其实很好吃。

我将有一段时间得不到额外的美味。

因为，老谢和谢芙将陷入冷战。

从林薇薇那个人渣前男友口中，我知道这是什么。

这叫零和。

争吵开始，没有赢家。

老谢把自己关进了卧室。

谢芙也疲惫地坐在了沙发上。

我跳到谢芙身边，谢芙摸着我。

我能感觉到，谢芙心里堵着一口气。

这个滋味很难受。

就像尚伊决定把我送出去。

就像我决定离开林薇薇。

那种憋闷却又无可奈何的感觉。

一个电话响起，谢芙努力压制自己的心情，接起电话。

“喂，您好，谢芙小姐吗？我是 XX 网红娘，我们帮您匹配到一位男士，您看现在方便向您推介一下吗？”

“哦，你找谢芙是吗？”

“对。”

“别打这个电话，她死了。”

“那您节哀，但是我们会员费是不退的哦。”

✶ 12 ✶

冷战。如期而至。

谢芙已经三天没有给老谢笑脸了。老谢也同样板着脸。

谢芙不在的时候，老谢会默默地把谢芙的房间收拾得干干净净，我走进去都会小心翼翼地。

但是谢芙一回家，老谢就端起茶杯坐在沙发上看电视，连头都不抬一下。

等谢芙回房，老谢又不自然地把头扭过去，想看看谢芙在干什么。

谢芙出门遛我，总是在买菜的时候买一些茶叶和白酒。

但是一看到老谢，就低下头开始玩手机。

嗯，冷战不可怕。

谁先认输谁尴尬。

我交了一个新朋友，是一只小京巴，名字叫奥利给，一只小公狗，骚气得很。他的主人刚刚搬到这个小区，是谢芙帮忙联系的房子。

嗯，他的主人是谢芙的同事。

于是谢芙就算有时间，也避免在家里和老谢共处。她总会跑到这个同事的家里，两个人喝喝咖啡，聊聊理想。连带着我，也要被迫和骚气的奥利给朝夕相处。

“其实吧，老谢给谢芙带来了挺多麻烦的。”

奥利给吃着我特供的火腿肠，慢悠悠地说着。

“怎么说？”

奥利给伸出自己的爪子。

“喏，新做的指甲，好看吗？”

“好看好看，快说正事。”

“谢芙在争取主厨的位置，这个侬晓得伐？”

我点了点头。

奥利给又晃了晃身子。

“我今天修的毛，你觉得好看不？”

“好看好看。”

“是不是那种一眼就很惊艳的感觉。”

“嗯……是。”

“你犹豫了，我不说了。”

“你信不信我现在咬死你？”

“征婚的消息出来以后，餐厅了里就有人说谢芙打算结婚了。你想啊，女孩子一结婚就要怀孕，然后就要生孩子。那还怎么当主厨啊。”

“那解释清楚啊。”

“这解释不清楚啊，谢芙还有竞争对手呢。”

我深深地叹了一口气。貌似事情变麻烦了。

奥利给往我身边凑了凑。

“你闻闻，我身上香不香？刚刚喷的香水，我主人的同款哦。”

我打了个喷嚏。

香什么香，都没有狗味了。

“其实，谢芙找到办法了哦。”

奥利给淡淡一笑，把眼神望向正和谢芙谈笑甚欢的自家主人身上。

“我的主人，就是谢芙的办法。”

嗯？我满脸疑惑。

奥利给：“我的主人，喜欢女孩子哦。”

这个……

我又看了看奥利给的主人。是一个漂亮的女孩子啊！

然后，我看到奥利给这条小公狗，给我抛了个媚眼。我吓得全身的狗毛都要竖起来了。

怎么委婉拒绝？在线等，挺急的。

13

谢芙的计策并没有起到作用。

餐厅里甚至传出她打算辞职做全职太太的消息。

虽然谢芙极力否认，但这种行为本身就好像是在否认她的否认。而大股东的太太也在一次宠物聚会中不小心说漏了嘴，她说谢芙管理层正在物色新的副主厨，以便随时可以顶替她走后的空缺。某位股东也在向大股东抱怨，这样的位置当初就不应该聘请一个女生。

我不是很理解人类世界的规则。

雌性应该在所有的族群中都占据重要的地位。

毕竟社会化最起初的原型就是母系社会。

你看那弱小的蚂蚁、蜜蜂，它们的领导就是蚁后、蜂后。

因为它们承担着族群繁衍的责任。

难道是因为人类数量太多，所以族群繁衍这种事情的重要度就减弱了吗？

为什么人类要把这样的消息当作一个负面消息来看呢？

即便这个消息对于谢芙来说是假的。

相亲网站的电话就好像附在我皮肤上的那些讨厌的虫子一般，老是纠缠不休。

他们不断地用各种号码骚扰谢芙。

就在谢芙准备和大股东太太再次解释的时候，又有一个电话打进来。

“谢小姐，我们安排了一次聚会，有好几位和您非常合适的男士也接受了邀请。”

“我不需要。”

谢芙挂上电话，正好看到大股东太太似笑非笑的表情。

这简直让谢芙的心态崩溃！

比谢芙更崩溃的是老谢。

老谢完全没有想到自己这些“父母常规操作”居然给谢芙带来了这么大的麻烦。

老谢本着“虽然不能认错但不能让谢芙受委屈的原则”，沉思了一天。

然后告诉谢芙：

“闺女，辞职吧，爸爸养你！”

我把狗脸藏进了自己的肚子下方。

我听到谢芙撕心裂肺地大喊：

“我求你了，不要管我好不好！”

然后，是老谢义正词严的声音。

“我是你爸，我不管你谁管你！”

门被摔地震天响。

我露出自己的狗头。

谢芙已经不知道去哪里了。

老谢一个人站在客厅里，布满皱纹的脸上全是委屈、疑惑、伤心。

他不明白，为什么谢芙不理解他呢？

14

老谢行动了。

他认为自己有责任帮谢芙解决任何问题。不管这个问题是什么。

老谢似乎是做了一个重大的决定，就直接出了门，都忘记带上我。

天边有一团乌云慢慢地飘过来，像是在酝酿一场大雨。

再一次，我心里浮现出不好的预感。

谢芙回来的时候脸上带着泪痕。我一眼就看出来了。

我很想知道到底发生了什么事情，但是谢芙却来去如风。她只是进了老谢的卧室，拿了几本册子就跑了出去，甚至都没有注意到我的食盆空无一粒。

外面开始下雨。我回到自己窝里，蜷缩着身体。

后来，我还是打听到了事情的始末。

感谢住在楼上的奥利给。

它和我通过阳台进行信息的传播。

可惜奥利给并没有我这样聪明的狗脑子可以处理人类世界的信息，只能简单地描绘。

他的描绘如下：

老谢找大股东。两人发生了争吵。大股东推倒了老谢。老谢住院了。

我敢打赌，这里面一定遗失了关键的细节。

但是我怎么能对奥利给要求太高呢？

毕竟它只是一只故事都讲不清楚的狗而已。

半夜的时候，谢芙回来了。一副沮丧的样子。我装作一无所知的宠物狗，在门口摇头摆尾地迎接。谢芙抱起我，哭出了声。

老谢走了。

回老家了。

虽然闹脾气离家出走了几次，但是这一次，老谢真的回老家了。在接下来的日子，我从各种渠道拼凑出了那一天的真相。

那一天，乌云压城的日子。

老谢直接找到了西餐厅的大股东——

上次来家里做客，还详细询问了灌肠制作方法的中年人。

老谢告诉对方，谢芙对待工作很认真，是他自作主张地给谢芙相亲。

毕竟女儿年纪大了。

他只是不想女儿被人误会，从而错失一直努力争取的机会。

但是效果是老谢没有想到的。

大股东对老谢的担忧表示赞同。毕竟女人，总是要结婚的，结婚了总要是生孩子的，生了孩子总要抚养孩子的。这一来一去，两年时间就没有了，尤其是到了谢芙的年纪。就算是老谢，也听明白了大股东背后的潜台词。从一开始，他就没有打算给谢芙机会。这让老谢很愤怒。他想要抓住快步离开的大股东，再说说道理。但西餐厅的地板总是被尽职的服务生擦得光滑发亮，无暇留神地面的老谢摔倒了……

老谢在病床上开始反省。

他一边看着谢芙为自己缴费填单，一边打电话向单位请假和道歉。

老谢似乎察觉到自己给谢芙带来了不少麻烦。

最终，他决定离开。

我记得他坐在沙发上看着电视，和我说。

他不喜欢大城市。

这里高楼林立，就像一个个高耸的货柜。

每个人都在努力，努力成为这些货柜上标价更高的商品。

他们疲惫、焦虑、易怒、压抑，却又不得不强颜欢笑。

可让他心疼的是，大多数人都只是在生存而已。

大部分的时候，那些精英，活得不如我这条狗。

嗯。

人不如狗。

每个人都觉得城市是一团火，自己就是浴火的凤凰。

但实际上，凤凰罕见，而汹涌扑向火焰的，是一群不计生死的飞蛾。

如果不是女儿在这里，他才不会来所谓的大城市。

每一个就像城市的灰尘一样渺小的人，都是另外一些人心里的整座城。

15

谢芙辞职了。

老谢临走前，把大股东的意思告诉了谢芙。

那根她想要争取的“骨头”，从一开始就只是一个“狗咬胶”而已，全是假的。

总有人会高高在上、蛮有兴致地看着你为了所谓的前途奋不顾身。

因为你点缀了他们人生的风景。

谢芙的辞职书写得很好。我有幸听到了完整版。毕竟除了我，这个家里她并没有别的听众。

她很委婉地避开了女性的话题。

她强调独立性。

她强调她从二十二岁进入餐厅，为这家餐厅付出的十年操劳。

她强调她曾经把餐厅当作自己的家，把所有同事都当作亲人。

但是，很显然，现实并没有如她所想，如愿地反馈她。

所以，她要剥离对西餐厅的依附，去寻找人生新的支点。

我在这一刻对谢芙充满了敬佩。

她的辞职书就好像用黑松露爆炒神户牛排切片。

充满了奢华的辞藻，却表达除了最朴实的意思——

这个不好吃（老子不干了）！

电视上说，一份好的工作就像一段好的情感关系。

需要彼此能找到对方的发光点。

然后互相成就，最终彼此分享。

那反过来说，一份不好的工作就如同一个渣男。

他占据了你所有的心力，剥夺了你的自由；

没事的时候他自己去浪，有事的时候第一时间让你解决问题；

他总是勾搭其他的人，看上去随时准备把你替换掉；

最关键的是，他不想和你有结果；

他只是想利用完你的青春，然后换一个更年轻的。

主动辞职，就是主动和渣男说再见。

或许还在留恋他那坏坏的笑容；

或许还在可惜赔在他身上的青春；

但，这是自我救赎的唯一方法。

嗯——

恭喜谢芙与西餐厅分手快乐！

可是谢芙并不快乐。

她已经在家里待了一个星期了。

通过招聘网站找她的人不少。

但是更多的只是询问了一下基本情况就让谢芙等待联系。

我从历任女主人那里，猜透了“等待联系”隐藏的真实含义。

女人让别人等，那时间是一个小时当作一秒过；

而女人在等别人，那时间是一秒当作一天过；

而时间对女人来说，就是青春。

让女人等待，就是在虚耗她的青春。

所以，谢芙很火大。

我小心翼翼，尽量不出现任何错误，让谢芙找到冲我生气的借口。

今天，又一个电话进来。

对方很着急，貌似主厨直接离职，他们急需一个可以随时到岗的主厨。

从对方的描述来说，是一个规模不小的餐厅。

就好像和渣男分手后遇到了一个良配。

谢芙很快就和对方“干柴烈火”。

直到……

对方询问谢芙，最擅长的是什么菜？

川鲁粤淮扬？闽湘徽本帮？

注意想象我的表情。

一张狗脸，眼珠瞪得愣圆，狗嘴咧开，露出利齿。

这也是谢芙的表情。

谢芙对着电话大喊：

老娘是做西餐的！西餐！

宛若干柴烈火的小女子，在和对方一番抽丝剥茧后，突然发现——对方也是个小女子！

谢芙笑了。

挂掉那个中餐酒楼的电话，谢芙坐在沙发上，突然笑了起来。

俗话说得好：你离开了渣男，但是身上却满是适应渣男的习惯。

这是病，得治！

谢芙把我从狗笼子里抱出来。

我发誓，我的爪子死死地钩住笼子，一点都不想出来。谁知道谢芙要对我做什么！

谢芙把我举到她脸前。小豌豆，咱们一起去旅游吧！

我耳朵一抖。

啥？旅游？这是想，换个地方发愁？

我努力做出兴奋的配合表情……

16

我不排斥依附感这个词。

对于一只狗来说，找到依附才是生命的真谛。

主人的活动半径圈定了我的世界。

我从来没有想过，海居然那么宽，延伸到那么远。

我一直以为它差不多和电视机一样大小。

是我小瞧了它。

阳光、沙滩、海浪，还有时不时跟着安全员巡逻的帅气救生犬。

我简直太喜欢这个地方了！

如果，那个穿着长裙的女士闭嘴的话，简直堪称完美。

那个穿着长裙的女士，正是我的主人——谢芙。

此时她正向海边餐厅的服务员投诉餐厅的菜不好吃。

她要求和厨师当面交流，却被服务生拒绝。

这是她的第五次投诉。

我不明白，在落地窗外，是一望无际的大海。为什么谢芙的眼里却只有那一盘她不喜欢吃的菜呢？

人类总是这样。

他们叫嚷着要冲向新的生活，却总对一地鸡毛的过去耿耿于怀。

我有一个朋友，叫旺达。它的主人经营着一家旅行社。

它说，旅行其实就是到别人生活的地方去生活几天，换个场景吃喝拉撒睡。

我觉得它错了。

旅行，是一种充满优越感的行为。

是过滤掉烦恼的生活。

是以局外人的眼光来看待周围的方式。

是有一种随时离开的洒脱。

很显然，谢芙没有理解这一点。

我都已经受到沙滩上孩子们的邀请至少下了三次海。

而谢芙，却只是吃遍了酒店餐厅的每一道西餐，然后给出了自己的评价。

俨然是来视察工作。

我以为这次突发的旅行会如同开始一样突然结束，尤其是我看到谢芙正在整理她的行李箱。我应该去和救生犬艾米打个招呼。这一次再见，或许就是永远不再见。

没办法，狗狗们的感情经不起人类的迁徙。

这个时候，门铃响了。

谢芙带着疑惑开了门，我的鼻子抽了一下。我嗅到了一股和我初见谢芙时一样的味道：迷迭香夹杂着柠檬，百香果掺和着松露，还带着淡淡的海盐与烟草气味。

我朝门口望去，一个身材高大的男子站在谢芙门口。

左手拿着蛋糕，右手拿着玫瑰。中长的金发微微挡住了一双蓝色的眼眸，目测一米八几的身高微微低下头刚好可以对上谢芙的眼神。

对方用并不是很标准的中文向谢芙问好。

“你好，我叫帕萨雷拉。我是这家酒店西餐厅的 chief。听说你对我的菜品非常不满意。我们可以交流一下吗？”

我的天！原来谢芙是这个套路，深藏不露啊。

谢芙也是错愕了片刻，点点头。

如果可以，我们去厨房谈吧。

那里才是厨师交流的地方。

帕萨雷拉点点头，很绅士地做了个指引的动作。

好的。我的旅行假期已充值！

17

老谢一直很担心谢芙的终身大事。

即便是自己的女儿，说实话，老谢也知道谢芙长得并不是……

那么讨人喜欢。

时代变了。

吃苦耐劳已经被挤到了审美标准的边缘，有理想有才华的优秀品质也变得黯淡无光，人们倾向于能直观看到的。

比如好大一幢别墅、好豪华一辆车、好漂亮的长相、好纤细的身材。

我不理解，人类从思考行为转变为视觉行为，是不是一种退化？

很显然。

在这种审美趣味下，谢芙处在生物竞争的劣势地位。

就好像，生了蛀牙的狼。

帕萨雷拉是一个帅气的小伙子。

看那些穿着泳衣在他面前搔首弄姿的女孩数量就可以知道。

他和谢芙并排走在一起，并不是那么得登对。

就好像，严厉的教导主任拐走了篮球队的队长。

对此，谢芙仿佛没有感觉，帕萨擂台同样也没有感觉。

是的。没错。帕萨雷拉和谢芙在一起了。

我记得那是一个风雨交加的夜晚，海浪一声声拍打着浅海的礁石。帕萨雷拉和谢芙顶着雨从西餐厅的厨房里跑出来。两个人身上都散发着大雨也遮不住的红酒味。两个人一路“撕咬”着进了卧室，将美梦中的我惊醒。看着他们完全不顾及我的姿势，我很识趣地走出了卧室，顺便把门关上。

我趴在房间门口的廊道上，看着大海。眼前，波涛汹涌；屋内，被翻红浪。从厨房到卧室，反正听上去都是一个家的距离。

如果老谢也在这里，我想他一定会坐在我旁边，给自己点上一支烟。

或许还会来一曲咏叹调——

《今夜无人入睡》。

我以为两个人只是一夕欢愉。毕竟自己家的主人啥条件我还是清楚的，但是事实出乎我这条小机灵狗的预料。帕萨雷拉疯狂地爱上了谢芙，而反过来，谢芙却开始嫌弃帕萨雷拉。在谢芙的眼中，帕萨雷拉并不是一个合格的主厨，业务能力实在太欠缺了。

每当看到谢芙嫌弃的眼神，我都不由得把帕萨雷拉给我的乌拉圭牛骨多咬两口。

沉溺在爱情的大海里不好吗?

为什么非要找个孤岛一个人待着。

你是鲁滨逊吗?

但是!

每当谢芙指责帕萨雷拉不专业的时候，帕萨雷拉乖巧得就如同我一样。

然后……

我又被迫在屋子外面的廊道上看一晚上的海。

算算日子，我和谢芙已经在这个地方待了一个多月了。半个月前，谢芙就带着我住进了帕萨雷拉的公寓。两个人已经开始商量在海边重新开一家西餐厅。

帕萨雷拉对于“夫妻店”这个说法很感兴趣。他用了一晚上的时间恳请谢芙同意将“龙凤店”作为新店的名字，结果，被谢芙罚去厨房削了一百个土豆。帕萨雷拉又坚持用英文做店名：Table of Dragon and Phoenix——龙和凤的餐桌。

嗯，没毛病。

谢芙罚帕萨雷拉去厨房再削一百个土豆。可是谢芙，你不知道吗?有一种工具叫自动削土豆机。

平静的生活总是让狗懒散。

我每天在沙滩上悠闲地散步。晒晒太阳，卖卖萌，就能收获一大堆零食。除了几个熊孩子特别惹狗讨厌外，一切都很完美。

帕萨雷拉继续在酒店的西餐厅工作，谢芙不允许他辞职。帕萨雷拉认为这是中国人的谨慎，是一种美德。

可是谢芙，你不知道吗?如果让帕萨雷拉经常在你的餐厅露面，或许生意会很好的。毕竟沙滩上女孩子挺多的。

不是吗？

一转眼，我们来到海边四个月了。谢芙终于签下了一幢屋子的租赁合同。为了它，谢芙专门回去卖掉了原本的房子。接下来，就是装修、营业。我的店宠生涯即将到来！

突然有一天，谢芙接到了一通电话……

✶ 18 ✶

我很喜欢日落时的海边。

汹涌的大海缓缓退去，沙滩上也少了些许的喧嚣。海天交接的地方晕染着余晖。

可爱的孩子们拎着小木桶，在沙滩上捡拾着大海送来的贝壳。他们会为一枚五颜六色的贝壳欢呼，也会因为找不到喜爱的贝壳而丧气。

我漫步在逐渐冰凉的沙滩上，像一位巡视人间悲喜的使者。

所有的生命，不单指人类。

其实都在捡拾“大海”送给我们的“贝壳”。

有的人会得到亮眼的那个，有的人却可能一无所获；

有的人今天会装满一只木桶，有的人却可能要再努力三天，或者三年。

但是，我们却无法对大海要求什么。

无论是哀求还是怒吼，都会湮没在声声海浪中。

老实说，在我活过的岁月里，有这样哲学思维的时间绝对不超过一个星期，而这次竟然有五天。

我喜欢靠在帕萨雷拉的公寓门口的木栅栏边。眼眸中只有日升日落、潮来潮去，以及食盆里一天两次的五分熟牛排。

五天前。谢芙走了。

谢芙接到了一通电话，哭了两个小时。她把我拜托给了帕萨雷拉。当天晚上就收拾好行李，跳上前往机场的专车。那天晚上，大海的呼啸声比往常更大了一些。公寓里，却只有我和帕萨雷拉。

老谢病了。

打电话的是给老谢做检查的医生。

老谢在谢芙的餐厅摔倒，送到医院去做了全面检查。其中一项结果显示，老谢患病了，是那种很严重很严重，会让人死掉的病。

“你一定在想谢芙吧？”

帕萨雷拉坐在我的身边，摸着我的狗头说。

老实说，和谢芙相比，帕萨雷拉似乎更把我当朋友，一个不说话会倾听的朋友。

这是我对他超有好感的重要原因。

而并不是每天两份五分熟的牛排。

“我们去找她吧。”

帕萨雷拉继续说着。

“我找到了萨利，你见过的，我的二厨，那个胖子……”

“他会帮我看着餐厅的装修。”

“我和他说好了，他会跳槽来我们的龙凤店。”

“所以，我们去找谢芙吧。我想她现在需要我们的帮助。”

这个时候，我能说什么？

只会暴露我听得懂人话的秘密，我冲着他轻轻地叫了一声。

“汪——”

✦ 19 ✦

帕萨雷拉计划开车到谢芙的老家。

按照地图的显示，行程是 1800 公里。帕萨雷拉预计三天时间赶到。我对此没有意见，毕竟不能指望一只狗去帮他分担驾驶的压力。我只需要在副驾驶上窝三天就好。

然而，变故还是发生了。

在行驶完 1200 公里的时候，帕萨雷拉接到了谢芙的电话。鉴于谢芙老家的医疗条件，她带着老谢飞回了海边的城市。毕竟那里有更好的医院以及更高明的医生。帕萨雷拉二话不说就调转车头往回开，我还能说什么？

再次见到谢芙，已是两天后。

本就不漂亮的她，面容显得更加憔悴。她的身上也不是那种好闻的食材香味，而是各种消毒水混合的气味。这让一时不适应的我打了个好几个喷嚏。对此并不敏感的帕萨雷拉将谢芙揽入怀中，而谢芙则在帕萨雷拉的怀里哭泣着……

我在房间里转悠，寻找着老谢。我的鼻子用力抽了抽，并没有嗅到老谢的气味。难道……我不敢想象。我蹭到谢芙的脚边，并没有闻到死亡的气息。可是，老谢呢？

谢芙说，老谢此刻正在医院里进行全面检查，而自己回家是为老谢准备晚餐。这让帕萨雷拉终于找到了用武之地。他主动申请来负责老谢在海边城市的第一顿晚餐。他发誓要让老谢感受来自地中海的关心和尊敬。

谢芙悠悠地说了一句：“他吃中餐。”

老实说，我也是第一次看谢芙做中餐。

一块里脊肉被谢芙熟练地片成肉片，然后再切成丝。打入半个鸡蛋清，放一点盐，一勺酱油，一点淀粉，用手抓匀。泡好的罗汉笋上面还散发着酸酸的气息，就被谢芙快刀斩过，变成一根根七八厘米长的细丝；泡好的黑木耳拿在手里Q弹滑嫩，也被切成细丝；胡萝卜洗净，一样切成细丝；青辣椒拍扁，依旧切成丝。锅内下入热油，倒入腌好的肉丝，翻炒断生捞出。另起锅下油，放入豆瓣酱炒香，倒入炒好的肉丝、笋丝、木耳丝、胡萝卜丝、青椒丝，加香醋、薄盐、生抽、砂糖。

翻炒，再翻炒。

一道鱼香肉丝出锅。

我和帕萨雷拉同时咽下口水。

我理解帕萨雷拉，他正努力克制自己不和老谢抢病号饭。我也是。

我和帕萨雷拉恨死了那台性能极好的抽油烟机，竟然把这么美味的香气都吸走。

我看了一眼帕萨雷拉，他正满眼闪烁着饥饿的光芒！

在我的记忆中，谢芙从来没有做过中餐。我以为她不会。可仔细想想，怎么可能不会？只是有的时候，连我们自己都不知道，为了自己爱的人，我们到底会做到什么地步。可真正去做了，即便别人的目光再惊诧，我们只是觉得理所应当。

谢芙打包了鱼香肉丝和米饭去医院了。她没有让帕萨雷拉同去。因为实在太晚了。如果没有什么问题，明天她会带着老谢出院，到时再向老谢介绍帕萨雷拉。同时，也留下了长长一页的食材清单，这是谢芙明天要使用的。

我瞄了一眼食材清单，然后随便组合了一下：清蒸鳜鱼、三色藕丝、小炒冬瓜、蛋黄鸡翅……

帕萨雷拉给我准备的五分熟牛排瞬间不香了。

20

大黄狗大众跟我说过一个道理：

众生平等。

很多人都搞错了。

众生平等不是说生灵和生灵之间平等。

人类没有权利去定义其他生灵的重要性。

这句话的真正含义是，人类和其他生命在面对自然规律的时候没有任何差别。

也没有任何特权。

无非四个字：生、老、病、死。

再次见到老谢，他依然是那个说话大嗓门的老头。他把我揉进怀里，一双粗糙的手不停地在我身上抚摸。明亮的笑容从见面开始就没有停过，但是，我还是在老谢身上闻到了一股腐朽的气息，就好像放久的罐头，埋在地下的骨头。

我知道，老谢真的危险了。

据说猫可以看见灵魂。

对此我们狗是不信的。它们总是突然喊叫，无非是因为胆小，一惊一乍而已。但是狗可以闻见生命的气味，这一点我深有感受。

老谢的气味让我很不舒服，以至于连打了两个喷嚏。他若不用力支撑他的身体，那他身上的腐朽气息就不会那么重。我不明白。

落日的沙滩是最舒服的。沙子不烫也不凉，海风不大也不小。精力旺盛的年轻人也纷纷回到了酒店，准备下一趴的狂欢。整个沙滩，只有认真堆着沙堡的孩子以及享受平静的老人。

老谢牵着我，走在沙滩上。我不得不放慢脚步，因为我发现老谢已经有些跟不上。他最后站在原地，看着落日和大海。我很给面子地坐在他的脚边。我知道，我和老谢见面的时间不会太长了。

善良的金发小女孩走到老谢身边，送给了老谢一个贝壳。老谢很开心地收下。他自言自语："谢芙小时候也像她一样可爱啊。"我望了望老谢，他目光柔软，脸庞可亲。

这枚贝壳仿佛打开了老谢的回忆之门。他呆呆地看着远处的海平面，陷入了漫长的回忆。

从谢芙出生那一刻开始。

延伸出了一条线。

线的一端是老谢。

另一端，是正朝着老谢走来，喊他回去吃饭的谢芙。

帕萨雷拉为老谢精心准备了晚餐，甚至还打算弄一个烛光晚餐。谢芙用了很大的工夫才让帕萨雷拉明白：蜡烛对中国人有特殊的意义。无论是红蜡烛，还是白蜡烛。

晚餐的氛围很尴尬。

老谢拒绝回答帕萨雷拉关于病情的询问。他固执地强调自己的身体很好。

帕萨雷拉被迫和老谢讨论了一个小时中国外交以及意大利的二战历史，然后用了一个小时分析中餐和西餐的区别。直到谢芙再三催促老谢回酒店睡觉。

谢芙责怪老谢和帕萨雷拉聊太久的天，错过了医生安排的睡眠时间。她不喜欢老谢对帕萨雷拉的态度。帕萨雷拉询问病情是关心老谢，老谢却拒人千里。这是一种无礼的表现。

老谢沉默了一会儿，轻轻地告诉谢芙：

“闺女，我不能让他觉得我快死了。”

“我得让外国小伙认为，你是有依靠的。”

“只要我还活着，你就还有个爹。”

谢芙偷偷哭了半夜。

我作证。

✱ 21 ✱

老谢很认真地健康着。他坚持每天早起晨跑，绕着海岸线，带着我。对天发誓，我想睡懒觉。

老谢的病情似乎得到了控制。

谢芙也开始慢慢地将精力转移到已经停工了半个多月的新店装修上。

而陪伴老谢的任务，就落在了帕萨雷拉身上。用她的话说，接下来老谢将和她一起生活，所以她需要帕萨雷拉提前和老谢熟悉起来。

繁衍权和领导权是所有雄性的共同目标，但这两个话题明显都不适合用在老谢和帕萨雷拉之间。同一屋檐下，老谢和帕萨雷拉都沉默着。

我很理解。

上次的烛光晚餐已经耗费掉了两人大半的热情。而我，就像欧洲世界的铁幕一样横亘在两人中间。

论世界上最尴尬的男人关系。

无非，现男友与前男友，儿子与准继父，岳父与准女婿。都是因为女人。

人类社会的人际关系真的是太有意思了。我吃着牛肉看着戏。然后，我感觉两对目光都看向了我。

旺旺每天都吃这些啊？岳父问道。

是啊，五分熟，它很喜欢。女婿回答道。

老谢站起身，从我嘴里将那块牛肉拿走。

旺旺肠胃弱，不能吃这些东西，我来给它做点吃的，厨房在哪？

啊，我带你去。

帕萨雷拉起身领着老谢朝厨房走去。

我有些茫然。

咦？我狗盆里的牛肉呢？

我还没吃饱啊！

长条茄子斜切，刀底留一手，不把茄子切断。切完一遍后翻过来，反方向再次斜切，同样留一手。一道如同拉环一般的蓑衣茄子在老谢手中拉开。

帕萨雷拉瞪大了眼睛，用老谢听不懂但能明白的语言由衷地赞叹。

配合夸张的表情和手势。

外国人以及米其林厨师的身份让帕萨雷拉的惊呼变得有分量。这也让老谢很得意。

我蹲坐在一旁，翻了个白眼。就好像你没见过谢芙切蓑衣黄瓜一样，虽然那个时候表情比现在还要夸张。真·捧场王·帕萨雷拉。

老谢得到了极大的满足，带着愉悦的口气继续和帕萨雷拉交流。旺旺不能吃太油太咸的东西，所以我们可以把茄子蒸一下。旺旺没吃完的牛肉打成肉末，翻炒出锅。锅内清油爆香，把蒸好的茄子倒进去，再倒入肉末，加一点酱油、料酒、开水，小火焖煮七分钟。出锅，拿起一碗米饭，把肉末茄子倒进去，搅拌，然后我的面前出现了一盆肉末茄子拌饭。

我尝了一口，绝了！还是那个味道。

看着我很给面子地把脸埋进食盆里，老谢欣慰地笑了。

“中餐最养人。”

老谢慢悠悠地开口。

帕萨雷拉福至心灵，突然张口说道：

“师父在上，请受徒弟一拜！”

我舔了舔挂在脸上的饭粒。

很好，在我豌豆大人的帮助下，两个尴尬的男人终于找到了共同话题。而我，也将再度陷入美食的海洋。至于岳父怎么变成了师父？这点小问题就不要计较了。毕竟对于外国人来说，都是父嘛。

22

帕萨雷拉最终还是没有从老谢手上学会中餐的技巧，因为谢芙严禁老谢再进厨房。医生说过，老谢不能再总待在油烟环境中，更别说亲自提刀做菜。

老谢的精神还是不可挽回地迅速衰弱下去，脾气也越发得古怪。他会在半夜打电话给帕萨雷拉，叫嚷着要吃七分熟的牛排。也会因为帕萨雷拉的话突然发怒，然后颤巍巍地离开。他的怒火似乎只针对帕萨雷拉。谢芙不断地道歉，不断地请求帕萨雷拉的原谅，甚至告诉帕萨雷拉，她随时可以接受他提出的分手要求。帕萨雷拉只是微笑摇头，然后继续当作什么也没发生一样认真地迁就着老谢。

对于一个人来说，只有两件事是最重要的：自己的生命，以及，让生命变得重要的人。

帕萨雷拉抱着我，坐在礁石上，看着海浪翻滚。他说他理解老谢。死神将要夺走老谢的生命，而他，将要夺走老谢最重要的女儿。而老谢，连争取都无能为力。

我很想告诉帕萨雷拉和谢芙之间的关系不能用“夺走”来形容。

但……好像又是这样。

不久的未来，老谢再也见不到谢芙了，不是吗?

只不过，帕萨雷拉，你高估老谢了。

谢芙决定和老谢好好谈谈。她受够了老谢从那些无聊的电视剧中学到的套路：故意折磨准女婿，来观察他对自己的女儿是不是真心。没错，考验真心就是最近一段时间老谢无理取闹的根本原因。老实说，谢芙一开始就看穿了老谢的用意，只是不忍心拆穿……毕竟每次老谢胡闹的时候，都显得精神特别亢奋。

聊天的过程并不愉快。老谢认为作为父亲，身负婚姻考官的职责。这种职责的性质仅次于神权天授的神圣性，尤其是在老谢这样的身体状况下，更需要无条件地配合。

而谢芙却认为老谢唯一需要担心的是他自己的身体状况。那些有的没的根本就不是老谢应该考虑的问题。

“我就算找一只狗嫁了也是我的选择。”

嗯，这是谢芙的原话。

我听到这句话特地跑出了房间。你们父女俩吵架归吵架，麻烦不要艾特我。

我不理解老谢。

帕萨雷拉到底合适不合适，谢芙有漫长的时间去判断，可是时间对老谢来说，是奢侈的。他应该去做更多他想要做的事情。难道他不是更应该关注自己吗？为什么是帕萨雷拉？

父女之间的对话似乎并不是很顺畅，谢芙是含着泪跑出来的。我犹豫了一下，没有追上去。这个时候，我或许应该陪在老谢身边。我慢慢挪进房间，老谢有些颓唐地坐在沙发上。他在身上翻找着，我知道他在找烟，但是香烟都被谢芙给收缴了。我走到老谢地脚边，趴在地上。老谢顺手摸了摸了我的脑袋。

我听到老谢的叹息，他说：

“有哪个父母，不是为了儿女活啊……”

23

生命有长短的区别。

但是面对可以看见的生命终点，生命又是一致的。就像万米长跑最后的百米冲刺一样，这一段的时间显得格外迅速与漫长。大家似乎都做好了准备，却又没做好准备。老谢和往常一样牵着我在沙滩上走着，忽然间就倒下了……

如今老谢已经不能独立行走了。他身上散发出的腐朽气息已经包围了他整个人。即便谢芙推着轮椅走在人群中，老谢身上也沾染不上一丁点人间的烟火味道了。

帕萨雷拉最终还是辞去了工作。他认为接下来最需要陪伴的人，是谢芙。虽然谢芙现在一直都待在老谢身边，但是我和帕萨雷拉都知道，这样的日子，不多了。

生命最后的姿态，永远都是回头。老谢也不例外。他细数着他和谢芙在一起的时间：

从出生到七岁，老谢忙着要挣奶粉钱，把谢芙交给了妈妈。满打满算，他只陪伴了谢芙两年。从七岁上一年级，到高三毕业，整整十二年，除去上学，老谢和谢芙在一起的时间，竟然连三年都没有。

之后，谢芙的妈妈因为意外去世，老谢打算回归家庭的时候，谢芙上大学了。

直至今天，他和谢芙在一起的时间，竟然只能卡在七年这个门槛。

他以为，等谢芙结了婚，他退了休，就可以在谢芙身边安享晚年。

怎么算，大家都还有至少二十年的相处时间。

没想到如今，做了三十二年的父亲，却只和女儿相处了大约七年时间。

他有些后悔。时间太少了。

谢芙也在回头。

她看着自己和老谢的合影，从小到大的。上大学后竟然再没有一张。

我开始不那么羡慕人类的悠长寿命了。

人类社会太复杂了。有太多可以消耗生命的地方。或许是一段奋斗、一次冒险；又或许是几段感情、几次旅游；人类都希望生命五彩斑斓。可一转眼，十几年，几十年，就这么过去了，然后，突然说起了生命的回归。

这一点不如我们宠物。主人就是全世界。十年的寿命，足够陪伴他们。

我们从无出发，也无须回归。

老谢的胃口越来越差，已经吃不下东西，但谢芙还是会做几样老谢喜欢的菜，让老谢闻闻味道。老谢很开心。那些菜，都是老谢在谢芙小时候手把手教她的，现在，谢芙做得越来越好了。只是老谢，却吃不下一口。

✶ 24 ✶

帕萨雷拉接到谢芙的电话，说让他把我带去医院。我从狗窝里爬出来，矫健地跳上了帕萨雷拉的车。我已经快一个月没有见到谢芙了。

我得到了医生的批准，进入了老谢的病房。

我发誓，即便整个房间干净整洁，却让我浑身的毛发都竖了起来。

就好像空气中有一双眼睛死死地盯着我，让我不自然地低吼。

这不应该是这个世界会存在的东西。

就在我盯着某个不存在的空间时，感觉到了另一个眼神也看向这里。

我侧过头，是老谢。

他似乎看着我看的方向，整张脸上看不到一点生气。

谢芙把我抱起来，挡在老谢的视线前。

“爸，你还记得它吗？小豌豆啊……”

老谢冷淡无比。

我从他的眼神中知道，他已经不记得我了。

谢芙有些绝望地哭泣，扑在帕萨雷拉的怀里。老谢忘记了所有的人。他不记得谢芙，不记得帕萨雷拉，不记得我，所有的往事全都不记得了。他就是这么坐着，看着那个虚无的空间，慢慢地等待着死亡。

谢芙把我放进老谢的怀里，老谢机械地抚摸着我。我强忍着不适努力一动不动。

谢芙开始给老谢说他以前的事情。

她提到了工作，提到了去世的母亲，提到了自己高中离家出走被老谢追着满条街打。

谢芙说了一个下午，老谢一点反应都没有，就像木头一样一动不动。直到医生过来，通知病人应该休息。

帕萨雷拉搂着谢芙，谢芙牵着我，朝病房外走去。

突然，谢芙停下了脚步。

她回过头，用轻松的语气说：

“爸，我饿了……”

老谢那没有生气的脸上泛起一阵红晕，整个眼神突然灵动起来。

那一直没有反应的嘴唇终于动了动：

“你……想吃啥？”

谢芙泪如雨下……

25

天气越发得炎热，海边的游客也越来越多。

帕萨雷拉的旧上司正在喋喋不休地劝帕萨雷拉回去。那酬劳已经够我每天都吃一卡车的罐头，但是没用。帕萨雷拉现在和我一样——吃定了谢芙的软饭。

老谢去世已经一个多月了。从悲伤中走出来的谢芙又投入到停滞半年的餐厅建设中来。帕萨雷拉说他能看出谢芙内心依旧强忍着悲伤。他决定要把谢芙从失去老谢的悲伤中拯救出来，而他的方法，就是秘密学习中餐。作为帕萨雷拉的中餐试菜员，毫不夸张地说，我已经瘦了三斤。

晚餐。对于帕萨雷拉来说，万年不变的配饰是烛光。桌子正中的菜肴散发着一股红酒的香味。

我应该怎么告诉谢芙，帕萨雷拉想做的其实是一道啤酒鸭呢？

说是不能说的，因为那灌啤酒是被我打翻的。帕萨雷拉临时用了一瓶上好的红酒，完成了菜品的制作，闻上去，都是钞票的味道。看到帕萨雷拉的准备，谢芙终于露出了一点点笑容。

她告诉帕萨雷拉，不需要为她这么麻烦。她不是悲伤，只是内疚。

“有些话一旦说出口，伤害就无法停止。你无法理解的，这是时代的问题。”

谢芙这样告诉帕萨雷拉。

中国是一个神奇的国家，用30年走过了其他国家300年才走过的历程。老谢和谢芙只相差30岁，但是思维上，差了300年。这是他们父女之间的矛盾，可是矛盾还没来得及消解，老谢就不在了。留给谢芙的，只剩下内疚。

老谢是一个合格的父亲。

在中国，合格的家长指的是为孩子铺就好人生的道路，横平竖直，一眼就能看到终点。

但是谢芙拒绝了。

谢芙考上的是医学院。老谢就在老家的医院给谢芙安排好了工作，但是谢芙跑去学了西餐。当拿起解剖刀的手拿起了菜刀，当面对病人变成了面对食材，老谢给谢芙安排的道路崩了。即便在人生的最后几年，老谢也一直默默地想把谢芙拉回来。谢芙都蛮横地拒绝掉。

现在，一直拉着她的绳子不见了。谢芙回过头，才发现拉住自己的不是绳子，而是生命的根。

谢芙一口气说了很多的话。她喝着酒，尝了一口帕萨雷拉夹给她的鸭肉块。

只尝了一口，她就叹了口气，继续说道：“我和我爸就像这道红酒焖鸭，明明不是可以配合的食材，却被煮烂在一个锅里。”

“谁也离不开谁，但是谁都不满意！”

帕萨雷拉面色变得有些古怪，他不理解谢芙是在表达父女关系还是在点评他的菜品。

我趴在门口，看着帕萨雷拉努力理解的样子，微微摇头。

人生，就是一场精彩的烦恼。

还是做狗好。

“或许，我们也可以选择做一次父母。”

“去尝试一下，成为那条生命的根。”

“只是我们，不会缠得那么紧。”

帕萨雷拉的总结让我眼前一亮。不愧是意大利男人，最终总能回到重点。谢芙被帕萨雷拉说动，看着帕萨雷拉那张脸，眼中冒出了星星。帕萨雷拉伸手牵起了谢芙。两个人行走的方向是卧室。

我叹口气，走出屋子，坐在屋外的木质阶梯上，静静地望着大海。

不是说好了排解悲伤吗？为什么撒狗粮？

我……

嗯？空气中味道有些不对劲。我抽了抽鼻子，太湿润了。我看向黑夜里的大海，大海似乎有些翻腾。那遥远的海平线，好像有什么东西过来了……

天堂未满三

“那一天，我们很忙。”大天使微微点头。

我的脑海里还是那一天的景象：温和的大海突然暴烈，一眼看不到顶的大浪就像甩来的鞭子一样抽打着海岸。我仿佛看到一头身形足以撑开天地的巨兽张开了大嘴，狠狠地朝沙滩上咬来。

一口咬碎。

一切来得毫无征兆。

只是那么一瞬间，无数的房子被巨浪淹没。

我听见了各种呼喊的声音，我拼命地想找到谢芙和帕萨雷拉，但狂暴的风和巨大的海浪将我拖回了大海。

接下来的记忆出现了断层，我只感觉到一股无可抗拒的力量一直在推着我，漫无目的地四处横冲直撞，直到不断下坠……

“那是你们发起的吗？”我问。

大天使摆摆手：“不，我们没有自然的权柄。用人类的话来说，我们那天也算是加班。”

嗯……聊天聊死了。

真·十二翼·聊天终结者·大天使。

“好吧，你见过谢芙的父亲吗？那个老谢。”

我决定换一个话题。

大天使微微闭上眼睛，似乎在检索什么，然后点了点头。

“我见过他，一个很啰唆的灵魂。”

“他现在在哪里？”

“他预付了下一生三十年的生命，说要停留在谢芙的身边十年。我接受了这笔交易。”

还可以这么做？我有些惊诧地看着大天使。

大天使微微点头：“浓重的情感是这笔交易的前提。当然，手续费也必不可少。”

“真黑心。”我心中腹诽。

“谢芙呢？”

大天使：“你可以自己看。”

大天使看着我的眼睛，我眼前光芒一闪，出现了新的景象。

那是一个欧洲小镇。

地中海的海风伴着温暖的阳光，降临在每一个人身上。

一个明显混血的孩子在街道上跑着，好似有好消息要告诉他的家人。

画面跟着这个孩子来到了一家餐厅前，一个胡子拉碴的大叔正在和一个只有两三岁的小孩在门口踢足球。

“爸爸，我通过了那不勒斯的试训。”

“所以你想好了怎么和你妈妈解释吗？你知道的，她不喜欢你踢足球。”

“我知道，她想让我当律师、医生，甚至成为一个厨师，可是，我想当足球运动员！”

“看来，我们需要一次谈判了。”

“我会说服她的。”

男孩跑进餐厅，餐厅的招牌上硕大的汉字——龙凤店。

大天使挥散了画面，说：“人类，总是循环。”

“不。”我摇了摇头，“这只是谢芙的一种教育手段。”

我深信，男孩和帕萨雷拉的谈判一定会大获全胜。

人类，不是循环，而是前进。

“我们继续吧。”大天使没有理会我的想法，“你很幸运，没有被卷进大海。”

“是的，我咬住了一段绳子，绳子的那一端是一艘橡皮艇。”

“这是命中注定的好运。”

“你说是，那就是吧。”

“接下来从哪里开始呢？新的主人吗？”

我想了想，摇摇头。

“收容站吧。在那个场合，她是比你们更像天使的存在……”

第四卷

差一点小姐

✶ 1 ✶

情绪，是最无用的产物。

我趴在笼子里，耳朵里充斥着各式各样的叫声。它们有的在咒骂老天，有的在呼唤主人，还有一些，纯粹是因为伤痛而哀号。

我环视着偌大的收容站，猫、狗、宠物猪……我的天，我还看见了一只孔雀。我们都是这场灾难的受害者。幸运的是，我们还活着。

收容站的第三天。

我的后腿有些麻木，我往后看了一眼，还好血已经不流了。相比较而言，我算是轻伤。在我对面笼子里的那只金毛，重重地喘气声就像坏掉的风扇转动发出的声音一样。我想它的胸骨可能断了。或许它挺不过今天。

我看到，无数尸体被转移出去，然后又有新的受伤的动物运进来。

我们都是人类的宠物，只能祈求人类的帮助。

以前海滩上的救生犬南希偶尔会在我所在的区域游荡，通过它我能得到一些外面的消息。

它告诉我，造成这次灾难的源头是一场大海啸。十几万人都陷入了这场灾难中。通信断了，物资不足，公路也被冲毁了。那个美丽的海滩如今就像一个孤岛。我向它询问谢芙和帕萨雷拉的消息，它只是摇摇头。这几乎让我绝望。伤亡人数太多，统计已经无法精确到单独的个体了。在这里，生还是死，都由时间来确定。

收容站的第七天。

对面笼子里那只坚强的金毛最终还是停止了呼吸。它这两天一直在跟我说它的小主人。它的小主人才三岁，总喜欢靠着它的肚子睡觉。它答应过小主人要陪她长大。它这一次要食言了。

南希蹭了蹭金毛的鼻子，用犬族最高的礼仪送它离开。

南希跟我说，金毛原来不会受伤，只是它一次次扎进海里，想找到它的小主人。

收容站的第十天。

明显感觉到收容站的工作人员多了一些。南希告诉我，外面的救援已经结束了，支援队已经打通了道路。现在，也可以分一部分精力来处理我们的问题。食物开始有些变化，变得可口了一些。那些坚持到现在的宠物，终于开始得到治疗。我看了看我的后腿，貌似已经自愈了，只是走起来还是很痛。我想我再也不会有以前那样矫健的身姿了。

从此，是一只有故事的小狗。

收容站的第十五天。

不断有陌生人走进收容站，然后带走一两只宠物。

它们不是志愿者，也不是宠物的主人。南希告诉我，是来自其他地方的领养者。他们愿意收养因为这次灾难而无家可归的宠物。南希劝我稍微表现一下，吸引那些领养者，不要再等谢芙了。如果谢芙和帕萨雷拉可以接我走，应该在第一时间就出现在我的面前。

又或者……

我觉得，我可以再等等。

毕竟谢芙是个忘性子。

收容站的第二十天。

整个收容站打算撤走了，那些没有被领养的宠物被计划移送到就近的固定收容站。

我没有等来谢芙。

南希很够义气地帮我寻找了两天，可惜一无所获。

不知道为什么，我突然想起大黄狗大众常说的一句话：如梦幻泡影，如露亦如电。

收容站的第二十二天。

南希也要跟着它的主人离开了，整个收容站里剩下了大约八十只宠物。

我们都听说过固定收容站是一个什么地方，这个时候，每一个进来的领养者都是我们的救星。

我也试图卖个萌，可是脏兮兮的我已经无法焕发自己的神采了。

收容站的第三十天。

下午我将被装车送走。

收容站里和我一样被留下的还有二十多只宠物。

或许，我们已经不配再拥有宠物这个称号了。

工作人员提起我的笼子，放在推车上，朝那辆运输车走去。

我的余生都将在笼子里度过。

“等一下！”一道声音在身后响起。

我听到高跟鞋踩在地面上，有节奏地发出“哒哒哒”。

这声音，清脆悦耳，令狗愉悦。说话的人影走到我的笼子面前，蹲下身看着我。

我有气无力地抬起眼皮，老实说，这几天，我接受了太多这样的目光。或许，我可以吐个舌头，可是，我没有力气了。

“毛色差一点，血统好像差一点，这个长相也差一点。”

我听到她对自己喃喃自语。

“刘佳琪，你是来做好事的，不是来买商品的，不能再挑了。”

接着，她重新站起来，对着工作人员说：“这小家伙我带走了。去哪办手续？”

我一个激灵，似乎有什么好事落在了我的身上。

等下，说谁毛色差一点呢？谁血统差一点？谁长相差一点？

我不跟你走行不行！

2

渴了，喝一口大自然搬运工运来的纯净山泉水。

饿了，吃两口澳大利亚牛肉和走地鸡混合的肉罐头。

趴在种满了绿植的阳台上，感受着阳光的温暖。

我打了个哈欠。

——记一只宠物狗平平无奇的一天。

这个世界上有很多种狗。

有的生来娇小可爱，对女性充满了吸引力；有的生来威武霸气，是守护者的不二选择；有的天资聪颖，举一反三，总能在各种场合找到自己的价值；还有的……比如我，三岁半小公狗，豌豆——天生命好。

我无心把我的历任主人做一个列表，可内心总是有一些小比较：

尚伊可爱善良，但是缺一点抵抗生活的勇气；林薇薇充满勇气和智慧，但是缺一点独立和个性；谢芙倒是勇气、智慧、独立、个性都有了，却少了一点……漂亮。

而眼下我的新一任主人——刘佳琪。

勇气、智慧、独立、个性，关键是还很漂亮。

我发誓，我不是在拍新主人的马屁。

公平公正公开。

我所感慨的是，命好的我似乎再次遇到了一个优秀的主人。

楼下停着一辆黑色的轿车。

奔驰 S350L，豪华型。我对这车很熟悉。因为我就是坐着这辆车从海滩收容站来到刘佳琪家的。开车的是一个 30 多岁的男人，很有青年才俊的模样。对我那是过分得好。看上去大概是一位绅士，可是那时不时瞟一眼刘佳琪的眼神彻底出卖了他。

呵，男人。

“豌豆，从你的眼神中我看到了你主人的样子！”

一个身影缓缓走来阳台，慵懒地蜷着身子窝了下来，任凭阳光直射到身上。

我微微皱了皱眉头，看着对面一双眸子幽蓝的美短，有些不大适应。没错，这是刘佳琪的另一只宠物，诨名肉包子。一只血统纯正的美国短毛猫，被阉割的公猫。我也被迫开始接受我听无数狗友说过的猫狗同居的日子。

平心而论，肉包子对我的到来不热情也不抵触。

似乎自从被阉割后它就丧失了对美好事物的接受能力。

它一直让我放宽心，我和它并不存在猫狗种族之间的核心矛盾——争抢食物。

这里的猫粮和狗粮都是充足的。

它说，增量时代大家各自努力，存量时代才会有竞争。

按照目前我们俩在家里的恩格尔系数比重，只要不出现黑天鹅事件，我们到死都是增量。

对，刘佳琪是业界知名的美女经济学家，供职一家定位顶尖的经济周刊。

而我面前这只肥猫，从出生那一天就跟着刘佳琪，自称猫科动物中的经济学博士。

“你很像从前的我。”肉包子捋了捋自己的猫须。

“怎么了？”

一般来讲猫不说狗像自己，狗不问猫为什么。

因为猫觉得狗丑，狗觉得猫笨。

但是我们的一问一答彻底击碎了传统种族的观念。

“你被主人影响得太深了。”

“什么意思？”

“总是带着苛刻的视角去看问题，仿佛这世界没有满意的东西。”

肉包子脸色有些严肃：“这是不对的。”

我愣了一下，仔细回想，我最近确实有些膨胀。我居然开始挑剔罐头的配置比例，还暗讽楼下那个殷勤对我的男人。

大黄狗大众说得对，生死之间有大恐怖。先死而后生，生的那只狗却不一定是死前的那只狗了。以前觉得大众是在饶舌，现在才觉得这是至理名言。

看到我脸上惊骇的表情，肉包子满意地点点头。

“看来你明白地还不晚。”

“怎么回事？”

“那是因为——”肉包子深吸了一口气，“我们的主人实在太优秀了。”

我愣了一下。

没想到你这个膘肥体壮的家伙拍起马屁来居然还有套路。

“不要这么看着我，我说的是实话。”肉包子舒展了一下身体。

“但那是我们的主人，不是我们自己，你知道吗？”

我瞬间惊醒。

“告诉你一个秘密。”肉包子走到我的身边，很友好地用头碰了碰我的鼻子。

“什么秘密？”

“你知道我们主人的外号是什么吗？”

“什么？”

“什么都不完美，什么都差一点的‘差一点小姐’。”

肉包子说完，扭着肥硕的屁股离开了阳台，只留下我独自沉思。

3

事情可以从复杂变得简单，留住底线，抓住核心就行。

事情也可以从简单变得复杂，只需要不断追求完美。

人类社会包罗万象，归根结底只是两个动态——

从简单到复杂，再从复杂到简单。

用那些成功人士的话来说，就是——

成长与回归。

娜娜是刘佳琪的朋友。两个人从小学，到中学，再到大学……亲姐妹一样的缘分，但是刘佳琪刚刚才知道，娜娜要结婚了。结婚的对象，刚刚认识一周。

“太草率了！”

刘佳琪皱着眉看着娜娜。

“才一个礼拜，你能了解到什么？”

娜娜一副无所谓的语气：“该了解的都了解了啊。差不多啊。”

“你能不能不要这么随意？”

我能感觉到刘佳琪话语间充满了恨铁不成钢的意味。

“长相，完全和你配不上嘛，这个是会遗传给下一代的。”

“还有身材，他们家有没有肥胖史？男孩子还好，万一生个女孩子怎么办？还有，这一胖等中年以后，身体就要小心了。”

“家境也很一般啊。就算可以先首付买房子，那接下来呢？就靠你们两个人打拼？”

“工作，也没有什么上升空间啊。这个年纪到头了也就是一个区域主管，看不到前途啊。”

“方方面面都差那么多，你怎么就答应了呢？”

刘佳琪一顿劈头盖脸。

我看到娜娜一脸疑惑。

“佳琪，你的要求太高了吧？”

“长相还好啊，我又不是颜值控；身材嘛，工作规律一点就好了啊；家境和工作我觉得跟我家也差不多，为什么要提这些呢？够过日子就可以了。”

“而且，结婚不是很简单一件事吗？我喜欢他，他喜欢我。我们在一起很开心啊。”

“你啊，把事情想得太复杂了。”

刘佳琪看着娜娜，一脸僵硬。

肉包子很适时地充当了一个解说员。

“这个娜娜，跟咱们主人就是一个完全相反的类型。”

“咱们主人是差一点小姐，娜娜就是差不多小姐。”

“反正我们主人一直在挑剔，娜娜小姐从来不抗拒。”

我有了兴趣。

“谁过得比较幸福？”我问道。

“半斤八两吧。”肉包子打了个哈欠，“一个永远两个星期就分手，一个永远两个星期就被渣。”

嗯，我想这是帕萨雷拉曾经说过了量子纠缠态。

一个正旋转，一个负旋转。同步，且永远相互匹配。

娜娜走了，刘佳琪独自坐在沙发上，发着呆。

我觉得我应该做一点宠物犬该做的事情。

我刚要跳起来，却被肉包子给扑了下来。

“别打扰她，她在逛商场。”

我被肉包子的话弄得有些迷糊，刘佳琪明明只是坐在沙发上而已。

肉包子扭着肥胖的身躯走向阳台，我想了想，也跟了上去。

夜空中，漫天繁星显得特别亮。

肉包子懒洋洋趴在阳台的爬猫架上，尾巴垂下来一荡一荡的。

“她在逛什么商场？”我问。

“她脑子里有个商场，里面是她不得不放弃的男人。”

“啊？”

肉包子瞥了我一眼，不情不愿地坐起来。

“豌豆，听好了，在这个家里，你要用经济学的角度去看待所有的问题。”

“嗯？”

“你以为主人不渴望爱情吗？又或者你以为她没有遇到过优秀的男人吗？”

“你以为她为什么挑剔？”

“归根结底，购买力不足。”

我吐出舌头，不是热，是瞠目结舌。

这是……虎狼之词吧？

曼昆经济学十大原理之二：一件东西的沉没成本是为了得到它而放弃的东西。

因为人们面临交替关系，所以人们在做决策时就会进行分析和比较。

商场里的商品，总是琳琅满目。

在你不需要付出成本的时候，你会希望把所有商品都带回家。

可是当需要你掏钱的时候，你就会衡量商品自身的价值了。

这个衡量的过程，就是挑剔。

“所以，刘佳琪是在被娜娜刺激后，打算挑一个男人回来？”

“不。她是要重新进行一次多维度的挑剔过程，告诉自己不能将就。”

“在刘佳琪的心里，她的购买力实在太低了，赌不起。”

肉包子说累了，又窝成了一团。

“人类就是累，都绝育就好了。”

4

天空很蓝。阳光很暖。左边有吃不完的狗粮，右边有撸不腻的肥猫。主人很忙，没有小孩。

我感觉狗生巅峰不过如此。

直到有一次，我看到一道影子从阳台上一闪而过，发出了一声巨大的响声。

我依稀看到了一张模糊的……狗脸。

猫咪总是有它们诡异的消息渠道。不像我们宠物狗，必须通过社交才能获得信息。它们就这么躺在各种地方，然后突然抬起头，就好像接收到了需要的信息，知道了整件事情的来龙去脉。

肉包子晃了晃脑袋，根据它的说法，每次接收的信息都太庞杂了。

需要过滤其中 80% 的求偶信息，10% 寻毛绒球启事，5% 自恋宣言。

剩下的 5%，才是一些有意义的八卦。

八卦……怎么会有意义？

猫的世界，狗脑子很难理解。

肉包子跟我讲述了刚刚发生在我眼前的事情始末。我没有看错，那的确是一张狗脸。住在 18 楼的西瑞，一只血统纯正的边境牧羊犬，刚刚就是它，从阳台上一跃而下，坠落在血泊之中。

没道理啊……

如果跳楼的是哈士奇，那就容易解释了。可那是边境牧羊犬啊！号称犬种智商之王，怎么会寻死呢？

我望向肉包子，希望得到更多的信息。

肉包子只是轻轻叹了一口气——这已经是小区里第三只自杀的边牧了。

啊？

肉包子扭动着肥硕的屁股走进里屋。

“你们这些狗啊，就是太聪明。”

“聪明到绝望。”

“你们不死，谁死？”

大众说，生灵有八苦。

生、老、病、死、爱别离、怨憎会、五阴炽盛、求不得。

西瑞的死因：求不得。

“你难道没有发觉咱们这个小区和你以前接触的小区不一样吗？”

肉包子问道。

我仔细琢磨。

刘佳琪所在的小区，是我接触过的最高级、最豪华的小区之一。

根据和其他狗狗交流获得的信息，我知道每条狗的主人都是社会精英。

他们衣着靓丽，谈吐优雅，每时每刻都在考虑不低于三件事情的进展。

他们畅谈股票的涨跌，交换人脉的资源，合理配置自己的财务风险。

有时候半夜两点，整个小区依然还是灯火通明。

偶尔我也会在夜里听到几声嚎叫。

是有些不一样。

好像每个人都……很着急。

明明旁边的电梯几秒钟以后就到了，非要挤进已经站满了人的这一班电梯。

明明等一分钟让邻居转个车头就可以通行，非要在一分钟里按响60秒的喇叭。

明明每个人都拿着不菲的收入，履历上都闪烁着金光，脸上却永远都是惶恐和不安。

所以，我和这个社区的狗群格格不入。

它们不在草地上奔跑追蝴蝶，而是彼此交流又学会了什么新的姿势。

它们不互相闻对方的屁股，想着什么时候趁主人不注意来一发，而是执着于更好的身形和肌肉线条。

我甚至都感觉这个小区的苍蝇找大便都比别的地方要勤快些。

我就说，为什么我和肉包子这只猫关系可以这么好。

大概我和它是整个小区最慵懒的两只动物了。

为什么呢？

肉包子打了个呵欠。

“你刚刚说啥？求不得？对，他们就是不断地给自己设定目标，然后去达到它。”

“当求不得的时候，就崩溃了。”

“主人是这样，他们的宠物自然也是这样。”

“西瑞说想学习一段人类的语言，可以让它的主人发到网上去。”

“但是它跟 16 楼的那只八哥学了三个月，还是一个发音都不会。”

“听说临死前，西瑞和楼上的德牧说，它一只边牧，居然连一只鸟都比不上。”

“这种恐慌，这种无奈，这种求不得，你知道叫什么吗？”

“什么？”我懒得去想。

肉包子舔了舔爪子。

“焦虑！”

我松口气，幸好刘佳琪没有这种情绪。

肉包子白了我一眼。

“你知道刘佳琪为什么是差一点小姐？”

“她比任何人都严重。”

“她从头到脚，都没有安全感，充满焦虑……”

5

我感觉我被跟踪了。

不，严格来说，是刘佳琪被跟踪了。对方一直跟在刘佳琪的身后，不远不近地跟着。已经连续五天了，这是第六天。

我瞄了眼刘佳琪，她戴着耳机完全沉醉在音乐的世界里。

大姐，你能不能有点警惕性啊。虽然对方跟你一样看上去也是在遛狗，但那是伪装啊。

我不着痕迹地转过身，打算记住对方的模样。

嗯，三十岁左右，斯斯文文，戴着一副黑框眼镜。

该死，要不是你遛的是一只罗威纳，我早就上去咬你了。希望今天也能平静结束吧。

有句话是怎么说来着？

不要祈祷，落不着好。希望越小，活得越老。

嗯，大概是这么个意思。

就在我希望今天的遛狗活动平静结束的时候，刘佳琪突然停下了脚步。

紧接着，她走向了那个眼镜男。

我能怎么办？

人对人，狗对狗呗。

我硬着头皮跟着，心里想着一会儿跟那只罗威纳咬起来，我该怎么办。

嗯，利用我身体娇小的优势，灵活走位……

等一等，罗威纳好像在灵活性上比我优秀。

唉！

“你一直跟着我，想做什么？”刘佳琪开门见山。

我双眼恶狠狠地紧紧盯着罗威纳，不能输了气势。

罗威纳低垂着眼皮，几乎都没有看我一眼，透露着一股充满压迫感的气势。

“你好，我叫马国明。冒昧了，我想认识你，但一直找不到好的借口。”眼镜男微微一笑，略带了一点南方口音。

“刘佳琪。”刘佳琪伸出手，“那我们现在算认识了。”

马国明连忙伸出手，握住刘佳琪的手，然后马上松开。

“可以互换个联系方式吗？改天请你喝茶。”

刘佳琪微微摇头：“我不喝茶。”

我明显看到马国明的脸色微微变了一下，刚要说话，刘佳琪就报了一串电话。

“我手机号，也是我的微信号。记得住就加上，记不住就算了。另外，我不喝茶，只喝酒。”

刘佳琪转身牵着我就往回走。

我都震惊了。原来我的主人这么酷！

“你说的眼镜男是那个罗威纳的主人？”

肉包子慵懒地躺在猫爬架上，舔着自己的爪子，一副不出茅庐而知天下事的表情。

“嗯嗯嗯！”

肉包子舒展了一下身体，冲着阳台上喵了一声。紧接着，各处阳台都有喵声回应。我心中一惊：又来了，又来了。这就是猫咪千里传信大法。我屏住呼吸，担心干扰肉包子的信息接收。

片刻后，肉包子晃了晃脑袋。

“六楼那个哈巴狗怀孕了，干这事的是 11 幢那只……不好意思，窜频道了。”

肉包子又晃了晃脑袋。

“那个马国明，是上个月才搬过来的。是一家上市公司高管，空降的，所以在这里租了房子。”

“租的是楼王顶层的叠墅，一个月可得八万多啊，看样子条件不错。”

“没有漂亮陌生女子出入，生活作风还不错，很规律。”

“嗯……不抽烟，应酬也不多，是个单身。”

“目前就这些基本信息了。”

肉包子打了个哈欠，然后用那双蓝色的眼睛看着我。

就这么目不转睛地看着我。

我不禁后退了一步。我只是回来说了个八卦，表达一下对主人的景仰之情，你弄那么多信息然后这么充满期待感地看着我是干什么？

“小豌豆啊。”

肉包子突然用一种沧桑的语气跟我说话。

我浑身狗毛竖起，有一种不祥的预感。

“你知道吗？每个人都是一座孤岛。”

然后呢？

“你们狗狗就是岛与岛之间的桥梁。”

不，我们最多算轮渡啊。

“想办法让刘佳琪跟这个马国明多接触一下。”

老大，我就是一只狗，我能做什么？

“你懂的。”

肉包子对我眨了眨眼，然后钻进猫屋不出来了。

我隐隐听到了一点点呼噜声。

我脑海里再次出现那只威猛的罗威纳犬，不禁打了个寒战。

6

怎么延长寿命？

拒绝那些浪费生命的行为，或者两件事情一起做。

比如，工作和学习，同时进行；

又比如，了解和恋爱，同时完成。

用肉包子的话来说，爱情其实是一个购买的过程——

相互了解是询价，相处是现场体验，结婚就是最终付款，婚后生活是售后服务。

在以前，大家都是柜台式经营，你想试用什么商品，需要劳烦售货员帮你取出来。

这一道程序是成本。售货员要收取工资，同时你还要支付小费。

所以大家都会仔细衡量，隔着玻璃看了又看，找周围的人问了又问。

但是现在，都是商场开放式交易，只要不出商场的大门，你就不需要付款。

那为什么不自己直接上手体验呢？

这种现象，被肉包子称作“恋爱扁平化”。

刘佳琪和马国明正在进行这一场扁平化的交流。

礼拜一，刘佳琪接受马国明的下午茶邀请，两个人谈了谈各自的工作，用时三个小时。

礼拜三，刘佳琪接受马国明的晚餐邀请，两人吃完饭以后还一起去看了电影。

礼拜六，刘佳琪邀请马国明和她一起去郊游，以遛狗的名义。他们待了一天，我和那只罗威纳也待了一天。

这期间，刘佳琪大致浏览了马国明的所有社交账号。

肉包子跟我打赌，马国明也看完了刘佳琪的所有社交账号。

然后，刘佳同意了马国明的追求。两人度过了最初的询价阶段，正式进入体验的阶段。

在我看来，马国明没有什么不好的。

对比我历任女主人身边的男人，马国明综合排名也应该是前三了。

可是在这段关系维持到第十四天的时候，刘佳琪明显出现了迟疑。

她开始拒绝马国明的邀请，对马国明的电话和短信也不再分秒必回。

我一只狗都能看出来，刘佳琪在收回自己的感情。

“习惯门槛啊。”肉包子嘴里嚼着猫粮，含糊不清地嘟囔着。

“什么是习惯门槛？”我不懂就问。

肉包子很欣慰地看着我这个勤学好问的学生。

“人类养成一个习惯，需要十四天。”

“相处是一件非常冒险的事情。”

“通过十四天的相处，对方养成了有你存在的习惯，感情才正式开始。”

“可是如果在十四天里，对方并没有养成习惯，那么就会产生相反感觉——排斥。”

“这就是习惯门槛。”

我恍然大悟。

可是究竟是什么让马国明倒在习惯门槛上呢？

“我要跟他分手。”

刘佳琪很认真地跟娜娜说。

娜娜和我同款疑惑：“为什么？”

论工作能力，三十岁就已做到了上市公司的核心高层。

论模样长相，虽不是偶像的脸蛋可也是仪表斯文。

论学识涵养，学生时期文理兼优，工作时期游刃有余。

论人情练达，智商情商双商在线，说话做事分寸拿捏没有不到位的。

才刚刚相处十四天，为什么要分手？

“我知道他什么都好，但是还差一点。”

“差哪一点。”

刘佳琪把我从地上抱起来，一阵狂撸。

“他太严肃了。”

“我的工作本来就很紧张，可是他根本不能让我轻松。”

“这不是我想要的。”

娜娜皱起眉头，从刘佳琪的怀里把我接过去。

“这重要吗？有的时候这种性格可能还是优点。”

“不是我想要的。我决定了，分手！”

刘佳琪斩钉截铁。

✶ 7 ✶

分手很顺利。

刘佳琪只是发了一通信息，等了五秒钟，对方的语音就发了过来。

“好的。谢谢你在我的生命里为我制造了一段美好的回忆。”

“祝你找到你命中注定的那个人，再见。”

然后刘佳琪哼着歌重新给我布置了一下狗窝。

没有挽留，没有疑问。

友好，且体面。

我觉得肉包子说得很对：

选择一份感情，就像是在别的城市走进了一家餐厅。除非它好吃到可以让你留在这座城市，否则，只要记住进门那一声“欢迎光临”就好了。

肉包子说这句话的时候，脑袋正枕在一本书上。我瞄见了书的书名：《人生若只如初见》。

我躺在狗窝里翻着懒腰，偶尔和肉包子学习宠物经济学。

刘佳琪朝九晚五，匆匆独行。

而那个叫马国明的男人，以及那条罗威纳犬，再也没有出现在我们的世界。

岁月沉稳，光阴依旧。

直到——

一个陌生的男人走进了刘佳琪的家。肉包子很快地消失不见。我很勇敢地维护了作为一只狗的尊严，也毫不犹疑地承担了看家护院的职责，对着男人吼叫，让他离开，但是那个男人竟然弯下腰摸了摸我的狗头，还试图把我抱起来。

真把泰迪不当烈犬啊！

事情很简单。

刘佳琪接了个工作，急着飞往其他城市，但是家里有猫有狗，所以拜托他的朋友，也就是此时正在给肉包子铲屎的男人来照看我们。老实说，我脑子里蹦出了无数个问号。为什么不找娜娜，而找了这么陌生的男人？

肉包子淡定地打了个哈欠，毕竟是跟了刘佳琪五年之久的猫，它搜索了一下记忆。

然后，肉包子和我同步了一下信息，并且抄送给了楼上的小五和楼下的小花。

随后，“五、花、肉”三猫组合在阳台上开了个“八卦会”，我作为嘉宾有幸列席旁听。

对面这个男人，叫陆则，是刘佳琪的大学同学，也是刘佳琪的暗恋对象。是的，你没有看错，刘佳琪的暗恋对象，但是对方当时已经有女朋友了，所以刘佳琪选择了放弃。可是现在，他居然在伺候刘佳琪的猫狗。

这里面有问题！

肉包子怂恿我在陆则面前撒一泡尿，看看陆则是什么态度。但是我是那种傻狗吗？我对陆则表达了无与伦比的亲切。宠物狗，要善于把自己的路走宽。

三天后，刘佳琪回来了。陆则亲自去机场接的她。由于这三天里我的谄媚行为，陆则把我一起带上了车。然而，刘佳琪坐上副驾驶以后，我就被无情地抛弃在了后座。我以我单身狗的身份起誓，两人确实在一起了。因为下车的时候，我吃狗粮吃饱了。

“陆则不错。”肉包子听完我的汇报，慵懒地舒展了一下身体。

“你知道吗？刘佳琪当初有一个列表。”肉包子似乎因为陆则而唤回了不少回忆。

“什么列表？”

“就是未来的伴侣应该有什么条件。当时三个女生一起写的，刘佳琪、娜娜，还有一个叫微微的。”

“娜娜写了二十条，微微写了五条，你猜猜刘佳琪写了多少？”

“多少？”

“写了一个小时，写完的时候微微和娜娜已经走了。”

肉包子继续说道：“后来刘佳琪把自己认识的男性做了个图表，对照她的标准，发现陆则的分数最高。”

“然后她就开始喜欢陆则了。”

“人类的爱情就是这么回事。”

“哪来的山盟海誓，全是随心所欲。”

我张大了狗嘴，对此表示很诧异。

“这么说的话，现在单身的陆则应该满足了刘佳琪的条件吧？”我有些不确定地问道。

肉包子斜着眼睛瞄了一眼楼下开出小区的陆则的车，嘴角露出一抹神秘的笑容。

“理论上吧。”

8

因为万物生辉，阳光才有价值。

因为草长莺飞，温暖才有价值。

因为繁星闪烁，夜空才有价值。

因为你，我才有价值。

价值，本质数量值。

恒定唯一，就你对我的数量值。

——《论经济学唯心论》

肉包子就像看傻瓜一样看着我，嘴里的小鱼干都掉了一地。可能是我突然散发的气质让它有点不适应，我决定给它一点缓冲的空间。终于，肉包子吐了。

这不能怪我。刘佳琪和陆则的感情突飞猛进，而作为可以随时携带外出的宠物，我耳濡目染了爱情的酸腐气息。多年底蕴一朝爆发，我终于变成了那只我以前最讨厌的狗。

我算了算日子，刘佳琪和陆则在一起已经第十三天了。明天，就是“习惯门槛”的时间。为此我开了盘，赌陆则能不能撑过去，但是最后没有开成，因为全楼的猫和狗都押了“能”。问题是，我也押能啊！虽然没有直接影响力，但是陆则的成功率还是很高的。

晚上，刘佳琪和娜娜是一起回来的。刘佳琪的双眼通红，脸上有一个明显的红巴掌印，而娜娜则是一改以往的温柔，满脸的愤怒。我习惯性地想凑上去，却被娜娜一脚拨开。

“豌豆，你自己去玩。”

难道是陆则？

我意识到问题有些严重，朝窝在床底下的肉包子发出一级警备信号。

“汪！汪！汪！”（猫！猫！猫！）

肉包子却专业地把耳朵耷拉下来，装作听不到我的信号。只要我不听，这件事就不存在。我重重地叹了口气，猫咪果然靠不住。我匍匐到沙发前，努力获取第一手信息。

哎，酒桌上那点事。

陆则给刘佳琪介绍了一个大客户。刘佳琪陪着大老总去见这个大客户。大客户喝多了，色心大起，偏偏这个时候，大老总提前回去了。刘佳琪一忍再忍，最后忍无可忍，一杯酒泼了上去。接着对方给了刘佳琪一个耳光。

娜娜一边劝着刘佳琪，一边责怪陆则。

“这个陆则人呢？怎么还不来？”

“他介绍的人就是这种货色，以后你不要跟他联系了。”

“呸！还大学同学，亏你当初喜欢他。”

刘佳琪一言不发，但是我看到刘佳琪握紧了拳头。

这是，“习惯门槛”要过不去了啊！

要是我继续上午的赌局，我这一年都可以吃喝不愁了。

唉，我没那种命啊。

刘佳琪的电话响起，来电显示陆则。

娜娜抢过手机：“我来接，我看他有什么话说。”

娜娜接通电话：“喂……啊？……我……哦……好。”

娜娜放下电话，看着刘佳琪，欲言又止。

“怎么了？”

“公安局打电话来。”

“陆则开车把那王八犊子的车给撞了，然后按在地上一顿毒打。”

“被抓了……”

9

每出生一只狗，这个世界就会多一个坑。那个坑里，埋着属于这只狗命中注定的肉骨头。也许它永远都找不到那个坑，永远都吃不到那根骨头，但是它知道——这个世界上，有那么一个坑，坑里有那么一块骨头。为它而存在。不要怕其他的狗把肉骨头偷走。如果偷走了，那说明那不是你的那块骨头。

我坐在阳台的软垫上，这样向肉包子解释我为什么没有参与楼下的犬类围殴活动。

眼眸里尽是睿智的神采。

肉包子瞥了我一眼，一针见血戳破了我的谎言。它说：

“因为你怂！”

我无言以对。

虽然我没有抢到那块美味的高级牛骨，但是我确定刘佳琪找到了她命中注定的骨头。

陆则！

两人已经携手迈过了习惯门槛，正朝着婚姻的大门飞奔而去。

人类很有意思，他们总会把一件事情分成好几个阶段，然后在每一个阶段都要反复确认。其实我觉得并没有什么作用，结果出来以后该后悔的还是会后悔。确认的目的不是让你确认，而是让那个要求你确认的人不去承担责任。

简单来说就是责任回归。

所以用这个角度来看下面几个问题，就有点意思了：

你确认要和他发展关系吗？

你确认要和他走向婚姻吗？

你确认要嫁给他吗？

嗯，出于人类委婉的考虑，这里可以把“确认”替换成“愿意”。

大多数时候，人类，尤其是女性，就会像现在的刘佳琪一样，扪心自问。

那么问题就来了：这种自问的情况下，自己需要承担责任吗？

瞧，结婚悖论出现了。

刘佳琪很清晰地看到了这个悖论。

在她的认知里，最需要确认的情感却成了最没有责任落实的事情。

所以她陷入了苦恼。

当然，人类很早就给出了解决方案。

那就是承诺。

一诺千金是我们其他生物最无法理解的人类思维。

但不可否认它的高尚。

可是，人类在朝着更发达进化的同时却在情感操守方面毫不迟疑地退化。

他们总认为自然界的适者生存更符合这个世界的规律。

我就不明白了，如果是这样的话，为什么最先发展起来的反而是人类呢？

陆则是在昨天晚饭后送刘佳琪回家的时候突然求婚的。他向刘佳琪做出了一大串的承诺。我和肉包子当时就在不远的沙发上看着。刘佳琪回应了陆则一个热吻，然后请陆则离开。

我询问肉包子，陆则会不会成功？

肉包子摇摇头。

我追问为什么？

肉包子慵懒地抓了抓自己的耳朵，然后说——

没有抵押的承诺毫无价值。

肉包子很准确地抓住了刘佳琪的心思，即便刘佳琪后面才想通。她拿起手机，找到了陆则的对话框。

“我真的很喜欢你。”

“但是关于婚姻，我可能没办法这么快答复你。”

“我觉得我们需要慢一点，我们的发展超过了我对这段感情的期待。”

“请给我一点时间，让我接受那样的未来。”

刘佳琪发完语音，呆呆地坐在沙发上。

我跳上沙发，贴着刘佳琪的身体，刘佳琪顺手拍了拍我的狗头。

很快，陆则回复了一段消息。

我瞄了一下。

“可以。给你压力了，对不起。我们慢慢来。”

刘佳琪嘴角上扬，然后在我没来得及逃跑的时候抓住我，抱进怀里一顿揉搓。

那揉搓的力度怎么说呢?

三分放松，三分欣喜，三分感动。

还有一分淡淡的失落。

10

最近朋友又少了。

对面那一幢楼里的柯基被它的主人送人了，听说是护食的时候咬伤了家里的小主人。这我就没办法为它做辩护。护食是咱们兽类的天性，但是也分对谁。我把狗粮放在盆里，肉包子要是过来抢，那就随便。它一只猫吃什么狗粮。

同样，人类在狗盆里扒拉几下，没准是打算给你扔块骨头。

我和巴哥在聊这个八卦的时候，刘佳琪在不远处和另一个女人在聊着什么。

刘佳琪双手环抱，上身挺得笔直。这是一个防御姿势。那个女人刘佳琪不认识，只是刘佳琪在遛我的时候，突然冲上来，说要和刘佳琪谈谈。我觉得我有必要过去一下。

我，小豌豆——永远是主人坚实的后盾！

“我和陆则没有分手。”

“我不知道他跟你说了什么，但是我仍然是陆则的女朋友。”

“我警告你，离陆则远一点。”

“不然我不会让你好过。”

我刚刚靠近刘佳琪，就听到那个女人一连串的话语，像极了不押韵的 RAP。

我仿佛看到了一只护食的野狗。我小心翼翼地盘着身子窝在刘佳琪的脚边，从喉咙里发出一阵压抑的低吼。

刘佳琪喝止了我一声，然后看着对方。

“说完了？”

对方愣了一下。

“我会找陆则问清楚。”

对方似乎有些不死心：“不行！你不许再和陆则联系，否则……”

居然当着我的面威胁我的主人？真拿泰迪不当烈犬吗？我爬起来，吼了两声。

对方斜着眼睛瞪我，嘟囔了一句：“狗仗人势。”

我翻了个白眼。仗人势？我仗的是狗势！刚刚我叫唤的两句翻译成人类的语言就是——一支穿云箭，千军万马来相见！

就在她嘟囔完那一句话后，整个小区的狗叫声此起彼伏。那些在草地上自由散步的宠物狗全部朝我冲了过来。请允许我按首字母排序介绍它们：巴哥、边牧、博美、柴犬、斗牛、德牧、杜宾……

那个女人惊叫一声，落荒而逃。

大约一个小时后，陆则出现在刘佳琪家。他承认那个女人是他的前女友，但是他们确实是分手了。从那个女人劈腿被发现的那一刻开始，陆则就已经明确提出了分手。只是那个女人被对方欺骗后又后悔了，所以想和陆则重新开始。陆则不知道她怎么知道刘佳琪的，但是他说他一定会解决。刘佳琪只是点了点头，“我相信你。”

“你相信他？”娜娜问刘佳琪。

刘佳琪点点头，但是依然皱着眉头。

“哎，其实也不怪陆则，招惹那种人也是倒霉。”娜娜没心没肺地说着。

刘佳琪没说话，只是一口喝完了杯子里的酒。

“看看陆则怎么处理再说吧。”

刘佳琪若有所思地点点头。

我看着刘佳琪那个样子，就和我觉得狗盆里的狗粮不香的表情，一模一样。

11

公安局来人了。请刘佳琪配合调查。很遗憾，我作为宠物不能同行。据说是陆则前女友自杀未遂。作为前女友的前男友的现女友，刘佳琪需要配合警方了解一些情况。

刘佳琪和陆则是一起回来的。陆则脸色很难看，刘佳琪也心事重重。两个人坐在沙发上，都不说话。我很有眼色地盘在狗窝里。此时没什么需要我做的，我要做的就是降低存在感，灵活掌握自己的存在与否是宠物必备的技能，就好像薛定谔的猫。

或许是过了十分钟。

又或许是过了半个小时。

陆则的一声长叹终于让空气中的沉默气氛出现了一丝裂痕。

“我没想到她会这么做。”陆则轻声说。

刘佳琪只是点了点头。

“她事先给我打过电话。”

嗯，潜台词就是故意未遂。

“以前她也是这样。上一次我要跟她分手，她就试图跳楼挽回，然后惊动了公安。”

“后来我没办法，就继续陪了她一段时间，开解了很久，才分的手。”

“我没想到，她又来这一招。”

刘佳琪想了想，突然看着陆则。

“你们是怎么开始的？”

陆则愣了一下，沉默片刻，叹口气。

“喝多了。”

然后，沉默。

“和他酒后乱性没有关系。”

刘佳琪很冷静地跟娜娜解释。

“这个社会，他那样的男人，发生这样的事情是大概率事件。”

“更何况是在认识我之前发生的，我没有立场去追究。”

娜娜皱了皱眉头：“那你为什么还要跟他分手？”

没错，一个小时前陆则离开刘佳琪的家门那一刻，他们的关系就结束了。

不过这一次不是刘佳琪提出的，而是漫长沉默后的陆则提出来的。

刘佳琪只是点了一下头。

“很简单。”

刘佳琪仿佛不像是分手的那个人，而更像是在安慰分手伙伴的那个人。

“他处理不好和别人的关系。”

“很明显他不喜欢那个女人，却因为酒后乱性，就认命地答应了对方。”

“相处中发现自己依然不喜欢对方，不顾后果地分手。”

“之后对方用自杀威胁，他又回到对方身边。在没有解决任何问题的时候又选择了分手。”

“现在把影响扩散到了我的身上。”

“他处理问题的能力一塌糊涂，不是我生命中想要的另一半。”

“他跟我提分手，也不是因为羞愧和抱歉。”

“是因为想要逃避。”

刘佳琪一口气说完，长长吐了一口气。

娜娜目光灼灼地看着刘佳琪。

“可是，他已经是最接近你心中对象标准的那个人了，你……”

娜娜的话没有说完，刘佳琪就突然抱住了娜娜。

“哇”的一声就哭了出来，眼泪源源不断地流下来的时候，最难受的声音是沉默。

老实说，我第一次看到刘佳琪哭得那么伤心。

“他……为什么不再好一点！”

刘佳琪哭得咬牙切齿。

12

进口的脱水牛肉干配上清凉的矿泉水，标准的宠物下午茶。

这是我用了三个月的时间打入刘佳琪闺蜜群的奖励。

请让我享受这温柔的日光，这自由的山风，以及安静的午后……

“这种男人怎么会有女朋友？”

刘佳琪的声音打破了宁静的时光。

嗯？有情况！

一般女人和闺蜜抱怨一个男人，不是故事，就是事故。

嘘，侧耳听——

一个叫特蕾莎的归国女摄影师，展出了以医院重症区病人万生相为主题的摄影作品，刘佳琪一眼钟情地看中了一幅作品，想要买下来。

“娜娜，我第一次碰到男人居然对女人的事业指手画脚到那个程度。”

“摄影师开展第一天，她男朋友居然让她把这个展给关掉，而且还把正在看展的人赶了出来，他简直就是个控制狂。”

“嗯？为什么？”

“我怎么知道。”

“然后呢，你做什么了？”

“我能做什么，当然是直接付钱买作品啊。我用行动支持特蕾莎。”

“后来呢？”

“接下来我就更不理解了，他竟然当场撕了那幅作品！”

我向肉包子认真描绘了刘佳琪罕见的气急败坏的样子，肉包子一脸遗憾。

它将这次没有亲眼见证这样的场景列为它猫生第二大遗憾。至于第一遗憾，当然是因为一时不察，被辣手绝育。

说起这个问题，我也有些沉重，顾不上继续谈论主人的气急败坏了。因为最近刘佳琪看我的眼神，总感觉对我有什么谋划，吓得我都不敢展现泰迪的天赋技能了。

但狗也逃不出墨菲定律。当你越担心一件事，它越会发生。我坐在刘佳琪的副驾驶上，眼瞅着路线已经偏离了我常去的宠物店，也不是刘佳琪平常的外出路线。

脑海中是肉包子的话：“那一天，刘佳琪带我去了一个陌生的地方……”

陌生的地方！

我眼前就是。

巍峨耸立的巨石上面很有气势地写着几个我看不懂的字。一重又一重的保安，让气氛显得非常紧张。我听说过，有那种非常高端的宠物医院。难道就是这里？

我眼睛开始乱瞟，我在想要不要找个合适的机会逃走。当野狗也比丧失公狗尊严要强。

泰迪永不净身！

打消我逃跑念头的，不是生活的窘迫，而是脖子上的狗绳。

我被刘佳琪挟持着，走进了一幢巨大的别墅。“一入诊所深似海，再回头是百年身。”我小豌豆，今天，要变成腌豇豆了……

门打开，一个和蔼的老人出现在我的面前。他冲刘佳琪笑了笑，然后目光就落在我身上。我从目光里感受到了深深的恶意。刘佳琪，我跟你说，放开我！我可以出家！

“这就是你收养的那只小狗？”

“是的，刘老师。”

“进屋吧，看上去比悠悠体形小一些，应该可以。就怕悠悠不让它靠近。”

嗯？这对话……是让我来帮忙配种？唉，你们要是早唠这个，我就不紧张了。

我被带到一只母狗面前。我鼻子抽了一下，这是身上喷了多少香水啊。正当我抖擞精神，准备施展我无处安放的魅力的时候，那只小母狗，走开了……

凝固的空气中有些尴尬，还有一种嫌弃。我小豌豆，一直靠颜值走天下，什么时候受过这种委屈！做不做是一回事，愿不愿意是另一回事。

我转头拦在她的面前。

问道："什么意思？"

她又打量我的一眼。

"不行！"

"哪里不行？"

"毛色亮度差一点，品相差一点，身上的气味闻上去不投缘，差一点。"

然后她昂起头："总感觉你智商也差一点。"

我愣在原地。

这是……狗界的差一点小姐？

就在我打算为了尊严再辩驳几句的时候，门铃响了。

"不好意思，叔叔，今天有点堵车，来晚了。"

刘佳琪瞪大眼睛：

"是你！"

13

我的喉咙里压抑着吼声。我感觉到刘佳琪的情绪的波动，我必须得配合。狗仗人势，人也得有狗站在后面。

对方看到刘佳琪也是一脸意外。

"你？"

"你们认识？"那位老人脸上反而透露着一丝惊喜。

"印象深刻。"

"你好，我叫成齐。"

男人礼貌地打招呼。

"刘佳琪。"刘佳琪冷冷地回应。

老人似乎感觉到空气中有一丝尴尬，看了我一眼。

你老人家什么意思？让我作介绍吗？我是一只狗啊。

老人接过话茬："那个……成齐是我侄子，刚从国外回来，现在在市一医院当大夫。"

"成齐，这是我常说的我们单位的大才女。"

两个人互相点了一下头。

空气中有一丝凝固。

我倒是想跟着那只叫悠悠的母狗离开，但是被刘佳琪死死地抱在怀里。

大姐，您要是撸就好好撸，这力气快要把我毛给搓掉了。

老人不知道为什么，找了个借口离开。

感情今天来配种……不是，相亲的，不只我一个？

只是老头，你也不看看氛围，你没看到两个人之间连空气都不流动吗？

"我没想到我叔叔给我来这一出，不好意思。"对方先开口。

"没事。"

"刘小姐好像对我意见很大。是因为我撕了那幅作品？"

"我对强权都有很大的意见。"

"我强权？"

"大男子主义不是强权？随意毁坏他人财物不是强权？肆意破坏对方交易不是强权？"

"再进一步，就是犯罪！我说错了吗？"刘佳琪语气咄咄逼人。

成齐叹气，耸耸肩。

"或许算是吧。"

"或许？"刘佳琪有些生气，"轻描淡写地去否定别人的价值吗？"

成齐看着刘佳琪，眼神里有些古怪的光芒。

我高度戒备，这个成齐情绪也开始起伏。

"你知道吗？那摄影作品里的模特都是我的病人。"

"他们不知道特蕾莎要拿来展览，他们以为特蕾是只是好心，帮忙拍些照片留念。”

“并不是所有人都愿意把自己的痛苦拿出来展示。”

“特蕾莎没有征求过任何一个人的同意。那些人的家属，也不会来看摄影展。”

“特蕾莎没有这个资格。”

“所以我去阻止了。在你看来，这是强权？”

“我……”刘佳琪呆住了，显然感到很意外。

“就说你要买下的那个作品。”

“那个小姑娘叫点点，先天性心脏病。”

“上个月 7 号，去世了，死前她捐出了遗体。”

“你说，换作是你，你会怎么样？”

“我……”刘佳琪说不出话来。

成齐站起身：“我叔叔一直说起你，说你格局不小，眼界很大。现在我觉得，言过其实。”

“只是一个热血上头的中二女青年。”

成齐径直走了出去。

我能感觉，刘佳琪气得发抖。

14

“刘佳琪死了。”

肉包子伸着懒腰，轻描淡写地说着可怕的猜测。

我白了它一眼。

不过是两天一夜没回家而已，说不定谈恋爱……

肉包子看着自己食盆里的猫粮，想了想。

“大概还可以坚持五天，五天后咱们可能要生死相搏了。”

到底是发生了什么事情让你现在这么极端啊！

哦，是因为主人带我出去是配种，而带你出去是绝育吗？

呵，可耻的嫉妒！

就在我和肉包子四目相对的时候……确切地说我看着它的眼睛，它看着我的……不可描述部位，我总觉得它是想趁机把它咬下来。该死的猫，果然一有刺激就起了亡狗之心。

额，扯远了。在我和肉包子对峙的时候，门锁清脆地弹开。有人推门而入。

一阵熟悉的气味冲进了我的鼻孔。

是他。

“豌豆？肉包子？”

成齐的声音还是那么平淡，没有一点起伏。我和豌豆一起从里屋走出来。我们俩的眼神交错，已经互相读取了很多信息——

他是谁？

那个让刘佳琪生气的男人。

他怎么来了？

我怎么知道！

难道是他杀了刘佳琪？

你可闭嘴吧！

成齐明显没有解读我们一猫一狗眼神对话的意思，而是将一个狗笼和一个猫笼摆出来。

“那个……刘佳琪住院了，我带你们去我家，这段时间我来照顾你们。”

“进来吧。”

我和肉包子对视一眼。

住院？

怎么回事?

作为勇敢的伴侣犬，我觉得这个时候最好配合，这样才能了解事情经过。

我朝着狗笼走去。

肉包子的视线在我和成齐身上来回转悠了几次，最终也选择了同意。

成齐又在屋子翻找了一下我们的食物和玩具，一起拎着，走出了门。

成齐的车子很大，我和肉包子都在后座，一点也不拥挤。

他开车很有意思，平稳而且匀速。

特别安静。

就算是刘佳琪，我在副驾驶的时候都无数次听到刘佳琪暴躁的声音。

怎么说呢?有点……无趣。

电话响起，听声音是刘佳琪的。

“喂，刘小姐?你的猫和狗我都接到了。你放心，这段时间我会好好照顾的。”

“你放心，到家了我给你发照片。”

我能感觉到肉包子的心明显踏实了。只是我很奇怪，主人好端端的怎么就住院了呢?直到一个和我有同样疑问的人打电话过来。

嗯，就是刘佳琪那个老领导。试图同时给我和刘佳琪都介绍对象的臭老头。对方很直接，电话一接通，就一句话。

“怎么回事?”

根据我听到的电话内容总结，事情不复杂。刘佳琪单位体检，发现她身体有一点问题。问题不大，但需要请假两三天。然后这个领导老头就给成齐打电话，让成齐去看看。虽然两个人都不情不愿，但是碍于老头的面子，只能答应，成齐就去了。医院里，刘佳琪和成齐正在讨论体检报告的事，这个时候，医院来了个家属闹事的，抓住个小护士打起来，场面混乱不堪。成齐一看立马冲了上去，刘佳琪下意识地跟了上去。之后刘佳琪就受伤了。外伤，需要住院一周。成齐觉得自己有一部分责任，就提议把我和肉包子接过去照顾几天。

“他肯定对刘佳琪有想法。”肉包子在猫笼子里掷地有声地说。

“得了吧。他跟刘佳琪不对付。”

“你看着吧，这叫‘挟猫狗以令主人’。”

我从后面看了看成齐的侧脸，脑海中回忆他怒怼刘佳琪的样子，用力地摇了摇头。

不可能，绝对不可能！

15

认真说起来，我从来都没有拥有过男主人，总是在女主人怀里如鱼得水。我曾经找三楼的菲迪帮我占卜。菲迪是一只加菲猫，擅长星象和塔罗。它最后得出的结论是我命中带火，会烧了女主人的桃花。我现在思来想去，总觉得被菲迪骗了。

星象和塔罗哪一个流派会搞得和中国命理一样！

白瞎了我那两罐过期的罐头。

成齐的生活非常规律。

每天早上七点准时起床，给我和肉包子弄好一天的食物。接着在跑步机上慢跑半个小时，然后洗个五分钟的澡。出来以后吃两片面包，一个鸡蛋，喝一杯牛奶。最后整理一下着装，七点五十准时出门。

我靠着客厅的落地窗，每天早上七点五十三分总会看到他的奥迪开出小区，匀速行驶上马路。

晚上七点，他会准时到家。

我很奇怪，医生不都是很忙的吗？他是怎么坚持自我的？令狗费解。他回到家，会先换上舒适的衣服，洗手、洗脸。坐在沙发上，打开音响，放一首古典音乐，闭上眼睛陶醉。大概用时十五分钟。

接着会进厨房给自己准备晚饭。一般是意大利面、牛排，或者一些别的什么简单西餐。

然后我能明显感觉到他有意识地改变自己的习惯，来检查一下我和肉包子的食盆和水盆。

接着就准备带我出去溜四十分钟，但在我看来，他其实是要夜跑四十分钟。我只是一只陪跑狗。

回到家，他会给累到吐舌头的我和慵懒的肉包子各拍一张照片，发给在医院里的刘佳琪。

然后选择一部电影或者电视剧，大部分是和医疗有关的题材，看上一个小时。

关上电视，躺在床上，看半个小时的书；关灯，睡觉。

每天如此。

我怀疑他是钟表成精，被肉包子一顿嘲笑。

但实话实说，给成齐陪跑的这几天，我感觉到我的异性缘指数级地上升。

虽然只有短短四十分钟。

时常会有一些或美艳或清纯或活泼的小母狗开开心心地朝我靠拢。

当然，这些小母狗后面都跟着一个或美艳或清纯或活泼的女人。

我狗眼一转，就知道事情并不是这么简单。

帮主人牵红线这种事，我小豌豆可是业界的良心，那些小母狗的花招我一眼就看穿了。

不就是它们的主人看上了成齐吗？我小豌豆能让它们得逞吗？当

然，能！成齐又不是我的主人，我费那心干嘛！不过，接着，我认识到了世界上除了男人、女人、人妖外的第四种性别：直男。

“哇！你的狗狗好可爱啊。我们能加个微信吗？”

“不好意思，我家狗没有微信。”

“小哥哥，我跑得有点不舒服，你是医生吧？能帮我看看吗？”

“行啊，把你的片子给我。”

“我发现你每天都跑步，我也是耶，以后我们当个跑友一起跑怎么样？”

“平时不必了，下次跑马拉松可以一起。”

“小哥哥，等下跑完一起去喝一杯怎么样？”

“酒精有抑制心肌收缩的作用，运动后饮酒会加重心脏负担。不去了。”

……

我总有一种感觉，成齐所到之处桃花朵朵开，然后他一转身，一把火烧完了整片桃树林。这种人不适合在人间，请考虑出家。

来到成齐家的第八天。我对于成齐的认识深刻又肤浅。我都为他惋惜——一个大好人生，居然活得如此了然无趣。我想到肉包子之前居然判断他和刘佳琪会摩擦出火花，心中嘲笑了很久。

两块冰块可以摩擦生热？

“他有故事。”肉包子笃定地跟我说。

经过这么几天，它心里那点因为绝育带来的不平衡已经消弭了很多。

“有就有呗。”我喷了下鼻子，“又不是每个故事都有人愿意读。”

结束和肉包子的睡前谈话，我像往常一样准时进入了狗窝，外面突然传来火警的呼啸。

还没等我反应过来，成齐突然惊慌地从卧室里光着脚，穿着一件内裤跑了出来。

他飞快地抓住我和肉包子，跑向阳台。

我和肉包子对视一眼，看成齐的样子，难道是想把我们扔下去？

我俩同时开始挣扎，而此时成齐也愣了一下，站在阳台上。

他看着马路上正呼啸远去的消防车，一只手抓着我的笼子，一只手抓着肉包子的笼子，突然，就哭了起来……

16

按照约定，今天是刘佳琪来接我和肉包子的日子。

终于可以摆脱这个时间强迫症患者了。

开始期待半夜醒来笼子边的夜宵，怀念和肉包子一起一觉睡到大中午的惬意。

只是，突然间想到，我和肉包子走了以后，成齐这座大房子里就只剩他一个人了。

他是不是依旧会像苦行僧一样生活？毕竟他这个人，我觉得这辈子是不会结婚了。他就是一只栖息在桃花林里的啄木鸟，其他人满眼都是桃花的时候，他的眼里只有树里的虫。

晚上九点，成齐还没有回家。肉包子软成一摊泥一样窝在自己的猫窝里。只有我，觉得事情有点不简单。成齐没有回来，刘佳琪也没有消息。这都已经九点了。我要上厕所啊！

九点半，门外响起了按密码锁的声音，肉包子翻了个白眼，转个身继续睡觉。

我可是盼望已久，赶紧用鼻子嗅了嗅，但不是成齐的味道。

不过空气中有淡淡消毒水的气味，应该也是个医生。

果然，门打开，一个带着大眼镜的小姑娘站在门口。

出于守门的天性，我缓缓走了过去。

那个小姑娘看着我，笑了笑。

“小豌豆？成医生晚上有一台手术，来不了，让我带你出去遛一遛。”

按道理，我应该询问一下口令。

问题是我实在太憋了。

我脑海中快速分析：有消毒水气味、女性、年纪不大、还知道成齐家密码。

可信任程度 80%。

我跟在她的后面，出了门跑向电梯间。

不过，总觉得少了点什么。

夜晚的小区不是很安静，那些写完了作业的熊孩子在小区里玩闹着。

我出了电梯后直奔小区中央的草地。我很清楚，一定要把排泄物排在草丛比较茂密的地方，然后刨点土埋一下。干净卫生又环保。真的，要不是那个医生小女孩来得及时，我真的是会在成齐家里……

哎，不敢想象后果。或许我会成为一只标本吧。

最能激发宠物生命动力的三个目标是什么？

自由、美食、厕所。

作为一只宠物，我必须要时刻维持体面，但是脚下却不自觉地发力。我就是一道光。无拘无束。

当我被撞地空中翻腾的时候，我知道出门的时候我感觉里少了的东西是什么了——

狗绳。

老实说，我这是第二次被车撞。

身体一瞬间的本能让我蜷缩起了身子，脆弱的胸腔避开了直接撞击。

只是后腿，传来了撕裂般的疼痛。那是一辆两个轮子的小车，车后面还有一个愣大的食物保温箱。

我听到那个医生姐姐的惊呼声……

我摔在地上，一点力气都没有。那种想要上厕所的感觉也没有了。不给我尴尬的时间，就失去了意识。

我睁开眼睛的时候，是熟悉的宠物病房。后腿有一阵清凉，我侧过头，右边后腿打着石膏。

嗯，骨头断了。

我虚弱地呼唤了一声，接着我看到成齐冲了进来。他没有说什么，但双眼是满满的愧疚。我有些不习惯，别过头故意不看。很快，一股熟悉的气味冲进我的鼻子。

刘佳琪，我的主人来了。

刘佳琪穿着一件外套，外套里还穿着病号服。成齐迎上去告诉刘佳琪我没有生命危险。后腿骨折，内脏没有问题。需要休养一段时间。刘佳琪走到我的身边，伸手摸了摸我的狗头。我听到她语气生硬地说：

“成齐，你不是说你会好好照顾它们吗？”

“我跟你说了多少遍了，一定要牵狗绳，为什么这一次没有？”

“你要是做不到，就不要许诺。”

我很想替成齐解释一下，今天不是他遛的我。

但是成齐只是点了点头：“对不起，是我的问题，小豌豆的诊疗费用我来承担。”

我能感觉到刘佳琪的怒火瞬间被点燃。

“我需要你承担吗？”

“我说我要出院，你们非要我再观察两天，然后我的狗就差点被撞死！”

“你爸妈没有告诉过你，答应过别人的事情就一定要做到吗？”

寒意！

我一瞬间感到一股寒意！我睁开眼睛，那一刹那我仿佛不认识成齐，他身上散发着另一股气味。之前抓着我和肉包子跑向阳台的时候，就是这种味道。

成齐盯着刘佳琪，我下意识想往刘佳琪身边靠一靠。

我在想万一成齐要对刘佳琪做什么，我就算腿断了也要挡一下。

好在成齐没有进一步的动作，只是语气冰冷。

“小豌豆出事是我的责任。这个责任我会负责。”

“你说对了，我爸妈没有告诉过我那样的道理。”

“因为……”

“他们，早就不在了。”

17

我恢复得很快。

这让我很满意，说明我的身体状态还处在巅峰期。按这个情况，我预估我可以活到十四五岁。

嗯，美好的祝愿。

刘佳琪也依旧过着她那忙碌而挑剔的人生。成齐从我们的世界消失了。我很欣赏人类的一句话，用来形容这种交集——萍水相逢，擦肩而过。

娜娜坚持着每周一聚的传统，以及每次聚会都要给刘佳琪推荐优质男生的习惯。

我理解她的想法。她希望刘佳琪和她一样幸福。这是她口中常说的“先富带动后富，最终实现共同富裕”。

只是很遗憾，她的审美标准和刘佳琪偏差比较大。相对于和她推荐的那些男生互相传信息，刘佳琪更乐意抱着我和肉包子跟娜娜一起喝红酒。

酒足饭饱，娜娜躺在沙发里。

我、肉包子、刘佳琪三脸懵地看着她。

娜娜皱了皱眉：“你这么看着我干什么？”

刘佳琪倒是笑了：“你今天怎么不给我介绍男人了？难道你放弃了？”

放弃？这辈子是不可能放弃的。

娜娜端正地坐直了身体，然后叹了一口气。

“别提了，今天本来打算给你介绍个好的，结果那个男的出了点事。对了，你知道是谁吗？”

“我哪知道？”

“跟你也有点关系。你们刘主编的侄子，刚刚国外回来的，市医院的胸外科大夫。”

“成齐？”

“你认识啊？”

在娜娜一顿充满画面感的讲述下，我和刘佳琪勉强明白了发生了什么事情。

在这段时间里，成齐依然保持着他桃花林啄木鸟的人设。

就在大家都认为他性取向有问题的时候，一个挺着微凸肚子的女人找到了他。对方一口咬定，成齐是孩子的爸爸。这着实惊爆了整个医院。

成齐自然是矢口否认，院方也打算以常规方案处理的时候，更让人棘手的情况出现了。

那个女人居然是外籍。事情的复杂度一下上升了好几倍，不仅各部门开始关注这个事情，就连那些媒体乃至自媒体也唯恐天下不乱，纷纷加入进来。

“我记得就算怀孕，14 周到 24 周都可以做亲子鉴定的吧？”刘佳琪问道。

“是啊，医院就是打算这么做啊。问题是人家不愿意啊。你也没办法强迫对不对？”

“那对方是要做什么？让成齐赔钱？”

“赔什么钱啊，听说那女孩还是个挺有名气的摄影师，不缺钱。她就是要成齐娶她。”

“特蕾莎？”

“哟，不错啊，连女孩名字都知道。”

“成齐现在怎么样了？”

“不知道，反正挺不乐观的吧。不过幸好，这件事先发生了。你说要是我介绍给你之后再发生这个事情，我不是把你推进火坑了吗？”

娜娜一脸庆幸。

刘佳琪在娜娜走后有些心不在焉。她似乎在犹豫什么。她的左手食指不自觉地叩着沙发，每一次刘佳琪犹豫的时候就会有这样的动作。

用肉包子的话来说，上次送它去绝育前，刘佳琪叩了一个多小时。

终于，刘佳琪好像做了决定，拿起手机，找到了成齐了联系方式。

刘佳琪拨通过去，过了好一会儿，就在刘佳琪要挂断的时候，对方传来了一声——

“喂……”

声音了充满了疲惫。

刘佳琪张了张嘴。

我不知道刘佳琪本来想说什么，但是我敢肯定她说出来的话一定不是她想说的。

因为她说——

“那个……小豌豆的治疗账单有点问题，我想跟你说一声……”

✶ 18 ✶

“特蕾莎肚子里的孩子真的不是你的吗？”

“我看上去像这种人渣吗？”

“你打算怎么办？”

“是她打算怎么办才对吧。时间站在我这边。”

“你现在是什么情况？”

“医院方面让我不要露面，这段时间算是带薪休假吧。”

我啃着牛肉干，看着刘佳琪和成齐不咸不淡地聊着。

很意外，见了面以后，刘佳琪什么都问。

更意外，成齐什么都回答。

但两个人的表情都是波澜不惊。

真的吗？我不信。

两个人大概也就谈了一个多小时，刘佳琪起身告辞。

从头到尾两个人都没有谈到我的治疗账单。

合着我是个工具狗呗。

嗯，我自豪。

我咬下最后一点牛肉干，准备跟着刘佳琪离开，突然感觉到有人接近。

刺鼻的香水味让我打了个喷嚏。

果然，成齐家的门被人重重叩响。

刘佳琪疑惑地看向成齐：“你有客人？”

成齐摇摇头，准备上前开门，突然听到门外的喊声，停下了脚步。

“成齐，我知道你在家。你开门！”

一个尖锐的女声，普通话有些不标准，就好像嘴里含着一块骨头。

刘佳琪："特蕾莎？"

成齐皱着眉点头，那脸上嫌弃的表情就好像一脚踩到我的排泄物。

还是那种不成型的。

"我是不是需要回避下？"

"不好意思。我很快就会处理好。"

刘佳琪钻进了成齐的卧室，但忘记牵我了。

成齐揉了揉太阳穴，半打开门。

门外露出了一张浓妆艳抹的脸。

"成齐，你让我进去。"

成齐拉着门，仿佛是守着他最后一寸阵地："别演戏了。怎么回事大家心知肚明。不要逼我报警。"

"你报警啊！我是孩子的妈妈，我也是你房子的女主人。警察也拿我没有办法。"

"特蕾莎，别装疯卖傻了。你这样只会让我更加厌恶你。"

"是吗？我不在乎。"

特蕾莎努力想要冲进屋子，我觉得我应该做一点什么，连忙冲到成齐身后。

气运丹田，怒吼。

"汪！"

特蕾莎被我的叫声吸引，或许是我粉红色的项圈太过惹眼，她的眼睛突然红了。

"这是谁的狗？成齐，你家里还有谁？"

我默默地往后退。

发生了什么事情？我不清楚，跟我没有关系。

特蕾莎拉着门大喊大叫，成齐想要把门关上，却被特蕾莎死死拉住。

特蕾莎的嗓音就像一个音质受损的乡村广播大喇叭。

就在我觉得拼命想要把脖子上粉红色项圈摘下来的时候，刘佳琪突然从卧室跑了出来。

她直接走到门前，从里向外把门推开。

然后拉着成齐就跑。

我只听到了一句："豌豆，跟上！"

那还考虑啥，拔腿就追。

我冲出门口的时候，看到特蕾莎有些愣愣地站在原地。

下电梯，入地库。

开车门，踩油门。

我一个飞跃跳进后座。

刘佳琪第一次充分发挥了她这辆玛莎拉蒂的马力，马达的轰鸣声都快把我从座位上震下去。

惯性让我失去对身体的控制，城市在窗外飞速地后退。不知道过了多久，车才停下来。我听到阵阵鸟叫声，这才探出头。

我的天，这不是郊区的青山吗？离市区很远的。驾驶座上，刘佳琪长吐一口气。

"世界终于安静了。"

她转过头看着副驾驶座上脸上还残留着一些惊愕的成齐。

"怎么样，够远了吧？"

"嗯，谢谢……"

✶ 19 ✶

雨点敲打着窗台，奏起一段轻松的乐曲。太阳被云朵遮掩，似乎害羞地不敢露面。

我蹲坐在刘佳琪的卧室门口，鼻子里嗅出了两股交缠在一起的气味。

我脑海里一个问题一直在回荡——要不要喊他们起床？我饿得不行了。

打死我也不敢相信。肉包子的预言成真了。

就在我守候的房间里，成齐和刘佳琪……突破了人和人之间最后的社交屏障。如果要说为什么，或许是恰好的灯，恰好的月，恰好的酒，以及恰好的故事。

一切就是这么恰好。恰好而和谐。

需要复盘一下。

这里不是刘佳琪城里的家，是她在郊区准备的一幢房子。原本是打算接父母过来住的，但是父母好像不太适应不能串门的生活氛围，所以就回了老家。正好时间也不早了，成齐的证件又都放在自己家里。为了避免再次和特蕾莎正面对峙，刘佳琪让成齐在这里先住一晚。

酒柜里的酒是现成的。

成齐一开始是拒绝的，作为医生，酒精类饮料都是能不碰就不碰。刘佳琪也没有强求，自己倒了一杯酒，给成齐开了一罐可乐，开始聊天。从特蕾莎到求学，从求学到工作，就像是一次友好的互动交谈。我承认，责任在我。我不小心打翻了最后一罐可乐，可是聊的话题还没有结束……于是成齐端起了一杯酒。

我和刘佳琪都没有想到。

看着高大威猛的成齐，怎么酒量连狗都不如。才三杯啊！怎么就开始说胡话了。

他说他有个姐姐，龙凤胎，从小就照顾他。

他说他爸妈都是大教授，桃李满天下。

他说家里不知道为什么，突然起了火。

他说他爸护着他妈，他妈护着他姐，他姐护着他。

然后，只有他活了下来。

是打开了阳台的铁栏，从楼上跳下去，被人救了。

她姐也是。

但是他在医院里醒了，他姐没有。

医生无意中说的，如果早五分钟，他姐就没事了。

只有他知道，那五分钟，是她姐给他争取的。

说完了，就开始哭。

没有声音的哭。

我突然想起来，那天听见火警的成齐焦急地把我和肉包子都拎到阳台上的场景。

只见刘佳琪轻轻抱了抱成齐。

我也往刘佳琪身边挤一挤，凑一点温暖。

刘佳琪没停下，只是借着喝酒，她也开始说。

她爸爸是警察，妈妈是医生。

一家三口一年之内聚在一起吃饭的次数一只手都可以数过来。

不是孤儿，胜似孤儿。

她不懂成齐的痛苦，但是她懂成齐的成长。

我在沙发底下翻着眼皮——

你们就喝吧，迟早出事。

互诉衷肠之后，是刘佳琪扶着已经站不稳的成齐走进卧室。我听到成齐一句迷迷糊糊的“别走”，然后，刘佳琪就没有出来过。

两个人在里面已经九个小时了。

以我对刘佳琪的了解，她应该至少已经酒醒了三个小时。怎么还不出来呢？算了，我还是别守着了，去睡个回笼觉吧。

我起身准备往沙发底下走，身后的门突然开了。

我回过头，看到成齐揉了揉有些乱糟糟的头发，和我四目相对，突然温柔一笑。

“等着，我去做早饭，也有你的一份。”

然后绕过我走向厨房。我斜着眼睛往卧室里看了一眼，刘佳琪正睡得香甜……

20

香气，迷离。

听着食物在油锅上发出的滋滋声音，那是爱意在翻腾。这让我突然想到了谢芙，想到了帕萨雷拉。不知道他们现在过得好不好。

其实我很清楚，刘佳琪已经醒了。装睡只是她的保护色。

卧室开始有了窸窸窣窣的响动，是刘佳琪起床了。她动作迅速地从衣柜里翻出新的衣服，一件件穿在身上。眼神里莫名地有一点惊慌。

她走出卧室的时候似乎都没有注意到我蹲在门口。

“醒了？先去洗漱吧，饭一会儿就好。”

“不用了，我得赶回去，有个会挺着急的。”

成齐停下了手下的动作，顺手把火调到最小。

“嗯。”

我突然觉得这个气氛好像有一点不对，再急也应该梳洗一下吧。一个词从我的脑海里跳了出来——落荒而逃。

“那个……”刘佳琪摆出了一副很随意的神色。

我打赌只有我看到她藏在身后的两只手不知所措地互相纠缠着。

“昨天是个意外，你就当什么都没发生过吧。”

刘佳琪云淡风轻地说完这句话，径直拉开门走了出去。直到大门反弹回来重新关上，那一声低沉的“砰”才让我和成齐反应过来。我仿佛听到了高跟鞋快速敲击地面的声音。

嗯，刘佳琪，主人！你是不是忘记了什么？你把我给忘了啊！

我和成齐四目相对。成齐似乎想通了什么事情，发出了一声轻笑。这个笑容我见过，是人类的自嘲。

他直接把火关掉。

摆了一份早餐在我面前，然后把另一份早餐放在桌子上。一丝不苟地开始吃起早餐。我看着面前的餐食，也重重叹了一口气。

哎，这狗粮，好像过期了。

我惊讶地发现，那一夜的事情，刘佳琪不在意，成齐在刘佳琪不在意之后似乎也不在意了。只有我这条狗最在意。可是关我什么事？

好像有那么一个道理——

你越在意的事情，没事也是大事；

你越不在意的事，大事也是没事。

从心而已。

成齐没有再在刘佳琪的屋子里久待，收拾完厨房就准备离开。

离开前，他目含深意地扫视了一下房间。我可以肯定，他眼里肯定没有扫视到我，因为他也忘记把我带走了。

算了。我被关在屋里算什么，他们连爱情的大门都关上了！

我跑到阳台上一阵狂吼。

“你快回来！”

筋疲力尽之后我知道为啥哈士奇那么笨但是还不绝种了。

因为会嚎啊。

终于，在我声嘶力竭的吼叫声之中，走到小区门口的成齐听到了我的声音。

我看到他镇定的身影慌乱了，我看着他在口袋里摸索着。嗯，在找手机。

可是……你的手机在厨房啊。

对，你把手机也给忘了。如果我没有看错的话，刘佳琪也把她的手机忘在了卧室。

哼，所有装出来的镇定自若，骨子里都是惊慌失措。

我咳嗽了两声，不喊了。我想他们很快就会回来的。

这两部手机，现在是我的人质！

✱ 21 ✱

尴尬都是来自预料之外的见面。

刘佳琪开门，成齐跟在刘佳琪身后。两个人就像是在浴场各自取用自己的物品。没有眼神的交流，也没有言语的互动，其实我看到成齐的嘴唇微微动了动，似乎想说些什么。

刘佳琪一闪身就走进了卧室。十分钟没有出来。我的天，手机明明就在床头柜摆着，多明显啊。成齐叹了口气，转身离开。

听到关门的声音，刘佳琪才从卧室里出来。

如释重负，又不知所措。

“豌豆，我做错了吗？”

哼，这个时候知道问我这只真·知心·小狗狗了？早些时候干了啥自己忘了吗？哼，我今天还就不甩你这个面子。

我看着刘佳琪，轻声哼了一声：“汪……”

刘佳琪果然没什么会议，她就这么坐在沙发上，直到手机响起才有那么一些反应。

是娜娜的电话。

刘佳琪拿起电话，电话那端娜娜的声音我坐在沙发的另一边都能听得清清楚楚。

“刘佳琪，你人呢？昨天一直给你发信息都不回！是不是找小狼狗去了？”

我以为刘佳琪要反击，却看到刘佳琪认同地微微点头。

“娜娜，我把别人睡了！”

对面沉默了片刻。

“你在哪？我来找你。”

事实证明，把尴尬变成八卦就是缓解尴尬的最好方式。

娜娜对着成齐的朋友圈一番点评，刘佳琪肉眼可见地轻松起来。

“佳琪，怎么就把持不住呢？我觉得吧，还是动心了。”

“不，不是那样的。我和他没有一点合适的地方，要怪……就怪豌豆！”

嗯？什么意思？我不就是踢翻了一瓶可乐吗？

碳酸饮料不健康。

“你打算怎么办？”

“什么怎么办？就算了啊。”

“算了？我觉得那男生条件不错啊……你考虑考虑。”

“你知道我爱挑毛病，成齐对我来说整个人就是个毛病。别考虑了，彼此耽误。”

话题结束。

刘佳琪的态度很明确——

他俩不合适。

时间是个冷静的家伙。它没有起伏地一直往前走，不快，也不慢。

一转眼，“落荒而逃”事件已经过去了一个月。我依然还是那只娃娃脸的狗子，肉包子却又胖了一圈。刘佳琪朝九晚五地工作，不断拒绝其他男人的表白。成齐也没有再出现在我的生活圈。好像梦一样。

只有我和肉包子注意到刘佳琪偶尔会发呆。刘佳琪自己做早餐的时候居多，有时候看着自己面前做出的早餐，看着看着就愣住了。盯着早餐，也不知道在想什么，直到早餐变冷。肉包子总想从我嘴里套出一些事情的来龙去脉，但是我守口如瓶。我觉得，这是我和刘佳琪之间的小秘密。

“哪里不合适呢？”

“满地的六便士，只有我和你抬头看到了月亮。”

“可是，我想看到月亮落下，太阳升起；而你，想要回去睡觉。”

“灵魂匹配，性格迥异。”

“或许这是最合适的不合适吧。”

刘佳琪酒醉搂着娜娜说着。

我望着娜娜一脸疑惑的表情就知道她没有听懂。

然后，又是电话，是刘佳琪的妈妈打来的。

“喂，妈……你不是又来催婚的吧？这都十一点了。”

“佳琪，你爸出事了。心梗……”

“哐当”一声，手机落在地上。

22

早晨六点半。又到了叫早的时间。

我趴在刘佳琪的门口，吼了几声，然后就听到房间里传来一些响动。

刘佳琪醒了。

算起来，昨天晚上一点多才回家，她也只睡了五个小时。她要早起买好早饭送到医院去，然后换刘妈妈回来休息。这种生活，已经持续了半个月了。

刘爸爸是半个月前被接到这座城市的，直接进了最好的医院。听说刘爸爸的问题十分严重，必须要找最好的医生才有希望解决。刘佳琪几乎发动了她前半生积攒的所有人脉，然后，找到了——成齐！

当刘佳琪把成齐从微信小黑屋里拉出来，并且发了一条信息的时候，却收到了官方的提示：你和对方还不是好友！

成年人的尴尬，一多半是来自冲动。

最后刘爸爸还是顺利地进入了手术间。

成齐朝着刘佳琪点点头："放心吧。"

那是一场长达十四个小时的手术，据说成齐出来以后只说了一句话。

他说：一切顺利，放心吧。

的确是很放心。从最早刘佳琪和刘妈妈连家也不回，我和肉包子只能互相照顾，到后来两个人可以轮流回家休息。

虽然很憔悴，但是我看得出来，刘佳琪没有太大的担忧了。

我就听刘妈妈总是念叨着：成医生啊，多好的小伙子啊，要是我们家佳琪能找个这样的男朋友就好了。

作为知道一切真相的我，默默地站在思想的高点微笑着。

一天到晚地，总想找个可乐瓶子踢一下。

嗯，深藏功与名，要稳重一点。

不知不觉，我身上的毛又长了一寸，肉包子又胖了一圈。

两个月过去了。

刘佳琪的微信始终和成齐保持着联系，从最早的刘爸爸的各种护理事项，慢慢变成了两个人之间的聊天。

我看不懂。

那副样子仿佛两个人以前不认识。那么那天在屋里待了一夜的两个人是谁?

肉包子打了个哈欠：“豌豆，人类跟咱们不一样。我们认识就是认识，是个结果；而人类，认识是个过程。如果有了结果，那两个人就会变得互相不认识了。明白吗？”

我总觉得这只猫是在用我听不懂的歪理渲染自己的智慧。

不理它!

刘爸爸要出院。

为了方便复诊，刘妈妈拒绝刘佳琪一起搬回郊区别墅的提议。她直接租了一套房子。嗯，在成齐的隔壁。

我豌豆大风大浪这么多年，什么没见过？但是依然被刘妈妈的神操作给秀呆了。

我记得刘妈妈给成齐发语音是这么说的：

“小齐啊，阿姨就在你隔壁住下了，以后还要麻烦你呢。”

“你平时下班回来就不要叫外卖了，来阿姨这里吃就可以了，顺便陪你叔叔聊聊天。”

“你要是有什么忌口的就跟阿姨说哦，不过我记得我们的口味好像差不多的。”

“有你在隔壁住着，阿姨这心里就踏实。要是看不见你，阿姨就慌了。”

然后刘妈妈眼睛发亮地看着刘佳琪。

“我打听清楚了，小齐每个礼拜二轮休的。”

“我不管你多忙，每个礼拜二，你都给我回来陪你爸。”

“听见了没有！”

✶ 23 ✶

红烧肉，经典的本邦菜烧法。

五花三层，四四方方切成整齐的肉块，猪肉煸出油，倒入糖炒化，给肉裹上糖衣，然后放葱姜蒜翻炒均匀，倒入黄酒煮开，加入香料，小火慢炖。二十分钟后加盐，大火收汁，用事先烫好的小青菜摆盘。

一道馋死狗的菜就被端上了饭桌。

我盯着红烧肉，肉包子盯着那条红烧鳜鱼。

勾芡的汤汁浇在鱼身上显得晶莹透亮，再加上一点葱花和香菜的点缀，这还不算上那清脆的炒藕丝，裹着蛋液两面焦黄的煎豆腐炖鹌鹑蛋、飘着清香的肉丸青菜汤。

我咽了咽口水，瞟了一眼楼下，成齐正开车进小区，又瞟了一眼房里，刘佳琪正兜兜转转检查房子甲醛含量。

“饭无好饭啊。”我叹气。

“鸿门宴。”肉包子点点头。

成齐在刘妈妈把最后一道菜端上桌的十分钟后，按响了门铃。

还带了一条奢侈品丝巾当作手信。

刘妈妈开心得仿佛披上丝巾就能飞起来。

刘佳琪摆好碗筷，大家准备吃饭。

我和肉包子趴在各自的食盆前，寻思着等会儿是不是可以偷偷加个餐。

这一桌菜，就算挨顿打，也值。

“小齐，尝尝这个红烧肉，是我们佳琪的拿手菜。”

“还有这个鱼，真是托你的福，平时她嫌麻烦，都懒得做。”

“哎，都怪我，以前老是工作加班，结果佳琪想吃点好的就得自己学。”

刘佳琪的脸上写满了否认三连——

我不会、我没有、和我没关系。

成齐礼貌地接受着刘妈妈的关怀，给刘佳琪的眼神里充满了明白三连——

我知道、我明白、我没信。

两个人眼神相对，刘妈妈笑得更开心了。

我叹了口气。人家月老牵的是红线，刘妈妈是想用钢缆把刘佳琪和成齐捆起来啊。

我想了想。狗绳只是看得见的绳子，人类却总是套上看不见的狗绳。太可怕了。

“妈，我下楼去遛遛豌豆。”

饭后，为了摆脱尴尬的气氛，我，工具狗再次上线。

“我也一起。”成齐起身，跟着刘佳琪走了出门。

两个人也没怎么说话，并肩走着。我在后面跟着。

喂，到底是你们遛狗还是我在牧羊？万一我走丢怎么办？再说了，你们手机上不是聊得挺开心的吗？怎么现在不说话了？信不信我现在就去弄瓶可乐在你们面前踢翻？

“我妈就这样，老怕我嫁不出去。你别介意啊。”

刘佳琪终于开了口。

“没事，挺可爱的。我觉得阿姨真的特别爱你。我很羡慕。”

“我觉得她现在更爱你。”

成齐笑着摇摇头，没有回应。

“这次真的谢谢你，我爸爸能这么快恢复，真的辛苦你了。”

“没什么。这是我的责任。”

我紧急停下脚步。果然，刘佳琪也站住了。

“之前的事情，你还在介意？”

“我早忘了。”

我偷偷往旁边的草地上溜达过去，假装是要上个厕所。

刘佳琪看着成齐，成齐挤出了一副笑容。

“那个……我晚上有值班，就不跟叔叔阿姨打招呼了，我直接走了。”

刘佳琪点点头，成齐转身往车库走。

看着刘佳琪眼里失落的神色，我觉得我应该出手了。

我跑到成齐的面前，做起了“恭喜”的手势。

成齐蹲下来，摸着我的头，我连忙顺势躺在地上，露出自己的肚皮。

“刘佳琪，你赶紧啊，我帮你拦住他了！”

果然，刘佳琪没让我失望，走了上来。

就在成齐站起来准备继续走的时候，刘佳琪突然站在了成齐身后。

她拉住成齐，趁着成齐转身，朝成齐亲了上去……

我功成身退，默默返回草地。

我依稀听见刘佳琪小声地说着：

“我后悔了。”

24

虽然已经过去了一周，但是我还是忘不了在刘佳琪亲吻成齐之后，成齐的反应。

他双手用力地抓住了刘佳琪的肩膀，然后将刘佳琪拉开，用他富有磁性的声音温柔地告诉刘佳琪——

“你理智一点。”

我警告肉包子最近不要招惹刘佳琪。最好除了喂食以外不要让刘佳琪感受到我们的存在，虽然刘佳琪不会迁怒我们。但是不怕一万，只怕万一。我们毕竟是动物，没人权。我心里希望刘佳琪千万要把成齐的话记住。要理智一点！

成齐的解释充满了他的啄木鸟风格。

“最近我们相处的氛围是在你父亲生病的情况下。”

“我在努力地救助你的父亲。”

“就算我们不去聊这个话题，但是我的医生身份是在成齐这个身份之前的。”

“每个人在自己的专业领域都会闪闪发光。”

“但不代表会一直发光。”

“你不要被这样的情绪干扰，理智一点。”

“然后，我们再谈，好吗？”

“如果一开始就没有拥有，我就什么都不会失去。”

我发誓，当时的我是想冲上去狠狠咬一口成齐的。

成齐你知道刘佳琪说出那句话多不容易吗？

当时刘佳琪木然地点点头：“你说得对，我会好好想一想。”

……

“我和他其实是一类人。”刘佳琪告诉娜娜。

娜娜撇撇嘴，打量了一下刘佳琪。

“明白，都是百花丛中过，片叶不沾身。”

“别闹。”

“我没闹。当初你说的，你们看的月亮不一样。”

我锐利的狗眼看到了刘佳琪的脸有些泛红。

“那个时候我认识得还不深刻。”

刘佳琪叹气：“其实我知道，你们私底下都喊我‘差一点小姐’。”

“这个差一点，那个差一点，明明一个很好的男生，在我这里就总有一些忍受不了的毛病。”

“但是你们觉得没有完美的人，我是在吹毛求疵。”

“其实，我自己也知道是我的问题。”

“我只是……害怕失去。”

“不是别人抛弃我，是我腻烦。”

“是我喜欢着喜欢着，突然就不喜欢了，然后就会用那个差一点来说服自己，然后分开。”

“我也不想这样，可是我控制不了我自己的想法。”

“或许刷个牙、洗个澡，我突然之间，就有一个声音在心里响起来。”

“那个声音说：你不想在一起了。”

刘佳琪说得很平静，娜娜看着李佳琪，然后伸出手，轻轻地抱了抱她。

“那成齐呢？”

“我发现，他和我一样，我们的灵魂底色是一致的。”

“我们都害怕失去……”

娜娜：“那你打算怎么办？”

“该往前走一步了。”

刘佳琪正说着，手机突然响起来。

“喂，妈……我……什么？”

刘佳琪激动地站起来，脸色刷的一下就白了。

“我现在过来！”

刘佳琪拎着包就往外跑。

娜娜：“是叔叔出什么事了吗？”

刘佳琪焦急中带着哭腔：“是成齐，成齐被人捅了！”

✶ 25 ✶

事情发生在下午六点，医院门口。特蕾莎又来了。她固执地要求和成齐复合，被成齐拒绝。愤怒的特蕾莎突然掏出了水果刀，刺向了成齐……

成齐受伤，但没有生命危险，只是需要比较长时间的休息和恢复。可是我听刘佳琪的意思，成齐可能不能再当医生了。他的手已经握不稳手术刀了。医院打算让成齐转入教育岗，去大学任职。不幸中的万幸吧。

刘佳琪请了假，在医院陪着成齐。

成齐发了很大的脾气，要赶刘佳琪走，刘佳琪也犟上了，就是不走。

只是每天回来的时候，情绪都不高。给我们放上吃的喝的，就进了卧室。

“佳琪，我觉得你需要好好考虑。”刘妈妈拉着刘佳琪的手语重心长。

我和肉包子对视一眼，叹了一口气。

不能去说刘妈妈什么，她也是为刘佳琪着想。

刘佳琪却显得无比坚定。

“妈，就是他了。你放心，他很快就会好起来的。”

刘妈妈欲言又止，最后还是点点头。

“以后饭还是妈来做吧，你每次过来拿就行了。”

“嗯。”

日子过得有些压抑。刘佳琪在家里的时间越发少了。我更多的时候都是看着楼下的狗狗们打闹。

“热闹是属于它们的，我只有我自己。”

不，还有肉包子。它越发胖了，趴在地上，已经不是包子了，更像一块加料版的比萨。

我的左眼皮一直在跳。总觉得有什么事情要发生了。

那天，阴，有小雨。

对带雨的日子我就从来没有过好感。刘佳琪破天荒地把我和肉包子温柔地抱上床，坐在我们的对面。

我那一瞬间，感觉刘佳琪把我和肉包子当作了平等的人。她有事要跟我们说。我瞥了一眼肉包子，它居然罕见地端坐起来，双眼有神，不复慵懒的模样。

“豌豆，肉包子，我有一个决定要告诉你们。”

“对不起，我可能不能再陪伴你们了。”

“成齐决定去国外进修，但是他的身体我不放心。”

“所以我打算陪他一起去，正好我也可以给自己充充电。”

“但是这一次一走大概需要一年的时间，我没办法带你们一起去。”

“所以我决定，给你们寻找新的主人。”

我和肉包子一声不吭，就直直地望着刘佳琪。肉包子最后还是喵了一声。刘佳琪听不懂什么意思，但是我明白。肉包子说——你要照顾好自己。

“肉包子，我给你找的主人叫小莫，是个摄影师，家里有三只猫，他很喜欢你。”

“你去了以后要好好交朋友，不要闹脾气。”

“豌豆，你的新主人叫向晚，是一个漂亮小姐姐。”

“我知道你是一只温暖的狗狗，一定要体贴对方哦。”

刘佳琪在笑，但是眼睛里全是一片湿润。我和肉包子对视一眼，起身走向刘佳琪。一左一右，舔掉了刘佳琪眼睛里刚滚出来的眼泪。

那一晚，我和肉包子陪着刘佳琪一起入睡，一左一右。刘佳琪睡着了，我和肉包子都睁开了眼睛。我们不约而同地看着刘佳琪，一言不发。卧室里只有刘佳琪呢喃着梦话：“别离开我……”

天堂未满四

“所以，你再一次被抛弃了。”天使的脸上没有情绪的波动，像是在总结什么。

“或许吧。”我没有心情去和祂辩驳，“生命里总会发生很多无奈。”

“你是我见过心态最平静的灵魂。很多灵魂都会因为被一次次地抛弃而发疯。”

“没有人是因为不爱我而放弃我。”我说，“他们选择让我离开的时候，我能感受到她们的痛苦。”

大天使的脸上露出了不易察觉的微笑。

“我注意不到世间人们情绪的波动。”

“无所谓了，我都已经是灵魂了，还需要去在意物质世界的现实吗？”

我和大天使都陷入了短暂的沉默。

“能不能让我看看刘佳琪现在的生活？”我主动打破了静默。

“当然。每一个灵魂都有解密的权利。”

大天使身后的翅膀再次光芒一闪，我的面前出现了一个气泡，气泡里一阵光线氤氲，画面逐渐清晰了起来。

在画面中，我看到一个精致的女人，紧紧依偎着一个戴着眼镜的男人。

是刘佳琪和成齐。

成齐手上提着一个笼子，笼子里有一只猫。

很小，是只小奶猫。

那颜色和花纹，让我脑海里浮现出那只胖乎乎爱吃醋又大智若愚的肉包子。

我注意到小奶猫的屁股，嗯，很大很圆，以后一定会吃成肉包子那样的体形。

我看到他们走到一家宠物店前，和宠物店的老板说了什么，然后那个老板带着两人上了二楼。

在二楼，有一个大大的狗圈，狗圈里有六七只小奶狗。

那些小奶狗有的在睡觉，有的在互相撕咬玩闹，有的在呜呜直叫，还有的正在撒尿。

全都是泰迪幼崽，全是灰色。

刘佳琪把小奶狗一只只拿起来，仔细地打量。

最后刘佳琪摇摇头，把小奶狗一一放回狗圈里。

她的脸色有些失望，成齐似乎安慰了她。

两人和老板告别，走出了宠物店。

气泡破碎，我看到大天使似笑非笑地看着我。

“想知道她最后找到了你的替代品吗？”大天使问我。

我愣了一下，摇摇头。

“为什么？”大天使对我的反应没有表现出意外。

“我知道她没有忘记我，就足够了。”

“如果真的有一只狗可以代替我，对她和那只狗来说，都是好事，对吗？”

“毕竟，我的生命已经走向了另一个方向。”

“不过比起这个，我对另一件事比较好奇。”我突然想到了一件事。

“什么？”

“肉包子怎么样了？”我问道，“它虽然比我长寿些，但是它的身体不是那么好。”

大天使点点头，微微闭上眼睛，似乎在搜索什么，过了一会儿，睁开了眼睛。

“它一年前就去世了。吃罐头的时候噎死的。”

我有些哽咽，果然是肉包子，连上天堂的方式都这么另类。

“好了，让我看看，接下来是你最后的一段记忆了。”

“是的，准确地说，不是一段，而是整个下半生。”

第五卷 错位人生

★ 1 ★

第一次见到向晚，我有些低落。

算起来，向晚即将是我的第五任主人了。我不知道我的忠诚还能不能毫无保留地付出。我只希望她是我最后一任主人。

见面的场合很温馨，向晚给我准备了零食和玩具，我也很友好地表达了喜欢。长这么大，我早就明白一个道理：领养不是打打杀杀，而是人情世故……

从向晚开的车来看，她家境应该很不错。车辆内饰全是了小女生的粉红色，但是以我狗鼻子的敏感度，我知道，向晚绝不是那种柔弱粉嫩的小女生。

她装的。

不过，那跟我有什么关系呢？她将是我的主人，是我接下来的生命中最亲近的人。只要她不愿意，我都不能让别人看出这一点。不过话说回来，以我这般可爱的身子，配上向晚的模样，简直是绝佳组合！

向晚住的地方似乎挺远的，我在车上坐了足足一个小时还没到。

高速上，向晚把车开得很快。我望了一眼窗外，一幢幢楼飞速向后面退去。我很不喜欢人类社会的这一点——它实在太大了。

对我们这些宠物来说，一座城市就是一个世界。有的时候一转身，就是永别。我知道，我的生命将进入新的世界。

小豌豆，加油！

2

糟了！

我刚刚跟着向晚走出电梯，一股凉气从尾巴根窜到了脊梁骨。

这是天生的警觉。宠物狗三大天敌：凉薄的主人、奸诈的狗贩、半大的孩子。

我快速分析了一下。

肯定是遇上了宠物狗一生之敌——熊孩子。

果然，开门的是一个三四岁的小男孩，浑身干干净净，一双眼睛炯炯有神。

他身后的客厅看上去高级且艳丽，就算满地铺钱也没这个看起来奢侈。

他笑嘻嘻地举着手里的纸，纸上歪七扭八地画着一个人形的样子。我听到向晚一声惊叫，冲进屋里，只留下我和那个小男孩四目相对。看小男孩的模样和眼神，我觉得或许是个还不错的小主人，直到他从口袋里掏出一支口红，试图给我抹上。

果然，只有起错的名字，没有叫错的外号。天敌之名，当之无愧。

我到新家的第一天是在凄惨的哭声中开始的。向安的哭声充满了底气和节奏。以我多年为狗的经验，很容易就判断出向安的哭声是装出来的。事实上也是，向晚用塑料纸做成的棒子打下去能有多疼?

毕竟向安毁了向晚一桌的化妆品，不罚不行。

一个动手打，一个动嘴喊，彼此都给对方一个台阶，向上走的台阶。

嗯，姐弟关系就是这么无趣。

对，向安就是向晚的弟弟。

差了二十岁的姐弟。

如今的我，年纪已经不小了。稳如老狗说的就是我。

趁着向晚教育向安的时候，我在屋里大概转了转。房子不大，九十平方米的公寓。两间卧室，向晚一间，向安一间。向安的卧室通着阳台，房间里都是玩具，小火车啊，小机器人啊，刀啊，剑啊各种玩具。小书桌上放着各种拼音标注的故事绘本，还有一个显眼的倒计时牌：距离高考还有 5475 天。这是多么“望弟成龙”的姐姐。

一小块饼干被递到我的面前。我抬了抬头，是刚刚被教育完的小向安。他额头都是汗，是因为刚刚哭得太用力。我闻了闻饼干，没有什么异味，应该不是恶作剧。舌头一卷，饼干入嘴，有一点甜味。

我的配合让向安很开心，他伸出手试图抱我，我摆出一个让他比较好发力的姿势。

他小心翼翼地把我抱起来，用了不小的力气。我仿佛听到了他那颗幼小的心脏“扑通扑通”地跳。“以后你就是我妹妹了，我会照顾你的。”小向安的口气很大，语气却很坚定。

不过我还是白了他一眼。拜托，你看清楚，我是一只公狗。

在小向安的强烈要求下，向晚把我的狗窝安排在向安的床头边。

向晚要求向安保证，不会把我抱到床上去。我看着向安那飘忽的眼神，就知道今天晚上我肯定睡不好了。说句实话，没有几个小孩儿能够抵抗抱着毛茸茸的小动物睡觉的诱惑的，还有把大公鸡拉进被窝里的小孩儿呢。我只是祈祷小向安千万不要尿床，不然明天早上我就说不清了。

夜，微凉，窗外微风，小雨。一种很适合倾诉的氛围。

向安如我所料，轻手轻脚地锁上了房门，然后用力地把我抱上床。

我叹口气，其实，我可以主动跳上来。

向安分出被子的一角给我，开始用不知道从哪里学的手法有节奏地拍打着我的背，一副要哄我入睡的模样。

孩子，你能不能下手轻一点？再拍下去我要内出血了啊。

我配合地打了个哈欠。向安这才停下了手里的动作，突然凑上来亲了我一口。

这难道就是陪床的代价？向安嘴里喃喃说着话：

“小豌豆，我跟你说个秘密哦。真的是个秘密，我认识的小朋友没有一个人知道。”

“我姐姐不是我姐姐，她是我妈妈。”

我一个激灵，我听到了什么？怎么办，我是不是知道了太多了？会不会被灭口？

夜，微凉，窗外微风，小雨。

一种恐怖的氛围蔓延开来。

3

老实说，向晚绝对不超过二十二岁。

狗子的眼睛是不会看错的。

我们不是根据一个人的五官、肤质来判断，而是直接看透生命的本质。

相信我，每一只狗都有这个能力。

可是这么一算的话，那向安出生的时候……

我理解向晚的做法。

有一个三岁儿子的女人和有一个三岁弟弟的女生，世人对此的看法完全不同。

比如现在，向晚坐在豪车的副驾驶上，天真烂漫地撒娇，开车的男人觉得并无不妥，还会语气宠溺地和她说话。

司机师傅，你知道坐在后座的小孩都可以当你的“外孙”了吗？

向安仿佛一切都很自然，坐在后座上稳如泰山，捧着 iPad 看着动画片。

只剩下我，孤独地体会这诡异的和谐感。

开车的人叫赵振国。一个很有年代感的名字，也确实是一个很有年代感的男人。

好歹我小豌豆也是见过世面的人，一眼就能看出那车牌尾号 4 个 8 的豪车代表的身价。

明显特意打扮的潮牌套在身上，希望营造出一种踩住青春尾巴的感觉。

只有我觉得青春会惨叫着让他把脚拿开吗？

开车的时候他的手就不老实，总想放在向晚的腿上。

护主的我嘶吼了几声，被小主人向安拍了下脑袋，勉强维持了一只宠物狗的体面。

向晚似乎也注意到向安的反应，脸色尴尬地让赵大爷注意开车，路上有监控。

赵大爷这才老实了。

游乐场到了。

向安牵着我去找自己喜欢的玩偶互动，惊喜又开心。

其实我能感觉到，向安只是不想和赵大爷与向晚待在一起。

是啊，感觉确实很怪啊。看上去一家三口，实际上是祖孙三代。

人类关系可真乱。

虽然我被向安牵着，但始终没有离开向晚太远，狗子的听觉更是敏锐，毕竟我也正是年富力强的年纪。

赵大爷和向晚的谈话随着风声断断续续地传进了我的耳朵。说真的，我不是故意偷听的。是那恼人的秋风，总是带来惹人关注的只言片语。

“小晚，我老婆好像发现我们的关系了。”

“发现就发现呗，你不是说要跟她离婚吗？正好摊牌。”

“不是……这事能这么随便吗？你看要不然咱们先暂时不要联系吧……”

“赵振国，你什么意思？玩完就扔是吗？你信不信我把你的事全说出去。”

“不是那个意思。这样，一百万，以前我送你的东西都是你的。”

“那本来就是我的。”

“那你想要什么？你直说。”

“小安要上幼儿园了。我听说文新路那个幼儿园可以直接上他们的小学。”

“行，你弟弟也是我弟弟，名额我去想办法，费用我出，最晚下个礼拜弄好。”

“那一百万？”

“照给！”

“谢谢你啊，振国。”

来这个家也有几天了。我大概知道向晚是做什么的了。说委婉点，叫外室；说通俗点，就是小三。

客观说，向晚确实很好看，比林薇薇还要好看一点。

对付赵大爷这样的男人，眼神都是武器。作为一只狗，主人的立场就是我的立场。我不管小三还是小四，我永远站在主人这一边。

回去的路上，赵大爷老实了很多，全身散发着成熟男人的稳重感。

只有我知道，向晚说了再接触就是纯洁的经济关系了。

碰一下一万块。

呵，男人。

我瞄了一眼向安，他仍然抱着 iPad 看动画。果然，任何生物只有小时候才最可爱。嗯，我这种体形长不大的宠物除外。

回到家，向晚打发向安去洗澡，自己一个人坐在沙发上。没有开心，也没有沮丧，神色平静，仿佛什么都没有发生。紧接着，一个电话打了进来，八卦的我竖起来耳朵。

“小晚，赵太太那边开价了，300 万，离开她老公。”

向晚的嘴角这才微微翘起。

“成交！”

4

有些不对劲。

一种淡淡的窥视感让我浑身不自在。不是人眼，人眼的视线距离足够我嗅到对方的气味。这种感觉已经很久没有出现了，上一次还是我陪着林薇薇的时候。这次感觉像是人类仪器散发出的威胁。经过仔细排查，我发现，有人在偷拍向晚。

我能想象到一张张记录着向晚生活的瞬间被定格，然后变成一张张照片。

难道有人要伤害向晚？我想了想向晚的身份……难道是那个赵太太？都已经给过钱了，现在反悔了吗？我想提醒向晚，朝着她“汪汪”叫，向晚却只以为我饿了。

我焦急地原地转圈。

“豌豆，你是觉得有人在对付我们吗？”

果然，孩子和宠物最是心灵相通。我呜咽了一声，连忙点了点头。向安冲到向晚的房里，把我的发现告诉了向晚。

过了不一会儿，向安舔着一根棒棒糖满意地回来了。没给我奖励吃的吗？果然，唯女子与小人难养也。

作为屋里唯一一只成年的雄性生物，我必须做好抵御外敌的准备。在我不算长的狗生里，已经不是第一次为了保护主人而战斗了。

现在的我长大了，变得强壮了，已经长到 4.5 公斤了呢。

我的犬牙也更长了，为了让它更具战斗力，我打算戒掉罐头一段时间，改用骨头来当主食，要把犬牙磨得十分锋利才行。实在不行的话……大不了把小区里的树都咬一遍。

小区开始出现传言了：向晚和向安把我饿得不行，因为我真的开始吃树皮了。当天晚上向晚把我按在地上打了一顿，向安没有救我。他说隔壁的小姑娘嘲笑他不给狗狗吃东西，太丢面子了。他不打算管了。

我挨着打，却倔强地一声不吭。忍辱负重是每一个英雄的宿命。

第二天向晚又给我买了一大袋零食。我坚定我的立场。糖衣炮弹是每一个英雄的考验。今天，我，小豌豆，就把话放在这：“我就算是饿死，就算是从这九楼跳下去，我也不会吃那些零食！”“我要做一个保护主人的英雄！”

就在我卧薪尝胆默默强大的时候，一个人敲响了门。

我心里没来由地警觉起来。我没见过他，我也没有闻到过他的气味，但有一种淡淡的威胁感传来。我的视线对准他挂在胸前的单反。没错，就是那个玩意儿！一直以来我感觉到的威胁就是那玩意儿散发出来了。

哼哼，终于忍不住上门了吗？向晚、向安，你们快跑，我来挡住他！

我后腿发力，打算如闪电一样扑上去。我计算过，三米的助跑距离可以让我跳上前面的那张桌子，然后借助桌子，我可以进行二次跳跃。高度，正好是那个人的脖子！

我当然不会咬死他，但是我可以挂住他的肩膀，咬住人类的肱三头肌。

这样一来，他的那只手就无法发力，另一只手就算过来抓我，也不足以把我拽下来。

一切都在电光火石之间。1.5 秒，是我的最快速度。时间、高度、咬合力、人类的肌肉构造……一切都在我的计算之中。

现在……

一只手伸过来，抓住了我的后脖颈。我被向安抱起来。

“你找谁？”

“小朋友，我找你姐姐。”

对面那个人亮出了一个人畜无害的笑容。我在向安怀里挣扎着。向安！放下我，让我回去，只要助跑三米，我就可以……

向安朝我头上一拍：“豌豆，安静点。”

我……

做个英雄，好难。

“向小姐，你好，我是蓝天情感咨询的。”

那个男人推了推眼镜。

“情感咨询？”向晚看了看名片，微微笑了笑。

“是小三劝退师吧。”

那个男人点了点头。

“有的时候会帮客户解决一些难以启齿的问题。”

向晚跷起二郎腿。

“谁让你来找我的？我和赵振国的事情已经解决了，最近应该没什么问题啊？”

“向小姐误会了。咱们打开天窗说亮话，我们想和你合作。”

“合作？”

“就像你之前和天意情感咨询一样，我们帮你选择一个合适下手的对象。”

“然后你和对方在一起一段时间，我们会做局把消息告诉对方太太。”

“你从男方拿到多少，都归你。对方太太给出多少分手费，我们对半分。”

我愣了一下，这是……官匪勾结？

对方从包里拿出一个 iPad，递给向晚，向晚打开，发现里面都是偷拍自己的照片。

“我以前是做狗仔队出身，所以比你现在合作的那些人更专业。”

“我，不会让你有任何把柄。怎么样？”

向晚盯着对方。

“那三七分，你七我三。向小姐，合适的目标也是一种资源，这种资源我手上不少。”

向晚微笑了一下：“你有没有兴趣来我的工作室。我给你百分之二十的股份。”

“你的工作室？”

“对，就是你说的天意情感咨询，那是我的公司。”

这一刻，我和那个男人都吃惊得张大了嘴巴。

✶ 5 ✶

家里难得来客人了。

来的还是女人。

不是上门争夫的贵妇，是向晚很早以前认识的朋友。对方打量着向晚的屋子，仿佛用鼻子说话。

“我说小晚啊，怎么住这么小的房子啊？”

“我跟你说，我认识个老板，做房地产的，名下只算别墅就好几幢啊。”

“人嘛，特别不错，我介绍你认识一下，怎么样？”

一开口就是老牌坊了！

向晚熟练地泡茶，不接话。从向晚的眼神里我读出了一句人类的名言——都是千年的狐狸精，玩什么聊斋！

向晚把茶推到对方面前，脸上堆起假笑。

“李姐，有事说事吧。”

那个李姐耸了耸肩膀，从包里拿出一张卡，放在向晚面前。

“行，姐跟你直说。”

“就是我刚刚说的那个老板，看上你了。”

“这卡里是五十万，你陪他三个月。要是彼此觉得合适，你们自己再私聊，怎么样？”

向晚目光落在那张卡上，眉头皱了皱。

“我都没见过，他怎么看上我的？”

李姐把自己手机递给向晚，我瞄了一眼，对方的朋友圈里放着向晚的照片。

向晚愣了一下。

“李姐，你这不合适吧？”

“哎，小晚，有什么呀？李姐不是为你好吗？这可是大老板，开心了说不定就给你送房子了。”

我尴尬地看向窗外。大姐，向晚住在这里是因为离向安上学的地方近。她市中心和郊区都有大房子的。

“没兴趣。李姐，以后这样的事情不要找我。我早就不干了。”

“不干了？”李姐狐疑地看着向晚，“我听说……”

“你听说是你听说的，我真的不干了。”

“不干了你吃什么？”

“我自己不能自立吗？我好歹是重点大学的毕业生。更何况……”

向晚喝了一口手边的茶。

“你们，太LOW了。”

相见欢声笑语，转身黑名单里。向晚坚持这是当代人类最后的体面。

送走李姐，向晚一直在自责。怎么当初删人的时候把这个姓李的给忘了呢？

虽然都是在泥潭里，但是当泥潭里的泥还是当泥里的藕，那是有本质不同的。

这一点向晚有着很清醒的认知。

所以说，在这一点上，她受到的教育使得她的眼界比别人更高了点。

那个找向晚合作的狗仔很顺利地入职。

并且在李姐出现的第二天，及时地给向晚发来了一堆资料。

一堆向晚可以狩猎的目标。

还贴心地标注上了星级标准。

一星级：风险比较高，容易被公检法盯上。

二星级：风险较高，但是成功后回报大。

三星级：没有司法危险，但是回报不可控。

四星级：没有司法危险，回报大，但是比较难上钩。

五星级：没有司法危险，回报大，容易上钩，但是对方人品较差或有特殊嗜好。

此时的向晚对着屏幕上的四星级介绍有些迟疑——

邓多秋，36 岁，天普网络 CEO。

公司准备进行 IPO，如果成功，身价十亿起步。

重点备注：妻子马霞，掌握天普网络 8.8% 的股份。

“嗯，就是他了！”

6

女性，一定要独立。

这是和男人平等对话的基础。

所有抛开平等去谈感情的行为，全是耍流氓。

尤其是男女之间。

向晚一边让店员给自己做着美容，一边向刘浩然传递自己的思想。

对了，刘浩然就是那个被向晚强拉入伙的狗仔。

至于我，躺在角落里一动不动。

天气有点热，这对于我们狗狗来说并不友好。

顺便一提，我是今天才知道，这家美容店也是向晚的产业。

谈话还在继续：

一切都不是你想象那样得容易。

一个花枝招展的女人往男人身边一坐，就能让这个男人拼命为你花钱？

想什么好事呢。

外表，只是基础中的基础。

只靠外表就能做到的事情，注定不能长久。

小刘，你要记住，我们是专业的。

牢记这一点，会让我们与众不同。

老实说，我不明白向晚想做什么。

仿佛就像是一个知识渊博的教授在对自己的弟子耳提面命。

向晚传道授业解惑的工作依然继续着：

无论是白手起家还是富二代，只要自己能够攫取财富，这个人就一定不蠢。

当他一天可以挣到别人一年的收入的时候，他就是绝顶聪明人。

聪明人或许有这样或者那样的短板，但是有一点是肯定不会差的，那就是眼光，分析价值的眼光，尤其是人。

而我们，就是要从这些人手中，让他们心甘情愿地与我们分享财富。

你，明白吗？

向晚说累了，关闭美容仪器，那张保养得水嫩娇艳的面孔上，一双眼睛仿佛透露着智慧的目光。

刘浩然点点头，又摇摇头。

向晚微笑：“很简单，让他们承认我们有资格享受他们的财富——而不是等待他们施舍财富。”

“凭什么呢？”刘浩然问道。

“凭人格。”

向晚掷地有声。

我发誓，在向晚的声音中，我感受到了骨气。

接下来的几天里，向晚忙碌了起来，手机几乎就没有消停过。我一开始以为向晚只是在做戏，但事实证明向晚真的在忙事业。她居然真的花了五十万盘下了一个茶馆，并且有模有样地经营了起来。

而我，成了茶馆的镇馆神兽。

第一个跳进向晚圈套的，是一个六十岁左右的儒雅中年。

他叫李云奇，是邓多秋的投资人。

他爱喝茶，这是刘浩然调查的结果。

我注意到，每次给李云奇喝的茶，都是向晚单独从一个小罐里拿出来的。

这让李云奇很满意。

李云奇开始给向晚捧场，将不少商业会谈都挪到了向晚的茶馆里。

我甚至看到了邓多秋。

但是向晚仿佛没看到他一般，和他保持着合适的距离。

向晚平时会燃一些令人放松的香，放一些李云奇他们不反对的舒缓音乐。

偶尔亲自出来给众人泡几壶茶。

自然得天衣无缝。

一晃一个月过去了，刘浩然有些着急。他找向晚，想知道向晚接下来的安排。向晚只是告诉刘浩然，再等一个月。再等一个月，就入秋了。入秋，可以收获劳动的果实……

我品了品狗盆里带着碧螺春香气的茶水，总感觉有场大戏要登场了。

7

很明显，我最近收到的礼物多了起来。

邓多秋每次来茶馆的时候，总会顺手多给我买一些零食或者玩具。

我是他和向晚聊天的切入点。顺便一提，自从邓多秋知道总是躲在柜台里看动画片的向安是向晚的弟弟以后，礼物也多准备了一份。

向安偷偷跟我说，让我不要在邓多秋面前表现得那么友好。

因为他感觉邓多秋不是好人。

刘浩然一直不明白向晚到底做了什么。她只是在每次邓多秋来的时候会多笑一下，多准备一份去火的清茶，单独泡给邓多秋；多准备一些茶点，不着痕迹地告诉邓多秋这是她亲手做的；专门撕掉了一间茶室上“请勿吸烟”的标志。大概就是这样，然后，邓多秋就沦陷了。

你看，我有房有车。

你看，我花了几十万盘下了一间店铺。

你看，我做着根本就不挣钱的茶馆生意。

我很明确地告诉那群人，我也想做生意，开茶馆只是想要积累一些人脉。

这说明我手上还是有一点本金的。

至于有多少，就用他们自己的格局去想吧。

所以，我图你什么呢？

毕竟他们可以让人贪图的，不是只有钱吗？

这是关键中的关键。

让他们相信我的目标不是他们的钱，那么在他们的眼中，我就是独立的，大家就是平等的。

向晚给刘浩然解释她的行为。

什么女人最贵？

从来不和你谈钱的女人！

“那邓多秋是怎么回事？”刘浩然问。

向晚给自己泡了一杯提神的茶，顺手把我搂在怀里。

“我对他另眼相待，勾起了他的虚荣心。”

“你不要以为男人没有虚荣心，男人的虚荣心不比女人差。”

“虚荣心、征服欲、控制感。”

“这是男人天生的三大毒药。”

“他们克制不了的。”

“那……接下来呢？”

“接下来……”

向晚微微一笑，却没有给刘浩然答案，而是转入了另一个话题。

“你知道我为什么要向你解释这么清楚吗？”

“为什么？”

“向安越来越大了，我也会越来越老。”

“明白了。不过我希望我的股份可以调整。”

“你做多少，我们就调整多少，不会有人吃亏。”

“那你放心吧。”

“你也放心吧，我们还有时间。”

我听着有些云里雾里。

你们在说什么？

茶馆的经营还在持续。客人也逐渐多了起来。敏锐的我发现向晚有了一些细小的改变：

比如，之前为邓多秋专门准备去火的清茶如今太忙不再准备了。

亲手做的小茶点也会送给其他的包厢。

默认让我收下其他人的礼物，唯独拒绝邓多秋送给向安的礼物。

我明显感觉到邓多秋的眼神也变了。我理解他的感受——就像是我嘴里的骨头被人抢走了，即便那块骨头我本来也没打算吃。

如果这些还不够的话——

那向晚每天从早到晚嘴角洋溢着的笑容简直就是最后的补刀。

以前这份笑容可是为邓多秋专供啊！

“我需要一个骗子。”

向晚告诉刘浩然。

“一个伪装成富豪到处骗人骗钱的渣男骗子，你能找到吗？”

“一个月十万。”

刘浩然打开手机，随便翻出了一张照片，给向晚看了一眼：“这个人怎么样？”

向晚打量了一下，点了点头。

我心里不由得打了个冷战，靠近在一旁熟睡的向安。我贴着向安幼小的身躯，心里有了一些安定。

8

如果不是从头到尾我都知道事情的真相，我一定以为马来是个好人。

马来就是刘浩然找到的那个骗子。在我有过接触的男性中，我觉得马来是仅次于帕萨雷拉的：开着价值不菲的豪车，戴着价值不菲的名表，穿着价值不菲的高端定制。

从他登场的那一刻开始，就闪耀着金子般的光辉。

他是来考察附近的几家高科技企业的。他准备做一笔投资。按照计划，他迷上了向晚，一天到晚泡在茶馆里，试图抓住向晚的心。

显而易见，他迅速成为邓多秋那帮人的公敌。

这个我明白，这是拥有繁衍欲望的所有雄性动物的共性——领地意识。

但是马来假装没有注意到这些，仍然持续着那些“愚蠢”的行为。

我能感觉到，真正的男人之战是从向晚对马来的态度改变开始的。向晚在消失了一个下午后，对马来的热情开始有了回应。邓多秋他们猜不出来发生了什么事。当然，他们永远猜不出来，因为那个下午什么都没有发生。向晚只是陪着向安去游乐场玩了一趟而已。

邓多秋来茶馆的次数逐渐频繁。虽然很忙，但是每次总要来茶馆喝一杯。很“凑巧”的是，向晚的打烊时间都很晚，足够邓多秋在应酬完后绕个圈子来喝上一杯醒酒茶。当然，马来会在邓多秋出现的同时，也会“碰巧”出现。

“邓多秋在查马来。”刘浩然向向晚汇报。

向晚点点头，说实话，邓多秋的行动速度比她预计的时间晚了一周。

看来定力还不错。

“不过，还是上钩了。”

“接下来咱们怎么做？”

“让他来保护我。”

“嗯？”

接下来，向晚开始向那些茶馆常客们有意无意地透露她打算和马来一起做投资。

她要把茶馆抵押换一些现金。她故意和除了邓多秋以外的所有人都说了，但是邓多秋依然从多嘴的李云奇口中知道了这件事。我看到邓多秋好几次都想向向晚说什么，但是向晚都借故躲开了。她根本不给邓多秋开口的机会。

马来没有再出现。

我知道是因为马来一个月的合作已经结束了，但是向晚似乎和马来的电话联系愈发紧密了……

终于，邓多秋忍不住了。他在向晚打烊前赶到了茶馆。

“向晚，马来是个骗子。”

邓多秋开口直奔主题。

“骗子？不可能，他生意做很大的。”

嗯，向晚单纯人设上线。

“我查过他，他的车是租的，表是假的，他根本没有投资任何公司。他是个骗子！”

向晚一针见血：“你查他？”

然后，眼睛死死地盯着邓多秋。

嗯，表情满分。

邓多秋嗫喏着嘴唇。

“反正你现在没有损失。你相信我的话，就不要跟他再来往了。”

向晚仿佛被抽走了力气，有些无力地靠在柜台边，望着门外马路上的人来人往，沉默。

从我这个角度，看着向晚那有些纤细的背影，都觉得有些形单影只，好像缺了什么支撑一样。

邓多秋走到向晚身后。

“你是缺钱吗？我可以帮你。”

向晚摇头。

“谢谢你。不只是你帮我的这句话，还有你帮我去查马来的事情。”

“我只是，有些后怕……”

“万一真的被骗了，我还好，可是我弟弟还小，真的不知道怎么办了……”

“真的，谢谢你。”

向晚转过身，抱住了邓多秋。

“我就抱一会儿……”

然后，向晚把头放在邓多秋的肩膀上，片刻后，松开手，准备抽身。

邓多秋突然伸出手，把向晚重新拉入自己的怀抱中。

“我也就抱一会儿。”

我坐在柜台椅子上，看到了灯光阴影处向晚微微上扬的嘴角。

很好，第二套方案暂时用不上了。

9

再宏伟的宫殿，也只有一堵墙。

只要在墙根刨个洞，你就拥有了整个宫殿。

在我的基因里，刻着祖辈留下的智慧，其中就包括这一句至理名言。

很显然，邓多秋就是那座宫殿，而向晚，已经把洞给打通了。

在那个拥抱的夜晚，向晚和邓多秋的关系，正式发生了转变。

就像她告诉刘浩然的那句话：

有些事情，只要开始，就只会继续下去……

我并没有参与向晚和邓多秋的故事，毕竟我还有一个小主人要陪伴。但是从向晚不断更新的包包和刘浩然脸上荡漾的笑容来看，向晚和邓多秋相处得不错。一切似乎都在顺利进行。

只是半夜里，向安总会搂着我的脖子，小声地跟我说着他以为的秘密：

“豌豆，我觉得，我妈妈又在骗人了。”

我翻了个身，假装没有听到向安的话。

天要下雨，娘要嫁人。我只是一条狗，又能怎么样呢？

不过，说起嫁人……

我想到邓多秋最近几次送向晚回来的时候，看向安的眼神有问题。相信我，狗的眼睛天生具有第六感。我感觉邓多秋似乎真的动了心思，要把向安留在他的身边。难道说向晚真的要嫁给邓多秋？

仔细想想，貌似也不错。

首先，邓多秋年纪不大，也就比向晚大十岁吧；其次，向晚这么辛苦去算计，图的不就是钱吗？一次性套牢邓多秋怎么看都是赚的；最后，也是最关键的，邓多秋对向晚体贴。比起之前的那个老赵，邓多秋显然要好了不知道多少。那么，向晚怎么想的呢？

"不行！"

向晚斩钉截铁。

她面前的刘浩然一脸迟疑地看着向晚："姐，我觉得……"

"我不要你觉得！"向晚显然是生气了。

"他是有老婆的。男人会一时冲动，但不会永远糊涂。"

"这个过程中出现任何问题，咱们都可能鸡飞蛋打。"

"我们图财而已，不要那么容易把感情搭上去。"

"你不搭上感情，你的感情才值钱。你搭上了感情，你的所有都会烟消云散。"

"不过最近我也感觉到邓多秋对我似乎有些变化了。"

"准备收网吧。"

说实话，我一直看不透向晚。

她的一举一动，一言一行，每一个眼神，每一个动作，都似乎是计划里的一部分。只有在面对向安，或者我的时候，我才能感觉到她的真实。更多的时候，她就像设置好程序的机器一样：恰到好处的笑容，恰到好处的温柔，恰到好处的生气，以及恰到好处的接纳。

我从来没有见过这样的人，但是我能知道，向晚不是坏人。她很爱向安。心里能爱着一个人的人，永远都不是坏人。

向安已经开始蛮横地把我当作枕头。那小脑袋难道是石头变成的？怎么会这么重？我奋力翻滚，要从向安的脑袋下逃开。他稍微往上靠了靠，又把我拉回脑袋底下。

他说：

“豌豆啊，今天妈妈说过几天带我去旅游。”

“我觉得啊，他骗的那个人要倒霉了……”

10

九点钟方向，那辆破旧的吉普车里，一架高精度的镜头正对准我。

确切地说，是对准了我身边的向晚和邓多秋。

向晚站起身，微微前倾，舔了一口邓多秋手中的甜筒。

“嗯，我觉得你的甜筒比我的甜。”

与此同时，我几乎都听见了手指按下快门的声音。

我及时摆好一个姿势，保证看上去我就是一只骄横跋扈的帅气小狗。也不知道刘浩然会不会帮我修一下图。

这已经是刘浩然连续跟踪拍摄的第三天了。

为了能找到足够的素材，向晚带着邓多秋几乎把整个城市都逛了一遍。

别问我为什么知道。

因为向安白天要去幼教上学，所以我不是跟在向晚身边，就是坐在刘浩然的副驾驶座上。

真是一只看透一切的狗！

按照计划，今天是跟踪拍摄的最后一天。

两天后，这些照片会出现在邓多秋妻子马霞手机里。

而这段时间，刘浩然已经在给马霞发的无数条垃圾信息中“无意”插入了几条小三劝退师的广告。

诱饵已经撒下，静等鱼儿上钩。我突然有一种稳坐钓鱼台的感觉。原来设计人心竟然如此刺激，我果然……

一双纤纤玉手打破了我的想象。向晚一把抓住我，把我抱进怀里。好吧，我果然只是一只狗。主人爱做什么就做什么吧，我什么都做不了。

但是——

我万万没有想到。

当我可怜兮兮地望着向晚时，向晚也朝我尴尬地笑了笑。

她悠悠地从冰箱里拿出上好的狗罐头，撕开包装倒进我的狗盆里。

第一次，我没有被狗罐头的香气吸引，眼睛死死地盯上了向晚的手。

在向晚的手中，有一卷灰色的毛发。那是我屁股上的毛！我发誓，那是我全身最柔软的毛了。

明明是要给我吃罐头的，怎么突然拔我的毛了？

真是……

一卷毛换一罐狗罐头，我总感觉亏了。

我看着向晚从卧室拿出一件衣服，我认识，那是昨天邓多秋和向晚约会的时候穿的衣服。

向晚在车上不小心把奶茶洒在了邓多秋身上，就拿回来干洗了。

我看到向晚小心翼翼地把我的那撮狗毛分散撒在衣服的几个关键部位。

不是我吹，我的毛发一般不会脱落，一旦脱落，那吸附性——绝对良好。

然后向晚拨通了邓多秋的电话。

“喂，多秋，你的衣服我给你洗好了，我给你送过去吧。”

“不麻烦，那要不我让闪送送过去？”

“嗯，好！”

向晚满意地挂断电话，和刘浩然相视一笑。

然后向晚瞄了我一眼，我努力挤出了一个笑容。

嗯，这狗罐头真香。

11

正如向安那天夜里跟我说的一样。

“有人要倒霉了。”

这个人，自然就是邓多秋。

在向晚的安排下，一切来得突然而迅速。

我看着邓多秋焦急地敲门，惊慌失措地逃进向晚家。

连水也喝不上一口，第一句话就听出了声音里的颤抖——

“我老婆知道我们的事了。”

我在狗窝里盘成一个圈。

最近，向晚不许我和向安同床共枕，冰冷的狗窝让睡惯了大床的我有些难以适应。

邓多秋进来的时候，向晚正在和向安冷战。

看着有些着急地邓多秋，向晚没急着说话，而是看了一眼在墙角罚站的向安。

“你回房去，今天晚上可以让豌豆陪你睡。我不喊你不许出来。”

向安一副胜利地表情，朝我眨了眨眼，几乎没有看邓多秋，直接跑进了自己的卧室。

听到向安房门上锁的声音，向晚似乎松了一口气，这才看着邓多秋，一副惊讶的语气。

“怎么可能？”

呵，怎么不可能？

带着狗毛的衣服勾起了马霞的疑心。刘浩然的照片成功引起了她的注意。

我那个时候才明白，为什么向晚要求刘浩然拍照时一定要把我拍进去。

对于马霞来说，这简直就是做题的时候给发的一本参考答案嘛。

我有些心疼地看着我的屁股，陷入了沉思：

万一以后向晚每次都需要从我身上拔一些狗毛下来，我要不要离家出走？

没有毛的狗，不就像不穿衣服的人吗？

我觉得这个事情我必须把握住底线。

邓多秋和向晚依然在商量。

“向晚，你也知道，我公司现在处在一个非常关键的时刻。”

“我在这个时候如果和马霞闹矛盾是要出大问题的。”

“这样……我们暂时先不要联系了。你放心，等我公司这边运作成功，我会处理好我的婚姻问题。”

“我会娶你的，你等我！”

“现在……这样吧，你带着小安先去国外度个假，三个月，好不好，就三个月。”

“你放心，所有的费用我来出。我在美国有一幢房产，我先过户给你。你们先住在那里。”

“接下来我会频繁往来美国和中国，随时去看你。”

邓多秋絮絮叨叨地说着他的安排，完全没有注意到向晚平静的脸色。

“小晚？”看着一直安静的向晚，邓多秋终于停了下来看着向晚。

向晚挤出了一个笑容。

“多秋，没事的，我不用去美国。”

“你放心，我不会妨碍你的。不过我希望你答应我一件事。”

“再给我三天时间好吗？这三天里你只属于我，就我们两个人，去海边走一走，好吗？”

“三天结束后，我会删除掉你所有的联系方式，彻底消失在你的世界，好吗？”

邓多秋将向晚紧紧地拥进了怀里。我看到向安的房间偷偷开了一条门缝。我和向安四目相对，我仿佛看懂了他眼神里的含义。

“我妈三天不在家，我们可以翻天了。”

我鼻子轻哼了一声。年轻人，果然还是太简单。向晚既然安排了三天的出行，也一定安排了这三天向安的去处。

果然，在邓多秋离开后，向晚拨通了刘浩然的电话。

“明天安排一下，要拍到我和邓多秋在机场的照片。”

“我会想办法让他消失三天，你那边要抓紧。”

“然后这三天你到我家来住吧，帮忙看一下小安。”

第一天。

“向晚姐，马霞联系我了。”

“她想约你见一面，我给回绝了。”

“看她的样子好像是不打算出钱，我这边也没有付定金，非说要见到你才给钱。”

“明白。我这就把她的微信拉黑。”

第二天。

“向晚姐，马霞付钱了。”

“十万定金，已经打到账上了。她说只要你肯离开邓多秋，她可以给你一百万。”

“她拐弯抹角问我邓多秋是不是跟你一起出去了，我没回。”

“明白。我这就把你们在一起的照片发给她。”

第三天。

“向晚姐，你太牛了，一直联络不上邓多秋，马霞崩溃了。”

“她说要见你，条件随便你开。”

“明白，我来安排地方。”

“安排好了吗？”

向晚坐上刘浩然来接她的车，顺势把我抱进怀里，询问刘浩然。

“都安排好了，要先回家吗？”

“不了，直接去吧，我们只有五个小时的时间。”

“什么意思？”

“我给邓多秋多吃了一片安眠药，我们要在他醒过来之前搞定马霞。”

“好。”

12

我第一次见到马霞。听说她才32岁，但是看上去几乎是40的年纪。看得出她很用心地装扮了自己，但是——当向晚抱着我站在她的对面，她和向晚——仿佛两代人。

我注意到马霞的第一眼是放在了我的身上，然后才把目光投向了向晚。老实说，我其实不大明白为什么向晚会要求刘浩然把我带上。用向晚的原话说，抱着我出场，会增加马霞用钱解决一切的欲望。我有那么招财吗？

“多秋在哪？我和公司的其他合伙人已经有三天联系不上他了。”

“是吗？那赶紧报警啊！”向晚浮夸地露出了吃惊的表情。

“你很聪明。你知道我们这个阶段多一事不如少一事。你开个价吧。”

向晚耸耸肩，坐下来。

“邓夫人，不要这么剑拔弩张嘛。这个地方的甜品很不错，吃一点心情也会变好的。”

“向小姐，你的底细浩然已经都跟我说了。不就是要钱吗？只要你离开多秋，我给你。”

向晚仿佛没有听到马霞的话，翻开摆在桌子上的甜品单，认真地翻看着。

“向晚，你……”

向晚打断马霞：“我可以离开邓多秋。”

向晚抬起头，直视着马霞的眼睛。

我能感觉到，四道目光在虚无的空气中相撞。

只是，向晚没有再往下说。

马霞坐了下来，也保持了沉默。

气氛陷入了尴尬。

我是不是需要耍个杂技来活跃一下气氛？

算了，场合不对。

向晚看了看手表：“行，看来邓夫人也没什么说的，那我就先走。为了和你见面，我专门提前回来的。可惜，好像不值得。我还得去接机呢。”

向晚说完，抱着我站起身，就要转身离开，马霞突然开口。

“一百五十万。”

向晚仿佛什么都没有听到。

“两百万。你知道的，你不值这个价！”

向晚礼貌地朝马霞点点头：“你说得对。再见。”

向晚刚刚迈出了三步，我就听到马霞紧随而来的脚步声。

我保持专注，假如马霞要攻击向晚，我必须保证第一时间冲出去。

不自觉地，我的喉咙发出了低吼的声音。

马霞走到向晚的身边，低下头，声音有些疯狂。

“四百万，这是我的底线。你别太贪心了！”

“成交。”向晚笑靥如花。

“记住。你千万不能说价钱。”

“甚至和钱有关的一个字都不许说。”

在回去的车上，向晚对刘浩然耳提面命。

“他们可能就在录音。”

“只要你说了任何与钱有关的字眼，就会把整个事情变成一场讹诈。”

“最后你只会落得一场空。”

“让他们报价，让他们提价。”

“反正是他们和我的协商，这就没问题了。明白吗？”

“这一次马霞支付的劝退费是五十万，这个人公司的账。你拿百分之二十。”

“马霞给我的四百万，这笔钱不入公账，去除掉前期投入的六十万，剩下的钱也有你的百分之十。”

“不过邓多秋送我那些首饰和包，还有一些七七八八的礼物，那就是我的个人物品了。有问题吗？”

刘浩然摇摇头：“没问题。姐，咱们接下来干什么？”

“接下来？”

向晚突然笑了，我能看出来，此刻向晚的笑容，才是真的笑容。

“旅游。你要不要一起啊？”

“啊？旅游？”

“对，顺便躲一躲邓多秋。你要是不怕我和向安烦人，就一起来啊。”

“好啊。”

向晚满意地点点头，手掌在我的身上温柔拂过。

我总感觉向晚心里好像在做什么决定。

相信我，我每一个主人在心里做决定的时候，眼神里都放着一样的光芒。

我的感觉，很灵的。

✦ 13 ✦

我恨爬山。

再说一次。

我恨爬山！

抬头往上看，天色还是黑沉沉的，看不清向上走的山路。我不明白，一年三百六十五天，太阳天天都出来，在哪都能看到。为什么非要选择到山顶去看日出？

作为后驱动的生物，向上走比向下走可要累多了。最让我郁闷的是，所有人都知道，上去也终要下来。到底有什么意义？人类的生命就是这么浪费的吗？

我恨爬山。

看着我“汪汪”的抱怨，向安倒是很快乐。

他一步一步地往上爬，还时不时回头招呼落在后面的我。

我说你别只招呼啊，我又不重，要不然抱我一下呗。

我微微回头，看了看我身后的向晚和刘浩然，心里稍微平衡了一点。

他们一点也没有比我轻松。谁让你们提议来爬山的。

然而让我没想到的是，我们一行三人一狗中，体力最差的居然是刘浩然，竟然需要向晚拉着他往上爬。

我就不明白了，昨天约好今天爬山的时候，你咋那么开心呢？对自己的体能心里没有一点数吗？不说了，我要继续哈哧哈哧吐舌头了。

我不知道爬山是不是人类社会的一种隐喻，象征着成为人上人。

那种站得高看得远的感觉，随便找个有窗户的写字楼，坐电梯上顶楼就可以了。

何必来受这个罪呢？

现在我还能回忆起来所有人气喘吁吁地坐在台阶上，累得半死不活的样子。

我突然想，这山长这么高，是不是就在告诉人类，不要上来！

山万万没想到，人类较劲起来比它还顽固。

想到一会儿还要下山，我突然有点绝望。这不是我想要的旅游。

“以前这里有一个蹦极台。”

向晚喝了一口水，眼里带着回忆，向刘浩然介绍。

“后来出了安全事故，被撤掉了。”

刘浩然也拧开一瓶水，喝了一口。

“姐，你跳过？”

向晚点点头：“跳过。”

“害怕吗？”

“害怕。”向晚想了想，回答说。

“最开始是不害怕的，想着大不了就是死，反正我那个时候也做好了死的准备。”

“我觉得跳楼前可以用这个体验一下，到时候死相就不会很难看。”

“结果从上面跳下来以后，我感受到自己的下坠，感受到风从耳边刮过。”

“失重的感觉让我很不舒服。”

“上来以后，我发现我害怕了。”

“所以说，那次蹦极救了我一命。”

向晚自顾自说着，全然没有发现刘浩然整个人都已经呆在了原地。

“为什么……想自杀？”

向晚斜了一眼刘浩然。

“以后你会知道的。”

我觉得自从向晚和刘浩然说了那些话之后，刘浩然看向晚的眼色都变了。

充满了探究与好奇。老实说，我也好奇。我好奇向晚为什么会突然跟刘浩然说那些话。向晚的目的又是什么？

但是向晚却仿佛什么都没有发生过，她只是抱着向安看着黑暗的天边。

根据天气预报预测，还有几分钟太阳就要升起来了。向安也收敛了那份淘气劲，在向晚的怀里无比乖巧。

东边的天空慢慢地变了颜色。从黑色变成了暗红，然后变成了火红。我看到一个圆乎乎的太阳在一条黑线上露出轮廓，接着，仿佛就是一瞬间，太阳好像跳了出来，整个天空都被照亮。我看到一束光照在向晚和向安的脸上。两个人都在笑。

向安指着太阳大喊着：“太阳出来了！”

向晚点点头：“对啊。向安，你记住了，不管发生了什么事情，太阳都会出来的。”

向安没心没肺地看着太阳。

我看向刘浩然，他正饶有兴趣地望着向晚。

✶ 14 ✶

除了爬山，旅游还是一件很舒服的事情。

我们开着车，穿过了野生动物园。

坐在车里——

我勇敢地和狮子对望；

我朝着午休的猎豹嘶吼；

我抬头看着高耸入云的长颈鹿；

我跟随着汽车追逐奔跑的斑马；

我觉得凡是以车内视角游览过野生动物园的宠物，心里都只有一个感觉——

我就是王！

快乐的时光总是美好而短暂，很快我们就到了野生动物园的出口。

下一站是海洋乐园。

我不认为我可以催眠自己说自己拥有一群游泳高手的手下。

所以我有些提不起兴趣。

但是向安不一样。无论是陆上还是水里，他就仿佛是被装上了永动机，尽情玩耍，永不疲惫。

我把自己的格调稍微降低了一点，当不了王，那就做宰相吧。

然后，我和向安两个，玩得开心极了。

必须承认，刘浩然是一个不错的男孩子。

他做了很详细的攻略。

从游玩到吃喝，他都做了妥善的安排。

甚至连什么餐厅和酒店允许携带宠物都一清二楚，这就让我有些感动了。

所以在听到向晚对刘浩然表达感谢时，我也很有眼色地附和了一两声。

刘浩然显然很受用，更加努力地安排起我们的衣食住行。

果然是一个合格的管家！

少年，请再接再厉！

欢乐的日子总是短暂的。

旅游的日程终于走到了最后一夜。

虽然说十五天的行程并不算短，但是在最后一天回望从前，没人会觉得快乐很长。

我知道，向晚有什么事情要和刘浩然说。她买了酒，叫了一桌丰富的夜宵，然后塞给向安一个 iPad。向安捧着 iPad 回自己的小房间看动画片去了。

只有我，混迹在可有可无之间。我趴在沙发上，和向晚一起等着刘浩然。敲门声响起，一身沐浴露香味的刘浩然走了进来。

“浩然，回去以后我们做一个股权变更，我给你一半的股份。”

向晚给刘浩然倒了一杯酒，随口说了这一句，把刘浩然吓得不轻。

“啊？为什么？”

“邓多秋是我做的最后一单了，我不打算再做了。”

“套路和注意事项，我都告诉你了。”

“接下来，就交给你了。”

“你和下线的女生怎么分账我不参与。”

“我只需要拿到公司明面上的利润就好了。”

“你放心，我会留一笔钱在公司账上，让你可以运作。”

“当然了，这笔钱是算公司的借款。”

刘浩然显然被向晚这个决定弄蒙了。

“为什么？”

“我累了，算计不动了，想上岸。”

“不是，我是说为什么是我？”

刘浩然特别认真地盯着向晚。

“其实我知道，邓多秋那笔单子就算没有我，向晚姐你也可以完成。”

“你是在给我送钱。”

“现在你把摊子扔给我，还涨我的股份，又在账上留钱，我不明白为什么？”

“你要是想上岸，不做就行了。公司明面上的利润根本不足以让你动心的。”

“我不明白。为什么？”

向晚示意刘浩然喝酒：“如果我说我看上你了呢？”

刘浩然一口酒差点喷了出来。

“你嫌弃我？”向晚问。

刘浩然连忙摇头，把嘴里的酒咽进去。

“没有没有。向晚姐，我不是那个意思。我……”

看着刘浩然的窘迫，向晚笑了笑，挥了挥手，拿起纸巾帮刘浩然擦了擦嘴。

“跟你开玩笑的，别紧张。”

“我对你好是希望你以后能帮我一个忙。”

“你放心，这不是道德绑架，也不是违法犯罪的事情，到时候你也有权利拒绝。”

“你放宽心，接下来你放开手脚做。我虽然上岸了，但是我也可以帮你出一些主意。”

“最关键的是，我调查过你。”

“你是个好人。”

看着向晚的笑容，我能感觉到刘浩然的紧张。

“调查我？你什么时候调查的？”

“还有，你要我帮你什么忙？”

向晚把面前酒杯里的酒一饮而尽。

“到时候你就知道了。现在，喝酒！”

15

如果没有记错的话，我的生日应该快到了。

如果我是一个人，我现在应该已经四十岁了。

不惑之年！

可能是因为年纪大了，我有些不喜欢秋天。

看着窗外的叶子从树上一片片飘落，摇曳在空中，就好像向我挥着手说再见。

怎么会这么快呢？

明明半年前我才看到他们刚刚长大，颜色鲜绿。

怎么一转眼的工夫，就从树上落下来了？

我对寿命悠长的羡慕对象从人类转移到了大树的身上。

也许它不愿意说话，是因为见多了树叶的离开吧。

伤秋的日子里，我们意外知道了一条消息：邓多秋死了。

新闻上播的。

一辆高档汽车撞在粗壮的树上，整个车头都瘪了进去。那车我有着依稀的熟悉感。我和向晚一起坐着那辆车去过很多高档场所。

现在它就停在画面里，像极了一个坟墓。

“晚姐，马霞找我了。”

经过一段时间的磨炼，刘浩然蓄起了胡子，整个人都沉稳了很多。

“找你做什么？”

“她想跟你通个电话。”

向晚沉默了一会儿，点点头：“可以。”

刘浩然掏出手机，找到一行电话号码，拨打了过去。

向晚起身给自己倒了一杯水。

电话响了三声，那边传来马霞的声音。

“喂，向晚吗？”

“嗯。”

“你稍等我一会儿，我在殡仪馆，这里有点吵。”

然后电话里传来一通快步走路的声音，很快电话里的杂音就消失了。

“好了，这里安静一点。”

“你找我有什么事？”

“不是我要找你，是邓多秋想找你，他有些话想跟你说。”

向晚和刘浩然对视了一眼，没有开口，但是电话那边马霞的声音没有停下来。

“多秋是昨天半夜两点出事的。”

“酒驾，当场死亡。”

“万幸的是车上只有他一个人，事发时整条街道上也没有其他的人，没有造成更大的伤亡，所以公安那边只是作为交通事故来处理。”

“他的手机没有彻底损坏，我在他的手机里发现了一些他给你发的语音。”

“因为你删了他，所以你收不到。我觉得，我应该告诉你。”

“没有别的意思，只是想让你知道在你结束了那段关系以后，邓多秋在想什么。”

“有一些语音识别不出来，不过有一些还是可以播放的。”

“我开始播放了。”

“向晚，我知道你收不到我这条信息，这样也好，我们的关系本来就不适合互相倾诉。我说着，就当你在听，我觉得很好。”

“其实那天早上你提前离开时候，我是醒着的。”

“不是故意欺骗你。我的失眠很严重，一两粒安眠药对我的效果没有那么强。”

“你推着箱子离开，我就知道，我们的关系结束了。”

“你不知道的是，我其实在那个城市又多待了三天，把我们去过的地方又重新走了一遍。”

“我想，这样的话，应该足够你回去得到你想要的结果吧。”

“你给了我一份礼物，就当是我回赠你一份礼物吧。”

“今天有些不大开心。”

“我遇见了马来，你还记得吗？那个声称要投资的假老板。”

“我现在才知道，他不叫马来，他叫邓宇，是个天天混剧组的不入流的小演员。”

“你和他之前的事情完全就是一场戏，演给我看的戏。”

“我没有忍住自己的好奇心，动用了不少人脉，查清了来龙去脉，知道了事情的真相。”

“原来这一切都是一个圈套，你，是那个拿着钓竿的人。”

“我生气了，真的。我刚刚把办公室的玻璃茶台打碎了。”

“是的，就是你陪我去买的那个茶台。”

“我足足在椅子上冷静了四十分钟，现在情绪有些缓和了。”

“天下熙熙，皆为利来，天下攘攘，皆为利往。”

“是我太傻，居然没有看透这个事情，误以为你真的爱上我了。”

“可问题是，我真的掉进了你挖的坑里，爬不上来了，你说怎么办？”

“够了。”向晚对着电话说。

“怎么了？是良心过不去吗？”电话对面传来马霞揶揄的声音。

“没有意义。”

“是啊，人死了，说什么都是白说。你知道吗？多秋从来不会喝酒的。”

“只是这几个月，他总是一个人偷偷出去买醉。有的时候是代驾送他回来，有的时候就是自己开回来。”

“我劝过他。他没有理我。”

“向小姐，语音还有最后一段，听完吧。”

向晚沉默。

“对不起，我实在太想你了。我想更清楚地了解你。”

“可是，我没想到，我越调查你，你就越让我吃惊。”

“向安居然是你的孩子。”

“而且……”

没等电话里的录音放完，向晚按下了挂机键。

刘浩然一脸疑惑地看着向晚。

向晚一言不发，站起来，突然似乎有些站不稳，身体摇晃了一下。

刘浩然眼疾手快地扶住了向晚。

向晚晕在了刘浩然的怀里。

16

向安最近很低落。

他总是坐在阳台上看着天，就这么发着呆。

就算我去找他玩，他都只象征性地摸我两下，然后让我别闹。我只能趴在地上和他一起发呆。

我有点接受不了这个气氛。就在半年前，大家还一起出去旅游呢，玩得那么开心。怎么一转眼气氛就这么凝重了。

自从那次旅游回来，刘浩然开始了独立运作公司。

看他每次来见向晚的时候春风得意的样子，就知道应该是一帆风顺了。

我不知道他挣了多少钱，我只知道上次向安过生日，刘浩然送了向安一个跟我狗头差不多重的黄金摆件。

就连我的吃喝用度也已经直追林薇薇的水平了。

应该是不错的吧。

但是就这么其乐融融的氛围，因为马霞的一个电话和向晚的晕倒，发生了转变。

我伸出舌头舔了舔向安，想给他一点安慰。

他摸着我的狗头，嘴里突然喃喃地说了一句：

“豌豆，你说我长得像爸爸吗？”

我猛然一惊，爸爸？我从来没见过。

“妈妈和浩然哥哥说的话，我听到了。”

“虽然有很多地方听不懂，但是，我大概明白了。”

“我爸爸是个坏人，是他害了妈妈。”

一滴眼泪从向安的脸上滑落，滴在了我的鼻尖上……

果然，他都听到了。

一周前。向晚在病床上睁开了眼睛，摸了摸窝在她身边的我。刘浩然推开病房进来，手里提着水果。

“向晚姐，你醒了？”

“向安在护士站那儿玩呢，我去喊他回来。”

刘浩然说着就要出门，被向晚叫住。

“浩然，等一下。”

“嗯？”

向晚撑着身体坐起来，刘浩然连忙上前扶着向晚，让向晚可以倚靠在床上。

“姐，关于向安，你没有什么想告诉我的吗？”

我抬起眼皮，看到刘浩然微微皱眉。

“这是你的隐私，我觉得没必要问。”

向晚指了指病床边的椅子，刘浩然顺从地坐下来。

“没错，向安是我的儿子。”

“我今年二十四岁，我二十岁怀上了他。”

刘浩然听着，想了想，突然问了一个我一直都憋在心里的问题。

“向安的爸爸呢？”

向晚嘴角拉出一点点笑容，但是我感觉不到向晚一丝的笑意。

我听到向晚心跳加速的声音。

“我不认识，我是被强奸的。”

我和刘浩然几乎同时睁大了眼睛。

向晚的语调却更加平静。

“大二那年，有一个学长介绍我们去当某宝模特。”

“一天三百，算是很好的收入了。我和其他几个女孩都答应了。”

“做了一个月，我的收入抵得上一个白领了。老实说，我很满意。”

“我记得那一天，货很多，我们拍了整个周末，还是拍不完。”

“其他人要赶地铁回学校，老板跟我说让我留下来多拍几套，最好能拍完，他多加钱。”

“我同意了。”

“我当时拍到凌晨两点多吧，总算弄完了。老板多给了一千块钱。”

“我叫了网约车，因为仓库的位置太偏了，所以我定位的是一个路口。”

“从仓库走到路口，大概也就是两百米左右。”

“然而，就是这两百米，我出事了。”

“我走着走着，感觉脑袋一疼，就什么都不记得了。”

“我醒来的时候，天已经亮了，人躺在一片树林里头。我的钱和手机还在。”

“我的外套盖在我的身上，内衣什么的都破了。我浑身都疼。”

“我才意识到发生了什么。”

我下意识地往向晚身上靠了靠。

刘浩然沉默了一会儿，点点头：“知道了。”

向晚摇摇头：“不，你不知道。”

“我当时什么都不懂，只知道害怕。”

“我灰溜溜地躲回学校，谁都不敢告诉。”

“直到我发现我怀孕了。”

“我想偷偷把孩子打掉，那个老板突然出现了。”

“他承认是他干的。”

“他说我可以去举报他，但是让我千万要把孩子生下来。”

“他有病，生育的概率非常小，所以一直没有孩子，他没想到，我怀上了。”

“他给了我很多钱，那个时候对我来说的很多钱。”

“他找到了我爸妈，给了我爸妈很多钱。”

“他说他去离婚，他娶我。就算不嫁给他也没有关系，只要把孩子给他。”

“我爸妈同意了，我也不知道有什么办法，只能沉默。”

“最后我生下了向安。”

“可是他最终也没有离婚。”

“他生意破产，欠了一屁股债，跑了。”

“有人知道我和他的关系，就跑来威胁我们家。我把他给我的钱都给他还了债，却还是不够。”

“我爸说丢不起这人，我妈也不愿把钱拿出来，他们要准备给弟弟买房子。”

“所以，他们把我从家里赶了出去。”

“我抱着才三个月大的向安，换了一个又一个城市。”

“我能做什么？我什么都不会干，而向安又一直哭。”

“我认识了一个大姐，她介绍我去夜场。”

“有一次我喝多了，睡了两天两夜，向安差点饿死。”

“我想起来有客人跟我抱怨过被小三设圈套欺骗的事情。”

“我觉得，我也能干。”

“事实证明，我确实挺能干的。”

向晚还是面无表情。

我的鼻子抽了抽，闻到门外小主人的味道。

这医院的消毒水味道太重，导致主人说完我才发现。

门外站着的是向安。

当时我想，向安还小，刚刚向晚说的话，应该没有关系吧……

现在证明我错了。

17

向安离家出走了。我站在窗台上一声接一声地叫喊，却无能为力。我只能目睹向安背着蓝色的小书包，走出了小区。这个时候我特别恨自己为什么只是一只小泰迪。如果是一只金毛，我只要站起来，就能够得着门把手，就不会让向安独自一个人离开。

我得想办法。我告诉自己要冷静。我环视着家里的东西：茶杯、花瓶、iPad……

凡是我能叼得动的东西，我全部叼起来，一件一件地扔到楼下去。

很快我就得逞了。

成功吸引了小区保安的注意。然后，一通电话就打到了向晚的手机上。我看着时间，大概过了半个小时，刘浩然风风火火地跑了回来。我没管他，直接冲了出去。我想他应该很快就意识到向安失踪了。

但是我必须争分夺秒……

晕！我按不到电梯。

我跑向消防楼梯，飞快地往下跑。不跑不知道，原来我这个年纪还可以如此飞奔。我几乎用了不比电梯慢多少的速度跑到了一楼。我跑到小区门口，用尽最大的力气在空气中嗅着。

找到了！

我嗅到了向安的味道。我顺着味道一路追了过去。

味道在一个公交车站的地方终止了。我想向安应该是上了公交车。可是他上了哪一趟呢？

我抬起头，望了望公交站牌。有了，76路，有一站是游乐场。

不对！

向安这个时候绝对不会去游乐场。

他只是一个三岁多的小孩，要用三岁的小孩思维去思考。

我的目光在站牌上来回看着，最终锁定了一个站牌名：

“柳叶寺。”

向安的幼儿园里有一个小男孩跟向安炫耀脖子上的佛像。他说那是他妈妈从柳叶寺求来的，只要遇到危险，那个佛像就会变成武功高强的少林僧人保护他，因为柳叶寺的大和尚是从少林寺出来的。如果我没有猜错的话，向安是想出家了。他想去少林寺，所以他要去柳叶寺找那个大和尚拜师。绝对是这样的！

正在这个时候，开往柳叶寺的318路汽车也到了。我跟在一个胖胖的中年妇女后面，迅速而隐蔽地上了车。

永兴路口、上于路口、动物园站、棉纺二厂……

我一路默记着地名，终于，柳叶寺到了。

我快速跳下了车。

我再次深吸一口气，在空气中嗅着。可是此时此刻，却没有一丝向安的气味。

难道我走错了？

不可能，一定是时间太久，气味淡了。

可惜，我要是职业猎犬就好了，它们的鼻子比我灵敏多了。

我正想着，突然看到远处有一个蓝色的小书包。

“向安！”

我连忙冲上去。

那个背着小书包的人却哭喊着，被一个大人拉进了一辆小汽车里。

“人贩子？”

我心中一惊，脚底发力。那辆小汽车启动，我紧紧地跟了上去。

“向安，你放心，我一定救你！”

我很庆幸，这不是大马路。那辆车是速度并不快，我可以追得上。可是等会儿该怎么办？我一只小泰迪没有办法救下向安啊。我的大脑飞速运转。

我已经记不清多久没有这样奔跑了。上一次好像是从狗贩子手里逃出来的那次吧。

等他们停下车，我一定要扑上去和向安先站在一起，让所有人知道我是他的狗。

然后我再随便咬一个路人。这样，就会有人帮我拖住他们，向安获救的概率也就会大很多。

嗯，就这样做！

我一边追，一边抖了抖身上的毛发。

一定不能让人认成野狗！

也不知道过了多久，小车穿大街过小巷，开进了一家商场的地下停车场。

向安从后座上走下来，我刚要扑上去，却瞬间石化。

我认错人了。不是向安。

那牵着他上车的大人也从车里出来，还拍了拍背蓝书包小孩的脑袋。

“不就是玩具丢了吗？还哭什么，一会儿舅舅再给你买。”

我愣在原地。

内心有一个声音在咆哮——你没事背什么蓝书包啊！

白跑了。

我精疲力竭地瘫倒在地上。喘了几分钟，我打算回去再重新找线索。

我突然发现了一个问题——

在这个偌大的地下停车场里，我迷路了……

第六卷

路过人间

✶ 1 ✶

三天了。

我虽然勉强走出了停车场，但依然处于迷路状态。

我觉得我可能真的年纪大了，气味在我的鼻腔里已经不是那么明显。

我很努力地想要找到我来的方向，但是……

失败了。

或许当时我应该停下来撒个尿，就不会有现在的窘境。

我想念向晚，我也想念向安。不知道向安有没有回家？如果他回家了，看不到我，会不会来找我？如果找不到我，那又会不会难受？

我想应该会吧。

如果我可以突然出现在他们的面前，他们一定很惊喜的。

所以，我得找到回去的路。

肚子很饿。

昨天一个路过的小女孩分给我半个苹果，我第一次觉得苹果居然那么好吃。那一口咬下去，汁水在口腔里四射，又解渴又解饿。不能再想了，刚刚只是有点饿，现在又渴了。

我伸出舌头，舔了舔自己的鼻子。

我看到不远处有一条水沟，里面有一些混杂着杂质的水在流动。我咂吧了一下嘴，努力控制自己不要去喝那里面的水。很脏，会生病的。如果我生了病，不在主人身边，就没有办法治病。我会死。我要控制！

我所在的地方应该是城市的郊区，所以我应该往市区里走。

我记得向晚家的不远处有一幢非常高的大楼，大楼上还有一个看不懂含义的雕塑。只要看到那个雕塑，我就可以找到回家的路。在回家之前，我不能喝脏水，不能吃变质的食物。我得活着。

“小狗狗，你饿了吗？”

我听到天使一般的声音，我侧过头，看到了一个只有三四岁的小女孩半弯着腰，看着我。

她手里拿着一根火腿肠。

“你要吃吗？”

我看着那根散发着肉香的火腿肠，肚子不争气地又叫了几声。

“你跟我回家好不好，以后我天天给你吃火腿肠。”

我犹豫了，这是一个契约。

如果我吃下了那根火腿肠，那我就得跟她走，认她当主人。

这不行。这个涉及我的底线。

我对着那根火腿肠吞了吞唾沫，准备离开，那小女孩却不依不饶地把火腿肠往我嘴边凑。

“你吃吧，吃吧……”

这是什么魔鬼考验？

我犹豫了一下，微微张开嘴，可是还没尝到那根火腿肠，就突然不知道被哪里冒出的人影，一脚踢开。

我下意识哀号了一声，摔在了两米以外。

一个看上去三十几岁的女人一把将那个小女孩抱起来，伸手打掉她手里的火腿肠。

“你离野狗那么近干什么？它会咬人的。”

小女孩很认真地为我辩解：“小狗狗不会咬人的。”

女人没有继续争论，只是抱着小女孩走开。我挣扎着站起来，心里有些不服气。

“野狗？你哪只眼睛看到我是野狗的？”

简直就是天大的侮辱。

我微微感受了一下，并没有受到多大的伤害。

万幸。

我站起来准备离开，突然想到了什么，回过头，果然看到了被那女人打落的火腿肠静静地“躺”在地上。

“就算是对我的补偿吧。”

我慢悠悠地走过去，叼起那根火腿肠，也没有在乎上面的灰尘，就像吃牛排一样慢慢地品味：嗯，百分之三十的猪肉，配上百分之二十的卡拉胶，盐、蛋白……居然还有鸡肉碎！

感受着肉香在嘴里蔓延开来，我舒服地长舒一口气。

“呵，野狗？野狗能吃出这种感觉吗？”

我在心里不屑道。

2

事情总是朝好的方向发展。

我很明显地感觉到我进入到市区了。

我只是在一辆消防车旁边蹲了一会，一个穿着消防服的小伙子就给了我一点水和面包。

更让我搭了一路顺风车，顺利地进入了市区。

我觉得我之所以有很多的不适应，归根结底是因为我是一个在城市里长大的狗，到了郊区，自然就会显得被动和无助。

不过现在好了，我回到城市里了。

嗯，I am back！

我蹲坐在消防队门口的公交站台上，想从一群站牌里找到一个我熟悉的地名。

我不记得谁告诉过我，困难就像一堵墙，你不要想着一口气把它推倒。

要找到它的一个小裂口，然后把裂口变大，慢慢地它就倒了。

这个裂口，叫作突破口。我现在就是在找这个突破口。

我眼光一闪，一个站台名被我收入视线。

那个突破口找到了。

高新大厦站！

高新大厦，并不是向晚住的地方。确切地说，我只是听过相同名字的地铁站。那是向晚还在算计邓多秋的时候，在茶馆里听其他客人提到的。他们的公司和邓多秋的公司，都在那里。

如果我的想法没有错的话，我在那里可以找到当初向晚盘下来的茶馆。

以茶馆为起点，我就可以找到回家的路了。

真棒！

很可惜，我试图蹭公交的行为被司机识破了。

我跟在一位看上去很和蔼，和我有一点互动的女人后面上了车。

然后司机抽了抽鼻子，看了一眼我。

“你的狗？”

“不是，不认识。”

“野狗啊。”

司机一脚把我踢下了车，关上了车门。

这让我很生气，我刚刚坐过消防车，怎么你这公交车就不能坐了？

但是我的反对没有任何作用，公交车缓缓开出了车站。

我很快就做了决定：追！

一站又一站，我跟在那辆公交车后面，卖命地跑着。我的肚子又不争气地叫了起来。几片面包确实支撑不了现在的运动量。我告诉自己，只要到家，我就可以吃饱了。

我发誓以后再也不挑食了，鸡肉味、牛肉味，就算是咖喱味的狗粮，我都会来者不拒。

罐头、牛肉，还有充满营养的宠物奶酪和脱水蔬菜，我保证雨露均沾，一样喜爱。

我想念那些吃饱了躺在狗窝里的毯子上，晒着太阳的日子。

我想念向安没轻没重地揪着我的毛，还呵呵傻乐的日子。

这一次我不能跟丢。我必须追上去！我告诉我自己，我不饿，我可以追上去。我充满了饱腹感，我的四肢不断涌现出力量。

小豌豆，加油！

然而……我还是跟丢了。

不过，以我的聪明才智，很快就想到，公交车是一班接着一班的。

我跟丢了一班，再等下一班就好了。

所以，我乖乖找了个马路边的树荫下蹲着，守着下一辆公交车。

树上的两只鸟很惹人讨厌，一直喊我野狗。

我要保存身体里仅存的能量，所以压根没有理会它们。

它们反而叫得更起劲了。

就在我实在忍不住想要抬头和它们互怼一顿的时候，我一直等待的公交车出现了。

我连忙追了上去。

争论没有意义，我只有找到我的主人，才能真正证明：我不是野狗！

这是我做狗的底线！

★ 3 ★

我看到了那座茶馆！

门口的大铁锁把门牢牢守住，门上贴着一张大大的招租广告。

窗户上已经落了厚厚一层灰。站在门口，可以看到里面有一张巨大的茶台。

那是以前向晚的位置，我就经常坐在那个高脚凳上陪着向安看动画片。

只是现在早已人去楼空。

我蹲在茶馆的门口，仔细回忆着回家的路线。

眼前的马路是单行道，每次回家向晚都会在前面调头。

前行的第一次转弯路口的绿灯特别短，我听到过向晚不只一次的抱怨。

转弯后会经过一个商场和一个早教中心。

然后往右走，因为有一次向晚右转的时候被一辆车蹭坏了车漆。

再笔直走一段路，就可以看到高楼上面那个奇怪的雕像了。

过了雕像，拐进一条分岔出来的小路，就到了向晚家的小区门口。

然后就剩下上楼，敲门，重逢，相拥。

完美！

我简直想给自己一个大大的亲吻。那么接下来，行动起来吧，小豌豆。

叮，勇敢的小豌豆已经走在了回家的正确路线上。

叮，聪慧的小豌豆在绿色交通灯的闪耀中选择了它的方向。

叮，兴奋的小豌豆昂首阔步路过了欲望的天堂和教育的摇篮。

叮，充满希望的小豌豆看到了高高在上的神秘雕像。

叮，永不放弃的小豌豆站在了终点小区的门前。

叮，小区保安拒绝小豌豆入内！

气死我了！

那个胖胖的保安大叔，才几天啊，你就不认识我了？

你忘记了上次你在瞌睡，你经理过来巡视，是我把你喊醒了吗？

居然把我看成野狗！

不就是身上脏一点，气味臭一点吗？

你得看我的眼神和气质！

算了，先不去计较了，最关键的是我得回家。

我记得小区东边有个小洞，我可以从那里钻进去。

哼，胖大叔，你就等着我恢复身份吧。

我深吸了一口气，努力提炼出自己身体里最后一点力气，朝那个小洞走去。

毕竟，向晚住在八楼，我可按不到电梯。

进了小区，找到了单元楼，我的心情有些激动。

淡定，这个时候情绪千万不能剧烈波动，不然饥饿感会让我晕倒的。

要倒也要倒在家门口前。

最后八层楼了，走起！

我咬着牙，从消防通道一个台阶一个台阶地往上走。

偏偏这个时候，一个个问题重新浮现在我的心头。

向安回来了吗？向晚会怪我吗？我现在这么脏，他们还会接受我吗？我晃了晃脑袋，把这些想法从自己的脑海里全部驱逐出去。我已经感觉到我的身体有些发软了，体力的透支让我甚至没办法再多上一层楼。

幸好，到了。

咦，门怎么没关？

咦，门口那些向晚的鞋子和向安的小车呢？

咦，家里怎么是陌生人的味道？

正在我疑惑的时候，一个穿着职业装的男人从卧室走出来。

“两位，这幢房子以前都是主人自住，中间没有租客，质量你们可以放心。”

“业主搬去上海治病了。所以全权委托我们处理这套房产，你们有什么问题都可以跟我说。”

“嗯？哪来的狗？去！去！”

我不知道所措地站在门口，看着那个正试图驱赶我的男人。

我很想怒吼：这是我的家！

可是刚张开嘴，一种脱力感瞬间扩散到了全身。

我眼前一黑，倒了下去！

4

我醒来的时候，躺在物业办公室的一个角落里。

从那些人的谈话中我知道，有一个物业小姐姐认出了我。

当然，我也知道了向晚的消息。

向安被找回来了。

向晚带着向安搬走了。

而现在，他们没有办法联系上向晚。

他们正在讨论怎么安置我。

交给小动物救助中心，又或者在小区贴个告示找人领养……

我发现那个把我捡回来的物业小姐姐有收留我的意思，但是她的房东不会允许。

最后，在场职位最高的经理拍板：养三天，三天内找不到领养人，就交给小动物救助中心。

物业小姐姐带我去洗澡。

她说只有干净漂亮的我才会吸引来领养人。

我认可她的说法，毕竟我现在已经被无数次误认为是邋遢的野狗。

只是，我又要换主人了吗？

半夜，我窝在物业办公室临时给我铺上的一个纸壳上，身上散发出的沐浴露的香味让我放松。

毕竟我已经好几天没有这么干净了。

我忍不住在想，如果当时我没有追着向安离开，现在应该在哪？

或许此刻正被向安枕着，畅游于梦乡吧。

我打了个哈欠，有些困了。

值班的是一个二十多岁的小伙子，他不时地瞄我一眼，那眼神让我不是很舒服。

我挪了挪身体，让他看不到我的脸。

我不喜欢他。

以前他总是没事就跟在向晚后面，只有我注意到他的眼神老是看向晚的屁股。

他也经常跟别人说向晚的坏话。

我听见他拿手机偷拍我的声音。笨蛋就是笨蛋，偷拍的时候你起码关掉拍照的声音啊。我没有在意，闭上眼睛假装熟睡。我听到他给别人发语音：

“看到了没？绝对纯种的灰贵，拿回去配种也好啊。”

“我们这儿的业主不要的，被我们物业捡回来，找人领养呢。”

“这样，你明天来领养，完了随便找个宠物店卖了，钱咱俩平分。”

“几百块？别逗了。我问过了，这样的品相，最少两千。”

“好，就这么说定了，明天早上八点半，你赶紧来。”

“就当跟我不认识。另外带个女的来，就说是你女朋友，这样好办一点。”

我就知道，当我不喜欢一个人的时候，那个人一定不是什么好人。

他居然想从我这只可怜的失去主人的小狗身上榨取好处。

人类就是这样的生灵，善的上限和恶的下限都会让其他生物瞠目结舌。

我看了看挂在墙上的时钟，已经十一点半了。

物业公司七点半就会有人陆续开始上班，再早一点，五点钟的时候，清洁人员就会来打卡。

留给我自救的时间只剩下五个半小时了。

我不能让他得逞。

凌晨十二点三十分。

按照规定，他应该要出去最后巡逻一圈。

我抬起头，望着挂在墙角的监视器，这是我的希望。

果然，他也看了看那台监视器，嘴里骂了一声脏话，放下手机，站起身，朝门外走去。

我趁着他不注意，从纸壳上跳起来。

只有一瞬间的机会，我必须抓住。

我后腿绷起力量，身体微微前倾。

三、二、一。

他打开了物业办公室的门，我一个箭步冲了出去。

我就像一道灰色的闪电从他的脚边跑出了物业办公室。

直到我跑出十米远，才听到后面他的喊声：“站住！”

我像一阵风。

奔跑，跑过了小区的楼王，据说已经均价 10 万 / 平。

奔跑，跑过了小区中间的大草地，听说草坪是从英国进口的，非常贵。

奔跑，跑过了向晚曾经居住的那幢楼，也跑过了我最后的青春。

奔跑，跑过了门口的保安亭，那个胖保安正在保安亭里呼呼大睡。

我跑上主路，一个劲地往前跑。

万幸，照顾向安那个熊孩子让我的体力并没有随着年纪的增长而退步。

我风驰电掣地奔跑着，就像非洲大草原的羚羊。

终于，我跑不动了。

我停下来，重重地喘息着，回过头，向晚的小区已经完全看不见了。

我趴在地上，突然感觉胸口有什么堵着特别难受。

我突然意识到——

我没有家了……

5

天上下起了雨。

淅淅沥沥的，打在身上，顺着毛发慢慢地浸湿下面的皮肤，一种冰凉入骨的感觉。

我甩了甩，却甩不干。

我趁着别人取钱的空当，钻进了一家自动 ATM 的小房间。

透过玻璃门看着外面越来越大的雨，我突然不知道接下来我该做什么。

或许，活下去吧。

狗，是应该有一个主人的。它的使命就是保护主人。我觉得我的做得还不错。可是我不明白，为什么我却换了一个又一个的主人，直到现在，我没有主人了。

现在，我知道之前那些喊我野狗的人和鸟，他们不是在嘲笑我。

他们是在诅咒我。

他们，成功了。

我陷入了一个难以名状的情绪之中，我不知道怎么去形容。

恐惧中有一些崩溃，崩溃里又带着一丝愤怒，愤怒之余还有一些委屈。

可能再过一会儿，我的眼泪就要掉下来了。

突然，玻璃门外传来一声狗叫。

“嗨，哥们儿，开个门……”

我抬起头，看到门外站着一只脏兮兮的京巴，浑身湿漉漉的，正用前腿爬在玻璃门上。

是野狗！

我一眼就看出了它的身份。

它的语气带着一丝油滑：“哥们儿，我是公的，看什么呢？赶紧开门！”

我很有礼貌地告诉它，那个开门的按钮我够不着。

“想什么呢？你往外推，这个门是坏的，一推就能推开，赶紧地，我都要感冒了。”

我本打算不去理它，不过看到它浑身湿透的模样，终究还是软了心肠。

我从里面用力往外顶，果然，那扇玻璃门就被我顶开了一个小缝隙。

它很熟练地从小缝隙里钻进来，站在我的面前，一句谢谢都没说，就浑身左右抖了几下。

溅了我一身的水。

“哎呀，爽，好久没有洗澡了。”

它长吐了一口气，狗脸上全是享受的表情，然后才将目光落在我身上。

“新来的？”

“啊？”

“啊什么啊？从哪个地界流窜到我们这的？”

“我……我不是野狗！”

“哎哟喂，别装了。能在这避雨的不是野狗还能是什么？我看看你……”

它围着我绕了两圈，闻了闻我身上的气味。

“哟，宠物狗？刚刚被遗弃吧。我就不喜欢你们这些宠物狗，一个个高高在上的，被人丢了还不好意思承认。”

“我不是被遗弃的，我只是走丢了。”

“一个意思。那个……我叫三刀，你就喊我刀哥，以后跟我混吧。”

“可是……”

“可是什么啊！你知道在哪找吃的吗？你知道哪的水能喝吗？你知道城管每天几点出街吗？”

我迷茫地摇摇头。

“我就知道，你们这种狗，走在大街上，能活过三天，我三刀以后就不吃屎了。”

我不想搭理它。

“行了，别矫情。我是看你投缘，先休息会儿，等雨停了跟我走，带你吃大餐去。”

我有心拒绝，但是肚子又开始叫唤了。

三刀前后伸了个懒腰，走到角落里，把自己窝成一个圈。

“先睡会儿。这雨一时半会儿停不了，你也养点精神，晚一点有大作用。”

我眉头一皱，总感觉有什么事情要发生。

6

我最终还是跟随了三刀。

我无处可去，无法可想，无事可做，先跟着三刀或许能积累一些当野狗的经验。

我以前也见过一些野狗，对他们的认知就是凶一点，脏一点，要从垃圾桶里找吃的。

不过三刀跟我的认知有些不一样，我总觉得它有一些……聪明？

嗯，聪明，不像野狗的聪明。

“你听着啊，等会儿我先过去，你藏起来。”

“等我把其他狗都引走，你赶紧从这个巷子出去，把吃的叼上，从对面的口子跑出去。”

“还记得我刚刚带你去的那个桥底下吗？我让你撒了尿留记号的那里。”

“你就到那里去等我，我来找你。记住了吗？”

我迷茫地点着头，听着三刀对我一条条的嘱咐。

我不明白它要做什么，不过隔壁小吃街飘来的香味让我的口水有些控制不住，滴落在地上。

“喂！清醒点！干完这一票，咱们就有大餐吃了，知道吗？”

也许是大餐的诱惑力让我有了自制力，我给了三刀一个冷静的眼神，点了点头，按照三刀的嘱咐躲进了一个不起眼的小角落里。

三刀仿佛是一个睿智的大侠一眼，侧耳听了听动静。

“我去了，你记住我的话！”

话说完，三刀突然像勇士一样冲了出去，嘴里还高喊着——

“For food……”

很快，我听到三刀冲过去的方向传来激烈的狗叫声。

接着，三刀飞快地跑了出来，路过我藏身之地的时候，还风骚地咧起了朝我这边的半边狗嘴。

三刀身后，是五六只野狗，一个个眼圈发红，紧追不放。

大概过了十几秒钟，没有野狗再跑出来了。

我按照三刀的吩咐，从藏身之处走出来，跑进小巷。

我看到了什么？

满满一大袋食物，看上去有点像剩饭和剩菜。

已经被翻出了许多，撒了一地，但是袋子里还有很多。

我二话不说冲了上去，叼起那个袋子就朝小巷另一个口子跑了出去。

这是引蛇出洞啊！

野狗的生活这么刺激吗？

我现在想不了那么多，袋子里的食物散发出的香气直冲我的鼻子。

我只想赶紧跑到和三刀约定的地方，大吃一顿。

我心里想着，奔跑的速度不自觉地又快了两三分。

桥洞底下，我已经等了三刀快十分钟了。

我有些焦躁：那个家伙应该不会出事吧？

想起刚才追它的众狗，有好几只体形都比它大了一倍啊。

我蹲在食物面前，努力克制着自己。

我要等它回来一起吃。

“哟，等我呢？”

一道贱兮兮的声音响起来，我惊喜地侧过头，看到三刀朝我走来。他的左后腿有点跛，好像受了点伤。

“你受伤了？”

“没事，被咬了一口。那家伙的脖子我咬了两口，赚了。”

“东西都在这儿，我一口没吃。”

“嗯，讲规矩。我就喜欢你们这些宠物狗高素质的一面了，咱们吃吧。”

我点点头，和三刀开始分享美食。

“三刀，下次换我吧。”

饭后，我慵懒地趴在地上。

“什么换你？”

“去引开那些野狗的事情，我觉得我们可以轮流来。我跑得也很快。”

三刀用舌头舔了舔卡在牙缝里的食物：“行啊！我也轻松一回。”

“那咱们明天去？”

“你想什么呢？它们又不傻，你天天去，它们就不上当了。”

“那怎么办？”

“看运气。也不能老盯着一群狗耍，要找那些没上过当的。这个你不用管，我会看的。”

“嗯，好。”

三刀打了个呵欠：“行了，今天又活过了一天，赶紧睡吧。明天再带你去吃好吃的。”

“真的吗？好！”

我突然对明天有了一点期待了。

✵ 7 ✵

大学城，人来人往。老实说，我有点蒙。三刀说今天带我吃好吃的，然后把我带到了大学城。这里和其他地方有什么不同吗？

“当然不同了……”

三刀左右看了看，似乎在观察什么，但是嘴上依然跟我解释着。

“这里简直就是流浪动物的天堂。”

“这里的学生，一个个都是我们的移动小食堂。”

“我不行，我看上去太凶了。生活磨砺了我的气质。”

“你就不一样了，你还是一只小萌犬。”

“撒娇打滚卖萌，会吗？”

“看到女生就来这一套，对了，小奶音会吗？”

“哥跟你说，这里肯定血赚。”

三刀带着我，溜进了一所大学的校门。

“你先去溜达，有吃的先留着，我过一会儿来找你。”

我抽了抽鼻子：“那你呢？”

“我去给你望风。”

望风？有这个必要吗？难道撒娇还犯法了？

三刀没有回复我，一阵烟似的跑开了。

老实说，对于一只资深宠物犬来说，卖萌简直就是天赋技能。

我拦在学生们上下课的路上，努力睁着我的大眼睛，扑闪扑闪的那种。

鼻腔里偶尔会发出一两声小奶音的叫唤。

果然……

“哇，好可爱的小狗狗。”

“它好像饿了。”

“我这有火腿肠。”

“我这有早上没喝完的牛奶。”

“我这有苹果。”

“你们说饼干它能不能吃啊。”

一瞬间，我被一群女生围了起来。

看着面前堆放的食物，我简直就像推开了新世界的大门。

那些学生都是什么人？是天使吗？

有这么个地方，以后我还会挨饿吗？

顿时感觉下半生有了保证。

就在这个时候，刀哥跑到我的面前。

“刀哥，我……”

刀哥直接从我面前的食物里叼起两根火腿肠，含糊不清地说着：“拿着东西，快跑。”

我下意识地也叼起一样食物，跟着刀哥狂奔起来。

“刀哥……”

“别说话，接着跑……”

我们跑出了大学，一直跑到一个小巷子里。

刀哥这才停下来，吐了一口气。

“行了。”

刀哥把嘴里的火腿肠放下：“你刚刚都吃了吧？这个我就不给你分了。”

“嗯。”

“今天收获不错啊，火腿肠可是硬通货。”

看着正惬意撕咬火腿肠的刀哥，我心头全是疑惑。

“刀哥，我们为什么要跑？”

“还能为什么，躲那帮混蛋呗。”

“混蛋？是谁？学校保安吗？我刚刚在路上要吃的，有一个保安要赶我走，还被学生拦住了。”

“不是保安，保安好对付，那帮家伙可不好对付。”

“所以，到底是谁啊？”

“就是……”

刀哥的耳朵突然闪了闪，它警觉地站起来，浑身绷紧。

我很清楚，这是防卫姿态。

“它们来了。”刀哥说。

我愣了一下，蓦然间，感觉到无数双眼睛盯在我的身上。

我环视四周，发现原本空空如也的街道，一双又一双的眼睛露了出来。

我和刀哥被包围了。

它们——是猫！

8

漫长的巷道。

我和刀哥被十几只猫“押送”着，缓缓走进了小巷的深处。

小巷两侧，一只只颜色各异的猫冒出头来，露出它们那瘆人的眼眸。

我粗略估计了一下，在我的视线里，大概有五十多只猫吧。

“欢迎你们来到特里维顺家族。”

一只目测有十斤重的白猫趴在一个垃圾桶上，朝我们微微点头。

“众所周知，你们进行乞讨的那所大学，是我们特里维顺家族的地盘。你们，捞过界了。”

我没来得及说话，刀哥就开口了。

“死胖子，你说是你的就是你的？上面有你的名字吗？”

大白猫拦下四周亮出爪子的其他猫咪，淡淡一笑。

“特里维顺是我的家族名，还需要解释吗？”

“那所大学是影视大学，film and television。”

“是由菲尔姆家族和我们特里维顺家族共享。”

“在上个月，那场樱花大战中，我们特里维顺家族战胜了菲尔姆家族，正式将它们吞并。”

“但是！”白猫的语调突然变得激昂起来，“你们这些可耻的小偷，趁着我们还没有完成对整个大学的布防，竟然堂而皇之地进来实施盗窃，这是不能容忍的。”

“这件事已经被外国语大学的弗兰基家族和朗格威志家族得知，它们认为这是我们特里维顺家族脆弱的表现。”

“所以你们必须受到惩罚，才能让特里维顺家族的荣光重新闪耀在大学城！”

额……什么情况？

Film，菲尔姆家族，Television，特里维顺家族。

按这个逻辑，Foreign 是弗兰基家族；Language 是朗格威志家族，没毛病。

这些猫都是这么起名字的吗？

这让我想起了以前尚伊跟我说过的那些葬爱家族的公爵们……

真是紧张的气氛中充满了滑稽。

我没有忍住，“扑哧”一声笑了出来。

“你在嘲笑我们特里维顺家族的荣耀吗？”大白猫厉声问道。

“不不不，我尊贵的白猫先生。”我连忙解释，我发现刀哥的嘴里已经有一大堆脏话准备全军出击了。

“我只是没有想到，在这个人类社会里，居然还有古老的猫咪家族存在，这实在是让人快乐的事情，猫神保佑！”

一瞬间，我看过的所有电影片段涌入脑海，我感觉自己被影帝附身。

“请原谅我和我同伴的冒犯。我们实在太饥饿，饥饿到没有发觉贵家族留下的记号。”

“可是如今我和我的同伴身无分文，没有办法对你们进行赔偿。”

“不过我想那些善良的人类并不会因为施舍了一只狗，就拒绝施舍一只猫。您认为呢？”

很显然，我的贵族气质震慑住了大白猫。它刚要点头，旁边突然冒出了一只大黄猫。

“可是他们施舍的食物是有限的，给了你们，我的孩子们就会挨饿。”

“要知道，以前在第七节课的时候，我们就已经吃饱了。但是今天，我们足足等到学生下晚自习才用餐。”

“这牺牲了我们宝贵的睡眠以及交配时间。”

“这会让我们在繁衍速度上落后于弗兰基家族和朗格威志家族。”

“这是不能容忍的，你们必须受到惩罚！”

我和刀哥对视一眼，眼神中无数的信息在交流。

刀哥：“跟它们废什么话，大不了拼了，我冲锋，你殿后。”

我：“冷静，我再跟它们交涉一下。”

刀哥：“那你再试试，不行就打。”

我：“我尽力而为。”

“尊贵的猫咪先生，请让我说一说我的想法。”

“事情已经发生了，你们就算对我们进行惩罚，也并不能得到任何好处。”

“相反，我和我的同伴虽然都是小型犬，但是反击足以让你们承受本不用承受的损失。”

“不如这样，明天我和我的同伴去外国语大学做和今天一样的事情。”

“把你们落后于弗兰基家族和朗格威志家族的时间抢回来。”

“当然，这需要你们的帮助。”

“你觉得怎么样？”

大白猫和大黄猫对视一眼：“我们需要商量一下。”

我做了个请便的眼神。

然后一群猫就聚在了一起，不知道说着什么。

三刀有些诧异地看着我，眼神里充满了钦佩之意。

“怎么样，我是不是很厉害？”

“你到底是一只泰迪，还是一只狐狸？难道是混血？”

“滚一边儿，我是有血统证书的。”

就在我和刀哥互相交流的时候，大白猫走到我的面前，目光在我和刀哥身上打量了一下。

它说：“成交。不过明天之后整个大学城的十六个猫咪家族会发起对你们的通缉。”

“所以，你们做好逃亡的准备吧。”

9

奔跑，继续奔跑。

原来跑得快真的可以保命。

我身边是已经快跑出胆汁的刀哥，身后是密密麻麻的上百只猫咪。

我们直接跑出了大学城。

那些猫咪终于退却了，临走时放下狠话，声称我们要是胆敢再踏入大学城一步，一定不会让我们活着出去。

我已不在江湖，江湖却留下了我的传说。

原来流浪的生活就是这样刺激的吗？

我都有点爱上这样的日子了。

“你有点像野狗了。”

刀哥窝在公园的一个座椅下面，突然感叹了一句。

“我以前不像吗？”

“不像。那些刚刚被抛弃的宠物狗，就像一个个娇滴滴的大小姐，娇情又无能。”

“我更正一下，我是走丢了，不是被抛弃。”

“一个意思。反正你倒是转变得很快，我看到你还咬了一只猫。”

“那只猫跑得太快了，不咬它的话我们会被拖住，被猫群围住的。”

“行了。又活过了一天。”

“明天想想看，去哪里弄吃的吧。”

看着刀哥准备睡过去，我想了想，开口问道：

“刀哥，你说我们为什么不跟猫咪一样，也组个家族呢？”

“然后圈一块地盘，咱们不就不愁吃喝了吗？”

刀哥抬了抬眼皮，看了我一眼，哼哼地笑了一声。

“第一，人家真的是家族。”

“猫比我们能生，关键是它们什么辈分都不管，所以生得快，长得也快。我们狗能做到吗？”

“第二，猫笨，所以听话。咱们流浪狗一个比一个精明。”

“没准没对付外人，自己人就能把你给吃了。”

“第三，我是一只京巴，你是一只泰迪。人家大狗凭什么听你的。”

“别异想天开了，睡觉！”

我有些失望地耸耸肩，我想反驳刀哥，但是发现它说得太有道理了。

算了，睡觉吧。

我做了一个美梦。我梦见尚伊、林薇薇、谢芙、刘佳琪、向晚和向安。她们排着队站在我的面前，争着抢着要把我接回家去，她们甚至打了起来。劝架把我累死了。最后大家达成一致，她们轮流养我，一年里我在每家都住两个月。还剩下两个月怎么办？她们又打了起来。最后向安站了出来，说他要单独养我两个月。大家这才安静下来。

我正准备跟着尚伊回去，就感觉脑袋有点疼。睁开眼睛，刀哥正一屁股坐在我的狗脸上。

我晃开刀哥，坐了起来。

“你干什么？”

“什么干什么？起床了。做了什么美梦，傻兮兮地一直在笑。”

“跟你没关系。”

“行，赶紧走吧。等会儿城管要过来了，万一今天他们有任务，我们就惨了。”

“嗯，去哪？”

“民德路吧，那里早点摊子多，没准可以弄个肉包子吃。”

“嗯，走起。”

野狗的一天，就这么开始了……

10

春去秋来，公园里的花开了又谢，谢了又开。

我已经完全成为一只野狗。

以前一直让我自豪的毛发有一部分已经黏在了一起，眼睛前面的狗毛也长很长了，都快遮住我的眼睛了。

我的身上也有一些牙印，这是和别的野狗抢吃的时候被咬的。

不过我没吃亏，趁着我被咬的时候，刀哥直接咬破了那条野狗的喉咙。

血洒了一地。

然后我和刀哥就出名了。

很多野狗看到我们都会绕着走，就算体形比我们大两三倍的狗也是这样。

我们成了这一块地界的霸主。

“快点，跟上。”

刀哥催促着我，我慢悠悠跟在它的后面，心里想着今天晚上或许可以去小吃街弄点夜宵吃。

刀哥不知道在哪里弄到了半截肉肠，它赶着给米粒送过去。

米粒是一条被遗弃的流浪狗，一个月前出现在这一带。

遗弃的原因是米粒被同小区的公狗强行交配，结果怀孕了。

刀哥对米粒一见钟情，把米粒留了下来，每天都会留一些食物给米粒吃。

上一周，米粒生了，三只幼崽。把刀哥开心坏了。

我就不懂，跟你有啥关系。

但是刀哥很认真地给它们取名：一把刀，二把刀，三把刀。

还问我好听不好听。

我无话可说。

今天，又到了送餐的时候。

刀哥跟我说，它很喜欢送餐的时候米粒带着三只小狗迎接它的表情。

会给人一种家的感觉。

或许每一只野狗都渴望这种感觉吧。

不过那三只小东西确实蛮可爱的。

等它们再大一点，我可以教它们一些卖萌的技巧，说不定会被好心人领养。

我正想着，突然听到了刀哥的一声哀号。

我回过神，刀哥已经冲了出去，我远远看到米粒和三只小东西倒在地上……

米粒和三只小狗死了。

我还好，这几个月见多了生死。上个礼拜还有条野狗吃多了东西撑死呢。没有理会刀哥在旁边发疯地狂吠，我认真看了看米粒和它三个孩子的尸体，在它们嘴边闻了闻。

“豌豆，有什么发现吗？”

刀哥的眼睛都红了，如果我不是足够了解它，我都觉得它得了狂犬病。

我点点头：“吃了巧克力。”

“为什么？”

“我怎么知道？或许是人类故意的。你也知道，人很复杂的。”

刀哥还要说话，我知道它要说什么，连忙打断。

“别想着报仇。他们可是人！米粒它们已经死了，你报仇了也没意义。”

“咱们得活着！”

刀哥沉默半晌，点点头。

“你说得对！”

我们走了。米粒和它三个孩子的尸体就静静地躺在那里。我们知道，很快就会有人来收拾它们的尸体，尸体会和垃圾堆在一起，然后填埋在哪一片大海。

“豌豆，人类总说下辈子，你相信下辈子吗？”

我侧过头，夜光照在刀哥带着疤痕的脸上，显得有些诡异。

“或许吧。”

“下辈子我想当个人。不行的话当条虫也可以。”

“反正我不想当狗。”

“命不长也不短，刚刚够体会痛苦。”

“脑子不聪明也不笨，刚刚够产生情绪。”

“生存力不强也不弱，刚刚够凄惨地活着。”

“你说对不对？”

我想了想，决定给刀哥一点希望。

“我有一个朋友，叫大众，它是一条很有佛性的大黄狗。”

“它说，狗是投胎成人的最后一站。”

“也许下辈子，咱们还是兄弟呢。”

刀哥笑了。

“是吗？那米粒肯定也是一个人了。我觉得一定是一个可爱的小姑娘。”

我没有回话，我知道刀哥也不需要回话。

11

日子还在继续，日升日落，永不停歇。那一夜后，刀哥再也没有提过米粒。野狗的脑子里只需要挂念食物，其他的东西都是奢侈。

但是我发现，刀哥越发地疯狂了，我甚至看到它追着一只家养的金毛疯狂撕咬，活生生咬死了对方。

我想知道刀哥怎么想的，它只是舔舐着身上的伤口，淡淡地说：“它嘲笑我。”

我知道，刀哥不对劲了。它的眼睛越来越红了，有的时候我甚至觉得它想咬我一口。这里面有问题。我脑海里浮现出一个可怕的猜测。

“豌豆，我是不是出问题了？”

刀哥很显然也意识到了自己的不对劲。

“我的牙齿总是很痒，我开始有一段时间控制不了自己，我看见什么都想咬。”

“我……”

我点点头：“刀哥，你可能染上狂犬病了。”

刀哥愣了一下，似乎在回想什么。

“是啊，小吃街后面那条黄色的土狗，上次居然敢抢我的东西，我咬了它几口，它也咬了我一口。”

“最近好多天都没有见到它了。”

“可能它已经死了吧。”

刀哥叹叹气：“我也快死了吧。”

我望着刀哥，内心有点发堵。

本来以为见惯了生死，当初米粒死的时候我的内心平静极了。

没想到还是过不了这一关。

“豌豆，你走吧。我怕我控制不住，你就倒霉了。”

“刀哥，你想吃什么？我去给你弄来。”

“不用了。其实好吃的我都吃过。”

“嗯，我知道。”

三刀趴在地上，显得有些疲惫。

“豌豆啊，其实我真名不叫三刀。我叫桑德尔，很洋气吧。”

“嗯！”

“我以前也是宠物狗。”

“嗯，我知道。”

“小偷跑到家里来，我就咬了小偷。”

“我下嘴比较狠，但小偷也不弱，捅了我三刀。”

“结果小偷家属跑去打官司，还打赢了。你说人类可笑不可笑？”

“我主人就把我扔了。”

三刀说到这里的时候，眼中带着泪光，连那红色的瞳孔都不那么明显了。

“我命大，活了下来，成了野狗，给自己改名叫三刀。”

“其实啊，我心底里，恨死了人类。”

“可是，我又不怪他们。”

三刀的语速渐渐变慢了。

“我见到你的第一眼就知道，你跟我是一样的。”

“我怕你活不了三天，特意去找你的。”

“你比我想象的聪明多了。”

“豌豆，活下去！”

我点了点头：“嗯！”

“走吧。”

“下辈子见。”

我点了点头：“下辈子见，兄弟。”

“嗯，兄弟！”

我一步一步地离开了栖身的小巷。三刀趴在那里，一动不动。我想留下来，但是我知道不行。狂犬病，治不了，万一它控制不住咬了我一口，我也得死。

✦ 12 ✦

很久没有刀哥的消息了。我去那个小巷看过，刀哥不见了。生命总是这样，遇见，然后分开。谁也不知道，什么时候一转身就变成了永别。

没有了刀哥，我的威慑力大降。我退出了以前属于我的地盘。在一次拼死反击中，我守护住了最后三个垃圾桶，这是我生存的希望。在战斗中，我的后腿受了伤，再也不能发力奔跑。我明白，我可能也活不了多久。一只野狗，跑得不快，就只能等着死神追上自己。

我慢慢地很少出门溜达。我很惧怕突然有一天听到消息，说是有一只得了狂犬病的疯狗被人打死。我担心消息里的主角就是刀哥，但是我心里明白，这是注定的结局。

我只是一心守着我的三个垃圾桶。年轻的野狗开始为了地盘展开一轮又一轮的战斗。而我，每天吃着垃圾桶里的碎骨头，心满意足。每一天，都是活下去的一天。

隔壁小春的野狗长大了。老黑生了四只小狗，两只死了，两只活着。它们的食物不够吃了。

那两个臭小子，把目光盯向了我。该死的，你们忘记小时候我还给你们带过吃的吗？你们还记得当初那群流浪的野猫欺负你们的时候，是我和刀哥赶走了它们吗？你们居然盯上了我的垃圾桶。

我没有留情。

虽然我的牙齿已经有了一些松动，但这并不妨碍我狠狠咬进它们的身体里。

我知道，这是一场不能输的战斗。我任由它们咬我，我只是盯着一只往死里咬。我的一只眼被捅破了，血液从眼眶里流了下来。我那黏住的毛发被一口撕下，上面还带着血。我毫不在乎。我疯狂地进攻，进攻，进攻。两个臭小子害怕了，它们恐惧地逃走。我留在原地，大口地喘着气。浑身都疼得不得了，但是我知道，我赢了。

我守住了我的垃圾桶。

或许是那两个臭小子不敢说输给了我的事实，它们编造了谎言。

它们说我得了狂犬病，所以它们才放过了我。

反正我快要死了。

很多野狗都知道刀哥得了狂犬病的事情，所以我得了狂犬病也顺理成章。

它们愚蠢的脑袋里没有时间概念，我也懒得站出去澄清。反正这个传言对我来说只有好处。

慢慢地，我所在的地方成了野狗的禁区。每一只狗都在传谣，说那里蹲着一只疯狗，随时会死，但是随时也会带着其他的狗一起死。大家别惹它，等它死了，就都结束了。

我觉得这个谣言很好，甚至还亲自出门溜达了一圈，展现了我疯狂的一面。我总算可以安静了。这三只垃圾桶，是属于我的。在我死之前，谁都不许碰。我答应过刀哥，我要活下去。它先投胎，成了哥哥。我晚一点，就是弟弟，它又得照顾我。我很会算账的。

✸ 13 ✸

我万万没有想到，最后和我争抢垃圾桶的，不是野狗，不是野猫，而是人。

一个头发花白，看上去老态龙钟的老人，他提着一个塑料袋，穿着布鞋，一丝不苟地翻着垃圾桶。

对于我的狂吠不屑一顾。

但是我发现，他不找吃的。他找那些易拉罐、旧纸壳，和我没有利益冲突，那我就没什么意见了。反而每次他找完东西后，我翻找食物也轻松一点。于是我默认了他的行为。

后来，他每次来，都会给我带一点干净的水。我很满意。

要知道一只野狗想喝到干净的水实在是太难了。就算是过惯了流浪日子的我，还时不时会因为喝了脏水拉肚子。没办法，泰迪天生肠胃就不好。作为交换，我看到散落的易拉罐也会给他叼回来。我觉得我和他达成了某种特殊的默契。

我感觉他好像误会了这份默契。居然有事没事就坐在我的身边，跟我唠叨他的生活和往事。老实说，我没有兴趣听。谁的生命不是一地鸡毛啊，但是看他谈兴正浓的样子，我也只好趴在地上，左耳朵进右耳朵出。

我心里腹诽着：和一只流浪狗谈心，人生该有多寂寞啊。

老人的谈话一天比一天出格。终于有一天，他喝了一口酒后，说“大灰啊，你跟我走吧，我养你。”我鼻孔哼了一声。养我？你先养活你自己吧。你就是想骗我帮你去捡易拉罐，我才不干。

见我不搭理他，他也哈哈一笑，当作自己没有说过。

我正打算闭着眼睛眯一会儿，突然鼻子里闻到了一股花开的味道。

我顺着味道看去，一个穿着白衣服的人从一个光环里走了出来，站在了老人的面前。

他伸出手，按住了老人的额头。

老人毫无所觉，还在跟我说着话。

我微微皱眉，感觉到有什么不好的事情发生，我站起来，冲着白衣人吼叫。

白衣人有些意外地看了看我，嘴里喃喃自语：

“有趣，居然是一只赤子心的小狗。”

“可惜啊，今天不是你的好日子。”

那白衣人把手从老人的额头拿开，我看到老人双目失神，摔倒在地上。

我瞪大了眼睛，发现老人已经没有了生命力。

倒在地上的，只是一具尸体。

我再次抬起头，看向那个白衣人。

那个白衣人手上拿着一个黑白驳杂的圆球。

“普通的灵魂。”他摇了摇头，又看向我，突然伸出手朝我指了一下。

我看到一束光射进我的额头，我却没有什么异样。

“我们还会再见面的。”

白衣人说完，消失不见。

现场只留下了我，以及老人的尸体。

14

那一天，我逃走了。

蹲在一具尸体身边，我觉得我会陷入危险。你不知道那些人类会怎么想我，或许会认为是我吓死了老人。我得逃走才行。

失去了充满食物的三只垃圾桶，我的生活开始了颠沛流离。

为了一块饼干，我和一只野狗大战，我虽然输了，但是我把饼干吃进了肚子。

人类拿着棍子和捕狗网满城抓野狗，我在一辆汽车下面躲了三天三夜，差点没有渴死。

台风暴雨里，我觉得我该死了，却意外找到了一个没有上锁的仓库，躲过了一劫。

是的，我还活着。

前两天我看到一只野狗被当街打死。

眼睁睁看着铁棒直接从头顶敲下去，我躲在绿化带里一动不动，生怕被他们发现。

我路过一条小巷，那里是一家狗肉店的后门，我看到伙计蹲在门口杀狗。

开膛破腹，拔毛去皮。

那伙计瞄了我一眼，那眼神我至今都忘不掉。

是的，我还活着，但是我活着有什么意义呢?

我的年纪越来越大，牙齿也开始掉落。我找到了一个很大的垃圾场，自己刨了一个小窝。为了刨窝，我爪子上的指甲都掉落了，但是我很安心，至少这里是安全的。

最近胸口总是有些疼，我觉得可能是上次从垃圾堆上滚下来的缘故。

骨头脆，容易断。

断了就断了吧，反正没有扎进内脏里，还能活下去。

我打了个哈欠，一股困意涌上心头。

我望着天上的月亮，已经忘记了自己的年纪。

我看到一个个面孔在我眼前闪过：

尚伊、林薇薇、谢芙、刘佳琪、向晚，还有小向安。

他们都冲着我笑。

我也冲着他们笑。

我眼前一花，突然看到一只黄色的土狗站在我的面前。

我想了想，有些惊喜："大众？"

大众点了点头："小豌豆，好久不见。"

我看着大众，突然冒出疑问："大众，你怎么一点都没有老？"

大众没有回答我的问题，只是慈祥地看着我："我是来送你的。"

送我？

突然，我感觉有一只手按在我的额头。

我抬起头，就看到一个白衣人站在我的面前，脸带微笑，一只手抵在我的狗头上。

"该走了。"

走？

我突然觉得浑身轻松，好像回到了年轻的时候，我下意识转过身，看到我的身体倒在地上。

这是……我的尸体？

"这是你的一生。"白衣人轻松说，"现在结束了。"

"我死了？"

白衣人笑而不语。

我看向大众，大众微微点头："你到来，你存在，你离开。"

我想了想，是啊，我，路过而已……

天堂未满末章

“结束了。”我长吐了一口气。

“只是我有个问题。”我抬起头，盯着大天使，“大众是谁？”

大天使的眼神有些凝重。

“祂不是一个具体的生命。祂是智慧。”

我摇摇头，没有明白。

“祂不存在物质世界，只出现在一部分生命的精神世界里。”

“你的意思是大众是我幻想出来的？”我问。

大天使点点头：“从你的视角看上去是一只狗，一只猫眼里的大众可能就是一只猫，而人类眼里的大众可能是一个圣人。”

“所有的智慧生命都有机会见到祂，以不同的生命具现的方式。”

“祂代表的是你的心。”

“你可以在你生命消亡的那一刻看到祂，祂会为你送行。这体现了你的与众不同。”

“所以，你才需要在这里向我回顾你的一生。”

大天使那不急不缓的嗓音说出了我们见面以来最长的一段话。

“然后呢？”我问。

“你有一个选择，”大天使看着我，“成为天使，或者成为人。”

我没有直接回答大天使。

“向晚怎么样了？”

“去世了。当前的医学没有办法治好她的病。”

“那向安呢？”

“向晚去世前和刘浩然办理了结婚手续，把向安的抚养权交给了刘浩然。”

“这样向安的抚养权就不会落入向晚的父母或者向安的父亲手里。她的财产也会由刘浩然完整地交给向安。”

“刘浩然用向晚给他作为抚养报酬的钱开了一家娱乐公司，命中注定会获得成功。”

我很诧异地看着大天使，什么时候祂回答问题这么详细了。

大天使背后的翅膀微微扇动了一下：“作为准天使，我有义务解答你在人间所有的顾虑。”

“所以我才需要回顾我的一生，然后你给我展示他们的现在？”

大天使没有回话，只是微微点了点头。

“如果我选择成为人呢？”

“那这些解答就是你放弃成为天使的补偿。”

“成为天使有什么好处？”

“再也没有生死的概念。所有的生物都在命运的长河中翻腾，而你和我，只是站在岸边。”

我再度沉默，大天使也没有再说话。

时间可能很久，也可能一瞬，我做出了决定：

“我想，我还是去做个人吧。”

“可以。但是我必须再提醒你一句：成为天使的机会非常难得，这意味着生命的永恒。”

我笑了笑，叹了一口气。

“我活着的时候，总觉得人类的生命很长。”

“你现在突然告诉我，我可以得到永恒的生命，让我都没有了概念。”

“但是我还是想要去做个人。”

“没有别的想法？”

“我只是，不想路过，哪怕只是停留一段时间。”

“另外，我和三刀约好了。”

“下辈子见！”

“哎，你们这些愚昧的生灵啊。”听到我的话，大天使突然放下来一直以来的冷漠神情。

祂耸了耸肩，脸上流露出无奈。

“当天使有什么不好，为什么你们都选择当人呢？”

“你已经是今天第五个拒绝我的灵魂了。”

“再这样下去，我的绩效指标要无法达成了。”

不等我流露出错愕的表情，大天使伸出一只手指点在了我的额头。

“人间，就有那么好吗？”

我想说话，但是一瞬间只感觉眼前一阵眩晕，接着，我听到了心跳声。

我的眼皮越发沉重，控制不住地想要慢慢闭合。

我的耳边传来大天使的喃喃之声：

“睡吧，睡十个月，再睁开眼，你就是人类了。”

我终于放弃了挣扎，闭上了眼睛……